KB115180

사랑도 통역이 되나요?

사랑도 통역이 되나요?

초판 1쇄 펴낸 날 | 2017년 1월 17일

지은이 | 전유림
펴낸이 | 서경석

편집책임 | 조윤희 **편집** | 이은주, 최고은 **디자인** | 신현아
마케팅 | 서기원 **경영지원** | 서지혜, 이문영

임프린트 | (MUSE)
주소 | 경기도 부천시 원미구 부일로 483번길 40 서경B/D 3F (우) 14640
전화 | 032-656-4452 **팩스** | 032-656-4453
이메일 | roramce@naver.com **블로그** | bolg.naver.com/roramce
홈페이지 | http://www.chungeoram.com

발 행 처 | 도서출판 청어람
출판등록 | 1999년 5월 31일 제387-1999-000006호
어람번호 | 제11-0047호

ⓒ 전유림, 2017

ISBN 979-11-04-91097-5 03810

뮤즈는 도서출판 청어람 단행본사업본부의 임프린트입니다.
저작권법에 의해 보호를 받는 저작물이므로, 무단 전재 및 유포·공유를 금합니다.

※ 파본은 구입하신 서점에서 교환하여 드립니다.
※ 저자와 협의하여 인지를 붙이지 않습니다.

도서출판 청어람은 언제나 여러분의 소중한 작품 투고와 도서 출간 기획 등 다양한 제안을 기다리고 있습니다. chungeorambook@daum.net

전유림 장편소설

사랑도 통역이 되나요?

MUSE

목차

프롤로그

그녀는 간밤에 자신이 어디에서 잠들었는지 생각했다.

몹시 피곤했기 때문에 맑게 생각하는 것은 힘들었다. 그러나 눈앞에 잠들어 있는 미남이 누구인지 판단하기 위해서는 그 기억을 떠올려야만 할 터였다.

새까맣고 가는 머리칼, 그 사이로 달처럼 드러난 상아색 이마. 선이 아름답고 굳게 감긴 눈에 붉은 입술. 미남이다. 그것도 낯선 미남이었다.

맹세컨대 그녀는 지금까지 충동적으로 모르는 남자와 잠자리에 든 적이 없었다. 그런데도 눈을 뜨자마자 눈앞에 보인 것이 모르는 미남이라면 어떠한 종류든지 설명할 길이 있을 터였다. 그녀는 몽롱하게 몇 번이나 눈을 깜박이고 확신했다.

그녀는 분명, 간밤에 언제나처럼 자신의 방 침대에서 홀로 잠들었다. 그렇다면 이것은 꿈일 것이다. 미남이 나오니 일단 길몽일 테고 더 발전시켜 보면 아침에 눈을 떴는데 침대에 미남이 선물처럼 누워 있는 꿈이다. 이 무슨 여자의 로망일까. 일어나서 춤이라도 춰야 하나.

　미남의 숨결은 꿈치고는 아주 리얼리티가 있었다. 모처럼의 기회이기도 하고 아주 몽롱하기도 해서 그녀는 아무 생각 없이 계속 그의 얼굴을 감상했다. 나이는 이십대 후반이라기엔 성숙해 보인다. 삼십대쯤 되었을까. 곧고 끄트머리가 말끔한 눈썹도 날렵한 콧날도 대단히 완벽했다. 그가 덮고 있는 이불은 꿈답게, 그녀가 본 적 없는 화려한 것이었다. 이불 바깥으로 조각처럼 드러난 목 또한 완벽했다.

　꿈이 전부 이렇다면 좋을 것이다. 그녀는 자신이 누워 있는 침대가 제 것이 아닐뿐더러 남자의 뒤로 보이는 방 또한 낯설다는 것을 그즈음 알았다. 그러나 미남이 자고 있으므로 상관없을 것이다. 이대로, 이대로. 계속 누워 있을 수 있다면.

　편안하고 피로하고 기분이 좋았으므로 그녀는 느리게 눈을 깜박이고 숨 쉬었다. 그렇게 얼마나 시간이 지났을까. 미남은 숨을 문득 들이켜며 눈을 천천히 떴다. 그의 눈은 그늘 아래서 밤하늘 같은 파란색이었다. 그녀는 꿈속의 남자라면 어떤 말을 할지 멍하니 상상했다. 그는 시선을 그녀에게 맞추었다.

　잠시 후, 그녀는 목을 감아오는 무거운 압박감에 눈을 번쩍 떴다. 그녀는 이것이 꿈이라면 악몽이라는 것을 알았다. 남자는 언제 잠들어 있었냐는 듯 생생하고 신중한 눈으로 그녀를 내려다보았다. 그의 드러난 어깨는 억세고 두터웠다. 그리고 그의 손아귀 또한, 그녀의 목을 틀어쥐고 있지만 않았다면, 훌륭하고 남자다운 손이라고 순수하게 칭찬할 수 있었을 것이다.

　꿈인데도 어지럽다. 이제 깨고 싶어졌다. 두렵다. 그녀가 힘들어 그를 원망스럽게 올려다보는데 그가 사납게 으르렁거렸다.

"ㅡ."

그러니까, 말을 한 것은 같았으나 그것은 그녀가 이해할 수 없는 언어였다. 일단 한국어는 확실히 아니고, 영어도 아닌 것 같았다. 그녀는 그가 목을 더 세게 쥘까 진심으로 두려워, 침도 삼키지 못하고 억지로 속삭여 물었다.

"누구세요?"

그러나 제 목소리가 밖으로 나오는 순간 그녀는 오한과 함께 깨달았다.

이것은 꿈이 아니었다.

Chap. 1
Sie ist gefallen
그녀는 하늘에서 떨어졌다

루젤은 자신이 제압한 여자를 내려다보며 엷게 인상을 썼다.

"누구냐. 여긴 어떻게 들어왔지?"

반복한 질문에 여자는 이번에는 대답하지 않았다. 사실 대답을 한다 해도 그가 알아들을 수 있는지는 모를 일이었다. 여자가 방금 한 말은 그가 태어나서 한 번도 들어본 적이 없는 언어였다. 얀츠도 부신어도 아니다. 실은 팔다리를 드러낸 저 복장부터가 낯설었다. 그는 결국 여자를 눈으로 감시하며 소리 높여 외쳤다.

"헤링어!"

아침 일찍부터 침실 문 앞에서 기다리고 있었을 충실한 보좌관은 바로 문을 열고 들어왔다.

"안녕히 주무셨습니까, 주……."

헤링어의 느긋한 목소리는 눈앞의 광경에 막혔다. 루젤은 여자의 양손을 잡아 그녀의 머리 위로 눌러 제압하고 헤링어를 보았다. 보좌관의 저 얼굴을 보니 그가 들여보낸 여자는 아닌 모양이었다. 여자는 제 목을 누르고 있던 손이 떨어지자 괴로운 듯 기침했지만 반항은 하지 않았다.

막 눈을 떴을 때는 놀라서 미처 몰랐지만 이제 와서 보니 여자는 손에 굳은살이 없고 팔다리가 모두 가늘었다. 암살자로 보기에는 무리가 있는 신체 조건이었다. 그러나 그의 침실에, 대체 모르는 여자가 무슨 수로 침입해 들어왔다는 말인가?

헤링어는 매우 이상하고 심각한 얼굴로 주인을 보았다. 그의 입꼬리가 비틀렸다.

"이…… 레이디는 누구십니까, 주인님?"

"나도 모른다. 그걸 묻기 위해 널 부른 거다."

헤링어가 모른다면 더욱 수상했다. 루젤은 여자에게 다시 물었다.

"말해라. 너는 누구냐."

여자는 기침하며 눈물 고인 얼굴로 그를 올려다보았다. 루젤은 헤링어에게 설명했다.

"아침에 눈을 떠보니 이 여자가 내 옆에 누워 있었다."

비단 지금이 전시가 아니라 해도 그가 잠드는 곳은 언제나 헤링어가 돌보고 있었다. 모르는 여자가 들어와 있는 것은 이상할 뿐 아니라 거의 불가능한 일이었다. 헤링어가 침대 옆으로 다가오자 루젤은 여자를 놓고 몸을 비켜 보좌관이 이 수상한 정황을 살필 수 있도록 했다. 헤링어는 여자가 누운 채 굳어 있자 미소를 지었다.

"잠시 실례하겠습니다, 레이디."

그는 그렇게 말하고는 여자의 대답을 기다리지 않고 그녀의 손이니 발을 살폈다. 그리고 그녀의 상체를 솜씨 좋게 침대에서 일으키더니 셔츠를 위로 잡아당겼다. 루젤은 눈을 돌렸고 여자는 외

마디 가는 신음 같은 소리를 냈다. 헤링어는 눈도 하나 깜짝하지 않고 여자를 이리저리 살펴본 뒤 주인에게 말했다. 그의 목소리는 심각하지 않았다.

"암살자나 기사는 아닙니다. 노예의 낙인이 없고 일한 흔적도 없으니 귀한 신분의 아가씨인 듯합니다."

그러므로 헤링어는 여자가 낯선 남자들 앞에서 적절한 차림을 할 수 있도록 했을 터였다. 루젤은 여자를 다시 보고 그녀가 그새 헤링어의 망토를 두르고 있는 것에 놀라지 않았다. 헤링어는 침대 아래 천연덕스럽게 무릎 꿇고 사죄했다.

"레이디께 본의 아니게 실례를 범했습니다. 시절이 수상하여 꼭 필요한 절차를 밟은 것이니 관대하게 용서해 주시길."

여자는 헤링어와 루젤을 번갈아가며 보았다. 루젤은 침대에서 내려서 두 손을 들어 그녀에게 보였다.

"실례했습니다, 레이디."

여자는 그러나 아무 대답도 하지 않았다. 루젤은 헤링어를 보았다. 그 자신은 언제나 이런 경우가 거북하고 어려웠던 것이다. 헤링어는 여자에게 친절하게 말했다.

"이곳에 레이디께 해를 끼치는 것은 없으니 부디 안심하시길. 레이디께서 어느 땅의 기쁨이신지 말씀해 주신다면 보호자께 모시겠습니다."

헤링어의 말주변은 대부분의 여자에게 잘 통했다. 그러나 여자는 여전히 아무 말도 하지 않았다. 루젤은 헤링어에게 귀띔했다.

"외국인이신 것 같아. 모르는 말을 쓰시던데."

"그렇습니까?"

하긴 생김새도 묘하게 특이한 편이다. 균형이 잡힌 얼굴이고 피부가 깨끗해 미인이기는 했으나. 헤링어는 곧 미소를 띠고 몇 가지 언어로 번갈아가며 여자에게 말을 걸었다. 여자는 어느 말에도 대답하지 않고 점점 눈을 크게 떴다. 심지어 아룰라어에도 반응하지 않았다.

마침내 약간 난처한 얼굴로 헤링어는 주인을 보았다.

"죄송합니다, 주인님. 이 레이디는 제가 할 줄 아는 말은 하지 않으시는 모양입니다."

박식한 헤링어에게는 좀처럼 일어나지 않는 일이었다. 그리고 신분 높은 아가씨가 아룰라어를 모른다니 이상한 일이다. 책 읽기를 싫어했던 그조차 아룰라어는 귀족의 소양으로 공부했다.

루젤은 인상을 썼다.

"자네가 모르는 말도 있었나?"

"제가 모르는 것이야 하늘의 별처럼 많지요. 저를 과대평가하셨습니다."

곤란하게 되었다. 이 여자가 차라리 하녀나 노예 같은 신분이었으면 모르되.

"그러면 이 레이디를 누구에게 보내고, 이 방에 어떻게 들어왔는지는 어찌 안단 말이냐?"

헤링어는 주인을 향해 건방지게 어깨를 으쓱했다.

"꼭 아가씨 본인에게 여쭈어야만 하는 일은 아니지요. 이곳 성주의 먼 친척이라도 되는 아가씨가 아니겠습니까."

성주의 친딸은 이미 어제저녁에 보았다. 이런 아가씨는 소개받지 못했다는 점을 제외하면 그럴싸한 가설이었다. 미혼의 유능한 장군을 노리는 사람들은 어딜 가나 있었다. 성주라면 자기가 내준 이 방에 어떤 비밀 통로가 있는지도 알고 있을 테고.

"부주의한 자로군."

이런 일을 아주 처음 당한 것은 아니었으나 불쾌했다. 루젤은 전시에 이동 중인 장군에게 이런 짓을 하는 멍청이가 있다는 것에 인상을 썼다. 헤링어도 고개를 끄덕였다.

"비밀 통로가 있는 방을 주는 바보는 하나도 너무 많은데 말이지요."

이 여자야 무해해 보이니 그렇다 치지만 조금이라도 불순한 마음을 품은 종자가 그 통로를 이용했으면 어쩔 뻔했나. 물론 장군의 침소에 허가받지 않은 이를 들여보낸 시점에서 군법으로 처리해도 할 말은 없을 것이다.

"레이디를 겁먹게 하셨습니까?"

헤링어는 이미 처음부터 여자의 목에 생긴 손자국의 깊이를 보았을 터인데도 천연덕스럽게 말했다. 루젤은 헛기침을 했다.

"실례했습니다, 레이디."

물론 이번 사죄에도 여자는 대답하지 않았다. 그녀는 루젤을 조금 흘끔거리다 이불을 당겨 자기 목까지 가렸다. 헤링어가 혀를 찼다.

"당연히 놀라셨겠지요."

"조르지는 않았다."

"연약한 레이디는 주인님의 손만 닿아도 숨쉬기 힘들지요. 제국 최고의 기사이시니."

"첩자라고 생각했다."

"가여운 아가씨로군요. 주인님께는 봉변을 당하고, 목적을 못 이룬 성주에게도 혼이 날 테니까요."

루젤은 불편하게 미간을 좁혔다. 그것은 공평하지 않았다. 이 아가씨는 단순히 자신을 막 다루는 친척 어른에게 복종했을 뿐일 것이다.

헤링어는 주인에게 씩 웃어 보였다.

"우선 레이디를 시녀들에게 맡기고, 성주와는 천천히 이야기해 보지요."

아침 식사가 차려진 홀에는 이미 성주의 가족들이 모여 이야기를 나누고 있었다. 성주의 가문은 옛날에는 이 부근의 유지로 영향력이 컸다고 하나, 삼 대 전에 이미 도박 빚으로 성 이외의 모든 재산을 인근에 넘겨 이제는 귀족의 칭호도 이름뿐이었다. 남작이라 해도 바이언트 가문 출신인 데다 태자의 신임을 받고 있는 루젤에게는 저자세로 나올 수밖에 없었다. 성주의 가족들은 그가 들어오는 것을 보자 일어서서 인사했다.

"안녕히 주무셨습니까, 라이헤르타 남작님."

루젤은 일단 고개를 숙여 자신도 인사했다.

"좋은 아침입니다."

루젤이 앉아야 하는 자리는 분명했다. 그는 성주의 빈 옆자리로 가 앉았다. 하인이 바로 구운 빵을 날라 왔다. 성주 부인이 친절하게 웃으며 물었다.

"잠자리가 불편하지는 않으셨는지 모르겠네요, 바이언트 경."

"잠자리는 편안했습니다. 감사합니다."

문제는 아침이었다. 그는 그들이 한 일이 매우 불쾌했다는 것을 드러내고 싶어 인상을 약간 썼다. 그러나 그 표정을 전혀 눈치채지 못한 듯 성주 부인은 순전하게 기쁜 얼굴이었다.

"부족하나마 나라의 큰일에 힘을 보탤 수 있어서 기쁠 따름이랍니다. 식사로는 어떤 걸 좋아하시나요?"

"충분히 맛있어 보입니다. 감사합니다."

식탁에 있는 수프와 빵은 이미 푸짐해 보였고 그가 일어날 시간에 맞춘 듯 뜨거웠다. 그는 항의를 하려면 식사를 시작하기 전에 하는 것이 좋겠다고 결론을 내렸다. 아니라면 다른 화제에 이끌려 가게 될 것이었고, 그는 본인이 말주변이 없다는 것을 잘 알고 있었다.

"그런데 성주님."

루젤의 진지한 부름에 성주는 사람 좋게 웃었다.

"예, 경. 하실 말씀이라도 있으십니까?"

"전시에 군인이 머무는 장소는 비밀 통로가 없는 곳이어야 합니다."

"예, 저도 압니다."

성주는 아무렇지도 않게 대답했다. 그런데 왜. 루젤은 기어코 인상을 쓰고 말았다. 표정 변화가 거의 드러나지 않는 얼굴이라도 불편해진 심기는 보인 모양이었다. 성주 부인은 눈을 동그랗게 떴다.

"그리고 제 보좌관의 검사를 받지 않은 이가 마음대로 저에게 올 수도 없습니다."

"예, 그것도 알지요."

성주는 이번에는 좀 의아해 보였다. 루젤은 설마, 하고 물었다.

"혹시 검은 머리를 한 아가씨를 보내신 게 아닙니까?"

여러 가지 부연이 빠져 있는 말이었다. 식탁은 침묵에 싸였다. 성주와 성주 부인, 그리고 성주의 딸 모두가 그가 무슨 말을 하는지 전혀 모르겠다는 얼굴로 서로를 보았다. 성주는 부인과 딸에게 우선 눈짓으로 확인한 뒤 루젤을 보고 심각하게 물었다.

"무슨 말씀이신지. 지금 성에는 검은 머리를 가진 사람이 없습니다만."

물론 루젤과 그 휘하 병사들을 제외했을 때의 이야기였다. 루젤은 가능성 높고 그럴듯했던 가설이 무너져 눈을 깜박였다. 주인의 뒤에 서서 시중들 대기를 하던 헤링어가 입을 열었다. 그도 기사의 후손이었으므로 이 정도의 대화에 끼는 것은 무례한 일이 아니었다.

"실례합니다, 성주님. 제가 몇 가지 여쭈어도 되겠습니까?"

"물론, 뭐든지. 이게 무슨 소리인가?"

성주 가족은 모두 헤링어를 보았다. 헤링어는 루젤보다 훨씬 매끄러운 말솜씨로 설명했다.

"오늘 아침 제가 주인님의 침실에 들어가 보니 주인님도 언제 그곳에 들어갔는지 모르시는 검은 머리 아가씨가 있더군요. 보아하니 귀한 댁의 영애이신 것 같아 성주님의 친척이 길이라도 잃고 주인님의 방으로 잘못 들어가신 게 아닌가 했습니다만."

'당신이 억지로 혼사의 핑곗거리를 만들려고 한 것 아니냐'는 불평은 뻔뻔한 핑계로 대체되었다. 아가씨의 명예를 위한 것이었다. 루젤은 혼인할 생각이 없는 아가씨이니, 괜히 불명예가 남게 되는 것도 미안하고.

성주는 점점 더 이상한 얼굴을 했다.

"내 피보호자는 여기 내 딸밖에 없네만. 그것 참 이상한 이야기인데. 마을에도 검은 머리 아가씨는 몇 없고."

"귀한 아가씨인 것은 분명했습니다."

"그런 사람은 이 일대에 없네. 혹시 병사들이 데려온 여자분인 건 아닌가?"

헤링어는 고개를 저었다.

"그건 확실히 아닙니다."

별일이다. 이쪽이 먼저 아가씨가 침실로 멋대로 들어온 것에 대한 핑계를 제공했으니, 성주가 그 아가씨와의 관계를 저렇게까지 부정할 이유가 없었다. 루젤과 헤링어는 서로 눈을 마주치고 의아한 얼굴을 했다. 성주 부인이 조심스레 물었다.

"저희 하녀들이 오늘 아침 라이헤르타 남작님의 침실에서 검은 머리의 아름다운 아가씨를 데려다 씻기고 옷을 드렸다는 이야기를 했는데, 혹시 그 이야기를 하시는 건가요?"

바로 그거다. 루젤은 고개를 끄덕였다.

"예. 저는 당연히 성주님의 친척이라고 생각했습니다."

성주의 가족들은 루젤이 어떤 오해를 했는지 알겠다는 얼굴이었다. 성주는 인상을 썼다.

"이것 참."

"하시면 성주님께서는 모르시는 아가씨가 확실한지요?"

헤링어가 확인했다. 성주는 고개를 끄덕였다.

"그래, 확실하네. 여보, 당신도 모르지요?"

"예, 여보. 하녀들도 이 일대에서 그런 아가씨는 처음 보았다고 하던데요."

그럼 대체 그 아가씨는 어디서 나타나서 어떻게 그의 침실로 들어와 있었던 것일까. 그리고 분명히, 다른 일은 하지 않고 계속 잠든 그를 보고 있는 것 같았는데.

떠올리니 민망하기도 하고 더욱 수상했다. 루젤은 헤링어를 계속 보았다. 모르는 것이 있을 때 보좌관을 보고 있으면 답이 나오곤 했던 습관에 의한 것이었다. 헤링어는 턱을 쓰다듬었다.

"주인님의 문 앞은 밤새 병사들이 지키고 있었고, 새벽부터는 제가 같이 지켰습니다."

"드린 방에는 분명히 비밀 통로가 없습니다."

성주가 지지 않고 말했다. 잠시 눈치를 보던 성주의 부인이 조심스레 물었다.

"아가씨는 뭐라고 하던가요? 우리 친척이라고 하던가요?"

루젤은 고개를 저었다.

"아니, 실은 말이 통하지 않아 제대로 여쭙지 못했습니다."

성주의 딸이 호기심 어린 표정을 지었다.

"외국인인가요? 어느 나라 분인가요?"

"그것도 모르겠습니다. 여기 헤링어가 모르는 말을 쓰더군요."

"어머나……."

이래서야 도저히 설명이 안 된다. 외국인이고, 귀한 집의 딸이, 들어갈 방법이 없었던 방에 들어와 해괴한 옷을 입고 침대에 누워 있었다는 건 어떻게 된 일일까. 하늘에서 뚝 떨어지기라도 했나.

루젤은 이마를 짚었다. 헤링어는 병사를 하나 불러 이런저런 지시를 내렸다.

똑똑.

충분히 각오하고 두드린 것이었지만, 정작 소리가 귀에 와 닿고 나니 문을 두드린 것이 대단히 무모한 일이었던 것처럼 느껴졌다. 루젤은 긴장해서 침을 삼켰다. 골치가 아팠다. 차라리 다섯 명의 적을 동시에 상대하는 것이 나을 것이다.

"들어가시지요."

문 앞에 서 있던 병사가 적당히 시간이 지난 뒤 문을 열고 공손하게 손짓했다. 방 안이 한눈에 들어왔다.

성주의 부인이 임시로 내준 방은 원래 이 대 이전에 시집가지 않은 아가씨 중 한 명이 쓰던 방이었는데 그녀가 결혼하고 나서는 손을 대지 않았다는 모양이었다. 이 성의 구체적인 사정은 알 바가 아니었으나 그 방은 충분히 크고 안락해 보였으며 필요한 가구가 있었다. 침대에 새로 채운 풀과 협탁에 올린 꽃의 향기가 먼지 냄새를 눌렀다.

노란 호박단을 장식으로 단 침대에, 아침의 여자는 앉아 있었다. 아침에 보았을 때 그녀가 입고 있던 옷은 팔과 다리가 모두 드러나는 짧은 셔츠와 바지로 도무지 귀한 집의 아가씨가 입을 만한 옷은 아니었으며 보기에 민망했다. 다행히 그녀는 이제 붉은색의 벨벳 드레스를 입고 있었다. 그 드레스는 그가 보기에 점잖았고 그녀에게 약간 크고 짧아 맞지 않는다는 것만이 어쩔 수 없는 단점이었다. 그녀의 목에는 수건이 감겨 있었다.

시중을 들던 하녀가 루젤에게 절했다. 침대 앞에 의자를 끌어다 놓고 그녀와 대화를 나누던 헤링어가 일어나 주인을 맞았다.

"오셨습니까, 주인님."

여자는 루젤을 보자마자 창백하게 질렸다. 그럴 만도 하지만, 여자에게 이렇게까지 두려움을 받는 것은 처음이었다. 헤링어는 빙긋 웃었다. 루젤의 등 뒤로 병사가 문을 닫았다.

"주인님을 이렇게 싫어하는 숙녀분은 처음이시지요?"

"전장에서 날 죽이려 드는 여성 장수나 여성 암살자는 많았다."

"하지만 이분과 같이 얌전한 숙녀분들은 적국에 사는 분이건 아니건 간에 하나같이 주인님께 호의를 품고 있으니까요."

난처하다. 루젤은 침대로 다가가지는 않기로 결정했다. 침대는 문에서 가장 먼 창가에 딱 붙어 있었으므로 어려운 일은 아니었다. 그는 문 앞에 선 채로 물었다.

"뭐 좀 알아낸 게 있나?"

'이분과 같이 얌전한'으로 보아 헤링어는 여자가 무기를 드는 사람은 아니라고 확신한 모양이었다. 그렇다면 그 판단을 존중하면 될 것이다. 헤링어는 여자에게 다정한 얼굴로 말했다.

"안심하십시오, 레이디. 주인님은 나쁜 분이 아닙니다."

"알아듣던가?"

여자는 루젤을 흘끔거리며 헤링어에게 풀 죽은 얼굴을 보였다. 헤링어는 주인을 보고 또 웃었다.

"제가 아는 말 중에는 전혀 통하는 것이 없다는 걸 다시 확인했습니다. 혹시나 해서 슈자니즈로 필담을 시도해 봤는데 그것도 안 통하더군요. 아룰라어도 아예 못 하시는 것 같습니다."

루젤은 당황했다. 아룰라어를 전혀 모르는 귀족은 없다. 옛 아룰라어로 된 속담이 어디에나 생활 깊숙이 남아 있는데.

"그럴 수가 있나?"

"사실 입고 계시던 옷의 재질도 제가 본 적 없는 것입니다. 하녀들도 그런 것은 본 적이 없다고 하는데, 색은 좋지 않으나 염색이 깔끔하고 두께가 일정한 좋은 물건이었습니다. 목욕을 시킨 하녀들의 말을 들어봐도 일을 한 흔적은 없고 오히려 잘 관리된 피부라고 하니 어딘가의 유서 깊은 귀족가의 영애이시거나 대단히 부유한 분이리라 생각됩니다만."

"그런데도 아룰라어를 못 하신다고?"

이상한 일이었다. 여자는 루젤을 흘끔거리는 것을 멈추고 헤링어를 빤히 보았다. 헤링어는 여자에게 부드럽게 또 말했다.

"괜찮으니 안심하십시오."

여자는 좀 안심한 얼굴이었다. 루젤은 헤링어에게 확인했다.

"지금은 좀 안심하신 것 같다만."

"목소리와 어조로 안심하신 거지요. 눈치가 빠른 분 같습니다."

난감하다. 루젤은 여자가 이불을 당겨 자기 눈 아래를 전부 두르자 한숨을 푹 쉬었다.

"말이 통해야 사죄를 다시 할 터인데."

"주인님의 입장에서는 정당행위시지 않았습니까."

"그렇다 해도 연약한 레이디의 목을 틀어쥐었으니 겁먹으실 만하다. 그리고 말이 통해야 어떻게 내 방에 들어오셨는지도 여쭐 텐데."

사실 후자가 문제였다. 헤링어는 하녀에게 말했다.

"나가 있어라. 필요하면 부를 테니."

하녀는 얌전히 절하고 방을 빠져나갔다. 루젤은 문 앞에 계속 서 있는 것이 바보처럼 느껴지기 시작했지만 어쩔 줄을 몰라 그대로 있었다. 헤링어는 여자 보란 듯이 루젤을 가리키고 또박또박 말했다.

"라이헤르타 남작님."

여자는 한 번 미간을 좁혔다. 잘 모르겠다는 얼굴이었다. 헤링어는 반복했다.

"라이헤르타 남작님."

여자는 이불을 가슴까지 내리고는 인상을 쓴 채로 따라 했다. 그 눈동자가 이리저리 굴러갔다.

"라이헤르타 남작님?"

"잘하셨습니다."

헤링어는 상대가 알아듣지도 못하는 칭찬을 하며 손뼉 쳤다. 여자는 헤링어에게 희미하게 웃어 보였다.

여자는 허리까지 오는 검은색의 머리칼과 대단히 새까만 눈동자를 가지고 있었다. 그 미소에 루젤은 약간 죄책감을 느꼈다. 헤링어는 제 주인을 보고 천연덕스럽게 말했다.

"무슨 뜻인지는 모르실 겁니다."

"이름인 줄이야 아시겠지."

"어쩌면 신분을 뜻한다고 생각할지도 모르고, 주인이라는 뜻이라고 생각할지도 모르지요. 혹은 신경 거스르지 말라, 라는 뜻이라고 생각하실지도 모르지요."

"헤링어."

루젤은 한숨을 쉬며 보좌관의 이름을 불렀다. 보좌관은 목소리를 가다듬었다.

"흠, 아무튼 아가씨의 얼굴을 보려고 여기까지 오신 것은 아니잖습니까. 가까이 오시지요, 주인님."

"레이디가 두려워하시니……."

"먼 곳에서 멀뚱히 서 계시는 것도 아가씨 입장에서는 당황스러우실 겁니다."

들고 보니 그랬다. 루젤은 아가씨에게 가볍게 절하고 천천히 다가갔다. 여자는 그가 다가올수록 겁먹은 얼굴을 했지만 비명을 지르며 도망가지는 않았다. 사실 도망가게 내버려 두지도 않을 것이다. 헤링어는 자기가 앉아 있던 의자를 밀어서 루젤이 앉을 수 있도록 했다.

루젤은 의자에 앉아서 여자의 눈을 보았다. 여자는 시선을 돌렸다. 그는 당황스럽고 미안하기도 했지만 약간은 부아가 치밀기 시작한 것을 느꼈다. 처음부터 수상한 방식으로 다가온 것은 그쪽이다.

"루젤 바이언트입니다."

그는 우선 이름과 가문을 소개했다. 여자는 그를 다시 흘끔 보았다. 그녀의 눈은 정말로, 정말로 검어 안이 전혀 들여다보이지 않았다. 그러나 그 시선이 어쩐지 충격을 주었다. 그는 갑자기 고이기 시작한 침을 삼켰다. 여자와 이야기를 하는 것은 언제나 힘들다.

"아침엔 놀라시게 해서 죄송합니다."

"성함은 유나라고 하신답니다."

헤링어가 귀띔했다. 그렇다면 통성명은 가능했던 것이다. 여자는 여전히 겁먹은 눈치였지만 루젤과 눈을 마주치기 시작했다. 루젤은 가만히 물었다.

"레이디 유나, 이렇게 부르면 되겠습니까?"

정확히 어떤 집안 출신인지 모르니 이렇게 부르면 될 것이다. 유나는 가타부타 말이 없었지만 루젤은 그냥 그렇게 부르기로 했다.

"레이디 유나, 놀라시게 한 것은 제 불찰이오나, 저 또한 몹시 놀랐다는 점을 말씀드려야겠습니다."

유나는 눈을 깜박였다. 그는 돌에 대고 말하면 이런 기분일 거라고 생각했다. 아니, 그보다 나쁘다. 돌은 그에게 겁먹은 얼굴이나 경계하는 눈빛은 보이지 않을 터였다. 그 또한 말하는 한마디 한마디가 혹시 돌을 겁주는 것이 아닐까 생각하지 않아도 될 테고.

주인의 눈치를 본 헤링어가 웃으며 말했다.

"주인님의 방에 어떻게 들어오셨는지는 아직 못 여쭈었습니다."

"설명할 수도 없으시겠지."

"그렇겠지요."

미칠 노릇이었다. 루젤은 망연히 헤링어를 보았다. 헤링어는 친절하고 빠르게 말했다.

"밖을 순찰하던 병사들은 근무를 게을리하지 않은 것을 확인했습니다. 주인님께서 간밤에 주무신 침실 밖을 순찰하던 병사들도 마찬가지입니다."

"그러면?"

"그 방에 비밀 통로가 없다는 것도 사실로 밝혀졌습니다. 생각나는 모든 방식으로 비밀 통로가 있을 만한 곳을 뒤져 보았습니다만, 이상 없었습니다."

점점 더 이상하다.

"그게 가능한가?"

"틀림없습니다."

루젤은 눈을 깜박였다. 헤링어는 기세 좋게 이었다.

"참고로 레이디 유나의 목욕을 시중든 하녀들의 말에 의하면, 아가씨에게는 날개나 꼬리 같은 것은 분명히 없었답니다."

"묻지 않았다."

"참고로 말씀드린 겁니다."

"불가능한 것은 말할 필요 없다."

"그렇다면 아가씨가 어떻게 주인님의 방에 들어오셨는가 하는 것에 관한 제 다른 가설도 전부 폐기됩니다만."

그러니까 날아서 들어왔다거나 악마의 장난이라거나 하는 가설 밖에 나오지 않는다는 뜻이었다. 루젤은 헤링어의 장난스러운 기질이 가끔 귀찮기는 했으나 그의 능력은 늘 신뢰했다. 헤링어가 적당한 가설을 세우지 못했다면 누구에게 물어도 같은 답만 나올 것이다.

"즉 본인에게 여쭐 수밖에 없다는 말인데."

"예."

그것은 지금 불가능했다. 헤링어는 또 덧붙였다.

"혹시 해서 시험해 봤습니다만, 아가씨는 우리말을 정말로 못 하시는 것 같습니다."

단순히 외국인인 척하는 사기꾼이었다면 얼마나 좋았을까. 루젤은 헤링어가 어떤 식으로 시험해 봤는지는 묻지 않기로 했다. 헤링어는 유나에게 말을 걸며 몸짓을 보였다.

"배가 고프거나 목이 마르지는 않으신가요, 레이디? 필요하신 것은 준비하겠습니다."

"아직 아침 식사를 안 드렸나?"

"배가 고파야 심문이 효과적인 법이니까요."

루젤은 아무 말도 하지 않았다. 물론 배가 부른 포로는 입이 무거워진다. 유나는 헤링어의 몸짓을 잘 알아들은 듯 눈을 굴리다 고개를 조심스럽게 끄덕였다.

저 몸짓은 확실하다. 헤링어는 침대 머리맡에 있던 긴 가죽 줄을 잡아당겼다. 멀리서 종이 울리는 소리가 들렸다. 유나는 그것을 명백히 신기해하는 얼굴로 흘끔 보았다가 루젤이 자기를 쳐다보는 것을 알더니 급히 이불로 시선을 내렸다. 루젤은 자기도 모르게 보고 있던 것이라 당황해서 얼른 사과했다.

"실례했습니다, 레이디 유나. 결코 불민한 뜻으로 쳐다본 것은 아닙니다."

하녀가 문을 두드리고 들어왔다. 헤링어는 하녀에게 음식과 묽은 포도주를 가져오도록 지시했다. 유나는 루젤의 시선을 피하며 헤링어의 뒤를 눈으로 좇았다.

헤링어는 침대가로 돌아와 주인에게 물었다.

"어떻게 할까요, 주인님?"

그 질문에는 많은 것이 담겨 있었다.

무엇을 할지 정해서, 아랫사람들에게 명령을 내리는 것은 그에게 마음 편한 일이었다. 루젤은 허리를 꼿꼿이 편 채 담담하고 정확하게 말했다.

"경비는 두 배로 강화한다. 경비에 문제가 있어서 생긴 일은 아니라 하나, 그렇다고 해서 다른 조치를 취할 수 있는 것도 아니다."

"예, 주인님."

"혹시 모르는 일이니 이 근방 사람들에게 최근에 낯선 사람을 본 적이 있는지 탐문해야 한다. 그것은 성주에게 맡긴다."

"예, 주인님."

"비록 레이디 유나가 이곳 성주와는 연고가 없다 하나, 지금 우리가 가려는 곳은 전장이니 우리가 모셔 갈 수도 없다. 그러나 연고 없는 레이디를 모르는 곳에 혼자 내버려 두는 것은 기사의 도리도 사람의 도리도 아니다."

"예, 주인님."

"성주와 이야기해 우리가 돌아올 때까지 레이디 유나를 예로서 모시도록 부탁하되, 우리가 돌아오면 그때 레이디 유나를 모시고 황도로 간다. 황도에는 다양한 출신의 인재가 많이 있고, 시릴 공도 계신다. 분명 레이디 유나와 말이 통하는 사람도 있을 것이다. 그곳에서 적절한 보호자를 찾는다."

"예, 주인님."

전시이니 답이 나오지 않는 일에 너무 신경을 쓸 수는 없었다. 헤링어는 만족스럽게 대답했다.

유나는 남자들의 행렬을 내려다보았다. 수백 명쯤 되어 보이는 그들은 모두 반짝거리는 그물 같은 옷을 입고 손에는 창을, 그리고 허리에는 칼을 갖추고 있었다. 영화에서 본 병사들 같은 모습이었다. 아니, 그 외에는 표현할 방법이 없었지만 그녀는 마음의 평화를 위해 그들을 병사 '같은' 사람들이라고 생각하기로 했다. 21세기에 진짜 저런 옷을 입는 직업 병사들이 있을 리가 없었다. 아마도 축제를 위해 옛날 옷을 입은 동네 주민들이나 ……혹은, 영화 촬영을 위해 나서는 엑스트라들일 것이다. 엑스트라라고 하기엔 카메라가 너무 보이지 않으니 동네 주민들이 아닐까.

물론 그 가설로 모든 것이 설명되냐 하면 그렇지는 않았다. 돌로 틀을 만들고 유리는 끼워져 있지 않은 창은 나름대로 정교했고 추울 때 닫도록 목제 외창도 달려 있었다. 창 아래로 내려다본 남자들은 꾸물거리며 끝없이 시야를 채우고 흘러갔다. 그들의 목과 팔을 덮은 그물 같은 옷과 그들의 손에 들린 창날은 모두 강물처럼 햇빛을 반사했고 덕분에 눈이 부셨다.

그녀는 그 선두에서 말을 탄 남자의 뒷모습을 우울하게 보았다. 그는 태도로 보아 아침의 일을 사과하는 것 같았으나 그녀에게는 그 사과를 받아줄 마음의 여유가 없었다.

여긴 어딜까. 애초에 그녀가 왜 이곳에 와 있는 것인지 유나는 아무리 떠올리려 해보아도 알 수가 없었다. 가족과 함께 사는 집에서 잠들었다가 깨어나 보니 전혀 다른 장소라니. 꿈속이라고 생각하면 가장 적당한 설명이 될 터였지만 그렇다기에는 그녀가 아침에 느꼈던 공포와 아픔이 너무 생생했다. 지금도 목 쪽은 침을 삼킬 때마다 욱신거렸다. 거울을 찾지 못해 보지 못했지만 분명 멍도 들었을 것이다. 여기 사람들도 목에 찬 수건을 대어주는 걸 보니 확실하다.

납치?

집에서 납치를 당하다니 들어본 적이 없다. 만약 들어본 적이 있다면 그건 구남친이라든가 하는 면식범이 해코지를 하려고 행하는 범죄였다. 아니면 어쩌다 한여름에 열린 문을 보고 들어온 이웃이라거나. 하지만 그건 혼자 사는 여자 집에서 일어나는 일이 아닌가. 가정집에서 무슨.

그렇다면 누가 그녀를 이곳에 데려다 놓았단 말인가. '누가'도 이상했지만, 물론, '이곳에'도 충분히 문제였다. 유나는 자신에게 이곳 사람들이 입혀놓은 붉은색의 드레스가 불편했다. 잠옷으로 입고 잤던 반팔 셔츠와 핫팬츠는 빼앗겼고, 놀라고 무서워서 어쩔 줄 모르는 사이에 강제로 중세 패션쇼를 하게 되었다. 옷은 묘하게 어린 사람의 것인 듯 짧았고 재단이 서툴렀다. 게다가 솔기가 하도 신기하게 생겨서 뒤집어 보니 손바느질이다. 오늘날 이 세상에.

말이 안 통한다는 것도 웃기는 일이었다. 그녀는 영어를 아주 잘하는 것은 아니었지만 포기한 자는 아니었다. 평범하게 수능을 보고, 토익을 준비하고, 취업을 위해 토익 점수를 올리는 정도로는 공부했다. 그런데 이곳 사람들이 하는 말은 정말로 단 한 마디도 알아들을 수가 없었고 그들 또한 그녀가 하는 영어를 하나도 못 알아듣는 모양이었다. 대체 영어를 하는 사람이 한 명도 섞여 있지 않다는 건 무슨 경우인가. 물론 그녀는 코카서스인이라면 무조건 영어가 모국어일 거라고 생각하는 편견은 없었으나, 지구에서 모국어와 제2 외국어를 합쳐 가장 많이 쓰이는 언어가 영어라는 것은 교양으로 알고 있었다. 자국 언어에 콧대가 높다는 프랑스인들도 영어로 말을 걸면 못 알아들어서 프랑스어로 대꾸하는 건 아니라던데.

그리고 저, 영화 같은 행동 방식들.

사실 다른 문제는 다 넘길 수 있었다. 누가 그녀를 여기에 데려다 놓았든 중요한 것은 그녀가 꿈이 아닌 현실 속에서 이 자리에 있다는 사실이었다. 그러므로 '누가'는 나중에 생각하거나 나중에 알아내도 된다. 어쩌면 '세상에 이런 일이' 같은 데에 나올 만한 초능력의 발현일지도 모른다. 블랙홀과 웜홀의 작용일지도 모른다. 그러니까 넘어가고. 사람들의 옷이 구식인 걸 넘어서서 아주 고증이 잘된—그녀는 아까 바지 대신 스타킹을 입은 남자도 보았다. 보기 좋자고 입은 것은 아닐 것이다— 중세 기사도 영화 같은 것도 넘어가고. 아무도 영어를 못 하는 것도, 세상에 영어가 안 통하는 고장이 당연히 있을 수 있다고 생각하고 넘어가면 되는데.

대체 저, 그녀가 이곳에 있는 것을 용인해 주면서 높은 사람처럼 대접하는 행동 방식은 뭘까.

언어가 통하지 않더라도 몸짓과 눈짓에서 전해지는 것은 많았다. 유나는 이 작은 방에 들락거리는 사람들이 그녀를 손님으로 대접한다는 것을 분명히 느낄 수 있었다. 자기들끼리는 거친 목소리로 이야기를 나누는 하녀 같은 언니들이 그녀를 조심스럽게 대하는 것과 그녀의 앞에서 굽신거리는 것은 분명한 사인이었다. 중세 공주님 체험 투어에 돈을 지불한 기억은 없었는데.

이게 엄마의 서프라이즈 이벤트 같은 거고, 여기 사람들이 중세문화체험 마을 사람들이고, 여기서 받은 옷과 목욕 서비스, 그리고 먹은 음식의 값은 이미 다 지불되어 있는 거라면……. 그러면 얼마나 머릿속이 편할까. 저 병사 같은 사람들은 분명히 어디 전쟁이라도 나가는 분위기인데, 어디서 무술 시범이라도 보여주고 돌아오게 된다거나.

헤링어라는 사람도 저 무리에 있다는 것은 안타까운 일이었다. 물론 그 역시 큰 실례를 했지만. 지금 생각해 보면 뭔가를 확인하려고 등을 본 것 같긴 한데, 그래도 시집도 안 간 처녀의 웃옷을 마음대로 훌렁훌렁 올리는 남자는 들어본 적이 없다. 제기랄, 그러고 보니 손님 목을 다짜고짜 조르는 공주님 체험 서비스가 있을 리가 없다.

아, 혹시 저 잘생긴 남자가 이 성의 주인이고, 그래서 목 조른 것이 미안해서 직원들에게 무료로 공주님 체험을……

같은 생각 하고 있다. 자신이 생각해도 어이가 없었다. 그녀는 더더욱 우울해져 지평선으로 시선을 옮겼다. 저 야트막한 지평선과 낯설고 아름다운 나무, 더 먼 곳에서 시작되는 숲을 보니 이곳이 한국이 아닌 것은 분명했다. 대한민국에서 지평선을 볼 수 있는 곳이 한 군데랬던가, 두 군데랬던가. 그러면 그녀는 자는 사이에 비행기를 탔단 말인가? 이해가 되는 것이라곤 하나도 없었다.

헤링어가 물으려고 했던 것들을 보면 이곳 사람들도 그녀가 누군지, 왜 이곳에 있는지는 모르는 것 같았다. 손짓과 발짓뿐이었지만 그것은 전달이 되었다. 아침의 그 방에 어떻게 들어갔는지도 시연해 보라고 한 것 같았는데 그때도 정말로 난감해서 어깨만 으쓱했었다. 이쪽이 묻고 싶은 것이다. 누가 대사관에 연락해 줄 생각은 안 하는 것일까.

그때 배도 많이 고팠고 목도 말랐으므로 아주 괴로웠는데 다행히 그는 이 방으로 옮겨오고 나서 얼마 후에 음식을 주었다. 맛은 없었지만. 아니, 요리를 못한 것은 아니고, 후추를 안 뿌려서인지 누린내가 많이 났다. 그것에 대해서는 지불을 해야 할 것인데 지금은 지갑도 없었다. 아무튼 집에 빨리 돌아가고 싶은데.

헤링어가 어딜 가는 것이든지, 얼른 돌아왔으면 좋겠다. 무례한 일을 당한 것에는 화가 났으나, 지금 말은커녕 몸짓이라도 그나마 통하는 것은 그밖에 없었다. 유나는 그렇게 생각하며 물러섰다. 역시 눈이 너무 부시다.

성의 하녀, 베티는 성 아래 마을에서 자란 평범한 처녀였다. 그녀에게는 약혼자가 있었고 당장 다음 해면 식을 올릴 예정이었다. 그러나 그렇게 결혼해서 한 가정의 안주인이 되기 전 예의범절과 가정을 돌보는 법에 대해 배우는 것이 좋지 않겠냐는 친구의 말은 설득력이 있었고 그녀가 성에 들어온 것도 그 때문이었다. 사실 성주 부부는 일하는 사람들에게 급료를 후하게 주는 편이 아니었지만 이 근방에서는 제일가는 높은 분들이었으며 과연 어울리는 사람들의 수준도 달랐다. 그래서 그녀는 성에서 일하기로 한 것을 후회하지 않았다.

그러나 이렇게 난감할 때가 올 줄은 몰랐다. 처음 성에 들어왔을 때 계란 다섯 개를 모두 떨어뜨려 깨뜨린 적이 있었지만 그때가 오히려 나았다. 그녀는 성에 덜렁 예고도 없이 맡겨진 예의 아가씨를 보며 어쩔 줄 몰랐다.

"아가씨, 침구 정리는 제가 하는 일이에요."

하지만 말해 뭐할까. 이 아가씨는 먼 나라에서 와 우리말을 전혀 하지 못했다. 성주 부인 마님도 그 때문에 난처해하는 눈치였다. 베티는 자기 손으로 이불을 정돈하는 아가씨를 보고 발을 동동 굴렀다. 아가씨는 피부가 놀라울 정도로 깨끗한 미인이었지만 묘하게 코가 낮고 생김새가 신기했다. 과연 외국인인데, 이런 행동도 외국인이라서 하는 것일까. 성주의 따님인 다른 아가씨는 자기 손으로 무엇을 정리한다는 것을 상상해 본 일도 없을 터였다.

침구 정리를 마친 아가씨는 베티가 한 말이 뭔지는 모르겠지만 다 괜찮다는 듯이 자애롭게 웃었다. 성주 부인 마님은 성의 오래된 창고를 모두 뒤져 그럭저럭 아가씨에게 맞는 옷을 찾아냈다. 아가씨는 그러나 속옷으로 보이는 이상한 셔츠와 바지만을 계속 입으려고 했고, 결국 이 나라의 풍습에는 그게 민망한 일임을 알리는 데에는 상당한 몸짓이 소요되었다. 베티가 울 것 같은 얼굴을 했을 때에야 아가씨는 결국 드레스를 입고 얌전히 지내는 데에 동의했다.

이미 정리된 것은 어쩔 수 없다. 베티는 약간 비뚤어진 베개를 고쳐 놓는 것으로 만족하고 아가씨에게 방 안의 테이블을 가리켰다.

"식사를 가져왔어요, 아가씨. 주인님과 부인 마님께서는 아까 소작인들을 둘러보러 나가셔서, 아가씨의 방에 식사를 가져다 드리라고 저한테 말씀하셨어요."

아가씨는 웃으며 고개를 끄덕였다. 그러나 베티가 테이블 쪽을 다시 가리킨 다음에야 그쪽으로 가 의자에 앉았다. 이 아가씨는 매우 성격이 좋았지만 알아듣지 못하는 말에도 무조건 고개를 끄덕이니 진짜로 원하는 게 뭔지 몇 번이고 반복해서 확인해야 했다. 성주 부인 마님은 남작님이 돌아오실 때 흠이 되지 않도록 아가씨를 잘 모셔야 한다고 몇 번이나 말했었다.

"그건 뜨거워요, 아가씨!"

이미 늦었다. 아가씨는 갓 구운 빵을 집다가 기겁하고 오른손을 몇 번이나 허공에 저어 식혔다. 베티는 얼른 사죄했다. 윗사람이 다친 것은 당연히 시중드는 사람의 책임이라는 것을 이곳에서 일하며 배웠다.

"죄송합니다, 아가씨! 더 식혀서 가져왔어야 하는데⋯⋯!"

아가씨는 또 웃으며 고개를 끄덕였다. 베티가 당황하자 아가씨는 잠시 후 눈을 약간 굴리더니 손을 젓기 시작했다. 괜찮다는 표시인 것 같았다.

사실 베티가 시중을 잘못 든다고 해서 이 아가씨가 누구한테 설명할 수 있는 것은 아니라지만, 저런 관대함을 보면 확실히 이 아가씨는 성격이 좋았다. 목욕 시중을 들 때 보니 천연두 한 번 앓은 적이 없는 사람처럼 피부가 깨끗했는데. 틀림없이 본가의 성에서는 매일같이 우유로 목욕을 한다거나 했을 것이다. 정말 높은 신분의 아가씨들은 그렇게 한다고, 성주 따님 아가씨가 부러워하며 그렇게 말했었다.

아가씨는 빵을 잠시 내버려 두고 고기부터 먹기 시작했다. 아가씨는 거의 언제나 식기를 써서 식사했다. 숟가락이 아닌 식기를 성에 와서 처음 본 베티는 그런 능숙한 손놀림이 신기했다. 이렇게 우아한 아가씨가 왜 속옷 같은 옷만 입고 있으려고 할까. 농가의 아가씨들도 다리가 다 드러나는 옷은 도저히 남들 앞에서 입지 못하는데.

게다가, 소문에 따르면, 이 아가씨는 정말로 뜬금없이, 얼마 전 성을 방문하셨던 귀족님의 침실에서 발견되었다고 한다.

어떻게 그런 일이 가능했을까. 어떤 하녀들 사이에서는 이 아가씨가 사악한 마녀이거나 서큐버스인 것이 틀림없다는 이야기도 돌았다. 베티는 마법사를 본 적이 한 번도 없었지만 이렇게 조용하고 얌전하고 착한 아가씨가 어떤 못된 의도를 가지고 귀족님의 침실에 숨어들었다는 생각은 들지 않았다. 오히려 사악한 마법사의 요술에 걸려든 불쌍한 피해자라면 몰라도.

말도 통하지 않고, 아는 사람도 없는 성에서 가만히 앉아 있어야 하니 불쌍한 노릇이었다. 베티는 아가씨가 식사를 반 정도 했을 때 문득 동정심이 일어 다정하게 물었다.

"맛이 괜찮으셔요?"

아가씨는 조심스럽게 웃으며 베티를 보고 말했다.

"맛이 괜찮으셔요."

베티는 웃음이 나오는 것을 참았다. 얼마 전에 아가씨는 '뭐 더 드릴까요?' 하는 말을 따라 했었다. 아마 그때도 이번과 같은 의미로 말하고자 했을 것이다.

아, 그런데 그 웃음기가 보인 모양이었다. 아가씨는 난처한 듯 눈을 깜박였다. 베티는 얼른 손뼉을 딱 소리 나게 쳤다.

"맞아요, 아가씨! 그래도 저 같이 천한 하녀에게는 그냥 맛있다고만 하시면 돼요."

아가씨는 쓴웃음을 지었다. 전혀 못 알아들은 게 아닐까. 베티는 민망해져 묽은 포도주를 따랐다. 아가씨는 묽은 포도주보다 과즙을 좋아했지만 그렇게 늘 과일이 많이 있는 것이 아니다.

"목은 안 마르세요, 아가씨? 음료도 같이 드셔야 막히지 않아요."

아가씨는 대답하지 않았지만 감사 표시를 하고 잔을 들었다. 베티는 갑자기 약간 걱정이 되었다. 복장만 보아도 충분히 알 거라고는 생각했는데…….

"아가씨, 아시지요? 저는 천한 하녀니 너무 예의 바르게 대하시지 않으셔도 돼요. 물론 저는 아가씨께서 하시는 대로, 감히 불만을 제기하는 것은 아니지만요."

아가씨는 빙긋 웃었다.

답답하기도 한데 이건 이것대로 좋은 것도 같다. 베티는 망설이다 아가씨에게 안 보이는 각도로 한숨을 쉬었다. 성주 따님 아가씨가 이 반만이라도 잘해준다면 베티는 본인이 좋은 집안 출신이라도 된다고 착각하게 될 터였다. 윗사람들이 조금만 더 이 아가씨 같다면 얼마나 일하기 편할까.

물론 지금도 불평할 만한 환경은 아니다. 베티는 아가씨가 불편할 것은 없는지 주변을 둘러보았다. 아가씨는 식사를 조금 더 하다가 베티에게 손짓했다.

"예, 아가씨?"

베티는 공손하게 물었다. 아가씨는 오른손으로 주먹을 쥐었는데 기묘하게도 엄지와 새끼손가락만큼은 편 채였다. 그리고 아가씨는 그대로 주먹을 자기 오른뺨에 가져다 대고 눈을 깜박였다. 명백하게 뭔가를 알아듣기를 기대하는 얼굴이었다.

……모르겠다. 정말로 모르겠다.

베티는 대관절 그 이상한 손짓이 무슨 뜻일지 순간적으로 열두

가지도 더 떠올려 보았지만 어느 것도 상황에 부합하는 것 같지 않았다. 그녀는 또다시 쩔쩔맸다.

"죄송합니다, 아가씨. 제가 멍청해서 아가씨께서 무슨 말씀을 하시는지 잘 모르겠어요."

볼이 아프다는 걸까? 욕을 하는 걸까? 칭찬을 하는 걸까? 누굴 불러오라는 걸까? 이 아가씨를 모시다 보면 정말로.

난감했다.

"그 아가씨는 정말 부신어는 하나도 못 한다던데요."

남편의 말을 들으며 성주 부인은 웃었다. 그녀는 공들여 했던 화장을 지우기 위해 하녀의 도움을 받고 있었다. 따뜻한 물을 적신 헝겊에 파우더가 묻어 나왔다.

"예, 그런 것 같지요."

"참 별일도 다 있지요. 여자애가 하늘에서 뚝 떨어지듯 나타나고."

"어머나, 당신."

성주 부인은 손을 들어 하녀를 제지했다. 그리고 등 뒤에 앉은 남편을 돌아보며 눈을 동그랗게 떴다.

"그렇게 순진하셔서야. 하인들과 소작인들에게 다 속으시겠어요."

성주는 잘 준비를 하느라 웃옷을 벗고 있었다. 그는 아내의 박한 평가에 눈을 깜박였다.

"그게 무슨 말씀이세요, 부인?"

"하늘에서 여자애가 뚝 떨어질 리가 있나요. 당연히 라이헤르타 남작이 데려온 사람이겠지요."

"예?"

성주는 인상을 썼다.

"자기가 데려왔다면 데려왔다고 하면 그만이지, 왜 모르는 사람인 척을 하겠습니까?"

"그러니까 말이 되는 핑계를 대야지요."

이미 충분히 시간을 두고 분석해 보았다. 성주 부인은 다시 고개를 돌려 화장을 지우도록 했다. 하녀는 종알거리는 안주인의 입에 수건이 들어가지 않도록 주의하며 손을 움직였다. 수건을 데울 때 넣은 식물 기름의 냄새가 향기로웠다.

"그 아가씨의 머리색을 보세요. 그리고 일할 줄 모르는 신분인 것도. 라이헤르타 남작의 먼 친척이거나 돌아가신 전전 백작님의 사생아인 게지요."

그것은 일리가 있는 추측이었다. 루젤 바이언트 폰 라이헤르타의 얼굴이 '그 아가씨'의 얼굴과 전혀 닮지 않았다는 사실을 제외하면. 그리고 라이헤르타 남작은, 그 아가씨에 대해 물을 때 정말로 이쪽이 그녀를 아는 것이 당연하다는 얼굴이었다.

성주는 인상을 쓴 채 말했다.

"그러면 그냥 남작 본인이 보호하겠지요, 여보. 백작에게 사생아가 있었다면 어디에서든 소문이 났을 테고요."

"전장에 가는데 귀한 아가씨를 데려가서 뭘 하겠어요. 남작은 여자 때문에 일을 그르치는 성격은 아니라고 들었어요. 신경 쓰기 싫으니까 여기 두고 갔다가, 돌아올 때 데려갈 핑계도 다 마련해 놨잖아요."

그래도 어딘가 걸리는데. 성주는 사교계와는 거리가 멀었지만 라이헤르타 남작이 얼마나 진지하고 곧은 성격인지 들은 바가 있었다. 그리고 직접 본 바로도 그렇게 뻔뻔한 거짓말을 해서 짐을 다른 사람에게 넘기려는 성격은 아닌 것 같았는데.

"제 말을 못 믿으시는군요."

성주 부인은 웃음기 섞인 목소리로 말했다. 하녀는 화장을 모두 지우자 수건을 치웠다. 성주 부인은 앉아 있던 의자에서 일어나 남편이 있는 침대로 갔다. 그리고 침대 위에 앉아 남편을 마주보았다. 성주는 뜨끔해 고개를 저었다.

"아니, 저는 언제나 당신 말을 믿지요."

"당신은 좋은 분이시니 거짓말과 술수를 믿기 싫어하시는 거지요."

하녀는 성주가 객관적으로 거짓말을 자주 하고 술수도 자주 부린다고 생각했지만 못 들은 척했다. 성주는 그러나 부인의 말을 이런 쪽에서는 전적으로 믿었다. 그는 다정하게 아내를 보았다.

"남작이 거짓말을 한 거라고 생각하세요?"

"어머나, 당신."

성주 부인은 깔깔 웃었다.

"그 방에서 아무도 모르는 사람이 나타날 리가 없지 않아요. 만질 수 있고 식사도 하니 귀신은 아닌데요. 우리가 들여보낸 것은 아니니 당연히 남작이 데려온 아가씨일 테고, 모르는 사람이 갑자기 나타났다고 하는 쪽이 너무 허술한 거짓말인 거지요."

"그건 그래요."

"제 추측을 들어보시겠어요?"

"당신이 하시는 말씀이라면 언제든지."

하녀는 대야와 수건을 모두 챙겼다. 그리고 횃불을 하나 껐다. 성주가 지시했다.

"기름이 아까우니 횃불을 다 껐는지 꼭 확인해라."

"예, 주인님."

하녀는 절하고 착실하게 횃불을 차례로 껐다. 곧 방 안은 어두워졌다. 하녀는 안녕히 주무시라고 인사하고 나가 문을 닫았다.

성주는 침대에 누워 아내를 재촉했다.

"말해보세요. 그 아가씨에 대한 당신의 추측이 뭔데요?"

"뻔한 거예요."

성주 부인은 남편의 옆에 나란히 누워 이불을 덮었다. 이 성은 오래되어 밤이나 낮이나 추웠다. 지금은 여름인데도 그러했다.

"라이헤르타 남작의 애인인 거예요."

성주는 그 말에 충격을 받았다. 라이헤르타 남작은 다른 남자들이 두 번은 결혼했을 나이인데도 일에 매진하느라 아직 여자와 소문 한 번 난 적 없다고 들었다.

"애인이라고요?!"

하지만 사실, 그 잘생긴 얼굴과 대단한 무용으로 여자 한 명이 없다는 건 수상한 의심을 하기에 좋은 조건이었다. 성주 부인은 후후 웃었다.

"미인이잖아요. 먼 친척이라면 신분을 숨길 필요가 없을 테고, 아마 사촌이거나 이복 남매겠지요."

"하지만 이복 남매도 사촌도 결혼할 수 없잖아요."

"그러니까 모르는 척을 해서 신분을 만들려고 하는 거지요. 어디서 갑자기 나타난 귀족 아가씨라면, 귀천상혼의 위험은 있겠지만, 결혼하는 데 문제가 없지요. 형님이신 전 백작님도 이미 돌아가셨으니 남작의 결혼에 참견할 사람도 없고요."

"백작 부인은요?"

"그분이야 도련님이 귀천상혼을 한다면 더 좋지 않겠어요? 라이헤르타 남작령이 남작 사후에는 백작님에게 떨어질 텐데."

귀천상혼을 한 부부 사이에서 태어난 아이는 부모의 재산을 정식으로 물려받지 못한다. 성주는 그런 결혼을 한다는 것을 이해할 수 없었지만 아내의 설명이 합리적이라고 인정했다.

"그러니까, 그간 어딘가에서 조용히 키워오던 아가씨의 존재를, 이제 혼인하기에 적당한 나이가 되었으니까 드러낸 거라고요? 우리 성에서?"

"나쁘지 않은 연출이지요. 남작령에서 발견한 여자라고 하면 너무 티가 나니까요."

"우리 성에서 발견했다고 해도 티가 나는데요."

아내가 금방 이렇게 확신할 정도다. 그냥 황도에서 적당한 가짜 신분을 대고 데뷔시켜도 될 것을. 성주는 혀를 내둘렀다. 성주 부인은 본인의 명석함과 추측의 깔끔함에 기분이 좋아져 콧소리로 웃었다.

"이렇게까지 할 정도면 그 아가씨를 굉장히 좋아하나 봐요. 남작을 다시 봤어요."

"……그런가요?"

성주는 떨떠름하게 되물었다. 성주 부인은 부드럽게 물었다.

"당신은 그렇게 생각하지 않으세요?"

"이복 남매나 사촌과 결혼하는 건 부도덕하잖아요."

"신전에서 금하는 일이지요."

"그러니까 말이에요."

"하지만 높으신 분들은 으레 그렇게들 하잖아요?"

"그건 가문의 재산이 유출되지 않도록 하는 것이 아닌가요?"

"사랑 때문에 그러기도 하고요."

할 말이 없었다. 성주는 쩝쩝거리다 생각나 물었다.

"그러면 우리는 지금 성에 미래의 남작 부인을 모시고 있는 건가요?"

"그렇지요."

성주 부인은 확신을 담아 말했다.

"아가씨의 시중에 불편이 없도록 하라고 아이들에게 일러두었어요."

설마 전화를 못 알아듣다니, 대단한 일이었다. 아무리 오지라고 해도 봉사 단체가 가지고 있는 전화 정도는 있는 것 아닌가. 이곳은 당장 사람들이 영양실조로 픽픽 쓰러지는 곳도 아니고 전쟁터도 아닌 것 같은데 어떻게 전화를 못 알아들을까. 아니면 이곳에서는 전화를 가리키는 다른 제스처가 있는 것일까.

물론 다른 제스처가 있다는 것이 전화가 아예 없다는 것보다는 가능성이 높을 터였다. 유나는 한숨을 쉬며 침대에서 뒹굴거렸다. 이곳은 벽이 다 돌로 되어 있어 밤에는 대단히 춥고 습기가 찼다. 바닥에 거미가 다니는 걸 보고 기겁하자 지나가던 하녀가 아무렇지도 않게 그 거미를 잡아주었는데, 가끔 주위가 고요할 때 들어보면 어딘가에는 쥐도 있는 것 같았다. 쥐와 거미가 있으니 남은 건 바로 시작하는 그분뿐인데. 침대라도 줘서 정말로 다행이었다.

이곳에서 보내는 매일은 상당히 심심했다. 창밖을 내려다보면 성에는 쉼 없이 사람이 들락거리는 것 같았고 그들이 가져온 물건을 구경하는 것도 나름 처음에는 재미있었으나 이제는 하도 늘 똑같은 물건이 오가니 질린 상태였다. TV에서만 보던 당나귀가 허름한 차림의 아저씨와 소년들을 짚단이니 채소 더미와 함께 싣고 다니는 것은 이곳에서 아주 당연한 풍경인 모양이었다. 하녀들은 수시로 성의 작은 쪽문을 드나들며 무언가를 버렸고 하인들은 방문자와 시비가 붙어 싸워댔다. 이젠 싸움 소리에서 자주 등장하는 욕설도 배울 지경이다. 외국어에서 제일 빨리 배우는 게 욕이라더니.

그렇게 성의 출입자를 보는 과정에서 그녀가 느낀 것은 이곳이 아주 잘 꾸며지고 철저하게 관리되는 민속촌이라는 것이었다. 사람들이 입은 옷은 조악하면서 생활감 있었고 맨발로 돌아다니면서도 낡아 빠진 모자는 꼭 눌러쓴 사람들이 있었다. 그들은 이곳의 주인쯤으로 보이는 부부와 그 딸에게 심할 정도로 굽신거렸으며 하인들에게 일방적으로 얻어맞아도 별소리를 하지 않았다. 그리고 그녀에게 가까이 온 적이 있는 모든 사람의 옷은 분명 손바느질로 몸에 맞춰 만든 옷이었다. 무엇보다.

저 벽의 횃불.

유나는 드레스와 춤을 좋아했고 그런 것이 등장하는 영화는 좀 본 편이었다. 그런데 그러한 영화들도 웬만하면 벽에 촛불을 붙여놓았지 연기 냄새가 나는 관솔불을 끼워놓지는 않았다. 일단 방 안에 있는 사람이 느끼기에도 건강에 안 좋을 것 같은 연기가 난다. 그리고 화재 위험 때문인지 잘 시간이 되면 불을 다 끄는데 그러면 화장실도 혼자 못 갈 정도로 방 안이 아주 어두워지곤 했다.

이렇게까지 철저하게 할 필요가 있는 건가. 대체 뭘 위해서? 카메라도 안 보이는데?

이쯤 되면 정말로 그냥 꿈이 아닐까 싶다. 대단히 현실감이 있고, 깨고 싶다고 생각해도 깨어나지 않는 악몽. 그러나 그녀는 이미 여러 가지 경험을 하면서 지금 그녀가 겪고 있는 것이 꿈이 아니라고 확신한 상태였다. 꿈속에서 잠이 오지 않아 천장을 뜬눈으로 올려다보고, 다음 날 그 덕분에 몸이 아파 허덕이는 것은 겪어본 적이 없는 일이므로.

혹시 자신이 미친 것이 아닐까. 유나는 뱃속이 단단히 꼬이는 기분과 함께 그런 생각도 했다. 상식적으로 이런 일은 있을 수가 없었다. 그녀가 이런 곳에 와 있을 이유도 없었고 다른 사람들이 그녀를 경찰에 신고하거나 대사관에 데려다주지 않고 방을 줘서 먹이고 재울 이유도 없었다. 차라리 자고 일어났더니 몰디브 같은 곳의 해안이었다면 산책이라도 했을 텐데, 여기는 마치 중세 시대의 유럽 같다.

전화도 없고, 그녀가 본 바로는 콘센트 있는 곳 하나 없었다. 중세 컨셉의 민속촌이라면 관광객이 올 만도 한데 관광객 같은 사람은 단 한 명도 본 적이 없다. 화장실은 다행히 있었지만 배관이 전혀 현대적이지 않았고 옷은 너무도 당연하게 수제였으며 옷감의 질도 한 벌 안에서 들쑥날쑥했다. 기계로 짜거나 만든 것 같은 물건은 전혀 보이지 않았다. 나아가자면, 21세기가 아닌 것 같다.

그것을 인정하고 싶지 않았다. 차라리 외국에 온 것이라면 나중에 어떻게든 설명이 되거나, 설명이 되지 않는다고 해도 대사관을 찾으면 한국에 돌아갈 수 있을 터였다. 한국 대사관이 없는 곳이라면 어느 나라의 대사관이라도 좋고, 그곳에선 아무튼 영어가 통할 것이다. 하지만 이곳이 21세기가 아니면 ……그러면 어디란 말인가?

차라리 꿈을 꾸고 있는 것이라면. 그녀는 자각몽을 꾸는 일이 잦았고 때문에 지금 이것이 꿈이 아닌 것을 경험으로 알았다. 그러나 그것은 원망스러운 자각이었다. 중세 유럽이 몇 년 전인지는 모르지만, 아무튼 조선 시대보다도 전일 것이다. 그러면 대체 집에는 어떻게 돌아가야 하며.

왜.

역시 그것이 떠올랐다. 그녀는 머리가 지끈거려 돌아누웠다. 그리고 깊게 한숨을 쉬었다. 이곳 생활은 불편했지만 그것 때문에 불만인 것이 아니다. 이곳은 그녀가 있어야 할 곳이 아니었고 오고 싶어 한 적도 없었다. 집에 가서 엄마와 이야기를 하고 싶었다. 그리고 치킨이라도 시켜 먹으면서 TV를 보고, 스마트폰으로 웹서핑을 하고.

갑자기 토할 것 같은 기분이 들었다. 그녀는 몸을 벌떡 일으켰다. 이불이 벗겨진 부분의 살갗은 추위에 떨렸지만 차라리 그쪽이 나았다. 그녀는 침대와 거의 붙어 있는 벽 쪽으로 다가가 나무 문을 활짝 열었다. 그러고 보니 이곳에서 밤하늘을 본 적이 없었다.

그녀는 하늘을 보고 비명을 삼켰다.

얼음처럼 찬 공기 너머로 별이 가득한 하늘.

크고 작은 두 개의 달.

Chap. 2
Die Welt der zwei Monde
두개의 달이 있는 세계

몸에 맞는 옷을 입은 유나는 창밖을 지루하게 보았다. 하긴 그역시 마차를 타고 이동하는 것은 그리 좋아하지 않았다. 루젤은알 것 같다고 생각했지만 창밖에도 재미있는 것이 없기는 마찬가지였다. 황도에 가까워지기는 했으나 아직 밭과 숲, 들판밖에 없다. 길은 아까 겨우 생긴 참이고.

"레이디 유나."

헤링어가 넉살 좋게 말을 걸었다. 그는 루젤의 옆에 계속 앉아있었지만 지루해 보이지는 않았다. 유나는 눈을 들어 헤링어를 보았다. 자갈이 많은 길을 한참 통과해 왔기 때문에 그녀의 낯빛은아직 약간 창백했다.

그녀가 왜 불렀는지 말을 하라는 듯 빤히 쳐다보자 헤링어가 친절하게 물었다.

"괜찮으십니까?"

그녀는 잠시 생각하는 듯 눈을 마차 천장으로 들었다가 이윽고 고개를 끄덕였다. 루젤은 헤링어에게 물었다.

"그 말은 알아들으시는 건가?"

"용례로 보아 그럴 확률이 높습니다."

헤링어는 확신을 가지고 대답했다. 아무 말도 통하지 않는 것보다는 훨씬 나은 일이었다. 유나는 헤링어를 계속 쳐다보았고 헤링어는 빙긋 웃었다.

"브랜디를 좀 드릴까요?"

유나는 웃으며 고개를 끄덕였다. 헤링어는 주인에게 시선을 돌렸다.

"저런 표정이실 때는 못 알아들으신 겁니다."

이쪽에서 물어봤고 저쪽에서 고개를 끄덕였는데?

"브랜디는 드리는 게 좋겠군."

"예."

어차피 그럴 생각이었을 것이다. 헤링어는 마차 아래에서 브랜디가 든 병을 꺼냈다. 그리고 잔에 솜씨 좋게 술을 채워 유나에게 건넸다. 유나는 얌전히 술을 받아 들었다. 헤링어는 마시는 시늉을 해 보이고 눈웃음을 지었다. 유나는 술을 조심스레 마셨다.

"알아들으신 것 아닌가?"

"아뇨, 잔을 드리니 놀라신 것 같았습니다."

그런 눈치는 채지 못했다. 루젤은 유나를 보았다. 유나는 루젤이 자신을 보는 것을 눈치채고는 시선을 슬쩍 돌렸다. 뱃속이 좀 불편해졌다. 아직 미움받고 있다.

헤링어가 놓치지 않고 지적했다.

"레이디 유나께선 아직 주인님을 두려워하시는군요."

"……불안하실 테지."

억울한 점은 남아 있었지만, 루젤은 그렇게 이해하는 말을 했다. 몇 주간 그녀를 돌본 폰첼성 사람들의 말에 의하면 유나는 아주 평범하고 예의 바른 아가씨이며 다른 수상한 점은 없다는 모양이었다. 그리고 남몰래 따로 만나는 사람도 없다고 저쪽에서 덧붙여 온 걸 보니 첩자가 아닌 것은 확정이다. 그러므로 그녀는 완전히 피해자인 것 같은데.

그래도 어떻게 그 자리에 나타났는지는 아직도 모를 일이었다. 황도에 가면 누군가 통역을 맡아줘서, 모든 의문이 풀릴 수 있을 거라고 생각하지만.

브랜디를 홀짝홀짝 마시던 유나는 헤링어가 따라준 것이 두세 모금밖에 되지 않았음에도 불구하고 그것을 좀 남겼다. 그녀가 잔을 내리자 헤링어가 솜씨 좋게 잔을 빼앗아 갔다. 유나는 잠시 자신의 손을 내려다보다 헤링어에게 고개를 까딱했다.

"당연한 일입니다."

헤링어는 감사 인사를 받은 것처럼 그렇게 말했다. 보좌관의 사교성에는 정말로 늘 놀라고 감탄한다. 루젤은 창밖을 보았다.

야트막한 언덕이 계속되던 풍경이 어느새 밭이 가득한 것으로 바뀌었다. 저 멀리 왕가 소유의 푸른 숲도 보였다. 밭에서 일하던 사람들은 마차와 그 뒤를 따르는 몇백 명의 병사들을 보고 놀라며 허리를 폈다. 여름이라 그들의 얼굴에는 땀이 비처럼 흘렀다. 밭에 푸른 잎사귀가 무성한 것을 보니 올해 농사는 나쁘지 않을 모양이었다.

"입성하시면, 태자 전하부터 뵈러 가시는 겁니까?"

마차 안이 후텁지근한 침묵에 가라앉기 전 헤링어가 물었다. 루젤은 생각하며 대답했다.

"그래. 사령관이 태자 전하시니 그분께 먼저 보고를 드리면, 이후 전하께서 황제 폐하께 말씀 올리시겠지."

"레이디 유나도 모셔 가실 겁니까?"

그것은 생각하지 않았다. 루젤은 유나를 보지 않고 천천히 말했다.

"아니, 그것은 적절하지 않겠지. 보고가 가장 중요하니 그것부터 처리하고, 그다음 태자 전하께 사정을 말씀드려 원조를 요청할 생각이다. 시릴 공의 지혜를 빌리려면 태자 전하께서 말씀해 주시는 것이 확실하겠지."

궁정 최고의 천재는 오만하고 남의 말을 잘 듣지 않는다. 그나마 태자의 명령 정도가 있어야 움직일 뿐이다. 헤링어는 동감하며 쓴웃음을 지었다.

"그러하시면 제가 레이디 유나를 모시고 먼저 저택에 가 있을까요? 어차피 오랫동안 비워둔 곳이니 정리를 해야겠지요."

"병사들이 머물 곳도 수배해라. 넉넉해야 한다. 태자 전하께서 주신 병사들은 바로 돌려보낼 생각이지만 만약을 대비하는 것이 좋아."

"예, 주인님."

"레이디 유나께서 입으실 옷과 신으실 신발도 마련하도록. 적당한 선에서라면 얼마를 쓰든 네가 알아서 하는 것을 허락한다."

"여성에게 필요한 것은 그뿐만이 아닙니다, 주인님."

"필요한 게 뭐든 네가 알아서 하리라 믿는다."

헤링어는 주인의 신뢰에 빙긋 웃었다.

"감사합니다, 주인님. 신뢰에 보답하겠습니다."

루젤은 그를 희한하게 보았다. 이제 와서 무슨.

"왜 그런 말을 하는 거냐?"

"주인님께서 생각하시는 것보다 돈이 들어갈 일이 많을 것 같아서 미리 말씀드리는 겁니다."

루젤은 인상을 썼다. 아무것도 없는 여자에게 적당한 생활이 가능할 정도의 새로운 물건을 갖추어주려면 돈이 드는 것이야 당연하다. 먹고 잘 곳에 적당한 옷 한 벌만 있으면 되는 남자와는 다른 것이다. 그도 그 정도는 알고 있었다.

"……신경 쓰지 않는다."

"지금 이 관대하신 말씀을 레이디 유나께서 알아듣지 못하시는 것이 안타깝군요."

유나는 자기 이름이 나오자 은근슬쩍 헤링어와 루젤을 곁눈질하다가 루젤과 눈이 마주치자 눈을 깜박였다. 그녀는 잠시 후 시선을 또 돌렸다. 창밖에는 이제 분명히 황도의 성벽이 보이기 시작했다.

황도는 물이 서서히 넘치는 둑처럼 보였다. 그리고 그 구조를 물의 흐름에 비유한다면 황도 서북쪽의 반듯하고 아름다운 황궁은 수원지일 터였다. 황궁을 둘러싸고 지어진 황족들의 별궁과 귀족들의 대저택은 계란의 노른자보다도 적은 비율에서 끝나고, 황도의 나머지 구역은 가장자리로 갈수록 서서히 퍼져 나가는 가난이 눈에 띄게 보였다. 열일곱 개의 지구 중 부유한 장사꾼이 사는 구역이나 황가에서 지원을 받는 학자들의 구역 또한 소수에 속했다. 나머지 구획에 눌려 들어간 평민들은 성벽으로 점차 밀리다 밀리다 결국 성문 바깥의 벽에 움막을 짓고 살았는데 그 움막촌의 넓이는 해가 갈수록 무질서하게 넓어졌다. 성문 바로 안쪽에 좁고 높게 지은 아파트에서 사는 이들도 결코 쾌적한 생활을 영위하는 것은 아니었다. 그에 비하면 농사를 짓고 사는 이들은 먹고살 길이 분명하니 오히려 사정이 나았다.

마차가 움막촌을 통과하는 동안 헤링어는 자연스럽게 마차 창문에 커튼을 쳤다. 그러나 유나는 커튼을 왜 치냐는 듯 헤링어를 보고 그 끝자락을 살짝 들었다. 그녀의 까만 눈이 동그랗게 커졌다. 루젤은 그녀의 손에서 커튼 자락을 빼앗아 다시 그것을 꼼꼼하게 쳤다. 그녀는 루젤의 손길이 가까워지자 잠시 흠칫했지만 감히 커튼을 다시 열지는 못했다.

헤링어는 주인에게 속삭였다.

"레이디 유나가 사시던 곳은 사정이 이렇지는 않은 모양입니다."

사실 큰 영지나 도시에 산 적이 있다면 아룰라어를 전혀 모르지도 않을 것이다. 루젤은 한숨을 쉬었다.

"이야, 내 자네라면 해낼 줄 알았지, 바이언트 경."

루젤은 황궁의 제3 응접실에 태자가 들어오자 주군을 대하는 예로 절했다. 태자는 그러나 늘 그래왔듯이 루젤을 친근하게 일으켜 세웠다. 그의 진한 초록색 눈이 총명함으로 반짝반짝 빛났다.

"완벽한 승전이었다고?"

"거의 그렇습니다."

태자는 원래 루젤보다 키가 컸지만 루젤은 그 키의 차이가 늘 실제보다 크게 느껴졌다. 아마도 이 사람을 볼 때마다 저도 모르게 들곤 하는 경외심 때문일 것이다.

태자는 활기차게 손짓해 루젤을 의자에 앉히고 자신도 의자에 앉았다. 황궁의 응접실은 솜씨 좋게 만들어 도금한 가구로 채워지고 향기로운 꽃으로 장식되어 있었는데 그 찬란함이 태자에 비할 바가 되지 못했다. 태자이자 제국의 유일한 황자인 오이겐은 대단한 미남은 아니었으나 휘황찬란한 금발이 눈에 띄었고 어디서나 매력 있는 사람이었던 것이다.

"거의는 뭐야?"

"사상자가 열두 명 나왔습니다."

"적은?"

"백스물세 명을 죽였습니다."

"그러면 완벽한 승전인데?"

오이겐은 양 입술을 당겨 올리며 웃었다. 루젤은 담담하게 다음 보고를 했다.

"전리품의 목록은 적어왔습니다. 확인해 주시면 감사하겠습니다."

"헤링어 작품이지?"

"예, 전하."

"그러면 확실하겠지. 고생했어, 루젤. 전비 겸 해서 전리품의 절반은 자네에게 줄 테니 그리 처리해."

"감읍합니다, 전하."

루젤은 고개를 다시 숙였다. 오이겐은 신뢰할 수 있는 친구이자 부하의 얼굴을 이리저리 뜯어보았다. 전장에 다녀온 사람이 이렇게 멀쩡해도 되나. 게다가 역사에 남을 만한 승전을 올리고 왔는데도 잘난 체하는 기색마저 없다. 오이겐은 장난스럽게 질책했다.

"자네처럼 뛰어난 사람이 너무 담담해도 다른 사람은 질투가 난다는 걸 알아? 조금은 뽐내보지그래."

"저는 뛰어나지 않습니다, 전하."

"왜? 제국에서 자네와 검술을 겨룰 수 있는 사람은 적지. 이번 전쟁도 소규모지만 깔끔하고 빠르게 끝내고 피해마저 놀라울 정도로 적었어. 적 측에서는 자기들을 그렇게 누른 장군이 '저는 뛰어나지 않습니다' 같은 말을 하고 있다는 걸 알면 머리를 쥐어뜯고 싶을걸. 그럼 우린 뭐냐, 하고 말이지."

"운이 좋았습니다, 전하."

오이겐은 재미없다는 얼굴을 했다.

"그렇게 생각해?"

"예, 전하."

하긴 어떻게 할까. 루젤은 이렇기 때문에 믿을 수 있는 것이다. 오이겐은 약간 심드렁해진 얼굴로 물었다.

"이제 어떻게 할 거야. 남작령으로 내려갈 건가? 자네 영지에서 데려온 병사들은 고향으로 가야지."

"그것 말씀입니다만."

그냥 간다고 또 재미없게 말할 줄 알았던 부하는 의외로 뭔가 할 말이 있는 얼굴이었다. 오이겐은 의자에 등을 기대고 거만하게 말했다.

"말해봐."

"실은 황도에 조금 거하다 가야 할 것 같습니다. 일이 오래 걸릴 듯하면 병사들은 헤링어에게 맡겨 고향으로 보낼 생각입니다."

"헤링어한테?"

루젤과 헤링어는 거의 떨어지는 일이 없었다. 사실 루젤은 군인으로서의 능력은 비할 바 없이 뛰어났지만 생활 능력은 거의 없었으므로 기사 중의 기사의 전형이라고 보아야 할 터였다. 헤링어가 없다면 분명히 식사를 언제 준비시켜야 하는지도 모를 거라고 생각했는데.

오이겐의 그 생각이 너무 빤히 드러난 모양이었다. 루젤은 주군을 보다가 불편한 듯 헛기침을 했다.

"전하, 저도 헤링어 없이도 식사는 챙겨 먹을 수 있습니다."

"커프스단추가 떨어진 건 그냥 덜렁거리고 다니겠지만 말이지."

"그런 것은 하인이 챙겨줍니다."

"그래? 놀라운데."

"헤링어도 언젠가는 한 사람의 기사로서 독립을 해야 하니, 그가 없이도 생활할 수 있도록 하고 있습니다."

"그래? 놀라운데."

"두 번 말씀하시지 않아도 됩니다."

"둘 다 놀라운데 어떡해."

루젤은 다시 한숨을 쉬었다. 오이겐은 킥킥 웃었다.

"그래, 자네가 황도에 머무른다면 좋은 일이야. 그런데 왜? 실은 나는 자네가 바로 내려갈 줄 알고 내가 잡으려고 했는데."

"일이 생겼습니다."

"설명해."

루젤은 잠시 미간을 좁혔다. 태자는 이 말을 어떻게 받아들일까. 지금 생각해 보니 농담 같다. 더해서, 준비하지 않은 화제에 대한 설명은 그에게는 고문 같은 것이었다.

"……실은 연고가 없는 레이디 한 분을 모시고 있는지라."

"레이디?"

오이겐은 눈을 반짝거렸다. 루젤은 좀 더 과거로 거슬러 가야 했다는 생각이 들어 고심 끝에 부연했다.

"폰첼성에서 어쩌다 만나게 된 레이디인데, 말이 통하지 않습니다."

"폰첼성 성주나 성주 부인의 친척인 모양이지? 외국인가?"

"외국인인 듯하온데, 성주나 성주 부인과는 아는 사이가 아니라 합니다."

오이겐은 고개를 갸웃했다.

"그런데 왜 폰첼성에 있었지?"

이 부분이 웃기게 들릴 것이다. 루젤은 각오하고 말했다.

"그것을 성 사람들도 전혀 모른다고 하고, 레이디는 말이 통하지 않아 여쭙지 못했습니다."

"왜?"

정말 '왜'다. 아니, 왜냐고 하고 싶은 것은 이쪽이다. 루젤은 인상을 좀 썼다.

"저도 모르겠습니다."

오이겐은 초록색 선명한 눈을 굴렸다. 그리고 이해하는 과정이 끝나자 부하를 잠시 어이없이 쳐다보았다.

"그런데 왜 자네가 데리고 왔어? 거기 두면 되잖아."

"전혀 연고가 없는 분이고 성 사람들도 모른다 하니, 기사로서 홀로 내버려 둘 수가 없었습니다. 황도에 모시고 오면 레이디와 같은 말을 하는 사람이 있을까 하여."

"아하."

사람이 좋기도 하다. 오이겐은 빙긋 웃었다.

"알았어. 자네가 데려올 만도 하군. 그러면 책임을 져야지. 시릴에게 말해두지."

"예, 전하. 감사합니다."

주군이 이해해 주어서 다행이었다. 루젤은 안도의 한숨을 쉬다가 퍼뜩 떠올라 물었다.

"그런데 저를 잡으실 생각이라고 하셨는데, 어째서입니까, 전하? 무슨 일이 있습니까?"

오이겐의 얼굴이 갑자기 찌푸려졌다. 루젤은 주군에게 일어난 사건이 심각한 것임을 바로 알았다.

유나는 자신을 구석구석 만지는 손놀림에 질겁했다. 헤링어가 그녀를 데려온 집은 이전의 성에 비해 훨씬 따뜻했고 햇빛이 잘 들었지만 오랫동안 쓰지 않은 듯 정적이 먼지처럼 끼어 있었다. 그러나 헤링어는 금세 어디선가 데려온 사람들을 시켜 집을 깨끗이 청소했고 하녀 같은 사람들도 소환했다. 그러니까, 거의 소환이라고 해도 좋을 정도로 빠르게 모든 것이 해결되었다.

그리고 그 하녀들은 그녀의 몸을 만지며 줄자로 여러 치수를 재고 있었다. 눈 하나 깜짝하지 않고 그것을 보던 낯선 여자—옷이 그려진 종이와 천을 잔뜩 들고 온 여자로, 우아하고 멋있는 드레스를 입고 있었다—는 사무적으로 빙긋 웃었다. 그 여자는 유나가 저택에 도착한 지 얼마 되지 않아 마치 원래 드나들던 사람처럼 짐을 잔뜩 가지고 나타났다.

"–."

뭐라고 하는지 모르겠다. 유나는 하녀들의 손길에 인상을 쓰며 그 낯선 여자를 쳐다보았다. 낯선 여자는 익히 그녀가 이 나라—세계?—의 말을 하지 못한다는 것을 미리 들은 듯 아무렇지도 않게 뭔가 더 종알거리며 천 조각들을 테이블에 늘어놓았다. 하녀들의 손에서 겨우 놓여난 유나는 아마도 그중 마음에 드는 것을 고르라는 것 같아 테이블로 다가갔다. 그리고 고심하며 대강 눈에 예뻐 보이는 것들을 선택했다. 낯선 여자는 선택된 조각들을 집어 하녀에게 건넸다.

아, 혹시 새 옷을 만들어주는 걸까

달이 두 개인 것과, 저 성에서의 나날들로 이곳이 21세기는커녕 지구도 아니라는 사실을 충분히 알았다. 그러므로 유나에게는 되갚을 돈도 없었거니와 그런 것을 생각할 마음의 여유도 없었다. 라이헤르타 남작이 헤링어의 윗사람인 것은 알겠는데, 그는 이 저택에 따라오지도 않았고…… 그럼 누가 저걸 다 사는 걸까.

낯선 여자는 유나가 더는 천을 고르지 않으리라는 것이 분명해지자 자기가 데려온 여자 일꾼들을 시켜 천을 치웠다. 그리고 들고 온 종이들을 펼쳐서 여러 옷의 디자인을 보여주었다. 생활 방식에 비하면 대단히 세련된 단계를 밟는 의상 제작이다. 아니, 아마 이전에 머물던 그 성에서는 이런 식으로 옷을 만들지 않았을 것이다. 이곳은 아주 큰 도시인 것 같던데 그래서 전문적으로 옷을 디자인하는 사람도 있는 걸까.

여자가 보여준 종이의 디자인은 유나가 보기엔 어느 것이나 고전적인 것을 넘어선 옛날 디자인이었지만, 여자아이들에게 드레스가 보통 그렇듯 어릴 때는 꿈꾼 적이 있는 것이었다. 유나는 그중 어느 것도 본인에게 잘 어울릴 것이라는 생각은 들지 않았지만 일단 가장 디즈니 공주들이 입었던 옷과 흡사한 라인의 그림을 몇 장 또 골랐다. 낯선 여자는 칭찬하듯 손뼉을 치고 또 뭐라고 종알거렸다. 아마 안목을 칭찬하는 것 같았다.

너무 비싸지 않았으면 좋겠다고 말할 능력은 없었다. 유나는 지쳐서 자리에 앉았다. 낯선 여자는 재빠르게 유나가 고른 디자인만 빼고 다른 그림들을 치웠다. 그리고 하녀에게 들려주었던 천 조각을 그녀에게 대 보였다. 어디에 어떤 감을 붙이면 좋을지 물어보는 것 같아 그녀는 아무래도 좋다는 표시를 최대한 힘써서 해 보였다. 낯선 여자는 다음으로는 무시무시한 것이 그려진 다른 종이를 몇 장 보여주었다.

언제 끝나는 거야.

속으로 비명이 나왔다. 새로운 종이에는 아무리 봐도 코르셋이 그려져 있었는데, 가슴 바로 아래서부터 허리까지를 무자비하게 졸라매 아마 영화에서처럼 여자를 숨 막혀 기절하게 하는 바로 그것이었다. 그리고 왜 그래야 하는지는 모르겠지만 가슴까지 졸라매는 것도 있었다.

유나는 화들짝 놀라 고개를 저었다. 코르셋은 싫다. 필요도 없다. 성에서 선물로 받은 지금의 드레스에는 그런 것이 안 붙어 있는데 왜.

낯선 여자는 안타깝다는 얼굴로 유나에게 자기 허리를 보여주었다. 아마도 코르셋을 하면 이만큼 허리가 가늘어져요! 같은 의미인 것 같았는데, 유나는 아까부터 그렇게까지 허리를 인조적으로 졸라맨 게 무섭다고 생각하고 있었기 때문에 고개를 더 세차게 흔들었다. 아마도 의상실 직원 같은 낯선 여자는 더 안타깝다는 듯 고개를 숙였다.

똑똑.

문이 열리고 헤링어가 들어왔다. 유나는 저도 모르게 반색했다. 헤링어는 먼저 유나에게 다가와 허리 숙여 인사하고 의상실 직원과 대화를 나누었다. 의상실 직원은 유나가 고른 그림과 천을 하나하나 보여주며 길게 이야기했다. 헤링어는 만족스럽게 고개를 끄덕이고 유나의 발을 가리켰다. 의상실 직원이 데려온 하녀들이 갑자기 다가와 그녀의 발을 붙잡았다.

꺄악, 하고 유나는 깜짝 놀라 입을 벌렸다. 그녀는 성에서 아마 누군가 옛날에 쓰던 것 같은 인체 비공학적인 가죽신을 신고 있었는데 그걸로도 충분했다. 그러나 하녀들은 무지막지한 기술로 그녀를 꼼짝 못하게 하며 그녀의 발 모양을 종이에 본떠 그렸다.

정말 집에 가고 싶다. 감당할 수 없다. 유나는 울상을 지었다.

"어서 오십시오, 주인님."

과연 헤링어의 능력을 믿은 보람이 있었다. 루젤은 벌써 몇 년이나 비워두었던 저택이 깨끗하고 활기 넘치는 것을 보고 속으로 적잖이 놀랐다. 게다가 보아하니 일꾼들도 벌써 몇 명 고용한 것 같다.

"태자 전하와는 말씀 잘 나누고 오셨습니까?"

헤링어는 루젤이 벗는 외투를 받아 들며 넉살 좋게 물었다. 루젤은 잠시 그를 보았다가 담담하게 대답했다.

"……그래."

"복잡해 보이십니다."

"너는 마음이라도 읽는 건가?"

"사람들은 주인님께서 알기 힘든 분이라고들 합니다만, 실은 알기 쉬운 분입니다."

무례하다. 루젤은 한숨을 쉬었다.

"태자 전하께 말씀 올렸다. 황도에 좀 머물러야 할 것 같다."

"그렇습니까?"

"생각보다 오래 걸릴 것 같으니 네가 병사들을 집에 데려다줘라."

헤링어는 눈썹을 들며 웃었다.

"그렇게 말씀하실 것 같았습니다. 준비는 해두었습니다."

"그리고 돌아와라."

"예. 제가 없으면 주인님께선 언제 식사를 준비시켜야 할지도 모르실 테니까요."

이 말을 아까도 들었다. 루젤은 어이없어 하며 말했다.

"내 식사 정도는 알아서 챙길 수 있다."

"주인님께서야 배가 고프시면 드실 테지만, 레이디 유나께 적절한 대접을 하시는 것도 잊으시면 안 됩니다."

그건 조금 생각지 못했다. 루젤은 찔끔한 것을 드러내지 않으며 말했다.

"네가 걱정할 것 없다."

"사 년 전에도 수고해 줬던 요리사를 다시 고용했으니 그가 알아서 할 것이라 믿습니다만, 커프스단추가 덜렁거리는 것도 그냥 내버려 두시면 안 됩니다."

루젤은 본인이 혹시 커프스단추가 반쯤 떨어진 채로 밖에 돌아다닌 일이 있었는지 이제 고민하기 시작했다. 그가 기억하기로는 그런 일이 없었던 것 같은데.

"그것도 잊지 않고 챙기도록 하인들에게 말해뒀습니다."

헤링어는 주인을 놀리듯 덧붙였다. 루젤은 인상을 썼다.

"내가 알아서 할 수 있다."

어린아이도 아닌 것이다. 헤링어는 주인을 따라 가장 좋은 방으로 들어갔다. 그리고 창이 잘 열려 환기되고 있는 것을 만족스럽게 보며 주인의 겉옷을 갈무리해 걸었다. 이 저택은 작은 편이지만 조용하고 정원이 아름다웠다. 저 정원도 적당한 정원사를 불러 손봐야 할 테지만.

루젤은 테이블 앞의 의자에 지친 듯 앉았다. 헤링어는 주인을 놀리는 것을 그만두고 물었다.

"무슨 큰일이 있으셨습니까?"

루젤은 테이블을 보다 눈을 들었다. 그리고 가만히 되물었다.

"헤링어, 너는 오이겐 태자 전하 외의 황자님께서 계신다는 말을 들은 적이 있나?"

"태자 전하 외의 황자님이요?"

헤링어는 주인을 위해 하인을 부르며 이맛살을 찌푸렸다. 어지간한 그도 그런 이야기는 들어본 적이 없었다.

"저는 모릅니다만."

"나도 오늘 처음 들었다."

"계시는군요."

지금까지 황제의 아들은 오이겐 태자 한 명밖에 없었다. 나이 들고 황제와 사이가 좋지 않은 황후가 갑자기 또 한 명 낳았다는 이야기로 저렇게 주인이 심각해지지는 않을 것이다. 황제의 정부들은 모두 신분이 낮으니 그들이 낳은 자녀는 황족으로 인정받을 수 없고.

"모후께서 어느 분이신지도 알려졌습니까?"

"유리디스의 카타리나 공주 저하시란다."

짐작한 바였다. 헤링어는 인상을 쓴 채 고개를 끄덕였다.

이십 년 전, 외교적인 이유로 황도를 방문했던 카타리나 공주는 그때 아직 젊었던 황제와 염문을 뿌렸다. 얽힌 사람 모두가 지고한 신분이었던 탓에 스캔들은 점잖게 쉬쉬되었지만 그것이 소문이 잠잠해졌다는 뜻은 아니었다. 그때는 헤링어도 루젤도 어렸을 때였지만 황도뿐 아니라 온 제국, 그리고 주변 나라에서까지 모든 살롱이 그 부적절한 관계에 대해 속닥였다는 모양이었다. 물론 황제에게는 그때 벌써 지금의 황후와 그녀의 아들인 오이겐 태자가 있었고 카타리나 공주는 금세 유리디스로 돌아가야 했다고 들었다.

"태자 전하께서 주인님을 곁에 두려고 하시는 이유를 알겠습니다."

헤링어는 황족을 모독할 만한 말을 가급적 피해서 한마디로 줄였다. 루젤은 피곤한 이마를 짚었다.

"태자 전하께선 카타리나 공주 저하와 황제 폐하께서 당시 혼인하신 사이가 아니었으므로 황자 저하의 지위를 인정할 수 없다고 하신다. 황족의 일이므로 나 같은 자가 함부로 평할 수는 없으나, 법정에서 누군가 내게 묻는다면 나는 태자 전하의 말씀이 합당하다고 할 것이다."

"황자 저하께선 그간 어디에 계시다가 이제 나타나셨답니까?"

하인이 들어왔다. 헤링어는 새로 고용한 하인에게 독한 술을 가져오라고 명령했다. 루젤은 하인에게 덧붙였다.

"잔은 두 개 가져와라."

"감사합니다, 주인님."

헤링어는 즉각 인사했다. 루젤은 한숨을 쉬었다.

"구체적인 사정은 여쭙지 않았다."

"아, 그러셨겠지요."

"그러나 태자 전하의 말씀으로 미루어 보아 황자 저하께서는 그간 당신의 신분을 모른 채 시골에서 고아로 자라고 계셨던 모양이다."

"미혼의 공주 저하셨으니까요."

아마 그때 궁정을 주름잡았던 귀부인들에게 묻는다면 '그래서 그렇게 본국으로 일찍 돌아간 거였다'거나 '어쩐지 수상했다' 같은 말이 나올지도 모른다. 헤링어는 이해했다.

"그렇지. 그런데 얼마 전 카타리나 공주 저하께서 돌아가시면서 남기셨던 유언이 전해지며 황제 폐하께서 황자 저하를 불러올리셨다는 모양이다."

정말로 구체적인 사정을 묻지 않았을 루젤이 이만큼 알고 있다면, 이미 비밀이 아닌 것은 물론이고 태자의 입에서도 아무렇지도 않게 쏟아져 나올 이야기란 말이다. 헤링어는 영리한 태자의 입지를 걱정하지는 않았지만 복잡한 균형에 끼어들어야 할 주인은 마음껏 속으로 동정했다. 그의 주인은 원래 그런 것에 맞지 않았다. 마음껏 검술 연습이나 하면 그것으로 족한 사람인데.

"사교계에는 데뷔하셨답니까?"

"황제 폐하의 주선으로 이미 하셨다고 한다. 황후 전하께서 데뷔 파티를 주재하셨다고 말씀하셨다."

태자가 어지간히 이를 갈고 있을 것이다.

하인이 술을 가져왔다. 헤링어는 그것이 몇 년 전 이 저택에 놓고 갔던 묵은 술임을 알아보았지만 루젤은 아무 생각 없이 따라 주는 대로 마셨다. 헤링어는 자리를 비우기 전 저택에 새로운 술을 잔뜩 구비해 놔야겠다고 다짐했다.

"레이디 유나를 맡길 사람을 부탁드리는 것도 조심스러우셨겠습니다."

루젤은 무뚝뚝하게 말했다.

"그렇지는 않다. 내가 레이디 유나에 대해 말씀드린 후 황자 저하에 대해 말씀하셨다."

"그것은 다행입니다."

그러고 보니 묻지 않았다. 루젤은 문득 떠올라 예의 바르게 물었다.

"레이디 유나는 잘 도착하셨나?"

"드레스와 구두의 디자인에 파묻혀 계십니다. 레이디의 기본적인 차비에는 길다르 두 닢 들었습니다."

그것은 큰돈이었다. 루젤은 돈이 아깝게 느껴지지는 않았지만 약간 놀랐다. 그는 제 옷에는 운첸 몇 닢을 들이면 그것으로 족하다고 생각해 왔다.

"뭘 샀길래?"

"원래 레이디의 물건은 남자의 것보다 비쌉니다, 주인님. 그리고 사교계에 모셔야 하니 제대로 된 의상실에 맡겼습니다. 실은 레이디의 옷이 제대로 되면 주인님의 옷도 그쪽에 맡기는 게 좋다고 생각합니다만."

사교계. 루젤은 인상을 썼다.

"그렇지."

천재 시릴이 유나와 이야기를 나눠서 그간의 모든 수수께끼를 푼다고 해도, 어차피 귀부인을 집 안에만 가두어둘 수는 없다. 의상실을 통해서 벌써 그녀의 소문이 퍼져 나가고 있을 테고 그녀를 초대하고 싶어 하는 사람은 금세 우후죽순처럼 생겨날 것이다.

사교계를 좋아한 적은 없었다. 루젤의 얼굴이 벌써 죽을상을 한 것을 보고 헤링어는 혼자 웃었다.

계속 지켜본 결과, 이곳이 신분제 사회인 것은 분명한 것 같았다.

유나는 책상 앞에 앉아 확신했다. 이 도시가 뭐하는 곳인지는 몰라도 이곳에 들어오는 길에 지나친 거리는 지금 있는 집이나 저 앞집, 옆집 등의 수준에 비하면 몇백 년은 후퇴한 것 같은 움집이 가득했다. 그리고 그 움집촌에 사는 사람들은 언제 씻었는지 모를 얼굴에 누더기를 입고 있는 데 비해 이 부근을 돌아다니는 사람들은 손에 닭을 들고 있는 하녀여도 옷이 깨끗하고 예뻤다. 무엇인지 본인도 모를 이유로 유나는 이곳에서 높은 신분으로 대우받고 있었는데, 반대의 경우보다는 나으므로 상관은 없었으나 이유는 정말로 궁금했다.

다른 나라에 온 것도, 과거로 시간 여행을 한 것도 아니고 이곳이 아예 다른 세계라는 것을 인정하는 데에는 약간의 시간이 필요했으나 지금은 납득하고 있었다. 달은 대부분의 밤에 두 개가 함께 떴고 그믐과 보름을 각자 자기의 사이클대로 반복했다. 꿈도 잘못 본 것도 아니었다. 하지만 그것은 우스운 일이었다. 판타지 영화에서 다른 세계로 가는 인물들의 이야기는 몇 번인가 보았다. 하지만 그들은 분명한 이유가 있거나 어떠한 행동을 통해 다른 세계로 들어갔지 자고 일어났더니 갑자기 다른 세계이지는 않았다. 이곳으로 오게 된 계기를 모르니 돌아가는 방법도 오리무중이었다.

내가 그냥 미친 게 아니라면, 우리 세계로 또 돌아가게 될까.

유나는 심심할 때 자주 그렇게 생각했다. 이제는 습관이었다.

다행히도 이 집은 이전에 머물렀던 성에 비하면 훨씬 발달한 건축술로 지어진 것이었다. 화장실은 깨끗했고 낮에는 빛이 잘 들었으며 밤에는 춥지 않았다. 저 더운 날씨와 만발한 꽃을 보면 여름이니 밤에 춥지 않은 것은 정상적인 일이고 안심할 만한 일이었다. 그 성은 아마 겨울에는 실내에서도 털 코트를 입고 있어야 얼어 죽지 않을 것이다.

이 집의 주인은 라이헤르타 남작인 것 같았다. 잠시 지내보니 그는 첫인상에 비해 훨씬 예의 바르고 차분한 사람이었으나 무뚝뚝하고 표정 변화도 별로 없었다. 그리고 헤링어는 라이헤르타 남작의 집사나 수석 하인, 뭐 그쯤 되는 사람인 모양으로, 집안의 일은 물론이거니와 라이헤르타 남작의 개인적인 시중도 그가 다 드는 것 같았다. 헤링어는 식사할 때도 라이헤르타 남작의 뒤에 서 있었고 그가 필요로 하는 것을 가져다주며 다른 하인들을 통솔했던 것이다.

어쩐지 교통수단도 말에 마차고, 사람들이 갑옷을 입고 다니고, 신분제가 있는 사회라니 수석 하인이 있는 것도 어색하지는 않다. 하지만 만약 이곳이 라이헤르타 남작의 집이라면 그는 결혼도 하지 않고 부모 형제도 없는 것 같았다. 유나는 자신과 라이헤르타 남작 이외에 이 집에서 시중을 받는 사람을 본 적이 없었다. 옛날에는 다들 일찍 결혼했다고 생각했는데, 서른은 좋이 된 남자가 왜 아직 결혼을 안 했을까. 혹시 숨겨진 성격은 아주 괴팍하다거나 하는 걸까. 심지어 친구도 없는지 방문자도 없다.

아니, 그에 대해 나쁘게 생각하면 배은망덕한 일이다.

유나는 갑자기 그런 생각이 떠올라 고심했다. 그녀가 이곳에서 먹는 음식은 식문화가 그리 발달하지 않은 곳이라 그런 듯 별로 맛있지 않았다. 밍밍한 수프와 거친 빵과 향신료 없이 구운 고기의 반복이었고 가끔 나오는 채소는 모두 삶은 것이었다. 라면이 먹고 싶다. 피자도 먹고 싶다. 치킨도 먹고 싶다. 무엇보다 흰 쌀밥에 갓 구운 통조림 햄에 조미김을……. 침이 나왔다. 그녀는 괴로워져 한숨을 쉬었다.

의상실에서 얼마 전 배달된 옷은 성에서 줬던 옷과 다르게 몸에 잘 맞았고 예뻤으며 몸에 닿는 느낌도 부드러웠다. 확실히 성에서 본 사람들의 옷에 비해 훨씬 세련된 솜씨로 만든 것을 알겠다. 그리고 수제로 만든 드레스가 쌀 리가 없는데 그 돈을 모두 지불한 것은 아마도 라이헤르타 남작일 것을 그녀는 알고 있었다. 이쪽에서 요구한 것은 아니나 감사하고 미안한 일이었다. 이곳 사람들은 누구나가 긴 치마에 긴 웃옷을 입고 있으니 아마 유나에게 옷이 없다고 생각해서 그렇게 해주는 것 같았는데, 그러면서도 뭘 요구해 오질 않는다. 요구해 온다고 해도 해줄 수 있는 일은 없지만. ……방 청소마저 하녀가 해주는 것이다. 부엌에는 들어가지도 못하게 하고.

그러니 그는 아주 친절하고 좋은 사람이었다. 처음엔 목을 졸린 일 때문에 계속 앙심을 품고 있었고 그를 두려워하기도 했지만, 지금 객관적으로 생각해 보면 그의 입장에선 자고 일어났더니 침대에 모르는 여자가 누워 있었던 것이다. 그간 보아온 판타지 영화에 의거해서 추측해 보면 …… 이쪽을 '암살자'나 뭐 그런 것으로 생각했던 게 아닐까. 전날에 술 먹고 데려오는 여자 같은 건 그의 인생에 있었을 것 같지가 않다. 그런 이미지가 아니다. 그리고 금세 병사들을 데리고 나갔다가 한참 후에 돌아왔었으니 어쩌면 그는 전투 같은 거라도 치르고 온 걸지도 몰랐다. 그렇다면 적의 암살자를 경계하는 것도 당연했다.

음, 이해가 된다. 이해가 되고말고.

그런데 그 친절하고 좋은 사람이 왜 저렇게 친구가 없을까. 낮에 가끔 나갔다 오는 것 같기는 해도 다른 때는 자기 방에 틀어박혀 있거나 저기 정원 한쪽에서 말을 타고 돌아다니는 게 전부던데. 친구들과 사냥 같은 걸 다녀오지는 않는 걸까. 파티를 연다거나.

아, 마지막 건 잘못 생각했다. 라이헤르타 남작이 드라마에 나오는 것처럼 럭셔리한 파티를 연다면 우스울 것이다. 틀림없이 오는 사람들에게 어서 오시라는 말도 무뚝뚝하게 할 것이다.

그가 턱시도를 입은 것을 상상하고 유나는 저도 모르게 킥킥 웃었다. 잘생기고 몸매도 좋으니 뭐든 잘 어울릴 테지만, 이 세계에는 턱시도가 없을 거라고 그녀는 확신하고 있었다. 아마 턱시도를 입힌다면 무표정으로 자기 옷을 내려다보고 있을 것 같다. 차라리 트레이닝복을 입혀서 조깅을 시키면…….

어머, 어머.

그녀는 무심코 얼굴을 붉혔다. 상상만 했는데 잘생겼다. 그거다, CF. 성격상 아마 못 할 거라고는 생각하지만, 만약 라이헤르타 남작이 21세기 지구 사람이었으면 대단한 연예인도 될 수 있지 않았을까.

밖에서 덜컹덜컹하는 마차 소리가 들렸다. 유나는 심심했기 때문에 창밖을 보았다. 그녀의 방은 저택의 2층으로 창이 저택 정면을 향해 뚫려 있었기 때문에 정원이 잘 내려다보였다. 블록처럼 반듯반듯하게 세워진 이웃집과 저 멀리 안개가 자주 끼는 숲도 좋은 풍경이었다.

흰색과 금색으로 장식된 훌륭한 마차가 마침 집 앞을 지나고 있었다. 유나는 이 방에서 지내며 좋은 마차를 여러 대 봤지만 저렇게 화려하고 아름다운 마차는 처음 봤기 때문에 금세 하던 생각을 모두 잊고 마차를 구경했다. 마차는 TV에서 본 영국 여왕의 마차보다 더 컸고 여섯 마리의 백마에는 금색 줄이 장식으로 달려 있었다. 그리고 마차 위와 뒤, 앞으로 둘러싸듯이 탄 하인들.

저렇게 좋은 마차가 어느 집 건가 하고 보는데 놀랍게도 마차는 이 집 앞에 멈추어 섰다. 대문과 집 문 사이의 길이 좁았기 때문에 마차째 건물 앞까지 올 수는 없었다. 마차 뒤에 아슬아슬한 자세로 서 있던 좋은 옷의 하인이 거만한 얼굴로 뛰어내려 마차 문을 열었다. 문밖으로 날씬한 다리와 금색 지팡이가 불쑥 나왔다.

내린 사람은 아주 젊어 보이는 남자로 아마 이십대 중반 정도 될 것 같았다. 유나는 은발을 생전 처음으로 보았는데 그의 은발은 색이 일정하고 매끈하며 허리까지 올 만큼 길었다. 관리를 아주 잘한 것 같았다. 그리고 그 남자는 좋은 옷뿐 아니라 얼굴에는 외알 안경을 끼고 있었는데, 그가 얼굴을 살짝 들어 저택을 보는 것과 동시에 안경테가 햇빛에 보석처럼 반짝 빛났다.

잠시 그와 눈이 마주친 것 같았다.

유나는 놀라서 눈을 깜박였다. 저택에서 하인이 뛰어나가 마차를 집 뒤에 세울 수 있도록 이야기하는 것이 보였다. 은발의 남자는 대단히 자신감 있고 우아한 자세로 걸어 집 앞으로 왔다. 그가 시야에서 사라지기 전 그녀는 모른 체 허리를 폈다.

"이리 왕림해 주시니."

헤링어는 무뚝뚝한 주인 대신 활짝 웃으며 손님을 반겼다. 궁정 최고의 천재는 비죽 웃었다. 루젤 바이언트가 사심 없이 주군을 위해 일하는 사람인 것은 알았으나, 그는 이 남자에 대해 태자만큼의 호의를 가지고 있지는 않았다. 사실 그가 호의를 가지고 있는 사람은 이 세상에 몇 명 없었다.

"저를 이렇듯 반겨주시니 영광일 따름입니다."

시릴은 루젤을 향해 인사했다. 루젤은 고개를 까딱했다.

"와주셔서 감사합니다."

"별것도 아닙니다. 다만 부족한 제가 도움이 되어 드릴 수 있을지, 그것만이 염려될 따름이랍니다."

그렇게 말은 했으나 이 자리에 있는 사람 중 누구도 시릴이 부족하다고 생각하지는 않았다. 그는 아룰라어의 모든 변화에 능했고 도라디안이니 슈자니즈도 사신들이 놀랄 만큼 구사했다. 아마 그가 하지 못하는 말이 있다면 이 제국의 누구도 하지 못할 터였다.

시간 낭비를 하고 싶지는 않았다. 시릴은 입만 웃는 채로 말했다. 루젤의 저택은 시릴이 가지고 있는 대저택에 비하면 아담했고 응접실의 취향은 고상하다기보다 검박했다.

"그러면, 태자 전하께서 말씀하신 레이디께 소개를 청해도 되겠습니까?"

"제가 모셔 오겠습니다."

헤링어가 즉각 응접실을 빠져나갔다. 하인이 들어와 음료를 주었고 시릴은 그 음료에는 손도 대지 않았다. 루젤은 적절한 자리에 앉아 있었지만 손님에게 특별히 말을 걸지는 않았다.

어느 쪽이든 무례한 일이었지만 두 남자는 서로 신경 쓰지 않았다. 그러나 가만히 있는 것은 지루했고 시간의 낭비였다. 시릴은 숨을 돌리자 루젤에게 먼저 말을 걸었다.

"예의 레이디와는 어떻게 만나게 되신 겁니까?"

루젤은 파란 눈으로 시릴을 담담히 보았다.

"폰첼성에서 알게 되었습니다."

"어떤 식으로요? 물론 이렇게 여쭙는 게 실례가 되지 않는다면 말씀입니다만."

"공께서 여쭈신다면 이유가 있으리라고 생각합니다."

무슨 일에든 정보가 많은 것은 좋은 일이었다. 좋은 예로, 절대 중요한 인물이 되지 않을 것 같던 한 소녀가 그의 인생의 많은 것을 바꾸었다는 사실을 시릴은 알고 있었다. 그녀에 대해 미리 많이 생각했다면 지금만큼 휘둘리지는 않았을 것이다. 그녀를 떠올리니 즐거워졌다. 시릴은 무심코 입꼬리를 약간 올리고 루젤을 보았다. 루젤은 손님의 표정이 어떻게 변했는지 따위는 전혀 눈치채지 못한 얼굴로 천천히 더듬었다.

"믿지 못하실지도 모르겠습니다만……."

"그렇다면 여쭙지 않았겠지요."

"실은 그 건에 대해서도 시릴 공께서 레이디께 여쭈어주셨으면 합니다."

"어찌 만나셨기에."

루젤은 말을 길게 하는 사람이 아니었다. 시릴은 갑자기 흥미가 약간 동했다. 물론 처음부터 아무리 태자의 권유가 있었다고는 해도, 시시하고 별 관심이 가지 않는 일이었다면 그가 이곳까지 행차하는 일은 없었을 터였다. 쌓인 일이 많은 것이다. 그러나 저 헤링어 보좌관이 전혀 의사소통을 하지 못했다는 귀족 소녀라니. 지금 벌써 사교계에는 북쪽 산맥 너머에서 왔다는 이야기까지 돌고 있다. 저, 가서는 아무도 돌아오지 못한 곳에서.

루젤은 눈살을 살짝 찌푸렸다. 방에 들어온 햇살이 음료가 든 잔을 보석처럼 비췄다.

"실은 어느 날, 폰첼성에 머물던 평소와 같은 날이었습니다만, 눈을 떠보니 옆에 레이디 유나가 누워 계셨습니다."

시릴은 약간 실망했다.

"좋은 집안의 레이디이신 것이 확실합니까?"

"폰첼성의 가솔이 아닌 것은 분명했습니다만, 귀한 신분의 아가씨라고 헤링어가 추측했습니다."

시릴은 헤링어의 추측이 어디에 기반했는지 궁금해졌다. 귀한 신분의 아가씨는 먼저 남자의 침대에 숨어들어 가거나 하지 않는다. 남자를 유혹해서 어떻게든 침대에 숨어들게 만드는 것이 귀족 여자의 기술이다.

"한데 그 성에 들어오시면서 신분과 고향을 밝히셨을 것이 아닙니다. 폰첼성은 그렇게 경비가 허술하단 말입니까?"

"폰첼성뿐 아니라 제 침실도 병사들로 하여금 경비하게 하고 있었습니다만, 병사들 또한 레이디 유나가 들어오는 것을 보지 못했다고 합니다."

"레이디 유나라 부르면 되는 겁니까?"

"그것이 성함이신 것 같습니다."

통하는 게 하나도 없나 보다. 시릴은 태자가 왜 그를 이곳까지 보냈는지 이해했다. 루젤을 아끼는 마음도 있었겠지만, 혹시 어딘가에 첩자가 있는 것은 아닌지 확실하게 하고 싶었던 것이다.

똑똑.

응접실 문을 두드리는 소리가 노골적으로 들렸다. 루젤은 들어오라고 말했고 응접실 문이 조심스레 열렸다. 문턱을 성큼 넘어 들어오는 여자를 시릴은 약간의 흥미를 가지고 관찰했다.

여자는 슈잔 사람처럼 코가 낮은 편이었고 눈이 높이 올라온 편이었지만 이목구비의 균형이 잘 잡혀 있어 보기 좋았고 피부도 깨끗했다. 머리칼 또한 관리를 한 흔적이 있었고 이쪽을 보는 시선은 천하지 않았다. 사람을 보자마자 짓는 예의 바른 미소. 걷는 동작은 대단히 세련된 것은 아니었으나 조심스럽고 자신이 있었다.

어째서 신분 높은 아가씨라고 저 헤링어가 추측했는지 이해할 수 있었다. 시릴과 루젤은 앞서거니 뒤서거니 일어섰다. 루젤이 여자에게 다가가 고개를 숙이고 시릴을 보였다. 여자는 시릴에게 다시 빙긋 웃었다. 시릴은 외알 안경을 빛내며 비슷하게 빙긋 웃어주었다.

"시릴 데이하르츠 공이십니다, 레이디 유나."

루젤은 시릴을 왼손으로 가리키며 말했다. 시릴은 적절한 때에 우아하게 허리를 숙였다.

"만나뵙게 되어 영광입니다, 레이디."

여자는 웃는 얼굴 그대로 천천히 허리를 숙였다 폈다. 시릴은 그녀의 시선이 그의 안경에 와 닿는 것을 느꼈다. 그는 미소 지은 채 물었다.

"이것이 신기하십니까?"

안경은 그리 많은 사람이 쓰는 것이 아니다. 여자는 안경에서 예의 바르게 시선을 떼었다.

보지 말라고 할 생각은 아니었다. 시릴은 헤링어에게 말했다.

"레이디께서 어디서 오셨는지, 어떻게 오셨는지 여쭤면 되는 거지?"

"예, 시릴 공. 부탁드립니다."

헤링어는 여자를 위해 의자를 빼주었다. 여자는 시릴과 대각선으로 마주 볼 수 있는 의자에 앉았다. 그리고 그 자리에 있는 세 남자를 번갈아가며 보았다.

"음료를 드릴까요, 레이디 유나?"

말이 안 통한다면서도 헤링어는 여자에게 친절하게 물었다. 여자는 웃으며 고개를 끄덕였다. 시릴은 눈을 잠시 가늘게 떴다.

"알아듣고 고개를 끄덕이시는 건가, 아니면……."

"일단 무조건 고개를 끄덕이시는 편입니다."

헤링어는 천연덕스럽게 대답하며 새로 잔을 꺼내왔다. 여자는 자기 앞에 음료가 채워진 잔이 놓이자 그것을 잠시 쳐다보다 손을 대었다. 그리고 마셔도 되는지 아닌지 모르겠다는 얼굴로 헤링어를 보았다. 헤링어는 빙긋 웃으며 고개를 끄덕였다.

그제야 안심한 듯 음료에 입을 대는 여자를 보고 시릴은 새삼 더 흥미가 이는 것을 느꼈다. 말이 아주 통하지 않더라도 이 정도로 의사소통이 된다. 하기야, 그는 같은 나라 말을 하면서도 도저히 의사소통이 안 되고 있다는 기분을 느낀 적이 많았다. 사람 사이에는 사실 언어보다 더 중요한 것이 통해야만 하는 것이다.

시릴은 우선 본인이 아는 언어 중 가장 귀족 사회에서 대중적인 공용어, 아룰라어로 말을 걸어보았다.

안녕하십니까, 레이디. 혹시 아룰라어를 하십니까?

여자는 말간 눈으로 시릴을 보았다. 시릴은 그녀의 얼굴이 전혀 변하지 않는 것으로 보아 그녀가 지금 그가 한 말을 전혀 알아듣지 못했다는 것을 추측했다. 그는 슈자니즈, 얀츠, 부신어, 심지어 파르페니안에 도라디안까지 써서 그녀에게 말을 걸어보았다. 여자는 어느 말에도 반응을 보이지 않았다.

헤링어는 심각한 얼굴로 귀띔했다.

"어떤 말도 못 알아들으시더군요."

"별일이 다 있군."

시릴은 동의했다. 슈잔 쪽 출신일 거라고 생각했는데, 슈자니즈도 도라디안도 못 하다니. 그러면.

"도시 연합 출신인가?"

그쪽은 아주 작은 마을에서도 자기들만의 언어를 고집스럽게 고수하는 경우가 있다. 아무리 시릴이라지만 그런, 연구된 적도 없는 언어까지도 자유로이 할 수는 없었다. 그러나 도시 연합의 그러한 마을 사람들은 그러므로, 얀츠와 부신어를 누구나 어느 정도 구사할 수 있기도 했다.

이해가 안 되는 일이었다. 그는 자존심이 상해 인상을 썼다. 여자는 시릴의 표정이 변하자 신경 쓰는 듯 눈을 깜박였지만 시릴은 그녀를 위로하지 않았다. 사실, 안 그래도 지금 그에게는 신경 쓸 일이 많았던 것이다.

"하면."

루젤은 불에 기름을 부었다.

"공께서도 레이디 유나와 대화를 나누실 수 없는 겁니까?"

시릴은 표정을 관리했다. 그의 오른쪽 입술이 비틀어졌다.

"이런 말씀 드리기 죄송스럽습니다만, 그런 것 같습니다. 사교계에 가서서 물어보셔야 할 것 같습니다만. 산맥 너머에서라도 오시지 않은 이상 이렇게까지 말이 안 통하는 경우는 처음입니다."

그 말은 조금은 심술궂었다.

루젤은 식당으로 들어온 유나를 보고 침을 삼켰다.

천재 시릴이 그녀와 대화를 나누지 못했다고 해서 그들의 생활에 변하는 것은 없었다. 그러나 오늘 새벽에 헤링어가 병사들과 함께 라이헤르타 남작령으로 떠나면서 생긴 변화는 컸다. 아침 식사는 제시간에 준비되어 있었지만 유나는 식당에 들어오자마자 버릇처럼 루젤의 뒤를 보았다. 그녀는 헤링어가 그 자리에 없는 것을 보고 눈을 동그랗게 떴다가 루젤에게 빙긋 웃어 인사했다. 그는 일어나 허리를 숙였다.

유나는 늘 그녀가 앉는, 하인들이 따뜻한 음식을 가져다 놓은 자리에 다가왔다. 평소에는 헤링어가 하는 일이었지만 오늘은 루젤이 보좌관 대신 유나의 의자를 빼주었다. 자리에 앉은 유나는 루젤에게 또 웃어 보였다. 그는 고개를 끄덕여 말없이 답하고 본인의 자리로 돌아갔다.

테이블에 침묵이 깔렸다. 유나는 음식에 손을 대기 전 루젤에게 물었다.

"헤링어?"

"떠났습니다. 다시 돌아옵니다."

루젤은 간단하게 설명했다. 유나는 제대로 알아들었는지 아닌지 음식으로 시선을 돌렸다. 그녀는 식사를 시작했다.

떠나기 전 헤링어는 루젤에게 자기가 없는 동안 주의해야 할 사항을 보고하고 갔다. 그리고 그 주의 사항의 첫째는 유나를 심심하게 하지 않는 것이었다. 루젤이 보기에 그 주의 사항은 보좌관에게 주의를 받지 않더라도 집주인인 그가 당연히 해야 할 일이었으나 헤링어는 걱정하는 얼굴이었다. 그는 주인을 마치 물가에 내놓은 어린아이처럼 보며 '강가나 숲에라도 모시고 가서 즐겁게 해 드려야 한다'고 당부했다.

루젤로서는 본인이 그렇게까지 사회성이 없어 보이나, 하고 의아해질 만한 일이었다. 그는 당연히 집에 손님을 모시고 있을 경우 집주인이 손님을 지루하게 해서는 안 된다는 것을 알고 있었다. 그리고 손님을 즐겁게 하는 방도를 군이 보좌관에게 듣고 따라 해야 할 만큼 양식이 없지도 않았다. 그는 약혼하지 않은 남녀가 둘이서 강가나 숲에 소풍을 가는 것은 부적절한 일일뿐더러 여성에게 실례가 되는 일이라는 것도 알고 있었다. 그러니 그가 얼마나 독립적인지. 그러니 유나를 즐겁게 하기 위해서는…… 뭘 하면 좋을까.

그것은 아직 생각해 두지 않았다. 그러나 루젤은 그것을 깊이 생각하면 머리가 아플 것 같았기 때문에 그즈음에서 편리하게 연구를 그만두었다. 일단 방문자를 받은 지도 얼마 되지 않았으니 집 안이 지루하다고는 하지 못할 것이다. 황궁도 시끄럽고 유나는 혼자 있는 것을 싫어하지 않는 것 같으니 한동안은 쉬게 하는 것도 좋을 터였다.

그는 자신이 식사를 무시무시한 속도로 하고 있었다는 것을 갑자기 깨달았다. 유나는 말없이 빵을 뜯고 있었는데 그녀의 시선은 가끔 이쪽을 살피듯 향했다. 식사 중 너무 조용하게 있는 것도 실례다. 그는 의례적으로 물었다.

"맛이 어떠십니까?"

유나는 잠시 눈을 굴렸다.

"맛이 괜찮으셔요."

대답이 돌아왔다! 루젤은 약간 놀라 그녀를 보고 칭찬했다.

"우리말을 금방 배우셨습니다."

유나는 그를 향해 빙긋 웃고 고개를 끄덕였다.

루젤은 식사 속도를 줄였다. 시릴이 한 말이 떠올랐다. 실은 여러 번 되새기고 있다.

도시 연합의 아주 시골에서 올라온 것이 아닐까 하는 그날의 추측은 그럴듯하기는 했으나 아무것도 증명하지 않았다. 오히려 시릴의 평에 따르면 유나가 부신어는커녕 아룰라어도 하지 못하는 것은 부자연스러운 일이었다. 그러므로 그녀의 정체는 더욱 알 수 없었다.

폰첼성 사람들의 평가도 그렇고, 지금 그녀의 시중을 들고 있는 사람들이나 헤링어의 평가로도 유나는 얌전하고 착실한 성품이라는 것 같았다. 마차를 타고 올 때 보니 장거리 마차 여행은 해본 적이 없는 것이 분명했는데, 그러면 어떤 계기로 여기까지 왔을까.

성정과 언어 능력으로 보아 첩자는 분명 아니었다. 그러므로,

다행히, 그녀의 정체를 모른다 해서 변한 것은 아무것도 없었으나.

그러고 보니 그녀 본인도 어딘가로 가야 한다는 눈치는 보이지 않았다. 일반적으로 모르는 사람들 사이에 떨어진 아가씨라면 본인의 가문이나 후견인을 밝히고 지인의 곁으로 가려 할 터였다. 혹시 가족에게 무척 돌아가고 싶은데도, 여비 같은 것을 요구할 수 없어 머뭇거리고 있었던 것일까.

그런 생각은 처음 떠올랐다. 여비라면 드릴 수 있다고 말할까 한 루젤은 어차피 그녀가 알아듣지 못할 것 같아 그만두었다. 혹시 말이 통하는 사람을 찾으면 그때 이야기하면 될 것이다.

말이 통하는 사람을 찾지 못한다 해도 마찬가지다. 지금은 서로 전할 수 있는 것이 없지만, 만약 사교계에서 그녀를 맡길 만한 적당한 보호자가 나타난다면, 그녀를 집으로 돌려보내 주고 싶다. 그렇다면 참 마음이 편할 터였다. 그는 그의 조용한 인생에 집중할 수 있게 될 것이고.

슬쩍 든 그의 눈이 유나의 눈과 마주쳤다. 유나는 미소를 엷게 지었고 그는 그 시선에 침을 또 삼켰다. 그녀가 귀찮다거나 시끄럽다는 것은 아니다. 그저, 혼인한 것도 아니고 혈연인 것도 아닌 남녀가 오랫동안 함께 지내는 것은 여성의 앞날에 부정적인 영향을 미칠 수 있으니.

유나는 거의 식사를 마쳤다. 그때 누군가 현관문 두드리는 소리가 어렴풋이 들렸다. 나갑니다, 하고 크게 외치며 달려 나갔던 하인은 잠시 후 식당으로 들어와 루젤을 불렀다.

"주인님, 서신이 왔습니다."

하인은 은쟁반 위에 한 통의 편지를 받쳐 들어 보였다. 흰 봉투 위에는 붉은색의 봉랍이 충분히 퍼져 황실의 문장을 선명하게 드러냈다. 루젤은 봉투를 집어 열었다. 안에서 금빛으로 장식한 카드가 나왔다. 파티 초대장이었다.

파티 장소는 빈테어 3번가 모 후작 부인의 저택이었지만 초대장의 발신인은 태자였다. 게다가 초대장이 두 장 들어 있는 걸 보니 태자가 유나를 배려한 모양이었다. 루젤은 초대장 중 한 장을 하인을 통해 유나에게 전했다. 유나는 초대장을 받아 들고 그 앞뒤를 살폈다. 아마 그렇게 우아하고 형식을 잘 지킨 초대장은 처음보는 것이 아닐까.

이미 초대를 받았다고 해서 무조건 여자를 끌고 가는 것은 안될 일이었다. 설령 그 초청이 황족에게서 온 것이라 해도 마찬가지였다. 루젤은 침착하고 원칙적인 목소리로 물었다.

"레이디 유나, 태자 전하께서 파티 초대장을 보내주셨습니다. 주최자는 슈빔마렌 후작 부인이신데 가시겠습니까?"

슈빔마렌 후작 부인이 태자의 고모에 해당하며 세 번 결혼했다는 사실은 말해줄 필요가 없을 것이다. 유나는 루젤을 보고 눈을 깜박였다. 그는 슬슬 헤링어를 그리워하다 재차 물었다. 이것이 그의 최선이었다.

"가시겠습니까?"

유나는 웃으며 고개를 끄덕였다.

이 집으로 온 이래 외출하는 것은 처음이었다. 어디로 가는 것인지는 알 수 없었으나, 하녀들이 그녀가 가진 옷 중 가장 예쁘고 화려한 것을 골라 입히고 구슬 달린 구두를 신기는 것을 보니 좋은 장소에 가는 모양이었다. 혹시 이전에 방문했던 그, 시릴 공이라는 남자를 또 만나는 것일까. 그 남자는 옷도 태도도 대단히 훌륭하달까 거만한 기색마저 있었는데 그때는 통역을 하러 온 것으로 보였었다. 그럼 이번에는 다른 통역관을 만나나?

아무튼 이 사람들이 그녀와 말을 나누기 위해 노력해 준다는 것은 고마운 일이었다. 이 사람들도 뭔가가 이상하다는 것, 잘못되었다는 것은 아는 것이다. 라이헤르타 남작이나 헤링이나 너무 당연한 듯이 친절하게 대해주고 돌봐줘서 혹시 이 세계 사람들은 아무리 수상하고 뜬금없이 나타난 낯선 사람이라도 그냥 밥을 주고 옷을 주는 게 문화인가 했었다. 하기야 이 도시로 들어오면서 봤던 가난한 사람들이라면 남한테 이렇게까지 잘해주는 것은 꿈도 못 꿀 테고, 라이헤르타 남작이 부유층이라서 가능한 여유라고도 추측하고 있지만. 그러나 이 세계에 있는 어떤 통역관이라도 그녀와 말이 통할 거라는 생각은 들지 않았다.

통역이 되기만 하면 얼마나 좋겠는가.

이 세계의 것인지 아니면 이 부근만의 것인지, 아무튼 이들이 쓰는 문자를 보았다. 한글이나 한자, 라틴계 알파벳은 당연히 아니었고 심지어 아랍어나 키릴어계 문자로도 보이지 않았다. 아랍어나 러시아어, 몽골어 따위를 배운 적은 없지만 아무튼 그 문자가 쓰여 있는 간판 따위는 이태원에서 몇 번 접했으므로 생김새를 알고 있다. 이곳의 문자는 그녀가 아는 그 어떤 것과도 닮아 있지 않았다. 정말 굳이 따지자면 한 글자 한 글자가 똑똑 떨어지고 직선이 많은 게 한글 쪽과 이미지만은 닮았을지도 모른다.

아니, 하지만 혹시 또 누군가 이 세계로 온 사람이 있을지도 모르는 일이다.

한 명이 왔으니 두 명이라고 오지 못하리라는 법은 없었다. 혹시 뉴스에서 나오는 실종 사건 중 아주 가끔은 뜬금없이 자다가 이쪽 세계로 똑 떨어진 경우가 끼어 있을지 누가 알겠는가. 그렇다면 낯선 사람에게 친절한 이 사람들이 그들도 이렇게 옷을 주고 신발을 주고 먹이면서 데리고 있을지도 몰랐다. 그러다 혹시 그런 사람들과 마주치게 된다면 적어도 영어는 통할 것이 아닌가.

이 세계가 얼마나 넓은지도 모르므로 아마 그럴 가능성은 희박할 터였지만 상상만으로도 희망이 생겼다. 유나는 마차 창문 밖을 보며 깊은 심호흡을 했다. 마차는 창이 작아 안이 어두웠지만 도시 내의 깨끗하고 넓은 도로를 달리는 중이라 그리 불편하지 않았다.

마차는 매우 훌륭하고 만화나 영화에 나올 것 같은 예쁜 거리를 천천히 달렸다. 거리는 한국이라면 이차선 도로 정도 될 너비로, 음식이나 의상에서 보인 문화 발달 속도에 비해 대단히 현대적이고 깨끗했다. 집들은 쭉 뻗은 도로 양쪽으로 서로를 보고 늘어섰는데 작고 정원이 귀여운 집들이 옹기종기 모인 구역이 있는가 하면 왕궁인가 싶을 정도로 커다랗고 담의 끝이 한눈에 보이지 않는 집들도 있었다. 작은 집에는 담이 없거나 낮은 울타리만 있었지만 그렇게 큰 집은 보통 검은 강철로 된 울타리에 장미넝쿨 문양 따위를 넣어서 출입을 통제하고 있었다. 그런 울타리 너머로는 안이 다 들여다보여 분수와 기하학적인 정원수니 그 정원을 내려다보는 거대한 3층, 4층짜리 대저택이 위풍당당하게 드러났다.

이 세계의 방식이거나 요즈음의 유행인지, 큰 집의 정면은 대개 중간을 박공지붕으로 짧게 장식하고 양옆을 날개처럼 길게 펼친 모양이었다. 집의 색은 라임색이나 라벤더색, 민트색 따위로 깨끗하고 화사했다. 정원을 뛰어다니며 분수나 정원수를 관리하는 하인들은 검고 단정한 옷을 입고 있었고 키가 컸다. 하녀들은 머리에 레이스가 달린 수건을 쓰고 있었고 걸음걸이도 얌전했다. 아마 부유한 집에서는 일하는 사람들도 가려서 뽑거나 교육을 엄하게 시키는 것이 아닐까.

얼마나 거리를 구경했을까, 마차는 어느 순간엔가 크고 분수가 여러 개 있는 저택의 울타리 옆을 오랫동안 달렸다. 그 집은 손님을 받고 있는지 정원에 마차가 여러 대 있었고 하인들도 바쁘게 뛰어다녔다.

"―."

라이헤르타 남작이 뭔가 말했다. 유나는 그를 보았다. 그는 그녀에게 담담하게 반복해 주었다. 유나는 그것이 사람 이름처럼 들린다고 생각하고 따라 해보았다. 그는 고개를 끄덕였다.

슈빔마렌 후작 부인이라니 긴 이름이었다. 유나는 그 이름을 입속에서 몇 번 굴려보다가 대강 익힌 것 같자 멈췄다. 마차가 그 집의 대문으로 들어섰다.

슈빔마렌 후작 부인의 저택은 대문에서 건물 정문까지 길이 잘 나 있어서 마차가 건물 바로 앞까지도 가는 모양이었다. 마차들이 줄지어 선 모습을 창문 밖으로 슬쩍 본 유나는 그것이 차량 정체와 꼭 같다고 생각했다. 맨 앞 마차에서 사람이 내리면 그 마차가 천천히 다른 길로 빠지고, 그러면 그다음 마차가 앞 마차의 자리를 차지하고. 저택 뒤에 주차 공간이라도 있는지 주인이 내린 마차들은 문으로 다시 빠져나가는 대신 저택 뒤쪽으로 하인들의 안내를 받아 움직였다.

마차에서 내리는 사람들은 모두 잘 차려입은 이곳 세계 사람들이었다. 아마도 높은 사람들일 터였다. 유나는 라이헤르타 남작이 그녀를 왜 이곳으로 데려왔는지 알 수 없어 약간 불안해졌다. 통역사를 만나러 온 것은 아닌 모양이고.

마차들의 움직임은 나쁘지 않았다. 차례가 오자 슈빔마렌 후작 부인의 하인이 마차 문을 열어주었고 라이헤르타 남작이 먼저 내렸다. 그는 마차 문을 점거하고 어두운 곳에 있는 유나에게 손을 내밀었다. 저 손을 잡아야 내릴 수 있다는 것은 알고 있었다. 마차란 땅과의 높이 차가 커서 넘어지기 쉬운 탈것이었다.

유나는 라이헤르타 남작의 손을 잡았다. 그의 손은 단단하고 흔들림이 없어 의지할 만했다. 마차에서 내리고 나서 라이헤르타 남작은 유나의 손을 천천히 놓았다. 유나는 허전한 감촉이 어쩐지 무서워 침을 삼켰다. 저택에서 나온 나이 든 남자가 그들에게 허리를 숙였다.

"어서 오십시오."

그 말은 자주 들어서 대충 저런 의미라고 알고 있었다. 라이헤르타 남작의 집에선 누군가 온다면 그 사람이 어떤 용건이든 간에 헤링어가 맨 먼저 맞으러 나가곤 했다. 이 집엔 하인이 충분히 있는 것 같으므로, 그러면 이 남자는 집주인은 아니었다. 영화에서 보던 집사 같은 걸까? 유나는 한국식으로 가볍게 허리를 숙였고 라이헤르타 남작은 뭔가 짧게 말했다.

"–."

집사는 열린 문 안쪽으로 들어가도록 그들에게 가리켜 보였다. 마차에 함께 타고 왔던 하인들이 집사에게 뭔가를 건넸고 라이헤르타 남작은 유나를 보았다. 유나는 그를 쫓아 눈치껏 집 안으로 들어갔다.

어떤 대단한 파티가 열리고 있다는 것이 분명해졌다. 이 집은 들어오자마자 거대한 홀이 있었고 그 홀의 중심은 유럽 성에 있는 것 같은 호화로운 계단이었다. 문밖에서도 들리던 음악 소리는 고상하고 자연스러웠으며 사람들은 벌써 홀에서 삼삼오오 모여 서로 반갑게 인사하고 있었다. 그러나 파티 장소는 홀이 아닌 듯, 사람들이 오가는 쪽을 보니 활짝 열린 문이 또 하나 있었고 그 안에는 언뜻 봐도 홀에서보다 많은 사람들이 있었다.

파티에 초대를 받은 걸까. 그래서 라이헤르타 남작은 그녀를 파트너로 데려온 것일까.

'왜'라는 의문이 먼저 들었다. 좋은 옷을 입은 이유는 알았다. 이곳에 있는 어떤 여자도 초라한 차림을 한 사람이 없었다. 모두 머리와 목에 찬란한 보석을 달고 몸에는 현대에서도 비싸다고 알 법한 좋은 감으로 옷을 해 입고 있었다. 하지만 유나는 이곳에 아는 사람이 없으니, 라이헤르타 남작은 혼자 와도 되었을 텐데.

아, 떠올랐다. 일주일 전 아침에 집에 도착했던 그 편지의 카드 중 한 장을 남작은 그녀에게 주었었다. 그것이 이제 보니 초대장이었던 모양인데. 누가 그녀를 알고 초대를 했을까.

"루젤!"

누군가가 다가와 라이헤르타 남작을 끌어안고 인사했다. 유나는 라이헤르타 남작의 친구를 본 것이 처음이라 신기해하면서도 한 걸음 무심코 물러섰다. 라이헤르타 남작은 친구가 반갑게 인사하는데도 표정의 변화가 없었다. 그러나 악수하는 손에는 힘이 들어간 것 같았다.

그러나저러나 루젤은 무슨 뜻일까. 이 친구야, 라는 뜻일까, 아니면 잘 지냈냐, 라는 뜻일까. 어쩌면 라이헤르타 남작의 별명 중 하나일지도 모른다. 유나는 친구가 라이헤르타 남작과 악수를 마친 뒤 자신을 보자 일단 경직된 미소를 지어 보였다. 키가 그리 크지 않은 라이헤르타 남작에 비해 친구는 키가 컸지만 몸매가 균형 있게 잘 짜여 있었다. 그의 화려한 금발은 모두 빗어 넘겨져 있었지만 그냥 보기에도 색이 아름다웠고 눈은 진한 초록색이었다. 그가 입고 있는 초록색 조끼 때문에 더 잘 보이는 색이었다.

그는 유나를 보고 빙긋 웃었다. 유나는 그 미소에 무심코 겁을 먹었는데, 왜 그랬는지는 다시 생각해 보니 자신도 알 수 없었다. 그는 아주 친절하고 세련된 사람으로 보였고 그녀에게 적대적인 태도라곤 전혀 보이지 않았던 것이다.

라이헤르타 남작은 친구를 보고 정중하게 말했다.

"레이디 유나."

친구는 아무렇지도 않게 유나의 오른손을 가져가 그 손등에 입 맞추었다. 정말로 입술을 누른 것은 아니었지만 그 장갑 낀 손의 감촉과 저 숨결만으로도 유나는 놀라 얼굴을 약간 붉혔다. 친구는 더 이상 예의 바를 수가 없을 정도로 적절한 태도로 그녀의 손을 제자리로 돌려놓았다. 라이헤르타 남작은 유나에게 말했다.

"태자 전하."

이름이 긴 것 같다. '태자 전하'라니. 유나는 처음 소개 받는 사람에게 이 나라 식으로는 어떻게 인사해야 하는지 알지 못했다. 그래서 일단 한국식으로 손을 모으고 허리를 숙였다. 허리를 펴보니 다행히도 태자 전하는 웃고 있었다. 그는 라이헤르타 남작에게 또 뭐라고 말했는데, '루젤'이라는 단어가 여러 번 나왔다. 유나는 혹시 그것이 라이헤르타 남작의 친구들이 그를 부르는 친근한 이름이 아닐까 하고 그제야 깨달았다.

태자 전하는 유나에 대해 이미 들은 적이 있는 듯, 말이 안 통하는데도 매우 친근한 태도로 그녀에게 사람들이 많은 방을 가리켜 보였다. 그리고 뭐라고 종알종알 말을 했는데 유나는 그중 어느 것 한 단어도 알아듣지 못했지만 아마 저쪽으로 가면 재미있는 게 많다는 뜻이겠지 하고 마음대로 생각했다. 태자 전하가 곧 그녀에게 착각할 수 없는 몸짓을 보였기 때문에 그녀는 그를 따라갔다. 다행히 라이헤르타 남작도 일행으로 따라왔다.

과연 유나의 생각대로 파티의 진짜 장소는 태자 전하가 데려온 방이었다. 그 방은 원래 파티를 위해 만들어진 방인 듯 홀보다도 컸고 벽에는 금색으로 화려하게 조각된 촛대가 밤을 밝힐 만큼 붙어 있었다. 아직 그렇게 날이 어둡지 않아 촛불은 커져 있지 않았으나 초가 모두 긴 것으로 준비되어 있으니 이후 어두워졌을 때 불을 켜면 충분히 책도 읽을 수 있을 것 같았다. 그리고 밝은 레몬색 벽에는 길고 화사한 몰딩이 장식적으로 붙어 있었으며 방 한 쪽 벽의 중간에 지어진 벽난로는 대단히 아름답고 도자기와 그림, 그리고 금장식으로 치장되어 있었다. 그 위의 거울은 이 세계에 와서 본 모든 유리 공예품 중 가장 거대했고 매끄러웠고 맑았다.

방의 다른 쪽 벽에는 흰 옷깃의 악사 다섯 명이 붙어 서서 서로 다른 모양의 현악기를 연주하고 있었다. 그 현악기들은 유나가 보기에 그럭저럭 첼로나 바이올린과 비슷했는데 울림통 모양이 좀 달랐고 어떤 것은 현이 아닌 손으로 연주하는 것 같았다. 방의 한 쪽 벽에 마련된 소파들은 다리에 사자 다리 모양의 조각이 붙어 있고 금색으로 도금이 되어 있었으며 화려한 치마를 입은 아가씨들이 그 위를 점령한 채 대화를 나누는 중이었다. 하인들은 음식과 음료를 들고 조용히 돌아다녔으며 작은 테이블 위에는 티 트레이처럼 여러 겹으로 쌓아 올린 접시 위에 예쁜 간식이 있었다.

태자 전하는 그들을 데리고 소파에 앉은 사람들 중 한 명에게 다가갔다. 그 걸음에는 주저함이 없었고 오히려 그를 보는 이들이 인사해 왔다. 태자 전하는 신분이 아주 높은 사람이구나, 하고 유나는 깨달았다.

그가 그들을 데려가 보인 사람은 긴 소파 중 하나에 앉아 나이 대가 비슷한 사람들과 이야기를 나누고 있던 노부인이었다. 그녀의 옷은 어깨를 많이 드러냈지만 다른 모든 곳은 세련된 방식으로 가려져 있었고 색이나 장식이 점잖으면서도 고급스러웠다. 노부인이 오늘 밤 어깨를 많이 드러내기로 한 이유도 분명했다. 그 목에 걸린 에메랄드 목걸이는 크고 휘황찬란했고 노부인의 머리에 장식된 작은 진주 티아라와도 잘 어울렸다.

티아라를 본 유나는 혹시 그녀가 이 나라의 여왕일까 하고 의심하기 시작했다. 태자 전하는 그 노부인의 앞에 한쪽 무릎을 꿇고 앉아 그녀의 손에 입 맞추었다. 노부인은 태자 전하가 그렇게 행동하는 것이 당연하다는 듯 무심한 얼굴이었고 주변에서 이야기를 하던 부인들은 입을 다물었다. 태자 전하는 인사가 끝나자 한 걸음 물러서서 유나와 라이헤르타 남작을 보여주었다. 유나는 반사적으로 허리를 숙여 인사했고 라이헤르타 남작은 이 세계의 방식으로 인사했다.

아, 이 노부인은 이 집의 주인인 것이다.

이곳은 왕궁처럼 보이지는 않고 그냥 집 같으니 그러면 여왕은 아닐 터였지만 이 노부인이 아무튼 대단히 돈이 많고 신분이 높은 사람인 것은 알 수 있었다. 아마 저 티아라가 없었어도 알았을 것이다. 노부인은 태자 전하와 마찬가지로 다른 사람이 자신을 존중하는 것이 당연하다는 태도였고 그 정도에는 거만함마저 있었다. 그러나 그녀는 성격이 나쁘거나 남을 무조건 무시하는 사람처럼 보이지도 않았고 우아한 손짓에서는 기품이 드러났다. 유나는 노부인이 마음에 들었다.

고개를 들어보니 노부인은 빙긋 웃으며 유나를 보고 있었다. 그녀의 근처에 앉아 있던 다른 부인들도 유나를 보고 있었다. 유나는 얼굴을 약간 붉히며 웃었다.

나쁜 대처는 아닌 모양이었다. 노부인은 오른손을 내밀었다. 유나는 설마 그 손에 키스하라는 소리는 아닐 것이라고 불안하게 믿으며 악수했다. 맞는 듯 노부인은 웃는 채로 유나에게 뭔가 우아하게 말했다. 유나는 그 말을 알아듣지 못했지만 웃으며 고개를 숙였다. 그리고 이곳에서 배운 말 중 하나를 썼다.

"감사합니다."

모두가 만족스러운 표정인 것을 보니 잘못한 것은 없는 모양이었다. 다행이다. 태자 전하는 이제 인사가 끝났으니 되지 않았냐는 얼굴로 유나와 라이헤르타 남작에게 손짓했다. 유나는 당황해서 노부인들에게 고개를 까딱하고 태자 전하를 따라갔다. 태자 전하는 그들을 데리고 춤추는 이들이 있는 곳으로 가더니 유나에게 손을 내밀었다.

춤은 전혀 출 줄 모른다. 유나는 당황해서 태자 전하를 보았고 그녀의 그 표정이 전해졌을 터인데도, 태자 전하는 아무렇지도 않게 그녀의 손을 잡았다. 태자 전하는 높은 사람이고 멋있지만 대단히 자기 마음대로인 것 같았다. 유나는 그가 끌고 가는 대로 어정쩡하게 춤을 추기 시작했다. 라이헤르타 남작은 그 자리에 그대로 섰다.

주변의 아가씨들은 치마를 영화에서처럼 멋지게 부풀리며 빙글빙글 돌았고 유나는 곧 그렇게 도는 것은 힘든 일이 아니라는 것을 알았다. 그녀는 초등학생 때 꼭두각시 춤을 춘 이후로는 남자와 손을 잡고 춤을 춘 적이 없었고 이런 우아한 서양식 춤은 실제로 본 적도 없었다. 그러나 빙글빙글 도는 것은 의외로 남자 쪽이 손을 잘 들어 힘을 주면 이쪽에서는 따라가기만 하면 되는 일이었고 태자 전하는 유나가 넘어지지 않도록 잘 리드했다. 어려운 것은 천천히 움직일 때였고 그녀는 그럴 때 뭘 해야 하는지 전혀 알 수가 없었다. 치마가 길어 발의 움직임이 겉으로 잘 드러나지 않아 다행이었다.

곧 도는 것은 즐거워졌다. 유나는 태자 전하가 왜 자신이 춤을 출 줄 모른다는 것이 분명했는데도 같이 춤을 추고 싶어 한 것인지 생각하다가 친절이라는 결론을 내렸다. 다른 사람들이 모두 할 줄 아는 말을 혼자서만 못 한다는 것은 자존심 상하는 일이었고 바보가 된 기분을 상시 느끼기에 딱 좋은 일이었다. 그래도 이렇게, 이곳에서 신분이 높아 보이는 사람과 춤이라도 추니 나중에 집에 가면 자랑할 거리가 될 터였다.

유나는 곧 치마를 예쁘게 부풀리며 도는 것에 집중하기 시작했다. 태자 전하는 소리 내서 웃었고 유나는 그 웃음소리에 불쾌감은 없다는 것을 느꼈다. 그리고 그가 리드하는 길을 따라 얼마나 춤을 추었을까. 가까운 의자에 앉아 있는 아름다운 여자 한 명이 눈에 들어왔다.

그녀는 새까만 머리칼을 세 부분으로 나누어, 귀 뒤의 두 부분은 금색 원통형 핀에 넣어 양 뺨을 장식하고 뒤통수의 넓은 부분은 곱슬곱슬하게 늘어뜨리고 있었다. 그 머리칼의 고운 윤기도 눈에 띄는 것이었지만 그보다 아름다운 것은 다이아몬드 같은 눈이었다.

유나는 그녀의 짙은 속눈썹 아래에서 광채를 발하는 엷은 회색 눈에 긍정적인 충격을 받았다. 라이헤르타 남작의 푸른 눈이 정말로 예쁘다고 생각했는데 저 여자의 회색 눈은 그와 다른 신비한 매력이 있었다. 마치 등불처럼, 저 눈 자체에서 빛이 나는 것 같았다.

가슴골이 드러나도록 네크라인이 깊이 파인 연분홍색 드레스는 약한 광택이 있고 비단꽃이니 가는 새틴 리본으로 우아하게 장식되어 있었다. 그 드레스도 아름다웠고 그녀의 목에 걸린 다이아몬드 목걸이도 휘황찬란한 것이었으나 저 눈처럼 인상 깊지는 않았다. 유나는 여자가 자신을 보고 생긋 웃자 사로잡힌 기분을 느꼈다. 저런 미녀는 태어나서 처음 보았다.

혹시 눈의 착각인가 해서 다음번에 빙글빙글 돌 때 그 자리를 또 보자 그 여자는 자기 옆의 다른 아가씨와 가벼운 대화를 나누

고 있었다. 옆 아가씨는 부유해 보이고 더 나이가 어려 보였지만
아름다움에서는 훨씬 떨어졌다. 아름다운 여자의 가슴은 풍만하
여 드레스 위로 밀린 크림처럼 굴곡을 만들었고 그녀의 미소는 재
기 넘쳤다.

아, 그러고 보니 춤 파트너에게서 너무 오래 시선을 떼는 것은
실례일까. 유나는 태자 전하를 보았다. 태자 전하는 의외로 유나
를 계속 보고 있었던 듯 그녀와 바로 시선을 마주쳐 오고 빙긋 웃
었다. 그녀는 사과하고 싶었지만 사과의 말을 몰라 그에게 쓴웃음
을 지었다. 그는 그러나 불쾌하지 않은 얼굴로 말했다.

"아샬레아."

그게 뭘까. 괜찮다는 뜻일까? 유나는 약간 미간을 찌푸리며 따
라 했다.

"아샬레아?"

태자 전하는 턱으로 그 아름다운 여자를 가리켰다. 유나는 번
개를 맞은 것처럼, 그것이 그 여자의 이름임을 알아들었다. 혹시
예쁘다는 뜻이거나 사랑스럽다는 뜻이라 해도 상관이 없었다. 그
만큼 '아샬레아'는 눈에 띄는 미녀였던 것이다.

"루젤!"

고모, 슈빔마렌 후작 부인은 궁정 사회에 돌기 시작한 소문의
주인공을 초대하는 데에 흔쾌히 동의해 주었다. 태자라 하더라도
황족이 여는 파티에서 자기 마음대로 누구를 초대하고 말 수는 없
다. 그것은 황제의 권리였다. 그러므로 고모의 그러한 호의는 오
이겐에게는 편리한 일이었다. 이번의 파티는 정말로 시기도 장소
도 모이는 사람들도 적당했던 것이다.

마침 예의 신비의 아가씨와 함께 후작 부인 저택에 들어서는 루

젤이 보였다. 오이겐은 반갑게 그 이름을 부르며 그에게 다가갔다. 이런 파티에 오는 사람들은 자기의 부를 최대한 과시할 수 있는 옷을 입기 마련인데 루젤은 늘 그렇듯 그다지 멋을 낸 차림은 아니었다. 그나마 저 정도로 비싼 옷감을 사용한 옷을 입은 것도 헤링어가 떠나기 전에 처리해 놓은 것일 터였다. 루젤은 오이겐과 눈이 마주치자 그 자리에 멈추어 섰다. 신비의 아가씨는 눈치 빠르게 같은 자리에 섰다.

"왜 이렇게 늦었나. 자네를 기다리느라 목이 빠지는 줄 알았어."

"황공합니다, 전하. 큰 무례를 범했습니다."

오이겐은 루젤을 포옹해 인사하고 그와 악수했다. 그리고 루젤과 간단한 안부를 나누면서 곁눈으로 신비의 아가씨를 훑어보았다. 그녀는 대단한 미녀는 아니지만 얼굴의 균형이 잘 맞고 피부가 깨끗해 잘생긴 얼굴을 가지고 있었다. 무엇보다 얌전하고 착실해 보이는 것이 마음에 들었다. 그는 아가씨를 보고 빙긋 웃었다.

아가씨는 오이겐에 대해 아무것도 모르는 사람만이 가질 수 있는 순진한 호기심으로 그와 눈을 맞추고 마주 웃어왔다. 더 마음에 들었다. 심지어 그녀는 잠시 후 그를 경계하는 눈빛을 보이기도 했는데, 생존 본능이 있다는 것은 좋은 일이었다. 바로 호의 어린 얼굴로 바뀌어 이쪽을 말끄러미 보아왔으니 무례하다고 탓할 것도 아니었고.

루젤은 예의 바르게 오이겐에게 그녀를 소개했다.

"레이디 유나입니다."

시릴조차 그녀가 어디에서 왔는지 알아보지 못하겠다는 말은 들었다. 그녀에게 줄 신분은 대충 적당한 것으로 생각해 두고 있었다. 오이겐은 그녀의 오른손을 가져와 그 손등에 키스했다. 유나는 눈을 토끼처럼 동그랗게 떴지만 가만히 있었다.

루젤은 유나에게 오이겐을 소개했다.

"태자 전하이십니다."

본래 여자를 남자에게 먼저 소개한다는 것은 있을 수 없는 일이나 황족의 경우에만은 예외이다. 유나는 특이하게도 손을 모으고 허리를 숙였다. 보통은 치마를 잡는다. 확실히 이 나라 사람은커녕 오이겐이 아는 어떤 궁정 출신도 아니었다. 그는 킥킥 웃으며 루젤에게 말했다.

"드디어 뵙는군. 예의 바른 아가씨니 자네도 고생을 덜겠어. 안심했어, 루젤. 내 신뢰하는 신하를 아가씨가 괴롭히지나 않나 걱정했는데 말이야."

루젤은 약간 미간을 좁혔다. 뭐라 대답할지 몰라서 난처해하는 얼굴이다. 오이겐은 그를 탓하지 않고 어깨를 으쓱했다.

"게다가 이렇게 아름다운 아가씨이니 초대한 보람이 있어. 루젤을 초대하는 것은 고모님께서도 별 불만이 없으셨지만, 모르는 아가씨를 초대하는 것은 고모님 입장에서도 호의를 베푸신 거지. 자네가 끝까지 아가씨를 잘 돌봐야지. 알지? 아, 이번엔 유명한 외교관들도 좀 있으니 여러 사람과 만나게 해봐."

루젤은 고개를 숙였다.

"베풀어주신 호의에 감읍할 따름입니다."

"뭘 그런 것까지. 자, 안으로 들어가지. 가서 춤 정도는 춰야지."

오이겐은 연회장을 가리켰다. 유나는 그의 몸짓에 금세 따라왔다. 말이 안 통하니 답답할지도 모른다고 생각했는데 그렇지는 않을 모양이었다. 루젤은 적절한 거리에서 오이겐과 유나를 따라 연회장에 들어섰다.

루젤은 사실 파티에 그리 늦은 것이 아니었다. 음악은 시작한 지 얼마 안 되었고 아직 오지 않은 손님도 있었다. 오이겐은 그에게 예의 바르게 인사하는 사람들을 헤치고 슈빔마렌 후작 부인에게 다가갔다. 고모는 그녀가 이번에 새로 만들었다는 멋진 의자에 앉아서 비슷한 세대의 노부인들과 수다를 떨고 있었다.

"고모님."

오이겐은 슈빔마렌 후작 부인을 부르고 그 손등에 입 맞추었다. 후작 부인은 조카의 새삼스러운 인사에 눈썹을 들었지만 뭐라고 하지는 않았다. 그녀보다 신분 낮은 귀부인들 앞에서 다음 대 황제와의 친분을 과시하는 것은 그녀의 취향에 어긋나는 일이 아니었다. 그는 고모의 손을 놓고 한 걸음 물러서서 손님들을 보여주었다.

"제가 말씀드렸던 이들입니다. 루젤은 아시고, 이쪽은 처음 보시지요. 산맥 너머 땅의 공주이신 레이디 유나입니다."

귀부인들은 서로의 눈치를 재빠르게 보기 시작했다. 슈빔마렌 후작 부인은 표정 변화 없이 물었다.

"산맥 너머 땅의 공주시라고?"

"예."

어차피 이 핑계는 사생아를 데뷔시킬 때도 이용되곤 했으니 이상하게 생각되지는 않을 것이다. 루젤은 놀란 듯 잠시 오이겐을 보았으나 감히 황족끼리의 대화에 토를 달지는 않았다. 유나는 아까처럼 손을 모으고 허리를 숙였다.

어쨌든 그 태도는 그럭저럭 받아들여졌다. 귀부인들은 이 궁정에 처음으로 나타난 소문의 주인공을 우아하게 웃으며 보았다. 슈빔마렌 후작 부인은 먼저 오른손을 내밀어주었다.

"파티에 와줘서 고마워요. 아가씨의 아름다움에 이 자리가 더 빛나는군요."

유나는 눈치 빠르게 그 손을 잡고 가만히 악수했다. 그리고 의외로 입을 열었다.

"감사합니다."

적절한 대응이다. 오이겐은 이제 되었다 싶어 유나와 루젤에게 손짓했다. 그들은 귀부인들에게 인사하고 그를 따라왔다. 오이겐은 플로어 쪽으로 다가가 유나의 손을 잡았다.

"루젤, 미안하지만 먼저 파트너를 좀 빌리겠어. 자네는 대법원장과 이야기를 좀 하고 있어."

조금 더 관찰해 두고 싶다. 누구든 분명하게 알아두는 것은 태자로서의 삶에 좋은 일이었다. 그리고 지금 같은 때라면 더욱 태도가 확실해야 했다. 오이겐은 유나를 데리고 춤을 추었다.

유나는 춤을 전혀 배운 적이 없는 것 같았다. 리듬감은 있는 것 같았으나 춤의 기본적인 동작을 낯설어했고 시선을 어디에 두어야 하는지도 잘 몰랐다. 아까처럼 인사할 수 있는 아가씨가 춤을 출 줄 모른다는 것은 시릴의 말마따나 이상하기까지 한 일이었다. 귀족이 아니라도 춤은 누구나 춘다. 가장 비천한 돼지치기의 아내까지도 저들의 잔치 때에는 남녀가 손을 잡고 춤을 추는데. 그렇다고 해서 신체적인 문제가 있는 것은 아닌 것 같고.

유나는 그러나 곧 동작을 따라오며 자기 치마를 예쁘게 펼치는 데 신경을 쓰기 시작했다. 귀여운 반응이었다. 오이겐은 그녀를 보며 숨김없이 키득거렸고 그녀는 눈을 깜박였다. 루젤은 착실하게 대법원장과 이야기를 하고 있었다.

오이겐은 유나의 시선이 잠시 후 어딘가에 꽂힌 것을 깨달았다. 그녀는 오이겐을 보았다가 다시 다른 쪽으로 시선을 돌렸다. 감히 어딜 보는 건가 해서 시선을 따라가 보니 그 자리에는 궁정 최고의 유명인 중 하나가 있었다. 물론 궁정 최고의 미녀이기도 했다.

놀라운 일은 아니었다. 그녀는 동성의 이목마저도 잡아당기듯 이끌곤 한다. 오이겐은 유나가 미안한 얼굴을 하자 빙긋 웃으며 말해주었다.

"아샬레아."

유나는 미간을 찌푸리며 되물었다.

"아샬레아?"

오이겐은 아샬레아 쪽을 턱짓했다. 유나는 그 의미를 알아들은 것 같았다.

이 세계의 음식은 다 맛이 없다고 생각했던 유나는 자신이 너무 성급한 결론을 내렸다는 것을 깨달았다. 케이크는 정말로 달콤하고 부드러웠으며 타르트는 아주 바삭하고도 살살 녹아 스무 개라도 먹을 수 있을 것 같았다. 진짜 부잣집에서 한 요리라 다른 걸까. 라이헤르타 남작의 집에서는 디저트라고 해봐야 포도 같은 과일이나 조금 먹었는데, 이곳은 5성 호텔처럼 디저트만 전문으로 만드는 사람을 고용하고 있는 것일지도 몰랐다.

"맛있어?"

지나가던 하인을 잡고 그의 쟁반에 있던 군것질거리를 잔뜩 빼앗아다 유나에게 준 태자 전하는 그렇게 물었다. 이 말은 알아들을 수 있어서 다행이었다. 유나는 기쁜 얼굴로 고개를 끄덕였다. 맛있는 것을 주는 사람이 얼마나 예뻐 보이는지 오랜만에 깨달았다.

"맛이 괜찮으셔요!"

태자 전하는 그 말에 하하 웃었다. 맛있다는 말을 이렇게 한다는 것은 확신하고 있었는데, 왜 저렇게 웃는 걸까. 태자 전하는 참 잘 웃는 사람인 것 같았다. 유나는 눈을 동그랗게 뜨고 그를 보았다. 태자 전하는 웃는 채로 고개를 저었다.

"마실 거?"

이번 질문도 알아들었다. 유나는 조금 자랑스럽고 안심한 기분으로 고개를 끄덕였다. 태자 전하는 저 한참 먼 곳에서 음료수 잔을 들고 다니는 하인을 가리키고 자리를 떴다. 아마 저쪽에 가서 가져오겠다는 의미일 터였다.

유나가 들고 있던 접시가 비자 지나가던 다른 하인이 그 접시를 가져갔다. 유나는 고개를 약간 숙여 감사하고 파티를 둘러보았다.

이제 해가 져 이 큰 방의 벽에는 촛대 하나 빠짐없이 촛불이 켜져 있었다. 대신에 창문을 활짝 열어 여러 사람이 그쪽으로 나가 달을 보았는데, 덕분에 유나는 이 방에는 멋진 테라스도 딸려 있다는 것을 알게 되었다. 연주자들은 보아하니 두 조가 있어서 두세 곡이 끝날 때마다 교대하는 것 같았는데, 생각해 보면 합리적인 일이었다. 어느 쪽이나 교대는 소리 없이 이루어졌고 켜지는 선율은 흠잡을 데 없었다.

꿈에서 나올 것 같은 광경이었지만 아는 사람이 없는 것은 둘째 치고 말이 통하지 않는다는 것은 역시 답답한 일이었다. 21세기 한국에서 온 사람이 이 자리에 있기를 정말로 기대하지는 않았지만, 이 세계의 사람들이 너무 많아서 풀이 조금 죽기도 했다. 유나는 태자 전하를 누군가 훌륭한 옷을 입은 사람들이 잡자 조금 당황했다. 태자 전하는 그 자리에 서서 그 사람들과 이야기하기 시작했고 어쩌면 그대로 그 사람들과 어울리느라 이쪽에 돌아오지 않을지도 몰랐다.

음, 섭섭할 일은 아니지. 그녀는 물론 그런 것도 이해했다. 태자 전하는 그녀를 위해 이 파티에 와 있는 것은 아니었다. 신분이 높은 사람이니 유나보다 더 재미있고 훨씬 그에게 도움이 많이 되는 이야기를 해줄 수 있는 사람들이 어떻게든 태자 전하와 이야기하려고 줄을 서 있대도 놀랄 일은 아니었다. 그녀는 대신 같이 온 사람을 찾아 눈을 돌렸다.

라이헤르타 남작을 찾는 것은 어렵지 않았다. 그는 말이야 바른 말이지 이 안에 있는 누구보다 잘생긴 사람이었으며 그를 눈으로 좇는 젊은 아가씨들도 많았다. 마차를 타고 오면서 본 다른 집의 규모로 보아 라이헤르타 남작은 아주 부유층은 아니어도 충분히 높은 신분에 속하는 것 같았고 가계에 어려움을 겪고 있다는 분위기도 아니었다. 저 여왕님 같은 노부인 정도의 레벨은 힘들더라도 적당히 그와 비슷한 신분을 가진 아가씨들이라면 사귀자고 할 법도 한데. 왜 아직 혼자 살까.

유나는 구석의 의자에 혼자 앉은 채로 흥미를 가지고 라이헤르타 남작을 잠시 관찰했다. 답은 금세 나왔다. 대부분의 그룹이 남녀가 섞여서 만들어진 것이었고 이 파티에 온 사람 중에는 여성이 명백히 더 많았음에도 불구하고 라이헤르타 남작은 고집스럽게 남자들하고만 이야기했으며 그 대화도 짧았다. 여기서 분위기를 보니 여자들은 춤을 춘 남자가 자기를 내버려 두면 아는 사람과 이야기를 하러 갈 뿐이지 다른 남자에게 춤을 신청하지는 않고 있었는데, 어쩌면 이런 파티에서는 여자가 남자에게 춤을 추자고 하는 것은 안 되는 일인지도 몰랐다. 그러니 대화도 짧고 춤도 안 추고 있는 저 남자에게 어느 여자가 접근을 할까.

"ㅡ."

갑자기 짙은 향내와 함께 서너 명의 젊은 아가씨들이 다가왔다. 그들은 다른 사람들과 스타일이 비슷한 것으로 보아 아마도 유행일 화장을 하고 있었고 머리에는 큰 리본과 깃털을 달고 있었다.

그들은 유나에게 뭐라고 종알종알 말을 하며 허리를 숙였는데 눈이 반짝반짝하는 것이 약간 부담스러웠다.

뭐라고 하는 것인지는 알 수 없었지만 유나는 일단 웃으며 본인도 고개를 숙여 인사하고 자리를 손으로 권했다. 아가씨들은 고맙다고 새처럼 조잘거리며 유나를 둘러싸고 앉았다.

혼자 있는 것도 쓸쓸했지만 이것은 예상하지 못한 난관이었다. 그들은 유나에게 차례로 뭔가 질문을 던지기 시작했는데 유나는 자신이 이 나라 말을─아마 이 세계 말 전체를─ 하지 못한다는 것을 어떻게 표현해야 하는지 고민하느라 눈이 돌아갈 지경이었다. 태자 전하는 올 기색이 없었고, 저들은 뭔가 중요한 이야기를 하는 것 같고, 이쪽이 말을 못 한다는 걸 아직 모르는지 말을 천천히 하기는커녕 몸짓으로 질문 내용을 보충할 생각도 없는 것 같고.

힘들다.

유나는 갑자기 몹시 피곤해져 난처한 미소를 지었다. 아가씨들의 말이 갑자기 막힌 개울처럼 천천히 뚝 끊겼다. 그녀들은 유나에게 또 뭔가 하나씩 물었지만 유나는 그 질문도 전혀 이해하지 못해 눈을 굴렸다. 차라리 한국어로 뭔가 지껄여 볼까 하는 충동에 휩싸였을 때.

진한 백합 향과 함께 빛처럼 눈에 띄는 사람이 다가왔다.

그러니까, 아마도 후광이 나온다는 것은 이런 느낌일 것이다. 연예인을 실제로 봤을 때는 그림체가 다르다더니.

어느샌가 다가온 아샬레아는 유나에게 고개를 숙였다. 그 우아하고 섬세한 동작에 유나는 약간 감동까지 했다. 그리고 모르는 말을 하는 사람이 하나 늘었다는 사실에 새삼 당황하려는 때.

"─."

아샬레아는 유나에게 뭔가 말했다. 아가씨들은 아샬레아의 말이 무엇이든 그것에 불만이 있다는 눈치였지만 얌전히 일어섰다. 그들은 유나에게 고개를 숙여 보이고 차례로 떠났고 유나는 조금 안심하며 그들에게 고개를 마주 숙였다.

둘이 남았을 때 아샬레아는 유나에게 또 뭔가 말했다.

"ㅡ."

이번에도 못 알아듣겠지만, 아샬레아의 목소리는 마치 이쪽의 사정을 이해하고 있다는 듯 다정하고 나지막했다. 유나는 방금의 아가씨들보다 이쪽이 대하기 쉬워 다행이라고 안심하며 손으로 의자를 권했다. 아샬레아는 빙긋 웃으며 고개를 저었다.

라이헤르타 남작이 이쪽으로 다가왔다.

그를 보는 것이 정말로 반가웠다. 유나는 라이헤르타 남작의 뒤에 태자 전하가 음료수를 들고 있는 것을 보았지만, 그보다 라이헤르타 남작이 와준 것이 기뻐 진심으로 미소를 지었다.

"대법원장이 간을 보고 있어."

오이겐은 투덜거렸다. 루젤은 주변을 황급히 살펴보았다. 오이겐은 손을 저으며 그를 안심시켰다.

"지금은 아무도 안 들어."

"전하."

루젤은 한숨을 가볍게 쉬었다.

"사람 말은 언제 누구의 귀에 들어갈지 모릅니다."

"내가 말을 꺼내기 전에 그런 것도 확인하지 않았을 것 같아?"

루젤은 생각해 보고 사죄했다.

"……송구합니다."

"대법관 중 셋은 확실히 이편인데, 다른 넷이 다른 계파라 자꾸 시간을 끌어. 짜증이 나."

오이겐은 손에 든 술을 들이켜느라 잠시 불평을 멈췄다. 연회장의 가장 구석은 두 남자가 비밀스러운 대화를 나누면서 다른 사람에게 들리지 않게 하는 데에 적합한 자리였다. 루젤은 이해가 되지 않아 물었다.

"시간을 끌 이유가 없지 않습니까? 태자 전하께서 유일한 적통이신데요."

"물론 마침표는 그걸로 찍지."

오이겐은 명석한 초록색 눈을 가늘게 떴다.

"당연한 길에 훼방을 놓는 괘씸한 것들이 몇 있는데, 그중 하나가 우리 노인네야."

루젤은 이미 오이겐이 취하면 이런 말투를 쓸 때가 있다는 것을 알았기 때문에 너무 놀라지는 않았다.

"황제 폐하 말씀이십니까?"

"노망이 나려는 노인네지. 노인네도 이 나라를 반으로 나눠서 우리한테 반씩 상속할 수 없다는 걸 알아. 할 수 있다고 해도 그럴 양반도 아니지."

오이겐의 인물평에 루젤은 침묵으로 동의했다. 오이겐은 천장을 보며 말을 이었다.

"이십 년 전의 사랑 운운하는 것도 웃기지. 노인네는 그냥 나를 엿 먹이고 싶은 거야."

헤링어도 그런 분석을 한 적이 있었다. 루젤은 소문으로 들은 둘째 황자의 이름을 꺼냈다.

"그러면 다니엘 저하를 모신 것은……."

"저하는 무슨."

오이겐은 약간 발끈했다.

"카타리나 공주도 물려줄 땅 없이 죽었어. 그 녀석한테 붙일 작위 같은 건 없다고."

"하오나 폐하의 아드님이시니……."

"사생아한테 황족의 지위를 주는 경우는 없어. 지금은 임시로 궁정 자작의 지위를 줬으니 굳이 예의 바르게 부르고 싶으면 자작이라고 불러."

"……예, 전하."

"아무튼 어느 법에 따라서도 그 녀석한테는 황가의 재산을 한 푼도 상속하지 않게 되어 있다고. 그런데도 대법원장이 요리조리 말을 바꾸는 건, 그 녀석도 날 엿 먹이고 싶어서 그런 거야. 노인네의 장난에 동참하는 거지."

말이 점점 대담해졌다. 루젤은 눈을 우울하게 떴다.

"황제 폐하께서 어째서 전하를 괴롭히셔야 합니까?"

"제길, 노인네한테 가서 물어봐."

오이겐은 술을 끝까지 다 마셨다. 과실 향이 섞여 있어도 상당한 독주였다. 루젤은 눈살을 살짝 찌푸렸지만 오이겐은 지나가던 하인을 불러 그에게 잔을 건네고 새로운 술을 가져오도록 명령했다. 하인은 빠릿빠릿하게 술을 찾으러 갔다.

오이겐의 눈이 잠시 풀어졌다.

"날 무서워하는 거야."

툭 던지듯 나온 말에 루젤은 오이겐을 보았다. 오이겐 태자는 비정한 인물이라는 평이었고 루젤의 개인적인 생각으로도 자기가 원하는 것을 위해서는 무엇이든 할 수 있는 대담함을 갖추고 있었다. 그러나 어차피 자기 것이 될 제위를 조금 일찍 받기 위해 현 황제를 위협할 사람은 아니었다. 그럴 필요가 없다.

"태자 전하를 말씀이십니까?"

"모르는 척 되묻지 마. 날 무서워하는 놈들은 많고, 나도 거기엔 불만이 없어. 하지만 노인네는 날 따르는 사람들이 유능한 게 싫은가 봐."

오이겐의 눈이 잠시 루젤을 똑바로 향했다. 태자는 씩 웃었다.

"자네도 포함해서. 노인네는 자네도 무서워해."

"저를…… 말씀이십니까?"

루젤은 다시 약간 인상을 썼다. 최고의 권력을 가진 황제가 왜 그와 같은 사람을 두려워한단 말인가. 오이겐은 낄낄 웃으며 설명했다.

"자기 깜냥으로는 이해가 안 되거든. 사람은 누구나 권력을 좋아하고, 조금이라도 권력을 더 얻으려고 싸우고, 그러려고 자기한테 아부하고 뒷돈을 써야 하는데 자네는 안 그렇잖아."

"저는 제게 주어진 할 일을 하는 것으로 족합니다만."

"알아. 그런데 노인네 입장에선, 사람이 저렇게 투명하고 올곧을 리가 없다, 분명히 뒤가 남보다 더 구릴 것이다, 하게 되는 거지."

오이겐은 말을 마치고 또 길게 웃었다. 하인이 아까와 같은 술을 가져와 오이겐에게 건넸다. 그는 술을 또 한 모금 마시며 천장을 보았다. 루젤은 사람이 왜 그런 식으로 생각하는지 이해가 되지 않아 미간을 좁혔다.

"자네, 지금 이해가 안 된다고 생각하고 있었지?"

"송구합니다. 저 같은 자가 감히 황족의 생각을 이해하려 해서는……."

"아니, 우리 노인네 생각은 감히 이해하면 안 되는 게 아니라 더러워서 이해할 필요가 없는 거야. 뭐 나도 같은 과지만."

오이겐은 술을 두 모금 더 마셨다. 루젤은 진지하게 말했다.

"저는 태자 전하께서 더러운 생각을 하신다고 생각한 적이 없습니다."

"아, 자네는 그럴 거야."

오이겐은 당연한 듯 즐겁게 답했다. 그의 기분이 아까보다 좋아진 것 같아 루젤은 다행이라고 생각했다. 그러나 오이겐은 또 금세 이를 갈았다.

"그러니까 저런 웃기는 스캔들을 만드는 거지. 나한테 시위하는 거야. 긴장해라, 다 네 건 줄 알겠지만 아직 황제는 나다. 내 아들은 너 말고도 있다. 계속해 보라지. 그럴 거면 진작 어머니랑 이혼하든가."

루젤은 황후의 얼굴을 떠올렸다. 황후는 오이겐 이후로 공주를 몇 명이나 낳았지만 아들은 더 낳지 못했다. 황제는 황후가 후계자를 생산하지 못했다는 핑계로 이혼을 할 수는 없었다. 오이겐이 없었다면 신전도 황제의 집요한 성품에 굴복했을지도 모른다.

"다…… 자작은 이번 파티에는 오지 않았습니까?"

"고모님이 못 오게 하셨어."

오이겐은 이번에도 당연한 듯 툭 던졌다. 그는 눈으로 후작 부인을 더듬어 찾는 듯하더니 멍하니 설명했다.

"노인네는 그 녀석도 파티에 데려가서 사람들한테 소개 좀 해주라고 나한테 지랄이었는데, 고모님이 어디 사생아를 내 저택에 들일 생각을 하냐고 펄펄 뛰어주셨어. 내가 이래서 우리 고모님을 좋아해. 우리 어머니한테 일만 길다르를 빚져서 그런 거거든."

"일만……!"

루젤은 일만 길다르라는 말에 잠시 놀랐다. 후작 부인은 그렇게나 곤궁한 건가. 뭘 하면 그만큼의 빚을 질 수 있는 걸까.

오이겐은 부하가 하는 생각을 다 알겠다는 듯 루젤을 보고 설명했다.

"도박 빚이야. 두 분이 주사위를 가지고 노는 데 맛이 들려서. 아예 황궁에서 저녁마다 판이 벌어지는데, 실은 노인네도 그래서 고모님 말을 듣는 거야. 노인네는 후작 부인한테 이만 길다르 빚졌거든."

소가 대강 삼만 마리다. 그 어마어마한 단위는 도박 빚이라는 것으로 보아 단순히 주사위 위에서만 오간 것이었을 테지만, 실제로 변제 시기가 오면 웬만한 광산 같은 것으로는 어림도 없을 터였다. 루젤은 도박을 좋게 생각하지 않았기 때문에 이맛살을 조금 찌푸렸다. 오이겐은 갑자기 등을 곧게 세웠다.

"저기 부副대신관이 왔다. 자네가 가서 꼬셔봐. 내가 반쯤 작업해 뒀어. 어떻게 말을 붙여야 할지 모르겠으면 아가씨도 데려가."

루젤은 고지식하게 말했다.

"제가 모셔 온 레이디의 옆을 지키는 것은 제 의무입니다."

"그래, 자네는 그렇게 말할 줄 알았지."

오이겐은 빙긋빙긋 웃었다. 루젤은 잠시 머뭇거리다 물었다.

"왜 레이디 유나를……."

"산맥 너머에서 온 공주라고 했냐고?"

오이겐은 지루할 정도로 빠르게 채갔다. 루젤은 눈을 깜박이다 대답했다.

"……예."

"그래야 관심을 끌지. 보호자를 찾는 건 내가 나중에 도울 테니까, 일단 그런 걸로 해두고 데려가. 나중에 어디 출신인지 밝혀지면 그땐 뭔가 오해가 있었다고 해두면 될 거 아냐."

태자는 이런 식으로 좋은 걸까. 루젤은 속이 몹시 불편해졌지만 주군의 말에 거역할 수 없어 순순히 따랐다.

"알겠습니다."

전날의 파티는, 피곤하고 영문 모를 일이 많기는 했지만, 나쁘지 않았다. 멋진 드레스를 입고 높은 사람과 춤을 추기도 했고 이 세계에 와서 처음으로 정말 맛있는 간식을 먹었다. 그리고 파티가 중반 정도가 되었을 무렵 라이헤르타 남작은 유나의 옆으로 와 계속 같이 있어주었다. 그는 말을 많이 하지 않았지만 꼭 보호받는 아가씨가 된 것 같은 기분이라 내심 기뻤다. 또 수많은 사람들에게 소개되느라 피곤해서 대외용 미소가 깨질 뻔했는데, 라이헤르타 남작이 옆에서 인사를 대신하고 말을 못 한다고 설명해 주니—아마도— 아주 안심이 되었다.

그러나 파티는 오랜 시간 동안 진행되었고 유나가 어제 신은 것은 인체공학적이지 않은 딱딱한 신발이었다. 때문에 그녀는 아침에 눈을 떴을 때 온몸이 아픈 것에 놀라지 않았다. 아프다고 해봐야 단순한 근육통이었고 이 정도의 후유증은 있을 줄 알았다.

똑똑.

게다가 이미 활짝 열린 창문을 보니 늦잠을 잔 모양이었다. 이 집의 사용인들은 아침 먹을 시간쯤이 되면 모든 창문을 열고 빛이 들도록 했다. 유나는 네, 하고 한국어로 말했다. 유나의 방에 자주 드나드는 하녀가 손에 노랗게 빛나는 대야를 들고 들어왔다. 대야에서는 따뜻한 김이 났다.

평소 세수하는 데 쓰던 물은 저렇게까지 뜨겁지 않다. 유나는 하녀에게 웃음으로 아침 인사를 대신했고 하녀는 고개를 숙여 인사했다. 하녀는 침대가에 다가와 유나의 허리 즈음이 있는 위치의 바닥에 대야를 내려놓았다. 그리고 유나에게 발을 가리켜 보였다.

감사한 일이다. 그녀는 일어나서 얌전히 발을 침대 아래로 내렸다. 하녀는 바닥에 쪼그려 앉아 유나의 발을 억척스럽게 마사지하기 시작했다. 유나는 아야야, 하고 비명을 질렀지만 하녀는 그만두지 않았다. 오히려 뭔가 종알거렸는데 아마도 이런 상황이니 '이걸 해야 덜 아프다'거나 '비명을 지르는 걸 보니 지압이 정말 필요한 거다' 정도의 의미가 아니었을까.

뜨거운 물에 발을 넣고 한참 마사지하고 나니 그래도 온몸이 확 풀린 기분이 들었다. 유나는 하녀가 제 발을 놓자 안심하고 나른해진 기분으로 심호흡을 했다. 그리고 대야를 들고 일어서는 하녀에게 물었다.

"라이헤르타 남작?"

하녀는 아래층을 손가락으로 가리키며 뭔가 말했다. 이제 저 단어는 많이 들어서 안다. 아마도 아래층이라는 뜻이었다. 유나는 고개를 끄덕이고 웃었다.

"감사합니다."

아마 이 방식으로 말하는 감사는 이 나라에서 굉장히 정중한 말인 것 같았다. 하녀는 약간 부담스러운 눈치로 유나에게 절하고 방을 나갔다. 유나는 방 중앙에 놓인 꽃을 보았다. 오늘 아침에 새로 간 듯 어제와 다른 꽃이었다. 아니, 그보다 이 집 정원에 저런 꽃이 있었던가? 정원을 매일 내려다봐도 못 본 것 같은데.

유나는 꽃병 아래에 작고 흰 봉투가 놓인 것을 그제야 알았다. 꽃은 그런 용도로 키워진 듯 향이 짙고 색이 눈에 선명하게 띄었다. 그 봉투의 크기가 전에 본 파티 초대장과 비슷해 그녀는 비틀거리며 일어섰다. 그리고 침대 아래의 슬리퍼를 신고 테이블로 다가갔다.

흰 봉투는 뭔지 모르지만 예쁘고 화려한 모양의 도장으로 붉게 봉해져 있었다. 이 방에 놓인 시점에서 아마 본인에게 온 것이리라 생각한 유나는 봉투를 살살 뜯었다. 다행히 그녀는 그 예쁜 문양이 망가지지 않도록 봉투를 뜯는 데에 성공했다. 안에는 이전의 초대장과 같은 크기의 희고 매끈한 종이가 들어 있었다. 글씨도 뭔가 멋진 흘림체로 쓰여 있었는데 무슨 의미인지는 당연히 하나도 알 수 없었다.

꽃집에서 이용해 주셔서 감사하다는 카드를 보낸 건 아니겠지. 유나는 상상해 보았다가 그 안을 던져 버렸다. 이런 시대는 분명 종이가 비쌀 것이다. 꽃집에서 꽃 좀 샀다고 이렇게 딱 봐도 질 좋은 종이에 금색으로 테두리를 장식해서 카드를 보내주지는 않을 것 같았다. 전의 그 부잣집 초대장과 '급'이 비슷해 보이는데. 그러면 이건 누가 편지를 보낸 걸까.

누구든 그녀가 글씨를 읽기는커녕 이 나라의 언어도 이해하지 못한다는 사실을 어지간히 무시하지 않으면 이럴 수는 없다. 유나는 안타까움조차 못 느끼며 한숨을 쉬었다. 그리고 카드를 그 자리에 도로 내려놓았다. 다른 하녀가 문을 열고 들어와서 세숫대야를 보였다.

어젯밤 케이크를 많이 먹어서 배가 고프지는 않았지만, 생활 사이클이 망가지는 것도 곤란할 것이다. 유나는 하녀의 도움을 받아 세수하고 이를 닦았다. 그리고 머리를 빗고 옷을 편한 드레스로 갈아입었다. 그때 밖에서 마차 소리가 들렸다.

그냥 듣기에도 말이 여러 마리 달려 있다. 혹시 그…… 시릴이라는 사람이 또 오나 싶어 유나는 창밖을 보았다. 마침 집 문 앞에 마차가 한 대 멈추어 서고 있었다. 그 마차는 시릴의 것은 아니었고 온통 검은색이었으나 그의 것에 뒤지지 않게 값비싸 보였다. 아주 반질반질한 벽에 커다란 창문, 창을 안에서 가릴 수 있게 달린 자주색의 커튼, 금색과 검은색의 줄을 꼬아 만든 굴레…….

하인이 뛰어나가 마차 문을 열었다. 그 문에서 나온 것은 아샬레아였다.

그녀는 어젯밤에 입은 것에 비해 노출과 장식이 모두 적은 옷을 입고 있었지만 여전히 눈이 부시게 아름다웠다. 유나는 아샬레아가 여기엔 왜 온 걸까, 하고 놀라서 잠시 그녀의 걸음을 보았다. 아샬레아는 목과 허리를 모두 곧게 펴고 당당하게 걸어 집의 정문을 향했다.

어제 보니 아샬레아는 라이헤르타 남작과 태자 전하, 둘 모두와 아는 사이였다. 혹시 라이헤르타 남작이 사실은 아샬레아와 남매지간인 걸까. 둘 다 검은 머리고 대단한 미남 미녀이니 어색하지는 않았다. 그리고.

혹시 연인이라고 해도 어색하지는 않았다.

유나는 갑자기 충격을 받아 방을 빙글빙글 돌았다. 어째서 이렇게 놀라운 것인지는 알 수 없었다. 아샬레아가 1층 정문에서 하인들의 안내를 받아 들어오는 소리가 들렸다. 잠시 후 유나의 방에도 하녀가 들어왔다.

"-."

하녀는 유나에게 아래층을 가리키며 뭔가 말했다. 저것은 보통 아침 식사가 다 되었으니 내려오라는 뜻이었는데, 지금은 손님이 와 있으니 식사를 하러 오라는 뜻은 아닐 것이다. 유나는 당황하고 긴장하며 방을 나섰다. 하녀가 유나의 발을 가리키며 얼른 신을 바꿔 신겼다.

1층으로 가는 계단은 어제의 부잣집에 비하면 훨씬 작았지만 충분히 깨끗했고 난간의 장식도 훌륭하게 되어 있었다. 유나는 계단을 내려가다가 말고 치마를 밟았다. 아, 하고 구르기 직전 그녀는 얼른 난간을 꼭 붙잡아 위기를 모면했다. 마침 계단 아래를 지나가다가 그 장면을 본 듯 라이헤르타 남작도 어느새 팔을 이쪽으로 쭉 뻗고 굳어 있었다.

창피한 일이었다. 유나는 웃으며 얼른 치마를 손으로 갈무리하고 다시 제대로 섰다. 그리고 이번에는 아주 조심해서 계단을 끝까지 내려갔다. 라이헤르타 남작은 유나가 내려오는 것을 계단 아래에서 끝까지 지켜보다가 그녀에게 짧게 말했다.

"-."

아마 조심하라는 뜻일 것이다. 유나는 웃으며 고개를 세차게 끄덕였다.

라이헤르타 남작은 한숨을 약간 쉬고 한쪽을 가리켰다. 그쪽엔 이 집의 거실이 있는 것을 알고 있었다. 유나는 그의 뒤를 따라 거실로 들어섰다. 그리고 그곳에 앉아 있는 아샬레아를 보고 한껏 미소를 끌어 모아 인사했다.

아샬레아는 방울이 울리는 것처럼 명랑하게 웃으며 자리에서 일어났다. 그리고 유나의 앞에 와서 허리를 깊이 숙여 인사했다. 어젯밤과 같은 백합 향이 났다. 유나는 자신보다 나이가 많고 아마 아는 것도 훨씬 많을 사람이 그렇게 정중하고 우아하게 인사하자 그만 어쩔 줄 모르게 되어 눈을 동그랗게 떴다. 아샬레아는 라이헤르타 남작을 돌아보고 뭔가 멋진 억양으로 말했다. 라이헤르타 남작은 유나에게 또 뭔가 말했다.

뭔지는 역시 모르겠지만, 유나는 또 웃으며 고개를 끄덕였다. 아샬레아는 유나에게 눈을 휘며 고양이처럼 웃어 보였다. 그 모습이 정말로 아주 아름다웠기 때문에 유나는 어쩐지, 가슴이 약간 아픈 것을 느끼며, 미소를 유지하기 위해 애썼다.

Chap. 3
Azalee
아살레아

"아시겠어요?"

이 말이 무슨 뜻인지는 이제 '아신다'. 유나는 아샬레아의 아름다운 회색 눈을 보며 고개를 저었다. 저 눈으로 쳐다보면 거짓말을 못 하겠다. 참고로, 간도 내어달라고 하면 왠지 그래야 할 것 같았다. 왜 미녀들이 나라를 무너뜨리는지 유나는 요즈음 절실하게 이해하고 있었다. 남자든 여자든 정도 이상의 미모는 사람을 사로잡았다.

"좋아요."

저 말도 이제 이해한다. 아샬레아는 유나가 모르는 걸 모른다고 한 것에 만족한 듯 고개를 끄덕였다. 이 부분을 여러 번 교육받았다.

일주일 정도를 매일 같이 있고 나서야 유나는 겨우 아샬레아가 자신을 '교육'시키기 위해 이 집에 오고 있다는 것을 이해했다. 라이헤르타 남작과 아샬레아는 전 부인이나 현 연인 같은 거라기엔 서로 거리를 두었고, 필요 이상의 말은 절대로 하지 않았다. 어쩌면 둘은 남매일지도 몰랐다. 유나는 그것이 다행이라고 생각했지만 왜 다행인지는 생각하지 않기로 했다. 아니, 미남에게 임자가 있는 것은 늘 슬픈 일이다. 다행인 것이 당연하다. 아무튼 아샬레아는 미녀고 예의 발랐기 때문에 유나는 그녀가 마음에 들었다.

"이걸 봐주세요."

아샬레아는 아마도 이 나라의 어린이들이 공부를 하는 데 쓰는 것 같은 그림 카드를 들어 보여주었다. 그것은 카드라고는 해도 꽤 크고 무거운 것으로, 아샬레아는 그것을 하인에게 옮기게 했지만 일단 테이블에 올려둔 다음부터는 자기가 적극적으로 필요한 것을 찾아 가리켰다. 이번에 아샬레아가 보여준 것은 말에 타고 갑옷을 입은 남자와 말 아래 서서 그를 동경하듯 올려다보는 여자의 그림이었다. 아샬레아는 말에 탄 남자를 가리키며 말했다.

"기…… 사……."

아샬레아의 말은 귀에 쏙 들어오게 정확하면서 크림처럼 부드러웠다. 유나는 애써 따라 했다.

"기사."

"잘하셨어요."

아샬레아는 손뼉을 쳐 주었다. 그리고 카드를 보며 말했다.

"라이헤르타 남작님도 기사시지요."

"네."

그가 병사들을 데리고 말 타고 가는 것을 보았으므로 알고 있었다. 유나는 금방 이해하고 고개를 끄덕였다. 실례를 아니 더 쉽다. 이 그림 카드를 만든 사람들은 누군지 몰라도 대단히 축복받아야 했다. 그리고 아샬레아 역시.

혹시 아샬레아는 직업이 선생님이라거나 하는 걸까?

유나는 갑자기 그런 생각이 들었다. 그만큼 아샬레아는, 모국어를 남에게 가르치면서도 상대방이 이해하게 하는 법을 잘 알고 있었다. 원래 본인에게도 외국어인 것을 가르치는 것보다 본인이 어려서부터 자연스럽게 익힌 모국어를 가르치는 것이 훨씬 힘들 텐데도. 게다가 저런 카드도 생각해 보면 아샬레아 같은 성인이 가지고 있을 이유가 없었다. 그러면 이렇게 와서 가르쳐 주는 건 라이헤르타 남작이 돈을 지불하고 하는 걸까. 이렇게나 시간과 수고를 뺏는다.

마차를 타고 손바느질로 된 옷을 입고, 신분 격차가 있는 시대라면 당연히 나이가 찬 여자들은 결혼하고 집 안에서만 살 거라고 생각했다. 그럼에도 불구하고 아샬레아는 왜 선생님을 할까. 그 파티에서도 다른 남자 파트너는 못 본 것 같고, 그러면…… 시집을 갔는데 남편의 사업이 망했다거나?

머릿속으로 별 시나리오를 다 쓰고 있는 사이 아샬레아는 엄격한 미소를 지었다. 그녀는 학생이 딴생각을 하는 것을 귀신처럼 알아냈다.

"레이디 유나."

유나는 찔끔해 사과했다.

"죄송해요."

"미안해요, 라고 하시면 충분해요."

하지만 아샬레아는 유나에게 실수로 부딪치거나 하면 전자의 표현을 쓴다. 유나가 헷갈려 하는 얼굴을 하자 아샬레아는 뭔가 길게 설명했지만 유나는 제대로 알아듣지 못했다. 뭔가의 높낮이에 대한 이야기를 한 것 같긴 했는데. 아샬레아는 유나의 눈빛을 보고 간단하게 자기 자신을 오른손으로 가리켰다. 그리고 또박또박 말했다.

"저는 귀족이 아니에요."

'귀족'은 단어 카드에서 가장 처음 배운 단어 중 하나였다. 사다리 같은 길쭉한 선 위에 각자 호화로운 정도가 다르고 특징이 드러나는 옷을 입혀놓은 그림 카드에는 각각 '황족', '성직자', '귀족', '평민', '노예'가 있었다. '평민'과 '노예'의 차이는 아직 명확하게 이해하지 못하고 있었지만 '귀족'이 뭔지는 알았다. 옛날 중학교 때 사회 시간에 배운 중세 시대와 비슷한 구조인 것 같은데.

라이헤르타 남작은 그중 명백하게 귀족이었다. 유나는 곤혹스럽게 아샬레아를 보았다. 그러면 아샬레아는 뭘까. '성직자'라는 이미지는 아닌 것 같고, 그러면 평민일까. 하지만 이렇게나 부유하다. 라이헤르타 남작보다 좋은 마차를 소유하고 있고. 또 라이헤르타 남작과 그녀는 그러면 남매가 아닌 걸까.

"레이디 유나는……."

아샬레아는 유나가 잘 모르는 용어로 그녀를 정의했다. 유나는 대충 그것이 귀족의 다른 표현일 거라고 생각했다. 이 사람들이 그녀를 귀족이라고 생각하고 있다는 것을 안다. 그 이유는 여전히 알 수 없지만. 아샬레아는 유나의 진지한 눈을 보고 사랑스러운 미소를 지었다.

"저보다."

그녀는 자기 자신을 가리킨 다음 손바닥을 저 바닥 가까운 곳까지 내렸다.

"레이디 유나가."

다음으로 그녀는 유나를 가리키고.

"─."

못 알아듣는 표현을 입으로 하며 손바닥을 머리 위로 들었다. 그러나 입으로 한 말은 못 알아듣더라도 그 내용은 명백했다. 아샬레아가 사실 황족이었다거나 하는 일은 아니라는 의미였다. 유나는 아샬레아가 그러면 뭐 하는 사람인지 궁금해졌다. 지금까지는 당연히 라이헤르타 남작의 남매이거나 최소한 그와 아는 사이이자 비슷한 신분이면서 훨씬 부유한 사람, 정도로 판단하고 있었다. 평민에 선생님이라고? 제인 에어는 월급을 얼마 못 받는 것 같던데.

아샬레아는 빙긋 웃고 자기 자신을 가리키며 반복했다.

"저한테는 '미안하다'고 하시면 충분해요. '죄송하다'는 귀족이나 황족이신 분께."

그런가 보다. 유나는 자기가 이 나라 말을 할 수 없다는 것에 새삼 짜증을 느꼈다. 아샬레아는 확인해 왔다.

"아시겠어요?"

아시겠다. 유나는 반사적으로 웃으며 고개를 끄덕였다.

"예의가 바르다는 것은 남에게 좋은 인상을 주는 행동을 한다는 의미지요."

아샬레아는 유나가 경청하는 것을 느끼고 빙긋 웃었다. 이 '공주님'은 순수함의 화신 같았다. 참으로 사랑스럽게 다른 사람을 바라본다. 어떻게 자라면 이렇게 될까.

"예의가 없는 사람은 상대방이 자신을 어떻게 받아들일지 생각하지 않고 마음대로 행동하는 것이니 그 사람과의 관계는 유지할 가치가 없어요. 그러나 고귀하신 신분을 가지셨으니 대부분의 사람은 레디 유나에게 예의 바르게 보이는 행동을 할 것이랍니다."

물론 '산맥 너머의 땅에서 온 공주'라는 것을 믿지 않는 사람이라 해도, 태자가 꽃을 보내며 호의를 보였으니 응당 그에 걸맞은 예의는 보일 것이다.

"그런 의미에서 레이디 유나께서는 늘 훌륭한 처신을 하고 계시지요. 언제나 미소를 지으려 노력하시고, 상대방의 말을 알아듣지 못해도 경청해서 어떻게든 상대방이 하는 말에 올바른 반응을 보이기 위해 힘쓰고 계셔요. 같은 말을 하지 않는 사람들 가운데 있어 무척 피곤하실 텐데도 용기 있게 그 안에서 사람을 마주하려 하십니다. 그것은 가장 고귀한 태생의 아가씨들 가운데서도 가끔은 부단한 훈련과 교육을 필요로 하는 것인데, 레이디 유나께서는 그런 점에 있어서는 흠잡을 데가 없어요. 또 가장 간단한 도움을 준 하인에게도 감사의 표시를 잊지 않으시니 우아한 행동을 하고 계신 거예요."

하인에게는 감사의 말을 하지 않는 사람들이 있다. 그들은 대부분 교육을 받지 못한 것이 다른 점에서도 드러나 보였다.

"그러나 궁정에서 완벽한 행동을 하기 위해서는 그보다 기술적인 지식도 필요하답니다. 고귀한 태생의 아가씨가 좋은 교육을 받았다고 하는 데에는 그 아가씨가 춤을 얼마나 잘 추는지, 옷을 얼마나 잘 입었는지, 노래를 얼마나 잘 부르는지, 카드를 얼마나 정확한 양식에 맞춰서 보내는지 따위가 모두 포함되지만 지금 레이디 유나께 가장 필요한 것은 사교계에서 서로 다른 신분인 사람들을 어떻게 대하는가 하는 지식이겠지요. 그것은 문화에 차이가 있으니 어느 정도 틀리시더라도 겉으로 비난하는 사람은 없겠지만, 남 흉보기를 좋아하는 사람들에게 트집을 잡히실 수 있으니 잘 알아두시는 편이 좋아요."

아마 사교계의 고귀한 아가씨들 앞에서 아샬레아에게 '죄송해요' 따위를 말했다가는 그 아가씨들이 유나를 잡아먹고 말 것이다. 아샬레아는 유나를 부드럽게 보았다. 유나는 아샬레아가 지금까지 한 말을 거의 이해하지 못하는 얼굴이었지만 어떻게든 집중하려고 애쓰는 것 같았다. 아샬레아는 유나의 허리 쪽을 찰싹 쳤다.

"허리는 언제나 곧게. 레이디 유나는 보통 자세가 바르신 편인데, 앉아 계시다 보면 허리가 굽어지실 때가 있어요. 고귀한 태생의 아가씨는 절대로 구부러진 자세로 앉지 않습니다."

유나는 허리를 펴고 가슴을 내밀었다. 저 어깨도 더 뒤로 빠져야 한다. 아샬레아는 손으로 교정해 주었다.

"가장 친한 친구들만이 모여 있을 때는 소파에 등을 기대셔도 됩니다. 그러나 다리를 꼬는 것은 있을 수 없는 일이어요. 의자에 앉았을 때 다리를 두는 올바른 방법은 하나밖에 없고, 틀린 자세는 전부 치마 밖으로도 표가 난답니다."

고래 힘줄로 풍선만큼 치마를 부풀려 놨어도 마찬가지다. 유나는 아샬레아를 물끄러미 보았고 아샬레아는 본인의 무릎을 탁탁 쳤다. 유나는 고개를 갸웃하며 난처한 표정을 지었다. 아샬레아는 주저 없이 본인의 치마를 걷어 올려 두 발이 어떻게 얌전히 기울어지고 무릎 뒤쪽으로 들어가 있는지 보였다. 유나는 약간 인상을 쓰며 따라 했다.

"레이디 유나의 나라에서는 이렇게 하지 않는지도 모릅니다만, 부신의 궁정에서는 모든 여자가 이렇게 한답니다."

치마를 걷어보니 유나는 약간 놀란 얼굴이었지만 피하지 않았다. 아샬레아는 그 다리가 어설프지만 제대로 놓여 있는 것을 확인하고 만족스럽게 고개를 끄덕였다.

"잘하셨어요."

"감사합니다."

"저한테는 감사하다고 하실 필요 없어요, 레이디 유나. 고맙습니다로 충분하답니다."

유나는 또 고개를 갸웃하면서도 웃으며 고맙습니다, 하고 말했다. 아샬레아는 본인도 허리를 곧게 세우고 부드럽게 말했다.

"궁정에서 레이디 유나께선 산맥 너머의 땅에서 온 공주라 소개받으셨으니, 공작 부인과 동등한 취급을 받으십니다. 그러므로 황족을 대하실 때는 윗사람을 대하는 태도를, 상급 귀족을 대하실 때는 동등한 사람을 대하는 태도를, 하급 귀족을 대하실 때는 아랫사람을 대하는 태도를 보이시되 상대를 최대한 존중하시면 됩니다. 상급 귀족과 하급 귀족은 하나의 기준으로 가를 수 없으며 그 가문의 지위가 세월의 흐름에 따라 달라지기도 하므로, 각각의 사람을 모두 외우시는 수밖에 없습니다."

그 가문의 조상 중에 직계 왕족이 얼마나 있나, 가문이 얼마나 오래되었나, 가문의 영지가 얼마나 유서 깊은가, 그간 가문의 일원 중에서 집안에 먹칠한 사람이 얼마나 있나 따위의 기준을 세다 보면 끝이 없다. 유나는 외워야 한다는 말을 알아들었든 못 알아들었든 멍하고 혼란스러운 얼굴이었다. 아샬레아는 미소를 지었다. 한숨을 짓는 것은 예의도 아니었고 그럴 필요도 없었다.

"처음에는 누구나 혼란스럽지요. 궁정의 한가운데에서 태어난 아가씨들도 사교계에 정식으로 데뷔하는 데 시간이 걸리는 것은 다 이유가 있답니다."

똑똑. 문을 두드리고 루젤이 들어왔다. 유나는 일어서 인사하려고 했고 아샬레아는 그녀를 힘으로 앉혔다. 유나는 눈을 동그랗게 뜨고 깜박였다.

예의를 아는 루젤은 알아서 아가씨들에게 다가와 허리 숙여 인사했다.

"제가 방해한 것은 아닌지."

"마침 잘 오셨어요, 라이헤르타 남작님."

루젤은 눈을 껌벅였다. 아샬레아는 명랑하게 웃음을 터뜨리며 유나에게 말했다.

"여성이 남성을 일어나서 맞는다는 것은 남성이 황족일 경우를 제외하고는 있을 수 없는 일이예요. 먼저 다가와 인사할 때까지 기다리시되 눈은 맞추세요. 그리고 남성이 저렇게 인사하면 직위나 이름을 부르며 맞이하는 거랍니다. 따라해 보세요. 어서 오세요, 바이언트 경."

유나는 바이언트 경이 뭔지 못 알아들은 듯 아샬레아에게 이상한 얼굴로 되물었다.

"바이언트 경?"

"라이헤르타 남작님 말이에요."

아샬레아는 보다 확실히 하기 위해 루젤을 가리키며 말했다.

"루젤 바이언트 폰 라이헤르타 남작님. 신분이 낮은 사람은 이분을 남작님이라고 부르지만, 레이디 유나께서는 바이언트 경이라고 부르시는 것이 옳답니다."

혹시 어떤 반응을 보이나 해서 살펴본 루젤의 얼굴은 평소와 똑같이 무뚝뚝했다. 이 사람은 그동안 잘못된 호칭도 교정을 안 했단 말인가. 아샬레아는 혀를 찼다.

"가르쳐 주시지 않으셨어요, 남작님?"

"……송구합니다."

"분명 어차피 이해하지 못하실 거라고 생각하고 게으름 피우셨지요?"

"송구합니다."

이 남자는 재미가 없다. 일부러 눈웃음도 쳐 봤는데 반응이 없다. 하기야 이 남자를 유혹하려 든 여자가 지금까지 몇인가. 아샬레아는 금세 후후 웃었다.

"비밀로 해드릴게요. 계속 그 자리에 계세요. 레이디 유나께 남성을 맞는 법을 더 가르쳐 드려야겠어요."

"저라도 괜찮으시다면."

루젤은 무표정하게 그대로 섰다. 아샬레아는 즐거운 기분으로 유나에게 말했다.

"남자가 다가와 인사하면 맞으시되 바로 앉히시면 안 됩니다. 특히 뻔뻔하게 옆에 앉아도 되겠냐고 묻는 남자들은 아예 세워두세요. 다리에 쥐가 나서 쓰러질 때까지 세워두셔도 좋습니다. 레이디 유나보다 낮은 자리에 앉아도 되겠냐고 청하는 남자만 앉히시면 됩니다. 남작님처럼 아무 말도 안 하고 서 있는 남자는 별로 없답니다."

루젤은 약간 억울해서 아샬레아를 보았다. 이 자리에 계속 서 있으라고 말하기에 앉아도 되냐고 물어도 안 되는 줄 알았다. 아샬레아는 장난스럽게 웃고 유나를 보았다. 유나는 루젤이 서 있는 것을 어떻게 처리하면 좋을지 모르겠다는 듯 시선을 굴렸다.

"물론 황족은 예외예요. 여주인과 함께 계실 때 여성분이 다가오신다면 그 집의 여주인이 알아서 해결하실 테니 걱정하실 필요가 없지요. 그러나 레이디 유나가 혼자 계실 때에 여성이 다가와 인사하신다면 레이디 유나가 상대방의 지위를 보고 일어나 인사하실지 앉은 채 악수를 청하실지 구별해 결정하셔야 해요. 지금부터 올바르게 악수 청하는 법을 가르쳐 드리지요."

비단 허리띠.

코르셋.

치마.

비단.

여자.

귀족.

유나는 종이에 한국어와 이 나라 말로 이번에 배운 단어들을 각각 썼다. 아샬레아는 일상에 필요한 회화를 상황에 맞게 하는 법과 이쪽 상류 사회의 용어를 집중해서 가르쳤는데, 도무지 진도가 나가지 않는 부분도 있었지만 전체적으로는 큰 도움이 되고 있었다. 아무튼 이제 식사가 맛있다고 할 때는 어떻게 하는 게 정확한지 안다. 이전에 쓰던 말도 틀린 건 아닌 모양인데, 뭐랄까 이 나라의 우아하고 아는 것 많은 선생님에게 배운 쪽이 역시 예의 바른 것일 터다.

덕분에 라이헤르타 남작의 '남작'과 바이언트 경의 '경'은 모두 경칭의 일종이라는 것도 이제 안다. 무척 복잡했기 때문에 유나는 라이헤르타 남작을 이제 속으로 루젤이라고 부르기로 했다. 라이헤르타란 그가 가진 땅의 이름이고 바이언트는 그의 성이라고 하니 둘 다 그 남자 개인을 칭하는 말은 아니라는 생각이 들어서이기도 했다. 게다가, 이전에 만난 그 금발의 친절한 남자는 세상에, 이 나라 왕의 아들이었다. 왕관을 쓴 사람들이 나오는 그림에서 봤으니 틀림없다. '태자'란 아마 조선의 세자 같은 것인 모양이었다.

이 세계에서 종이가 얼마나 비싼 것인지는 알 수 없었지만 루젤은 그녀가 공부에 써도 되겠냐고 손짓 발짓으로 물어보자 지체 없이 거실 책상 서랍에서 몇 장을 꺼내서 내주었다. 그리고 서랍에 있는 멋진 잉크병과 깃펜도 얼마든지 쓰라고—아마도— 해주었다. 요즘은 그를 매일 보다 보니 어느 정도 표정의 변화도 알게 되었는데, 아마 그 남자에게 그런 말이 어울린다면 '흔쾌히' 내주었다고 해도 될 것이다.

잉크에서 찌꺼기가 많이 나오고 펜이 뻣뻣하긴 하지만 21세기 한국에서 쓰던 공장제 펜 같은 질을 기대할 수는 없다. 유나는 이용할 수 있는 필기구가 있다는 것만으로도 감사하며 쓴 단어들을 몇 번이나 입으로 읽어보았다. 어디 이 나라 말을 잘하는 사람이 한국어나 영어로 그 발음을 써준 것이 없다 보니 제대로 하는 것인지는 확신할 수 없었지만, 대강 이런 식으로 말하면 이 나라 사람들이 알아들으니 그것으로 되었다. 시험을 칠 것도 아니니 말이 통하는 것이 중요한 것이다.

"아가씨."

이 집의 거실은 크지는 않았지만 나름대로 현대의 기준에서도 편리할 만큼 여러 가구가 갖추어져 있었고 햇빛도 잘 들었다. 거실에 두는 꽃은 시드는 정도를 보고 며칠에 한 번씩 바뀌었는데 정원에서 바로 잘라 오는 것이라 하녀가 꽃을 안고 들어올 때마다 싱그러운 향이 좋았다. 유나는 꽃을 안고 들어온 하녀의 뒤로 은색 쟁반을 든 하인이 들어오자 눈을 동그랗게 떴다. 저 쟁반은 뭔가 편지가 올 때 쓰는 것이었다.

하인은 유나에게 다가와 쟁반을 정중히 내밀었다. 그 쟁반 위에는 비슷한 크기의 봉투가 여러 개 있었는데 모두 다른 색의 밀랍과 문양으로 봉해져 있었다.

이런 것은 보통 루젤에게 간다. 이쪽은 아직 글도 못 읽고. 유나는 난처한 얼굴로 하인을 보았다. 하인은 시간 낭비하지 않고 맨 위에 있는 봉투를 집어 공손하게 책상 위에 올려놓았다. 유나는 그것이 자신에게 온 것임을 그제야 알고 인사했다.

"고마워요."

하인은 빙긋 웃으며 허리 숙이고 자리를 떴다. 아마 나머지 편지를 루젤에게 주려는 것이었다. 유나는 봉투를 집어 뜯어 보았다. 이전의 초대장 같은 흰색 카드 한 장과 그 카드와 비슷한 크기로 접은 큰 종이 한 장이 있었다.

카드의 내용은 읽을 수 없었기 때문에 유나는 큰 종이에 호기심을 느끼며 그쪽을 펼쳐 보았다. 큰 종이는 지금 메모용으로 쓰던 종이보다 얇았고 안에는 수려한 그림이 그려져 있었다. 그림 주변에 다른 크기의 글씨가 여러 종류 쓰여 있었고 그림은 멋지게 차려입은 남녀를 드라마틱하게 표현한 것이었기 때문에 유나는 그것이 아마도 포스터나 광고지 같은 것이리라고 짐작했다.

스팸메일은 정말 대단하구나, 여기 아는 사람도 별로 없는 나한테까지 광고를 하다니, 하고 일순 생각한 유나는 이윽고 그럴 리가 없다는 쪽으로 생각을 바꾸었다. 21세기의 한국에서야 종이와 우편 보내는 비용이 다 싸니까 여러 집의 우편함에 한 번에 광고지를 잔뜩 넣는 일도 가능했던 거지, 설마 이런 세계에서. 하지만 그럼 이건 뭘까……

마침 거실로 루젤이 들어왔다. 그는 말을 타고 온 듯 가벼운 셔츠와 얇고 긴 바지를 입고 있었고 얼굴이 볕에 그을려 약간 벌겠다. 유나는 그가 방에 들어오자마자 멈칫한 것으로 보아 책상을 쓰려던 것이리라고 짐작하고 얼른 책상 앞에서 일어섰다. 그녀는 웃으며 책상을 가리키고 편지를 주섬주섬 들었다.

루젤은 잠시 그 자리에서 그녀를 보더니 다가와 인사했다.

"감사합니다."

그가 그렇게 말하고 자리에 앉는 것은 프로페셔널해 보여서 멋졌다. 루젤이 뭔가를 쓰는 일은 많지 않았는데, 뭘 쓰려는 걸까. 유나는 자기라면 본인이 편지를 쓸 때 다른 사람이 보고 있으면 싫을 거라고 생각했기 때문에 자리를 비켜서 화병 쪽으로 갔지만 그를 괜히 흘끔거렸다.

루젤은 책상에 달린 서랍 중 유나가 열어보지 않은 것을 열고 흰 카드를 한 장 꺼냈다. 아, 저런 카드가 대중화되어 있어 어느 집이나 비슷한 크기의 카드를 약속한 것처럼 보내는구나 하고 그녀는 깨달았다. 저기에 저런 것이 들어 있는 줄은 몰랐다.

유나가 방금까지 쓰고 있었기 때문에 잉크병의 뚜껑은 열려 있었고 깃펜도 나와 있었다. 루젤은 펜을 잡고 잠시 가만히 있었다. 유나는 하녀가 아까 소담스럽게 꽂아놓고 간 꽃의 향기를 맡으며 그를 훔쳐보았다. 루젤은 뭔가 생각에 잠긴 것 같다가 이쪽을 보았다.

아, 깜짝 놀랐다.

눈이 마주쳤다. 유나는 저도 모르게 시선을 꽃으로 슬쩍 내렸다가 그러기에는 이미 늦었다 싶어서 뒤늦게 다시 루젤에게 시선을 주었다. 과연 그는 유나가 자신을 보고 있었다는 것을 눈치챈 듯 이쪽을 계속 보고 있었다.

이상하게 생각하는 얼굴은 아닌 것 같다. 유나는 무안해져 그에게 웃으며 물었다.

"편지?"

쓰시냐는 말은 아직 제대로 배우지 못했다. 루젤은 우선 말로 대답했다.

"예."

그리고 그는 조금 더 생각하는 것 같더니 고개를 끄덕이며 반복했다.

"예."

예 정도는 무슨 뜻인지 안다. 유나는 후후 웃고 그에게 제 편지를 들어 보였다.

"편지."

아까와는 완전히 다른 뜻으로 한 말이지만. 루젤은 유나의 손에 들린 편지를 보자 일어섰고 유나가 그러지 말라고 손짓할 새도 없었다. 그는 그녀에게 다가와 물었다.

"-?"

이번엔 못 알아들었다. 그녀는 그냥 편지 봉투와 카드, 그리고 예의 포스터를 모두 그에게 건네주었다. 루젤은 받은 순서대로 훑어보더니 그녀에게 말했다.

"아샬레아가……."

그다음은 또 못 알아들었지만 이름만으로 충분했다. 유나는 그것을 표현하기 위해 활짝 웃었다. 루젤은 놀랍게도 입술을 약간 움직였다.

웃은 건가?

확신할 수는 없었지만, 정말로 웃으려던 것처럼도 보였다. 루젤은 금세 평소의 표정으로 돌아갔지만 유나는 약간 가슴이 두근거려 표정을 관리해야 했다. 놀랐다.

그는 포스터를 가리키며 또 뭐라고 했지만 유나가 배운 단어는 거의 없었고, 배운 단어 중에서는 말의 내용을 이해하는 데에 도움이 될 만한 것이 없었다. 루젤 또한 유나가 한참 눈을 동그랗게 뜨고 그를 빤히 보자 두 사람 사이의 소통의 불일치를 안 것 같았다. 그는 미간을 미세하게 좁혔다. 그 시선이 떨어진 포스터는.

"주인님, 아가씨."

하녀가 거실 문간에서 불렀다.

"아샬레아 마님이 왔습니다."

본인이 왔으니 그녀가 알아들을 때까지 설명해 줄 것이다. 유나는 아샬레아에게서 배운 대로 루젤에게 웃으며 인사했다.

"감사합니다."

그는 설명해 주려고 노력했다.

"음악극이요?"

아샬레아는 살풋 웃었다.

"그건 태자 전하 작품이에요. 저는 티켓을 구하는 대리인 역할이었답니다."

그렇다면 그냥 한 번에 티켓을 보냈어도 되었을 것이다. 왜 루젤에게는 오이겐 태자가 직접 티켓을 보낸 것일까. 루젤은 이해가 되지 않아 잠시 미간을 좁혔다. 아샬레아는 그에게 설명하는 대신 유나에게 고개를 돌리고 자상하게 말했다. 유나는 루젤과 아샬레아가 무슨 말을 하는지 모르겠다는 듯 눈을 깜박이고 있었다.

"누군가를 초대해서 즐거운 일을 하고 싶을 때는 아룰라어로 카드를 써서 다른 사람의 손에 들려 보내는 것이 가장 우아한 예의랍니다. 정식으로 열리는 무도회나 정찬 때는 오직 카드로만 초대하게 되지요. 하지만 레이디 유나께서는 아직 글을 읽고 쓰지 못하시니 카드 쓰는 법은 나중에 알려드릴게요. 고향의 글자를 쓰실 수 있으시니 부신의 글도 금방 배우시겠죠. 아룰라어는 그다음이에요."

유나는 고향—이제 어디든—에서 글을 읽고 쓰는 경험이 많았던 듯 필기구로 무언가를 적곤 했다. 루젤은 그 문자를 어디서도 본적이 없었고 그것은 아샬레아도 마찬가지라는 모양이었다. 그는 나중에 유나에게 허락을 받아 그녀에게 몇 글자 받아서 시릴에게 보여주는 것이 좋겠다고 생각했지만 어떻게 말해야 그녀가 알아들을지는 아직 알 수 없었다.

유나가 웃으며 고개를 갸웃해 보이자 아샬레아는 본인의 손을 춤추듯 뻗으며 노래를 한 소절 불렀다.

　당신이 주는 보석상자
　그이가 주는 장미꽃은 버리라 말하네

　노래 실력도 좋았고, 조금 움직였을 뿐인 팔이 마치 한껏 날아오르는 춤처럼 보였다. 유나는 알아들었다는 듯 손뼉을 치며 아, 하고 감탄했다. 아샬레아는 붉은 입술을 당기며 웃었다.

　"음악극이에요. 춤도 추고 노래도 부르는 연극이지요. 태자 전하께서 초대해 주셨으니 우리 가서 즐겁게 봐요."

　보아하니 황도에서 가장 큰 대극장에서 하는 공연이었다. 분명 사교계의 중요한 사람들과 오이겐에게 중요한 사람들이 그날 많이 모일 것이다. 루젤은 분명 처음에는 유나를 위해 방문했던 사교계인데 어째 점점 그녀를 이용하는 공간이 되는 것 같다고 생각하며 불편하게 헛기침을 했다. 아샬레아는 재미있다는 얼굴로 물었다.

　"목이 불편하신가요?"

　"아닙니다."

　루젤은 입을 다물었다. 유나는 머리를 양쪽으로 살살 흔들더니 노래를 부르기 시작했다.

　그녀의 나라의 말로 되어 있었으므로 노랫말은 이해할 수 없었으나, 루젤은 그 노래가 듣기 좋아 눈을 약간 크게 떴다. 사실 배우 출신인 아샬레아에 비해 그 기교가 대단히 뛰어나다고는 할 수 없었지만, 목소리가 매우 부드럽고 노래도 귀여웠다.

　노래를 부를 줄 안다는 것은 몰랐다.

　유나는 아샬레아처럼 짧은 한 소절만을 부르고 입을 다물었으나 그리고 나서는 빙긋 웃었다. 아샬레아는 흐뭇한 얼굴로 손뼉을 쳤다. 짝, 짝.

"노래를 잘하시네요, 레이디 유나. 전혀 몰랐어요. 남작님은 아셨나요?"

"……아닙니다. 저도 몰랐습니다."

괜히 목소리가 쉬게 나왔다. 루젤은 깜짝 놀라 목소리를 가다듬었다. 유나의 휘어진 검은 눈이 마치 화인火印 같다. 사람의 눈에 그런 힘이 있을 리가 없는데, 이상한 일이었다.

아샬레아는 쯧쯧 하고 혀를 찼다.

"그렇다 해도 그렇게 뻣뻣하게 아가씨를 쳐다보고만 계셔서는 안 되는 거예요."

쳐다본 것은 본의가 아니었으나 사실이다. 루젤은 헛기침을 또 하고 사죄했다.

"……실례했습니다."

"레이디를 향한 찬사는 아끼는 것이 아니에요. 자, 예의를 모르는 사람처럼 행동하고 싶으신 게 아니라면 어서."

유나는 노래의 여운이 사라진 얼굴로 고개를 갸웃거렸다. 본인의 이야기라는 것을 아는지 모르는지. 루젤은 잠시 시선을 어디 둘지 몰라 땅을 보다가 유나에게 진중하게 말했다.

"노래를 잘 부르십니다."

유나는 빙긋 웃으며 고개를 끄덕였다. 아샬레아는 명랑한 웃음을 터뜨렸다.

"레이디 유나."

유나는 아샬레아를 보고 천진하게 눈을 굴렸다. 아샬레아는 루젤을 한 번 가리킨 뒤 유나를 가리키고 엄지를 치켜올렸다. 루젤은 그렇게 간단하게 의사를 전달하는 수신호가 있다는 것에 내심 감탄했고 유나는 아샬레아의 의도를 잘 알아들은 모양이었다.

유나는 갑자기 뺨을 약간 붉히며 루젤에게 고개를 숙였다.

"감사합니다."

진심이었다. 루젤은 유나를 조금 더 보다가 아샬레아에게 양해를 구했다.

"그러면, 저는 잠시 나가보겠습니다. 수업을 계속해 주십시오."

이 자리에 계속 있다가는 아샬레아에게 놀림당해 정신이 남아나질 않을 것이다. 본래 가져왔던 의문이 풀렸으니 되었다.

"……한데."

귀부인들끼리의 모임이 언제나 갖는 화사한 분위기와 밝은 음색이 있었다. 한 귀부인은 상아로 만든 부채로 얼굴에 가벼운 바람을 부치며 은근히 말했다. 한여름의 응접실은 창을 활짝 열어도 더웠다.

"그 아가씨는 여전히 예의…… 마님과 어울린다던데요."

화제가 되고 있던 사람의 이름은 입에 오르지 않았지만 누구나 '그 아가씨'가 누구인지는 파악하고 있었다. 그 옆에 앉은 귀부인은 찻잔을 들고 눈을 경멸하듯 내리깔았다.

"경박스러운 일이지요. 높은 신분을 가진 아가씨는 그 태생에 맞는 교우 관계를 가져야 옳은 일이 아니겠어요?"

"당연한 말씀."

"말씀대로예요, 부인."

다른 귀부인들도 기다렸다는 듯 동의했다. 거북 등껍질로 만든 부채를 쥐고 있던 귀부인은 지루한 듯 말했다.

"그 높은 신분이라는 것도 믿을 수 없는 일이지 않아요? '산맥 너머의 땅'의 공주라니, 지금이 어느 시대라고 생각하시는 걸까요?"

세상에는 수많은 산맥이 있지만, '산맥 너머의 땅'이라고 말할 때의 산맥은 언제나 저, 누구도 넘은 적이 없는 세상 끝의 그 거대한 산맥을 의미했다. 이제껏 수많은 사상가와 신학자, 몽상꾼들이 그 너머에 무엇이 있을지 상상해 왔지만 정말로 그곳에 무엇이 있는지 밝혀낸 사람은 아무도 없었다. 본인들이 산맥 너머에 다녀왔다고 주장해 온 사람들의 계보야 물론 끊이지 않았지만, 그들은 모두 사기꾼이거나 정신병자였을 뿐이다.

점잖은 사람들은 산맥 너머에 무엇이 사는지 생각하는 것을 시간 낭비라고 믿었고 남부의 어떤 신학자들은 그 너머에 있는 것이 죽음이라고 말했다. 산맥을 넘으려 드는 사람들은 태어날 자리와 분수를 주신 신을 경외하지 않는 것이며 그러므로 그들은 신성모독에 걸맞은 벌을 죽음으로써 받게 된다는 것이었다. 이도라로드나 슈잔 사람들은 그러한 추측에 동의해 보인 적이 없었지만 그들이 산맥을 경외하는 태도에서만도 많은 것을 읽을 수 있었다—고, 부신 사람들은 생각했다—.

여러 명의 귀부인들이 부채로 입을 가리고 깔깔 웃었다. 그들 중 상당수는 예의 공주님을 실제로 본 적이 없었지만 지난번 후작 부인의 파티 이후로 그녀에 대해 모르는 사람은 사교계에 없었다. 태자 전하와 춤을 추었다면서요? 그런데 부신어는커녕 아룰라어도 한마디도 못 한다던데. 벙어리라고 들었어요, 저는. '그 여자'를 불러서 매일 어울린다나 봐요. 어머나, 그런 천박하기 그지없는.

온갖 소문이 돌았고, 후작 부인의 파티에서 공주님에게 소개되었던 귀부인들은 그녀에게서 받았던 인상을 수많은 청중 앞에서 종알거렸다. 다른 때였다면 직접 초대해서 구경해 보는 것도 좋을 것이나, 지금 같은 때는 조심스러워야 하는 것이다……. 특히나 후작 부인의 파티 바로 다음 날에 태자가 그녀에게 꽃을 보낸 것이 사실이라면.

사실은 공주님이 어느 신분 높은 귀족의 사생아로 태자의 새 정부가 아니냐는 추측도 제기되었고 그 가설은 흥미롭게 여러 사람의 입에 오른 뒤 사라졌다. 공주님의 보호자는 저 라이헤르타 남작이었는데 그가 고지식한 사람임을 모르는 사람은 없었던 것이다. 라이헤르타 남작처럼 주군에의 충성을 중요하게 생각하는 사람이라면 태자의 정부를 보호해 주는 일 정도는 할지 모르나, 그 대가로 태자는 많은 것을 잃게 될 것이다.

"어디에서 왔는지 모른다는 건 사실이라는 모양이에요."

머리에 파란 리본을 단 귀부인이 입을 열었다. 다른 귀부인들은 경청했다.

"그 파티에 있던 제 친척은 언어학에 조예가 있는 사람인데, 예의 아가씨가 하는 인사말을 호기심에 주의 깊게 들었다나 봐요. 그런데 억양이 어디에서도 못 들어본 것이었다지 뭐예요."

"저는 시릴 공이 한 번 불려가서 통역을 하셨다고 들었어요."

다른 귀부인이 눈을 동그랗게 뜨고 덧붙였다. 그 소문을 들은 적이 있던 몇 명도 고개를 끄덕였다.

"저는 시릴 공조차 통역을 못 하셨다고 들었는데요."

"하긴, 아무리 천재라고 해도 세상에 있는 모든 말을 하실 수는 없지요."

"시릴 공은 슈자니즈도 하셔요."

"아주 시골뜨기인가 보지요, 그러면."

보석으로 장식한 부채를 든 귀부인이 지루한 듯 톡 쏘았다.

"아룰라어도 못 한다는 데서 뻔한 것 아닌가요?"

그 부인은 공주님에 대한 감정이 벌써 좋지 않았다. 그녀가 라이헤르타 남작을 마음에 품었다가 그에게 정중하게 거절당한 적이 있다는 것은 이미 주지의 사실이었다. 지금은 결혼했지만 여전히 라이헤르타 남작에 대한 이야기가 나오면 빠지지 않는다던가. 다른 부인들은 적당히 그녀의 비위를 맞추었다.

"어디서 왔든, 기본적인 교양이 없는 거지요."

"후작 부인께 감사 카드도 보내지 않았대요."

부신어를 못한다면 자기네 나라 말로라도 써서 보냈으면 될 일이다. 파티에 초대받은 사람이 초대에 대한 감사를 서신으로 표시하지 않는다니, 이 얼마나 예의 없는 일인가. 후작 부인 본인도 그 뒤로 몇 번이나 가벼운 모임을 열었지만 그 아가씨는 초대하지 않았다. 물론, 후작 부인이 황후에게 더 이상 빚을 지고 있지 않기 때문이기도 할 것이다. 그렇다고 예의 자작 측의 사람을 초대하는 것도 아니었지만.

아가씨의 정체는 아무래도 좋았던 한 귀부인은 한숨을 쉬었다. 그녀는 요사이 궁정의 분위기가 점점 더 격화되어 가는 것에 스트레스를 받고 있었다.

"미인이기는 했지요."

몇 명은 동의했다.

"예. 그렇게 깨끗한 피부는 별로 본 적이 없어요."

"균형이 잘 잡힌 얼굴이더군요. 천한 신분은 아니에요."

다른 귀부인이 불만을 가졌다.

"예쁘다고 해서 천한 신분이 아닌 것은 아니지요. 예의 마님을 보세요. 우리 남편들의 정부들을 보세요."

"아, 저희 바깥양반의 정부는 대단히 못생겼지요. 불을 끄면 안 보인다던가요."

조금 유머 감각이 있는 귀부인이 분위기를 풀려고 약간은 외설적인 농담을 던졌다. 그 농담은 효과적이었고 많은 귀부인들이 깔깔 웃었다. 보석 부채의 귀부인이 쿠키를 먹으며 픽 웃었다. 무역으로 돈을 버는 상인들이 귀족의 옷차림을 따라 할 수 있을 만큼 부를 축적한 요즈음, 신분은 그 집에서 내놓는 간식으로 표가 나게 되어 있었다. 아직 평민들은 먹으면 없어지는 음식, 특히 양에 비해 값이 비싼 디저트에는 돈을 들이지 않는다. 그러니 이 얼마나 자랑스러운 일인가.

"제가 보기엔 그 아가씨는 차분하고 예의가 발랐어요. 귀한 신분인 것은 틀림없는 것 같더군요."

보다 중립적인 귀부인이 생각하는 눈으로 말했다. 그녀는 사람을 긍정적으로 보는 편이었기 때문에 어떤 모임에서든 인기가 있었다. 다른 귀부인들은 그녀가 그렇게 말한다면, 하는 얼굴로 납득했다.

"그런데 대체 왜 라이헤르타 남작님이 그 아가씨를 돌보고 계신다던가요?"

이 질문에 대답할 수 있는 사람은 없었다. 귀부인들은 서로를 의아하게 보았다. 그들은 모두, 라이헤르타 남작에게 그런 친척이 없다는 것을 알 정도로는 그 집안을 잘 알았던 것이다.

모르는 언어에 둘러싸여 지낸다는 것은 생각보다 훨씬 스트레스를 받는 일이었다. 유나는 꽃이 잔뜩 핀 정원을 거닐며 한숨을 쉬었다. 웃으면서 고개를 끄덕거리는 일을 너무 많이 했더니 가끔은 입에 경련이 날 것 같았다. 그나마 아샬레아가 많이 가르쳐 줘서 이제 필요한 말을 몇 마디 배우기는 했지만, 가끔은 스트레스가 한계를 넘어서 울컥 올라오면 무슨 말을 해야 할지 하나도 떠오르지 않을 때가 있었다. 그럴 때는 머릿속이 하얘져서 상대방의 표정조차 볼 수가 없었기 때문에 방에 혼자 누워 있거나 정원에서 햇빛을 쐬며 조금 쉬어야 했다.

고등학교 때 영국으로 유학 간 친구, 고등학교 졸업하자마자 부모님과 함께 미국으로 뜬 친구, 대학교 1학년 때 중국으로 어학연수를 떠난 친구, 모두 미안하다. 부러워만 했지 이렇게 스트레스받을 줄은 몰랐어. 유나는 속으로 친구들을 떠올리며 진심으로 사과했다. 물론 그들은 영어와 중국어를 어느 정도 배워서 갔으므로 이쪽보다는 시작이 나을 거라고는 생각되었다. 신분제 사회에서 드레스 입고 공주님 취급을 받는 것하고 영어라도 통하는 곳에서 가끔 가족과 통화하며 사는 것 중에 고르라면 후자가 좋은 것 같다.

집에 가고 싶다.

핫핑크의 이름 모를 꽃을 보며 유나는 우울하게 생각했다.

아샬레아는 노래를 아주 잘 불렀다. 유나는 한국에서는 노래방에서 어느 정도 인정받는 정도의 솜씨일 뿐이었으므로 아샬레아보다 잘 부른다고 주장하고 싶어서 노래를 불렀던 것은 아니었다. 그냥, 아마도 언어가 계속 안 통해서 본인이 바보처럼 느껴지다 보니 '나도 할 수 있는 게 있다'고 보여주고 싶었던 것이라고 생각한다. 지금 다시 떠올려 보니 뜬금없었던 것 같아 반성하고 있었다. ……창피하기도 했다.

집에 가고 싶다.

이제 자신이 왜 이런 곳에 와 있는지는 궁금하지도 않았다. 중요한 것은 현재 상태의 개선책이다. 집에서 잠자던 딸이 사라졌으니 엄마가 걱정한 지는 꽤 되었을 테고 경찰에서 찾고 있을지도 모른다. 하지만 FBI가 나서서 찾아도 다른 세계에 와 있는 사람을 찾아낼 도리는 없을 것이다. 21세기 한국에서 누가 도와줄 수는 없는 일이고, 여기에 사실은 한국이 있는 세계를 대표하는 대사관이 있었다거나 하는 것도 아닐 테고. 어떻게 해야 돌아갈 수 있을까.

그녀는 한숨을 푹 쉬었다. 현실을 보면 자신은 그냥 루젤이 사준 예쁜 드레스와 역시 그가 사준 구두를 신고 그의 정원에 우뚝 서 있을 뿐인 평범한 여자아이였다. 다른 세계로 가는 방법 같은 건 당연히 모른다. 드래곤볼이라도 모아야 하나. 누가 와서 파란 알약과 빨간 알약 중에 골라 먹으라고 해주는 것도 아니고.

다른 세계라는 것은 영화나 드라마 속에만 있다고 생각했다. 유나는 외계인의 존재는 믿어도 다른 세계의 존재는 특별히 생각해 본 적조차 없었던 것이다. 그런데 그런 곳에 실제로 와 있다. 자신은 정말로 이세계에 오게 되어 미아처럼 지내고 있는 것일까, 아니면 이 모든 것은 실제로는 머릿속에서 일어나는 것뿐이고 언젠가 정신을 차리면 병원에 있는 걸까. 혹은, 언젠가 '눈을 뜨면'.

이 모든 게 꿈이었다거나.

무력감을 느낄 때 그런 생각을 한두 번 한 것이 아니었다. 이번에도 유나는 꿈이거나 환상이라기에는 이 세계가 너무 아귀가 맞는다고 생각했기 때문에 그 안을 기각했다. 미쳤다는 가설은 달갑지 않은 일이었지만 꿈 가설은 구미에 맞았으므로 아쉬운 일이었다.

핫핑크색의 꽃에서는 끝없이 달콤한 향기가 났다. 유나는 한국에서는 그런 꽃을 본 적이 없었지만 원래 꽃에 대해 잘 몰랐으므로 어쩌면 지구에서도 남미나 아프리카 같은 열대 지방에서는 이런 꽃이 필지도 모른다고 생각했다. 어쨌든 손바닥만 하고 꽃잎이 겹겹인 꽃은 매우 화려했고 보기에 좋았다. 그녀는 한숨을 쉬며 꽃향기를 맡았다. 꽃향기는 또 얼마나 진짜 같은지.

"아가씨."

조금 떨어진 곳에서 벌레를 잡고 있던 하인이 유나에게 얼른 다가와 꽃의 가지를 잘라주었다. 꽃을 다치게 할 마음은 원래 없었지만 이렇게 벌써 받아버린 다음에는 하는 수 없다. 유나는 하인에게 웃으며 인사했다.

"고마워요."

이 세계에도 매미 비슷한 것이 있는지 여름벌레 울음소리가 시끄러웠지만 대화를 나누는 데에는 문제가 없었다. 하인은 모자를 벗으며 황송해하더니 제자리로 돌아가 다시 일했다. 유나는 그 자리에 더 있다가는 하인이 보는 꽃마다 다 따줄까 무서워 걸음을 슬슬 옮기기 시작했다.

꽃의 향기는 가지에서 떨어지고 나니 한순간 더 짙어진 것 같았다. 유나는 멍하니 걸음을 떼다 집 뒤편에서 루젤이 나오는 것을 보았다. 집 뒤쪽에서 말발굽 소리가 들렸기 때문에 그가 그곳에서 말을 타고 있다는 것은 알고 있었다.

거리는 열세 걸음 정도 떨어져 있었고 서로가 잘 보였다. 시간대 때문에 햇빛이 사선으로 들어 그의 땀에 젖은 머리칼 중 한쪽이 유독 눈부시게 반짝였다. 이렇게 더운데 대단하다. 유나는 그를 보고 반사적으로 웃으며, 아샬레아가 가르쳐 준 대로 가볍게 치마를 들어 인사했다. 루젤은 허리를 숙였다가 폈다.

이제 그는 집으로 들어가 씻으면 될 것이다. 유나는 루젤이 보인 순간 걸음을 멈췄지만 계속 그대로 걸을 생각이었기 때문에 시선을 자연스럽게 떼었다. 그러나 루젤은 의외로 그녀에게 다가와 물었다.

"같이 걸어도 되겠습니까?"

루젤은 함께 있을 때 일부러 말을 많이 걸어 피곤하게 하지 않는다. 유나는 오늘은 이 나라 말에 충분히 피곤해져 있다고 생각하고 있었지만 정원에서의 산책이 머리를 식힌 듯 그 말을 자연스럽게 알아들었다. 그리고 그 제안이 나쁘지 않다고 생각하며 고개를 끄덕였다.

"예, 바이언트 경."

그런데 이 남자가 웬일일까. 자기 일 하느라 바쁜 사람인데. 유나는 루젤이 옆에서 걷기 시작하자 의아하다는 생각은 들었지만 묻지는 않았다. 괜히 그런 것을 묻기 위해 부족한 이 나라 말을 짜내고 싶지도 않았다. 루젤은 생각대로 정면을 보며 걷기만 했으므로 방해가 되지도 않았다.

유나는 루젤과 발을 맞추어 걷기 위해 처음에는 나름대로 애썼지만 집 뒤편에 접어들 즈음 그런 걱정은 전혀 할 필요가 없었다는 것을 알았다. 루젤은 참으로 조심스럽게 그녀의 속도에 맞춰 걸었던 것이다.

문득 손에 들고 있던 꽃이 떨어졌다. 유나는 깜짝 놀라 멈칫했고 루젤은 자연스럽게 그것을 주워 그녀에게 주었다.

"여기 있습니다."

꽃을 선물받는 것 같다.

그가 꽃을 건네며 잠시 닿은 기척이 이상하게 화끈했다. 유나는 감사 인사를 하고 그에게서 시선을 돌렸다. ……약간, 더워졌다. 아까보다 더.

오이겐은 본인의 거실에 풀썩 쓰러지듯 앉으며 한탄했다.

"아, 더워."

태자의 거처는 큰 아파트 안에 거실과 여러 개의 방이 함께 딸린 형태였고 그중 가장 내밀한 침실에 들어갈 수 있는 것은 하인을 제외한다면 왕족 가운데서도 선택받은 몇 명밖에 없었다. 평소 오이겐과 친분이 있거나 친분을 쌓고 싶어 하는 사람들은 그 여러 방 중 자기의 지위에 맞는 방에 앉아서 기다리곤 했으나 오늘은 아파트 안에 개미새끼 한 마리 보이지 않았다. 오이겐이 미리 본인이 돌아오기 전까지 아무도 들이지 말라고 말해두었기 때문이었다.

오이겐 앞에 서 있던 루젤이 묵묵히 창문을 열러 갔다. 시릴은 오이겐의 손짓에 자리에 앉으며 우아하게 안경을 고쳐 썼다. 오이겐은 루젤의 뒷모습에 소리쳤다.

"아냐, 창문 열라는 말은 아니었어!"

"이미 열렸습니다."

시릴이 부드럽게 잘랐다. 오이겐은 말은 그렇게 했어도 바람이 통하자 숨을 깊게 쉬었다. 루젤이 자리로 돌아오기 전 그는 열화를 쏟아내기 시작했다.

"개 같은 노인네. 감히 그따위로 나와?"

그 뒤로는 참람함에 가히 속할 만한 단어의 연속이었다. 오이겐이 사람을 미리 들이지 말라고 한 이유는 분명했던 것이다. 시릴은 그 말을 한 귀로 듣고 한 귀로 흘렸고 루젤은 못 들은 체했다. 루젤이 자리로 돌아오자 오이겐은 그 또한 손짓해 앉혔다.

오이겐은 한참 후에야 씩씩거리며 욕설을 멈췄다. 그는 루젤에게 퉁명스럽게 말했다.

"자네한테는 미안하게 됐어."

"아니옵니다, 전하."

황제와 오이겐의 말다툼을 오랫동안 듣고 서 있느라 약간 불편하기는 했지만, 결론적으로 말은 모두 오이겐이 했고 황제의 욕도 모두 오이겐이 먹었다. 루젤은 오히려 주군에게 감사했다. 시릴은 입술의 오른쪽 끝을 비뚤게 올렸다.

"충성스러운 분이니, 태자 전하께서 하시는 일에 감히 불만을 갖지는 못하는 거지요? 경."

"아닙니다. 정말로 아무렇지도 않습니다."

루젤은 성실하게 대답했다. 오이겐은 지친 얼굴로 한숨을 쉬면서도 엄지를 자랑스럽게 올려 보였다.

"그래도 자네가 쓴 군비는 다 받아냈어. 오늘 안에 안 받아내면 또 딴소리를 할 테니까 이따 가서 가져와야지. 시릴, 그건 자네한테 맡길게."

사람을 위압해 구슬리는 요령과 약점을 잡아 빈정거리는 기술은 이 궁정에서 시릴 데이하르츠를 따라올 사람이 없었다. 시릴은 고개를 끄덕였다.

"예, 걱정 마십시오."

"별 거지 같……."

생각하니 다시 화가 나는지 오이겐은 다시 한참 욕설을 중얼거렸다. 그래도 기분이 아까보다는 나아진 듯 목소리가 낮았다. 욕을 퍼붓는다기보다는 구시렁거린다에 가까울 것이다. 루젤은 오이겐이 또 잠시 후 숨을 헐떡거리며 말을 마치자 물었다.

"술 올릴까요?"

"이따 시종을 불러. 지금은 아직 할 얘기가 남았고."

루젤은 복종했다. 오이겐은 명석한 눈을 찌푸리며 루젤에게 말했다.

"자네가 올린 전공에 대해 큰 상을 내리지는 못할망정 군비를 떼어먹으려고 들다니, 말이 되는 소리여야지. 내 끝까지 받아낼 테니 안심해. 상도 어떻게든 뜯어내 보지."

시릴은 입꼬리를 양끝으로 당기며 소리 없이 웃었고 루젤은 눈을 천천히 깜박였다.

"괜찮습니다, 전하. 저는 전하께서 신경 써주신 것만으로도 족합니다."

사실 전쟁 때문에 돈이 많이 들기는 했고, 상당수는 황제가 빌려준 병사를 유지하는 데에도 들어갔다. 군비를 받지 못한다면 큰 타격이 될 뻔했으므로 루젤은 그것을 사양하지는 않았다. 오이겐은 한 번 더 심호흡을 하고 튕기듯이 일어나 허리를 꼿꼿이 세웠다. 시릴과 루젤은 주군이 지금까지의 화제에서 벗어나기로 한 것을 알았다.

"시릴."

"예, 전하."

시릴은 싱긋 웃으며 대답했다.

"베르하테 영감은 어떻게 되고 있어?"

"베르하테 대법관이라면 순조롭게 포섭 중입니다."

"어떻게? 우리 노인네의 골수팬인데."

"혼담을 미끼로 던졌지요."

"누구랑 누구? 설마 루브?"

"그 설마지요."

베르하테 대법관이 황제의 골수 추종자라면 루브 데이하르츠는 제 형의 골수 추종자다. 루젤은 그 소년의 얼굴을 떠올렸다. 벌써 혼인 이야기가 나올 때가 되었던가. 오이겐도 희한한 얼굴을 했다.

"루브가 몇 살이지? 열두 살인가?"

"약혼하기에 적절한 나이지요."

"자네는?"

"저는 시끄러운 것이 싫습니다."

여자와 함께 산다고 해서 시끄러운 것은 아니다, 라고 루젤은 바로 생각했다. 시릴은 마치 마음을 읽은 것처럼 이쪽에 한탄하듯 말했다.

"예의 공주님께서야 말씀을 안 하시니 조용하시겠습니다만."

오이겐은 킥킥 웃었다.

"시릴, 그러면 자네가 그녀와 결혼한다면?"

"제가 만약 결혼한다면 그런 불편을 감수할 만큼의 재산과 정치적 가치가 있는 여자를 고를 겁니다. 산맥 너머에서 온 공주님은 그런 대상이 아니지요."

시릴은 딱 잘랐다. 루젤은 왜인지 모르지만 본인이 약간 발끈하는 것을 느꼈다. 그는 화가 나는 일이 별로 없었는데, 이상한 일이었다.

"레이디 유나는 좋은 분입니다."

"아, 물론 그렇겠지요."

시릴은 연극조로 동의했다. 오이겐은 킬킬 웃었다.

"루젤, 자네가 레이디와 잘 지내는 것은 처음 보는 것 같은데. 사이가 좋은 것 같아 다행이야."

루젤은 괜히 부끄러워져 짧게만 대답하고 입을 다물었다.

"평범하게 지내고 있습니다."

시릴은 루젤을 안경 너머로 잠시 희한하게 보았지만 그 시선을 금세 옮겼다. 오이겐은 시릴에게 화제를 다시 옮겼다.

"루브는 미끼로서 너무 큰 거 아니야?"

"원래 귀족의 혼사란 몇 번이고 다시 이루어지는 것이니 상관없습니다."

"자네 혼사 아니라고."

"……실은."

시릴은 빙긋 웃었다.

"요즘 루브가 부쩍 철이 없게 행동하는 것이 사춘기가 온 것 같은지라."

"그래?"

오이겐과 루젤은 모두 이상하다는 표정을 지었다. 시릴은 루브를 언제나 철없다고 평가했지만 실제 루브가 하는 행동은 다수가 형에 대한 애정에서 나온 것이었다. 무슨 일이 있었길래 이 형제 사이에 이런 말이 나오나.

오이겐은 잠시 후 알겠다는 표정을 짓고 으스댔다.

"그 아가씨 때문이지?"

그 아가씨? 루젤은 최근 주변에서 듣는 '그 아가씨'가 대부분 유나를 가리켰기 때문에 저도 모르게 반응해 눈을 껌벅였다. 오이겐이 낄낄 웃으며 시릴을 놀려댔다.

"루브가 그 아가씨와 자주 어울리는 것 같긴 했어. 이상한 혼사를 맺기 전에 자네가 선수 치는 거지?"

시릴은 흔치 않게 불편한 얼굴로 헛기침을 가볍게 했다.

"……예, 뭐."

"남동생 사랑도 적당해야지."

오이겐은 한참 웃었다. 루젤은 '그 아가씨'가 유나가 아니라는 것을 문맥으로 간신히 파악하고 침착해졌다. 시릴은 화살을 루젤에게 돌렸다.

"예의 공주님은 어떻게 지내고 계십니까? 적당한 보호자를 얼른 찾아내지 않으시면 바이언트 경이야말로 적절치 못한 혼사에 덤터기를 쓰시는 격이 될지도 모릅니다만."

루젤은 그 말을 듣자마자 성실하게 고개를 저었다.

"보호자가 될 만한 분을 도저히 찾지 못하고 있습니다. 태자 전하께서 모처럼 초대해 주신 파티에서도 그렇다 할 만한 말은 듣지 못했으니 송구할 따름입니다."

시릴은 아니, 당신이 반응해야 하는 말은 그쪽이 아니고…… 라는 기분을 얼굴로 드러냈으나 루젤은 그것을 알아들을 사람이 아니었다. 오이겐은 시릴이 루젤에게 시비를 걸고 싶어 했다는 것을 알았지만 모른 척하고 대화를 이었다.

"이 나라에는 좀 익숙해졌고?"

"예. 전하께서 신경 써주신 덕분에 말도 많이 배웠습니다."

"그거 좋은 일이군. 말을 할 수 있게 된다면 어디 출신인지 직접 물어보면 되는 거 아니야."

"예, 전하."

"이곳 사람들에게 호감을 주는 데에도 우리말을 좀 하는 게 좋아. 무슨 말인지 영문을 몰라 이쪽을 빤히 쳐다보는 것도 나름대로 귀여웠지만, 그래서야 곧 상대를 안 해주게 되지."

"공주라고 하신 것도 그래서였습니까."

루젤은 약간 이해할 것 같아 물었다. 오이겐은 천연덕스럽게 고개를 저었다.

"아니, 나 편하려고."

루젤은 기묘한 표정을 지었고 시릴은 빙긋 웃으며 고지식한 기사에게 설명했다.

"이쪽이 태자 전하께서 이용하시기에도 편하다는 것은 사실입니다만, 어느 날 만난 정체 모를 여자라고 사교계에 소개하는 것보다 이쪽이 오히려 원래 신분을 찾아내기엔 유리할 겁니다. 덕분에 지금 레이디 유나는 사교계 최고의 유명 인사고, 그녀가 정말은 어느 나라 출신인지 알아내고자 눈이 벌게진 사람들이 많지요."

내기도 꽤 횡행하고 있다는 사실은 루젤에게 가르쳐 주지 않았다. 루젤은 잠시 망설이다 고개를 숙였다.

"……레이디 유나에 대해 이렇듯 생각해 주시니 감읍할 따름입니다."

좀 속는 기분이라는 사실 같은 것은 주군에게 말할 것이 아니다. 오이겐은 그러나 말하지 않아도 부하의 마음을 알고 손을 저었다.

"그 아가씨가 해준 만큼 빚은 갚을 테니까, 걱정하지 마."

"예. 지금도 감사하고 있습니다."

오이겐 태자를 따르는 사람들이 많은 것은, 그가 빚은 반드시 갚는 성품이기 때문이라는 이유도 있다. 루젤은 확신을 갖고 다시 절했다.

"하나, 둘, 셋. 하나, 둘 셋."

아샬레아가 세는 박자에 따라 유나는 걸음을 옮겼다. 그녀의 허리가 점점 구부러지자 아샬레아는 손에 들고 있던 접선을 파라락 접어 소리를 냈다. 유나는 움찔하며 아샬레아를 보았다.

"발을 보시면 안 돼요. 어차피 치마 때문에 보이지도 않습니다."

그것은 사실이다. 루젤은 미간을 미세하게 찌푸리며 물었다.

"춤은 꼭 배우시지 않아도 되지 않겠습니까?"

"어마."

아샬레아는 접선을 다시 펴 눈 아래를 가리며 웃었다. 부채의 얇고 고운 레이스 너머로 그녀의 붉은 입술이 살풋 당겨지는 것이 보였다.

"레이디 유나께서는 말씀을 못 하시니, 소통을 몸으로 하는 수밖에 없지 않겠어요? 춤을 싫어하시는 것도 아니고요."

그러나 저렇게 위태위태해서, 금방이라도 치마를 밟고 넘어질 것 같다. 루젤은 불안하게 유나를 다시 보았다. 유나는 아샬레아와 루젤을 보고 멀뚱히 서 있었다. 아샬레아는 유나를 부채로 가리키며 당차게 말했다.

"다시 움직여 주세요. 하나, 둘, 셋. 하나, 둘 셋. 하나, 둘 셋."

유나는 궁정에서 가장 유행하는 춤인 발세의 스텝을 나름대로 밟았지만 그 움직임은 엉거주춤했다. 그녀가 제자리에서 돌다가 결국 치마를 밟고 잠시 휘청거렸을 때 루젤은 저도 모르게 일어설 뻔했다. 아샬레아는 약간 고개를 갸웃했다.

"무도회 때는 참 잘 도셨는데 말이지요. 역시 리드하는 파트너가 없으면 초보자에게는 턴이 힘들지요."

그리고 사실을 말하자면 팔의 위치도 어정쩡하다. 유나는 팔을 내리고 한숨을 쉬었다. 잘 되지 않아 기분이 나쁜 것일까. 아샬레아는 부채를 다시 펴며 루젤에게 새초롬하게 말했다.

"아무래도 남작님께서 춤을 같이 추어주셔야겠는데요."

잠시 거실에 머무르다 방으로 돌아갈 생각이었던 루젤은 그 제안에 놀라 눈을 조금 크게 떴다.

"저는 춤을 즐기지 않습니다."

"알아요. 수많은 아가씨들이 남작님과 춤을 추고 싶어 주위를 맴돌아도 얼음으로 만든 동상처럼 혼자 서 계시는 분이니. 하지만 지금은 남작님께서 대실 핑계가 없답니다. 도움을 필요로 하는 레이디의 손을 거절하시지는 않겠지요?"

아샬레아는 부채 너머로 장난스러운 눈웃음을 지었다. 루젤은 거북해져 목소리를 가다듬었다. 크흠.

"제 말은, 저는 춤을 잘 못 춥니다."

"알아요. 남작님께서 어느 귀부인과 춤을 추시는 것을 보았는데, 꼭 나무토막처럼 뻣뻣하시더군요.”

아샬레아의 명랑한 웃음소리가 높이 올라갔다. 유나는 눈을 동그랗게 뜨고 이쪽을 보았다. 루젤은 유나가 그 말을 알아듣지 못했으리라고는 생각했지만 약간 얼굴을 붉혔다.

“하지만 나무토막이라도 없는 것보다는 낫지요. 이 기회에 남작님께서도 무도회에서의 예의를 배우시도록.”

귀족에게 예의를 배워야 한다느니 어쩌느니 할 수 있는 사람은 많지 않다. 그렇게 할 수 있는 사람은 본인이 예의범절에 대해 정확한 지식을 가지고 있는 이뿐이므로. 루젤은 한숨을 쉬고 자리에서 일어섰다. 그리고 유나에게 가서 허리를 숙여 보였다.

“한 곡을 출 수 있는 영광을, 부디.”

아샬레아는 유나가 고개를 꾸벅 숙이자 깔깔 웃으며 들리도록 소리 높여 말했다.

“레이디 유나, 그게 아니에요. 치마를 들며 ‘제 기쁨입니다’ 하고 대답하시는 거예요.”

유나는 아샬레아를 보았다. 루젤은 유나에게 오른손을 내밀었고 유나는 그 손길이 곁눈질로 시야에 들어오자 아, 하며 눈을 크게 떴다. 그녀는 루젤에게 오른손을 내밀어 손을 잡아주었다.

악수가 아니다. 아샬레아는 또 웃었고 루젤은 침착하게 유나의 왼쪽 팔 아래 갈비뼈 부근을 잡았다. 유나는 눈을 더 크게 뜨며 웃었고 루젤은 그녀의 오른손을 부드럽게 움켜쥐었다. 유나의 왼팔이 한참 헤매다가 겨우 루젤의 오른쪽 어깨 위로 올라왔다. 그녀도 전에 춤을 추어보았으니 아예 모양을 모르지는 않았을 것이다. 아샬레아가 손뼉을 쳤다.

“잘하셨어요, 레이디 유나. 그대로 남작님의 리드를 따라가시면 돼요.”

루젤은 침을 삼켰다. 아샬레아는 루젤에게도 조언했다.

"레이디에게 무뚝뚝하게 구시면 안 돼요, 남작님. 뭐라도 말씀을 해보세요."

하지만, 대체 무슨 이야기를.

루젤은 부신어를 못 하는 사람에게 사교적인 이야기를 하는 것이 바보 같다고 생각되었을뿐더러 원래부터 여자와의 춤도, 여자와의 이야기도 언제나 불편했다. 어떤 화제를 꺼내야 하는지 도무지 알 수가 없었다. 결국 한참 생각하며 아샬레아의 박자에 따라 스텝을 옮긴 뒤 그는 천천히 입을 열었다.

"레이디 유나, 날이 조금 풀렸습니다."

유나는 루젤을 올려다보았다. 그녀의 눈동자와 마주쳐 그는 화들짝 놀랐지만 곧 자신을 진정시켰다. 놀랄 이유가 없다.

······이 향기에도, 놀랄 이유가 없다.

"······잠시 후면 가을이 되고, 그러면 제 땅에서는 추수가 이루어집니다. 저는 영주로서 그것을 감독하기 위해 내려가야 하고, 헤링어도 그곳에서 일하고 있습니다."

유나는 헤링어의 이름만을 알아들은 것 같았다. 루젤은 침착하기 위해 애쓰며 더 천천히, 생각하며 말했다.

"오래 가 있지는 않을 겁니다. 태자 전하께서 제게 곁에 있으라 명하셨으니까요. 그러나 레이디 유나를 맡길 만한 후견인을 아직 찾지 못해 모시고 함께 가야 할 듯한데, 괜찮으십니까?"

그녀는 진창길이나 자갈길에서 마차가 흔들리는 것을 힘들어했었다. 사실 그것이 일반적인 여자의 반응일 것이다. 차라리 말을 탄다면 나았겠지만. 루젤은 유나가 자신을 말끄러미 올려다보자 침이 마르는 것을 느꼈다. 이상하다. 이.

손이 뻣뻣해지는.

뒤통수를 얻어맞은 것 같은.

그는 억지로 침을 만들어내 삼켰다. 유나는 그에게 빙긋 웃으며 고개를 끄덕였다.

이곳에서는 맑은 물을 음료로 마신 적이 없었다. 언제나 맥주, 묽은 포도주, 그 외 술…… 에 기껏해야 주스나 마실 수 있었던 것이다. 낯선 냄새의 허브티 같은 것은 나쁘지 않았지만 더운 날씨에는 역시 시원한 얼음물이 그리웠다.

그렇게 술을 많이 마셔서일까, 가끔은 한참 동안 무언가를 마시지 않았어도 취해 있는 것 같은 기분이 들 때가 있었다.

이를테면 지금 같은 때라던가.

유나는 루젤이 잡은 곳이 뜨겁게 느껴지고 머리가 어지러워 침을 자꾸 삼켰다. 루젤은 그야말로 진중한 눈으로 그녀를 내려다보았고 그 짙푸른 눈은 가끔 빛이 들어갈 때마다 하늘색으로 투과되며 보석처럼 아름다웠다. 아샬레아가 세는 박자에 따라 움직이면서 그는 뭐라고 그녀에게 말하기 시작했는데, 유나는 그것이 자신에게 하는 말이라는 것을 알았지만 10분의 1도 알아듣지 못했다. 태자 전하와 헤링어가 언급된 것도 같기는 했다.

그러나 무슨 의미이든, 어떻게 저렇게나 듣기 좋은 목소리일까. 심장 아래로 가라앉는 것 같은 나지막한 목소리다.

무슨 이야기이든 맞장구를 전혀 치지 않고 쳐다만 보는 것은 그를 민망하게 하는 일일 것 같았기에 그녀는 가끔 웃으며 고개를 끄덕였다. 루젤은 웃지 않았지만 부드러운 얼굴이었고 무언가 나지막하게 계속 말했다. 유나는 그의 말을 알아들을 수 있었으면, 하고 안타깝게 생각했다.

어느 순간에는 낯이 확확 달아올랐다. 이것은 그가 미남이라 그런 걸까. 아니면 취한 기분일까. 유나는 가끔 가슴을 들썩이며 숨을 쉬었다. 루젤은 박자감이 없는지 아샬레아가 세는 박자보다 꼭 약간 느리거나 빠르거나 했지만 그럼에도 불구하고 리드하는 사람으로서는 괜찮았다.

아. 유나는 돌다 말고 문득 치맛자락을 밟아 휘청거렸다. 오른쪽 어깻죽지가 확 당겨지며 천장이 보였다. 유나는 그럼에도 불구하고 루젤이 그녀를 넘어지지 않게 붙잡은 것을 알았으므로 당황하기보다는 창피하여 쓴웃음을 지었다. 루젤은 유나가 균형을 잡을 때까지 잠시 그 자리에서 기다려 주었다.

"괜찮으셔요, 레이디 유나?"

아샬레아가 물어왔다. 루젤은 그 말에 문득 손과 팔을 모두 놓았다. 유나는 갑자기 묘한 허전함이 들어 멍하니 서서 그를 올려다보았다.

"—."

루젤은 뭐라고 빠르게 말하더니 시선을 다른 곳으로 돌리고 방을 빠져나갔다. 유나는 당혹스러워 아샬레아를 보았다. 아샬레아는 빙긋 웃더니 양손으로 얼굴을 문지르는 시늉을 해 보였다.

세수를 하러 갔다는 거구나.

그러면 되었다. 유나는 본인의 발치를 가리키며 인상을 써 보였다. 피곤하다는 뜻이었다. 아샬레아는 친절하게 손짓했다.

"잠시 쉬셔요."

마차가 멎었다.

유나는 저 거대한 건물의 위풍당당한 모습과 그 아래에 잔뜩 몰린 마차 무리를 보고 우선 기가 질렸다. 사람이 백 명이고 이백 명이고 가로로 줄을 설 수 있을 것 같은 거대한 계단은 각각 다른 입구로 귀족으로 보이는 사람들과 평민으로 보이는 사람들이 줄 지어 덮었고 3층은 되어 보이는 건물의 정면은 상당한 넓이가 세 모진 박공지붕으로 장식되어 있었다. 그리고 중간중간에 수없이 세워둔 저 정교한 조각상은 돌일까. 기계가 없는 것 같은 시대이 니 사람 손으로 다 만들었을 텐데 어떻게 저렇게 했을까. 그리고 조각상을 기껏 만들었는데 건물 안에 모셔두거나 정문 앞에 두는 것도 아니고 건물 벽에 층층이 줄 세워 붙여둔다는 것도 희한했 다.

건물은 정면은 새하얬으나 장식은 아이보리색과 금색이 섞여 있었으며 조각상은 모두 밝은 회색이었다. 귀족처럼 보이는 대단 히 호화로운 사람들이 들어가는 쪽 문은 금색이었고, 잘 차려입 고 꽃이 달린 모자를 쓰긴 했지만 평민으로 보이는 사람들이 들 어가는 쪽 문은 붉은색이었다. 루젤은 마차가 천천히 움직이자 유 나를 보았다. 유나는 건물을 가리키며 즐거움을 담아 웃어 보였 다. 슬슬 노을이 지려는 시간이어서 그의 얼굴은 자세히 보이지 않았으나, 그 역시 거울처럼 약간 웃으려던 것도 같았다.

모인 사람이 어찌나 많은지 마차는 꾸역꾸역 기어갔다. 거의 귀 성길의 고속도로 같은 느낌이라 혹 공연 시간에 늦을까 두려울 정 도였다. 이 마차 뒤로도 다른 마차들이 잔뜩 줄지어 선 것을 보면 아마 꼴찌는 아닐 터였지만.

유나는 건물 안에서 갑자기 들려오기 시작한 악기 소리에 깜짝 놀라 순간 눈을 휘둥그레 떴다. 벌써 공연이 시작했나, 하고 루젤 을 보자 루젤은 잠시 고심하는 것 같더니 뭐라고 말했다.

"-."

뭔지는 모르겠지만 늦어도 된다는 소리거나, 아직 시작한 게 아 니라는 소리일 것이다. 유나는 루젤의 느긋한 태도에 안심하고 다시 건물을 구경했다. 과연 들어가는 사람들의 발걸음도 그다지 빨라지지 않았다. 악기 소리는 점점 커졌지만 음악의 선율이라기에는 묘한 음을 냈다. 그제야 그녀는 저것이 아마도 공연 사전의 조율하는 소리일 것이라고 짐작했다. 그러면 저것은 무슨 공연장이다. 그 포스터의 공연을 하는 공간일 것이다.

어차피 내용도 못 알아들을 텐데 공연은 봐서 뭐하나 싶기는 했지만 이런 것도 영화의 여주인공 같아 기분이 나쁘지는 않았다. 유나는 그럭저럭 내릴 만한 빈자리에 마차가 설 때까지 지루하게 밖을 구경하며 기다렸다. 루젤은 먼저 훌쩍 내리더니 유나에게 저번처럼 손을 내밀었다. 유나는 그 손을 잡고 천천히 내렸다.

마차에서 내리자마자 약간 젖은 나무의 냄새와 사람들이 뿌린 향수 냄새, 그리고 공연장에서 나오는 악기 소리가 가벼운 파도처럼 훅 덮쳐 왔다. 유나는 치맛자락을 갈무리하고 루젤을 보았다. 그는 하인에게 뭐라고 지시하고 유나를 보았다. 그녀는 공연장을 가리켜 보였고 그는 고개를 끄덕였다.

"_."

아마도 가자고 말하며 그는 공연장을 가리켰다. 아샬레아에게 배운 바에 의하면 여성이 먼저 걷기 시작하는 것이 순서였다. 유나는 천천히 계단을 올랐다. 루젤은 바로 뒤를 따랐다.

"레이디 유나."

목에 멋진 진주 목걸이를 세 줄이나 걸고 드레스에 푸른 리본을 가득 단 젊은 여자가 세 단 정도 앞에서 멈추어 서며 아는 척을 해왔다. 유나는 그녀가 낯익다는 것을 잠시 후에 깨달았다. 슈빔 마렌 후작 부인의 파티에서 소개받았던 사람이었다. 이름은 기억나지 않으나.

"안녕하세요."

이렇게 이 나라 말로 인사할 수 있으니 갑자기 좀 자랑스러웠다. 유나는 그녀에게 활짝 웃으며 인사했다. 그녀는 들고 있던 엄청나게 털이 많이 달린 부채로 입을 가리더니 붙임성 있게 웃었다. 그녀의 옆에 있던 남자는 아마도 그녀의 남편이었는데, 그는 루젤과 짧게 대화를 나누었다.

"우리말을……."

"—."

그 여자는 명랑하게 뭐라고 더 말했는데 유나는 그것이 대충 이 나라 말을 잘하게 되었다는 칭찬인 것 같다고 생각했다. 아샬레아가 가르쳐 줬던 관용구와 조금 달라 확신은 없었지만, 유나는 방긋 웃었다.

"감사합니다."

옳은 대답인 모양이었다. 여자는 호호 웃으며 다시 인사하고 자기 남편과 함께 계단을 오르기 시작했다. 유나는 갑자기 약간 지쳐서 루젤을 보았다. 루젤은 그녀에게 고개를 끄덕이며 말했다.

"……잘하셨습니다."

칭찬을 받았다. 유나는 기뻐서 미소를 짓고 다시 계단을 올랐다. 우아하게 계단을 오르는 방법 같은 것은 아직 배우지 않았지만 잠시 후에는 계단을 오르는 것 자체가 힘들어서 그런 것에는 신경이 쓰이지 않게 되었다. 그러고 보니 이 세계에 와서 운동이랄 만한 것을 한 적이 없다.

천만다행히도 다른 아가씨들 중에도 사정이 비슷한 경우가 있었다. 유나는 계단 끝에서 숨을 고르는 다른 여자들과 동질감을 느끼며 최대한 가만히 심호흡을 했다. 루젤이 그녀를 심각하게 보다 물었다.

"괜찮으십니까?"

그는 운동을 하는 사람이라 과연 아무렇지도 않아 보인다. 유나는 조금 부끄러워져 시선을 떨구고 대답했다.

"네."

이 정도의 시대라면 여자가 운동 부족인 것도 흠이 아닐지도 모르지만, 이쪽이 부끄러운 것은 부끄러운 것이다. 루젤은 그러나 그녀가 시선을 깐 것이 이상한 듯 미간을 좁혔다.

"괜찮으십니까?"

두 번 물어볼 것까진 없는데. 유나는 고개까지 끄덕였다.

"네. 감사합니다."

"힘드시지는……."

"안 힘들어요."

이 대화는 아샬레아와 몇 번이나 해서 자신 있다. 유나는 강하게 대답하고 문을 향해 걷기 시작했다. 루젤은 다시 말없이 그녀를 따라왔다.

문 안으로 들어서 보니 귀족들이 이용하는 구역은 평민들이 이용하는 구역과 아예 벽으로 분리된 모양이었다. 공연장 문 바로 안은 꽤 크고 좋은 가구로 장식된 로비였고 오늘 공연을 보러 온 사람들이 삼삼오오 모여서 파티처럼 대화를 즐겁게 나누고 있었다. 루젤은 유나에게 한쪽을 가리켜 보였다.

유나는 그가 가리키는 곳을 보고 반가워했다. 아샬레아와 태자가 그 자리에 서서 한 쌍의 남녀와 대화를 나누고 있었다. 그들과 대화하는 사람들은 그녀에게 낯선 미남 미녀였는데 여자 쪽은 눈에 확 띄게 머리가 붉고 곱슬곱슬했다. 그녀의 머리칼은 일부러 곱슬곱슬해지도록 부풀린 듯 컬이 굵고 생생하게 살아 있었고, 게다가 몸에 걸친 저 야한 의상은, 아, 가슴이 상당히 보이고 어깨도 드러나 있다. 무엇보다 저건 이 시대 기준으로는 제대로 된 드레스라고 보기 힘들 것 같은 면적에 깃털 장식도 어지러울 정도로 화려한 것이, 오히려 오늘 공연에 올라갈 무대 의상이라면 믿을 수 있었다. 남자 쪽은 루젤보다도 무뚝뚝한 얼굴이었지만 한눈에 보기에도 고급스러운 옷을 맵시 있게 차려입고 있었고 붉은 머리 여자와는 다정해 보였다. 붉은 머리 여자는 아샬레아와 연신 깔깔거리며 즐겁게 대화했다.

한참 이야기하던 두 쌍은 붉은 머리의 여자가 자리를 뜸으로써 대화가 끊겼다. 아샬레아는 붉은 머리의 여자가 떠나기 전 그녀의 뺨에 입을 맞추고 로즈, 라고 불렀는데, 그것이 붉은 머리 여자의 이름인 모양이었다. 로즈의 파트너인 남자도 태자에게 정중하게 인사하고 자리를 옮겼다.

그제야 유나는 마음 놓고 아샬레아와 태자에게 종종걸음으로 다가갔다. 아샬레아와 태자는 유나와 루젤이 다가오자 반가운 얼굴로 인사했다.

"어서 오세요, 레이디 유나. 라이헤르타 남작님."

"어서 와, 유나, 루젤."

태자는 유나의 오른손을 잡아 올려 전처럼 입 맞추는 시늉을 했다. 유나는 이번이 두 번째라 별로 놀라지 않고 정중하게 인사했다.

"다시 뵙습니다, 태자 전하. 안녕하세요, 아샬레아."

초대해 줘서 고맙다는 말도 배웠는데 잊어버려서 지금은 안 나온다. 태자는 눈썹을 올리며 벙긋 웃었다.

"-."

"말이 많이 늘었다고 칭찬하시네요."

태자의 말은 모르는 관용구로 되어 있었다. 아샬레아가 옆에서 통역 아닌 통역을 해주었고 유나는 기쁘게 인사했다.

"감사합니다."

루젤은 그제야 태자와 아샬레아에게 인사했다. 유나는 두 사람이 그러고 보니 왜 함께 있을까 싶어 고개를 갸웃했다. 어차피 이쪽에서는 태자를 한 번밖에 못 봤으니 모르지만, 둘은 원래 이렇게 친한 사이였단 말인가? 아샬레아는 귀족이 아니라고 했는데 이런 자리에 둘이 같이 와도 되나? 드라마에서 보면 그럴 경우 남자 주인공의 약혼녀 같은 사람이 나타나서 '너 같은 게 이 자리에 어울린다고 생각해?' 하고 쏘아붙이곤 했던.

······아, 사귀는 건가?

사실 아샬레아는 어마어마한 신데렐라 스토리의 주인공이었던 걸까. 저 얼굴과 저 몸매라면 백 번이라도 납득이 된다. 유나의 머릿속에 한국에 있을 때 본 온갖 평범한 여자와 본부장님 로맨스가 스쳐 지나갔다. 그래서 아샬레아는 늘 시댁에서 시어머니인 왕비에게 구박을 받다가 그 답답함을 풀기 위해 루젤의 집에 와 유나를 가르쳤던 것이다—생각해 보면 둘 다 이런 시대에는 이미 결혼했을 것 같은 나이였다—. 예의범절을 잘 알고 있었던 것도 이해가 된다. 시어머니에게 독하게 배운 것이다!

사실 그런 추측에 확신을 갖기에는 근거가 조금—혹은 대단히—빈약했지만, 유나는 어차피 아무도 본인의 상상을 방해하지 못한다는 것을 알고 있었기 때문에 빛의 속도로 여러 가지 이야기를 만들어내었다. 아샬레아는 금세 술 달린 부채를 펼치더니 본인의 눈 아래를 가리며 매혹적으로 웃었다.

"레이디 유나, 딴생각을 하고 계시죠?"

유나는 흠칫했다. 아샬레아는 후후 웃었다. 어느새 태자는 유나의 손을 제자리로 돌려놓은 뒤였고 악기 소리는 천천히 멎고 있었다.

태자가 로비 한쪽의 문을 가리켰다.

"─."

동작으로 보아, 가자는 말일 것이다. 유나는 아샬레아가 팔짱을 껴오자 얌전히 걸음을 옮겼다.

테살리아 극장은 민간에서 설립한 극장 중 가장 크고, 호화롭고, 유명한 배우들을 많이 데리고 있었다.

처음에는 다른 민간 극장처럼 높은 울타리를 두른 가설무대 정도로 시작했던 테살리아 극장이 오늘날처럼 황도를 대표하는 볼거리 중 하나가 된 것은 윌리엄 라파엘 드비엘의 역할이 클 터였다. 이제는 황도 내의 다른 극장들도 좌석을 만들고 지붕을 덮고 보다 비싼 극작가를 섭외해서 귀족들을 손님으로 끌려 노력하고 있었지만 테살리아 극장은 그들이 따라올 수 없을 만큼 빨리 출발했다. 교양 있는 사회에 속해 있으면서 음악극을 보러 가는 사람들은 황궁이나 다른 귀족가 실내에 설치된 작은 극장을 이용하거나 이 테살리아 극장에서 사교 모임을 했다. 황궁과 귀족가 내에 설치된 극장은 건축학적으로 아름다웠고 편리함이 비할 데 없었지만 유명한 배우가 속해 있는 극단은 가지고 있지 않았고 무엇보다 규모가 작았던 것이다.

처음에는 기껏해야 지붕 덮고 다른 자리와 격리된 좋은 자리를 귀족석으로 제공했던 극장에서 드비엘 공은 미래의 사교계를 보고 과감한 투자를 했다. 이제 테살리아 극장의 2층은 배우의 얼굴과는 멀었지만 푹신하고 좋은 좌석과 조용한 연회 장소를 갖추어두고 있었다. 연극을 관람하던 귀족들은 마음에 드는 배우를 구석의 밀실로 불러낼 수도 있었다. 지금은 황궁에서 그다지 나오지 않는 황제도 이전에는 테살리아 극장을 자주 드나들며 새로 들어온 여배우들과 염문을 뿌렸다. 그리고 저 '장사'가 얼마나 이익인지 드비엘 공은 이제 그에게 매번 돌아가는 수익으로 직접 보여주고 있었다.

장사란 결국 사람들이 원래 갖고 있던 것을 바꾸며 생기는 일이니 한쪽이 이익을 본다면 다른 쪽은 손해를 보는 것이 아닌가, 정도로 생각하고 있던 루젤이었지만 그새 또 호화로워진 귀족석의 면면을 보면서는 놀랄 수밖에 없었다. 그는 뼛속까지 영지 귀족이었고 진짜 소산은 땅에서 나오는 것밖에 없다고 당연한 듯 믿었지만, 이런 건축물과 음악가, 바쁘고 능숙하게 움직이는 하인들은 누군가 장사를 하지 않으면 생겨나지 않았을 것이다. 장사에도 과연 서로 필요한 것을 교환하는 것 이상의 가치가 있는지도 모른다.

황족이 참석하는 날 테살리아 극장 2층의 좌석은 서로 구하지 못해 안달들이었지만 아샬레아는 당연한 듯이 가장 좋은 자리를 루젤과 유나에게도 주었다. 그녀는 아직 극장에서 적籍을 빼지 않았으므로 어려운 일은 아니었을 것이다.

"바이언트 경."

유나는 루젤과 아샬레아의 사이에 앉아 무대를 신기한 듯 내려다보다 루젤을 불렀다. 그는 성실하게 반응했다.

"예, 레이디 유나."

그녀는 그에게 뭔가 말하려는 듯 입을 벌렸다가 눈을 굴렸다. 할 말을 잊은 모양이었다. 루젤이 참을성 있게 기다리는데 그녀는 그냥 포기한 듯 무언가를 마시는 동작을 보여주었다. 그는 물었다.

"목이 마르십니까? 음료를 살까요?"

몇 시간은 이 자리에 있어야 하니 음료를 산다면 지금이다. 그러나 유나는 고개를 젓고 루젤을 가리켰다. 그는 한참 생각한 뒤에 그녀가 '당신은 목이 마르지 않냐'고 물은 것임을 깨달았다. 그는 고개를 저었다.

"아니요. 괜찮습니다."

"그러지 말고 마셔. 내가 사는 거니까."

오이겐이 두 여자를 건너 웃음소리를 섞어서 말했다. 루젤은 왜 유나가 그런 것을 물었는지 그제야 짐작하고 순순히 응했다.

"예, 전하."

오이겐은 지나가던 하인에게 돈을 지불하고 시금털털한 포도주 네 잔을 샀다. 그 포도주는 나름대로 시원했고 루젤은 그것으로 만족했지만 유나는 잠깐 인상을 썼다. 아샬레아는 부채로 입을 가리고 웃으며 유나에게 물었다.

"맛이 마음에 안 드세요?"

유나는 고개를 세차게 저었지만 억지웃음인 것이 눈에 보였다.

"맛있어요."

"어머나, 레이디 유나."

아샬레아는 부채를 접었다.

"억지로 웃음 짓는 것만큼 예의 없는 일이 없답니다."

유나는 고개를 갸웃했다. 오이겐이 웃음을 터뜨렸다.

"그만해 둬. 네가 딱딱한 대학 선생 같은 말을 하다니, 안 어울려."

"딱딱한 대학 선생님들도 다 학생을 위해 딱딱한 말을 하는 것 아니겠어요?"

"바이언트 경."

오이겐과 아샬레아의 대화가 길어지기 전 궁정 백작이 하나 다가와 인사했다. 그는 원래 어느 백작의 후손으로 본인에게는 작위가 없었지만 황제의 궁정에서 지위를 얻었고 위세가 있었다. 굳이 따지자면 아버지가 백작이었고 현재 라이헤르타 남작령을 합법적으로 다스리는 루젤에게는 아랫사람이었지만 루젤은 저쪽이 먼저 인사한 것을 타박하지 않았다. 그는 원래 누군가에게 말을 거는 것을 거북해하는 편이었고, 먼저 얼굴을 본 사람이 다가오는 것도 좋다. 게다가 나이도 저쪽이 많았다.

"하쉬겐스타트 백작."

"오랜만에 뵙습니다."

루젤과 하쉬겐스타트 백작은 거의 동시에 손을 내밀었다. 악수를 하고 나서 백작은 유나에게 시선을 옮겼다. 루젤은 유나에게 백작을 소개했다.

"하쉬겐스타트 백작입니다."

유나는 고개를 끄덕이고 빙긋 웃었다.

"안녕하세요."

"산 너머 땅의 공주이신 레이디 유나이십니다."

"소문은 들었습니다. 과연 아름다우십니다."

유나가 손을 내밀자 백작은 그 손을 붙잡고 입 맞추었다. 루젤은 유나의 손이 뻗어 나온 각도로 보아 아마 그녀는 악수를 하자고 하려던 것이라고 생각했지만 백작에게 무안을 주지는 않았다. 다행히 백작은 그녀의 손을 금세 놓았다.

"한데, 부신어를 하지 않으신다고 들었습니다만."

유나는 이번에는 못 알아듣고 웃으며 고개를 끄덕였다. 아샬레아가 설핏 웃었고 오이겐은 백작에게 말을 걸었다.

"백작."

"태자 전하."

백작은 오이겐에게 가서 정중히 인사했다. 오이겐은 기운차게 제안했다.

"공주님은 부신어를 거의 못 해. 그래도 여기 아샬레아가 그녀와 가깝게 지내면서 재미있는 일이 많았다던데, 자네도 좀 들어볼래?"

백작의 아내는 오이겐이 포섭하려는 대법관 중 하나의 사촌이었다. 백작은 소문의 주인공에 대해 떠벌릴 거리를 얻을 기회를 놓치지 않았다.

"영광이지요."

사람들은 쉬지 않고 말을 걸어왔다.

유나는 오늘 보러 온 것이 이 세계의 오페라 같은 것임을 공연이 시작되고 나서 얼마 후에 알 수 있었는데, 한국에서는 한 번도 오페라를 보러 가본 적이 없었다. 그러나 어떤 오페라든지 간에 중간에 관객들이 돌아다니거나 박장대소하며 소리치는—계속 듣다 보니 이제 그들이 소리치는 것이 귀에 익었는데, 앙코르라는 뜻은 아닌 것 같았다— 것은 용인되지 않았으리라는 것은 확신했다. 그런데 이곳에서는 극이 시작하거나 말거나 사교 활동이 더 중요한 모양이었다.

말을 못 알아듣는 이상 모든 장면을 주의 깊게 봐도 내용을 이해할까 말까인데 별 사람들이 다 와서 인사를 해왔기 때문에 그녀는 나중에는 짜증까지 났지만 일단 함께 온 사람들의 입장을 생각해서 최대한 친절하게 맞이했다. 다행히도 배우들이 연기를 잘하는 듯 클라이막스다운 음악이 흐를 때는 다른 관객들도 얌전히 앉아 있는 편이었다.

아샬레아와 공연 시작 전에 인사했던 붉은 머리의 로즈는 배우가 맞다. 그녀는 여주인공인 듯 여러 번 옷을 갈아입고 나왔고

극이 끝날 즈음엔 멋있는 드레스로 갈아입고 있었다. 로즈가 나올 때마다 1층 관객석에서는 박수가 나왔다.

1층은 평민들의 자리인 것 같았는데, 공연을 볼 때 당연히 배우들의 얼굴이 잘 보이는 곳이 상석일 거라고 생각했던 유나는 귀족들이 2층에 있는 것이 기묘하게 느껴졌다. 그러나 극 말미에서 악역이 관객들이 던지는 온갖 쓰레기에 얻어맞는 것을 보고 이유를 알 것도 같다고 생각했다.

루젤은 다가오는 사람들에게 정중하게 인사하며 유나를 소개했는데 소개받은 사람들은 모두 유나를 흥미로워하는 얼굴로 보았다. 그날 후작 부인의 파티에서도 관심을 보이는 사람은 많았지만 이번에는 더했다. 그리고 또 묘한 것은 그들이 아샬레아에게 살갑게 인사하는가 하면 아예 그 존재를 무시하는 것 같다는 사실이었다. 혹시 무시하는 사람들은 예의 '시어머니'와 한편일까. 왕비 정도면 그럴 수도 있다. 그냥 해본 생각이었는데 아귀가 너무 잘 맞아서 무섭다. 음. 중간에는 시릴도 인사하러 다녀갔는데 그는 아샬레아에게나 유나에게나 루젤에게나 똑같이 쌀쌀맞았기 때문에 오히려 호감이 생길 정도였다.

공연이 끝났을 때도 1층 객석에 있던 평민들은 금세 빠져나갔지만 2층 객석의 귀족들은 작은 파티라도 연 것처럼 삼삼오오 모여서 대화를 나누었다. 태자와 아샬레아는 함께 누군가와 이야기를 하는 것 같더니 나가서 돌아오지 않았고 유나는 루젤과 둘이 자리에 남아 있었다.

솔직히 해가 진 지도 한참 되었고 저녁 내내 집중해서 외국어를 들으려 노력하느라 몹시 피곤했다. 유나는 더는 아무도 말을 안 걸었으면 좋겠다고 생각하며 루젤을 보았다. 그는 유나와 눈이 마주치자 눈썹을 살짝 들어 올렸다.

"왜 그러십니까?"

유나는 아무것도 아니라는 뜻으로 고개를 살래살래 저었다. 그는 전혀 피곤해 보이지 않았으니 그야말로 강철 체력이었다. 집에 가서 구두와 드레스를 모두 벗고 한참 잤으면 좋겠는데 이 파티는 파할 기미가 안 보였다. 게다가 생각해 보면 이 자리에는 초대를 받아 온 것이다. 아샬레아가 일부러 초대해 주었으니 그녀에게 인사를 하지 않고는 아무리 늦어도 들어갈 수 없었다.

그러고 보니 아까 포도주를 마셨던 것 때문에 입속이 텁텁했다. 어차피 마차가 빠질 때도 시간이 걸릴 테니 화장실에는 지금 다녀오는 것이 좋을 것 같았다. 유나는 잠시 망설이다 일어섰다. 루젤이 다시 물었다.

"왜 그러십니까?"

아샬레아가 이럴 때 쓰라고 한 관용구가 있었는데, 멍해서 그것도 기억이 안 난다. 유나는 양손을 문질러 보였다. 루젤은 아, 하고 알아들은 얼굴로 고개를 돌렸다. 꽃 따러 간다거나 세수하러 간다는 것보다 손을 씻으러 간다고 하는 게 역시 가장 나은 것 같다.

유나는 사람들 사이를 적당히 피해서 관객석을 가로질렀다. 이야기를 나누던 사람들 중 안면이 있는 이들이 그녀에게 고갯짓으로 인사해 왔다. 그녀는 그들에게 적당히 화답하고 복도로 나섰다. 화장실이 어디에 있는지는 당연히 몰랐지만, 사람 사는 곳에서 화장실의 배치야 다 비슷한 법이었다.

복도는 조용했고 오가는 사람이 적었다. 돌아갈 사람은 다 돌아가고, 실컷 이야기할 사람들끼리만 남은 모양이었다. 웅웅거리며 어렴풋하게 들리는 소리로 보아 1층에서는 사람들이 움직이는 것 같았지만 그것도 스태프와 배우들이 정리하면서 내는 소리인 듯 물건을 움직이는 소리가 사람 소리보다 더 많이 섞여 있었다.

그녀는 혹시 길을 잃었다가는 손짓 발짓으로 물어볼 하인조차 주변에 없다는 것에 슬쩍 겁을 먹었다. 복도는 희고 깨끗하게 칠해진 벽에 연분홍색 몰딩으로 근사하게 꾸며져 있었지만 벽의 촛불은 적었다. 하긴 사람들이 한꺼번에 들어왔다 한꺼번에 나가는 길에 일부러 불을 많이 밝혀둘 이유도 없었다. 그러고 보면 영화관도 출구의 통로는 어둑어둑하다.

그나마 가장 주가 되는 복도가 둥글고 크게 뻗어 있어서 다행이었다. 중간중간에 꺾어지는 작은 복도도 있었으나 그런 곳은 척 보아도 촛불을 전혀 켜놓지 않은 것이 아마 창고이거나 스태프 룸인 것 같았다. 일단 한쪽 복도에서 반대쪽 복도까지 죽 걷다 보니 중간에 화장실이 나왔다. 그녀는 기뻐하며 우선 입부터 헹구고 필요한 용무를 보았다. 그리고 나와서 도로 길을 찾아가려는데 나직하고 부드러운 소리가 들렸다.

시끄러운 관객석에서 막 나왔을 때에 비해 조용한 곳에 귀가 더 익숙해졌기 때문일까. 아까는 들리지 않았던 소리였다. 유나는 괜히 찔끔했다. 무서운 마음이 더 커졌다. 얼른 관객석으로 돌아가려고 걸음을 옮기는데, 저기 큰 복도에서 갈라져 나간 짧은 복도 저편으로 두 사람이 붙어 있는 것이 보였다.

유나는 너무 깜짝 놀라 숨을 소리 없이 들이켰다. 아무튼 다른 사람들에게 들키지 않으려는 생각은 있는 듯 그들은 소리를 죽이고 아주 어두운 구석에 있었으므로, 그녀 또한 지금의 소리를 듣지 않았다면 그냥 천 무더기라도 쌓여 있다고 생각했을지도 몰랐다. 그러나 그녀는 본인이 들은 소리가 잘게 헐떡이는 숨소리인 것을 차차 깨달았고 그곳에 있는 사람들의 모습도 어느 한순간 분명하게 구별할 수 있었다. 저 분명히 눈에 익은 옷.

태자와 아샬레아다.

둘은 복도 구석에서 입을 맞추고 있었고 아샬레아의 드레스는 어깨가 다 내려가 가슴이 보였다. 유나는 얼른 고개를 돌리고 발소리를 죽여 그 자리를 피했다. 둘은 누가 지나가든 말든 상관이 없는 듯 계속해서 비슷한 소리를 냈다.

그녀는 관객석으로 마침내 돌아가 그 소리가 귓전에서도 맴돌지 않게 되어서야 긴장이 풀려 한숨을 쉬었다. 문가에 있던 친절해 보이는 귀족 아저씨가 말을 걸어왔다.

"레이디 유나."

"안녕하세요."

이름은 기억나지 않지만 저렇게 부르는 것으로 보아 아마 아까 소개받았을 것이다. 아저씨는 남녀노소가 섞인 일행과 즐겁게 이야기를 나누고 있었고 그 일행은 모두 붙임성이 있어 보였다. 유나는 그들에게 웃어 보이며 재미있었어요, 네, 같은 말을 연발하다가 루젤의 옆으로 돌아갔다. 루젤은 그녀의 얼굴을 보고 눈을 깜박였다. 그의 얼굴을 보니 안정이 되는 것도 같고, 아닌 것 같기도 하고.

태자와 아샬레아가 그런 사이라는 것은 아무튼 확실해졌다. 아샬레아는 루젤의 여자친구도 아니었고 약혼녀도 아니었고 아내도 아니었다. 지금 이런 생각을 하는 것은 치사하다는 생각도 들었지만, 아무래도 좋다. 심장이 미친 듯이 뛰었다. 머리가 핑글핑글 돌려고 하는데.

유나는 크게 심호흡을 했다.

Chap. 4
Die Burg
대지

　마차는 겨우 산등성이를 넘었다. 말이 언제 지칠까 이쪽의 심장이 더 두근거렸으므로 환영할 만한 일이었다. 비가 올 때 재수가 없으면 생기는 진창길에는 벌써 몇 번이나 빠져 보았다. 그러면 마차와 말을 모두 진창에서 빼내기 위해 심지어 루젤까지 동원되었는데 그럴 때마다 유나는 길 한쪽에 서서 남자들이 힘을 쓰는 것을 구경만 해야 했다. 구두나 드레스가 젖는 거야 아무래도 상관이 없지만, 이쪽도 마차를 미는 데 도움을 주고 싶은데 아무도 가까이 오지 못하게 한다. 가끔 진땀을 흘리다가 마차 바퀴에 도로 밀려 뒷걸음질 치는 사람들을 보는 것은 웬만한 공포영화보다 훨씬 무서웠다.

　그래도 이제는 내리막길이다. 그리고 저, 너른 들판과 밭이 있는 곳. 처음 이 세계에 왔을 때 보았던 지방과 비슷한 지평선이지만 성은 홀로 높은 언덕에 있었고 멀리 보이는 숲도 컸다. 밭에는 곡식이 민들레 홀씨처럼 빽빽하고 가볍게 자라 바람에 파도처럼 빗살무늬를 만들었다. 아마 지금 수확하는 중인 듯 반쯤 빈 밭도 보이고 어느 곳이든 사람들이 잔뜩 나와서 쉼 없이 일하고 있었다.

내리막길을 달리기 시작한 마차는 산을 오를 때에 비하면 금세라고 해도 좋을 정도로 빠른 속도로 평야에 접어들었다. 듬성듬성 나무 열매와 과실을 단 나무를 몇 그루 지나며 유나는 루젤을 힐끔거렸다. 그는 창밖을 보면서 뭔가 생각하는 듯 계속 조용했다. 말하자면 역방향으로 앉아 있는데 멀미가 나지 않는 걸까. ……가을 햇살이 비친 눈이 푸른 보석 같다.

유나는 괜히 그 잘생긴 얼굴에 싱숭생숭해 묘한 표정을 지었다. 엎친 데 덮친 격으로 루젤이 이쪽을 보았다. 그는 그녀에게 성실하게 물었다.

"왜 그러십니까?"

유나는 고개를 저었다. 루젤은 그녀를 빤히 바라보았다. 그녀는 그 진지한 시선에 괜히 얼굴이 붉어지기 전에 얼른 고개를 더 젓고 시선을 창밖으로 던졌다.

평야를 가로지르는 길은 처음에는 거칠었지만 어느 시점에선가 훨씬 편안하고 부드럽게 닦여 있었다. 아마 그곳에서부터가 이 지방 사람들의 생활 반경일 것이다. 그러면 저 성은 이 지방에서 가장 부자인 사람이 사는 곳일까? 한쪽을 아예 절벽에 두고 세워진 작은 돌 성은 이 세계에 처음 왔을 때 머물렀던 그곳에서의 기억으로 보아 아마 춥고 어두울 터였다. 도시의 건물들이 멀쩡하게 난방을 생각한 구조였다는 점을 감안하면 저 성은 어지간히 옛날에 세워졌을 것이다. 어쩌면 이곳을 대대로 통치한 호족 같은 사람의 성일지도 몰랐다.

뜬금없이 시작된 마차 여행을 하는 동안 이곳과 비슷한 지방을 몇 개인가 지났지만 저만큼 옛날 것으로 보이는 성은 처음이었다. 유나는 성이 3층으로 되어 있고, 영화에서 분명 활을 쏘는 용도로 썼던 것 같은 길쭉하고 유리 없는 창이 듬성듬성 나 있으며, 공주를 가두기 좋을 것 같은 탑을 두 개인가 가지고 있는 것을 찬찬히 관찰했다. 그래도 언덕과 마을의 높이가 묘하게 잘 맞아서 성으로 가는 사람들은 그리 심한 경사 없이 평탄하게 걸어서 움직였다. 그러고 보니 곡식 같은 걸 달구지에 싣고 성으로 가는 사람들이 끊이지 않는다. 성에서 뭘 사들이는 걸까.

유나는 저 성에 살 것 같은 사람을 공상하며 즐거워하기 시작했다. 세상에, 저 성의 벽은 높기도 하다. 탑에 정말 언젠가 아가씨 한두 명은 가둬져 있었어도 어울릴 것 같다. 탑과 창에는 멋있는 깃발이 세워져 있는데, 그 문장은 어디서 본 것 같고…… 어라?

그녀는 눈을 동그랗게 떴다. 갑자기 성문에서 누군가 말을 타고 달려 나왔다. 지금까지 마차에서 봤을 때 성을 오가는 사람들은 모두 걷고 있거나 소에 타고 있었는데. 그리고 옷도 깨끗하니 저 성에서 일하는 사람 중 높은 사람일까. 그래도 확실히 평민들의 옷도 도시와는 스타일이 전혀 다른 것이 어지간히 시골인 모양이다.

루젤이 한숨을 가볍게 쉬었다. 그녀는 괜히 찔끔해 그를 보았다. 루젤은 유나와 눈을 마주치더니 그 역시 놀란 듯 눈을 약간 크게 뜨고 고개를 저었다.

"아니, 아무것도 아닙니다."

"정말로요?"

아무것이라 해도 설명을 못 알아듣겠지만, 유나는 일단 의심하며 물었다. 루젤은 고개를 끄덕였다.

"예. 신경 쓰시게 해서 죄송합니다, 레이디 유나."

유나는 고개를 저었다. 그리고 루젤이 창밖을 보는 것을 훔쳐보았다. ……또 뭔가 생각하는 것 같다.

아샬레아가 있었다면 남자의 얼굴을 너무 뚫어지게 쳐다보지 못하게 했겠지만, 이곳에는 그녀가 없다. 유나는 그 생각이 들자 갑자기 해방감이 들어 시원해졌다. 말발굽 소리가 이쪽으로 다가왔다.

마차가 멈췄다. 밖에서 마부와 이야기하는 목소리가 익숙했다. 잠시 후 마차 문이 열리자 유나는 환성을 질렀다.

"헤링어!"

헤링어는 빙긋 웃으며 말에서 내렸다. 그리고 어두운 마차 안을 향해 절했다.

"오랜만에 뵙습니다, 레이디 유나. 어서 오십시오, 주인님."

그러고 보면 하인들은 유나를 레이디 유나라고 부르지 않고 아가씨라고 부르곤 했다. 헤링어는 신분이 다른 걸까. 유나는 갑자기 궁금해졌지만 아샬레아가 없어 묻지 않고 넘어가기로 했다. 저 깃발의 문장도 떠올랐다. 지금까지 마차 위에 꽂고 다녔던 것과 똑같다. 그리고 헤링어가 있다면, 저 성은 루젤의 별장 같은 걸까. 여름도 아니고 가을에 갑자기 별장으로 여행을 하다니 이상한 일이지만. 아, 그러면 여기가 그 '라이헤르타 땅'인가?

"–."

루젤은 헤링어를 보고 무뚝뚝하게 뭔가 말했고 헤링어는 빠르게 대답했다.

"–."

"–?"

"–."

음, 아마 저 남자들끼리 하면 되는 이야기일 것이다. 심각한 느껌이긴 하지만. 유나는 그들의 대화를 편리하게 한 귀로 흘리며 마차 밖에서 들어오는 공기를 한껏 쐬었다. 밭에 뿌리는 비료 냄새에다 말 냄새까지 났으니 향기롭다고는 할 수 없었으나 바람 자체는 시원했다. 헤링어는 루젤과 몇 마디를 더 한 뒤 유나에게 웃으며 물었다.

"잘 지내셨습니까?"

"잘 지냈어요. 고마워요."

유나는 이 세계에 와서 처음 본 사람 중 하나인 헤링어에게 이렇게 발전한 모습을 보일 수 있다는 것에 약간 우쭐해하며 대답했다. 헤링어는 놀란 듯 눈을 동그랗게 떴다가 함박웃음을 지었다.

"말이 느셨습니다. 훌륭하십니다."

"고마워요."

"–."

루젤이 헤링어에게 짧게 말했다. 헤링어는 유나에게 곧 미안한 듯 웃었다.

"바람이 찹니다."

"–?"

뭔가 닫아도 되냐는 질문을 덧붙인 것 같은데, 그쪽 말은 못 알아들었다. 바람이 차다는 말은 요새 주변에서 많이 쓰이는 말이라 알고 있지만. 유나는 일단 무조건 고개를 끄덕였다. 헤링어는 절하고 마차 문을 닫았다. 그리고 말에 올라탔는지 창문으로 어깨가 보였다.

마차가 다시 움직였다.

"형수님, 어서 오십시오."

전前 게오르츠 백작 부인이자 현 게오르츠 백작의 모친은 루젤의 말을 듣고 콧방귀를 뀌었다. 그녀는 쌀쌀맞게 평했다.

"이 성은 언제 와도 궁색하네요, 도련님. 하인을 좀 바꾸시라고 말씀드렸지요?"

"죄송합니다."

루젤은 무덤덤하게 말했다. 꼿꼿하게 서 있던 백작 부인은 눈을 치떴다.

"앉으라고도 말씀하시지 않는 건가요?"

"실례했습니다, 형수님. 앉으십시오."

라이헤르타 땅은 넓지는 않았지만 산으로 둘러싸여 평화로웠고 역사가 길었다. 그 긴 세월 동안 함께해 온 영주의 성을 이곳 사람들은 애정을 담아서 '작은 돌무지 성'이라고 불렀다. 작은 돌무지 성은 상상조차 되지 않을 만큼 옛날부터 간직해 온 신비가 있었고 정원도 아름다웠으나 실내가 춥고 빛이 잘 들지 않았다. 루젤은 그것에 불만을 가진 적이 없었으나 이 형수는 성이 너무 구닥다리라고 비판했고 잘 오지도 않았다. 사실 얼마 전 새로 깨끗하게 단장한 게오르츠 백작가의 본가에 비하면 시대가 달라 보이기는 할 것이다.

나무로 된 테이블 앞에 앉으며 백작 부인은 과연 불평했다.

"다리가 여전히 비뚤어져 있네. 오래된 것을 아끼시는 건 좋아요, 도련님. 이런 것에 역사가 깃들어 있다며 비싸게 사는 이상한 사람들도 있으니까요. 하지만 귀족이 손님을 맞는 자리라면 어느 정도의 위엄은 갖추셔야죠. 누가 보면 의자 다리 고칠 돈도 없는 줄 알겠어요."

"죄송합니다, 형수님."

루젤은 다시 사과했다. 백작 부인은 턱짓했다.

"도련님도 앉으세요."

"감사합니다, 형수님."

사실 게오르츠 백작령은 나름대로 풍요로운 곳이고 백작 부인이 기뻐할 만한 가구를 사들이는 정도의 지출은 문제없이 할 수 있었다. 그러나 루젤은 만약 본인이 게오르츠 백작령이 십 년에 거둬들이는 것과 동등한 정도의 수입을 거둔다 해도 응접실의 가구를 바꿀 생각은 없었다. 아무튼, 의자는 앉기 위해 있는 것이었고 응접실의 의자는 좀 비뚤어졌다는 점만 제외하면 매우 편안했던 것이다.

백작 부인은 쌀쌀맞게 말을 꺼냈다.

"여기까지 온 것이 불편하신 건 아니지요, 도련님? 마침 도착하실 때에 딱 맞춰 오게 됐어요."

"설마 그럴 리가요."

루젤은 눈을 크게 떴다. 그는 잠시 생각하다가 말을 덧붙여 보았다.

"뵙게 되어 기쁩니다, 형수님."

백작 부인은 그제야 잠깐 웃었다.

"도련님께서 전쟁에 나가시고, 황도에 계시고, 내내 영지 밖에 나가 계셨으니 바로 옆 땅에 있으면서도 뵙지를 못하니까요. 백작님도 삼촌을 보고 싶어 하신답니다."

세 살인 게오르츠 백작은 붙임성이 좋은 아이는 아니었지만 루젤은 그 말을 감사하게 받았다. 똑똑, 하고 응접실 문 두드리는 소리가 들렸다.

"들어와라."

손님을 대접할 것을 가져온 헤링어일 것이다. 루젤은 큰 소리로 말했다. 문이 열리고 과연 헤링어가 들어왔다. 그 뒤로는 유나도 따라 들어왔다.

"아⋯⋯."

백작 부인은 헤링어에게 먼저 말을 거는 것을 좋아하지 않았다. 그 감탄도 무엇도 아닌 짧은 '아는 체'에 헤링어는 주인에게만 싹싹하게 말했다.

"마침 황도에서 좋은 포도주를 가져온 것이 있어서 들였습니다."

추수 중이고 포도는 땄을 테지만 형수는 황도의 물건을 좋아했다. 어차피 올해는 전쟁 때문에 농사일이 아주 잘되지도 않았을 것이다. 여자와 아이들이 일을 맡아 해야 했으니.

"잘했다, 헤링어. 어서 오십시오, 레이디 유나."

유나는 낮에 성에 도착한 차라 아직 피곤해 보였지만 웃으며 인사했다. 백작 부인은 여자의 모습을 보고 인상을 썼다.

"도련님, 이게 대체."

"소개하겠습니다, 형님. 산맥 너머의 땅에서 오신 레이디 유나입니다."

"레이디?"

백작 부인은 '산맥 너머의 땅'이란 말에 어이가 없다는 얼굴을 했다. 루젤은 침을 삼켰다. 헤링어는 유나에게 친절하게 말했다.

"자리를 빼드릴까요, 레이디 유나?"

유나는 웃으며 고개를 끄덕였다. 헤링어는 의자를 가리키며 다시 물었다. 유나는 눈을 크게 뜨고 고개를 다시 끄덕였다. 루젤은 그녀가 아까는 말을 알아듣지 못했다는 것을 깨달았다. 백작 부인은 검고 반질반질한 나무 테이블을 손바닥으로 탕 쳤다.

"저를 모욕하시는 건가요, 도련님? 저와 노예를 한 자리에 앉히시다니."

이 테이블은 둥그니 문에서 먼 곳부터가 상석일 뿐 신분의 구별은 없었다. 루젤은 당황하며 말했다.

"레이디 유나는 노예가 아닙니다."

"그렇다면 사생아인가요? 황도의 배우? 다른 분도 아니고 도련님이 여자를 사오실 줄은 몰랐네요. 어떻게 그런!"

이해가 되지 않는다. 루젤은 미간을 찌푸리고 고민하다가 물었다. 유나는 헤링어가 의자를 빼려다 멈추자 엉거주춤 그 자리에서 백작 부인과 루젤을 번갈아가며 보았다. 그녀의 얼굴에는 사교적인 미소가 있었지만 그 미소는 차츰 희미해졌다.

"어째서 사온 여자라고 생각하시는 겁니까? 고귀한 신분의 레이디시라고 제가 지금 말씀 올리지 않았습니까?"

"저 나이의 아가씨가 정혼도 하지 않은 남자와 함께 나타났으니 당연히 제대로 된 아가씨는 아니겠지요. 설마 도련님께서 저 몰래 혼인하고 내려오신 것은 아닐 테고."

아, 이제 알겠다. 루젤은 오해의 원인을 알고 안도했다. 갑자기 무슨 말인가 싶었다.

"그럴 만한 일이 있었습니다, 지금 제가 임시로 후견인을 맡고 있는 분으로, 적당한 보호자를 찾으면 고향으로 돌아가실 겁니다."

"도련님이 어째서 이렇게 나이가 찬 아가씨의 후견인을 맡고 계시는 거지요? 그런 것은 저 아가씨의 친척이 해야 할 일이 아닌가요?"

백작 부인은 눈을 부라렸다. 헤링어는 슬쩍 의자를 빼 유나를 조용히 앉혔다. 유나는 눈을 굴렸다.

"연고가 없으신지라."

"그게 말이 되나요. 연고가 없다며 도련님께 슬쩍 몸을 의탁한 게지요. 황도의 얌전치 못한 아가씨들은 그런 식으로 혼처를 잡는다고 들었어요."

"형수님, 자세한 이야기는 제가 이후 말씀드릴 테니."

본인 앞에서 할 이야기는 아니다. 루젤은 약간 화가 나 인상을 썼다. 백작 부인은 지지 않고 날카로운 눈으로 말했다.

"됐어요. 역시 보러 오길 잘한 것 같네요. 도련님께서도 언제까지나 혼자이실 수는 없고, 적당한 혼처가 생겼어요. 전 백작님께서 돌아가신 지금 저는 도련님의 유일한 웃어른이니 물론 말을 들으시겠죠?"

후우. 루젤은 안락의자에 몸을 누이며 한숨을 쉬었다. 헤링어는 옆의 짧은 의자에 앉으며 주인의 잔에 럼주를 따랐다. 그리고 웃음기 섞인 목소리로 말했다.

"여전히 사람 말을 안 듣는 분이십니다."

오늘의 대화도 역시 어딘가 안 통하는 느낌이었으므로 루젤은 동감했으나, 죽은 형을 생각해서 보좌관의 말에는 동의하지 않았다. 그는 오랜 여행이 끝나자마자 형수에게 한참 영문 모르게 혼이 난 것 때문에 온몸의 기력이 다 빠진 것 같다고 생각했고 한참 동안 그대로 눈을 감고 심호흡했다. 그리고 어느 정도 기운이 다시 생겼을 때에야 몸을 일으켜 럼주를 마셨다.

"……고맙다."

아샬레아가 유나에게 가르쳤던 것이 생각나서 그는 덧붙였다. 헤링어는 고개를 까딱하고 씩 웃었다.

"별말씀을요, 주인님. 고생하셨습니다."

"너도 고생했다."

루젤이 황도에서 집이나 사교계를 전전하는 동안 헤링어는 영지의 밀린 일을 맡아서 해결하고 추수도 감독하는 중이었다. 럼주에 화 하고 목이 탁 트이는 기분이었다. 루젤은 깊은 숨을 쉬었다.

"······레이디 유나는?"

헤링어는 기세 좋게 대답했다.

"방에 모셨지요. 침대에 새 풀을 채우고 벽난로를 청소했으니 불편하시지는 않을 겁니다. 다만 이곳은 황도와 달리 늘 추우니 가죽 덧옷이라도 마련해 드리는 게 좋겠습니다."

"알았다. 알아서······."

"사냥꾼들이 마침 사슴 잡은 것이 있는데 가죽이 좋길래 가져오라고 했습니다."

벌써 처리되었다. 그럴 거라고 생각했던 루젤은 고개를 끄덕이고 눈을 감았다. 두통이 올 것 같았는데 럼주 덕분에 나아졌다.

잠시 침묵이 흘렀다. 헤링어는 주인에게 물었다.

"황도는 어떻습니까?"

"······황도는."

루젤은 잠시 망설이다 담담하게 말했다.

"태자 전하께서 잘하고 계신다. 황제 폐하께서 다니엘 자작을 아끼시니 상속법에 대한 유권해석을 요청하실 예정이다."

헤링어는 인상을 썼다.

"부신의 상속법으로든 유리디스의 상속법으로든 둘째 황자 저하께선 부동산의 상속 대상이 아니십니다만."

"태자 전하께서도 알고 계신다."

"황제 폐하와 자존심 싸움을 하고 계시는군요."

헤링어가 그렇게 정리하니 옳게 들렸다. 루젤은 그 표현이 아주 정확하지는 않다고 생각했지만 묵묵히 고개를 끄덕였다. 헤링어는 주인의 잔에 럼주를 더 따랐다.

"주인님께서 고생하셨겠습니다."

"나는 고생한 것이 없다만, 태자 전하께선 힘드시겠지."

"태자 전하께서도 늘 고생하시지요."

그렇다. 루젤은 문득 생각나서 말했다.

"태자 전하께서 판결 전 너와 함께 올라와 대법관들과 신관들을 만나보라고 하셨다."

"저야 무슨 도움이 되겠습니까만."

헤링어는 진심이 느껴지지 않는 목소리로 말하며 빙긋 웃었다. 루젤은 진지하게 그를 보았다.

"……아니, 나보다는 네가 있는 것이 낫겠지."

"태자 전하께서 정말로 믿고 의지하시는 것은 주인님이니 그런 말씀 마시지요."

이번 말에도 웃음이 섞여 있었다. 루젤은 럼주 잔을 밀어주었다.

"너도 마셔라."

"감사합니다."

헤링어는 사양하지 않고 한 모금 마셨다. 루젤은 갑자기 목이 타는 기분으로 한숨을 또 쉬었다.

헤링어의 눈이 순간 가늘어졌다.

"한숨이 느셨습니다, 주인님."

"……그런 것 아니다."

"영지를 시찰하시고 싶으시겠지만, 오늘은 쉬셔야겠습니다. 주무시고 내일 돌아보시지요."

"알았다."

확실히 몸이 무거워지는 것이 느껴졌다. 루젤은 이마를 짚으며 동의했다. 오늘은 일찍 잠자리에 들고, 내일 그간 밀린 일을 처리해야 할 것이다. 그리고 최대한 빨리 그 처리를 끝낸 후에는 도로 올라가야 했다. 쉴 틈은 없다.

그런데 혼처라니.

형수는 이제까지 혼처에 대한 말을 꺼낸 적이 없었다. 그런데 왜 이제 와서. 백작이 아직 저렇게 어린데.

갑자기 유나가 떠올랐다.

"레이디 유나 말씀입니다만."

럼주 잔을 다시 밀어주던 헤링어가 가볍게 꺼낸 말에 루젤은 깜짝 놀랐다. 마음을 읽은 건가?! 주인의 얼굴에 오히려 헤링어 쪽이 눈을 크게 떴다.

"왜 그러십니까, 주인님?"

"아니, 아니다."

놀라야 할 이유도, 뜨끔해야 할 이유도 전혀 없다. 유나가 그때 떠오른 것은 단순한 우연이었다. 그간 계속 함께 지냈으니. 루젤은 헛기침을 했다. 헤링어는 빙긋 웃으며 물었다.

"지루하게 하지는 않으셨습니까? 레이디이자 손님이신 분을 지루하게 해서는 안 된다고 말씀드렸었지요."

"지루하시게 하지 않았다."

루젤은 약간 방어적으로 말했다. 그러고 보면 가슴 펴고 말할 만한 일들이 많았다.

"식사도 같이 했고."

정해진 시간에 했다.

"파티에도 함께 갔고."

태자 전하가 초대한 거지만.

"음악극도 보러 갔다."

아샬레아가 초대한 거지만.

"그리고 산책하실 때도 함께 걸었다."

말하고 나니 그래도 마지막 것은 자랑스럽고 예의 바른 행동이었다. 헤링어는 느물느물 웃었다.

"그러셨습니까?"

"그랬다."

"어쩐지 두 분이 많이 친해지셨다고 생각했습니다."

"그런가?"

어디가? 여전히 대화는 많이 나누지 않고, 오늘 헤링어 앞에서는 그나마도 거의 이야기하지 않았다. 오히려 유나는 성에 도착하자마자 피곤한 얼굴로 방으로 인도되었고 게오르츠 백작 부인을 만날 때는 그 앞에서 함께 혼나고 있었을 뿐이었다. 그리고 백작 부인이 응접실을 떠날 때 그대로 다시 방으로 올라갔고. 대체 오늘 언제 이야기를 했을까, 하고 루젤이 고심하는데 헤링어가 시원하게 해결했다.

"두 분의 분위기가 달라졌습니다."

"……그런가?"

역시 모르겠다. 관계에는 변화가 없다고 생각한다. 여전히 그는 연고 없는 유나를 보호하는 임시 후견인의 입장이었고, 유나가 누군가 고향에서 온 사람을 만나게 된다면 그이에게 맡겨 집으로 돌려보낼 생각이었다. 아무튼 사람은 자기 고향에서 살아야 편안한 법이니까. 루젤은 이해하지 못해 인상을 썼고 헤링어는 손뼉을 쳤다.

"그러고 보니 레이디 유나가 대단히 능숙해지셨더군요."

"말이라면 많이 느셨다."

"그리고 알아듣는 척도 기가 막히게 하시더군요."

루젤은 저도 모르게 빙긋 웃었다. 피로가 약간 풀렸다.

"그런가?"

"예. 어떻게 하셨는지 모르지만 단기간에 부신의 예의범절을 많이 익히셨고, 웬만한 건 아는 척하면서 능숙하게 넘겨 버리시더군요. 누구 작품입니까?"

"아샬레아…… 양의 작품이다."

"그렇습니까? 그렇다면 이해할 만도 합니다."

루젤은 가급적 아샬레아의 호칭을 애매하게 하려고 애써왔으므로 조금 불편해져 헛기침을 했다. 헤링어는 즐거운 듯 물었다.

"아샬레아 마님 앞에서도 모르는 것을 알아듣는 척하십니까?"

"아니."

"아샬레아 마님은 무섭고, 우리는 만만하다 이거군요."

그렇게 말하고 헤링어는 또 웃었다. 루젤은 생각하다가 말했다.

"내일 영지 시찰을 할 때……."

"레이디 유나도 함께 모셔 가지요. 손님에 대한 당연한 예입니다."

그렇게 생각했다. 루젤은 고개를 끄덕였다. 그녀가 즐거워하면 좋을 것이다.

헤링어를 오랜만에 만난 것은 참 기쁜 일이었지만 그 직후에 만난 아주머니는 참 별난 사람이었다. 루젤을 아주 아랫사람 대하듯이 보며 있는 대로 쇳소리를 냈는데, 유나를 보는 그 눈은 심지어 경멸에 가까웠다. 이곳에 와서 그런 대접을 받은 적이 없는 유나는 처음에는 발끈했고 다음에는 충격을 받았고 다음 날인 지금은 종합적 스트레스로 앓는 중이었다.

하지만 생각해 보면 이곳에서 자신은 부모 형제도 학력도 직업도 없고 아무런 기반이 없는 것이다. 누군가에게 그런 대접을 받는다 해도 어떻게 할 수 없을지도 모른다.

도시에서는 태자와 아샬레아가 모두 잘해줬는데.

둘이 보고 싶다. 유나는 침대에서 뒹굴거리며 투덜거렸다. 이곳 사람들은 모두 친절하다고 생각한 자신이 어른답지 못했다는 것은 안다. 그리고 사실 이 사람들이 언제 자신을 쫓아내도 그녀는 할 말이 없었다. 먹고 자며 이 집의 재산을 축내고 있다는 것도 알고 있었다. 하지만 아무것도 안 했는데 보자마자 적의를 보이는 건 뭔가.

아, 혹시 그 여자가 루젤의 아내인가?!

그 생각은 새로웠다. 루젤의 아내는 그 성질 때문에 시골에서 요양을 해야 했던 것이다. 그래서 도시에 있는 집에 살지 못하고 이 별장에서 지내는데, 남편이 어디서 집도 절도 없는 여자애를 데려와 소개시키니까 어이가 없어서.

그렇다면 그 자리에서 뺨을 맞지 않은 것만도 다행이다. 유나는 갑자기 가슴이 마구 아파서 손을 심장 쪽에 댔다. 아무래도 본인이 미친 것 같았다. 대체 가슴이 왜 아프단 말인가.

아니, 그건 남편과 아내가 서로를 대하는 태도라기엔 이상했다. 그리고 부부가 오랜만에 재회하는 자리에 헤링어가 자신을 데려 갈 이유도 없었다.

유나는 생각을 다시 하자 갑자기 기분이 훨씬 나아지는 것을 느꼈다. 음, 맞는 말이었다. 그 여자는 오히려 루젤의 누나라고 하면 맞을 것 같은 얼굴로 그를 보았다. 그것도 사이가 안 좋고 남동생을 엄청 질투하는 누나다.

그러면 여기는 루젤의 누나가 사는 집일까?

여러 가지 가능성이 있다. 만일 그렇다면 루젤은 왜 누나를 만나러 오는데 자신을 데려왔을까. 어, 그런데 아침에 식사할 때는 안 보였는데. 유나는 이유를 상상하며 더 뒹굴거렸다. 똑똑 하고 문 두드리는 소리가 들렸다.

"들어오세요."

이 성이 작은 만큼 침실도 작았으므로 유나는 크게 말하지 않았다. 이곳은 대신 이 세계에 맨 처음 왔을 때 머물렀던 성과 달리 벽에 양탄자를 잔뜩 걸어놔서 소리가 좀 흡수당하는 것 같다는 기분은 들었다. 양탄자를 왜 벽에 거는 것인지는 알 수 없는 일이었지만 아마 보온 효과는 확실히 있을 것이다.

문이 열리고 이 성의 하녀 한 명이 들어왔다. 그녀는 황도의 하녀들과는 다르게 절하고 유나에게 다가와 말했다.

"아가씨, −."

'아래층'이라는 말이 섞여 있는 것 같기도 했다. 유나는 민망하게 웃으면서 오른손 검지를 꼽아 보였다. 그리고 모르겠다는 얼굴을 하자 하녀는 좀 놀라서 어쩔 줄 몰라 하는 것 같았다. 사실 어제저녁에도 경험했다. 유나는 하녀에게 눈을 깜박이며 고개를 갸웃해 보였다. 하녀는 겨우 이해한 듯 고개를 힘차게 끄덕였다.

"아가씨, −."

아마 아래층이 맞는 것 같다. 이번엔 주인님 소리도 들은 것 같다. 하지만 혹시 2층에 간식이 있다는 말이면 어떡하지? 유나가 난처한 얼굴을 하자 하녀는 발을 동동 구르더니 아, 하고 창을 가리켰다. 유나는 하녀가 가리키는 대로 창밖을 보았다.

성 1층의 뜰에서 헤링어가 말 세 마리를 데리고 서 있었다. 그는 유나가 자신을 내려다보자 크게 뭐라고 외쳤다.

"−!"

"내, 려, 가아?!"

유나는 본인이 아는 어휘를 총동원해서 물어보며 손짓으로 내려가는 것을 표현해 보았다. 헤링어는 고개를 크게 끄덕였다. 막

뜰로 나온 루젤도 이쪽을 올려다보았다. 셋이 함께 말을 타는 건가 보다.

말을 타본 적은 없지만, 저 둘과 함께라면 위험하게 하지는 않을 것이다. 유나는 손을 크게 흔들고 얼른 몸을 돌렸다.

말 위에서 맞는 바람은 시원했다.

루젤과 헤링어는 말 그대로 마을 구경을 나온 듯 자전거보다도 천천히 말을 움직였다. 혹시 말이 움직이지 않으면 걱정했는데 유나의 말은 그들의 말의 뒤를 줄지어 따라가며 터벅터벅 잘도 걸었다. 의외로 말 위에서는 심한 흔들림을 느낄 일도 없었고, 균형 감각도 크게 요구되지 않았다. 무엇보다 안장이 아주 튼튼하게 고정되어 있었기 때문에 안정감으로 따지자면 놀이터의 그네보다 안정적인 기분이었다. 말이 앞의 두 말을 가면 따라서 가고 그들이 멈추면 따로 멈췄기 때문에 고삐를 써볼 일도 없었다.

아마 스키로 따지자면 폴을 쓸 일이 별로 없는 것과 마찬가지 아닐까, 하고 유나는 비유해 보았다. 스키를 처음 배우기 전엔 폴로 몸을 밀고 나가야 하는 줄 알았는데 알고 보니 폴은 넘어졌을 때에 일어나기 위해서 쓰는 것일 뿐 모든 움직임은 발과 무릎, 그리고 허리에서 조절되었다. 이 경우 말을 성공적으로 타기 위해서 필요한 것은 말이 가끔 둔덕을 밟을 때 허리를 낮추는 정도의 상식적인 균형 감각 정도다. 아마 달리거나 할 때야 다르겠지만.

솔직히 호기심이 있었으므로 말을 한번 달려보고도 싶었지만, 헤링어와 루젤은 단순히 산책을 나온 것이 아니라 사람들이 일을 어떻게 하나 보는 듯 밭두렁에 서서 한참 일하는 것을 내려다보기도 하고 그 자리의 책임자 같은 아저씨들과 이야기를 나누기도 했다. 그런 아저씨들은 루젤과 헤링어에게 절하고 유나에게는 모자를 벗어 보였다. 유나는 아샬레아가 가르쳐 준 대로 고개만 살짝 까딱하며 웃어 보였다.

"주인님."

이곳은 사회 시간에 배운 중세의 장원에서 그다지 벗어나지 않은 구조였다. 마을 쪽에는 높이 종루를 올린 성당—유나에게는 그렇게 보였지만, 아마 이 세계의 신을 모시는 곳일 것이다. 십자가도 없고—이 있었고 대부분의 평지는 밭이 차지했다. 가까이서 보니 밀밭은 색이 더 곱고 아름다웠고 사람들은 허리 세울 틈도 없이 낫으로 밀을 베었다.

그리고 가끔 루젤을 본 사람들은 저렇게, 주인님 하고 부르며 다가와서 밀을 보이기도 했다.

땀에 젖은 셔츠와 짧은 바지를 입고 우람한 어깨를 가진 아저씨가 공손하게 내민 밀 한 줌을 루젤은 말에서 받아 내려다보았다. 그는 곧 그것을 든 채 그 자리에서 말 두 마리 정도 떨어져 있던 유나를 보았다. 헤링어는 그사이 아저씨에게 뭐라고 말했는데 표정이 밝고 목소리도 좋은 것으로 보아 칭찬하는 말일 것 같았다. 유나는 말에게 루젤 쪽으로 가자고 하려고 엉덩이를 움직여 보았지만 말은 움직이지 않았다. 루젤이 먼저 다가왔다.

"레이디 유나."

"바이언트 경."

왜 부른 걸까. 유나는 루젤을 보고 웃었다. 루젤은 본인이 받은 밀을 그녀에게 주었다. 대를 길게 자른 한 줌의 밀은 줄기가 억셌지만 역시 고왔고 솜털 달린 것 같은 밀알이 사랑스러웠다.

그가 방금까지 꼭 쥐고 있어 따뜻했다. 유나는 밀을 받아 들고 어찌할 바를 모르다가 그 통통한 알을 보며 말했다.

"좋아요."

루젤은 약간 웃은 것 같았다. 그는 다시 말을 돌려 아저씨의 앞으로 갔다. 밀을 돌려줄 생각이었던 유나는 어, 하고 당황했고 헤링어는 윙크하며 손으로 그녀를 가리켰다. 유나는 혹시나 싶어서 밀을 쥐지 않은 손으로 밀과 자신을 번갈아가며 가리켰다.

이거, 나 준다고?

헤링어는 고개를 끄덕였다. 유나는 대체 밀 다발로 뭘 하라는 건지는 알 수 없었지만 선물을 받은 모양이라고는 짐작했다. 고마운 일이었다. 그녀는 밀의 냄새를 맡아보려다가 그 냄새가 특별히 진하지 않아 포기했다. 그리고 루젤과 헤링어가 다시 말을 몰기 시작하자 본인이 탄 말에 실려가며 처음에 밀을 준 아저씨에게 눈웃음쳤다. 아저씨는 어벙벙한 표정이다가 모자를 벗고 그녀에게 절했다.

지금 탄 말은 물론이거니와 이 시대의 드레스에도 주머니 같은 훌륭한 물건은 없었기 때문에 유나는 계속 밀을 꽃다발처럼 들고 말을 탔다. 손에 특별히 다른 것을 들 일이 없었으므로 불편한 일은 아니었다. 평야가 계속되었다. 그리고 저 멀리, 사람들이 과일을 따는 것 같은 숲.

밭두렁은 달구지니 소, 그리고 새참을 들고 움직이는 어린애들 때문에 시끌벅적하고 자리가 좁았다. 유나는 말 위의 풍경이 마음에 들었다. 우선 잘 보였고, 복잡한 길은 말이 알아서 빠져나가 주었던 것이다.

루젤과 헤링어는 마을 사람들을 잘 아는 듯 가끔 그들에게 말을 걸었다. 특히 헤링어는 밭의 상태에 대해 모두 다 아는 듯 밭마다 멈춰서 그곳의 책임자인 것 같은 사람들과 한참 이야기를 했다. 루젤은 이곳에서 꽤 존경받는 사람인 듯 노인들에게도 진지하게 절을 받았고 아이들도 그를 좋아하는 얼굴로 보았다. 유나는 그것을 한참 보다가.

이곳이 바로 라이헤르타 땅이며, 어쩌면 루젤의 별장이 아니라 그의 고향이라는 것을 짐작했다.

하긴 루젤의 도시 쪽 집에서 그는 별로 하는 일이 많지 않았다. 아니 그러니까, 외출할 때는 물론 그녀가 모르는 일을 했겠지만, 집에 있는 때가 많았고 손님도 별로 없었다. 그곳이 루젤의 진짜 집이었으면 좀 더 사람들이 오가야 했을 것이다. 친척이 있든 이웃사촌이 있든 해서. 그러면 그쪽이 별장일까. 저 성보다 도시 쪽의 집이 더 사람이 안 살았던 느낌이 났던 것은 사실이다.

밀은 계속 쥐고 있을수록 왠지 애착이 생겼다. 유나는 이것을 말려서 갈면 밀가루가 되는 걸까 하고 생각하며 가끔 밀대를 손으로 비볐다. 바삭바삭하고 풀이 서로 부딪치는 가벼운 소리가 났다.

"주인님."

이 고장은 시골이라서인지 다들 고만고만한 것 같았지만 눈에 띄게 가난한 복장을 한 사람도 있었다. 이곳에 와서 예쁘고 좋은 옷을 거저 받은 유나는 괜히 죄책감을 느끼며 그들을 보았다. 이 계절에도 소매가 없고 여러 군데 구멍이 난 옷을 입은 사람들은 같은 밭에서 일하는 다른 사람들과 묘하게 분위기가 달랐는데, 그녀는 혹시 그게 일용직이라는 증거가 아닐까 하고 생각했다. 원래 일하는 땅이 아닌데 이럴 때 일꾼을 구하는 곳으로 가 몸으로 뛰는 것이다.

너무 어리고 팔에 기운이 없어 보이는 아이들이 밭두렁에 앉아 있는 경우도 있었다. 유나는 헤링어와 루젤이 그 밭의 대표자와 대화를 나누는 사이 아이 중 하나와 눈이 마주쳤다. 그 아이는 유나가 이 부근에서 본 어떤 아이보다도 말랐고 옷이 초라했다.

거의 낡은 셔츠 한 장만 걸쳤다는 느낌이었다.

아이는 유나가 자신을 보는 것을 알자 일어나서 얌전히 절했다. ……다섯 살쯤 되어 보인다. 피골이 상접했으니 사실은 더 나이가 많을지도 모르지만. 그녀는 아이를 손짓해 불렀다. 아이는 머뭇거리며 자기 보호자로 보이는 아저씨를 슬쩍 보았지만 그는 일하느라 바빴다. 유나는 소리 없이 웃음을 터뜨렸다.

간신히 조금 안심한 얼굴로 아이는 다가왔다. 유나는 혹시나 해서 말의 목을 끌어안고 몸을 낮췄다. 그리고 아이에게 본인이 지금까지 쥐고 있던 밀 다발을 주었다.

사실은 나이가 더 많을 것이라던 짐작이 맞는 모양이었다. 가까이서 본 아이의 눈은 아주 어린애라기에는 침착했다. 아이는 밀 다발을 공손하게 받고 절했다. 아이가 일어나서 이쪽을 올려다보자 유나는 허리를 다시 세우고 웃는 채로 밀과 아이를 번갈아가며 가리켰다.

아이는 감사합니다, 하고 대답하고 어쩔 줄 몰라 하며 그 자리에 우뚝 섰다. 유나는 아이에게 다시 가보라고 손짓하고 그 아이가 안전하게 아까 놀던 자리로 돌아가는 것까지 지켜보았다. 그리고 문득 고개를 돌려 보니 루젤과 헤링어가 이쪽을 보고 있었다.

선물로 받은 걸 맘대로 주는 장면을 보였으니, 민망한 일이었다. 유나는 멋쩍게 웃었지만 할 말은 없었다. 뭐라고 해야 하나. 죄송합니다? 하지만 아이가 저걸 가져가서 먹었으면 좋겠다고 생각했다. 성엔 어차피 먹을 게 많고.

혹시 아까 밀을 준 게 잘 지켰다가 성에서 내놓으라는 뜻은 아니었을 텐데. 유나는 두 남자가 계속 자신을 쳐다보자 갑자기 초조해져서 불안한 표정을 지었다. 그러나 헤링어가 얼른 웃으며 말했다.

"잘하셨습니다."

"정말요?"

"예."

"–."

헤링어는 그다음으로 뭔가 더 설명했지만 그녀가 배운 어휘는 별로 섞여 있지 않은 말이었다. 유나는 루젤을 보았다. 그는 오히려 놀랐다고 해도 좋을 얼굴로 그녀를 보고 있었는데, 왜 그런 표정을 짓는 것인지는 모를 일이었다. 바람이.

밀밭에 파문을 만들며 불어왔다.

머리칼이 날렸다. 유나는 가을이라 바람도 시원하다고 생각하며 머리칼을 쓸어넘겼다. 루젤의 눈이 푸른 밤처럼 계속 이쪽을 보았다.

전쟁 때문에 농사에 차질이 컸을 텐데도 다행히 이번 수확은 크게 해를 입지 않은 것 같았다. 날씨가 워낙 좋았기 때문이다. 루젤은 각 밭의 소작인들과 이야기하며 추수 경과를 살폈다. 과연 헤링어가 감독 관리하던 것이 있어 이상 없음이었다.

과일은 딸 것을 다 따고 있고, 밤이니 호두 같은 것도 비축을 시작했고, 밀도 저만하면 평년작은 된다. 신전에서 내라는 세금도 이쪽에 청구하는 것을 들어보니 영지민들에게도 합리적인 정도를 거두고 있는 것 같다. 땔감은 너도밤나무 숲과 산이 있으니 부족하지 않았다. 여름 태풍 때 부서진 집들의 수리도 잘 되어가고 있고.

계속 이렇게 진행된다면 별걱정 없이 황도로 올라갈 수 있을 것이다. 루젤은 헤링어에게 그렇게 말하며 영지를 돌아보았다.

말에 오를 때 보니 한 번도 승마를 해본 적이 없는 것 같았던 유나는 다행스럽게도 잘 따라왔고, 호기심 넘치는 얼굴로 주변을 보는 걸 보아서는 지루해하는 것 같지도 않았다. 루젤은 그것을 만족스럽게 생각했고 헤링어도 불만이 없는 눈치였다. 다만 치마를 입고 있어 발목이 보이는 것은 민망스러웠다. 눈에 계속 들어온다.

"레이디 유나가 여독을 느끼실까 걱정했는데, 즐거워하시는 것 같아 다행이군요."

헤링어는 말을 천천히 몰며 말했다. 루젤은 불편함 없이 대답했다.

"참을성 많은 분이다. 그리고, 오랜 여행 뒤에 늘어지는 것보다 잠깐이라도 말을 타고 움직이는 쪽이 오히려 건강에는 좋아."

"숙녀분들은 주인님께서 생각하시는 것보다 훨씬 연약하답니다."

헤링어는 빙긋 웃었다. 루젤은 그런가 하고 유나를 슬쩍 보았다. 그녀는 밀밭에서 일하는 일꾼들을 보느라 정신이 없었다. ……역시 괜찮아 보인다.

"레이디 유나는 강한 분이다."

"모르는 곳에 와서 낯모르는 사람들과 저만큼 지내시고도 밝으시니 아주 대단하신 거지요."

그것도 그렇다.

"레이디 유나께서 후견인을 찾지 못하신다면 어떻게 하실 생각이십니까, 주인님?"

루젤은 갑작스러운 질문에 눈을 껌벅였다. 그는 잠시 앞을 보고 생각하다 말했다.

"계속 모시고 있는 수밖에 없지. 연고 없는 레이디를 돕지 않을 수는 없지 않은가. 당장 레이디 유나가 가실 만한 데가 없고."

"물론 그렇습니다만, 주인님께서도 혼인을 하시려면. 백작 부인 마님 같은 오해를 하는 분이 없다고는 할 수 없습니다."

"혼인은 당장은 생각이 없다."

루젤은 인상을 썼다. 헤링어는 의외로 진지한 얼굴이 되었다.

"주인님께서도 후계자는 생산하셔야 하지 않겠습니까."

"그런 건 나중에 해도 늦지 않아."

"남자에게도 때가 있답니다, 주인님."

루젤은 입을 꾹 다물었다.

라이헤르타 남작령은 선선대까지만 해도 게오르츠 백작이 소유하는 땅이었다. 그것을 루젤의 아버지인 선선대 백작이 죽을 때 나누어서 게오르츠 백작령은 형에게, 라이헤르타 남작령은 루젤에게 준 것인데.

부신의 상속법과 관습에 따라, 루젤이 후계자 없이 죽는다면 라이헤르타 남작령은 지금의 게오르츠 백작에게 갈 것이다. 그리고 언젠가는 현 게오르츠 백작의 후손들 중 누군가에게 다시 똑 떨어져 상속될 수도 있는 것이고.

……역시 누구에게 넘어가도 좋다. 굳이 후계자도 필요는 없었다. 루젤은 본인의 사후에 이 땅을 누가 갖든 감정적으로 문제를 느끼지 않았고 조카가 보다 큰 재산을 갖는 것이 싫지도 않았던 것이다.

헤링어는 한숨을 쉬었다.

"후계자가 공고해야 백작 부인 마님께서도 자꾸 오가는 것을 삼가실 터인데."

"가족끼리 교류가 있는 것이 나쁜 일은 아니다."

"물론 그야 그렇습니다만."

마침 지나가던 다른 땅의 소작인이 루젤에게 다가와 인사했다.

루젤은 화제를 돌릴 수 있음을 다행으로 여기며 그에게 물었다.

"주인님."

"잘 되어가고 있나?"

"예. 신의 은총과 주인님의 은혜로."

소작인은 막 벤 밀 중 훌륭한 것을 몇 줄기 골라 바쳤다. 호의라 루젤은 거절하지 않았다. 이들은 소작농 중에서도 부유하다.

"농사가 잘되었군."

밀에 윤기가 흐른다. 그는 유나가 밀밭을 계속 쳐다보던 것이 생각나 그녀를 보았다. 유나는 말을 움직여 이쪽으로 오려고 했지만 요령을 몰라 그 자리에서 눈만 깜박였다. 루젤은 지체하지 않고 그녀에게 다가가 밀을 주었다.

"레이디 유나."

"바이언트 경."

그녀는 밀을 받아 들고 웃었다. 그는 저도 모르게 본인의 입술이 따라 올라가 잠시 후 놀라기까지 했다. 그녀의 미소는 아무튼 부드럽고 밝다.

다시 시찰을 시작하자 유나는 뒤에서 얌전히 따라왔다. 가끔 돌아보니 그녀는 밀의 향기를 맡아보려고 하거나 그것을 손바닥으로 비비며 놀고 있었다. 저러다가는 한두 알 까서 입에 넣을지도 모르겠다고 생각하며 그는 속으로 또 웃었다. 그가 어릴 적에도 밀알 말리는 것을 주워다가 질경질경 씹으며 돌아다닌 적이 있었다. 그렇게 하는 것을 가르쳐 준 건 죽은 형이었지만 당시에는 그가 혼자 혼났던 기억이 난다.

얼마나 더 돌아보았을까, 한참 소작농 중 한 명과 올 겨울의 대비에 대해 이야기하고 있는데 헤링어가 옆에서 속삭였다.

"주인님."

"무슨 일이냐."

"레이디 유나를 좀 보십시오."

왜? 루젤은 헤링어가 말하는 대로 유나를 보았다. 그녀는 영지에서 가장 가난한 집 아이를 말 앞으로 불러두고 있었다. 그 아이는 유나를 똘망똘망하게 올려다보았다. 다음 순간.

루젤은 경악해 말에서 뛰어내릴 뻔했다.

유나는 말 목을 한쪽 팔로 끌어안고 몸을 낮췄다. 상당히 위험하고 아슬아슬한 자세였다. 그러나 그녀 본인은 아무렇지도 않은 얼굴로 팔을 있는 대로 내리더니 아까 주었던 밀 다발을 아이에게 주었다.

저 아이의 가족은 저것으로 하루분의 끼니는 때울 것이다. 지금은 일손이 많이 필요한 시기라 저렇게 나와서 일할 수 있지만 평소에는 저 아이의 아버지도 어머니도 며칠에 한 끼를 먹기도 힘들었다. 헤링어는 감탄했고 루젤은 묘하게 감동을 받아 그녀를 보았다. 아이는 유나에게 절하고 나서 자리로 돌아갔고 유나는 그것을 끝까지 지켜보다가 빙긋 미소를 지었다.

햇빛이 들었다.

고운.

……눈.

루젤의 성은 지금 계절이 바뀌는 것에 대한 준비를 하는 모양으로, 복도를 걷다 보면 여기저기에서 양탄자를 옮겨온 사람들이 돌벽을 열심히 덮었다. 그러한 양탄자들은 어떤 것은 몹시 오래된 듯 끄트머리가 낡아 떨어져 있었고 어떤 것은 색이 너무 바래 무엇을 수놓은 것인지 알 수 없었다. 그러나 그러한 양탄자들은 밤이 되어 벽에 횃불을 걸면 낮은 천장 아래서 둔중하면서도 묘하게 별처럼 반짝였다. 어쩌면 옛이야기에서 들은 금실 같은 것을 사용해서 수를 놓았는데 단순히 먼지가 쌓인 것뿐일지도 몰랐다.

매일 성문을 통해 오가는 사람들은 물건을 잔뜩 가져왔다. 창밖으로 본 들판에서는 사람들이 타작을 하고 밀알을 말리고 있었고 다 마른 밀은 자루에 들어가 이곳저곳으로 옮겨졌다. 이곳에서도 가을이 지났을 때 오는 겨울은 힘든지 큰 목재를 실어 옮기는 사람도 많았다. 그리고 뭔지 모를 산짐승을 잡아 실은 달구지에. 그것들이 다 이 성에서 당장 사용되려고 들어오는 것은 아닐 테고, 어쩌면 이곳은 수확한 것을 모두 루젤에게 보여주어야 하는 걸까.

사용인들뿐 아니라 헤링어와 루젤도 아주 바쁜 듯 얼굴을 보기 힘들었다. 그들은 식사 시간에는 얼굴을 보였고 대화도 나누었지만 끝나면 어디로 갔는지 모르게 사라졌다. 유나는 그들이 말을 타고 외출하는 것을 여러 번 보았지만 그들은 더 이상 유나를 데려가지 않았다. 처음 이 고장을 보여준 것은 구경을 시켜준 것이고, 지금은 바빠서 그럴 여유가 없는 걸까.

덕분에 그녀는 성 안을 돌아다니며 사람들이 일하는 모습을 보거나 창고를 구경하며 소일거리를 찾았다. 이 성은 물론이거니와 성에 들락거리는 이 고장 사람들도 이제 그녀를 모르는 사람이 없는 것 같았다. 누구나 그녀가 어딜 가든 제지하지 않았고 보이면 인사하거나 먹을 것을 가져다주었으니, 고마운 일이었다.

이곳의 낙엽수는 한국에서 본 것과는 모양이 달랐지만 역시 붉거나 노랗게 물드는 것이 많았다. 그녀가 성에서 가장 좋아하는 공간은 좋은 냄새가 나고 햇빛이 드는 정원이었는데 그 정원에는 아쉽게도 꽃은 적었다. 그야 꽃이 많이 피는 계절은 아니었고 단순히 당장은 꽃이 안 피었을 뿐 내년 봄이나 여름이 되면 화사해

질지도 모르지만, 정원에 가득한 과실을 보면 아무래도 처음부터 보기 좋은 것을 심기보다는 실용적인 나무를 골라 심은 모양이었다. 정원에서 일하는 사람들은 가끔 사다리를 이용해 다 익은 나무 열매나 과일들을 땄는데, 유나가 지나가다 구경하면 깨끗한 것을 닦아서 하나씩 주곤 했다. 그녀는 이곳의 과일이 전반적으로 맛이 없다고는 생각했지만 나무에서 막 딴 것은 어쨌든 시원하고 과즙이 많아 좋았다.

그녀가 또 좋아하는 곳은 사람들이 별로 가지 않는 작은 방들이었다. 21세기 한국에 살 때는 성이라고는 기껏해야 경복궁 정도나 가보았고 유럽의 고성은 교과서에서 사진으로 보았을 뿐이었는데, 그래서인지 그녀는 이 성의 구조가 이해되지 않을 때가 많았다. 부엌은 지하에 있고, 성 바로 뒤에 돼지우리가 붙어 있고, 지하로 내려가는 계단은 경사가 져서 무섭다. 비밀 통로도 찾아보면 나올 것만 같다. 이제 저 밖에서 군대가 쳐들어오면 활을 들고 싸우면 되는 건가. 그러나 그러다가도 어떤 작은 문을 열면 그곳에는 햇빛이 들게 설계된 조그맣고 먼지 쌓인 침실이나, 초상화가 붙어 있는 응접실 같은 곳이 나오는 것이다.

그런 방들은 아무도 신경 쓰지 않았고 불을 켜지도 않았고 먼지는 잔뜩 쌓여 있었는데, 아마 지금 성에 사는 사람이 적어서 이용되지 않는 장소인 모양이었다. 벽에 걸린 초상화들은 유나의 기준으로 보기에는 원근법이 엉망이었고 인체비례도 이상했으나 공들여 그린 것 같았고 가끔은 묘하게 이쪽을 내려다보는 것처럼 생기가 있을 때도 있었다. 어린애를 그린 것도 꽤 많았다. 그녀는 검은 머리가 그려진 초상화를 보면 혹시 루젤이 아닌가 하고 한참 동안 그림을 들여다보기도 했으나 안타깝게도 아직 그럴듯한 것은 찾은 적이 없었다. 어쩌면 정말로 샅샅이 찾으면 뭐가 나올지도 모르나, 남의 집을 뒤지고 다니는 것도 실례일 테고.

유나는 침실로 보이는 것을 찾으면 얼른 문을 닫고 다른 곳을 찾아갔으나 응접실이나 휴게실 같은 곳이 보이면 문을 연 채 들어가 안을 얼쩡대거나 환기를 하거나 했다. 어떤 방에는 청동으로 만든 것 같은 조각이 테이블에 올라간 채 세월을 뒤집어쓰고 있었고 어떤 방에는 벽에 가느다란 칼이 잔뜩 걸려 있거나 했다. 성 1층 로비의 천장에는 색이 깨끗한 이곳의 문장이 잔뜩 장식되어 있었는데 그것에 비하면 그러한 칼들은 홀로 역사에 휩쓸려 밀려가는 것 같았다.

그런 빈 방의 장점은 또 있었다. 유나는 어떤 방들은 문이 찾기 힘든 곳에 있는 데 비해 일단 들어가면 성내가 한눈에 보이기도 한다는 것을 언제부터인가 깨달았다. 창에 유리가 없어 춥기는 했지만, 그런 방의 창틀을 대강 아무 헝겊으로나 훔치고 그 자리에 앉아 있다 보면 루젤이 뜰이니 정원을 성큼성큼 걸어다니는 것을 볼 수 있었다. 그녀는 별생각 없이 그를 한참이나 내려다보다가 흠칫해서 일꾼들에게로 시선을 돌렸다.

대충 알 것 같았다. 그는 워낙 멋진 남자다.

그러던 어느 날, 그녀는 로비에 가까운 방에서 이상한 물건을 발견했다. 그 방은 먼지가 깨끗이 털려 있었고 환기가 자주 된 듯 먼지 냄새나 습기도 느껴지지 않았다. 꽃병이 없는 것으로 보아 평소 쓰는 방은 아니었지만 아직 잊혀지지는 않은 곳인 것 같았다. 하기야 사람들이 많이 다니는 곳에 위치해 있으니 이용하기에 좋다. 오히려 왜 쓰이지 않는 것인지가 궁금할 정도로.

나무 외창을 열자 시원하게 눈에 들어온 그 방은 소파가 여러 개 놓여 있고 벽난로 위에는 장식품이 놓인 걸로 보아 응접실이거나 거실이었다. 이 성에서 이미 여러 종류의 거실을 본 유나에게 그런 물건은 특별할 것이 없었으나, 방 중앙에 놓인 큰 테이블 같은 가구는 참으로 눈에 설면서도 묘하게 알 것만 같은 것이었다.

짐작이 두리뭉실한 것은 이 방의 가구 중 그 커다란 가구만이 두꺼운 헝겊에 덮여 있었기 때문이었다. 유나는 그 가구의 옆을 잠시 맴돌며 헝겊을 만지작거렸다. 천 밖으로 나온 네 개의 다리는 살짝 굽어 매끄럽게 다듬어져 있었고 유약 아래로 금색 무늬가 있었다. 크기로 봐서는 그게 맞는 것 같은데.

오래되고 습기에 젖은 나무의 냄새가 났다. 이 냄새는 마치 어릴 적에 맡던 것 같았다. 책장이 아주 많고, 길고 딱딱한 어린이용 하드커버 책이 크기대로 꽂히고, 방충망이 덮인 창을 열어둔 비 오는 날의 동네 도서관. 장마철에 베란다 문을 열어두면 아파트 정원에서 들어오던 젖은 수풀 냄새. 시골에 놀러 가서 차에서 내리면, 오랜 시간 차 멀미에 시달린 코에 안개처럼 들어오던, 이슬비 젖은 평상의 냄새.

그런 것이 지금 생각하니 잡힐 듯 가까우면서도 우주의 저편보다 멀다. 유나는 저도 모르게 미소를 짓다가 우울해져 한숨 쉬었다. 어느 때보다 저미게 느껴졌다. 집에 가고 싶다. 집에 가고 싶다.

……집에 가고 싶다.

그녀는 그 가구의 아래쪽에 낮은 스툴이 있는 것을 발견했다. 생각한 대로인 모양이었다. 스툴을 꺼내 그 위에 앉아서 허리를 마음껏 구부정하게 두고 있으려니 천천히 눈앞이 어지러이 돌았다. 방 안이 빙글빙글.

꿈같다.

이 세계는 꿈같았다. 멋진 옷이 있고, 근사한 파티도 있고, 아무것도 하지 않아도 다들 친절하게 대해준다. 성실하고 친절하고 잘생긴 루젤이 있다.

이런 곳이 정말로 현실이라고는 믿기 힘들 때가 점점 늘어났다.

그녀는 한숨을 다시 쉬었다. 열어두었던 문 쪽에서 누군가 발소리를 냈다. 그녀는 잠시 후 고개를 들었다.

이전 영지 시찰에 함께 나선 뒤로, 루젤은 유나를 보면 이전에 느낀 적 없는 낯선 기분이 들곤 했다. 그녀의 새까맣고 말간 눈은 그의 가슴속에 화살처럼 꽂히는 것만 같았고, 걷는 소리는 귀의 모든 신경을 곤두세웠다.

무엇에도 집중이 제대로 되지 않아 일부러 운동을 해서 머릿속을 비워보기도 하고 밤늦도록 영지의 겨울철 대비책을 골몰해 보기도 했지만 그녀의 생각은 머릿속에서 지워지지 않았다. 목이 메인다. 목이 마르다.

그녀가 성 안을 구경하며 소일하는 것을 알고 있었다. 오래된 성이라 영주 외의 사람은 알아서는 안 되는 비밀 통로니, 군사들이 숲 저편으로 대비할 때 쓰이는 비상구 따위도 있었지만 루젤은 그녀가 마음껏 돌아다니는 것을 제지하지 않았다. 어차피 하인들의 말에 의하면 그녀가 구경하는 것은 오래된 초상화니 창고의 양탄자, 돼지고기 굽는 모양 같은 것이었다. 정말로 비밀스러운 것은 그 자리에 있다는 것을 알지 못하면 그 바로 앞에 서서도 찾을 수 없기도 했다.

그에게 구애해 온 여자들은 많았지만, 이런 기분이 들게 한 사람은 아무도 없었다. 그는 언제나 그녀들과 다른 여자들의 차이점을 찾을 수 없었던 것이다. 돌아서면 생각나지 않으니. 아, 그러니 이제 어쩌면 좋을까.

오늘도 아침부터 이상하게 초조했기 때문에, 그는 영지를 한 바퀴 돌아보며 소작농들이 잘하고 있는지 살핀 뒤 땀에 젖어 작은 돌무지 성으로 돌아왔다. 월동 준비가 한창이고 세금도 아직 걷는 중이라 성의 1층 로비는 왁자지껄했다.

루젤은 젖은 옷을 갈아입을 생각이었지만 로비를 가로지르는 도중에 눈에 들어오는 것이 있어 그쪽으로 무심코 다가갔다. 어릴 때, 그가 아직 게오르츠 백작의 차남으로 살고 있었을 때, 가족끼리 작은 돌무지 성에 놀러 오면 자주 머물곤 했던 거실의 문이 열려 있었다. 청소를 하기 위해 문을 연 것일까. 그 또한 오랫동안 그 방 안을 보지 않았다. 이 성을 물려받고 나서도.

그리고 그 방 한가운데 앉은 유나를 보았을 때, 그는 우뚝 걸음을 멈추었다.

창문은 그녀가 연 모양이었다. 이 방은 언제 쓸 일이 있을지 몰라 가끔 청소를 하는 것으로 알고 있었지만 환기를 자주 하지는 않았다. 그 옛날과는 달리 돌 성 특유의 찬 냄새가 세월의 향과 함께 정적을 적셨다. 그녀의 머리는 옛이야기에 나오는 우아하고 고상한 여자들처럼 늘어뜨려져 햇빛의 띠를 두르고 있었고 그 눈빛은 먼 지혜를 보는 듯 깊었다.

가슴이 뛰었다. 그는 저도 모르게 침을 삼키고 방 안으로 들어섰다. 그녀는 곧 고개를 들어 루젤을 보고 웃었다. 그는 저도 모르게 그녀를 따라 약간 웃고 물었다. 그녀에게 말을 걸고 싶었다.

"뭐 하십니까?"

유나는 이 말을 알아들었다. 그녀는 눈을 굴리다가 나직하게 말했다.

"보고 있었어요."

"무엇을 말입니까?"

여기. 그녀는 입모양으로 말하며 자기 앞에 있는 가구를 가리

컸다. 그는 다가가 그것에 씌워진 천을 벗겼다. 이것만큼은 귀한 물건이라 계속 천을 덮어놓았을 것이다. 어린 시절 익숙했던 그것이 드러났다.

유나는 그것의 뚜껑을 열고 물었다.

"이게 뭐예요?"

그는 옆에서 손을 뻗어 건반 하나를 눌러 보이며 말했다. 두우웅…… 하는 소리가 났다.

"악기입니다."

유나는 빙긋 웃고 그것을 두 손으로 연주하기 시작했다.

오랫동안 조율하지 않았으므로, 그것의 음은 중간중간 아예 나오지 않거나 음정이 이상했다. 그러나 그 능숙한 솜씨와 당연한 얼굴. 그는 자신이 그녀의 말을 잘못 이해했다는 것을 알았다. 그녀의 나라에도 이런 악기가 있었던 것이다.

"클라비어."

그는 악기의 이름을 말했다.

"클라비어입니다."

유나는 연주를 멈추고 그를 올려다보았다. 그는 유나가 자신의 말을 이해하지 못했다는 것을 그 눈빛으로 알았다. ……난처해졌다. 그는 그녀의 눈빛에 붙잡힌 것 같은 기분으로 클라비어의 뚜껑을 만졌다. 그리고 다시 한 번 또박또박 말했다.

"클라비어."

유나는 입술을 움직였다.

"하, 비어."

"클라비어."

"클, 라비어."

어려운 이름은 아니다. 유나는 루젤을 보고 다시 웃었다. 그것으로 가슴이 확 조여들었다. 그는 그녀에게, 목이 졸린 기분으로, 말했다.

"……조율을, 시키겠습니다."

아마 게오르츠 백작령까지 사람을 찾으러 보내야 할 것이다. 이전에는 이 성에도 클라비어의 조율을 할 줄 아는 사람이 있었으나 그는 삼 년 전 죽었다. 유나는 그를 담담히 올려다보다가 소리가 아예 나지 않는 건반을 한 개 눌러 보였다. 가볍고 마른 나무끼리 서로 문질러지는 소리만 났다.

"그러니까."

루젤은 침을 삼켰다.

"고치겠습니다. 원하실 때 치십시오."

그녀의 노랫소리도 듣기 좋았다. 이 성에 클라비어를 연주하는 사람이 다시 생겨도 좋을 것이다. 아주 잠깐만 있다가 다시 떠나야 하는 사람이라고 해도.

그는 갑자기 본인이 아주 어린 소년이 된 것 같은 기분이 들어 답답한 한숨을 쉬었다. 이렇게까지 긴장하며 할 이야기가 아니다. 지금까지 같은 집에서 잘만 살아놓고. 아, 역시.

젊은 아가씨를 그와 같은 남자가 맡는 것이 아니었다.

유나는 그가 한숨을 쉬자 어렵고 슬픈 표정을 지었다. 그는 그 얼굴을 보고 당황해 입을 열었다. 그녀 때문에 쉰 한숨이 아니라는 것을 설명할 수가 없었다.

유나는 루젤이 그녀의 오른손을 들어 올려도 손을 잡아 빼지는 않았다. 그는 그 작은 동의에 이상하게 가슴이 저미는 것을 느끼며 그녀의 앞에 한쪽 무릎을 꿇었다. 그리고 손등에 입을 맞췄다.

그녀의 손에서는 이 방과 같은 냄새가 났다. 오랫동안 혼자 이곳에 있었던 모양이었다. ……그는 한동안 감히 눈을 들지 못했다.

그는 왜 그런 행동을 했을까.

유나는 침대에 누워서 손을 뻗어 위로 올려 보며 생각했다. 피아노…… 랄까 하프시코드 같은 것이 있길래 신이 나서 좀 연주했다. 한국에서 고등학교 1학년 때까지는 피아노로 대학을 갈까도 생각했었으므로, 이제 어디 가서 특기라고는 하지 못해도 기억하는 곡 몇 개는 있었던 것이다. 그런데 루젤은 그…… 클라비어라는 것을 연주하는 모양을 이상하게도 뚫어지게 보았다. 보아하니 한참 내버려 둔 듯 소리가 엉망이라 혹시 골동품 같은 건가 하고 연주를 멈췄더니 그는 한숨을 쉬고…….

그다음은 기억하기만도 민망하다. 그녀는 손등에 아직도 그의 따뜻한 숨이 느껴지는 것 같아 꺅, 하고 혼자 몸부림을 쳤다. 방에 다른 사람이 없어서 다행이었다. 말도 안 통하는 여자가 방에서 갑자기 이불 킥을 하며 굴러댔다고 하면 사실 그 여자가 이상한 사람이더라 하는 눈길을 내일부터 감당하기 힘들 것이다.

기분이 나빴냐고 하면, 물론 그렇지는 않았다. 그녀는 뺨을 약간 붉혔다. 태자가 인사했을 때와는 명확히 다른 기분. 이게 어떤 것인지 아예 눈치채지 못한 것도 아니었다. 안 될 것도 없다. 그는 그렇게나 멋지고 친절하다.

루젤도 내가 마음에 있는 걸까?

그녀는 공상하다 히히 웃고 또 이불을 빠르게 걷어차며 그 생각을 머리 밖으로 밀어냈다. 언감생심이다. 루젤 같은 미남에, 부자에, 착한 귀족이. 이 성에도 상주하는 여자가 없는 걸로 봐서 루젤이 결혼한 게 아닌 것 같긴 했지만, 이 나라의 왕자와도 친한 사이이니 분명 예쁘고 돈 많은 여자와 결혼하고 싶거든 언제든 할 수 있었을 것이다. 그런데 아직도 결혼을 안 한 건…… 사실 그것도 이해가 되고. 여자 대하는 걸 좀 어려워하는 것 같고, 보아하니 일하다 결혼 적령기를 놓쳤을 것이다. 성격을 이제 아니 뻔하다.

아무튼 이 나라에서 남자가 여자의 손등에 키스하는 게 '네가 정말 싫다'는 뜻은 아닐 것이다. 그녀는 오른손 손등을 왼손으로 감쌌다가 홱 돌아누웠다.

클라비어 앞에서 손등에 키스했던 루젤은 금세 자리를 비우더니 저녁 식사 때도 모습을 보이지 않았다. 헤링어가 잠시 와서 뭐라뭐라 이야기를 했는데 이해할 수 없는 말이었으므로 유나는 일인분만 차려진 식탁에서 얌전히 밥을 먹고 빠르게 일어서는 것으로 행동을 확실히 했다. 그리고 혼자 생각할 시간이 좀 필요해서 방에 들어와 이렇게 누워 있는데.

아, 진짜 어떻게 할 줄 모르겠다.

방에 걸린 횃불이 외창에 와 닿는 바람 때문에 활활 흔들렸다. 유나는 벌떡 일어나 침대 아래의 신발을 신었다. 그리고 좁은 방 안을 있는 대로 서성거리다가 끝내는 방을 나섰다.

노을이 짙게 진 시간이었다. 성의 복도에는 이제 횃불이 반쯤 켜져 있었고 창은 모두 닫혀 가끔 외창의 틈으로 들어오는 주홍색의 강한 빛만이 창처럼 줄지었다. 벽에 걸린 양탄자는 빛을 받자 무언가 속삭이듯 은근하게 반짝였고 바깥에서 들려오는 소리도 줄어 있었다.

그녀는 1층 로비에 도착하자 괜히 눈치를 보고 클라비어가 있던 방으로 들어가 문을 꼭 닫았다. 방이 암흑으로 찼다.

……오래된 나무와, 오늘 낮에 들였던 바람의 냄새.

갑자기 몹시 우울해졌다. 그녀는 암흑 속을 더듬어서 창가로 가려다가 그만 창과 문 사이에 갇히고 말았다. 너무 컴컴해서 어디가 창이고 문인지 구별할 수가 없었다. 그리고 둘 중 한 쪽이라도 열지 않으면 사방을 분간할 수가 없었다. 딜레마다.

그녀는 문을 닫기 전에 창부터 열걸, 하고 상식적인 후회를 했다. 조금이라도 생각하고 행동했으면. 손에 스마트폰이라도 있었으면.

뭘 기대하고 이곳에 온 걸까. 그녀는 자기 자신이 한 행동이지만 돌이키니 이해할 수 없어 한숨을 푹 쉬었다. 어차피 이 늦은 시간에 악기를 연주한다는 것도 양식 없는 행동이다. 아마 루젤과 헤링어는 열심히 일하고 있을 테고. 클라비어의 조율도 엉망이고.

사방이 고요에 젖은 기분이 문득 들었다.

그녀는 바깥에서 들리던 당연한 소음조차 갑자기 적어졌음을 깨달았다. 아마도 해가 져서 성문의 출입이 멎었거나.

키이이이.

생각하기가 무섭게 어렴풋이 성문 닫는 소리가 들렸다. 그 짐작이 맞는 모양이었다. 창문을 열면 달빛과 싸늘한 가을 밤바람이 들어올 것이다.

그렇다면 잠자리를 돌보러 오는 하녀가 곧 그녀가 방에 없음을 알고 찾으러 다녀주기는 할 터였다. 유나는 침울하게 기운을 내고 계속 사방을 더듬었다. 그리고 소파 몇 개에 무릎을 연속으로 부딪쳐 펄쩍펄쩍 뛰다가 창에 성공적으로 도달했다.

잠금쇠를 더듬다가 창을 열자 아직 아주 진하지 않은 하늘의 남은 빛과 달빛이 쏟아져 들어왔다. 유나는 오늘도 달이 두 개 뜬 것을 보며 창가에 그냥 주저앉았다. 등에 와 닿는 돌벽은 에어컨보다 차가웠다. 한숨이 또 나왔다.

이번엔 예고 없이 눈물이 나왔다.

"오늘은 저녁을 방에서 먹고 그대로 일을 할 테니 그렇게 처리해라."

루젤의 말에 헤링어는 하인에게 줄 급료를 세던 것을 멈추고 주인을 보았다. 곧 무엄한 말이 튀어나왔다.

"레이디 유나가 무서우십니까?"

루젤은 내심 흠칫했지만 드러내지 않았다. 사실, 잘 생각해 보면 말도 안 되는 일이었다. 그는 부신 최고의 기사다.

"……말도 안 되는 소리."

"슬슬 그러실 때라고 생각했습니다만."

가끔 헤링어가 하는 말은 도저히 따라갈 수가 없다. 생각지도 못한 말을 워낙 많이 하는데다.

"레이디 유나를 무서워할 이유는 없다."

"주인님이시라면 세상의 어떤 분보다도 한 사람의 레이디를 무서워하시는 것이 어울리니, 그리 이상하게 생각하지 마십시오."

루젤은 이 건방진 보좌관을 엄격하게 꾸짖어야 하는 것이 옳다고 생각했으나 적절한 말을 찾기까지는 시간이 걸렸다. 한 마디를 들으면 열 마디로 곧장 반박하는 헤링어와 달리 그는 들은 말을 이해하는 것에도 상당한 노력이 필요했던 것이다. 어려서부터 늘 그랬다.

"귀족이자 기사인 자가 약자를 무시하지 않는 것은 당연한 일이나, 그렇다고 해서 젊은 아가씨를 두려워할 것도 없다."

"전 백작님께선 백작 부인 마님을 무척 두려워하셨지요."

"아니. 사랑하신 것이지."

원래 귀족 간의 결혼이 많이 그렇듯이, 백작은 백작 부인과 얼굴 한 번 보지 못하고 약혼했다. 그러나 그는 그녀를 보자마자 사랑했고 죽을 때까지 그녀의 말에 꼼짝 못 하고 살았다. 집안의 격이 맞고 부부 사이의 금슬도 좋은, 이상적인 결혼 생활이었다. 루젤은 형처럼 얽매이는 것을 좋다고 생각한 적은 없었지만, 결혼은 그렇게 해야 한다고는 믿었다.

루젤의 반박에 헤링어는 고개를 끄덕였다.

"옳으신 말씀입니다. 사랑하면 상대를 두려워하게 되니까요."

루젤은 갑자기 의심스러워졌다.

"너는 사랑을 해본 적이 있나?"

헤링어는 결혼하지 않았다. 루젤이 알기로는 만나는 정부도 없었다. 사실 헤링어는 여자를 만나는 데 시간과 돈을 쓰느니 그럴 자원으로 일을 더 할 사람이었다. 루젤의 질문에 헤링어는 오십 운첸씩을 가려놓으며 빙긋 웃었다.

"말씀드리기 곤란합니다."

루젤은 내심 충격을 받았다. 그건.

"있다는 말이군."

헤링어는 책에서 읽은 말이라면 그렇다고 당당하게 말하는 인간이다. 적어도 루젤이 알기로는 그러했다. 헤링어는 웃어넘겼다.

"종자에게도 기사로서의 마음가짐은 보장되는 것이지요, 주인님? 모시는 레이디를 가슴속에 비밀로 품는 것은 기사의 권리입니다."

"알았다."

옳은 말이었다. 지금 막 주인을 모시기 시작한 종자라 하더라도, 심지어 황제조차 그의 마음속에 있는 레이디가 누구인지 밝히게 하지는 못한다. 루젤은 더 묻지 않기로 했다. 헤링어는 돈을 루젤이 대강만 아는 기준으로 주머니 속에 쓸어 담으며 화제를 다시 돌려놓았다.

"주인님처럼 기사다운 기사는 이 시대에 별로 없지요."

"그렇지는 않다."

"겸양하실 필요는 없습니다. 솔직히, 저는 주인님께서 하시는 걸 보고 기사는 정말 만들어지는 게 아니라 태어나는 게 아닐까 하고 생각하게 되었으니까요. 그 수많은 맹세와 규범을 짐으로 여기지 않으시니."

"기사는 만들어지는 것이 맞다."

"대부분의 기사는 적당히 종자로서의 수련 기간을 마치고 주인에게 서임을 받으면 되는 것이지요. 약한 자에 대한 사랑과 용기도 단순한 가르침으로써 받아들이고요. 그러나 주인님께선 그러한 마음가짐을 자연스레 실천하시는 분이십니다."

루젤은 본인이 그러한 찬사에 어울리지 않는다고 진심으로 생각했기 때문에 곤혹스러운 표정을 지었다. 헤링어는 쓴웃음을 보였다.

"송구합니다. 주인님을 난처하게 하려고 말씀드린 것은 아닙니다."

"……."

"제가 말씀드리고 싶은 것은, 주인님을 두렵게 할 수 있는 남자는 없다는 겁니다. 그 어떤 사람이라도 칼을 들고 덤벼온다면 주인님께선 죽음을 각오하고 맞서 싸우시겠지요."

"그렇게 하기로, 기사 서임을 받을 때 맹세했으니까."

"그걸 요즘 누가 지킵니까."

헤링어의 말은 맞았다. 루젤은 헛기침을 했다.

"인간은 불완전하다는 것이 신전의 가르침이니, 가르침을 그대로 따르지 못한다 해서 누구도 비난할 수는 없겠지. 나 또한 불완전하고, 맹세를 온전히 지키지 못하는 사람의 하나이니."

어느 누가 기사도를 늘 지킬 수 있단 말인가. 늘 약자의 편에 서고 부녀자와 아이를 지키며 양심에 비추어 보아 거슬리는 행동은 하지 않는…… 그런 대단한 사람은 그 자신도 될 수 없었다. 루젤은 황도에서의 일을 떠올렸다.

헤링어는 고개를 주억거렸다.

"그것은 약자를 수탈하는 기사들의 좋은 핑곗거리지요."

"헤링어."

루젤은 마침내 집중을 잃고 한숨을 쉬었다.

"기사가 되고 싶지 않은 거냐?"

"물론 되고 싶지요."

"그렇다면 어째서 선배 기사들을 비난하는 거냐? 잘못된 행동을 하는 자들은 많으나, 그것은 기사가 잘못되었기 때문이 아니라 그들이 잘못되었기 때문이다."

"물론 그렇지요."

"그런데."

"하지만 우리 주인님께서는 거의 완벽하신 기사십니다. 그러나 이야기 속에 나오는 기사에 비해 주인님께 하나 모자랐던 것이 있는데, 그게 레이디 유나시라는 거지요."

이야기가 다시 돌아갔다. 여기에서 왜 유나가 나올까. 루젤은 이해가 되지 않아 보좌관을 멍하니 쳐다보았다. 헤링어는 쿡쿡 웃었다.

"마음에 있는 상대는 언제나 두렵습니다, 주인님. 상대방이 이쪽을 어떻게 생각하는지 도저히 모르게 되고 말거든요. 이쪽의 마음을 인정하자마자, 눈이 머는 것처럼 말이지요."

"그게 두려울 일인가?"

"이제 아실 겁니다."

루젤은 이제 보좌관이 무슨 소리를 하고 있는지 알게 되었다.

"나는, 레이디 유나를."

"그분을 마음에 두지 않았다고 말씀하신다면 기사도를 어기시는 게 될 겁니다."

말도 안 된다. 그렇게 생각하면서도 루젤의 입이 막혔다. 헤링어는 보다 사무적인 말투로 바꾸어 말했다.

"그거 아십니까? 백작 부인 마님께서 서면으로 혼담을 넣어오셨습니다. 상대는 마님의 육촌 동생으로 나이는 열세 살 되는 아가씨입니다. 가문은 틀림없는 통치 가문입니다. 가난하긴 합니다만."

같은 귀족이라고 해도 그 가문이 통치해 온 영지가 있는지 없는지에 따라 그 격은 하늘과 땅 차이다. 라이헤르타 남작령은 줄곧 루젤의 집안에 속해왔으므로, 격에 맞는 결혼을 하기 위해서 그는 땅을 가진 아가씨와 결혼해야 했다. 그렇지 않다면 설령 후계자를 낳는다고 해도 귀천상혼이 되어 후계자의 상속이 인정받지 못할 터이므로.

루젤은 쓸쓸하게 말했다.

"열세 살짜리 소녀와 뭘 하란 말인가?"

"귀한 집안의 아가씨가 초혼하시기에는 적절한 연령입니다. 다섯 살이 아닌 걸 다행으로 생각하셔야지요."

"그게 무슨 말이냐?"

"얼마 전 제카트리테 쪽에서 모 공작님이 다섯 살짜리 공주님을 데려다 신부로 삼으셨답니다. 쉰두 살 차이가 난다던가요."

공주가 아이를 낳을 수 있는 나이가 되면 공작은 늙어 죽을 것이다. 루젤은 헛웃음을 쳤다. 부신에서는 이제 그렇게까지 나이 차가 심한 혼인은 흔치 않았다. 아주 옛날에나 있었던 일이다.

"아내를 여왕처럼 사랑하고 아끼며, 그녀가 아이를 낳지 못하는 것이 아니면 다른 여자를 취하지 말라. 그것이 기사도의 가르침 중 하나이지요. 빨리 결정하셔야겠습니다."

"놀리지 마라."

루젤은 쓴웃음을 지었다.

"서면이고 뭐고, 형수님께는 이미 혼인 생각이 없다고 말씀드렸잖아."

"백작 부인 마님께서도 두려우신 게지요."

"왜, 형수님께서는 뭘 사랑하시기에?"

루젤은 농담했다. 헤링어는 주인이 농담을 한다는 것에 오히려 놀란 얼굴로 말했다.

"땅과 권력이지요."

이 성은 아무리 돌아보아도 루젤과 잘 어울렸다. 구석에 거미줄이 좀 있긴 하지만 성은 계절이 깊어갈수록 벌레가 없었고 음식도 풍요로웠다. 과일 주스는 시원했고 물도 어디서 나오는 곳이 있는 듯 도시에서보다 훨씬 맑았다. 이 사람들은 유나에게 마시는 물을 그냥 주는 법이 없었고 반드시 술이나 무슨 절임에 섞어서 주었지만 그럼에도 불구하고 도시의 물보다 좋다는 것은 확실히 알 수 있었다. 새 밀로 만든 빵은 확실히 맛있었고 고기는 살이 오른 것으로 식탁에 올라왔다.

성의 3층에는 잘 찾아가면 바람을 쐴 수 있게 만들어진 테라스가 있었는데, 대포 같은 게 있고 그 옆을 지키는 하인들도 있는 걸로 보아 군사적인 용도로 만들어진 공간일지도 몰랐지만 유나는 그럼에도 불구하고 그 장소가 좋았다. 성 아래의 저, 사람들이 사는 곳이 아주 잘 보였던 것이다. 어린 루젤이 이곳에서 노는 것이 상상이 된다. 또 저 1층의 뜰에서 말을 타는 것도 운이 좋으면 한

참이나 내려다볼 수 있었다.

　도시의 집이 훨씬 따뜻하고 세련되긴 했지만, 그런 것은 루젤의 취향이라고는 생각되지 않았다. 이렇게 질박하고 실용적인, 견고한 공간이 그에게 어울린다. 그는 어려서부터 계속 이곳에서 자랐을까. 이렇게 오래되어 보이니 조상 대대로 물려받은 곳일지도 모른다.

　유나는 성 안을 평소처럼 구경하며 다니다가 그렇게 생각했다. 그의 부모님은 어떻게 되셨을까. 그에게는 형제가 없는 걸까. 성 안은 괜찮지만, 성 아래 사는 사람들의 생활을 보면 어지간히 위생 관념이 없는 것 같기는 했다. 평균수명이 당연히 짧을 테고, 그의 부모님은 저 정도로 장성한 아들을 두었으면 돌아가셨어도 이상하지 않을 나이였을지도 모른다. 그렇게 생각하니 슬프지만.

　그녀는 한국에서 편모 가정의 외동딸이었고 어머니는 늘 나가서 돈을 벌어야 해 얼굴을 보기 힘들었다. 그러므로 가족이 언제나 옆에 있어야 한다고는 생각하지 않았지만, 엄마와 식사를 함께하는 주말은 소중히 여기고 있었다. 아무튼 세상에서 서로를 정말로 생각하고 가까이 여기는 것은 둘이었다. 지금도 엄마가 걱정하고 있을 것을 생각하면 마음이 매우 무겁다. ……그는 외롭지 않을까.

　물론 이쪽에서 사정 모르고 마음대로 상상해 보았자 단순한 실례일 것이다. 그녀는 다시 루젤이 어려서 이곳에서 뭘 하고 놀았을지 생각하기 시작했다. 가끔 마을 아이들도 자기 부모를 따라 성에 드나들던데, 그 아이들과 같이 놀았을까.

　상상에 골몰하며 마구잡이로 걷다 보니 정원으로 나가는 길이 나왔다. 유나는 정원수에 달려 있던 열매들이 어느새 거의 없어져서인지 정원이 고요하다고 느꼈다. 하긴 이제 겨울나기 준비는 나무가 알아서 할 것이다. 이곳은 나무에 짚을 묶어놓거나 하지는 않는 걸까. 낙엽이 색색으로 떨어지고 있는데.

정원의 바닥은 이제 온통 고운 빛깔의 낙엽으로 덮여 흙이 보이지 않았고 심지어 푹신했다. 유나는 주변에 아무도 없는 틈을 타 낙엽 위를 밟으며 잠깐 즐거워했다. 한국에서 그녀가 다니고 있던 학교도 가을이 되면 단풍으로 숲길이 뒤덮이곤 했다. 가을비가 추적추적 내릴 때면 붉은빛 선연하게 젖은 단풍잎이 가는 나뭇가지와 함께 휘어 처지고, 그 가는 잎사귀 끄트머리에서 유리처럼 떨어지던 빗방울. 우산 위로 쏟아지던 빗소리.

친구들이 보고 싶다.

유나는 한숨을 쉬고 본인의 상태를 진단했다. 아무래도 이곳에서 계속 혼자 있다 보니 슬슬 외로워서 맛이 가는 모양이다. 얼마 전에는 이곳 사람들에게 해주고 싶은 말을 생각하다가 본인이 혼잣말을 하고 있는 것을 느끼고 질겁한 일도 있었다. 아직 단어 몇 개 정도랑 긍정인지 부정인지, 그리고 인사밖에 모르니까, 정말로 설명하고 싶은 것은 하나도 설명하지 못하고, 맑은 물이 마시고 싶다고 해도 말을 못 하고, 어젯밤에 밤하늘이 참 예뻤다는 단순한 감상조차 누구에게 전하지 못하고.

늘 고맙다고도 말하지 못한다.

그녀는 가만히 서서 입술을 비죽거렸다. 낙엽 밟는 소리가 들렸다. 부싯. 유나는 정원 저 모퉁이 너머에서 루젤이 걸어오다가 낙엽을 맞고 인상을 쓰는 것을 보았다. 그녀는 저도 모르게 킥킥 웃고 표정을 바꿔 인사했다.

"안녕하세요, 바이언트 경."

그는 며칠째 식사 시간에도 모습을 드러내지 않고 있었다. 성내에서 걷다 보면 아무튼 이렇게 마주치게 되어 있고, 그가 바쁘게 마을에 다녀오는 것을 창 너머로 보고 있었으니 저렇게 멀쩡하고 건강하다는 것이야 알았지만, 대체 얼마나 바쁘길래 식사도 안 하는 걸까.

루젤은 유나에게서 열다섯 걸음 정도 떨어져 있었기 때문에 그녀의 목소리를 약간 늦게 캐치한 것 같았다. 그는 그 자리에 잠시 우뚝 섰다가 허리를 숙였다.

그를 이렇게 보는 것은 반가웠다. 유나는 그에게 얼른 다가갔다. 할 이야기는 없었지만 얼굴 감상도 하고 싶었고, 또…… 아무튼 신세를 지고 있는 집주인이니 매일 인사를 하는 게 당연하다. 루젤은 생각보다 딱딱한 얼굴로 그녀를 마주 보아왔다.

내가 뭘 잘못했나?

유나는 잠깐 놀랐다가 이윽고 혼란에 빠졌다. 뭘 잘못할 만큼 가까이 있었던 적도 없다. 혹시 그는 이제 그녀를 돌보는 것에 지친 걸까. 하기야 이렇게 뻔뻔하게 계속 그의 집에 들러붙어 있었다. 당장 갈 곳이 없다는 건 그도 알 테지만.

그녀의 눈동자가 흔들리는데 그는 한순간 유나와 눈을 맞추더니 빙긋 웃으려다 만 것 같은 표정을 지었다. 그녀는 안심해서 활짝 웃었다. 이곳에서 '웃음'이 호의의 의미로 통해서 다행이다. 그렇지 않았다면 얼마나 힘들었을까.

그의 새파란 눈에 그림자 같은 것이 졌다. 가을바람에 나무가 흔들리면서 그 단풍잎이 만들어낸 그늘이었다. 유나는 눈을 동그랗게 뜨고 그를 올려다보았다. 루젤은 한 걸음 다가왔다. 그의 얼굴이 가까워졌다. 얼굴이 내려왔다.

꺼진 형광등.

치…… 지직. 지이지이치직…….

단풍.

천장.

누…… …… …… 치직치직치직치직…… 우…… …… 지지지지지지……
…… ……운.

……그녀는 충격을 받아 숨을 들이켰다. 루젤은 그녀와 입술이
마주 닿기 조금 전에 멈추었다. 그 또한 유나를 보고 놀란 것 같
았다. 아니, 정확히 분간할 수는 없었다. 라디오 주파수가 반쯤
맞았을 때처럼, 거슬리는 이명과, 섞여 버린 시야.

천장.
형광등.
단풍.
천장.

그녀는 루젤의 정원이 익숙한 천장과 겹쳐 빙글빙글 도는 것을
보고 겁을 먹었다. 그대로 쓰러질 것 같았다. 그러나 안다. 이대로
돌아가면 끝이다. 돌아가면.

모든 것이, 없었던 일처럼, 원래대로 돌아갈 것이다.

지…… …… …… …… 치지…… ……ㄱ.

귀가 울렸다. 유나는 루젤의 정원과 루젤이 동시에, 쿵 하고 심
장 박동이 울리는 것처럼 잠시 선명해졌다가 그대로 희미해진다고

생각했다. 귀. 단풍. 천장.

돌아갈 수 있다. 그렇게 생각하니 심장이 뛰었다. 루젤 또한 몹시 놀란 얼굴이었다. 그는 그 자리에 서서 못 박힌 듯 곧은 시선으로 유나를 보았다. 그녀는 그에게 미소를 지어 보일 정신조차 없었다. 귀가 너무 울려 거슬리고 싫은 것을 제외하면 아픈 것도 없었다. 몸 자체는 오히려 완전히 평소와 똑같……

…… …… ……ㄱ.

천장이 사라졌다.

유나는 자신이 루젤의 앞에 아까와 똑같이 서 있다는 것을 깨닫고, 다리가 풀려 주저앉을 뻔했다. 다행히 루젤은 그녀가 넘어지기 전 허리를 잡아주었다.

그 감촉은 환상이 아니었다. 그녀는 루젤의 가슴에 머리를 묻은 채 심호흡했다. 머리가 갑자기 매우 어지러워져 몸을 지탱하는 것조차 힘들었다. 그러나 가슴이 뛰는 것은 놀라서만이 아니었다.

집에 갈 수 있다.

집에 갈 수 있다.

……집에, 갈 수 있다.

황도에서 오이겐이 보낸 편지에는 어서 올라오라는 성화가 짧게 적혀 있었다. 헤링어는 이런 일에 비둘기를 이용하다니 어지간히 답답하신 모양이라고 평가했고 루젤도 그렇게 생각했다. 그리고, 법원 해석이 나오기까지 얼마 남지 않았다는 의미이기도 할 것이다.

세금은 순조로이 걷혔고 영지의 월동 준비도 거의 끝나가고 있었다. 그러나 루젤은 헤링어와 이야기한 그날부터 방에 틀어박혀 서류 일을 하거나 마을에 나가 현장을 보고 들어왔다. 손님을 집에 모셔두고 보이기에는 터무니없이 무례한 태도인 줄은 그 자신 또한 알고 있었다.

그렇게 무례한 행동을 하면서도, 그러나, 그는 자신의 눈이 자꾸 유나를 찾고 있음을 알고 있었다.

심각한 일이었다. 헤링어가 굳이 말해주지 않아도 그는 남자가 아내 이외의 여자를 보아서는 안 된다는 것을 알고 있었다. 남과 아직 결혼하지 않은 여자라 해도 마찬가지다.

형수는 루젤에게 본인이 소개하려는 아가씨에 대해 계속 이야기를 해왔다. 게오르츠 백작령에서 오는 전령은 편자가 닳을 정도로 이동해야 했다. 루젤은 아직 결혼 생각이 없으며 금세 태자 전하를 보러 황도로 올라가야 한다는 답장을 매번 똑같이 써서 보냈지만 형수는 포기하지 않았다. 그녀는 시동생을 어떻게든 구슬리려 했고 방도도 다양했다. 그 아가씨의 집안이 얼마나 오래되고 명예로운 집안인지, 그 집안 아가씨들이 얼마나 아들을 많이 낳아왔는지, 그 아가씨가 얼마나 솜씨가 좋아 하인들을 척척 부려대는지 등등. 그리고 그런 유혹이 전혀 통하지 않자 아가씨를 일단 데려올 테니 얼굴이나 보라는 말도 안 되는 소리까지 해오며 슬슬 을러대기 시작했다.

굳이 독신으로 남겠다고 결정한 것은 아니었다. 그러나 지금은 결혼을 해야 할 이유가 없었다. 그리고 결혼에 방해가 되는 일이라면 충분히 있었다. 그의 그런 지속적인 거부는 굳이 유나가 원인인 것은 아니었으나 헤링어는 가끔 그 소재로 농담을 던졌다. 루젤은 헤링어에게 결국 입 다물라는 명을 내려야 했다.

가을이 깊어가며 성의 정원은 점점 인적이 드물어졌다. 수확할 수 있는 것은 다 수확했고 남은 월동 준비는 나무가 직접 해야 했다. 낙엽이 제때 떨어지는 것을 보니 이번에도 겨울을 잘 나려는 모양이었다. 저 위에 눈이 적절히 쌓여주면 더 좋을 것이다.

머리를 식히기 위해 정원을 걸으며 그렇게 생각했던 루젤은, 모퉁이를 돌자마자 마주친 새까만 눈에 잠시 말을 잃었다. 일단 마주친 눈에서는 피할 수가 없었다. 낙엽 소리를 듣긴 했지만 설마 그녀라고는 생각하지 않았는데. 엎친 데 덮친 격으로 그녀는 천진하게 킥킥 웃었다.

"안녕하세요, 바이언트 경."

그녀가 진실로 그 자리에 있다는 것을 받아들이는 데에는 시간이 필요했다. 그는 허리 숙여 정중하게 인사했다. 목이 갑자기 막혔는지 말은 나오지 않았다. 차라리 한여름에 한참 동안 대련을 하는 것이 낫다.

낙엽을 밟는 가벼운 소리가 났다. 유나는 그에게 종종걸음으로 다가왔다. 그는 그 발소리 하나하나가 귀에 날아와 꽂히는 석궁 같아 새삼 놀랐다. 그녀는 그를 올려다보고 약간 걱정하는 표정으로 눈을 깜박였다.

그녀의 잘못이 아니었다. 그는 저도 모르게 미소를 지으려다 말았다. 유나는 그의 눈을 들여다보다가 활짝 웃었다.

아, 이제 어쩔 수가 없다.

그는 한 걸음 나서 그녀의 앞에 섰다. 그리고 천천히, 오히려 무의식적으로 그녀의 얼굴을 향해 키를 낮추었다. 눈이 가까이 다가왔다. 그녀의 눈이 반쯤 감기려는 찰나.

그녀의 눈이 동그랗게 커졌다. 그 얼굴은 곧 공포에 질린 것처럼 창백해졌다. 그렇게까지 싫어하리라고는…… 아니, 정숙한 아가씨라면 당연한 일이다. 혼약자도 아닌 것이다. 그는 그 자신을 질책하며 멈칫했다. 그리고 다음 순간, 그녀가 루젤 자신이 아닌 다른 것을 보고 놀라고 있다는 것을 알았다.

당연했다. 그녀는, 그가 할 수 있는 최대치의 표현으로는, 불꽃처럼 '깜박이고' 있었다.

바람 앞에서 꺼지려고 하듯 작아졌다가 다음 순간 다시 활활 타오르는 횃불이 이렇다. 유나는 루젤이 아닌 그의 뒤에 있는 무언가를 보는 듯 초점이 맞지 않는 눈으로 입을 벌렸다. 그는 너무나도 놀라고 충격을 받아 어찌할 바를 몰랐다. 그녀는, 당장이라도 눈앞에서 사라질 것처럼, 물거품처럼 옅어졌다가.

어느 순간 다시 명백한 실체로서 풀썩 쓰러지려고 했다.

그는 반사적으로 그녀를 끌어안아 붙잡았다. 그의 가슴에 머리를 묻은 유나는 잠시 숨을 밭게 헐떡거렸다. 그는 음모를 꾸미는 성격도 아니고 신체 능력도 뛰어나지 않은 유나가 어떻게 해서 그날 그의 침실로 들어온 것인지 이제 알 것 같았다.

아아, 시릴이 옳았다.

그녀가 산맥 너머와 같은 곳에서 오지 않은 이상, 사람이 이럴 수는 없었다.

Chap. 5
Sie ist ein Engel
그녀는 천사

"황도입니다."

이미 멀리서부터 그 실루엣이 보이고 있었다. 묘하게 반가운 감정마저 느끼는 유나에게, 헤링어는 웃으며 또박또박 말해주었다.

저 도시의 이름은 몰랐다. 유나는 웃으며 따라 했다.

"아고?"

"황, 도."

이전의 헤링어는 이런 것까지 자세히, 알 때까지 가르쳐 주지는 않았는데. 자기가 시키는 대로 얌전히 있기만 하면 바쁘게 할 일을 하러 가곤 했었다. 그러나 유나가 이제 이곳 말을 조금이나마 하기 시작해서일까, 그는 묘하게 그녀를 대하는 태도가 달라졌다. 그녀는 다시 따라 했다.

"황, 도."

"잘하셨습니다."

이 나라의 왕자도 살고 하니 서울이라는 뜻일까. 아니다. 영국의 왕이 사는 도시의 이름은 캐피털 시티가 아니라 런던이니까. 유나는 도시 이름에 뜻이 있을까 궁금했지만 그렇게 묻는 데에 필요한 어떤 단어도 알지 못했기 때문에 그냥 입속에서 반복만 해보았다. 황도, 황도.

그녀의 눈길이 저도 모르게 루젤을 향했다.

그날은 너무 놀라서 깨닫지 못했는데, 생각해 보면 그는 그녀에게 키스하려고 했다. 아샬레아와 태자가 하는 것을 보았으므로 이곳 세계에서 키스가 결투 신청 같은 게 아님은 짐작할 수 있었다.

한국에서 이런 일이 있었다면 기쁘게 받아들였을 것이다. 사실 지금도 설레고 있고, 그를 보면 가슴이 간질간질하다. 인간적으로는 이미 '매우 좋아하고' 있다. 하지만 그와 그녀는 사는 세계가 달랐다. 적어도 집에 돌아갈 수 있는 가능성이 보인 이상 ……할 수 있는 것이 없다.

하지만 루젤 또한 그날부터 이쪽을 대하는 태도가 묘하게 '진짜' 서먹해졌다. 섭섭하지 않다면 거짓말이다. 쓸쓸하지 않다면 더 큰 거짓말이었다. 아무튼 이 세계에 와서 처음부터 같이 지낸 사람은 루젤이었다. 그가 이쪽을 싫어하게 되었다면 얼마나 슬플까. 그러나, 또.

키스하려던 사람이 눈앞에서 그런 반응을 보였으니 그를 비난할 수도 없었다. 덜덜 떨고 넘어지지 않았던가. 눈도 안 마주쳤고.

유나는 그날 루젤의 정원이 눈앞에서 어떻게 희미해졌다가 갑자기 다시 고동치듯 선명해졌는지 기억하고 있었다. 자신 또한 루젤의 눈앞에서, 루젤의 눈에는 그렇게 보였을 가능성도 없지는 않았다. 만약 자신이라면 눈앞에서 사람이 갑자기 그렇게 희미해졌다가 도로 나타나면 어떻게 대할까. ……아무튼 몹시 놀랄 것이고, 그 사람을 태하는 태도도 바뀔지도 몰랐다. 말이 통한다면야 일단 어떻게 된 일인지부터 묻겠지만. ……아닌가? 지금 그건 공포영화나 탐정만화에서 맨 처음 살해당하는 사람의 특징이었던가?

아무튼.

유나는 루젤이 자신을 좋아하는 건지 생각하다가 얼굴을 붉혔다. 마차가 어두워 그 정도 변화는 드러나지 않을 것 같아서 다행이었다. 심지어 이렇게나 추우니 추워서 그렇다고 생각해 주어도 좋을 것이다. 가을의 마차 여행은 쾌적하지만은 않았다…….

그가 이쪽을 좋아한다면 어떻게 할까. 사실 그 경우에도 어떻게 할 것도 없었다. 그녀는 갑자기 좀 우울해져서 생각했다. 둘 사이에 있는 벽이 너무 컸다.

"레이디 유나."

헤링어가 말을 걸었다. 유나는 본인이 생각에 너무 깊이 빠져서 자기도 모르게 표정을 일그러뜨리고 있었다는 걸 깨닫고 화들짝 놀랐다. 아샬레아의 앞에서 이렇게 했다가는 그 예쁜 미소 앞에서 한참 동안이나 알아듣지도 못하는 설교를 들으며 무조건 고개를 끄덕여야 했을 것이다.

"네, 헤링어?"

"괜찮으십니까?"

놀라는 눈치가 너무 뻔했던 모양이다. 유나는 얼른 웃으며 고개를 끄덕였다. 헤링어는 좋습니다, 하고 입을 다물었다.

마차는 계속 달려 황도에 접근했다. 지난번에는 푸르렀던 밭은 이제 루젤의 땅처럼 추수가 거의 끝나 반 이상 비어 있었다. 이삭을 줍다가 쫓겨나는 아이들은 누더기 같은 것을 겨우 걸치고 있었고 도망치면서도 밭 주인에게 악을 써댔다. 욕이라는 것은 알아들을 수 있었다. 그러나 밭 주인도 역시 행색이 초라하니, 단지 본인의 밥그릇을 지키기 위해 매정하게 행동하고 있다는 것은 이해할 수 있었다.

한국에서는 빈부 격차라고 해도 신문의 통계로나 봤다. 대학에 가서도 결국은 자라온 환경이 비슷한 사람들과 어울렸으니까. 그러나 한국도 아마 저런 곳이 있을 것이다. 사람 사는 곳이 똑같다, 고 말해주는 것 같다.

아니 아니 아니 아니. 이래서야 핑계를 만드는 것이다. 유나는 커튼을 치고 얼굴에 그늘을 만들었다. 루젤을 이 이상 좋아하면 안 된다. 아니, 사람으로서 지금까지 받은 것에 대해 감사하며 그의 인간성을 존경하는 건 괜찮다고 생각하지만, 더 정을 붙인다는 것은 안 될 일이었다.

미련 갖지 말자.

말아야 하는데.

시선이 또 저도 모르게 루젤에게 갔다. 묘하게도 그의 시선은 마침 이쪽을 향하고 있었다. 눈이 딱 마주쳤다. 루젤과 유나는 둘 다 잠깐 눈을 크게 뜨고 시선을 피했다가, 도로 서로를 보았다. 루젤은 잠시 그녀를 빤히 보다가 물었다.

"레이디 유나?"

"네?"

"왜 그러십니까?"

그건 이쪽이 할 말이다. 왜 이쪽을 보고 있었는지 묻고 싶다고. 유나는 눈을 동그랗게 뜬 채 고개를 도리도리 저었다. 루젤은 다시 시선을 돌리고 창밖을 보았다. 유나는 커튼을 친 것을 후회했다. 차라리 밖이라도 보고 있을걸, 커튼을 너무 쳐다보는 것은 이상할 것이다.

겨울의 황궁은 바깥과 달리 따뜻하고 화사했다. 벽에는 최고급의 새로운 태피스트리가 꼼꼼하게 걸려 있었고 방마다 벽난로에 충분히 장작이 타고 있었다. 그러나 역시 계절이 계절이라, 여름과 가을에는 활짝 열려 있던 방과 방 사이의 문들은 대다수 닫혀 각 방을 가두었다.

담비 털을 장식한 외투를 입고 본인의 거실에 늘어져 있던 오이겐은 루젤과 헤링어가 들어오자 반색했다.

"루젤! 헤링어!"

"태자 전하."

"태자 전하."

예의 '작업'이 마무리 작업에 들어가서일까, 오이겐은 루젤이 가을에 떠나기 전보다 약간 여윈 얼굴이었다. 그러나 그의 얼굴에 있는 장난스럽고 여유로운 미소는 여전히 냉철했다. 태자는 얼른 그들을 손짓해 앉혔다.

"앉아, 앉아. 이제 올라온 건가?"

"예, 전하."

루젤은 성실하게 대답하며 앉았다. 오이겐은 눈을 반짝였다.

"유나도?"

"……예, 전하."

루젤의 대답은 반 박자가 늦었다. 오이겐은 갑자기 즐거워하며 물었다.

"왜, 아가씨랑 무슨 일 있었어?"

헤링어는 쓴웃음을 지었고 루젤은 경악해 눈을 약간 크게 떴다.

"전하, 그걸 어떻게……!"

"자네 얼굴 보고 모르면 바보야. 어떻게 그렇게 예상대로 행동하고 살아?"

오이겐은 킬킬 웃었고 헤링어는 표정을 관리했다. 오이겐은 헤링어에게 물었다.

"자네도 올라와도 돼? 나야 자네를 봐서 반갑지만."

헤링어는 대답하기 전 공손하게 고개를 숙였다.

"심려해 주시니 영광입니다, 태자 전하. 태자 전하의 일보다 중한 일이 뭐가 있겠습니까."

"자네가 그렇게 말하는 걸 보니 영지는 조용한 모양이네."

오이겐은 만족스러운 표정을 지었다. 문 두드리는 소리가 들렸다.

"들어와."

시종이 천천히 연 문으로 시릴이 들어왔다. 그는 겨울이라 해도 평소의 옷차림에 두껍고 헐렁한 외투 하나를 걸쳤을 뿐으로, 도무지 멋을 부린 모습은 아니었다. 외투에만도 화려하게 수가 놓인 오이겐과는 차림이 완전히 달랐다.

시릴은 손에 편지 한 통을 들고 있었는데 오이겐에게 원래 볼일이 있던 모양이었다. 그는 루젤과 헤링어를 힐끔 보고는 그대로 콧대를 높이 들고 오이겐에게 다가갔다. 오이겐은 시릴도 손짓해 앉혔다.

"자네도 앉아. 그건 뭐야?"

"슈피르하겐 신관이 협력하겠다고 해줬습니다. 태자 전하의 아파트로 초대를 좀 할까 하는데, 초대장 문구를 봐주시겠습니까?"

"어, 줘봐."

오이겐은 시릴이 내민 편지를 받아 내용물을 꺼냈다. 안에는 아룰라어로 초대의 문구가 써 있었는데 그 어휘니 문장의 세련됨이 이루 말할 수 없었다. 오이겐은 만족하고 카드를 다시 편지 봉투에 집어넣었다.

"네가 하는 일이라면 확실하지, 시릴. 이대로 보내. 내 인장 찍어서."

"예, 전하."

시릴은 그대로 일어서려 했다. 루젤은 저도 모르게 그를 잡았다.

"잠시만요, 시릴 공."

"예, 바이언트 경?"

시릴은 외알 안경을 반짝 빛냈다. 루젤은 침을 삼켰다. 헤링어에게서 답이 안 나왔으므로, 희망은 시릴밖에 없었다. 오이겐 또한 재미있어 하는 얼굴이었다.

"왜, 시릴에게 물을 게 있어? 루젤한테는 흔치 않은 일인데. 아가씨가 또 다른 외국어라도 썼나?"

"아뇨."

외국어보다 더 심각한 일이다. 시릴은 '아가씨' 소리를 듣자 눈을 진지하게 다시 떴다. 그 역시 유나의 정체를 본인이 알아내지 못했다는 것에 상당히 자존심 상해하고 있었던 것이다. 그는 의자 깊숙이 앉아 들을 태도를 보였다.

"말씀하십시오."

"감사합니다."

루젤은 잠시 말을 골랐다. 헤링어는 주인을 안쓰럽게 보았다. 태자가 반갑게 맞아주긴 해도, 헤링어는 시릴 데이하르츠 같은 신분의 사람에게 마음대로 말을 걸 위치에는 있지 않았다.

루젤이 말을 꺼내는 데에는 잠시 시간이 걸렸다. 그 묵묵한 얼굴을 보고 시릴이 인상을 쓸 즈음, 천천히 입이 열렸다.

"시릴 공은 사람이 사라졌다 나타나는 일을 들어보신 적이 있으십니까?"

시릴은 안경을 벗고 소매로 문질렀다. 긴장이 약간 풀렸다, 고 해도 될 것이다. 무슨 이야기를 꺼내나 했더니.

"많이 듣지요. 야반도주를 말씀하십니까, 인신매매를 말씀하십니까?"

루젤은 앉은 채로 생각하는 얼굴을 했다.

"……아니, 눈앞에서 횃불이 일렁이듯 사라지려다가 바로 다시 그 자리에 나타났습니다."

시릴은 인상을 더 썼다.

"마술을 보러 다녀오셨습니까?"

진짜 마법사를 사람들이 보지 못한 지도 오래되었다. 진짜가 떠나면 가짜가 꼬리를 늘어뜨리는 법이라, 평민들에게는 물론 귀족들에게도 마술은 상당한 인기였다. 아주 고위 귀족이라면 마법사가 신기할 것은 없었으나.

루젤은 고개를 저었다.

"제 성에서, 제 눈앞에서 일어난 일입니다."

그것은 별일이다. 시릴은 안경을 도로 썼다.

"글쎄요. ……우선 생각할 수 있는 것은 마법인데, 진짜 마법사는 몇 명 없으니까요. 그리고 진짜 마법사라 하더라도 사람을 사라지게 하거나 나타나게 할 수 있는 건 어려운 일이지요. 역사적으로 몇 명 기록되어 있지 않습니다."

게다가 사람에겐 발이 달려 있으니, 사기를 치기도 쉽다. 시릴은 생각을 가다듬으며 기억나는 가장 최근의 기록을 말했다.

"136년 전 사악한 마법사 부흐바탄이 레이디 레밀리를 사라지게 했던 일은 있습니다."

루젤은 미간을 좁혔다. 저 무뚝뚝한 남자에게 저것은 크게 놀랐다는 표정이다.

"그것뿐입니까?"

"그보다 전, 217년가량 전이었던 것 같습니다만, 유리디스에서 자기가 천 년 전의 도라로드 귀족 여성을 불러왔다며 자랑한 주베진도 있지요. 사실은 자기 집의 하녀를 분장시켜 장난친 거였습니다만."

"그랬습니까."

루젤은 한숨을 쉬었다. 시릴은 엄격하게 말했다.

"예. 사람이 나타나고 사라지게 하는 것은 아무리 마법사라도 어려운 일이니까요. 진짜 도라로드 시대의 마법사라도 불러오지 않는 이상 무리가 아니겠습니까."

"그렇다면 제가 본 것은 무엇입니까."

짐작 가는 것은 하나였다. 시릴은 팔짱을 꼈다.

"산맥 너머에는 우리가 모르는 기술이 있을 수 있지요."

오이겐의 거실이 조용해졌다. 이런 발언에는 헤링어조차 놀라 시릴을 보았다. 오이겐은 턱을 괴고 물었다.

"시릴, 유나가 정말로 산맥 너머에서 왔다고 생각해?"

"제가 생각할 수 있는 한에서는 그게 가장 정상적인 설명이니까요."

"그게 정상적이야?"

"예. 그 아가씨가 대단한 거짓말쟁이에 사기꾼이 아닐 경우에 한해서입니다만."

시릴의 대답은 당당했다. 오이겐은 루젤을 보고 그렇다네, 란 얼굴로 고개를 끄덕여 보였다. 사실 오이겐은 산맥 너머니 뭐니 하는 신비에는 어려서부터 관심이 없었다. 중요한 것은 눈앞에 사람이 있고 그 사람을 이용할 수 있다는 사실이다.

루젤은 허리를 꼿꼿이 펴고 깊이 한숨을 쉬었다. 그리고 정중하게 요청했다.

"산맥 너머의 땅에 대해 말씀해 주십시오."

시릴은 입술을 비틀었다.

"……아시다시피, 산맥 너머의 땅에 무엇이 있는지는 아무도 모릅니다. 그곳에 다녀왔다는 사람들은 끊이지 않았으나 그들은 대부분 사기꾼이었고 나머지는 정신병자였지요."

"옛 마법사들이 산맥 너머에서 벌였다고 하는 일들은 전해 내려오지 않습니까?"

"전설이고 신화지요. 신빙성이 있는 기록은 없습니다. 신전에서는 신의 말씀을 해석하면 그곳에는 죽음밖에 있을 수 없다고 합니다. 마법사들 중 설령 정말 다녀온 사람이 있다고 해도 아시다시피 그들은 우리와 생각하는 방식이 다르고, 그들의 글을 제대로 해석할 방도는 없습니다. 오늘날 산맥 너머의 땅에서 왔다고 하는 것은 그 사람이 출생을 밝히기 곤란하다는 의미일 뿐이지요. 레이디 유나가 정말 그곳에서 왔다면, 최초로 산맥 너머에 대한 믿을 만한 기록이 생길지도 모르겠습니다."

그것은 사실이다. 헤링어가 들려준 말과 일치해, 루젤은 침을 쓰게 삼켰다.

오이겐이 흥미로워하며 물었다.

"유나가 어쨌는데?"

루젤은 존경하는 주군을 바라보았다.

……이렇게 중요한 때다. 이렇게 시릴의 말을 듣고 보니 본인이 착각한 것일지도 모르겠다는 생각도 들었고, 무엇보다 주군의 바쁜 심사를 더 어지럽히고 싶지 않았다. 그는 한숨을 쉬며 담담하게 말했다.

"나중에 말씀드리겠습니다."

오이겐도 불만은 없었다. 아무튼 그도 바빴던 것이다.

"그래."

유나는 하녀가 짐을 푸는 것을 보며 침대에 앉았다. 얼마나 머물렀다고, 그래도 황도의 집에 오니 반가운 기분도 들고 낯익은 기분도 들었다. 겨울이라 방에 꽃이 없었고 창을 연 지금은 상당히 추웠지만 나쁜 기분은 아니었다. 일단 루젤의 성보다는 덜 춥다.

그간 하녀들이 관리를 잘 해두었는지 방에서는 먼지 냄새가 나지 않았다. 침대가 풀썩 들어가며 허리가 아팠다. 오랫동안의 마차 여행은 힘들다. 루젤은 들어오자마자 헤링어와 같이 나가는 것 같던데, 진짜 강철 체력이라고 다시 놀랐다.

"아가씨."

조용히 짐 정리를 마친 하녀가 유나를 불렀다. 유나가 쳐다보자 하녀는 익숙한 동작으로 뭘 마시는 시늉을 해 보이며 물었다.

"포도주?"

생각 같아선 커피라도 마시고 싶지만. 유나는 다른 것보다 낫겠다 싶어 고개를 열렬하게 끄덕였다. 하녀는 방을 얌전히 빠져나갔다. 그녀는 침대에 누워 다리를 쭉쭉 폈다. 하도 계속 앉아 있었더니 무릎이 이 나이에 비명을 지르는 것 같다……

히이이잉. 바깥에서 말 멈추는 소리가 들렸다. 말이 오가는 소리야 늘 들리는 것이었지만 이번에는 말이 집 앞에서 멈춘 것 같아 유나는 일단 몸을 일으키고 창밖을 보았다. 혹시나 싶었는데, 익숙한 장식의 말이 집 앞에 서 있었다. 집에서도 사람이 맞으러 나가는 소리가 들렸다.

저건 아샬레아의 말인데.

아샬레아는 당연히 마차를 타고 다닌다. 승마할 때에 대해서도 뭔가 이야기한 적이 있으니까, 아마 말을 탈 줄은 알 거라고 생각하지만. 과연 집 대문 앞에 드리운 나뭇가지 때문에 보이지 않았던 방문자는 금세 아샬레아가 아닌 그녀의 하인이라는 것이 드러났다. 개인적으로 인사한 적은 없었으나 아샬레아의 마차의 마부로 앉아 있는 모습을 자주 보았기 때문에 유나도 그를 알아볼 수 있었다.

아샬레아의 하인은 이 집의 하인에게 뭔가를 주고 금세 다시 떠나갔다. 유나는 아샬레아가 온 것이 아니라는 사실에 좀 섭섭해하며 도로 누웠다. 하기야 이렇게 막 도착한 참이다. 하인은 어떻게 알고 보냈는지 모르겠지만.

똑똑. 다시 문을 두드리고 하녀가 들어왔다. 하녀는 포도주가 담긴 잔을 쟁반에 받쳐서 유나에게 가져다주었다. 유나는 그것을 받아 마시며 그나마 포도주가 데워져 있어 다행이라고 생각했다. 하녀는 환기가 다 되었다고 판단했는지 창문을 닫았다. 바람이 들어오지 않고 방이 조용하니 훨씬 나았다.

여기에 군고구마 같은 게 있으면 좋았을 텐데. 유나는 침대 아래로 발을 굴렀다. 또 누군가 문을 두드렸다. 똑똑.

"네."

유나가 대답하자 문이 열렸다. 이번에 들어온 것은 편지를 놓는 은색 쟁반을 든 하인이었다. 하인은 유나를 보고 난처한 표정을 지었고 유나는 손짓했다. 여자의 방이니 하인들이 함부로 드나들지는 못한다. 물론 지금 저 하인이 난처해하는 건 그런 문제는 아닐 테지만.

"편지?"

하인이 가까이 다가왔을 때 유나는 쟁반을 가리키며 물었다.

하인은 유나에게 쟁반 위의 편지봉투가 잘 보이게 몸을 낮췄다. 이쪽도 정말로 난처하다. 유나는 아직 글을 읽을 줄 몰랐다.

그녀는 고민하다 하인의 눈을 보고 말했다.

"헤링어."

이런 건 헤링어한테 줘야 한다. 물론 헤링어가 있었으면 애초부터 이쪽에 가져오지도 않았겠지만. 하인은 그러나 편지를 내밀고 당황한 듯 눈을 깜박였다. 보다 못한 하녀가 편지를 가리키며 유나에게 말했다.

"아가씨 거예요."

이 하녀는 유나에게 의중을 전달하는 데 보다 능숙했다. 이쪽 거라는데 헤링어한테 보낼 수는 없었다. 유나는 일단 편지봉투를 집어 들고 기묘하게 얼굴을 일그러뜨렸다. 누구람.

일단 손짓하자 하인은 해냈다는 얼굴로 얼른 유나의 방에서 도망쳤다. 유나는 편지 뒤의 밀랍 봉인이 어디서 본 거라고 생각했지만 거기까지였다. 일단 루젤이 쓰는 문장이 아닌 것만 확실했다.

구르르르르. 밖에서 마차 바퀴 돌아가는 소리가 들렸다. 하녀는 반갑게 창밖을 보더니 유나에게 말했다.

"주인님이ㅡ."

아마 주인님이 오셨다는 말일 것이다. 루젤과 헤링어가 돌아오다니 다행이었다. 유나는 저도 모르게 일어나서 창을 보았다. 과연 마차에서 먼저 내린 루젤이 이쪽을 올려다보고 있었다.

유리창 너머로, 눈이 마주쳤다. ……아니, 착각일까?

마주친 것 같은 기분이 들었다. 유나는 괜히 빠르게 뛰기 시작한 심장 때문에 침을 꿀꺽 삼켰다. 그는 약간 지친 얼굴이었다. 루젤의 뒤를 따라 헤링어가 내려서 마부에게 이것저것 지시했다. 루젤은 금방 시선을 내리고 집 정문에 난 길을 따라 걸었다.

그가 문을 여는 소리가 들렸다. 유나는 편지를 집어 들고 얼른 방을 나섰다. 그리고 계단을 따라 조심스럽게 내려갔다. 루젤은 정문에서 외투를 벗어 하인에게 건네주고 있었다.

"바이언트 경."

유나는 계단을 다 내려오기도 전에 저도 모르게 그의 이름을 불렀다. 그러지 말걸, 하고 후회한 것은 이미 그 이름이 입에서 나온 다음이었다. 루젤은 눈을 가볍게 들어 그녀를 지그시 보았다.

그는 꿈속의 사람 같은 것이다.

정을 붙여도, 소용이 없다.

유나는 그것을 명심하려 애쓰며 그에게 웃어 보였다. 어서 오라는 의미였다. 루젤은 유나에게 정중하게 인사했고 뒤따라 들어온 헤링어도 차례로 허리를 숙였다.

"레이디 유나."

"헤링어."

유나는 헤링어에게 보다 반갑고 아무렇지 않게 웃어 보이며 그에게 편지를 보였다. 보다 가까이 있던 루젤이 다가와 유나의 손에서 편지를 조용히 받아갔다. 그는 편지를 앞뒤로 보더니 쓰인 발신자의 이름을 또박또박 읽었다.

"아샬레아."

아, 역시 아샬레아가 보낸 것이다. 혹시 이번에도 전처럼 극장에 데려가 주려고 보낸 걸까. 오늘은 직접 오지 않았어도 그러면 또 만날 수 있을 것이다. 혹시 그동안 다른 사람을 가르치게 되었을지도 모르지만. 유나는 그 이름에 반가워했다. 헤링어가 루젤에게 빙긋 웃으며 뭔가 말했다.

"―."

루젤이 난처해할 만한 말이었던 모양이다. 루젤은 헤링어를 엄격하게 보았고 헤링어는 아무렇지 않게 거실을 유나에게 가리켜 보였다. 하긴 밖에서 지금 돌아온 사람들을 현관에 세워두는 것도 잘못된 일일 것이다. 유나는 헤링어가 가리키는 대로 얼른 거실로 들어갔다.

거실은 이미 하인들이 불을 피워두어 훨씬 따뜻했다. 유나는 불 가까이 의자를 끌고 가 비스듬히 앉았고 루젤은 똑바로 앉아야 한다는 듯 고개를 저었다. 유나는 그에게 빙긋 웃어 보였다. 그에게 사심 없이 웃을 일이 있어서 다행이었다. 그를 놀리기 위해 웃는 것은 정을 이 이상 붙이지 않아도 할 수 있는 일일 것이다. 헤링어도 유나의 예의 없는 자세를 지적하지 않았다.

거실에 있는 긴 의자에 앉은 루젤은 편지를 열고 안에 있는 것을 읽었다.

"ㅡ, ㅡ, ㅡ."

정말 못 알아듣겠다. 알고 있었지만 유나는 두 번째 줄 정도부터 뭐라도 아는 단어를 캐치하는 것을 포기했다. 안부 블라블라 하는 거겠지, 하는 짐작은 되었다. 그보다 그녀는 루젤의 성실한 목소리를 듣고 일부러 벽난로 쪽으로 몸을 약간 더 틀었다.

하인이 다가왔다. 그녀는 루젤이 모르도록 하인에게 속삭였다.

"음료. 바이언트 경."

편지를 읽고 나면 목이 마를 것이다. 그를 위해 미리 부탁해 두는 것이 좋겠지.

아직 햇빛이 드는 시간이었지만 루젤의 얼굴에 비친 벽난로 불꽃은 밤의 횃불처럼 침침한 그림자를 만들었다. 유나는 그것을 보면서 심호흡을 섞어 웃었다.

새까만 머리가 폭포수처럼 흩어진 등은 희고 부드러웠다.

전신거울 앞에서 향유를 바르는 아샬레아를 보며 오이겐은 늘어지게 하품했다. 창은 외 창까지 닫혀 있었지만 촛불은 환했고 옆방으로 통하는 문이 열려 하녀들이 오갔다. 그는 흐트러진 이불과 침대 시트를 모두 깔아뭉개며 뒹굴다가 지나가던 하녀를 불렀다.

"시트 좀 갈아봐."

향기롭고 뜨거운 수건을 나르던 하녀는 벌거벗은 태자에게 고개를 숙이고 얼른 방을 나섰다. 아샬레아는 거울 앞에서 물었다.

"더 주무실 건가요?"

오이겐은 다시 하품했다.

"아니. 더 누워 있을 거야."

"폐하께 혼나시겠어요."

"요샌 날 부르지도 않아. 괜찮아."

아샬레아는 후후 웃었다. 그 웃음소리는 이슬비 떨어지는 소리처럼 청량하고 부드러웠다. 오이겐은 그녀의 잘록한 허리와 풍만하고 흰 엉덩이를 뒤에서 감상했다. 하녀가 여주인의 머리칼에도 향유를 발랐다. 이 집의 여주인은 늘 같은 향유를 사용했고, 이 방은 언제나 그 짙은 냄새로 가득 차 있었다. 정신이 몽롱해지는 효과는 없지만 그녀에게 잘 어울리는 선명한 꽃향기였다.

아샬레아는 곧 전신거울 앞에서 본인의 몸 전체에 향유가 잘 발라진 것을 확인한 뒤 침대 옆으로 가 침대 기둥을 붙잡았다. 그녀가 숨을 내쉬는 타이밍을 잡아 하녀가 코르셋을 가져다 허리를 조였다. 아래쪽 절반까지 눌러 올라간 가슴과 코르셋으로 쏙 들어간 허리 부분을 보며 오이겐은 아샬레아의 전신을 눈으로 다시 훑었다.

아까 시트를 갈도록 명령받은 하녀가 왔다. 오이겐은 침대에서 일어나 아샬레아의 엉덩이를 만지작거렸다. 그녀는 웃음소리를 또 냈다.

"미끌거려."

"당연하죠. 향유가 스며들려면 시간이 걸려요."

두터운 거위 털 이불이 치워지고 그 아래 새 시트가 깔렸다. 오이겐은 한숨을 쉬듯 도로 침대에 눕고 본인의 양손을 문질렀다. 기름은 잠시 후 사라졌지만 향은 계속 그의 손바닥에 남았다. 그는 잠깐 양손으로 얼굴을 덮었다. 역시 아직 나른하다.

"촛불 끌까요?"

"아니."

"더 주무셔도 돼요."

"네가 안 보여."

아샬레아는 거들을 가져온 하녀에게 손을 저어 보였다. 하녀는 거들을 가지고 한쪽 벽에 붙어 섰다. 오이겐은 제 눈에서 손을 다시 떼고 아샬레아를 보았다. 이 방은 천장이 낮고 좁고 창이 원래 적었다. 겨울에도 아늑해 그가 이 집에서 가장 좋아하는 장소 중 하나였다. 처음 이 집을 살 때부터 잘 꾸며져 있던 큰 침실도 몇 개나 더 있었지만.

오이겐의 노골적인 시선 앞에서 아샬레아는 방을 천천히 걷다가 의자 위에 다리를 꼬고 앉았다. 코르셋 위로 가슴의 고정되지 않은 윗부분이 크림처럼 출렁였다. 한쪽 허벅지가 다른 허벅지 위에서 마치 그 가슴처럼.

파도처럼.

그는 심드렁하게 요구했다.

"다리 꼬지 말아봐."

"그러면 재미가 없잖아요."

그렇다. 하녀가 들어와 아샬레아에게 은색 쟁반을 내밀었다. 그 위에 쌓인 수많은 카드를 보고 오이겐은 인상을 썼다. 아샬레아는 킥킥 웃으며 물었다.

"보실래요?"

"또 후작이야?"

"레이디 유나도 있어요."

"글 못 쓰잖아."

"라이헤르타 남작님이 대신 써줬겠죠."

오이겐은 잠이 확 깬 얼굴로 벌떡 일어나 앉았다. 그의 초록색 눈이 갑자기 매섭게 반짝였다.

"……유나가 꽤 마음에 들었나 본데."

"사교계에 내보낼 수 있게 하라는 건 전하의 부탁이셨어요."

아샬레아는 본인의 고운 손톱을 살피며 여상하게 대답했다. 오이겐은 날카롭게 반응했다.

"유나와 소일하라고 했지 루젤과 서신 교환을 하라고는 하지 않았어. 유나는 필요하니까 계속 만나지만, 루젤하고는 관련되지 마. 충성스러운 부하를 잃고 싶지는 않으니까."

"딱히 가까이 지내지 않아요. 서신 교환도 하지 않고요. 이전 음악극 티켓도 남작님한테는 전하께서 따로 보내셨잖아요."

"다른 남자들은?"

"알고 싶으세요?"

"대답해."

오이겐의 목소리는 사나웠다.

아샬레아는 손톱에서 눈을 들었다. 오이겐은 그 회색 눈이 이 방 안의 유일한 광원 같다고 생각했다. 그는 이를 갈았다.

"후작이 너에게 뭘 약속했지? 후작 부인 자리?"

"그런 제안이 없었다고는 못 하겠네요."

아샬레아는 노래하듯 대답했다. 그는 벌떡 일어나 아샬레아에게 성큼성큼 다가갔다. 하녀들은 숨을 죽였다.

"그래서?"

오이겐은 아샬레아를 위에서부터 덮치듯 의자에 가두고 물었다. 아샬레아는 그를 올려다보고 생각을 읽을 수 없는 미소를 지었다.

"그래서는요."

"그랬다가는 금세 미망인이 되고 말 테니 알아서 해."

"그 재산이 다 제 것이 된다니 괜찮은데요."

"금방 재산 따윈 쓸모없게 되고 말 거야."

아샬레아의 눈이 조금 더 휘어졌다. 오이겐은 그녀를 안아 들고 침대로 향했다. 그녀의 머리칼이 이 방의 어둠처럼 시트 위로 쏟아졌다.

그는 그녀를 내려다보고 선언했다. 아샬레아가 극장에서 적을 빼지 않는 데에는 동의했어도, 그녀가 극에 나가는 것은 못 하게 하고 있는 이유가 있었다. ……그녀는 이렇게나 아름답다.

"다른 남자가 널 쳐다본다면 그 녀석의 눈을 뽑을 거야. 다른 남자가 너와 서신을 교환한다면 그 녀석의 손을 자를 거야. 다른 남자가 네 집에 온다면 그 녀석을 바로 교수대로 보내 버리지. 네 머리끝부터 발끝까지, 이 집, 네 하녀들, 네 마차, 전부 내 거니까."

"전하의 돈으로 사셨으니까요."

"그래."

오이겐은 동의했다. 그리고 잠시 생각하려다가 그냥 몸을 낮췄다.

루젤은 계단 위에서 마침내 나타난 치맛자락에 눈을 들었다. 그날 작은 돌무지 성의 정원에서 있었던 일이 꿈인 것처럼, 유나는 지금까지와 똑같이 행동했다. 그녀는 처음 만났을 때보다 명백하게 야윈 것 같았지만 여전히 아름다웠고, 사람을 대하는 태도는 친절했으며 다정했다. 아마 그가 갑자기 말도 통하지 않는 다른 곳에 가게 되었다면 그녀만큼 강하게 행동할 수 없었을 것이라고, 늘 생각하고 있다.

심지어 그녀는 이 땅의 인간도 아닌 것이다.

유나는 벨벳으로 새로 만든 치마의 풍성한 자락을 들어 올리며 천천히 계단에서 내려왔다. 그녀가 계단에서 넘어지는 것은 그 또한 원하지 않았으므로 반가운 일이었다.

보라색의 매끈한 구두, 그 위로 언뜻 출렁인 상아색 속치마, 그 속치마를 한가운데로 내보이며 갈라져서 익은 열매처럼 부푼 진보라색의 벨벳 치마.

유나는 이제 치마를 그야말로 우아하게 갈무리할 수 있었지만 가끔은 그 처리에 당황해하며 미간을 찌푸리곤 했다. 그 얼굴은 참으로 아이처럼 솔직하고 사랑스러운 것이었다. 연분홍색의 비단 허리띠. 작고 부드럽고 매끈한 어깨.

마침내 유나의 얼굴이 보였다. 그녀는 루젤과 눈이 마주치자 잠시 곤혹스러운 표정을 지은 것 같았다. 그는 그녀에게 고개 숙였다. 기사가 아가씨에게 예를 보이는 것은 당연한 일이었다. 오늘 가는 모임에서도 많은 남성들이 그녀에게 이렇게 절할 것이다.

"레이디 유나."

그녀는 다시 고개를 든 루젤에게 빙긋 웃었다. 그는 갑자기 가슴이 거세게 고동치는 것을 느꼈다. 그녀는 어쩌면 저렇게 여유로운 미소를.

……지을 수 있을까.

헤링어가 옳았다. 그는 그녀가 무슨 생각을 하는지 도무지 알 수 없어 갑자기 초조해지곤 했다. 유나는 계단을 모두 내려와 루젤을 불렀다.

"바이언트 경."

계절이 계절이라 그녀를 위한 덧옷도 몇 개나 새로 만들었다. 그녀는 그중 솜이 잔뜩 들어가고 토끼 털로 가장자리를 장식해 가장 따뜻한 것을 들고 있었다. 그는 덧옷에 손을 내밀었고, 유나는 자연스럽게 그것을 그에게 넘기고 그가 도와주는 대로 팔을 끼웠다. 그녀는 팔이 다 들어가자 한 걸음 떨어진 후 덧옷 아래로 들어간 머리칼을 손짓 몇 번으로 빼냈다. 새카만 머리칼이 밤하늘처럼 후드득 나부꼈다. 그는 머리칼을 만져 보고 싶은 것을 참았다. 그것은 유나에게 몹시 무례한 행동이 될 터였다.

"감사합니다."

대단한 일을 한 것도 아니었는데 그녀는 그에게 생긋 웃으며 감사 인사를 했다. 그는 저도 모르게 웃을 뻔해 새삼 당황하며 대답했다.

"아닙니다."

아무리 생각하고 보아도, 유나가 대단한 거짓말쟁이거나 사기꾼이라는 생각은 들지 않았다. 그리고 그때의 꿈같은 광경을 생각하면.

유나는 그때 본인도 놀란 얼굴을 했었다. 그때 그녀가 문득 홀로 일렁였던 것은 본인의 계획은 아닌 것 같았다. 헤링어가 다가와 문을 열어주는 소리를 들으며 루젤은 생각했다. 갑자기 밝아진 현관으로 얌전히 걸어 나가는 유나의 뒷모습은 다른 사람들과 똑같이 선명했다. 그녀가 지금 이곳에 있는 것은 분명했지만, 어쨌든 그녀는 또다시, 그 정원에서처럼 놀란 얼굴을 하다가 이번엔 그대로 사라져 버릴지도 모르는 것이다.

그것은 무슨 능력일까. 옛 마법사들은 아무리 먼 거리라도 자기가 아는 곳이기만 하면 주문 몇 마디로 움직일 수 있었다고 했다. 믿었던 제자에게 배신당하자 분노로 천 리 땅을 건너 사라져 버리는 마법사 스승의 이야기는 옛이야기의 단골 소재였다. 그러나 유나는 마법사일까?

애초에 어디에나 나타났다가 사라질 수 있다면, 유나는 왜 이곳에 있는 걸까. 그녀가 원할 때 언제든 집으로 돌아갈 수 있다면 그녀는 온갖 불편을 감수하고 이곳에 있을 필요가 없었다. 그렇게 사라지고 또 나타나는 것은 유나의 의지 밖에 있는 일임은 틀림없었다.

유나는 겨울의 흰 하늘 아래서 루젤을 돌아보고 또 웃었다. 왜 나오지 않고 거기 있느냐는 듯한 얼굴이었다. 그는 죄송합니다, 하고 중얼거리며 얼른 집을 나섰다. 겨울바람은 불었지만 햇빛이 들어 현관보다 정원이 따뜻한 기분이 들었다.

마차는 집 앞에 대기하고 있었다. 루젤은 유나를 에스코트하며 계속 생각했다. ……아무튼 그녀가 산맥 너머에서 온 것이라면, 사교계를 돌며 그녀의 후견인을 찾는 일은 의미가 없었다. 그곳에서 온 대사는 없었으며 이도라로드나 슈잔의 대사도 언제 올지 모르는 먼 나라 사람들이었다. 그리고 장거리 마차 여행도 힘들어하는 유나가 그 산맥을 혼자 넘을 수는 당연히 없는 일이었고.

무엇보다 어차피 그녀가 혼자서 그냥 돌아갈 수 있는 거라면.

그는 유나의 뒷모습을 보며 생각했다. 비록 유나가 마음대로 오갈 수 있는 것이 아니라 해도, 그녀는 혼자 부신까지 왔으니 분명

언젠가는 산맥 너머로 혼자 돌아갈 수도 있을 터였다. 후견인을 찾아내고 그에게 그녀를 부탁하고 그들이 떠날 때는 앞길에 축복을 빈다…… 같은 단계적인 절차를 상정하고 있었는데. 어느 날 인사는커녕 예고도 없이 그렇게, 처음 나타났을 때처럼 그녀가 사라진다면.

그는 그럴 때 본인이 어떤 기분일지를 상상할 수 없어 당황했다. 유나는 마차 앞에 서서 그를 빤히 올려다보았다.

아샬레아가 초대해 준 곳이 그녀의 집이 아닐까 했는데, 의외로 화려한 방의 상석에 편안한 차림으로 앉아 있는 사람은 이전 극장에서 한 번 인사했을 뿐인 노부인이었다. 노부인은 유나와 루젤이 응접실에 들어오는 것을 보자 반가운 얼굴로 아는 척을 했으며 그때까지 우아하게 담소하고 있던 다른 사람들도 이목을 이쪽으로 집중했다. 유나는 긴장하며 노부인에게 다가갔다. 아샬레아는 아직 오지 않은 모양이었다.

"안녕하세요."

유나는 본인이 아는 것 중 가장 확실하게 발음할 수 있고 익숙한 인사를 하며 노부인에게 허리를 숙였다. 노부인은 아이보리색과 밤색이 섞인 단정한 드레스 차림에 머리에는 천으로 만든 모자를 쓰고 있었는데 머리가 모두 희게 센 것에 비해 얼굴에 주름이 적었다. 화장 냄새가 진하지 않고 미소가 온화해 유나는 그 노부인이 마음에 들었다. 노부인은 유나에게 손을 내밀고 우아하게 웃었다.

"레이디 유나."

유나는 노부인의 이름도 기억나지 않았지만 노부인은 유나에 대해 기억한 모양이었다. 혹은 아샬레아가 따로 말해두었을 수도 있다. 유나는 노부인이 너무 높은 사람 같아 황송한 기분으로 악수하고 주변의 다른 사람들에게도 정신없이 인사했다. 루젤은 유나 다음 차례로 노부인에게 인사했다.

"카르가링겐 후작 부인."

"바이언트 경."

그런 이름이었나 보다. 다시 들어도 낯설다.

노부인의 응접실인지 거실은 이 저택의 1층에서도 구석에 있는 방이었는데 창에 맑은 유리가 끼워져 있고 햇빛이 잘 들었으며 가구도 전에 그 슈빔마렌 후작 부인의 연회장에 있던 것과 비슷하게 호화로웠다. 천장에 있는 샹들리에는 루젤의 성에 있던 횃불을 떠올리면 시대 차가 천 년 정도 나지 않을까 싶을 정도로 한국에서 보던 것에 흡사했으며 단지 꼬마전구가 아니라 진짜 초가 촛농을 담는 그릇과 함께 꽂혀 있다는 것만이 다른 점이었다. 질리지 않을 정도로 은은한 연분홍색의 벽에는 흰색의 섬세한 몰딩 장식이 있었고 커피 테이블 정도 높이의 여러 테이블에는 색색의 간식이 있었다.

그리고 그 테이블을 중심으로 편안하게 둘러앉은 사람들은 절반 정도가 드레스를 차려입은 여자였고 절반 정도는 각자 멋진 외투를 두르고 자신감 있는 얼굴을 한 남자들이었다. 유나는 그들의 앞에 책과 찻잔이 널브러져 있는 것을 보고 대충 이곳이 독서 모임 같은 걸까 하고 짐작했다. 이곳에도 동호회 같은 게 있는 걸까.

아무튼 이전의 그 일 이후로는 금방이라도 한국에 돌아갈 것 같은 기분이라, 확실히 여유가 생긴 것이 느껴졌다. 유나는 나중에라도 이런 것을 못 보고 돌아간다면 아까울까 봐 즐겁게 구경했다.

노부인은 우선 유나를 다른 사람들에게 소개했다.

"―."

중간에 '레이디 유나'라고 이름이 언급된 것밖에 알아들을 수 없었지만, 그 어조가 매우 고상하다는 것은 분명했다. 앉아 있던 사람들 중 여자들은 앉거나 일어서는 사람이 갈렸지만 남자들은 모두 일어나 그녀에게 인사했다. 노부인은 유나를 안내해 다른 사람들에게 잘 보이는 자리에 앉혔다. 루젤은 그녀의 뒤에 섰는데, 노부인이 그를 따로 소개하지 않는 것으로 보아 이 자리에 있는 사람들 모두와 이미 대강 아는 사이인 모양이었다.

아주 깨끗한 흰색 목깃에 까만색 드레스를 입은 하녀가 와서 차를 따라주었다. 유나는 술이 아닌 따뜻한 것을 마실 수 있다는 것에 감사하며 차를 우선 마셨다. 은색 주전자에 들어 있던 차는 한국에서 마시던 어떤 것과도 향이 달랐지만 나름대로 안정이 되는 맛이었고 이곳에서 이미 여러 번 마신 적이 있기 때문에 놀랄 것이 없었다.

그녀가 차를 마시는 동안 삼삼오오 대화가 시작되었다. 유나가 들어오기 전과 같은 분위기였다. 그녀의 오른쪽에 앉아 있던 젊은 아가씨가 명랑하고 친절하게 말을 걸어왔다.

"레이디 유나."

아샬레아의 말에 따르면 신분이 낮은 사람은 높은 사람에게 말을 걸 수 없다고 했는데, 이 아가씨는 그럼 확실히 높은 사람인 모양이었다. 유나는 그 아가씨의 얼굴에 있는 얽은 자국에도 놀라지 않았다. 이 세계에서는 높은 사람들마저 피부가 깨끗한 경우가 드물었는데, 이곳 사람들의 위생 관념을 생각하면 어릴 때 천연두를 다 같이 앓아도 이상할 것은 없었다. 루젤의 집에서는 그렇게 뜨악할 일이 없어서 다행이었지만, 가끔 평민들의 생활을 보면 깜짝 깜짝 놀란다. 한국도 옛날에는 호환과 함께 마마가 제일 무서웠다고 했던가. 지금 제일 무서운 건 취업난과 비만이 된 것 같지만.

"네."

유나는 최대한 예의 바르게 대답했다. 아가씨는 얼굴이 낯익은 것도 같았지만 소개받은 적이 있는지 아닌지는 기억나지 않았다. 우선 용모도 몸집도 상당히 평범하다. 아가씨는 유나를 보고 뭐라고 뭐라고 한참 말했다.

"-. -. -? -! -?"

정말 하나도 못 알아들을 만한 말이었다. 유나는 이전 슈빔마렌 후작 부인의 파티 때를 떠올리고 그때 자신이 처했던 곤경을 그제야 기억했다. 그러고 보니 아샬레아가 없으면 이런 곳에서 잘 해낼 수 있을 리가 없다. 뭘 믿고 여기 왔지. 아, 맞다, 아샬레아가 초대했으니 당연히 아샬레아가 있을 줄 알았던 것이다.

누가 살려주면 좋겠다. 유나는 이 자리에서 가장 그녀를 살려줄 수 있을 것 같은 사람인 루젤에게 자연스럽게 고개를 돌렸다. 루젤은 유나와 그 옆 아가씨를 내려다보며 침묵했다. 그가 유나가 원하는 것이 무엇인지 모를 리는 없을 터였다. 이런 상황이 한두 번도 아니고.

유나는 그의 눈을 강하게 보았다. 루젤과 유나의 눈이 마주쳤다. 그는 이제 보니 고민하고 있었다. 뭐라고 설명해야 하는지 생각하는 걸까.

루젤은 잠시 후 옆 아가씨가 부채로 얼굴을 부치기 시작할 즈음 겨우 입을 열어 유나에게 말했다.

"-. -."

이번에도 못 알아들었다. 유나는 입을 멍하니 벌렸다. 그러고 보니 배운 단어가 들린 것도 같고. 그녀는 시험 삼아 반복해 보았다.

"엄마, 아빠?"

루젤은 고개를 끄덕였다. 유나는 옆 아가씨가 유나의 부모님에 대해 물었다는 것을 그제야 알았다.

전도 다난하다. 유나는 옆 아가씨를 보고 엄마, 아빠? 하고 다시 물었다. 그리고 눈을 반짝이며 고개를 끄덕였다. 아가씨는 부채로 뺨을 약간 가리고 활짝 웃었다. 그 부채에는 어린 여자아이들이 뛰노는 그림이 섬세하게 그려져 있었는데 솜씨가 상당했다.

엄마, 아빠에 대해 왜 묻지? 유나는 고개를 갸웃거렸다. 지금 갑자기 집에 확 돌아가 버리면 좋겠는데. 그때 사람들의 시선이 또 방 입구로 쏠렸다.

"어서 오세요."

노부인은 이번엔 일어나지 않고 새 손님을 맞았다. 유나는 지푸라기라도 잡는 심정으로 방 입구를 보았다가 구원받은 심정으로 한숨을 크게 쉬었다. 드디어 기다리던 사람의 등장이었다.

밤색 드레스를 입은 아샬레아는 이 안에 있는 누구보다도 존재만으로 빛나게 아름다웠다. 그녀는 오늘은 태자와 함께가 아닌 듯 혼자 들어왔지만 그 걸음은 매우 당당했다. 아샬레아는 먼저 노부인에게 가 정중하게 인사하고 다른 사람들과도 아는 체를 했다. 아샬레아를 살짝 모른 체하는 사람들도 있었지만 유나는 그저 반가운 기분으로 아샬레아에게 눈인사했다.

노부인은 아샬레아를 다른 자리로 인도했지만 그녀는 그 자리에서 약간 담소하다가 금세 일어나 유나의 옆으로 왔다. 유나는 열정적으로 선생님을 불렀다.

"아샬레아."

"안녕하세요, 레이디 유나."

부른 사람이 이렇게 대책 없이 늦으면 어떡해요. 생각 같아선 그렇게 말하고 싶었지만, 유나는 그렇게 말할 재주도 없고 기운도 없어 그냥 눈만 반짝였다. 옆자리 아가씨는 이제 했던 질문을 잊었을까.

희망을 가지고 보자 옆자리 아가씨는 루젤과 이야기하고 있었다. 유나는 둘의 화제가 자신이라는 것을 대강 눈치로 알았지만 루젤도 그녀에 대해 아는 것이 별로 없는 줄 알았기 때문에 기대하지 않았다. 과연 옆자리 아가씨는 잠시 후 약간 실망한 기색이었다.

아샬레아는 유나의 뒤에 서서 상냥하게 웃었다. 루젤은 아샬레아에게 뭔가 설명했고 아샬레아는 유나에게 천천히 속삭였다.

"아버지, 어머니, 일."

그러니까 아버지와 어머니에 관한 질문인 건 알았다고. 그런데 일? ……직업? 아버지와 어머니가 무슨 일을 하냐는 걸까. 유나는 어…… 하고 눈을 굴리며 최대한 이 세계의 어휘를 꺼내기 위해 애썼다.

"아빠."

손으로 엑스 자를 그려 보이면 알아들을까. 죽은 건 아니지만 얼굴 안 본 지 꽤 됐는데. 이 나라에서 혹시 엑스 자가 왕이다 이런 뜻은 아니길 바라며 한 손짓에 옆 아가씨는 어머나 하고 눈을 동그랗게 떴다. 사실 왕이라는 뜻이어도 어쩔 수 없다. 말 모르는 사람에게 물었으니 책임은 저쪽이 져야지. 그리고.

"엄마. 땅."

엄마는 여러 번 일을 바꾸었고 최근에는 부동산 쪽에서 일하고 있었다. 그보다 내가 땅이라는 이 나라 말을 알고 있다니 대단한데? 하고 유나는 속으로 자화자찬했다. 언제 그런 단어를 배웠는지도 기억이 안 났다.

어쩐지 옆 아가씨는 오오 하고 감탄하는 얼굴이었다. 그 미소 다음으로 또다시 질문이 쏟아져 나와 유나는 식은땀을 흘리다 과자를 집어 먹었다.

아니, 정말로. 왜 지금 당장 우리 집으로 돌아갈 수 없는 걸까. 지금 갑자기 그때처럼 이 세상이 희미해진다면 불만이 없을 것 같은데.

카르가링겐 후작 부인의 살롱은 제법 명망이 있는 곳이었고, 그곳에 모인 사람들은 루젤의 기준으로 보기에도 대단한 인사들이 많았다. 초대장을 보낸 것은 이 살롱의 멤버인 아샬레아였으나 누가 유나와 그를 이곳에 보내고 싶어 했는지는 뻔한 일이었다. 주군이 원하는 결론도 아마 얼마 남지 않았다.

보다 작고 서로가 잘 아는 공간이라서인지 살롱 사람들은 유나에게 예의 바른 관심을 보였다. 루젤은 오늘 유나의 보호자 자격으로 참석한 것이었으므로 앉지 않고 그녀의 뒤에 서 있었으나 본인이 큰 도움이 되지 않는다는 것은 처음부터 알고 있었다. 우선 그녀가 처음 받은 질문부터.

"레이디 유나, 말씀 많이 들었어요. 지금 온 궁정이 주목하고 있는 사람은 다니엘 자작님 다음으로 레이디 유나랍니다."

유나의 오른쪽에 앉은 아가씨에 대해서는 알고 있었다. 명문가 출신에 어려서부터 궁정에서 자라 위세가 높은 아가씨로, 얼마 전부터 귀족 출신의 화가와 사귀고 있다는 것은 주지의 사실이었다. 오늘도 그녀의 연인이 와 저쪽에 앉아 있다.

아가씨는 유나를 호기심 어린 눈으로 뜯어보며 계속 종알거렸다.

"저번에 태자 전하와 함께 음악극을 보셨다면서요? 저도 그때

가고 싶었는데, 하필 그때 심한 감기에 걸려 일어나지 못했지 뭐예요."

루젤은 유나의 눈동자가 심하게 흔들리고 있으리라는 것을 확신했다. 그녀가 뒤돌아 있어 보이지는 않았지만 뻔했다. 집에서도 몇 번이나 본 얼굴이니까. 아가씨는 유나에게 계속 붙임성 있게 말했다.

"부신어는 못 하신다면서요? 그래도 인사하시는 걸 들으니까 발음도 좋고 잘하시는 것 같은데, 어느 정도 하세요? 그래요, 저는 어려서부터 황도에만 있어서 다른 곳에 대해 많이 알고 싶은데, 괜찮으시다면 레이디 유나가 사시던 곳에 대해 말씀해 주시면 좋겠어요."

유나는 고개를 끄덕였고 아가씨는 잠깐 그 답을 기다리는 얼굴이 되었다. 루젤은 이쯤에서 유나가 지금 당신의 말을 1할도 못 알아듣고 있으리라는 것을 말해주어야 하나 고민했다. 아가씨 쪽의 가문이 바이언트 가보다 격이 높다는 것을 생각하면 그러지 않는 것이 예의 바를 터이나, 유나가 상당히 곤란해하는 것이 어깨 너머로도 느껴진다.

아가씨도 다행히 유나가 잘 못 알아듣고 있다는 것을 알았는지 고개를 갸웃하며 웃었다.

"아, 못 알아들으시나요? 아룰라어도 못 하세요?"

유나는 이번에도 고개를 끄덕였다. 그녀는 이쪽을 돌아보고 싶은지 목과 어깨를 움찔거렸다. 루젤은 인내했다. 태어나서 이렇게 뭔가 말하고 싶은 것은 처음이었다.

"레이디 유나, 성함은 알고 있지만 가문에 대해서는 들은 적이 없네요. 괜찮으시다면 당신의 가문에 대해 말씀해 주시겠어요? 아버님은 어떤 땅을 통치하고 계시나요? 어머님께선 어떤 가문의 기쁨이신지?"

아가씨는 결국 자기소개로 넘어갔다. 그 질문은 말이 통하는 아가씨들 사이에서는 매우 예의 바른 것이었을 테지만. 유나는 결국 루젤을 훌쩍 돌아보았다.

그 눈은 살짝 찌푸려졌고 예상대로 몹시 흔들리고 있었다. 루젤은 그녀를 저도 모르게 빤히 쳐다보았다. 그리고 잠시 고민하다가 대답했다.

"어머님과 아버님께서 어떤 분들이셨습니까?"

아샬레아는 유나에게 잘도 의사 전달을 하던데. 그는 자신에게는 그런 재능이 전혀 없음을 다시 실감했다. 유나는 그를 보고 한참 고개를 갸웃거리다가 아, 하고 갑자기 깨달은 표정을 지었다.

"엄마, 아빠?"

통했다! 그는 일종의 기쁨마저 느끼며 고개를 끄덕였다. 아샬레아에게는 치하를 해야 할 것이다.

"예."

아가씨도 유나가 그 단어들을 안다는 것을 다행으로 여기는 눈치였다. 유나는 아가씨를 보고 다시 물었다.

"엄마, 아빠?"

아가씨는 부채로 뺨을 가리고 활짝 웃었다.

"맞아요! 여쭈어도 될까요?"

다시 조용.

아가씨와 유나, 그리고 루젤의 얼굴이 차례로 어두워졌다. 유나는 눈을 굴리고, 고개를 갸웃거리다가 절망적으로 루젤을 보았고 아가씨도 마찬가지였다. 루젤은 두 아가씨가 자신을 쳐다보며 도움을 구한다는 안타까운 상황에 식은땀을 흘렸다. 여자들이 쳐다보는 것도 당황스럽지만, 이 상황은 그가 무언가 해야 하는 상황이 맞았다. 대체 아샬레아는 어디 있는 건가. 아니다. 여기선 유나의 보호자로서……

그때 사람들이 웅성거리며 살롱 입구를 보았다. 그 역시 거의 회피하는 듯한 동작으로 살롱 입구를 보았다. 그리고 크게 안도했다. 들어온 것은 오늘 살롱에 초대해 준 장본인이었다. 유나 또한 한숨 쉬는 소리가 들렸다.

아샬레아는 출신이 출신이라고 해도 이런 살롱에는 친구가 제법 있는 것으로 알고 있다. 과연 오이겐도 없이 나타난 그녀는 모임 주최자인 후작 부인과 친근하게 인사를 나눈 뒤 유나에게 왔다. 유나는 그녀를 반갑게 불렀다.

"아샬레아!"

"안녕하세요, 레이디 유나."

아샬레아는 유나를 마치 강아지처럼 사랑스럽게 보았다. 유나가 아샬레아를 보는 그 눈초리도 막 돌아온 주인을 반길 때의 강아지 같아, 루젤은 묘하게 기분이 꼬이는 것을 느끼고 또 당황했다. 가을 내내 보지 못하다가 만나는 것이고 둘이 친하니, 저런 얼굴을 할 수도 있는데. 아, 그리고 그 자신은 또 얼마나 무능한가. 더 오랫동안 함께 있었던 그가 유나의 의사소통에는 정작 큰 도움을 주지 못하고 있는 것이다.

"바이언트 경, 아샬레아 양과 레이디 유나가 가까운가요?"

아가씨는 루젤에게 물었다. 루젤은 고개를 끄덕이며 성실하게 대답했다.

"예. 레이디 유나께 부신어를 가르치고 있는 것이 아샬레아 양입니다."

"어머나."

아가씨는 부채로 또 얼굴을 가리더니 납득한 얼굴이었다.

"그렇죠. 아샬레아 양은 대단히 우아하고 정확한 궁정어를 할
수 있으니까요."

태어나서부터 궁정의 일원이었던 이런 아가씨들과 달리 아샬레
아는 자란 뒤 궁정에서 쓰는 어휘를 새로 배웠다. 어지간한 공주
들보다 아샬레아의 궁정어가 더 정확할 것이다. 루젤은 고개를 끄
덕였다.

"예."

"잘됐네요. 아샬레아 양?"

아가씨는 아샬레아를 불렀다. 아샬레아는 살풋 웃었다.

"예, 레이디 리벨라."

"그렇잖아도 지금 우리 새 손님에게 고향에 대해 말씀해 달라고
부탁하고 있었어요. 그런데 내가 요령이 없어 전할 수가 없네요.
레이디 유나에게 아버님과 어머님이 어떤 분들이신지 여쭈어주지
않겠어요?"

"예, 레이디 리벨라."

"부탁합니다."

루젤도 덧붙였다. 아샬레아는 얌전히 듣고 유나에게 또박또박
속삭였다.

"아버지, 어머니, 일."

저렇게 간단한 어휘로 된단 말인가. 루젤은 본인이라면 그런 세
단어로는 아무것도 이해하지 못할 거라고 생각했고 유나도 잠시
고민하는 얼굴이었다. 그러나 그녀는 잠시 후 고민하는 얼굴인 채
로도 입을 열어 오물거렸다.

"아빠."

유나는 손을 가위 모양으로 교차했다. 어머나, 하고 아샬레아
와 아가씨가 동시에 부채로 입을 가렸다.

아버지가 돌아가셨다니, 생각지도 못했다. 그녀는 이렇게나 어린데. 선선대 게오르츠 백작인 루젤의 아버지도 물론 돌아가셨지만, 형은 그때도 나이가 어느 정도 있었다. 루젤은 표정으로 드러내지는 않았지만 안타깝게 생각했다.

유나는 고개를 한 번 또 갸웃하며 확신 없는 표정을 짓더니 또 말했다.

"어머니. ……땅?"

아샬레아가 오니 과연 의사소통이 척척 이루어진다. 루젤은 유나가 땅이라는 말을 알고 있다는 것에 놀랐고 아샬레아는 후후 웃었다.

"잘하셨어요, 레이디 유나. 레이디 리벨라, 레이디 유나의 모친께선 지금 영지를 직접 경영하고 계신가 본데요."

"어머나. 그래도 참 훌륭하시네요. 여자 혼자 몸으로."

산 너머 땅의 규칙은 모르지만, 부신에서라면 여성이 혼자 영지를 경영한다는 것은 높은 확률로 남편이 죽어 그 땅을 지키고 있는 것이다. 과부 재산이 주어진다고 해도 작은 영지라면 여성 혼자 계속 지키는 경우는 많지 않고 보통 재혼한다. 어쩌면 유나의 어머니는 상당히 큰 영지를 꾸려 나가고 있을지도 몰랐다.

아가씨는 감탄하며 추켜세웠고 유나는 빙긋 웃고 고개를 끄덕였다. 그리고 과자를 집어 먹었다. 루젤은 그녀를 새삼 관찰해 보았다. 과자를 맛있게 먹고 나자 유나의 얼굴에 조금 혈색이 돌았다.

"그러면 말이지요, 레이디 유나."

또 뭘 물으려고. 루젤은 긴장했고 유나도 그런 모양이었다. 아가씨는 물론 예의 바르게 행동하고 있는 것뿐이나……. 아샬레아는 후후 웃기만 했다. 뭐가 재밌나.

"약혼자는 있으세요? 레이디 유나는 아름다운 여성이시니, 틀림없이 청혼자가 쇄도하겠지요?"

그런 질문은 할 생각도 한 적이 없었다. 루젤은 무심코 망연히 유나를 보았고 유나는 아가씨를 본 채 웃으며 고개를 끄덕였다. 있는 건가……!

마침 아샬레아가 먼저 끼어 아가씨에게 말했다.

"어쩌죠, 레이디 리벨라? 레이디 유나가 고개를 끄덕이실 때는 못 알아들었다고 생각하셔야 하는데."

"어머나, 그런가요?"

그건 그렇다. 그러나 언제나 그렇지는 않은데. 루젤은 한숨을 쉬었다. 아가씨가 루젤을 보고 난처한 듯 물었다.

"어느 쪽이죠, 바이언트 경? 저는 레이디 유나가 동의하시는지 아닌지 잘 모르겠는데. 바이언트 경계선 알고 계시죠? 레이디 유나께서 어떤 분인지."

"……송구합니다."

루젤은 한숨을 또 쉬었다.

"저도 레이디 유나의 말씀을 잘 알아듣지 못합니다. 저보다는 아샬레아 양에게 부탁하시는 편이 훨씬."

"어마, 어떡하죠? 저는 지금부터 노래를 부르기로 후작 부인과 약속이 되어 있는데."

루젤은 약간 인내심이 닳는 것을 느꼈다. 그러면 이쪽보고 어떻게 하란 말인가.

다행히 아가씨도 통하지도 않는 대화보다 이쪽에 흥미를 느낀 모양이었다. 아가씨는 손뼉을 쳤다.

"아샬레아 양의 노래라면 언제나 들을 가치가 있지요. 부디 불러주세요."

그러고 보니 하녀들이 클라비어 뚜껑을 열고 있다. 아샬레아는 부채를 살랑살랑 부치며 우아하게 걸어갔다. 그 뒷모습을 쳐다보며 유나도 입을 다물었다.

"여러분."

여주인이 부드럽게 입을 열었다. 좌중이 조용해졌다.

"아샬레아 양이 오늘 우리에게 그녀의 귀한 목소리를 듣는 영광을 준다는군요. 평소에는 어느 분이 독점하고 계신 목소리이니, 하나도 놓치지 말고 귀담아 들어야겠어요."

그 어느 분이 누구인지는 말할 것도 없었다. 루젤은 유나를 보았다. 그녀도 클라비어 연주를 잘한다는 것을 안다. 결국 작은 돌무지 성의 클라비어를 조율하기 전에 황도로 올라와 버렸으나. 그녀도 뭔가 구경거리가 생겼다는 것을 아는지 클라비어와 아샬레아를 뚫어지게 보고 있었다.

아샬레아는 클라비어 앞에 서서 허리를 폈고 귀족 아가씨 중 한 명이 나가 악기에 손을 뻗었다. 연주와 노래가 시작되었다.

당신은 나를 작은 울새라 불렀지
하지만 어린 날은 서로 잊어야 하네

당다당, 하는 클라비어 소리는 듣기 나쁘지 않았지만 루젤은 이전 유나가 했던 연주 쪽이 더 솜씨가 좋았다고 생각했다. 유나는 음악에 정말로 관심이 있는 듯, 평소라면 빤히 쳐다보았을 아샬레아보다도 클라비어를 연주하는 아가씨 쪽에 시선을 보냈다. 그리고 연주가 끝나자 루젤을 돌아보고 웃었다.

깜짝 놀랐다. 루젤은 눈이 마주치자 약간 뜨끔했지만 저도 모르게 그녀처럼 웃을 뻔했다. 유나는 그에게 과자 하나를 집어 건넸다.

분홍색과 주황색으로 꾸민 그런 과자는 그가 좋아하는 음식이 아니었지만, 이러한 가문에서 자신의 격을 뽐내기 위해 내놓는다는 것을 안다. 그는 유나가 주는 것을 순순히 받았다. 그가 좋아하든 아니든 유나는 이런 과자를 좋아하는 것 같았고.

"감사합니다."

어쩌면 그녀의 고향에서 자주 먹던 음식일지도 모른다. 그렇다면 집의 요리사에게도 배우게 하는 것도 좋을 것이다. 유나는 빙긋 웃었고 그는 멋쩍은 기분으로 과자를 입에 넣었다.

황제의 집무실로 들어가기 위해서는 열두 개의 방을 지나야 했다.

각각의 방은 모두 이름을 가지고 있었고 각 방에서 대기하는 사람들의 신분에 맞춘 실내 장식이 되어 있었다. 가장 바깥쪽에 있는 방에는 황령 소유의 소작농들도 들어와 서성일 수 있었지만 집무실에서 가장 가까운 방에 들어가기 위해서는 신분도 높아야 했거니와 황제의 접근 허가가 필요했다. 당연히 궁정인들은 보다 황제에게 가까운 방에 머무르고 싶어 안달했고 황제의 명을 전하는 시종들은 오만한 얼굴을 하고 있었다. 시종에게 돈을 주고 황제에게 제 소식을 전해 달라고 하는 중하급 귀족들이 가득한 것은 옆에서 보기에는 우습다고 할 만했다.

그러나 오늘은 그 열두 개의 방 중 세 번째로 높은 방에 사람이 몰려 있었다. 그들은 모두 심각한 얼굴을 하고 있었고 황제의 부름을 기다리는 얼굴은 아니었다. 실제로 오늘 모인 사람 중 대다수는 황제를 만나기 위해 온 것이 아니었다.

"하쉬겐스타트 백작."

평소에는 황제의 집무실 바로 앞까지 다른 누구의 제지도 받지 않고 들어갈 수 있는 신분인 태자이지만, 오이겐은 오늘은 이 세 번째 방의 구성원 중 하나였다. 하필 이곳인 이유는 궁정 대법관들이 들어올 수 있는 가장 좋은 방이기 때문이었다. 오이겐의 호명을 받은 백작은 고개를 조아렸다.

"예, 태자 전하."

"베르하테 대법관은 왔어?"

"지금 오는 중입니다, 태자 전하."

"어디까지 왔는지 알아봐."

"예, 태자 전하."

백작은 얼른 지나가는 시종이 없나 주변을 살폈다. 막 그 방에 들어선 루젤이 오이겐에게 다가가 인사했다.

"태자 전하."

"루젤."

오이겐은 신경이 곤두선 날카로운 얼굴이었지만 기다리던 사람 중 한 명의 등장에 입을 벌리며 크게 반응했다.

"늦어!"

"송구합니다, 전하."

"됐어. 이 앞이 마차가 막혀서 지옥인 건 나도 알아. 아침에 오다가 성질이 나 결국 뛰어왔어."

……일단 오이겐의 집은 이 황궁이다. 루젤은 잠시 침묵하다 물었다.

"간밤에 다른 곳에 머무셨습니까?"

"아샬레아한테 다녀왔어. 자네는, 유나는 안 데려왔어?"

그야 그녀를 데려올 수는 없다. 그녀를 호기심 어린 눈으로 보고 말을 걸어 피곤하게 할 사람이 이렇게 많은데. 오이겐은 투덜거렸다.

"여자 한 명만 있어도 대화 분위기가 훨씬 부드러워진다고. 아샬레아를 데려올 수 있었으면 좋았을 텐데, 썩을 노인네 때문에."

대상이 벽 세 장 너머에 있을 때에 쓰기엔 강한 말이다. 루젤은 황제의 집무실과 가까운 쪽의 벽을 저도 모르게 확인했다. 그쪽 문은 겨울이라 닫혀 있었지만 그 외의 계절에는 늘 활짝 열려 있다. 들어오라고 열어두는 것은 아니었지만. 오이겐이 손을 저었다.

"황궁에 로즈는 맘대로 들어와도 뭐라고 안 하면서, 아샬레아를 데려오면 신관들이 펄펄 뛰거든."

그야 윌리엄 드비엘 공의 애인과 오이겐 태자의 정부는 궁정에서 갖는 의미가 다르다. 신관들에게 악의적인 해석을 시키자면 최대 반역으로도 만들 수 있을 터였다. 루젤은 입을 다물고 주변의 다른 사람들을 보았다. 오이겐은 약간 초조하게 말했다.

"할 수 있는 건 다 했어. 대법원장이……."

"바이언트 경."

이번에 오이겐을 위해 부단히 일했다던 남자가 다가와 루젤에게 말을 걸었다. 루젤은 고개를 까딱해 인사했고 오이겐이 얼른 그쪽을 아는 체했다.

"요르아."

"태자 전하."

요르아의 목적도 처음부터 오이겐에게 있었을 것이다. 오이겐은 초조했던 기색을 싹 걷어버리고 냉철하게 물었다.

"다니엘 녀석은?"

"별다른 움직임이 없습니다. 드비엘 공이 산 대법관들은 둘이 끝까지 고집을 부리고 있습니다만."

"그런 놈들한테 국가의 사법 정의를 맡기고 있다니."

"개탄스러운 일이지요, 전하."

요르아와 오이겐은 거의 동시에 혀를 쯧쯧 찼다. 루젤은 이런 이야기에는 잘 따라가지 못했기 때문에 그저 조용히 주군의 옆만을 지켰다. 하쉬겐스타트 백작이 달려와 오이겐에게 속삭였다.

"태자 전하, 베르하테 대법관이 지금 막 여덟 번째 방을 통과하고 있습니다."

"좋아. 시릴! 시릴은 어디 있는데!"

"저 여기 있습니다, 전하."

사람이 워낙 많아 누가 어디에 있는지 파악하기가 쉽지 않았다. 오이겐은 마치 갑자기 나타난 듯 눈에 띈 시릴을 보고 깜짝 놀란 체 가슴을 쓸어내렸다.

"언제부터 거기 있었어?"

"방금 나왔습니다. 판례 정리를 좀 했습니다."

과연 시릴의 팔에는 낡은 문서가 여러 장 들려 있었다. 오이겐은 안심한 듯 고개를 끄덕였다.

"잘했어. 어떤 것 같아?"

"제가 하는 일이니 늘 그렇듯 완벽하지요. 걱정하지 마십시오, 전하."

예의 대법관이 들어왔다. 사람들의 시선이 자신에게 쏟아지자 나이 많은 베르하테 대법관은 인상을 좀 썼다. 그는 오늘 마음을 정하고 온 차였지만 이렇게 관심을 많이 받는 것은 불편했다.

"좀 비켜주십시오. 오늘은 저희 대법관들이 1차 의견서를 제출하는 날입니다."

그리고 이 자리에 모인 사람들은 그 낭독을 듣고, 이상 없이 모든 의견이 수렴되었는지를 확인하기 위해 모였다.

오이겐은 이제 완전히 차분해진 얼굴로 대법관들이 모이는 자리를 보았다. 그는 키가 훤칠하게 커 시야가 넓었다. 그러나 그 얼굴 아래로는 화산이 끓고 있을 것이다. 루젤은 그 옆에서 조용히 기다렸다. 시종들이 새 잉크병과 깃펜을 날라왔다.

끼익끼익. 펜촉이 종이를 긁는 소리가 나며 방이 조용해졌다. 오이겐은 루젤 쪽으로 몸을 약간 기울이고 속삭였다.

"다음엔 유나 데려와. 그 아가씨가 없으니 자네가 어지간히 말을 안 하는군."

루젤은 그렇게 생각해 본 일이 없었기 때문에 오이겐의 말에 놀랐다. 생각해 보니 그녀가 있을 때 그녀에게 호기심을 느끼는 사람들을 보고 한두 마디씩 참견하는 데 익숙해져 있었는지도 모를 일이었다.

"아, 저 영감도 나왔군."

오이겐은 금세 루젤과 유나의 일에서 신경을 돌리고 다른 대법관의 행방에 주의를 기울였다. 그러나 이쪽은 아무래도 그렇게 금세 주의를 돌릴 수는 없었다. 루젤은 본인의 커프스단추를 내려다보았다. ……잘 조여져 있지만, 헤링어가 있기 때문인지 원래부터 그랬는지는 알 수 없었다. 그는 늘 그랬으므로.

유나는 거실 소파에서 편하게 늘어져 친구들을 생각했다.

그녀가 한국에서 대학을 다닐 때, 가장 친하게 지냈던 친구들은 고등학교를 같이 졸업한 아이들이었다. 과에서도 친구들이 있었지만 그들보다는 고등학교 때 친구들이 더 성향이 맞았다고 해야 할까. 관심에 따라 선택한 과보다 우연히 배정된 같은 학교의 친구들이 더 잘 맞는다니 이상한 우연이었지만, 그들과 있을 때는 어릴 때의 바보 같은 얼굴을 그대로 보이며 늘 깔깔 떠들 수 있었다. 그러나 그런 우정도 취업 준비를 할 시기가 되면서 다 같이 바빠지며 아무래도 일상에서 멀어졌는데.

그래도 그들이 보고 싶었다. 여기서 겪은 이야기를 해주고, 그녀에게 이상하다고 생각되는 일들에 대해 그들에게 동의를 구하고 싶다. 그리고 여기 사람들이 얼마나 잘해줬는지, 루젤이 얼마나 멋있고 좋은 남자인지 종알종알 떠들고 싶다.

어째서 이곳에 온 것인지 오랫동안 생각하지 않고 있었는데, 이전 루젤의 정원에서 있었던 일 이후로는 하는 수 없이 그 점에 대해서도 생각하게 되었다. 왜 본인이 이곳에 온 것인지, 그리고 그때는 왜 돌아갈 수 있을 것 같았는지. 공통점이 뭘까.

루젤이 옆에 있었다는 것?

그러나 그가 그녀를 이곳으로 옮겨놓은 것 같지는 않았다. 루젤 또한 처음에 그녀가 나타났을 때도, 정원에서 돌아가려고 했을 때도 당황한 눈치였으므로. 그러면 다른 공통점은.

……모르겠다.

심지어 루젤이 옆에 있다고 해서 한국으로 돌아가거나 한국에서 올 수 있는 거라면, 그거야말로 이유를 모를 일이다. 게다가 유나가 루젤과 함께 있었던 시간은 이미 셀 수가 없었다. 계절이 몇 번을 지났으며, 마차 여행 때만 해도. 그러면 그다음으로 생각해야 할 점은 분명했다.

또 그렇게, 왔을 때처럼, 갑자기 돌아가게 될까.

불만은 없었다. 아니, 불만은 당연히 있었지만 무사히 집에 돌아갈 수 있다면 그 불만 정도는 잊어줄 수 있었다. 사람이 행방불명 중이었는데 설마 학교가 제적을 시키지는 않았을 테고, 한 학기 정도야 휴학했다고 치고. 아르바이트도 취업 준비 때문에 그만두고 있었으니 그쪽으로 걸리지도 않았다. 그러니까 일단 돌아가면 다 예전처럼 돌아갈 수 있다. 그리고 이곳 사람들도.

그녀가 돌아가면, 루젤은 이전까지처럼 생활할 수 있겠지.

그는 시끄러운 것을 좋아하는 사람도 아니었고 그녀처럼 아무 상관도 없는 사람을 돌보면서 자선의 기쁨을 자랑하는 사람도 아니었다. 그러고 보면 왜 아직까지 그녀를 돌보며 이렇게까지 잘해 주는지도 알 수 없다. 그러니 그는 어떤 기분을 느낄까. 어느 날 루젤이 집에 돌아왔는데 그녀가 없다면.

갑자기 나타났던 여자이니 갑자기 사라져도 하는 수 없다고 생각할까. 하긴 그런 수밖에 없을 것이다. 사정을 말하는 편지를 남길 수 있는 것도 아니다. 유나는 괜히 답답해서 한숨을 크게 쉬었다. 루젤의 성에서 맞춰온 겨울 드레스는 모두 따뜻하고 좋았다. 처음 이 세계에 올 때 입고 있던 옷과 속옷은 모두 안 꺼낸 지 오래되었다. 하지만 한국에 간다면 이런 드레스를 입을 일은 두 번 다시 없을 것이다. 드레스를 입고 춤을 추는 것은 영화나 드라마 속의 이야기였고.

이 세계는 여전히 꿈과 같았다. 유나는 갑자기 울 것 같은 기분이 되어 몸을 틀었다. 울 만한 생각은 하나도 하고 있지 않았는데 어째서 이렇게 힘든 것일까. 왜 이렇게, 아무것도 상관없는 것 같은 그런 기분이 들까.

어서 집에 갈 수 있으면 좋겠다. 그러면 이런 생각을 할 필요도 없을 터였다. 그녀는 싫은 것을 오랫동안 붙잡고 있는 성격도 아니었고 오히려 당장 할 일만 주어지면 부정적인 일은 싹 잊어버릴 수도 있는 재능을 가지고 있었다.

그래, 말없이 가는 것은 그렇게 걱정할 일도 아니었다. 어차피 오가는 것을 자의로 할 수 있는 게 아니니 대비할 방법도 없고. 그러니 할 수 있는 일은, 되도록 이곳 사람들에게 폐를 덜 끼치도록 지금까지 이상으로 노력하고 늘 감사를 표현하는 것, 사라지고 나서 너무 섭섭하지 않도록 정을 필요 이상으로 붙이지 않도록 하는 것. 받은 것이 너무 많아 돌려줄 방법이 없었지만 최선을 다해 이 사람들 모두에게 할 수 있는 일을 해주기도 해야 했다. 루젤은 요즘 많이 피곤해 하니 그의 옆에서는 귀찮게 하지 않고, 그가 힘든 표정을 지을 때 하인들이 잘 모르는 것 같으니 챙기도록 말해주어야 하고, 헤링어는 집안의 일을 혼자 지휘하느라 힘든 것 같으니 이쪽이라도 말을 잘 들어서 그가 덜 피곤하게 해주어야 하고, 아샬레아는 그녀가 가르친 것이 쓸모없지 않도록 선생님이 창피하지 않을 만큼 노력해서 멋지게 행동해야 하고.

정말 할 수 있는 게 없었다. 꼽고 나니 하도 멋대로인 이야기라 유나는 혼자 킥킥 웃었다. 그러나 한국에서라면 그들에게 해줄 수 있는 일이 있는가 하면 그렇지도 않았다. 만약 그들이 한국에 온다면 그녀는 뭘 제공할까. 경복궁이라도 데려가고, 삼계탕과 불고기를 먹일까? 이곳 음식의 질박함은 익히 아는 바이니 양념 고기를 보면 다들 놀랄 것 같다.

밖에서 마차 소리가 들렸다.

돌아올 때가 되었다고 생각했다. 아까 헤링어도 나갔고. 유나는 소파에 제대로 앉았다. 하녀가 들어와 그녀에게 고했다.

"주인님. ―."

정말로 루젤인가 보다. 그녀는 반가운 기분으로 머리 모양을 가다듬었다. 마차에서 내리는 소리, 하인들이 마중 나가는 소리, 헤링어가 하인들에게 또 뭐라고 묻는 소리, 걷는 소리, 집 문 열리는 소리.

루젤은 금방 거실로 들어왔다.

그를 두고 가면.

그를 두고 가면.

……그를 더 이상 보지 못하게 되면.

몹시 섭섭할 것 같다. 유나는 그가 시야에 들어오자마자 갑자기 가슴에서 뭔가 밀려 올라와 간신히 미소를 지었다. 루젤은 뭐라 읽을 수 없는 얼굴로 그녀를 보았다. 헤링어가 주인의 외투를 벗겼다. 그는 오늘 어딜 다녀오는지 아침부터 대단히 잘 차려입고 나간 차였다.

유나는 그와 마주친 눈이 괜히 뜨거워져 놀랐다. 그를.

보지 못하게 되면.

……어떨까.

루젤은 가만히 그녀를 바라보았다. 가슴이 무척 뛰었다. 그녀는 퍼뜩 깨달았다.

그는 그녀가 없어도 예전처럼 돌아갈지도 몰랐다.

……그리고 그녀는, 그것이 싫었다.

Chap. 6
Er hat Angst
그는 두렵다

"아노디젤바 오이케른 하드모사네 엘라 유나데스티 데어 폰 보첼, 대법원장이 말하는 옳은 법은 이러하다."

한겨울이기도 하거니와 오늘에 대한 경의의 의미로, 많은 사람들은 두껍고 훌륭한 외투를 입고 있었다. 그러나 보석과 무늬 있는 모피로 눈에 띄게 화사한 것은 적었다. 오늘처럼 '법'에 경의를 표할 필요가 있는 날에 그런 옷은 적절치 않다.

베르하테 대법관의 서기관은 그의 손에 들린 기나긴 종이를 읽어 내려갔다.

"본인의 직무는 신성한 것이며 그 진정성은……."

황제의 긴 이름이 나왔다. 그 이름을 처음부터 끝까지 외우고 있는 사람은 많지 않았으며 그럴 필요도 없었다. 그는 어차피 즉위하고 나서부터 '폐하' 이외의 이름으로는 불리는 일도 많지 않던 것이다.

"……부신의 적법한 황제 폐하이시자……."

이번에는 황령의 목록이 읊어졌다. 무슨 땅의 공작, 무슨 땅의 백작, 또 무슨 땅의 남작……

"……께서 보증하시고 대신관……."

대신관의 이름도 길었다. 신앙심이 깊은 사람들은 대신관의 이름을 들으며 고개를 얕게 끄덕였다.

"……께서 감독하시는 것이며, 또한 여하한 대법관 여러분들로부터 도움을 받아 더욱 확고하다."

루젤은 오이겐을 보았다. 오늘이 3차이자 최종적인 해석 발표일이니 이미 최근에만도 두 번이나 들은 문구였다. 오이겐은 지루해 보였지만 미간을 약간 좁히는 것 이상으로는 티를 내지 않았다. 하긴 이 방에 모인 사람은 한둘이 아니다.

창으로 들어오는 투명한 겨울 햇살에 오이겐의 뺨이 약간 상기되어 보였다.

"……법은 저 고대로부터 내려와 모든 사람의 사이에 화해를 도모했으며……."

법에 대한 찬양이다. 오이겐의 말에 따르면 부신에서 진정한 법은 상속법 하나였다. 황제도 그 권위를 인정해야 하는 유일한 규범이기 때문이라는데.

"……하여 결혼의 신성성에 대해서는 말할 필요가 없을 것이다. 신께서 인정하신 반려는 오직 하나뿐이며, 신성하고 완전한 결혼을 깨는 행위는 결코 용납받지 못할 것이다. 약한 이를 지키고 신의를 제일로 여기는 기사도 정신에 비추어 보아서도 그것이 옳다."

이 부분도 들었다. 루젤은 침을 삼켰다. 오이겐의 낯이 약간 더상기되었다. 그에 반해 어두운 눈빛을 교환하는 사람들도 있었다.

"혼인 중에 태어나지 않은 자녀는 결코 적법한 자녀가 될 수 없으며, 그것은 제국의 유일한 후계자이신 오이겐 데어……."

이번엔 오이겐의 이름이 처음부터 끝까지 나왔다. 이 이름도 남에게 불릴 일은 거의 없었다.

"……전하의 요청에 따라 이 자리에서 분명히 선언된다. 본인은 반복한다. 적법한 혼인 중에 태어나지 않은 자녀는 진정한 자녀가 아니다."

오이겐은 너무 기뻐하는 표정은 짓지 않았다. 그의 얼굴은 오히려 지겨움을 간신히 참아낸 것에 가까웠다. 그러나 혜링어는 오이겐의 눈이 번득이는 것을 보았고, 루젤은 이쪽 파의 대신들이 서로 즐겁게 수군거리는 것을 들었다.

판결문은 이어졌다.

"그 어느 집안보다 고귀하고 후계자가 없을 시 만민에게 고통을 끼치는 가문의 경우, 혼란을 막기 위해 귀천상혼 외의 관계에서 태어난 자녀를 인정할 수 있어야 한다는 주장도 제기되었다. 그러나 우리 상속법은 직계 후손이 없을 경우 방계 및 여계 혈족 중에서 가문의 부동산을 물려받을 다음 후보를 가려낼 수단을 갖추고 있다. 방계 후손이 부동산을 물려받을 경우, 대다수의 문제는 같은 순위의 후보자가 너무 많은 것에서 비롯될 뿐이다. 하여 본인은 물론 대법관의 다수도 해당 의견이 이유 없다는 데에 동의한다."

필요한 말은 다 나왔다. 2차 해석에서는 필요할 경우 귀천상혼 외의 관계에서 태어난 자녀를 인정할 필요가 있을 수도 있다는 식으로 말끝을 흐렸었다. 루젤은 혜링어를 보았고 보좌관이 빙긋 웃어 보이자 한결 안심했다. 혜링어가 만족한다면 틀림없이 오이겐도 더 바랄 사항이 없을 것이다.

"……진정한 자녀 아닌 자가 부모의 부동산을 상속할 수 없음은 관습과 법령, 신성한 말씀 모두에 비추어 보아 당연한 일이다."

승리했다.

서기관이 읽을 것은 많이 남아 있었지만 이쪽이 기다리던 모든 말은 다 긍정된 것이나 마찬가지였다. 오이겐은 그제야 숨을 깊이 쉬었고 여러 대신들은 각자 지지하던 파에 따라 다른 표정을 지었다.

오늘을 위해 힘쓴 사람들이 모두 모일 법도 한데, 오이겐의 거실은 여느 때보다 조용했다. 소파에 풀썩 쓰러지며 오이겐은 루젤에게 마음대로 설명했다.

"노인네 심기 거슬려서 좋을 건 없으니까. 안 그래도 지금쯤 있는 대로 강짜를 부리고 있을걸."

헤링어는 웃음소리를 노골적으로 내지는 않았다. 그와 같은 신분의 사람에게 그것은 무례한 일이었다. 오이겐은 둘에게 손짓했다.

"앉아."

"감사합니다, 전하."

루젤과 헤링어는 오이겐의 맞은편에 있던 긴 의자에 나란히 앉았다. 오이겐은 구석에 서 있던 하인에게 명령했다.

"술. 내 창고에 있는 거 다 가져와."

"전하."

하인은 소리 없이 방을 나섰지만 루젤은 염려조로 주군을 불렀다. 오이겐은 기지개를 켰다.

"뭐. 내가 다 마실 거 아니야. 그랬다간 내일은 다른 구실로 잡힐 테니까."

황제와 태자의 전면 대결에서 태자가 이긴 것이다. 처음부터 황제 쪽의 주장이 말도 안 되는 것이었으므로 이런 결과를 그 또한 생각했겠지만, 제국의 지존은 그렇다고 해서 깨끗이 승복할 성격도 아니었다. 다른 것도 아니고 대법원이 상속법에 대해 낸 최종 해석이니 내용에 딴죽을 걸 수는 없겠지만, 다른 의미에서의 심술이라면 실컷 부릴 터였다.

"하시면."

루젤은 여전히 염려하는 눈치로 물었다. 오이겐은 그제야 시원해진 듯 빙긋 웃었다.

"자네가 다 마시든가, 가져가. 여기 있으면 내가 다 마실 거 같아서 그래."

이게 무슨 말인가. 루젤은 헤링어를 보았지만 헤링어는 전혀 도와주지 않을 것 같은 얼굴이었다. 오히려 재미있어 하고 있다. 루젤은 한숨을 약간 쉬었다.

"……전하."

"왜? 난 지금 내 술 창고를 다 비우고도 안 취할 것 같은 기분이라고. 근데 그렇다고 정말 마셨다간 후회할 것 같으니까."

"저는 술을 즐기지 않습니다."

"알아. 그래서 자네 취한 것도 못 봤어. 말해봐. 유나한테는 보여줬어? 취한 거?"

여기서 유나의 이야기가 왜 나오나. 루젤은 당황했고 헤링어는 또 소리 없이 웃었다. 오이겐은 헤링어에게 물었다.

"지난번 파티에서 봤어? 유나만 쳐다보는 거?"

"저도 옆에 있었으니 봤지요, 전하."

지난번 모 백작 부인의 파티 이야기다. 그 파티에는 발언력이 센 영지 귀족이 참석하게 되어 있었고 오이겐은 루젤과 유나, 헤링어 모두를 초대했었다. 루젤은 유나가 아가씨들의 질문을 받으며 곤란해하는 것을 옆에서 도우려다가 본인이 더 곤란해하느라 진땀을 뺐다. ……사실 한두 번이 아니다. 유나는 점점 요령이 붙는 듯 사람 상대를 능숙하게 하기 시작했지만, 그렇다고 해서 말을 잘 알아듣는 건 아니고.

이제 루젤은 유나의 아버지가 6년 전에 돌아가셨고 그녀의 어머니는 서울이라는 이상한 이름의 영지를 경영하고 있으며 그녀에게 약혼자는 없다는 사실을 알고 있었다. 아니, 황도의 궁정 전체가 알고 있다. 그녀가 한 말 한 마디 한 마디가 폭풍처럼 소문이 되니. 또, 정확히 그렇게 말하려 했는지 확신할 수는 없었지만, 그녀의 표현에 의하면 서울 땅에는 무척 많은 사람이 산다는 모양이었다. 아주 부유한 곳일까.

"아가씨를 질투하는 사람들이 생긴 거 알아? 자네한테 차갑게 거절당했던 영애들이 유나를 헐뜯고 있다더라고."

오이겐은 농담처럼 말했다. 루젤은 인상을 썼다.

"그렇습니까?"

"그래. 궁정의 수많은 미녀들 중 자네에게 관심 안 가져 본 사람이 누가 있겠어? 얼굴 잘생겼지, 집안 좋지, 성실하지, 무용이 뛰어나지. 자네하고 연애하는 꿈을 꾸면서 적극적으로 구애하던 아가씨들도 있었잖아?"

"……전하."

이런 화제는 여전히 난처하다. 루젤은 한숨을 또 쉬었다.

"혼인하기 전의 남녀가 연애라니, 그런 부도덕한 말씀을."

"오, 부도덕이라니."

오이겐은 휘파람을 불었다. 하인이 양팔에 술병을 들고 들어왔다. 그의 뒤로 또 다른 하인들이 끝없이 따라 들어왔다.

"연애는 배우자하고 하는 거 아니야. 뭐, 혼인 후에 하는 게 좋긴 하지만."

"전하."

루젤은 드러내지는 않았으나 질색했다. 오이겐은 낄낄 웃었고 그와 루젤의 사이에 하인들이 술병을 다닥다닥 붙여 내려놓기 시작했다. 헤링어는 술의 목록을 보고 감탄했다.

"역시 전하십니다. 주시고도 아깝지 않으시겠습니까?"

"내가 내일 후회하면서 다시 달라고 해도 주지 마. 내일도 안 취하는 게 나을 거 같으니까."

오이겐은 농담했지만 그 얼굴은 약간 진지해졌다. 그는 자세를 바로 했다.

"……아무튼 이번엔 자네 아가씨 신세도 졌어. 유나가 주의를 끌어준 덕분에 꼬장꼬장한 법관 영감들한테도 말을 걸기 쉬워졌지. 말도 안 통해서 고생했을 텐데, 뭐든 원하는 게 있다고 하면 내가 내주지. 생활은 잘하고 있나?"

"예."

"하기야, 헤링어가 오죽 잘 챙겼겠지만."

루젤은 왜 이번에는 헤링어의 이름이 나오는지 알 수 없었다. 이건 이것대로 기분이 이상하다. 헤링어는 빙긋 웃으며 치하의 말을 받았다.

"부족한 제게 그런 신뢰의 말씀을."

"옷이나 보석 같은 거라면 얼마든 내가 갚아줄 테니까 원하는 대로 사라고 해. 어디든 고향으로 돌아가는 데 필요한 게 뭘지는 모르지만 그것도 내가 해줄 수 있으면 돕지."

루젤은 깊은 한숨을 쉬며 고개를 조아렸다.

"감사합니다."

"미혼 남녀가 너무 오래 살았어. 설령 진짜 공주라고 해도 흠이 될 만도 하지. 고향으로 돌아갈 수 없다면 이 나라에서 적당한 자리에 시집보내 줄 수도 있어."

……그녀의 '그때'의 눈이 떠올랐다. 루젤은 저도 모르게 인상을 썼다. 오이겐의 말은 상당히 관대한 제안이었고, 감사해야 하는 것이었으나.

헤링어가 웃으며 말했다.

"관대하신 말씀. 레이디 유나께서 기뻐하실 겁니다."

"그리고 이제 사교계에 데리고 오지 않아도 돼. 본인이 좋아한다면 마음대로 하고. 가고 싶은 데가 있다고 하면 초대장을 구해 줄 테니까. ……아, 맞아."

하인들은 그제야 술을 다 놓았다. 술병이 테이블을 다 채우고도 모자라 바닥을 한참 메웠다. 오이겐은 결국 그중 하나를 따르며 문득 떠오른 얼굴을 했다.

"전에 유나에 대해 얘기하지 않았나? 그, 사라졌다가 뭐? 그게 무슨 말인지 모르겠던데, 그 얘기 다시 해봐. 그땐 정신이 없어서 제대로 못 들었어."

루젤은 헤링어와 시선을 교환했다. 헤링어도 고개를 저었다.

"주인님께선 제게도 제대로 말씀해 주시지 않으셨습니다."

그야 유나의 일을, 본인의 동의도 받지 않고 누군가에게 아주 자세히 설명하고 싶지는 않았다. 루젤은 이제 와서 그때 일을 말해야 하는지 잠시 고민했다.

오이겐은 부하의 고민을 해결해 주었다.

"명령이니까 말해봐."

루젤은 잠시 눈을 가늘게 떴다. 그리고 단어를 고르고.

"……레이디 유나가, 제 눈앞에서 사라지려 하셨습니다."

그렇게 툭.

오이겐과 헤링어는 서로를 보았다. 그 말은 그들에게 설명이 되지 않았다. 그보다 '사라진다'는 말은 보통 사람에게 사용되는 말이 아니다. 시릴의 말처럼 마술 공연이라도 보러 간 것이 아닌 이상.

"어떻게?"

"저도 모릅니다."

"아니, 방법 말고, 자네가 본 걸 묻는 거야. 어떻게, 날개가 돋던가? 가출 시도를 했어?"

루젤은 오이겐을 약간 원망스럽게 보았다. 말하고 나서 본인도 어쩐지 얼굴이 붉어졌다.

"전하, 저는 농담을 하고 있는 것이 아닙니다."

"알아. 그러니까 묻지. 어떤 식이었어?"

루젤은 본인이 다른 사람의 감정을 잘 파악하는 편이 아닌 것을 알고 있었지만, 적어도 지금의 주군은 부하의 말을 진지하게 듣고 있다고 판단했다. 그는 침을 꿀꺽 삼키고 천천히 말했다. 그의 시선이 술병이 늘어선 모양을 향했다.

"그 직전까지 혼자 정원을 거닐고 계셨습니다. 가까이 가……."

루젤은 그때 본인이 하려던 행동을 편리하게 기억에서 삭제하고 싶다고 생각했다. 다시 생각해도 너무 충동적이었다. 이들 앞에서는 절대 이야기할 수 없다.

"……보니, 이쪽에 인사를 해오셨는데."

"그런데?"

오이겐은 흥미진진하다는 얼굴이었다. 그가 아무도 모르는 새 술을 벌써, 그것도 희석도 시키지 않은 채로 잔뜩 들이켠 걸 보고 헤링어는 쓴웃음을 지었다.

"그때 갑자기, 횃불이 일렁이는 것처럼 눈앞에서 희미해지셨습니다."

태자의 거실이 조용해졌다.

오이겐과 헤링어는 각자 생각하는 얼굴이었다. 루젤은 적어도 그들이 자신을 진지하게 믿어준다는 사실에 감사함을 느꼈다. 다시 되돌아봐도 본인의 눈의 착각이 아닌가 하는 생각이 들 때가 있었다. 물론 그러다가도 진실이라는 것을 다시 되뇌었으나. 그렇다면, 그녀가 언제든 사라질 수 있다는 것 또한 진실이었다.

루젤은 누구의 조언도 돌아오기 전 저도 모르게 한숨을 쉬었다. 오이겐은 약간 심드렁하게 물었다.

"옛날 마법사처럼 공간이동을 하려던 걸까?"

시릴도 헤링어도 루젤의 묘사에 그렇게 말했었다. 그 또한 그렇게 생각하고는 있었지만, 루젤은 고개를 저었다.

"모릅니다."

"그래?"

오이겐은 후- 하고 본인의 늘어진 앞머리를 입김으로 슬쩍 불었다. 가벼운 금발이 잠시 흩날렸다.

태자의 생각이 끝났다.

"그거 괜찮은데."

"예?"

루젤은 귀를 의심했다. '괜찮을' 것이 있나? 그러나 오이겐은 오히려 루젤을 이상하게 보았다.

"고향으로 돌려보내려고 후견인을 찾고 있었고, 못 찾았잖아. 이쪽이 아무것도 안 해도 어느 날 알아서 돌아갈 수 있을지도 몰라. 물어봐. 갈 수 있냐고. 이제 좀 알아듣지 않나?"

"아, 그건 이미 물어본 적이 있습니다."

헤링어가 재빨리 답했다. 루젤은 본인의 목에 뭔가 커다란 덩어리가 걸린 것 같은 기분이었기 때문에 약간 안도했다. 오이겐은 헤링어에게 시선을 보냈다.

"언제?"

"얼마 전…… 어느 파티였던가에서 서울 땅에는 어떻게 가는 거냐고 물어본 영애가 계셨습니다. 뭐, 당연히 나올 줄 알았던 질문입니다만."

유나가 산맥 너머에서 왔다는 것을 믿는 사람이든 믿지 않는 사람이든 궁금하게 여길 만한 사항이었으므로. 전자라면 진심으로, 후자라면 그녀의 논리를 공박하기 위해 물었을 것이다. 오이겐은 눈을 약간 반짝였다.

"뭐래?"

"모르신다더군요."

"질문을 알아들은 건 맞고?"

"여러 가지 정황으로 보아 그런 것 같습니다. 세계지도까지 있는 자리였거든요."

"아, 거기. 벨모츠 자작의 생일 파티였겠지."

"맞습니다."

가장 최근에 제작된 대형 세계지도를 자랑하는 시간이 있었다. 헤링어는 파티 주최자의 이름을 그제야 기억하고 고개를 주억거렸다. 오이겐은 루젤을 보았다. 그의 눈빛은 아까와 달리 장난기가 없었다.

"우리 실용주의적으로 얘기해 보자고, 루젤."

"……예, 전하."

루젤은 고개를 조아렸다. 오이겐은 꼽았다.

"서울 땅이라는 데는 나도 들어본 적이 없어. 유나는 거짓말을 할 성격도 아니고, 미친 것처럼 보이지도 않더군."

"몹시 정상입니다."

루젤은 기분이 약간 나빠져 보증했다. 오이겐은 입술 끝만 잠깐 올렸다.

"몹시라고 할 정도야? 아무튼, 내가 보기에도 정상으로 보여. 백 번 양보해서, 유나가 정말로 산맥 너머의 서울 땅이라는 신비한 곳에서 왔다고 치자고. 거기에 사람이 산다고 해서 누가 손해 보는 건 아니니까. 그리고 그 아가씨는 어느 날 갑자기, 폰첼성에 불쑥 나타났지. 부신어는커녕 부신으로 오는 길에 만날 법한 다른 나라의 말조차 하나도 모르는 채로. 보호자도 없이. 게다가, 헤링어가 조사한 바에 따르면, 그즈음 폰첼성에 낯선 사람이라곤 자네가 데려간 군대밖에 없었어."

"……예."

명백한 사실이었다. 헤링어는 어느새 오이겐의 술병이 빈 것을 보고 쓴웃음을 또 지었다. 물론 오이겐이 저 정도로 취하지는 않는다는 것은 아나, 이제 적당히 주의하도록 해야 할 것이다.

"나도 이상하게 생각했어. 유나가 여기 있으면서 본인에게 이득이 되는 게 없거든. 딱 봐도 자기 나라에선 교육을 잘 받은 좋은 가문의 아가씨인데 말 하나 안 통하고 연고도 없는 곳에서 뭘 하겠어? 본인의 의지로 왔다고 하기엔 유인이 없다고."

"……예."

그것도 사실이었다.

"그런데 자네 말대로라면 유나는 공간이동을 직접 할 수 있거나 공간이동의 대상이 될 수 있는 거야. 본인의 의지가 아닌 무언가에 자극을 받아서. 그래서 폰첼성에 자기가 원하지도 않는데 나타났고, 공간이동을 다시 할 수 없어서 네 보호를 받고 있었던 거지. 그런데 공간이동이 언젠가 또다시 발동한다면 그땐 자기 고향으로든 어디로든 가버리겠지. 산맥을 넘을 수 있는 능력이니 대단히 먼 곳으로 가서 다시는 이쪽에 소식도 안 들려올지도 모르지."

'모르지'라고는 했으나, 헤링어는 오이겐이 확신을 갖고 그렇게 말했다고 생각했다. 그러면 모든 것이 원래대로 돌아가는 것이다. 유나가 과연 고향에 돌아갈지 아니면 또 전혀 다른 곳으로 갈지, 그것은 아직 의문이었으나, 주인에게 그런 말을 할 필요는 없을 것이다……

그는 주인의 얼굴을 보고 약간 놀랐다. 루젤은 그 말을 듣고 나서 몹시, 그를 잘 아는 사람만이 알아볼 수는 있으나, 괴로운 표정을 지었던 것이다. 그러나 이는 짐작했어야 하는 일이었는지도 모른다.

오이겐은 눈을 더 가늘게 뜨고 물었다.

"……그러면 안 되나?"

루젤은 나무토막처럼 딱딱하게, 그러나 바로 대답했다.

"안 됩니다."

그 말에 거실은 다시 고요해졌다.

오이겐과 헤링어는 루젤이 뭔가 더 말하리라고 생각했기 때문에 참을성 있게 기다렸다. 과연 루젤은 본인도 혼란스러운 듯 눈을 몇 번 깜박였지만 다시 입을 열었다.

"……아닙니다. 그녀는 제 포로가 아니고, 어디든 가고 싶은 곳으로 갈 수 있어야 합니다. 오히려 고향에 가서 모친의 보호를 받으며 살 수 있다면 그리해야 합니다."

그렇다.

오이겐은 미소를 지었다. 그렇다고는 하나.

"싫어?"

루젤은 오이겐을 보고 절망적으로 말했다.

"모르겠습니다."

"아가씨."

"고마워요."

또 편지다. 유나는 여전히 이곳 글을 읽을 수 없었는데도, 몇 번 파티에 나가서 아는 사람이 생기자 정체를 알 수 없는 카드는 계속 날아들었다. 물론, 정말로 정체를 모르는 것은 아니다. 무슨 안부 편지이든가 초대장이든가 할 것이다. 그러나 어느 쪽인지도 구별할 수 없는 입장으로서는 정체를 모른다고 해도 상관없지 않을까.

하인이 내민 은색 쟁반에서 유나는 여러 장의 흰 봉투를 집어들었다. 각각의 봉투는 모두 희었지만 재질이 분명하게 달랐으며 그 흰색의 톤도 묘하게 다양했다. 문방구에서 파는 공장제 봉투가 아니니 당연할 것이다. 그리고 그 봉투를 봉한 것은 모두 다양한 색의 찐득찐득하고 말랑한 물질이었다. 그 물질 위에는 하나같이 복잡한 디자인의 도장이 양각으로 찍혀 있었는데 유나는 그것이 각 집안을 상징하는 문장이라는 것을 이제 알고 있었다.

아샬레아가 뭔가 보낼 때는 백합과 비슷한데 좀 추상화된 어떤 꽃 그림이 문장 대신 찍혀 있곤 했다. 유나는 편지의 문장들을 비교해 보다가 아샬레아의 인장이 없다는 걸 알고 일단 실망했다. 그때 어떤 봉투 하나가 눈에 갑자기 들어왔다.

저건 루젤의 문장 아닌가?

루젤의 문장은 그의 성에서 지낼 때 많이 봐서 안다. 유나는 그 봉투의 봉인에 루젤의 문장이 찍혀 있는 이유를 알 수가 없어 고민했다. 한집에 사는 그가 그녀에게 이런 편지를 보낼 이유가 없었다. 애초에 글을 못 읽는다는 걸 누구보다 그가 잘 알지 않나. 요즘은 편지 읽기 담당을 해줄 때도 있는데.

혹시 루젤이 누구한테 보낸 편지가 반송되었다거나 하는 걸까. 유나는 그쪽을 떠올리고 그제야 이해한 기분이 되었다. 하인은 거실을 빠져나갔다.

내용을 알아볼 수 없으니 편지 무더기는 좋은 구경거리일 뿐이었다. 유나는 거실 책상 앞에 앉아 카드를 예쁘게 쌓거나 그것들을 기울여 탑 같은 걸 쌓아보려고 애쓰며 놀았다. 그러다가 봉인한두 개쯤 뜯어볼까 하는데 밖에서 마차 소리가 들렸다.

루젤과 헤링어가 오늘 차려입고 나가더니, 볼일을 마치고 돌아온 모양이었다. 유나는 하인들이 거실 문 앞을 지나 주인을 맞으러 나가는 걸 보고 가지고 놀던 카드를 정리했다. 그리고 일어서치맛자락 구겨진 것을 당겨 펴는데 거실로 루젤이 들어왔다.

"바이언트 경."

그가 돌아온 것은 순수하게 반가웠다. 유나는 웃으며 그를 반겼다. 루젤은 기분이 안 좋은 듯 약간 어둡게 보였지만 그럼에도 불구하고 언제나처럼 정중하게 그녀에게 인사했다.

"다녀왔습니다, 레이디 유나."

그의 뒤로 헤링어도 따라 들어왔다. 그는 루젤의 겉옷으로 보이는 두꺼운 옷을 벌써 들고 있었다.

"다녀왔습니다."

헤링어의 기분은 루젤과 달리 상당히 좋아 보였다. 루젤은 안좋고 헤링어는 좋은 일이 뭘까. 루젤이 피곤해서 저러나? 유나는 하인을 손짓해서 불렀다. 들어온 하인은 헤링어에게서 루젤의 겉옷을 받아 들고 유나에게 다가왔다.

"예, 아가씨."

"음료수. 부탁해요."

당신네 주인들한테, 유나는 루젤과 헤링어를 가리켰다. 헤링어는 루젤을 벽난로 옆 의자에 앉히며 기분 좋게 인사했다.

"감사합니다."

가끔은 이렇게 뭔가 챙겨주는 것도 기분이 좋은 일이다. 유나는 기쁘게 웃고 루젤을 보았다. 루젤은 유나를 보고 고개를 숙였다.

"감사합니다."

하인은 바쁘게 거실을 또 나섰다. 유나는 책상으로 가서 루젤의 문장이 찍힌 편지 봉투를 가져왔다. 루젤은 그녀가 그 편지를 내밀자 약간 놀란 표정이었다. 그는 유나의 얼굴을 한 번 보고 나서 얌전히 편지를 받았다. 그리고 편지 봉투에 쓰인 글을 보더니 인장을 뜯었다.

아니, 그거 내 거 아닌가. 유나는 루젤이 가타부타 말없이 제 편지를 뜯자 당황했다. 헤링어도 놀란 듯 루젤을 불렀다.

"주인님."

"—."

이게 뭔지 설명해 달라는 의미로 준 거지 마음대로 읽으라고 준 건 아니다. 루젤이 편지를 좀 열어보는 것이 싫은 것은 아니었지만, 그래도 지켜야 할 예의가 있는데. 루젤은 헤링어와 유나의 반응을 보고 그제야 뭔가 잘못되었다는 것을 깨달은 듯 편지에서 눈을 들었다. 편지 봉투 안에는 평소 같은 초대장 대신 꽤 긴 편지가 들어 있었다.

그는 유나와 편지 봉투를 두 번씩 본 다음 의아한 듯 눈을 약간 크게 떴다. 헤링어가 아, 하고 손뼉을 쳤다.

"—?"

"—."

두 남자 사이에 빠른 대화가 오갔다. 루젤은 헤링어의 말을 듣고 나서 유나에게 고개를 다시 숙이고 손짓했다.

편지. 나.

저렇게 낯설어 하는 얼굴을 보니 편지는 루젤이 쓴 것은 아닌 모양이었다. 아, 이제 알겠다. 저 편지는 유나에게 온 것 중 섞여 있었을 뿐 루젤'에게' 온 것이었다. 하기야 그렇지 않다면 저 사람이 남의 편지를 막 뜯어볼 리는 없다. 지금까지 유나의 부탁으로 그녀에게 온 편지를 보아줄 때도 늘 봉투를 열기 전에 예의 바르게 양해를 구해왔으니.

그러면 그의 성에서 누가 보낸 걸까? 지금 성에 남아 있는 사람 중 저렇게 긴 편지를 쓸 만한 사람이면…… 하인들 중에 좀 높은 사람으로 보이는 아저씨들이 분명 있었다. 유나는 루젤의 대각선 자리에 있는 푹신한 소파에 앉아서 고개를 갸웃거렸다. 그의 땅에 무슨 일이 있나.

루젤은 글을 읽는 속도가 느렸다. 헤링어와 유나는 그가 편지를 다 읽을 때까지 한참 말없이 기다렸다. 하인이 마실 것을 가져다주었지만 손을 대는 사람은 없었다.

"후우."

편지를 다 읽고 나서 루젤은 깊은 한숨을 쉬었다. 그것은 단순한 심호흡이 아니라 아주 진저리가 난다는 듯 감정이 드러난 소리였다. 유나는 그가 그런 행동을 한 것을 처음 보았기 때문에 눈을 토끼처럼 동그랗게 떴다. 헤링어가 물었다.

"봐도 되겠습니까, 주인님?"

루젤은 서슴없이 자기 편지를 헤링어에게 주었다. 그리고 아마 이 나라 말로 '여자 형제'에 해당했던 걸로 기억하는 단어를 섞어서 뭔가 말했다. 유나가 알기로 루젤의 성에는 그와 함께 사는 여자 형제가 없었지만, 대충 그런 정도의 관계로 보이는 여자라면 기억나는 사람이 있었다. 분명 루젤의 성에 처음 갔을 때 그 시간에 맞춰 방문했던 여자 손님.

호감이 가지는 않는, 신경질적인 여자로 기억한다. 루젤을 아랫사람 보듯 보았는데 저 착한 사람은 그냥 예의 바르게 듣기만 했다. 다시 생각하니 화가 난다. 유나는 입술을 비죽거렸다. 그리고 루젤에게 물었다.

"괜찮으세요?"

그는 아까 들어올 때보다도 더 피곤해 보였다. 루젤은 유나를 보고 잠시 웃으려던 듯 입꼬리를 움찔거렸다. 그리고 한숨을 삼키며 고개를 끄덕였다.

"예. 감사합니다."

감사하다고 해도, 이쪽이 해준 것도 없는데.

무슨 일인지 전혀 모르겠어서 답답하다. 유나는 입술을 비죽거리고 싶은 것을 참으며 자리에서 일어났다. 집주인들의 기분이 좋지 않으니 식객은 자리를 피해주는 게 좋겠지. 그러나 의외로 헤링어가 유나를 불렀다.

"레이디 유나."

"네, 헤링어?"

이제 '네'는 잘한다. 유나는 당당하게 대답하며 일어선 채 헤링어를 보았다. 헤링어는 그녀에게 두 손을 공손히 내밀어 보이며 부신어로 말했다.

"-."

유나는 그의 말이 빨라서 제대로 캐치하지 못했지만 아마 앉으라는 뜻이리라고 생각하고 반사적으로 다시 앉았다. 헤링어가 만족스러운 얼굴인 걸로 보아 제대로 행동한 모양이었다.

부르지도 않았는데 하인 한 명이 손에 접시를 들고 들어왔다.

유나는 하인이 그녀에게 내민 쟁반 위를 보고 잠깐 우와, 하고 탄성을 질렀다. 색색의 과자와 파이였다.

"주인님."

헤링어는 유나를 보면서 루젤을 가리켰다. 유나는 이 과자를 루젤이 사온 것임을 알았다. 그녀는 몹시 기뻐서 활짝 웃었다.

"그, 감사합니다!"

너무 좋아서 잠깐 감사하다는 말을 어떻게 발음하는지도 잊어버렸다. 루젤은 아무렇지도 않은 얼굴로 고개를 끄덕였다. 유나는 과자 중 작은 사과 파이 같이 생긴 것을 골라 먹었다. 그 파이는 한국에서 먹던 것과는 풍미가 좀 달랐지만 분명히 층이 진 파이지 안에 절인 과일이 들어가 있었고 달았다. 이 세계에도 어딘가 과자 가게가 있긴 했던 모양이었다. 오는 길에 들러서 사온 건가?

겨울이 되어 식탁에서는 채소를 찾아볼 수도 없었고 늘 거기서 거기인 고기와 빵과 수프만 먹고 살았는데, 이렇게 간식을 먹을 기회가 생기니 기분이 아주 좋아졌다. 유나는 한숨 쉬던 것을 한참 전의 일처럼 느끼며 행복한 얼굴을 했다. 그것을 본 루젤은 잠시 웃었다.

그의 미소에 잠깐 입속이 마비된 것처럼 굳었다. 유나는 뺨을 붉히며 벽난로를 보았다. 잊으면 안 된다. 그는 다른 세계 사람이다.

다른 세계. 다른 세계.

헤링어는 자리에서 일어나며 인사했다. -. -. 뭐라는 건지는 모르겠지만 대충 자리를 뜬다는 것은 동작을 보니 알겠어서, 유나는 정신없이 그에게 고개를 끄덕여 마주 인사했다. 루젤도 일어날까 했는데 그는 그대로 앉아 있다가 하인의 쟁반을 받아 본인이 들었다. 유나는 루젤 쪽으로 너무 몸이 기울어지지 않도록 조심하며 그를 보았다.

루젤이 앉은 의자는 유나가 앉은 의자와 바로 대각선으로 팔걸이가 붙어 있었지만, 루젤이 앉은 곳은 긴 의자의 중간이었다. 거리가 있다. 루젤도 그것을 깨달은 듯 자기 옆자리에 쟁반을 놓았다. 유나는 그에게도 과자를 권했다.

"맛있어요."

그래봤자 과자를 가리키면서 그렇게 말하는 게 전부였지만, 이런 대화는 벌써 여러 번 오갔기 때문에 루젤은 알아들었다. 그는 고개를 끄덕이고 자기랑 가장 가까운 곳에 있는 과자 하나를 집어 들었다. 그는 과자 하나를 입에 넣고 와작와작 씹어 먹었다.

어두워 보였던 그의 얼굴에 생기 있는 불만이 올라왔다. ……단 모양이다. 그것이 우스워 유나는 저도 모르게 웃음을 터뜨렸다. 아하하.

그녀가 오기 전의 생활과, 그녀가 온 다음의 생활이 많이 달랐던가.

사실을 말하자면 루젤은 본인의 생활이 어떤 방식으로 돌아가는지 특별히 생각해 본 적이 없었고, 때문에 그런 질문을 헤링어와 태자 모두에게—간접적이었지만— 받았을 때에 대답할 말이 곤궁했다. 생각해 보면 그녀가 오기 전의 그의 생활은 단순하긴 했다. 정해진 시간에 일어나서 정해진 시간에 식사하고, 중간에 남는 시간 동안에는 말을 타거나 검을 휘둘러 몸을 단련했다. 그리고 필요한 경우에는 영주로서의 의무와 기사로서의 의무, 그리고 신하로서의 의무를 중요한 순서대로 수행해 왔다.

거기에 '유나의 보호자'라는 새로운 의무가 추가되었다고 해서 바뀐 점이 그렇게 많았던가? 그는 여전히 정해진 시간에 일어나

정해진 시간에 식사를 했고 남는 시간에는 몸을 단련하거나 일을 했다. 물론 이전보다 파티에 많이 나가고 여러 사람과 대화를 나누어야 했지만 그것은 유나 때문이라기보다 오이겐을 위해서였다. 그러니까 신하로서의 의무와 약한 여자의 보호자로서의 의무를 동시에 수행할 수 있어 그렇게 했을 뿐이었다. 굳이 다른 점을 따지자면 그 생활의 절반 이상을 유나와 같은 공간에서 하고 있다는 것 정도다.

아침에 식당으로 가면 그녀가 있다. 아침 인사를 하고, 식사를 한다. 대화는 주로 헤링어와 유나의 사이에서 이루어졌지만 루젤은 유나의 신변에 무슨 일이 없는지 정도는 늘 듣고 있었다. 참고로 그녀는 항상 놀라울 정도로 강인한 모습을 보여주었다.

낮에 아샬레아가 오면 거실은 두 여자가 수업하는 소리로 밝아졌다. 그들의 목소리는 높지 않고 명랑했고 루젤은 그것에 불만이 없었다. 가끔 아샬레아가 이쪽을 난처하게 할 때는 있었지만 그것도 싫은 것은 아니었다. 난처한 것과 싫은 것은 다르므로.

저녁에 식사하고 음료를 마실 때면 유나는 거실에 앉아서 그날 배운 것을 복습하거나 자기에게 온 편지를 가지고 놀았다. 가끔 그녀는 무슨 콧노래를 흥얼거릴 때도 있었는데, 본인도 그렇게 하고 있다는 사실을 모르는 것 같아 헤링어와 루젤은 그녀에게 특별히 찬사를 던지거나 하지 않았다―물론 기회가 된다면 제대로 듣고 싶기는 하나―. 헤링어와 루젤은 거실이나 루젤의 방에서 일을 하고 이번 유권해석에 대해 논의했는데 유나의 존재는 전혀 방해가 되지 않았다. 오히려 그녀는 눈치 빠르게 하인들에게 부탁해서 음료수나 간식거리를 챙기도록 하기도 했다. 헤링어는 그녀가 아마 좋은 아내가 될 것이라고 했다.

그렇다. 그녀가 있어 생활에 크게 달라진 것은 없었다. 그러므로 그녀가 있을 때의 생활이나 없을 때의 생활이나 똑같을 것이다.

그럴까.

그는 본인이 한 주장이지만 이상하게 느껴졌다. 정말로 이상했다. 유나가 없는 것이 상상이 되지 않았던 것이다. 바로 여름까지만 해도 그녀를 몰랐는데.

그런 생각을 하면서 왔기 때문에 집에 돌아와 거실에 들어올 때도 그는 얼굴이 어두웠다. 오늘 황궁에서 있었던 쾌거를 생각하면 대단히 심심한 일일 터였다. 그는 원래 자신이 심심한 사람임을 알고 있었고 어쩔 수 없다고도 생각했다.

거실에는 요즘 자주 그러하듯 유나가 있었다. 그녀는 거실의 책상이 마음에 드는지 그 앞에서 시간을 보낼 때가 많았다. 그녀는 웃으며 루젤과 헤링어를 맞아주었다. 루젤은 그녀가 시야에 들어오자 갑자기 머릿속이 단순해진 기분이 들었다. 피곤한지 약간 몽롱하긴 하지만, 복잡한 것보다는 단순한 것이 늘 좋다. 평소처럼 목이 말랐다.

그녀는 의자에 앉은 그에게 편지를 가져다주었다. 그 인장은 바이언트 가의 것이었고 루젤은 발신인이 벌써 짐작이 가 인상을 썼다. 왜 유나가 이 편지를 가지고 있는지는 알 수 없었으나, 그에게 가져다준 것을 보면 뭔가 알고 있는 걸까. 아니, 하지만 그녀는 글을 못 읽을 텐데.

황도에 와서까지 귀찮게 할 거라고, 솔직히 아예 짐작하지 못한 것은 아니었다. 형수는 아무튼 집요한 성격이었다. 루젤은 봉랍을 뜯고 편지를 꺼냈다. 꽤 긴 서신이 들어 있었다.

"주인님."

헤링어가 루젤을 불렀다. 루젤은 편지를 훑어보며 대답했다.

"무슨 일이냐."

"그 편지, 주인님께 온 것입니까?"

그렇다. 유나도 그러니까 이쪽에 바로 건네준 것이 아닌가. 루젤은 그제야 유나와 헤링어가 모두 그를 쳐다보고 있다는 사실을 깨달았다. 그는 좌중을 둘러보고 편지도 다시 돌아본 다음에야 무슨 오해가 있었는지 깨달았다.

그러니까 유나는, 이 편지를 그녀의 것이라고 생각하고, 읽어달라고 준 것이었다. 아샬레아의 것이라고 생각했는지도 모른다.

공교로운 일이었다. 루젤은 유나에게 미안하다는 표시로 고개를 숙인 다음 손짓했다. 편지를 우선 한 번 가리키고, 자기 자신을 가리키는 것은.

통했다. 유나의 얼굴을 보니 알겠다. 유나는 웃으며 멋쩍은 듯 손짓하고 자리에 다시 앉았다. 그는 편지를 읽어 내려갔다.

내용은 짐작한 대로였다. 좋은 집안의 아가씨 운운. 이렇게 좋은 기회는 별로 없다 운운. 어서 후계자를 운운. 도련님도 나이가 있는데 운운.

벌써 스무 번은 들은 것 같은데. 형수가 갑자기 왜 이렇게 그의 혼인에 신경을 쓸까. 루젤은 씁쓸한 한숨을 쉬었다. 헤링어가 편지를 가져가서 읽었다. 아마 형수의 의도에 대한 해석은 그쪽이 해줄 것이다.

"괜찮으세요?"

문득 유나가 물었다. 루젤은 그녀를 보고 그 얼굴에 떠오른 걱정에 약간 감동을 받았다. 그녀는 늘 저렇게 다른 사람의 기분에 신경을 써준다. 저, 이쪽을 직시하는 눈을 보고 있다 보면 다른 복잡한 것은 아무래도 좋아진다. 그는 무심코 약간 웃기까지 했다.

"예. 감사합니다."

지루해졌는지 방으로 올라가려는 듯 유나가 일어섰다. 헤링어가 얼른 그녀를 붙잡았다.

"레이디 유나."

"네, 헤링어?"

헤링어가 유나를 앉히는 동안 하인이 예의 간식거리를 들고 들어왔다. 유나가 그런 것을 좋아하기에 황궁 부엌에서 좀 얻어온 것이었다. 이런 과자를 만들 줄 아는 요리사들은 몸값이 높아 아직 고용하지 못했다. 그러니 지금은 이거라도.

유나는 과자를 먹으며 눈을 반짝였다. 그녀의 기뻐하는 얼굴은 매우 알기 쉬웠다. 그 역시 조금 밝아진 기분으로 그녀를 보았다. 유나는 심지어 과자 하나를 권하기까지 했다.

루젤은 뭐든 눈앞에 있으면 먹어 치울 수 있었지만 이렇게 달고 작은 것은 따지자면 취향이 아니었다. 그는 그러나 그녀의 호의를 거절할 수 없어 가장 가까이 있는 것을 집어 입에 넣었다. 곧 실용성이라곤 없는 단맛과 엄청나게 시큼한 맛이 천천히 입속에서 퍼졌다. 그는 저도 모르게 약간 인상을 썼다. 유나는 그것을 보고 명랑하게 웃었다. 그녀의 웃음소리는 조율이 잘 된 클라비어의 맑은 음 같았다.

희미하다.

그는 갑자기 든 생각에 가슴이 철렁해 그녀를 보았다. 이전, 정원에서와 달리 그녀는 그저 깔깔 웃고 있었고 전혀 당황한 얼굴이 아니었다. 아니, 그 혼자서 하는 착각일지도 몰랐다. 맞다. 눈의 착각이었다. 잠시 후 다시 본 그녀는 여느 때와 마찬가지로 이곳의 사람이었다. 눈도 코도 입도 손도, 이곳에 있다.

그러나 확인을 해야만 했다.

그는 손을 뻗었다. 유나의 왼손은 그가 잡을 수 있는 거리에 편하게 늘어뜨려져 있었고 그녀는 거부하지 않았다. 그는 유나의 왼손을 가볍게 잡아 올렸다. 가볍다. 그 가벼움은 존재감에서 오는 것일까, 단순히 여자의 손이기 때문에 그러한 것일까. 어느 쪽이든 이렇게 가슴이 죄어온다.

루젤은 순간적으로 태어나서 처음으로 느껴보는 절망감에 휩싸였다. 그녀는 이렇게 지금 눈앞에 있었지만 언제 사라질지 모른다. 그는 그것이 갑자기 두려웠다.

지금까지 무엇도 두려워해 본 적이 없다고 생각했는데.

헤링어의 말이 맞았다. 차라리 만 명의 적 앞에 혼자 서 있을 때가 나을 것이다. 그럴 때 그는 어떻게 해야 하는지 알았고 어떤 결과가 나올지도 알았다. 수십 개의 칼에 찔려 죽더라도 이보다 아플 것 같지는 않다. 어째서 이렇게, 심장이, 두근두근, 달리고, 달렸을, 때처럼, 뛰고, 또, 눈이 뜨겁도록, 아린지.

그는 숨을 깊이 내쉬었다. 그리고 어쩔 수 없다고 생각하며 유나의 왼손을 자기 쪽으로 살짝 잡아당겼다. 유나는 본인의 몸을 내밀며 이쪽을 까만 눈으로 보았다.

저 까만 눈을 처음 보았을 때부터가 문제였다.

그녀가 사라진다면 싫으냐고?

······싫었다.

그는 가슴의 낯선 통증을 어찌할지 모르며 그녀의 가는 손등에 키스했다. 시선을 들어 보니 유나는 이쪽을 멍하니 보고 있었다. 지금 결정하고 싶었던 것은 아니지만. 빠르다고 해서 나쁠 것도 아니었다. 이렇게나 선택을 강요하는 소식이 오고 있으니. 그는 유나의 왼손을 잡은 채로 소파 아래로 내려갔다. 그리고 한쪽 무릎을 꿇고 기사의 정례대로 앉아 그녀를 올려다보았다. 약간은 우스운 기분도 들었다. 사모하는 레이디를 위해 이런 자세로 앉는 것은, 요즘은 사석에선 하지 않는 일이다. 그가 자란 게오르츠 백작령은 아직 이런 풍습이 남아 있었고 그도 그렇게 배우며 컸으나.

그녀의 나라에도 이런 풍습이 있을까.

헤링어의 목소리는 들리지 않았고 유나는 눈을 깜박이며 그를 내려다보았다. 그는 그녀의 얼굴이 신비하고 우울하며 천진하다고 생각했다. 그녀의 깊은 상냥함은 익히 알고 있다……

그는 언제나 말주변이 없었다. 말로 뭔가 표현하면 항상 오해가 생기곤 했던 것이다. 루젤은 그가 할 수 있는 가장 좋은 표현이라고 판단된 것을 했다. 그녀의 손바닥에 깊이 누른 입술은 뜨거웠고 불처럼 얼얼했다.

눈을 들어 보니 유나는 이쪽을 멍하니 보고 있었다. 이쪽의 의도를 알아들었는지 아닌지는 알 수 없었다. 그러나 시도는 해야 할 것이다……

"레이디 유나."

그는 그녀의 이름을 부르자 혀끝이 검에 베인 것처럼 아픈 것을 느꼈다. 이토록 부끄럽다. 그녀의 앞에서 자신이 얼마나 부끄럽고 미약한지. 말을 하기가 두렵다.

유나는 상냥하게 대답했다.

"네, 바이언트 경?"

"부탁드릴 것이 있습니다."

유나는 웃으며 고개를 끄덕였다.

루젤은 그녀의 손바닥에 다시 입술을 댔다.

"레이디 유나."

"네에."

그녀의 이름을 다시 불러도 유나의 대답은 천진하고 친절했다. 말하라고, 얼마든지 말하라고 하는 듯한 저 부드러움. 아마도 그녀와 같은 사람은 다시 만나지 못할 것이다. 누군가를 여왕으로 생각해야 한다면 그녀인 것이 좋다. 그는 그제야 깨닫고 희미하게 눈을 휘었다.

"저와 혼인해서, 이곳에 남으시지 않겠습니까?"

그녀는 또다시 웃으며 고개를 끄덕였다.

그것을 청혼에 대한 답으로 알아듣는 것은 비겁할 것이다. 그는 약간 웃기까지 했다. 오히려 긴장이 풀렸다. 그녀가 지금 알아듣지 못한다고 해도 상관이 없었다. 알아들을 때까지 반복해서 말할 것이므로. 급할 것도 없는 것이다.

"대답을 기다리겠습니다."

그는 그녀의 손을 놓고 일어섰다. 유나는 그를 올려다보았다. 그는 그 시선에서 그녀가 그의 말을 알아듣지 못했다는 것을 분명히 알았다. 그래도 오늘 이야기할 것은 다 한 것 같았고.

"주인님."

헤링어가 약간은 의심스러운 목소리로 그를 불러왔다. 루젤은 헤링어에게 말했다.

"내 방으로 가자, 헤링어. 형수님께 편지를 써야 하는데 내가 말주변이 없으니 네가 도와주면 좋겠다."

거실로 오랜만에 들어온 아샬레아를 유나는 열광적으로 맞았다. 한동안 왠지 파티에 데려가 주지도 않고—모르는 사람들 사이에서 바보가 된 기분을 느끼는 건 싫었지만, 파티에 가면 보통 맛있는 음식이 있었던 것이다— 놀러와 주지도 않았다. 루젤과 헤링어가 있으니 쓸쓸하지는 않았지만 역시 여자인 친구가 있는 것은 달랐다. 무엇보다 말은 아샬레아와 제일 잘 통한다.

"아샬레아!"

"안녕하세요, 레이디 유나."

멋진 암록색 드레스를 입고 흰색 깃털과 유색 보석이 가득 박힌 부채를 들고 들어온 아샬레아는 우아하게 치마를 들어 보이며 인사했다. 그녀는 오늘도 아름다운데…… 어, 뺨에 까만 별 모양의 천이 붙어 있었다. 엄지손톱만 한 것으로 보아 모르고 붙인 건 아니고, 패션 아이템인 모양인데. 언니, 얼굴에 김 붙었어요, 매력 저김, 이러면 되는 건가.

본인이 생각한 농담이지만 이 세계의 누구에게도 할 수가 없는 말이라 유나는 그냥 혼자 웃음을 터뜨렸다. 이 나라 사람들의 패션 감각은 가끔 상상을 초월할 때가 있다. 루젤이 호박바지나 스타킹을 이용하지 않아서 얼마나 다행인지. 아샬레아는 허리를 펴며 눈을 반짝이고 웃었다.

"잘 지내셨어요?"

"네. 고마워요. 아샬레아, 당신도?"

"그럼요."

유나는 아샬레아를 인도해 자리에 앉혔다. 하녀가 들어와 따뜻한 브랜디를 잔에 따랐다. 아샬레아는 자리에 앉으며 부채를 멋지게 펴서 살랑거렸다.

"훌륭하세요, 레이디 유나."

손님 맞이를 잘했다는 뜻이다. 유나는 우쭐하고 기뻐져서 활짝 웃었다.

"고마워요."

"인사도 훌륭하시고."

"이거."

드세요. 바깥은 추울 것이다. 아까 보니 눈이 내릴 것처럼 하늘이 우중충하던데. 유나는 브랜디를 가리키며 아샬레아에게 권했다. 아샬레아는 감사 인사를 하고 브랜디를 마셨다. 헤링어와 루젤이 들어왔다.

"아샬레아 마님."

헤링어는 반가운 얼굴로 아샬레아에게 다가가 손등에 입 맞췄고 루젤은 거실 문에 가장 가까운 일인용 의자로 다가가며 고개를 숙였다. 아샬레아는 명랑하게 웃었다.

"–."

뭔가 인사말을 한 모양이었는데 헤링어는 그 말을 또 뭔가 빠르고 매끄러운 말로 받았다. 루젤은 유나에게도 인사하고 자리에 앉았다.

저 남자들이 정원에서 운동을 하는 줄 알았는데, 손님이 와서 들어와 본 걸까. 하인이 다시 와서 두 남자에게도 마실 것을 주었다. 헤링어는 유나의 허락을 받고 약간 떨어진 자리에 앉았다. 루젤은 브랜디를 마시고 아샬레아를 보았다. 유나는 루젤의 그 옆얼굴을 무심코 훔쳐보고 혼자 약간 부끄러워했다.

"–?"

"–."

"–."

"–?"

루젤과 아샬레아가 몇 마디 나누는 동안은 안전했다. 그러니까, 그를 훔쳐보는 자신을 루젤이 알아채지 못한다고 안심할 수 있었다. 유나는 그의 얼굴을 계속 보다가 대화가 잠깐 끊기자 시선을 또 얼른 뗐다. 방심하지 말자. 방심하지 말자. 다른 세계 사람, 다른 세계 사람.

그는 그때 손바닥에 키스했다. 그렇게 부끄러운 건 태어나서 처음이었다. 그는 그렇게 하고 나서 뭔가 말했었는데, 중요한 것 같았는데도 알아들을 수가 없어 그냥 고개만 끄덕여야 했으니 계속 마음에 걸렸다. 무슨 의미였을까. 그는 역시 그녀를 좋아하는 것일까. 그러나 그의 태도는 그 뒤로도 변하지 않는다…….

"레이디 유나."

아샬레아가 유나에게 말을 걸었다. 유나는 화들짝 놀라며 옆의 아샬레아를 보았다. 아샬레아는 달빛 같은 회색 눈을 예쁘게 구부려 웃었다.

"미안해요."

뭔가 말한 걸 못 들은 걸까? 잘 알 수는 없었지만 유나는 일단 사과했다. 아샬레아는 웃으며 고개를 저었다.

"아뇨."

그럼 말을 왜 건 걸까. 유나는 아샬레아를 보며 고개를 갸웃했다. 아샬레아는 부채를 매우 완벽한 손짓 한 번으로 활짝 펼쳐 얼굴에 살랑살랑 부쳤다. 그리고 유나의 옷을 가리키며 말했다.

"드레스."

"네."

드레스가 왜? 유나는 본인의 옷이 아샬레아의 멋지고 비싸 보이는 드레스보다 소박하다는 것을 알았지만 한 점 부끄러움이 있는 차림이라고는 생각하지 않았다. 루젤의 성에서 헤링어가 일부러 하녀들을 시켜 만들어준 거고, 일단 깨끗하다. 그리고 집에 혼자 있을 때의 옷이니. 황도에 와서 두어 벌 더 맞춘 것도 있었지만 그것들은 외출용이라 잘 보관해 두고 있었다. 아샬레아는 유나의 당당한 대답에 웃었다.

"-."

이번에 말한 단어는 못 알아들었다. 루젤은 그러나 그 말에 바로 반응해서 아샬레아에게 뭐라고 말했다.

"-? -. -."

'태자 전하'라는 말이 섞여 있었던 것 같은데. 유나는 눈을 깜박거리며 루젤과 아샬레아를 번갈아가며 보았다. 아샬레아는 루젤 쪽으로 부채를 들어 얼굴을 약간 가리듯 하며 새침하게 또 뭔가 설명했다.

"-."

"-."

모르겠다. 유나는 못 알아들을 때의 버릇이 된 미소를 짓고 그냥 둘 중 말하는 사람 쪽을 보며 알아듣는 척 고개를 끄덕이는 전략을 취했다. 아샬레아는 루젤과 얘기하다 말고 유나의 그런 얼굴을 눈치채자 깔깔 웃었다.

"레이디 유나……."

모르면 모른다고 말하라고 여러 번 배웠지만, 남들이 얘기할 때 일일이 내용을 물어보는 것은 더 무례하지 않은가. 남들을 피곤하게 하는 일이니. 유나는 일신에 있는 모든 애교를 담아서 웃었다. 아샬레아는 또다시 깔깔 웃고 손짓했다. 옷, 자기 목에 걸린 목걸이, 그리고 바깥.

옷과 보석이 밖에 있다고?

유나는 고개를 갸웃하다가 물었다.

"밖?"

물론 알아듣고 한 말은 아니었다. 아샬레아는 고개를 끄덕였다.

"네. 밖. 드레스."

……아, 혹시 드레스를 사러 가자고 하는 건가!

이제야 이해했다. 아샬레아는 같이 쇼핑을 가자고 온 것이었다! 유나는 본인에게 돈이 없다는 것을 백번 알고 있었으므로 뭘 살 생각은 없었지만, 아샬레아와 함께 이곳의 상점을 구경하고는 싶었다. 그녀는 열렬하게 고개를 끄덕였다.

"좋아요!"

상점에 직접 가본 적은 없지만, 저 바깥쪽 큰 거리 한쪽에 멋진 상점가가 형성되어 있다는 것은 알고 있었다. 마차를 타고 지나가면서 보았다.

마차에 타고 나서 유나는 계속 바깥을 보았다. 하기야 한동안 그녀를 데리고 나오지 않았다. 루젤은 그녀의 얼굴에 창을 투과한 빛이 쏟아지는 것과 그 호기심 넘치는 눈을 가만히 보았다. 그녀의 홍채는 매우 진한 검은색이라 빛이 비쳐도 투명하지 않고 반질반질했다.

유나의 옆에 앉아 있던 아샬레아가 후후 웃으며, 부채로 입을 가리고 지적했다.

"라이헤르타 남작님? 아가씨를 그렇게 빤히 쳐다보시는 것은 실례랍니다. 아름다움에 눈이 절로 끌리는 것이 아무리 자연스럽다 해도요."

루젤은 약간 부끄러워졌다. 다행히도 유나는 아샬레아의 말을 알아듣지 못한 듯 잠시 그녀와 루젤을 보았다가 도로 창밖으로 시선을 돌렸다. 헤링어가 소리 없이 웃었다.

이왕 말이 나온 김이다. 루젤은 아샬레아에게 침착하게 말했다.

"의상실과 보석상의 비용은 제가 지불하겠습니다."

"어마."

아샬레아는 얼굴을 반쯤 가린 채 말했다.

"말씀드렸듯 태자 전하의 호의시니, 그러실 필요 없답니다."

"태자 전하의 호의만 감사히 받겠습니다."

"왜요, 레이디 유나는 '그런 여자'가 아니라고 말씀하시고 싶은가요?"

그런 생각은 한 적이 없었지만, 듣고 나니 그런 의미가 될 수도 있었다. 루젤은 잠시 당황했다. 아샬레아의 기분을 본의 아니게 상하게 한 모양이었다.

"그런 의미가 아니라."

"정확히 어떤 의미가 아니라고 하시는 건가요?"

아샬레아의 눈이 부채의 깃털 위로 곱게 휘어졌다. 헤링어가 솜씨 좋게 끼었다.

"태자 전하의 호의라고 해서 무조건 받아들이는 아가씨가 아니라는 의미시겠지요? 주인님."

아니, 애초에 유나가 무엇이 아니라고 말한 적이 없다. 아샬레아가 후후 웃는 것을 보고 루젤은 그녀가 자신을 놀렸음을 그제야 알았다. 사람을 당황하게 만드는 여자다.

"아샬레아."

유나는 아샬레아를 불렀다. 아샬레아는 유나에게 친절하게 응답했다.

"예, 레이디 유나?"

"저거 뭐예요?"

아샬레아는 부채를 내리고 유나가 가리킨 것을 보았다. 창밖으로는 한창 옷감을 지고 나르는 일꾼들이 보였다. 어디 대단히 부유한 집안에서 무도회 준비라도 하는 모양이었다.

"옷감을 말씀하시나요, 레이디 유나?"

"옷감? 이거?"

유나는 제 옷의 소매를 잡아 보였다. 아샬레아는 고개를 끄덕였다.

"예. 그걸 옷감이라고 하지요. 천. 직물."

"옷, 감."

유나는 발음해 보며 고개를 다짐하듯 끄덕였다. 궁금한 것은 정말로 그 단어였던 모양이었다. 루젤은 저도 모르게 또 그 모습을 보았다. 아샬레아는 눈만 굴려 루젤을 보고 또 명랑하게 웃었다.

"남작님, 남작님과 같이 위엄 있으신 남자분이 빤히 쳐다보시면 대부분의 여성은 겁먹는답니다. 남작님처럼 잘생긴 분이라면 더할 나위 없이 위협적이지요."

별로 해를 끼치려고 그러는 것은 아니다. 그러나 본인이 쳐다보았을 때 여자들이 시선을 돌렸던 것을 기억하며 루젤은 순순히 사과했다.

"……송구합니다."

"전보다 더 빤히 쳐다보시네요. 무슨 소식이라도?"

전에도 쳐다봤었나? 듣고 보니 자신이 유나를 자주 보고 있었던 것 같긴 했다. ……계속, 보았다.

루젤은 깨닫고 잠시 시선을 내렸다. 그리고 금세 아샬레아를 보고 밝혔다.

"제가 청혼했습니다. 아직 답은 받지 못했습니다."

어지간한 아샬레아도 그 말에는 눈을 동그랗게 떴다. 그녀는 유나를 한 번 재빨리 보았다가 루젤에게로 시선을 되돌렸다. 그녀의 '변한 게 없는데?'라는 시선에 루젤은 빠르게 이실직고했다.

"못 알아들으신 것 같습니다."

이번에 아샬레아는 동정하는 눈으로 루젤을 보았다. 루젤은 그 눈길에 자신이 동정받을 만한 상황임을 처음으로 깨달았다. 그러고 보니 태어나서 처음으로 마음이 간 여인이 있는데, 그 여인에게 한 청혼이 그녀에게는 가 닿지도 않았다.

그는 뭔가 덧붙이려다 말았다. 평정을 찾은 아샬레아가 부채로 얼굴을 더 많이 가리며 물었다.

"출신을 모르셔도 괜찮으세요?"

"출신이라면 알지 않습니까."

"고향의 이름을 안다고 해서 출신을 안다고는 하지 않지요."

"훌륭한 교양을 가지고 계시니 모친께서 좋은 교육을 하셨다는 것은 미루어 짐작할 수 있습니다."

그녀의 나라에서 쓰는 글도 쓸 줄 알고, 노래도 잘 부를 수 있고, 악기도 다룰 수 있다. 사람에 대한 조심스럽지만 당당한 접근과 알아듣지 못함에도 불구하고 최선을 다하는 응대를 보면 귀하게 길러졌다는 것을 알겠다. 아샬레아는 눈썹을 올렸다.

"가문의 영지는 신경 쓰지 않으시나요?"

"어차피 산맥 너머에 있는 땅입니다."

그 땅의 수입을 이쪽으로 가져올 수도 없다. 아샬레아와 헤링어는 시선을 교환했다. ……그것만 물은 것이 아닌 줄은 안다. 헤링어가 결국 픽 웃었다.

"마음을 정하셨으니 저도 하는 수 없지요."

"물론 저도 라이헤르타 남작님의 사정 따위는 알 바가 아니지만요."

너무 노골적인 것 아닌가. 루젤은 한숨을 쉬었다. 유나는 바로 옆에서 자기 얘기를 하는데도 상점 구경에 정신을 팔고 있었다. 그녀가 이 이야기를 알아들을 수 있다면 더 좋겠지만, 아니라도 하는 수 없다. 아샬레아는 장난스럽게 말했다.

"아무튼 왜 남작님께서 의상실과 보석상 비용을 내고 싶어 하시는지는 알았어요. 그래도 전 태자 전하의 명을 받들어 왔으니 전부 황실 앞으로 달아놓을 거예요."

"빨리 계산해야겠군요."

헤링어가 농담으로 받았다. 루젤은 유나를 다시 보았다.

그녀에게 겨울 햇살이 쏟아졌다. 유나는 살갗이 그을릴지도 모른다는 것을 신경 쓰지 않는 듯 구경에 그저 열중했다. 그는 그 햇살이 잠시 그녀를 투과하는 것 같아 철렁했다. 다행히 다음 순간 그것은 눈의 착각임이 분명해졌으나.

그녀가 돌아간다면.

그것은 두려운 전망이었다. 그는 그녀가 혹여나 다시 희미해지는 것은 아닌가, 반쯤은 걱정하고, 반쯤은 시선을 온통 무심결에 빼앗겨 가만히 유나를 바라보았다.

드레스 가게이니까 사이즈별로 만들어진 드레스가 줄줄이 걸려 있으려나 했는데, 기대했던 옷가게는 알고 보니 현대로 따지면 의상실 같은 곳인 모양이었다. 가게는 크고 쾌적했으며 아름다운 레이스와 커튼으로 장식되어 있었지만 완성된 옷은 한 벌도 보이지 않았고 큰 유리창도 없었다. 가게 안을 돌아다니는 손님 같은 아가씨들도 옷이 아니라 천을 고르고 있었다.

유나는 옷가게 안이 아이쇼핑을 하기에는 너무…… 뭐랄까, 남대문 시장 같다는 생각이 들어 약간 당황했지만 이곳은 그게 당연한 모양이었다. 가게 안으로 들어오자마자 안내된 자리는 차와 술이 있는 테이블이었고 푹신한 소파는 높이가 낮았다. 루젤과 헤링어는 소파 바깥쪽에 앉았고 유나는 아샬레아와 두 남자 사이에 끼어 소파 가운데에 갇혔다. 옷의 이곳저곳을 멋지게 부풀리고 우아하게 머리를 올린 여자가 점원으로 보이는 검은 옷의 아가씨들과 함께 다가와 친절하게 말을 걸었다.

"–. –. –? –?"

말이 너무 빠르고 모르는 단어가 많아서, 정말 의도를 하나도 못 알아들었다. 유나는 멍한 얼굴을 했고 아마 영업사원쯤 되는 것 같은 그 여자의 시선은 유나의 옷을 훑었다. 유나는 본인의 옷에 불만이 없었지만 그 디자인이 영업사원의 옷과 많이 다르다는 것을 바로 알았다. 우선 저쪽은 훨씬 가슴이 파여 있고…… 맞다, 코르셋을 얼마나 조였는지 허리가 한 줌이다.

오늘은 보험 상담을 하러 온 게 아니라 드레스를 구경하고 싶었던 건데. 유나는 영업사원이 맞은편에 앉자 당황스러움과 초조함을 느꼈다. 내가 상상했던 쇼핑은 이런 게 아니라고 아샬레아에게 말하고 싶었지만 아샬레아 쪽은 역시 당연한 얼굴로 검은 옷의 아가씨들을 보았다. 검은 옷의 아가씨들은 자기들이 들고 온 천을 하나씩 훌훌 펼쳐 보였다.

아, 예쁘다.

유나는 태어나서 단 한 번도 의상실에 가본 일이 없었고 그렇기 때문에 저렇게 큰 옷감이 삭 펼쳐지는 것을 본 적도 없었다. 이전 집에 디자이너 같은 사람이 왔을 때도 물론 천을 보았지만 그때는 천이 확실히 샘플이라는 느낌으로 훨씬 작게 잘려 있었던 것이다. 벽에 걸린 고운 촛불 빛이 밤색 천의 사이사이로 별처럼 반짝였다.

"예쁘죠?"

아샬레아는 유나에게 가만히 속삭였다. 유나는 정신없이 고개를 끄덕였다. 영업사원은 친절한 얼굴로 인사했다.

"감사합니다, 마님."

마님?! 유나는 그 호칭이 아샬레아를 향하는 것을 들은 적이 있었다. 대충 선생님을 그렇게 부른다고 생각하고 있었는데 아니었나? 그냥 존칭인가?! '레이디'에 너무 익숙해져 있어서 낯설다. 루젤은 유나의 얼굴을 보고 고개를 끄덕였다. 영업사원은 절했다.

"감사합니다."

잠깐, 이번에는 왜 감사한데! 유나는 검은 옷의 아가씨가 그 천을 따로 챙겨 한쪽에 두는 것을 보고 질겁했다. 설마 그건가, 줄리아 로버츠가 나오는 그거는 아니겠지! 제일 처음에 보여준 걸로 봐서 제일 비싼 거일 거라고 생각하는데!

"바이언트 경?"

"예, 레이디 유나."

유나가 부르자 루젤은 담담하게 그녀를 보았다. 유나는 그에게 뭐라고 물어야 할지 몰라서 바보처럼 잠깐 입을 벌렸다. 루젤은 미간을 좁혔다가 물었다.

"저것, 좋지요?"

좋지만 사자는 뜻은 아니었다. 매일 음식도 얻어먹고 지금 입은 옷도 얻어 입은 건데 이렇게 비싸 보이는 가게에서 '제일 비싼 거 주세요'를 시전할 생각은 없었다! 유나가 그걸 어떻게 표현해야 할지 자신이 아는 이 나라 어휘를 총동원해 고민하는 사이 아샬레아가 후후 웃으며 말했다.

"태자 전하 거예요."

태자 전하? 그 왕자님? 그 사람 옷을 내가 고른 건가? 유나는 약간 진정하며 얼굴을 붉혔다. 루젤이 왕자님에게 선물을? 그런데 저 천은 여자 드레스용 천 같은데. 파티에서 남자가 저런 천으로 옷을 해 입은 건 본 적이 없었다. 루젤이 고개를 저었다.

"아닙니다."

이건 또 무슨 소린가. 유나가 혼란스러워하는데 헤링어가 손짓해 주었다. 헤링어는 천을 가리킨 다음 유나를 가리켰다. 유나는 그 천이 자신을 위한 것임을 확신했다. 그녀는 손을 얼른 저었다. 필요 없다고, 필요 없다고! 이랬다가 마름질이 되자마자 한국에 돌아가게 되면 어쩔 건데! ⋯⋯물론 그때 이후로는 아무 낌새도 없이 똑같은 나날만 이어지고 있긴 한데!

"ㅡ."

루젤이 영업사원에게 뭐라고 말했다. 영업사원은 검은 옷의 아가씨들에게 손짓했고, 아가씨들은 또 각자 다른 천을 펼쳐 보였다. 유나는 그 천이 모두 다른 재질에 어떤 것은 이런 세계에서 만들어졌다는 걸 믿기가 어려울 정도로 정교하게 무늬가 들어간 것을 감탄하며 보았지만 역시 불편해져 루젤을 보았다. 루젤은 아무렇지도 않게 말했다.

"태자 전하 게 아닙니다."

안다고! 유나는 울상마저 지었다. 아샬레아가 친절하게 루젤의 말을 부정해 주었다.

"태자 전하 거예요."

이 사람들이 어쩌자는 건가. 유나는 침을 꿀꺽 삼키고 헤링어를 보았다. 헤링어는 얄밉게도 빙긋 웃더니 어깨를 으쓱했다. 세계가 달라도 저건 알겠다. 안 끼겠다는 표시였다.

엎친 데 덮친 격으로 영업사원은 아마도 천에 대한 설명을 술술하기 시작했다. 유나가 안 고르겠다는 얼굴로 눈을 굴리자 아샬레아는 부채를 접어서 대단히 호쾌하게 여러 가지의 천을 착착 지목했다. 유나는 그녀의 취향은 좋다고 생각했지만 꼭 신문에 나온

벼락부자의 명품 쇼핑 같아서 조마조마해했다. 거의 '여기서부터 저기까지 다 주세요'다. 진짜로 리처드 기어가 나오는 그거다. 정말로 저건 누구 거고, 누가 돈을 내는 건가.

헤링어는 잠시 후 음료를 들어 유나에게 내밀었다.

"음료 드시겠습니까?"

지금 할 수 있는 건 그것밖에 없으니 그거라도 해야 했다. 유나는 고개를 끄덕이고 음료를 받아 마셨다. 색이 붉은 그 음료는 마셔보니 물을 탄 포도주로 그리 맛있지는 않았다.

"고마워요."

돌아가는 길은 눈이 내렸다. 눈을 털며 방에 들어서자마자 헤링어는 말을 꺼냈다.

"주인님께서 여성분에게 돈을 그렇게 많이 쓰시는 분인지 몰랐습니다."

그 말은 장난스러웠지만 루젤은 진지하게 대답했다.

"레이디 유나가 추위를 타시니, 겨울옷을 더 짓는 게 좋겠다고 생각했다."

"오늘 주인님이 고르신 걸 다 합치면 옷감만 백 길다르는 될 겁니다. 주인님을 모시면서 그 정도 금액을 지불해 보는 날도 오는군요."

그 말에는 약간 놀랐다, 루젤은 잠시 헤링어를 보았다. 헤링어는 제 머리의 눈을 털고 있었다.

"백 길다르?"

"여성의 고급 직물은 비싸지요. 후회하십니까?"

"……아니, 그렇지는 않다."

오히려 다시 생각하니 너무 아무렇지도 않아서 놀라고 있다. 그 정도의 소비를 아쉬워할 가계는 아니었다. 헤링어는 쓴웃음을 지었다.

"주인님께선 검소하셔서 돈 쓸 일이 없으셨으니까요. 아샬레아 마님도 나중엔 주인님께서 제지하길 기대하시는 것 같았습니다만."

제지할 이유는 없었다. 루젤은 본인에게 여성의 옷을 보는 안목이 없음을 잘 알고 있었다. 오히려 그녀가 골라주어서 고마울 정도다. 헤링어는 루젤에게 다가와 외투를 벗겨주며 떠들었다.

"레이디 유나도 검소하신 분이라, 난처해하시는 것 같더군요."

"그래서, 태자 전하께서 지불하시게 하는 게 좋다고 생각하나?"

"아뇨. 사랑하는 여자의 옷값을 다른 남자에게 지불하게 하는 사내가 있다면 문제가 있는 거지요."

헤링어니까, 분명 가계에 대해 이야기할 거라고 생각했다. 이번에는 루젤이 쓴웃음을 지었다.

"고맙다."

"주인님의 재산입니다. 저는 보좌관일 뿐이지요."

"그래."

"그리고 원래 여성의 마음을 사려면 돈이 많이 듭니다."

"그런 뜻으로 옷을 지은 것은 아니다."

"압니다."

헤링어는 루젤의 외투에 붙은 눈을 꼼꼼하게 털었다. 하인이 들어와 얼른 뜨거운 음료를 냈다. 루젤은 테이블 앞의 의자에 털썩 앉았다. ……유나가 따뜻한 옷을 입을 것이라고 생각하니 솔직히 좀 뿌듯해졌다.

"미소를 짓고 계십니다, 주인님."

루젤은 헤링어의 그 지적에 약간 놀라서 본인의 입가를 눌렀다. 분명 약간 올라가 있었다. 헤링어는 웃음을 터뜨렸다.

"나쁜 일이 아닙니다. 오히려 반대지요. 웃는 것은 건강에 좋다잖습니까."

"……약간 낯설다."

루젤은 솔직히 털어놓았다.

헤링어는 루젤의 방을 정리했다. 덕분에 루젤은 본인의 생각을 정리할 시간을 얻을 수 있었다. 확실히, 웃는 것은 나쁜 일이 아니었다. 일부러 웃지 않으려고 노력하고 산 것도 아니다. 그저 그럴 일이 없었을 뿐. 기사로서의 의무밖에 생각하지 않고 살았으니까.

혹시 유나가 계속 있어준다면, 계속 이렇게 저도 모르게 웃고 있을까. 그는 자신을 아는 다른 사람들이 놀라겠다고 생각하며 불쾌하지 않은 한숨을 쉬었다.

똑똑. 문이 약간 열려 있었는데도 하인은 문을 두드렸다. 헤링어가 맞았다.

"들어와라."

손에 은색 쟁반을 든 하인이 머쓱한 얼굴로 들어왔다. 이제 어두운 시각이고 눈도 내리는데, 어디서 편지가 왔길래 지금 도착했을까. 루젤은 짐작 가는 것이 있었고 헤링어도 그런 모양이었다. 하인은 루젤에게 다가와 쟁반을 내밀었다.

"편지가 왔습니다, 주인님."

과연 편지 봉투와 그 곁에 쓰인 글씨는 모두 낯익은 것이었다. 루젤은 굳이 편지를 뒤집어 봉랍을 확인해 보지 않고도 그 인장이 바이언트 가의 것임을 짐작할 수 있었다. 물론 세 살짜리 게오르츠 백작이 편지를 쓰진 않았을 것이다.

"고맙다."

주인이 편지를 집어 들자 하인은 황송한 듯 절하고 얼른 방을 나갔다. 헤링어는 루젤의 옆으로 다가와 말했다.

"백작 부인께서 순순히 물러서진 않으실 거라고 말씀드렸습니다."

"아직 편지를 열어보지도 않았다."

편지가 두꺼우면 두꺼운 대로 무섭지만, 이번 편지는 봉투가 얇았다. ……물론 이건 또 이것대로 무섭다. 루젤은 인상을 쓰며 편지 봉투를 뜯었다. 안에서 한 번 접은 종이가 나왔다. 게오르츠 백작령에서 많이 쓰이는 사과나무 종이였다.

"제가 읽을까요?"

헤링어는 친절하게 물어봐 주었다. 루젤은 인상을 쓴 채 고개를 저었다.

"……아니다."

가족끼리의 편지까지 보좌관에게 처리하도록 부탁하는 것은 가혹한 일일 것이다. 그는 편지를 눈으로 훑었다. 짐작대로 게오르츠 백작 부인에게서 온 편지는 분노에 차 있었다. 도련님은 순진하셔서 여자에게 속으실 줄 알았다, 가문과 인성과 미모가 모두 보장된 아가씨가 있는데 무슨 비합리적인 선택을 하는 것이냐, 연고도 없는 아가씨라니 귀천상혼이다, 절대로 인정할 수 없으며 가문의 이름을 생각해 지금이라도 생각을 돌려라 운운.

전부 짐작했던 반응이었고, 짐작한 만큼 속이 아프고 머리가 아팠다. 루젤은 편지를 내려놓고 한숨을 쉬었다. 옆에서 루젤보다 빠르게 눈으로 내용을 읽은 헤링어도 신기한 듯 말했다.

"어려운 길을 가시는군요."

"누가 말이냐."

"두 분 모두입니다."

귀천상혼에서는 자녀에 대한 상속은 물론 과부 재산도 인정되지 않으니, 루젤과 유나의 결혼을 귀천상혼이라고 주장하는 것은 게오르츠 백작 부인이 택할 수 있는 가장 쉬운 길 중 하나였다. 그런 식으로 친척의 결혼을 무효화시켜 상속권을 주장하는 것은 워낙 흔한 일이기도 하고. 그러나 이쪽도 물론, 그런 주장을 내버려 둘 생각은 없었다.

루젤은 생각하는 눈으로 본인의 턱을 꾹 눌렀다.

"마님."

아샬레아는 거울에 비친 자신의 모습을 보았다. 그녀의 희고 고운 피부는 타고난 것이었지만 검은 머리는 특별한 시간과 공이 들어갔다. 그러나 그녀를 처음 보는 사람들에게 가장 먼저 닿아야 하는 것은 밝은 회색의 홍채였다.

고대로부터 신비하고 아름답다고 찬사를 받아온 회색 눈 중에서도 그녀의 눈빛은 특별했다. 그리고 그 꿈결 속에 있는 듯 몽롱하면서도 재기 넘치는 눈길은 화려한 다이아몬드 목걸이 위에서 가장 위력을 발휘했다. 목걸이 고리를 푸는 하녀의 손길은 조심스러웠다. 아무튼, 이 목걸이에 박힌 가장 작은 다이아몬드 하나만으로도 하녀 한 명의 일생 정도는 살 수 있는 것이다.

"마님."

"듣고 있어."

목걸이의 무게가 가슴팍에서 덜어지자 아샬레아는 한숨 쉬듯 대답했다. 문가에 있던 하녀는 어쩔 줄 몰라 했다. 목걸이를 상자에 담은 하녀는 상자 뚜껑을 조심스럽게 닫고 그것을 서랍에 넣었다. 문가의 하녀는 여주인의 반응을 기다리다가 결국 참지 못하고 웅얼거렸다.

"마님, 저."

"알아."

아샬레아는 한숨 쉬듯 말하며 일어섰다. 눈이 이렇게 많이 오는데도.

"알고 있, 어?"

문가의 하녀는 질겁하며 비켜섰다. 히끅 하는 소리를 내며 키 큰 남자가 방으로 들어섰다. 아샬레아는 그의 손에 들린 술병을 보고 매끈한 눈썹을 들었다.

"여성의 앞에서 술병을 쥐고 계시다니, 믿을 수가 없네요."

"더 믿, 을 수 없는 거, 가르쳐 줄, 까?"

남자는 킥킥 웃으며 아샬레아에게 다가갔다. 아샬레아는 그의 눈을 노려보며 뒷걸음질 쳤다. 그는 그녀의 얼굴을 내려다보았다. 그녀는 피곤해 보였지만 여전히 아름다웠다.

"나, 이게 일곱 병째다?"

"세상에."

어지간한 아샬레아도 혀를 찼다. 그때 그녀의 종아리가 침대 모서리에 닿았다.

데구르르.

꼴꼴 하며 술병에서 쏟아진 술이 양탄자를 적셨다. 방 안에 있던 하녀들은 술병을 세워야 하나 이 주정뱅이를 피해야 하나 판단할 수 없어 서로의 눈치를 살폈다. 침대 위로 그들의 여주인을 눕힌 남자는 갑자기 침착하게 가라앉은 목소리로 말했다.

"나가라."

두 번 말할 필요는 없었다. 하녀들은 우물우물 인사하고 당장 방을 빠져나갔다. 옷도 아직 벗지 않고 있어 그의 다리가 풍성한 치마니 몇 겹이나 되는 속치마, 고래 뼈로 만든 단단한 페티코트에 파묻혀 허우적거렸다. 아샬레아는 그의 금발이 완전히 젖은 것을 보고 쌀쌀맞게 말했다.

"이곳에 와서 주정을 부리는군요."

"궁에서 부릴, 수, 는, 없잖아?"

오이겐은 다시 히끅히끅 딸꾹질하며 웃었다. 그러나 그녀는 그를 잘 알고 있었다.

"차라리 오는 동안에 실족해 죽었으면 좋았을 것을. 일곱 병으로는 취하지 않는 거 알고 있으니 그만해요."

그는 흐흐, 여전히 딸꾹거리며 웃었다.

"너무 자존, 심 세우지, 마. 오늘은 취한, 거 맞, 아."

아샬레아는 눈을 가늘게 떴다. 오이겐은 아샬레아의 머리칼 아래로 손을 넣어 그녀의 등에 있는 리본을 마구잡이로 풀고 단추를 잡아 뜯었다. 곧 그녀의 드레스 중 가장 겉에 있는 가운이 껍질처럼 벗겨져 바닥으로 던져졌다.

"무슨 일인, 지, 안 물어봐?"

"물어봐 줘요?"

오이겐의 녹색 눈이 탁하게 침침해졌다. 그는 잠시 입으로는 씩씩거리는 숨을 쉬며 아샬레아의 속 드레스를 벗기는 데에 집중했다. 아샬레아는 그가 옷을 벗기기 쉽도록 등과 다리를 들어주었지만 말은 쌀쌀맞았다.

"하늘을 두려워하지 않는 못된 주정뱅이 같으니. 코가 비뚤어지도록 술을 탐닉한 것도 모자라, 그 상태로 아버지의 집을 나와 창녀에게 오다니. 그리고 이렇게 밝은 방에서 여자의 옷을 벗기다니 생각이 있어요?"

"그 창녀가 너잖아."

오이겐은 부루퉁한 듯 던졌다. 그리고 허리에서 아래까지 이어지는 파니에를 벗기는 것은 포기하고 그냥 더 아래의 속치마와 드로워즈를 붙잡아 마구잡이로 내렸다. 곧 아샬레아의 희고 통통한 다리가 드러났다.

그에게서 술 냄새가 심하게 나는 것은 맞다. 아마 일곱 병을 마셨다는 것도 사실일 것이다. 아샬레아는 오이겐의 뜨거운 얼굴과 코를 찌르는 술 냄새, 그리고 푹 젖은 머리와 어깨로 보아 내일은 그가 열과 두통을 호소할 것을 점쳤다. ……그는 절대 사과도 하지 않을 것이다. 그녀가 파는 것을 샀으니, 당연한 일이었다.

오이겐은 아샬레아의 다리 사이가 모두 드러난 다음에야 자기가 옷을 완전히 입고 있다는 사실을 떠올린 것 같았다. 그는 헛손질을 해가며 외투와 겉옷, 그리고 셔츠를 한 겹씩 벗어 던졌다. 바닥에 쏟아진 술이 그의 외투에 붙어 있던 흰 담비 털을 붉게 물들였다. 아마 저 얼룩은 지지 않을 것이다.

그는 바지에 손을 대며 한숨을 깊게 쉬었다. 갑자기 풀이 죽은 것 같았다.

"다니엘 녀석이 떠났어."

"오늘요?"

"그래."

"어디로?"

아샬레아의 수 겹은 되는 속치마는 아직 이곳저곳에 널브러져 있었고 그의 다리도 꽤 파묻혀 있었다. 오이겐은 잠시 균형을 잃고 아샬레아의 옆으로 넘어졌다. 침대가 푹 소리를 내며 출렁였다.

"……몰라. 노인네도 모를걸."

하아, 하고 그는 깊게 숨을 더 쉬었다. 아샬레아는 그의 목덜미를 손끝으로 쓸었다. 그녀는 그가 어떤 곳을 좋아하는지 속속들이 알고 있었다. 금세 그의 머리통과 어깨가 위로 올라왔다. 밭아진. ……숨.

황제는 아들에게 다정한 적이 없었다. 황가는 언제나 그렇지만, 아마 이 부자는 시골의 농부로 태어났다고 해도 서로 포옹 한 번 하지 않을 것이다. 자기 정부들에게서 태어난 자녀들에게도 황제는 단 한 번도 애정을 보낸 적이 없었는데.

오이겐은 아샬레아에게 엉망진창으로 키스했다. 아샬레아는 꿈틀대며 그의 뒤통수와 어깨를 문질렀다. 결국 아샬레아의 허리를 조이고 치마를 바로 부풀리던 큰 코르셋은 리본이 다 뜯겨나가 무참하게 떨어졌다. 오이겐은 그녀에게 몸을 묻고 음울하게 말했다.

"다른 남자에게 웃지 마."

말도 안 되는 소리다. 이런 관계는, 남자가 질리면 언제든 끝난다.

"다른 남자에게 말하지 마."

아샬레아는 어깨를 젖혀 침대에 묻었다.

"다른 남자에게 안기지 마. 죽일 거야."

그러나 지금의 손님은 이 남자다.

오이겐은 그녀의 어깨를 붙잡았다. 그리고 잠시 울 듯한 얼굴로 숨을 흔들며 꺽꺽 뱉었다.

유나의 작은 침실은 태어나서 처음 볼 만큼 많은 천 자락으로 뒤덮였다. 의상실에서 본 영업사원은 대단히 프로페셔널한 얼굴로 다 잘라지고 곱게 시침질된 옷감을 유나의 몸에 이리저리 대었다. 그녀는 유나가 코르셋을 사지도 않았고 지금도 입고 있지 않은 것에 몹시 놀란 것 같았으며 계속 허리와 가슴 부분을 가리켰다. 그러나 유나는 강철처럼 코르셋은 싫다는 의지를 나타냈으며 얼른 천이 맞는지나 보라고 손짓했다.

이제 돌이킬 수가 없다. 유나의 몸에 맞춰 잘린 천들은 유나가 평생 입어온 옷에 들어간 천을 다 합친 것보다 많을 것 같았으며 모두 아름다웠다. 그녀는 의상실 직원들이 이 작은 방을 점거하고 일하는 동안 멍하니 집을 떠올렸다.

엄마, 남자가 비싼 옷을 사줬을 때는 어떻게 해야 할까요.

남자가 데이트할 때 여자 쪽의 비용을 내는 것은 당연하지. 데이트해 줬으니 감사해야 하는 것 아니냐?

……음, 엄마. 그건 엄마가 데이트하던 시절인 7, 80년대의 가치관인 것 같아요. 현대는 더 버는 사람이 더 내도록 하자는 운동이 대세랍니다. 여자도 얻어먹기만 해서는 안 돼요.

엄마는 여러 가지 면에서 유나의 멘토였지만 시대정신이 다른 것은 어쩔 수 없었다. 게다가 엄마와 이모, 외삼촌들의 말에 따르면 엄마는 젊을 적 너무 예뻐서 동네 총각들이 데이트만 해준다면 집이라도 팔 기세였다는 모양이었다.

엄마, 나보다 잘생기고 잘난 남자가 호의로 비싼 옷을 사줬을 때는 어떻게 해야 할까요.

왠지 이 질문에도 엄마는 '돈 많은 남자가 선물한 거면 그냥 받으면 되지 않냐. 자기가 좋아서 준 건데'라고 할 것 같다. 유나는 회의감이 들어 한숨을 약간 쉬었다. 영업사원이 유나의 얼굴을 보고 공손하게 뭐라고 물었다.

"–?"

뭐라는 거야. 피곤해서 평소보다 더 못 알아듣겠다. 유나는 웃으며 고개를 저었다. 영업사원은 유나가 이 나라 말을 못 한다는 것을 알고 있었으므로 포기하고 다시 일을 시작했다.

"좋네요."

유나의 침대에 앉아 그 모습을 보고 있던 아샬레아가 흐뭇하게 말했다. 유나는 어색한 미소를 지었다.

"고마워요."

영업사원은 작은 테이블 위에 늘어놓았던 소품들을 가져와 천 위에 대 보았다. 그만 눈이 부실 정도로 고운 광택을 내는 가는 크림색 리본, 두텁고 부드럽고 새까만 원단을 수십 겹 둘러서 만든 꽃, 가장자리에 금색 수를 놓은 암청색 허리띠.

다 예뻐서 마음이 약해진다. 유나는 솔직하게 그것들의 아름다움에 경탄하며 시선을 빼앗겼다. 아샬레아는 부채를 살랑거리며 갑자기 생각난 듯 던졌다.

"—."

알아듣지 못했다. 유나는 아샬레아를 보았다. 아샬레아는 후 후 하고 매력적으로 웃고 표현을 바꾸었다.

"예뻐요."

유나는 뺨을 약간 붉히며 감사하게 받았다.

"고마워요."

저 아샬레아에게 예쁘다는 칭찬을 들으니 영광스럽다. 그러고 보면 아샬레아도 이렇게 선물을 많이 받을까. 남자한테 이렇게 많은 걸 받았을 때는 어떻게 대처해야 예의 바른 건지 그녀라면 알고 있을 것 같다. 유나는 고민하다 진지한 얼굴로 불렀다.

"아샬레아."

"예, 레이디 유나?"

아샬레아는 한가로이 대답했다. 유나는 이 나라 말로 뭔가 긴 표현을 하려고 할 때면 늘 그러듯 눈이 빙글빙글 돌아가는 것을 느꼈다. 창, 천장, 바닥, 침대, 책상, 에, 그러니까.

"이거 바이언트 경."

"예. 알아요."

루젤이 사준 거다. 이전에 아샬레아가 하려고 했던 말은, 태자가 이쪽에 천을 사주려고 했다는 말이었을까, 아니면 루젤과 아샬레아가 서로 유나와 태자를 위해 천을 사려고 경쟁하다 루젤 쪽이 상회 입찰했던 걸까. ……아니, 아무래도 좋지만. 아샬레아는 봄바람처럼 부드럽게 대답했다. 유나는 고민하다 말했다.

"바이언트 경. 고마워요."

"그건 라이헤르타 남작님께."

아니, 감사 인사는 그때도 했다. 그게 아니라.

"많이 많이 고마워요."

"아, 그러시겠죠."

아샬레아는 고개를 끄덕이며 이해했다는 얼굴을 했다. 아니, 그걸로 끝인 것도 아니다.

"많이 많이 고마워요."

유나는 인상을 썼다가 반복했다. 그러니까 어떻게 보답해야 좋은 건지를 뭐라고 물어야 하지? 보답을 이 나라 말로 모른다. 눈치 백단인 데다 유나와 억지로 커뮤니케이션한 경력이 오래된 아샬레아는 알아들은 듯 후후 웃었다.

"라이헤르타 남작님께 많이 감사하세요?"

"네."

저렇게 표현하면 되는구나. 유나는 하나 배우고 그 표현을 머릿속에 새겨두었다. 아샬레아는 부채를 한 번 접었다 바라락 폈다. 그 손동작은 마치 춤을 추듯 우아했고 절제되어 있었으나 흰 손가락 안에서 펼쳐지는 부채는 마법처럼 주인의 의도를 따랐다.

"음……."

"음……."

아샬레아가 음, 하니 그것도 우아하게 보였다. 유나는 저도 모르게 따라 했고 아샬레아는 깔깔 웃었다.

"레이디 유나."

"미안해요."

놀린 것처럼 되어버렸다. 유나는 사과하고 아샬레아를 계속 보았다. 아샬레아는 눈웃음을 지었다.

"인사하세요."

"인사?"

인사는 했다. 하지 않을 리가 없다. 유나가 고개를 갸웃하자 그러나, 아샬레아는 반복했다.

"라이헤르타 남작님께 인사하세요."

"인사요?"

"네. 좋아하실 거예요."

그렇게 말하며 아샬레아는 빙긋 웃었다. 유나는 찝찝한 기분이었지만 일단 수긍했다. 사실 현실적으로 생각해 보니까 어차피 그것밖에 할 수 있는 게 없다.

"네. 고마워요."

그러고 보면 루젤은 뭘 좋아할까. 그는 음식은 뭐든 잘 먹었고 옷도 척 보면 헤링어가 주는 대로 주워 입었다. 시간이 나면 하는 거라고는 운동…… 아, 운동을 좋아하는구나. 그럼 운동을 좋아하는 남자한테는 뭘 해주면 좋아할까.

음, 이게 남자친구 생일 선물 고민하는 거였으면 좋았을 텐데. 유나는 묘한 기분으로 한숨을 잠깐 쉬었다. 영업사원이 황급히 사과했다.

"죄송합니다, 아가씨."

"아, 아니에요."

뭔가 서비스가 마음에 안 들었다고 생각하는 모양이었다. 유나는 얼른 고개를 젓고 또 루젤을 생각했다. 의도한 것이 아닌데 또 한숨이 나왔다. 그가 이런 호의를 보이면서, 또 그녀를 어떤 눈으로 보는지 모른다면 바보일 것이다.

가슴이 아파졌다. 그가 원하는 건 뭘까. 그가 그녀를 다른 세계의 사람이라고 생각하지는 않을 것이다. 전에 이 세계의 지도를 보여주면서 너희 나라는 어디 있냐고 묻는 걸 보니 이곳의 다른 사람들도 그녀를 대충 대항해 시대의 신대륙 사람 정도로 받아들이고 있는 게 아닌가 싶었고. 그러므로 그가 그녀에게 관심을 보여주는 것은 이상할 것도 없고, 참으로 감사한 일인데.

"아샬레아."

그녀는 시험 삼아 불러보았다. 아샬레아는 유나의 치마가 될 옷감을 보며 감탄하다가 여유롭게 대답했다.

"예, 레이디 유나?"

"서울."

어디 사냐고 묻는 것 같길래 서울에 산다고 무심코 대답해 버린 적이 있는데, 이제 사람들은 한국이 서울의 다른 이름인 줄 알았다. 지구에 산다고 할 걸 그랬나. 아니, 태양계? 안드로메다 은하? 이 세계는 어쩌면 지구에서 몇만 광년 정도 떨어져 있을 뿐인 다른 별일지도 모른다.

"예, 레이디 유나. 서울이 왜요?"

"달."

이 세계에서 달을 의미하는 단어의 발음은 비교적 어려웠다. 그러나 이제는 대충 말할 수 있다. 아샬레아는 고개를 끄덕였다.

"네, 레이디 유나."

"하나."

외국어를 배울 때 숫자는 정말 어렵다. 이 나라는 무시무시하게도 10진법과 60진법을 섞어 쓰고 있었다. 그래도 '하나'는 10진법이건 60진법이건 같은 말이면 되니 다행이었다. 유나는 손가락을 들어 보였다. 아샬레아는 이해가 되지 않는다는 얼굴로 붙여 말했다.

"서울은 달이 언제나 떠 있다고요?"

그런 세상이 어딨나. 아닌가? 저 북극인가 남극 쪽은 계절에 따라 낮만 계속되거나 밤만 계속될 때가 있다고 들었다. 하지만 그런 곳도 달이 계속 떠 있지는 않을 텐데. 유나는 고개를 저었다. 아샬레아는 다시 시도해 보았다.

"서울은 달이 하나라고요? 언제나?"

이곳도 달이 하나만 뜰 때가 있긴 했다. 두 달의 그믐과 보름이 다르니, 한쪽 달이 그믐일 때는 한국에서처럼 달이 하나고 별이 그 옆을 깊은 물처럼 흘렀다. 대신 두 달이 다 많이 차올라 있는 밤은 난시가 된 기분이었다. 신비하고 아름다운 광경이라는 것은 분명했으나.

"멋지네요."

아샬레아는 그러려니 하는 듯 고개를 끄덕였다. 그다지 신기하다고 생각하는 눈치는 아닌 걸로 봐서, 이곳도 지역에 따라 그런 곳이 있을 수도 있는 게 아닐까. 그렇다면 재미있는 일이다.

영업사원이 드레스 세 개째를 유나의 몸에 맞춰보고 다른 천을 가져왔다. 그것은 아샬레아가 여러 옷본을 뒤지다 직접 골라준 디자인으로 다른 것보다 엉덩이 쪽이 많이 부풀려지고 레이스도 많았다. 아샬레아는 잠시 부채를 부치다가 친절하게 말을 걸었다.

"레이디 유나."

"네?"

"집이……."

뭐라고 하는지 모르겠다. 유나는 눈을 동그랗게 뜨고 아샬레아를 보았다. 아샬레아는 부채를 내려놓고 천연덕스럽게 우는 얼굴을 했다. 그러면서 이 나라 말로 엄마, 하고 옹알거렸다. 유나는 그만 웃음을 터뜨려 버렸다.

"네."

엄마가 보고 싶기도 하고, 무엇보다 걱정된다. 이쪽을 걱정할까 봐. 이렇게나 잘 지내고 있는데도. 유나는 그러나 밝은 얼굴로 미소를 지었다.

"그래도 괜찮아요."

'그래도'라는 표현을 쓰니 제법 이 나라 말을 배운 기분이 든다. 적절한 용법으로 쓴 것인지 아샬레아는 매혹적인 눈웃음을 지었다.

"저는 레이디 유나가……."

"-."

아샬레아는 저렇게 웃는 얼굴로 '난 네가 싫어'라고 말할 사람은 아니었다. 유나는 아샬레아의 눈을 잠시 관찰하다가 빙긋 웃었다.

"고마워요."

"저는 레이디 유나가 그래서 좋답니다. 자기 자신을 동정하는 사람은 질색이거든요."

일상에서 감사할 것을 찾고, 남의 호의를 뜻밖의 기쁜 것으로 받아들이는 사람은 언제나 함께 있기 즐거웠다. 모친 슬하에서 곱게 길러졌음에도 불구하고 어느 날 갑자기 연고도 없는 땅에 떨어졌다는 사실은 많은 아가씨들에게 패닉과 슬픔과 자기연민의 이유가 될 법도 한데.

아샬레아는 부채를 다시 펼치며 빙긋 웃었다.

"좋아하는 남자와 함께할 기회는 누구에게나 오는 것이 아니에요. 저는 레이디 유나가 행복하길 바라고, 그러니 자신의 감정에 솔직한 선택을 하시면 좋겠다고 생각해요. 물론 제가 참견할 일은 아니지만요."

아홉 살 때 무대에 처음 올라간 뒤로, 역경을 이겨내고 영원히 행복해지는 연인들의 이야기는 몇 번이고 공연해 봤다. 귀족들은 마지막에 주인공의 연인이나 어머니가 죽고 결국 모두가 불행해지는 영웅 이야기를 수준 높다고 칭찬했지만 정말로 인기 있는 것은 악역만이 죽거나 멀리 쫓겨나는 연애담이었다. 그러나 그녀는 그런 결말을 정말로 꿈꿔본 적이 없었다.

따라서 테살리아 극장에서 가장 불행한 것은 윌리엄 라파엘 드비엘의 애인인 로즈다. 로즈는 아샬레아에게 공공연하게 라이벌 의식을 드러내곤 했지만 아샬레아는 그녀를 어느 정도 동정했다. 저 드비엘 공이 원하는 것은 자기의 사회적 지위를 드러낼 장식물일 뿐이다.

답지 않은 조언을 했다. 유나가 그 말을 알아듣지 못해서 다행이었다. 아샬레아는 일어나 양해를 구하고 잠시 방을 나섰다. 유나의 방문 앞을 서성이던 루젤은 아샬레아와 딱 마주치자 당황한 듯 멈칫했다.

이 사람이 이렇게 행동하는 것은 처음 보았다. 아샬레아는 부채로 입을 가리고 깔깔 웃었다.

"왜 거기 서 계셔요? 아가씨의 방 앞에 서 계시다니, 믿을 수 없을 정도로 예에 어긋나는 행동을."

"……그것이."

"어디로 갑자기 사라지기라도 할까 봐 걱정되셨어요?"

정말 그런 모양이다. 루젤은 아샬레아의 말에 눈썹을 꿈틀했고. 그녀는 한숨을 쉬듯 한참 웃었다. 걱정할 게 따로 있지.

"레이디 유나가 마법사도 아니고, 곡예사도 아닌데. 2층 방에 있는 분이 왜 사라져요."

루젤은 대답하지 못했다. 아샬레아는 웃음이 멎자 고운 쓴웃음을 짓고 부채로 얼굴을 완전히 가렸다.

"레이디 유나는 당신이 청혼을 받았다는 사실을 전혀 모르시는 것 같더군요."

"……예."

의외로 그의 목소리는 담담했다. 이래서 그에겐 심술을 부리고 싶다. 그녀는 우아하게 말했다.

"사랑은 통역 안 해드려요. 기대하지 않으셨겠지만."

"……바라지도 않았습니다."

"대장부다운 말씀. 응원해 드리지요."

언어 문제를 빼고 보면 둘은 성품이 맞는 한 쌍이다. 아샬레아는 귀족에 대한 예로써 절하고 어두운 복도를 총총 걸었다.

며칠 쾌청하던 날씨는 한 번 흐려지자 그대로 함박눈이 되었다. 지붕에 눈이 쌓이는 것을 방지하기 위해서라도 집 안은 벽난로에 장작을 잔뜩 때두어 답답할 정도였다. 평소라면 약간의 눈 정도는 신경 쓰지 않고 몸을 움직였을 루젤도 한치 앞이 보이지 않아 그럴 엄두를 내지 못했다. 사용인들은 꼭 필요할 때가 아니면 밖에 나가지 않았고 거리에는 두꺼운 눈이 계속 쌓였다. 어쩌다 그 눈발 사이로 말과 사람이 지나갈 때도 있었는데, 그런 사람들은 안

쓰러울 정도로 악전고투하며 온몸을 말 등에 붙여야 했다.

다니엘 자작…… 그러니까 그 제2황자가 떠난 뒤로 사교계는 이전보다 더 태자를 중심으로 돌아가게 되었다. 오이겐은 황제의 심기를 너무 거스르지 않도록 조용히 움직이고 있었으나 그와 그의 가까운 부하인 루젤에게는 매일같이 파티 초대장이니 연극 초대장 따위가 쏟아졌다. 그래도 이런 날씨이니 지겹게 오던 편지조차 왕래할 수 없다.

루젤은 쥐고 있던 깃펜을 놓았다. 옆에서 보고 있던 헤링어가 쐐기를 박았다.

"필요한 사항은 모두 쓰신 것 같습니다, 주인님."

"그러면 되었다."

이런 것은 아주 자세하여 읽는 사람에게 신뢰를 주어야 하는 법이다. '읽는' 사람이 글을 모른다 해도 마찬가지였다. 루젤은 종이를 들고 몇 번 흔들어 잉크가 마르게 했다. 헤링어는 옆에 선 채로 물었다.

"정말로 후회는 없으시겠습니까, 주인님?"

"후회할 거라면 처음부터 모른 척했겠지."

옳은 말이었다. 헤링어는 알고 있던 그대로의 대답에 고개를 숙였다.

"건승을 기원합니다."

전쟁에 나가는 것도 아닌데. ……전쟁에 나가는 것보다 더 긴장된다는 것은 피차 주지의 사실이었지만.

루젤은 방을 나섰다. 그리고 2층으로 올라가는 계단을 향하려다 말고 멈칫했다. 거실 쪽에서 노랫소리가 들려오고 있었다. 혹시나 해 잠시 어두운 복도에서 걸음을 멈추고 있자니 그 노랫소리는 한 사람만의 목소리였다. 막상 하려니 부끄러워, 다른 사람이 없다는 것은 다행한 일이었다. 그는 안도하며 거실로 발걸음을 돌렸다.

커튼을 열어둔 거실은 방문이 빠끔 열려 있었고 벽난로의 발간 불빛과 눈의 흰색으로 기묘한 안개 같은 것에 젖어 있었다. 그리고 그 벽난로의 긴 의자 한가운데에 그녀가 앉아 있었다.

가슴판과 속치마를 고운 무늬 있는 암록색 천으로 만들고 겉가운을 온통 새까만 옷감으로 지은 드레스는 유나에게 잘 어울렸다. 그녀는 아마도 그녀의 나라에서 부르는 노래를 흥얼거리며 부푼 소매 아래로 뻗은 팔을 곱게 굽혀 종이를 만지고 있었다. 이미 너덜너덜해진 그 종이는 그도 알았다. 그녀가 자기 나라의 말로 부신어의 어휘를 적어둔 것이다. 힘써 공부하다 말고 다른 생각이라도 든 걸까.

그녀의 노래는 루젤이 들어오는 발소리가 나자 문득 끊겼다. 그녀가 나지막하게 노래 부르는 것을 그는 매우 좋아했으나 이번에는 그것이 나았다. 유나는 눈을 천천히 들어 문가에 선 루젤을 보았다. 그는 그녀의 얼굴에 웃음이 물감처럼 번지는 것에 본인도 용기를 내어 웃었다.

유나의 얼굴에 떠오른 미소가 더 진해졌다. 그는 자신의 얼굴에 있는 미소가 이상한가 보다, 하고 짐작했다. 그녀는 일어나서 그를 불렀다.

"바이언트 경."

그는 말없이 허리를 한 번 숙였다. 그리고 그녀에게 다가가며 물었다.

"뭘 하고 계셨습니까?"

그녀는 종이를 들어 보이며 또 빙긋 웃었다. 그는 그 미소에 잠시 가슴이 본인이 감당하기 힘들 정도로 뛰어 심호흡을 해야 했다. 고동이 약간 가라앉고 나니 또 웃음이 나왔다.

"공부를 하고 계셨습니까."

그녀는 웃으며 고개를 끄덕였다. 그는 그녀의 앞에 가서 머뭇거렸다. 과연 그녀는 아샬레아에게 잘 배운 대로 그에게 의자를 권했다.

"앉으세요."

그녀가 권하는 말은 한 박자 늦었으나 부드러웠다. 루젤은 의자에 앉기 전 한 번 망설였다. 그리고 일단은 의자에 앉는 것이 좋겠다고 생각하고 그녀가 권한 자리에 앉았다. 유나는 그의 손에 들린 종이를 예의 바르게 한 번만 보았다. 그는 그녀에게 종이를 내밀었다.

루젤이 들고 온 종이를 받은 유나는 그것을 보고 고개를 갸웃했다. 그녀가 여전히 부신어를 읽지 못하는 것은 안다. 혼자서 읽고 이해하라는 의미로 준 것은 아니었다. 그는 그녀가 종이를 한 번 눈으로 훑는 시늉을 하자 다시 종이를 받아갔다. 그리고 그녀를 향해 상체를 약간 숙였다.

"레이디 유나, 들어주십시오."

그녀는 잠깐 까만 눈을 동그랗게 떴으나 눈치 빠르게 그가 원하는 대로 했다. 유나가 이쪽을 향해 상체를 약간 숙이는 것을 확인하고 루젤은 첫 번째 줄부터 손가락으로 훑었다.

"혼인계약서."

멋없는 시작이라는 것은 안다.

"나, 루젤 바이언트 폰 라이헤르타는 레이디 유나 폰 서울에게 지고하고 신성한 관습에 따라 다음과 같은 사항을 제안한다."

유나는 '유나 폰 서울'이라는 부분에서 루젤을 보았다. 그는 그 표정에서, 그녀의 진짜 이름은 그것과 다름을 알았다. 하지만 그로서는 그녀의 정식 이름이 무엇인지 알 도리가 없었다. 그것은 그녀가 청혼을 받아들일 경우 계약서를 수정하면서 고치면 될 부분이기도 했고.

"제1항, 루젤 바이언트 폰 라이헤르타는 신 안에서 가장 신성한 법에 따라 신의와 성실로서 행동한다."

신관들의 말에 의하면 신 안에서 가장 중요하고 신성한 가치는 사랑이라는 모양이었다. 인간의 불완전함과 추함을 모두 끌어안아 신과 같이 만드는 것이 사랑이기 때문이라는데. 이제는 그 말이 무엇인지 알았다.

"제2항, 루젤 바이언트 폰 라이헤르타는 그가 소유한 재산인 라이헤르타 남작령을 그녀와의 사이에서 태어난 후계자에게 물려준다."

이 경우 남자아이가 태어나지 않으면 1차적으로는 게오르츠 백작, 아닐 경우 더 먼 친척에게 가게 될지도 모르나 그런 것은 먼 훗날의 이야기이다.

"제3항, 루젤 바이언트 폰 라이헤르타가 질병, 사고, 전쟁 및 기타 사유로 인해 그녀보다 일찍 사망할 경우 라이헤르타 남작령의 지분의 절반은 그녀가 죽을 때까지 그녀에게 속한다."

이 계약서에서 그는 가장 중요한 것이 이 항목이라고 생각했다. 그가 없다면 유나는 이 나라에 보호자가 없다. 과부 재산이 있어야 살아갈 수 있을 것이다. 헤링어도 그렇게 말했다.

"제4항."

그가 계속 읽으려는데 유나가 손짓했다. 그는 본인이 생각하기에 침착하게 읽고 있었으나 그녀가 '멈추라'는 신호를 보내자 갑자기 당황해서 입을 다물었다. 유나는 계약서를 가리켰다.

"이게 뭐예요?"

"혼인계약서입니다."

그녀는 까만 눈으로 그를 조심스럽게 보았다.

"그게 뭐예요?"

어떻게 설명해야 하나.

그는 성실하게 말했다.

"레이디 유나가 저와 결혼해 주실 경우 제가 제공할 수 있는 조건을 적어둔 겁니다."

"그게 뭐예요?"

그녀는 쓴웃음까지 지었다. 그는 그녀에게 좀 더 쉬운 말로 말해보았다.

"선물입니다."

유나의 얼굴이 기묘해졌다. 선물이라는 말을 전에 의상실에 갈 때는 몰랐는데, 그새 배운 모양이었다. 신기하기도 하다. 그녀는 계약서와 자기 자신을 번갈아가며 한 번씩 가리키고 명확하게 물었다.

"선, 물?"

"예."

종이 내용이. 그는 고개를 끄덕였다. 유나는 복잡한 얼굴로 고개를 갸웃했다. 선물이라면 그냥 가져가도 되나, 라고 말하기라도 할 것 같은 얼굴이다. 그렇게 해도 되기만 한다면야 좋겠지만.

그는 그만 또다시 미소를 지었다. 그녀는 어떤 면에서도 부담을 느끼지 않으면 좋겠고, 어떤 면에서도 오해하지 않으면 좋겠다. 그저 그의 마음이 이렇다는 것을 알고, 그녀가 하고 싶은 선택을 해주었으면.

"이건."

계약서.

"제가."

루젤은.

"당신에게."

유나를 가리켰다.

내내 그녀를 보고 있었으므로, 유나는 그 내용을 이해한 것 같았다. 그녀는 그를 시험하는 것처럼 종이에 손을 댔다가 그가 놓지 않자 눈을 깜박였다. 종이 자체를 그녀에게 주어봐야 소용이 없다……

"아."

그녀는 마침내 천진하게 손뼉을 쳤다.

"편지?"

그렇게 말할 수도 있을 것이다. 루젤은 부드럽게 고개를 끄덕였다. 유나는 이번에는 그녀를 보고 눈을 조금 난처하게 깜박였다. 이제 조금 초조해졌지만, 그는 그녀가 안심하도록 서툰 미소를 지었다. 그녀가 알 때까지 말할 것이다. 그러기 위한 시간은 많이 있었다.

"레이디 유나."

"네, 바이언트 경."

"가능하다면."

당신은.

계속.

이곳에.

그는 자신의 재치가 허락하는 한 가장 간절하게 손짓했다.

그가 이쪽을 보는 눈은 언제부터인가 매우 다정했다. 이 세계에 있는 누구보다도 그녀를 다정하고 사랑스럽게 보는 그 눈길이 무슨 의미인지 그녀는 알았고, 부정하고 싶었으나 또한 부정하고 싶지 않았다. 이곳에서 그녀를 사랑하는…… 적어도 특별히 좋아하고 소중하게 생각해 주는 유일한 사람의 마음을 어떻게 거부할 수 있을까. 그리고 그는 이렇게나 멋진 남자다.

그녀는 자기 자신도 그를 좋아하고 있다는 것을 알았다. 인간적으로 존경하는 것은 물론, 남자로서도 좋아한다. 그의 눈길. 그가 머리칼을 쓸어 넘길 때. 그의 발걸음 소리. 그가 말에 오를 때의 날렵한 뒷모습. 그의 입술이 손에 닿았을 때, 저 따뜻하고 약간 젖어 있던 숨결.

그를 보면 그래서 이제 마음이 아팠다. 그러나 동시에, 그에게로 쏠리고 마는 시선을 자신도 어찌할 수 없는 것이다.

어째서 다시 집에 갈 것처럼 되지 않는 것일까. 그때 루젤의 정원에서 일어났던 사건이 무엇이든, 당장이라도 그녀를 집으로 데려가 준다면 좋을 텐데. 그렇다면 가슴이 더 아프지 않고 끝낼 수 있을 텐데. 그를 계속 생각할 테지만, 그를 아까워하고 그가 보고 싶어 아마도 때로는 울 테지만, 그래도 그렇게 되어야 하는 것이었다.

"레이디 유나."

그는 정말로 진지한 눈으로 그녀를 보았다. 유나는 루젤이 잠시 눈살을 찌푸리는 것을 놓치지 않고 보았다. 그의 얼굴은 하나도 놓치지 않고 싶다. 말이 통하지 않는다고 하더라도, 그의 얼굴에는 그가 느끼고 생각하는 것이 많이 드러났다. 이제는 헤링어만큼은 아니지만 그다음 정도로는 루젤의 표정을 읽을 수 있다고 자신한다.

"네, 바이언트 경."

수동 오르골처럼 입술과 혀가 움직였다. 숨이 탁 막혔다. 아까 그녀의 풀네임을 그가 이곳 식으로 생각해서 말할 때에는 완전히 웃어버릴 뻔했다. 그러나 그의 눈을 바라볼 때는.

깊은 수정을 바라보는 것처럼.

생각이 멈추었다. 그녀는 슬픈지 무엇인지 모를 부정적인 기분으로 웃었다. 이것을 '안타까움'이라고 부르면 될까. '슬플' 이유는 없었던 것이다. 아무튼 처음부터.

"—."

저것은 자주 들어 귀에 익었지만 무슨 뜻인지는 아직 잘 모르는 단어였다. 루젤은 짧게 한 마디 한 다음 유나를 오른 손바닥으로 가리켰다. 그녀는 그 의미를 알았다.

당신이.

그리고 다시 생각하다가.

좌에서 우로 선을 긋는 듯한 저 동작.

……계속해서.

다음으로는 저 바닥을.

……이곳에.

당신이, 계속, 이곳에.

그녀는 그가 말하는 것을 이해하고 가슴을 눌렀다. 이제 많은 것을 알았다. 그가 그녀를 어떻게 생각하는지. 어떻게 하기를 원하는지.

믿을 수가 없다. 그녀는 가슴속에서 외쳤다. 그는 유나가 자신의 세계로 돌아가려고 하는 것을 보았다. 그것이 자의로 조절되는 것이 아님을, 그녀가 언젠가 서울로 아무 말 없이 돌아가 버릴지도 모르고, 혹은 평생 돌아가지 못할지도 모르는 그런 불안정한 위치에 있다는 것을 모르는 걸까. 그도 당연히 알 텐데. 말하지 않아도 상황을 보면 알 텐데. 그리고 그는 그녀에 대해 아는 것이 아무것도 없었다. 심지어 그녀의 성조차 모르는 것이다. 그런데도 프러포즈를 하다니.

이번에는 밀려 올라오는 감정의 이름을 분명히 알 수 있었다. 유나는 절망하며 자리에서 일어섰다.

"레이디 유나."

루젤은 당황한 것 같았다. 이로써 그가 그녀를 미워하게 될지도 모른다. 그녀라 해도 이해할 수 있었다. 집도 절도 없는 사람을 주워다 먹이고 입히고 재웠더니 이유조차 말하지 않고 저 호의를 거절하며 마음대로 일어섰다. 그녀가 이런 일을 당했다면 아마 그 남자를 아주 미워하게 될지도 몰랐다. 그러나 이 자리에 계속 있을 수는 없었다.

유나는 거실에서 달려 나갔다.

Chap. 7
Sie ist traurig
그녀는 슬프다

똑똑.

유나는 본인의 귀가 멀었으면 좋겠다고 생각하며 베개를 뒤집어 썼다. 문 두드리는 소리가 다시 들렸다.

똑똑.

정말 다행한 것은 저 노크 소리가 루젤의 소리는 아니라는 것이 었다. 그는 여자 방에 노크하는 일 자체가 거의 없고, 만약 그래 야 한다면 저보다 느리고 약하게 두드린다. '안 나오면 쳐들어간 다' 식의 저런 울림이 아니다.

유나는 베개를 더 귀에 꼭 눌렀다. 이불이 있어서 다행이었다.

똑똑.

"들어갑니다."

혹시나 했지만 역시나, 헤링어는 기대를 저버리지 않았다. 여유 는 충분히 줬다는 듯 뻔뻔하게 문을 열고 들어오는 그를 유나는 얄밉게 생각했다. 같은 방에 있던 하녀가 어쩔 줄 모르며 헤링어님, 하고 불렀다. 그는 하녀와 짧은 대화를 나누었다. -? -. -?

그는 곧 침대 옆으로 다가와 유나를 불렀다.

"레이디 유나."

정말이지, 말도 못 알아듣는 사람을 이 사람들은 왜 자꾸 불러 대는 걸까. 그녀는 베개를 얼굴에서 떼고 일어나 앉았다. 그리고 이불을 목까지 끌어 올렸다. 떼쟁이 어린애 같은 모습인 것은 알 았으나 그녀에게는 방어가 필요했다. 설령 그것이 아무리 비실용 적이라 하더라도.

헤링어는 바로 유나의 이마에 오른손을 가져다 댔다. 그녀는 움 찔하고 노골적으로 놀랐지만 그는 실례했다고 사과하기는커녕 한 참 그녀의 이마를 눌렀다. 그가 스, 하고 숨 들이켜는 소리를 내 는 걸 보니 미열이 있긴 한 모양이었다. 하긴 어젯밤 내내 울어서 머리가 아프다.

"레이디 유나."

"……네."

그녀는 부루퉁하게 답했다. 헤링어는 엄격한 얼굴로 물었다.

"식사는요?"

유나는 고개를 저었다. 루젤의 청혼을 그렇게 무례하게 거절해 놓고 그의 돈으로 나오는 밥을 먹을 수가 없었다. 사실은 이제 두 끼 굶었을 뿐인데도 배가 너무 고파서, 좀 있으면 몰래 먹을 것 같 긴 하지만. 그렇다 해도 최대한 시도하는 데에 의미가 있는 것이 다. 안 그러면 본인을 혐오하게 될 것 같고.

헤링어는 그 언젠가처럼 그녀의 침대 아래쪽에 앉았다. 그리고 하녀에게 손짓했다. 하녀는 머뭇거리다가 나가며 문을 천천히 닫 았다.

헤링어의 인간성은 알고 있었으므로 남자와 단둘이 한 공간에 있는 것이 두렵지는 않았다. 당장 어떻게든 큰 소리 한 번만 내도 루젤이 올 것이다. 하녀도 올 것이다. 하인들도 올 것이다. ……지금 무서운 건 저 눈빛에 자신이 죄책감을 느끼고 있다는 것을 인정하는 것이었고.

그녀는 두렵다 해서 잊을 수 있는 편리한 성격을 가지고 있지는 않았다. 헤링어는 이불을 치워보라는 손짓을 했다.

"-."

싫어. 유나는 고개를 저었다. 그에게 보이기 민망하기도 하고, 춥기도 하다. 헤링어는 그러자 주저 없이 그녀의 이불을 벗겨내었다. 그녀의 반년 동안 놀았던 연약한 팔은 만능 하인이자 성인 남자의 힘을 이겨내지는 못했다.

그 아래서 드러난 반팔 셔츠와 핫팬츠를 보고 헤링어는 눈살을 찌푸렸다. 그리고 그녀에게 이불을 다시 덮어주며 물었다.

"드레스는요?"

그녀는 말없이 옷장을 가리켰다. 루젤이 사준 옷을 입는 것도 민망해서 이걸 오랜만에 꺼내 입었다. 그리고 혹시 집에 안 돌아가지나 하면서 침대에 대책 없이 누워 기다리고 있었다.

헤링어는 이마를 짚었다. 그는 아래층을 가리키고 말했다.

"주인님."

어제저녁 식사에 이어 아침 식사를 하지 않겠다는 그녀의 말에 루젤이 헤링어를 올려 보냈을 것이다. 혹은 헤링어가 자의로 올라왔을 수도 있다. 어쨌든 밤새 울고 생각하고 났더니, 루젤의 얼굴을 다시 보는 것은 지금 무엇보다 무시무시한 과제가 되어 있었다. 헤링어는 아마도 '걱정하다'에 해당했던 것 같은 단어를 말했다. 유나는 입술을 내밀며 사과했다.

"미안해요."

"예. 저도 걱정하고 있습니다. 모두가 걱정하고 있습니다."

걱정시킨 것은 정말로 몹시 미안하게 생각한다. 그녀는 그저 감당이 되지 않아 한숨을 푹 쉬었다. 헤링어는 쌍심지를 켜고 물었다.

"주인님, 좋지요?"

바로 직구로 들어오지 말라고. 유나는 고개를 끄덕였다.

"좋아요."

여러 가지 의미로. 좋은 사람이고, 좋아한다. 헤링어는 이번에는 인상을 조금 더 썼다.

"그런데요?"

그걸 어떻게 설명하나.

유나는 무릎을 끌어안고 한참 끙끙거렸고 헤링어는 그것을 참을성 있게 기다려 주었다. 그녀는 눈을 굴리다가 최대한 간단한 단어들을 조합했다.

"바이언트 경 좋아요. 약혼자는……."

손으로 엑스 자. 헤링어는 의심스러운 얼굴로 확인했다.

"약혼자가 있으시다고요?"

아니라고. 유나는 고개를 저었다. 아닌 거 저저번 파티인가에서도 들었으면서. 헤링어는 다시 도전했다.

"약혼자는 안 된다고요?"

정확하다. 그녀는 고개를 열렬히 끄덕였다. 헤링어는 더 이상한 얼굴을 했다.

"약혼자로 된다고요?"

아니라고. 그녀는 고개를 다시 저었다. 헤링어는 다시 물었다.

"약혼자는 안 된다고요."

정확하다. 유나는 고개를 다시 끄덕였다. 헤링어는 약간 참을

성이 바닥난 것 같은 낌새를 드러냈다.

"약혼자가 된다는 겁니까, 안 된다는 겁니까?"

안 된다고. 유나는 고개를 명확하게 도리도리 저었다. 헤링어는 그제야 이해한 얼굴이었다.

"주인님을 좋아하시지만."

끄덕끄덕.

"결혼은 안 된다."

도리도리. 유나는 결혼이라는 단어를 처음 배웠다. 그러고 보니 루젤이 어제저녁에 그 단어를 많이 말했다.

헤링어는 이해할 수 없다는 얼굴로 물었다.

"왜입니까?"

내가 이 세계 사람이 아니니까.

계속 엄청나게 고민해 왔다. 이 세계는 그녀가 자란 곳도 아니었고 그녀가 사랑하는 가족도 친구도 없었다. 루젤과 '연애'를 하고 싶지 않은 것은 아니지만, 결혼해서 산다면 분명히 서로 이해하지 못하는 부분이 많을 것이다. 문화 자체가 너무 다른 것이다. 그리고, 무엇보다 혼자 남을 엄마는.

그러나 그녀는 그것을 전달할 수 없었다. 억울할 것도 없다. 아마 말이 통한다 해도 헤링어라면 그녀에게 '그게 왜 문제냐'거나 기타 말이 되는 반박을 해올 것 같다. 유나는 그래서 입을 꼭 다물고 시선을 피했다.

말할 수 없다는 표시가 된 것 같았다. 헤링어는 한숨 쉬고 침을 한 번 삼켰다.

"주인님은 레이디 유나를 좋아하십니다."

안다. 과분한 일이다. 이런 상황만 아니었으면 얼마나 기뻤을까. ……차라리 그냥 말이 안 통하는 외국인이기만 했어도, 한국에 돌아가서 스카이프라도 했을 것이다.

"헤링어."

그녀는 우울하게 말했다.

"나는 결혼을 안 좋아해요."

이미 이곳에 와 있는 거, 그리고 돌아갈지 아닐지도 감이 안 잡히는 거, 사랑을 좇으면 안 될까. 그런 생각도 했다. 루젤은 틀림없이 그녀에게 잘해줄 것임도 알고 있었다. 그러나 남자는.

사랑은, 다른 모든 것을 버릴 만한 가치가 있는 것일까?

그녀는 늘 그것을 부정적으로 생각했다. 좋아하는 것은 좋아하는 것이고, 뭐든 버릴 수 있는 사랑을 꿈꾼 것은 중학생 때까지였다. 자라면서 얼마나 많은 부부가 서로 차라리 만나지 않았으면 좋았을 사이가 되어 헤어지는 것을 보았는지 모른다. 그러니.

이걸로 됐다.

"식사는 안 하시겠답니다."

방문을 등 뒤로 닫으며 헤링어는 작게 말했다. 유나의 방문을 바라보고 그 반대편 벽에 붙어 서 있던 루젤은 조용히 고개를 끄덕였다. 그의 얼굴은 청동 조각처럼 딱딱했다.

"결혼도 안 하시겠답니다."

"들었다."

무심한 주인을 저리 동요시킨 여자는 처음이다. 헤링어는 신비함마저 느끼며 루젤을 달랬다. 어떤 감정일지 그도 물론 알고는 있었지만, 그가 사랑을 경험한 것은 젊을 때였다. 아직 그에게 대단한 미래가 있을지도 모른다고 생각했던 시절. 주인은 어릴 때부터 대단한 미래도 아름다운 사랑도 꿈꾸지 않았던 것으로 알고 있다.

"기운 내십시오. 좋아는 하신답니다."

루젤은 대답하지 않았다. 아마 상당히 헷갈릴 것이다. 유나가 당장이라도 자기 고향으로 돌아가야 하는 이유가 있다면 또 모르되, 그녀의 청혼 거절은 헤링어로서도 사실 이해하기 힘든 일이었다. 이렇게 좋은 자리도 또 있기 힘들다. ……물론 서울 땅은 유나의 말에 따르면 매우 크고 사람도 많다고 하니 라이헤르타 남작령이 눈에 안 찼을 수도 있기는 하나, 그가 지금까지 지켜본 유나는 물질에 신경을 많이 쓰는 것 같지는 않았다. 예쁜 옷과 맛있는 음식을 좋아하긴 하나 그것은 어디까지나 그 또래 아가씨들의 평균에 가까운 것으로서 오히려 너무 비싼 옷은 부담스러워하는 경향까지 보였던 것이다.

결혼이 싫다고 했지.

헤링어는 잠시 유나의 그 표현에 대해 생각해 보았다. 혹시 주인이 기사인 것이 마음에 안 들었을까. 아버지가 죽고 나서 어머니 혼자 영지를 관리했다고 하니 그 고생을 옆에서 다 보았을 것이다. 루젤은 지금은 한가하게 지내나 언제든 전쟁이 나면 또 불려 나가야 하는 몸이었다. 유나도 폰첼성에서 그가 병사들을 끌고 나가는 것을 보았으니 그 모습에서 아버지의 마지막 뒷모습을 보았다거나.

아무튼 피곤한 일이다. 사람 불편하게 하는 일이 없던 주인은 완전히 풀이 죽어 있고. 헤링어는 유나를 약간 원망했고 그녀에게 속절없이 빠진 루젤에게도 원망에 가까운 감정을 느꼈다. 그는 어쨌든 정식으로 기사가 될 날을 기다리며 주인에게 봉사하는 종자였지 그의 놀이 동무는 아니었던 것이다. 악우처럼 놀리며 즐길 수도 없는 이런 상황이라니.

그때 마차 소리 같은 것이 났다. 헤링어는 마차 한 대 정도가 집 앞에서 멈춘 것 같다고 생각했고 루젤도 그런지 아래층을 보았다.

차라리 아샬레아가 온 것이라면 좋을 텐데 누굴까.

"내려가 보겠습니다, 주인님."

"……나도 같이 가자."

루젤 혼자 유나의 방문 앞에 있는 것도 우스울 일이었다. 헤링어는 루젤을 따라 2층에서 1층으로 내려갔다. 그리고 루젤을 집 안에 두고 자신은 문을 열었다. 정문으로 겨울바람이 매섭게 들어왔다. 그리고 저 정원을 가로질러 보이는 마차는.

"저리 비켜, 이 멍청이가!"

황도에서는 이제 누구도 입지 않는 고풍스러운 스커트와 함께 낯익은 여자가 내렸다. 그녀는 하인이 마차 문 비뚤어진 것을 가지고 쩔쩔매자 신경질을 내고 있었고 헤링어와 눈이 마주치자 그에게 손짓했다. 헤링어는 이 황도에서 볼 거라고 생각하지 못했던 사람의 등장에 당황했지만 오랜 종자 생활의 습관에 따라 그녀에게 뛰어갔다.

"마님."

"저 짐을 집 안으로 옮겨. 내가 묵을 방은 어디지?"

아니, 그런 게 준비되어 있는 것처럼 물어도 이쪽은 당황스럽다. 열린 문으로 그녀의 모습을 본 루젤도 충격을 받은 듯 나와보았다.

"형수님."

"아, 도련님!"

게오르츠 백작 부인은 루젤을 보고 반가운지 뭔지 모를 쌍심지를 켰다. 헤링어는 마차에 아직 한 사람이 더 있는 것을 보고 놀랐다. 세 살인 백작의 모습은 아니고, 저 부풀린 치마는…….

"굼떠서는, 뭘 하고 있어? 빨리 아가씨가 내리게 도와드려."

백작 부인은 헤링어에게 잔소리를 했다. 헤링어는 순순히 마차 안에 있던 아가씨에게 손을 내밀었다. 어두운 마차 안에서 얌전히 앉아 있던 아가씨는 헤링어의 손을 잡고 마차에서 천천히 내렸다. 그녀의 낯빛은 창백했고 눈가는 거무죽죽했다. 장거리 여행 때문에 상당히 지친 모양이었다.

"형수님, 기별도 없이 웬일이십니까? 그리고 이 아가씨는."

루젤은 어느새 평소와 같은 목소리로 말하고 있었다. 이것만은 좋은 효과다. 헤링어는 마차에 있는 짐이 계속 그 자리에 있었으면 좋겠다고 생각했지만 일단 집 안에서 하인들을 손짓으로 불러냈다. 그리고 마차의 짐을 옮기도록 하고 아가씨를 백작 부인의 옆으로 에스코트해 갔다.

백작 부인은 가슴을 펴고 당당하게 말했다.

"가족끼리 기별을 말씀하시다니 섭섭하네요. 그리고 이 아가씨는 제가 말씀드린 적 있는 제 육촌 동생이에요. 티티제라고 하지요."

십대 초반이라고 알고 있었는데, 티티제는 조금 마르고 키가 작아 나이보다 어려 보였다. 루젤의 옆에 있으면 조금 이르게 낳은 딸이라고 해도 믿을 법했다. 헤링어는 이렇게 마구잡이식인 행동이 어딘가 낯익어 생각하다가 떠올렸다. 아, 그가 집을 떠나기 전 가난한 외삼촌이 쳐들어와 어머니에게 돈을 요구할 때 저런 느낌이었다. 외삼촌은 집안의 장남인 자기가 가난한데 여동생인 어머니가 기사의 부인으로 번듯하게 사는 것은 아주 사악한 음모의 결과쯤 된다고 생각했던 것이다.

루젤은 꼭 그때의 헤링어의 어머니 같은 눈빛으로 몹시 기막혀하는 것 같았지만, 예의 바른 기사답게 인사했다.

"처음 뵙겠습니다, 레이디 티티제. 루젤 바이언트입니다."

"만나 뵙게 되어 영광이어요, 라이헤르타 남작님. 말씀 많이 들었답니다."

그렇겠지. 이쪽도 말씀은 많이 들었다.

백작 부인은 두 남자의 얼굴에 환영의 기미가 없다는 것에 금세 분노한 것 같았지만 일단 턱부터 들었다.

"이곳에 있자니 얼어 죽겠어요. 산을 넘어오는데 마차 문은 덜컹거리지, 눈보라는 치지. 일단 집에 들어가서 얘기하지요. 기별이 없다고 해서 집에 안 들이실 거는 아니죠?"

"물론입니다, 형수님."

헤링어는 떨떠름하게, 루젤은 예의 바르게 두 여자에게 집 문을 가리켰다. 백작 부인은 제 육촌 동생을 데리고 본인의 집에 들어가는 것처럼 걸어갔다. 헤링어는 저도 모르게 2층을 보았다.

유나와 눈이 마주친 것 같았다. 그는 황급히 고개를 돌리는 유나를 보고 인상을 썼다. 더 복잡하게 되었다.

루젤은 유나와 둘이 사는 것이 얼마나 조용하고 기분 좋은 것이었는지 어쩔 수 없이 떠올렸다.

게오르츠 백작 부인은 육촌 동생 티티제를 루젤에게 어떻게든 강제로 밀어붙일 생각으로 올라왔던 모양으로, 2층에서 가장 좋은 방에 유나가 묵고 있는 것을 알자 대단히 화를 냈다. 그녀가 쏟아낸 수많은 말은 유나가 이 나라 말을 이해하지 못한다는 것이 진심으로 다행일 정도로 거북했으며 안타깝게도 유나는 그 말들이 나쁜 말이라는 것은 눈치챈 것 같았다.

헤링어가 이곳은 라이헤르타 남작의 집이지 게오르츠 백작가 소유가 아니라는 것을 강경하게 지적한 뒤에야 백작 부인은 물러나 다른 방을 차지했다.

"쫓아내."

오이겐은 루젤을 바보나 되는 것처럼 쳐다보며 짧게 말했다. 루젤은 나름대로 난처한 표정을 지었다.

"형수님인지라."

"시동생 집에 맘대로 쳐들어와서 시끄럽게 하는 여자한테 무슨 예의야. 쫓아내. 내가 듣기만 해도 머리가 아프네."

이쪽은 정말로 머리가 아프다. 루젤과 헤링어는 차례로 한숨을 쉬었다. 오이겐은 헤링어를 보았다.

"헤링어, 네가 수완을 발휘해 보면?"

"제게 무슨 힘이 있겠습니까."

헤링어는 상당히 억울한 얼굴로 항의했다. 루젤이 말했다.

"전하, 예의는 사람을 가려가며 지키는 것이 아니지 않습니까."

"틀렸어. 사람을 가려가며 지키는 거야. 안 그러면 열 받거든."

오이겐은 말도 안 되는 소리를 당연한 듯 주절거리며 술을 마셨다. 헤링어는 저도 모르게 킥킥 웃었고 루젤은 이맛살을 찌푸렸다. 오이겐은 입에 들어간 술을 다 넘긴 뒤 태연하게 물었다.

"유나는?"

"예?"

"백작 부인이 유나를 보고 펄펄 뛰었을 거 아냐. 머리채를 잡지는 않고?"

"……설마요."

아무리 형수라도 유서 깊은 통치 가문의 후손이다. 루젤은 한순간 고민했지만 그 가능성을 제대로 부정했다. 오이겐은 눈을 반짝였다.

"그…… 레이디 티티제? 그 애는 어떤데? 예뻐?"

"전하."

루젤은 항의했다. 오이겐은 웃음을 터뜨렸고 헤링어는 쓴웃음을 지으며 주인 대신 설명했다.

"제가 대신 말씀 올리는 것을 허락해 주십시오, 태자 전하. 얌전하고 조그만 아가씨입니다."

"열세 살이랬나?"

기억력도 좋다. 루젤은 고개를 끄덕였다.

"예."

"그럼 어느 가문이야? 피츠콜? 위베르타? 한스베르너?"

그것은 모른다. 루젤은 헤링어를 보았고 헤링어는 위베르타, 하고 귀띔해 주었다. 오이겐은 그 대답을 자기 귀로 듣고 등을 소파에 기댔다.

"거긴 영지가 이 대 전에 넘어갔지만 관행상 아직 통치 가문으로 치는 곳이지. 바이언트 가에 비하면 격이 약간 떨어지지만, 다른 가문들과의 연결을 생각하면 나쁘지 않은 혼처야. 정말 관심 없어?"

"없습니다."

루젤은 쓸쓸하게 말했다. 오이겐은 고개를 끄덕였다.

"자네가 관심 없으면 됐어. 그러면 역시 백작 부인을 빨리 내보내야지. 안 그랬다가는 사교계에 소문을 퍼뜨릴지 누가 알아. 코는 유나한테 꿰인 걸로 충분하잖아."

그렇잖아도 연이 있는 가문에 연락하고 있는 것 같았다. 루젤은 이제 어떻게 생각해야 좋을지도 모르겠다는 기분이 되었다.

거실 한쪽에서 문서 작성을 하던 시릴이 말참견을 했다.

"여자와 산다는 것은 원래 그런 것이지요. 예의 공주님이 말을 못 하셔서 얌전하셨던 것뿐이니, 경도 결혼에 대해서는 다시 생각하시는 것이 본인을 위한 것일지도 모릅니다."

유나에게 청혼했고 거절당했다는 것은 이미 이 자리의 모두가 들었다. 루젤은 속이 뒤틀리는 것을 느끼며 항변했다.

"레이디 유나는 말할 줄 아는 것과 상관없이 상대방을 배려하는 분입니다."

"그러시겠지요."

시릴은 건성으로 대응하고 펜을 손에서 빙글빙글 돌렸다. 오이겐이 몸을 소파에 늘어뜨린 채 웃었다.

"시릴은 지금 심술부리고 있는 거니까 신경 쓰지 마, 루젤."

심술이라니. 시릴은 그 평가에 발끈한 것 같았고 입을 열려 들었지만 오이겐이 더 빨랐다.

"마음에 두었던 아가씨가 자기는 거들떠도 안 보고 사라졌거든."

"전하, 그런 일 없습니다!"

"부정해 봤자야, 시릴. 얌전히 동병상련이라도 느끼고 있으라고. 이쪽도 차였대."

시릴과 루젤은 서로를 연민할 생각은커녕 상대를 쳐다볼 생각도 하지 않고 시선을 내렸다. 헤링어가 주인 편을 들었다.

"주인님을 싫다고 하신 건 아닙니다."

"그렇겠지. 나도 놀랐어. 나는 유나가 루젤을 좋아한다고 생각했는데."

"좋아하는 건 맞다십니다."

"그런데 왜 거절했대?"

"결혼은 싫다십니다."

오이겐은 인상을 썼다.

"평생 혼자 살겠대? 혼인계약 조건이 마음에 안 든 거 아냐? 뭐라고 제안했어?"

"으레 하는 대로였습니다만. 과부 재산도 제대로 라이헤르타 땅의 지분의 절반으로 적어두었습니다."

"유나는 여기 아무것도 없잖아. 좋은 조건인데. 산맥 너머라고 해도 루젤만큼 괜찮은 남자는 찾기 힘들 텐데, 눈 높은 아가씨야."

그것은 사실이라고 헤링어는 생각했다. 그나마 손님이 왔다는 것 때문인지 식사를 내려와서 하기 시작해 다행이지, 주인을 이렇게나 걱정시키고 있다. 오이겐은 잠깐 눈을 굴리다가 또 물었다.

"신관이라도 되겠대?"

"모르겠습니다."

이번엔 루젤이 한숨처럼 대답했다. 오이겐은 인상을 다시 썼다.

"그렇게 풀 죽지 말라고. 이봐, 헤링어. 네가 말해봐. 네가 볼 때 유나가 진심으로 그러는 거 같아, 튕기는 거 같아? 루젤이 희망이 없나?"

헤링어는 주인의 눈치를 보았다. 루젤은 민망한 듯 턱을 손바닥으로 쥐어뜯고 있었다.

"저는 일개 보좌관일 뿐입니다만……."

"생각한 대로 말해봐."

헤링어는 주인을 흉내 내서 턱을 약간 쥐었다. 그리고 생각하며 말했다. 그 역시 여러 각도로 생각해 보았는데.

"주인님께서 작은 돌무지 성의 정원에서 보신 것이 사실이라면, 레이디 유나는 언제 고향으로 되돌아가실지 모르는 것 아니겠습니까?"

"부신으로 온 것이 첫 번째 공간이동이 아닐 수도 있지요."

시릴이 끼었다. 오이겐과 루젤, 헤링어의 시선이 모두 시릴에게 쏠렸다. 시릴은 시선을 오만하게 서류에 내린 채 태연하게 말했다.

"누가 알겠습니까, 그 아가씨가 사실은 어디서 왔는지. 그러니 고향도 무엇도 없고, 서울 땅이라는 것도 꾸며낸 말일지도 모르지요. 그러니 본인이 결혼하기에 적합하지 않다고 생각해서 바이언트 경처럼 훌륭한 남편감에게서 스스로 물러나 준 것이 아니겠습니까?"

"흐음."

루젤과 헤링어는 모두 시릴의 말이 너무 격하다고 생각해 발끈했지만 오이겐은 의외로 진지하게 천장을 보았다. 그 생각하는 얼굴에 헤링어가 침착하게 말했다.

"레이디 유나가 고향에 대해 말씀하실 때는 늘 설명이 일관적이었습니다. 적극적으로 거짓말을 하는 성격도 아닙니다."

"아니, 그건 나도 알아."

오이겐은 손을 저었다.

"하지만 첫 번째 공간이동이 아닐지도 모른다는 건 생각해 볼 가치가 있어. 유나도 나이가 있잖아. 스물이 넘었으니. 그런데도 아직 약혼자가 없다는 건 이상한 일이고…… 혹시 공간이동을 하는 게 계기가 돼서 약혼이 깨진 적이 있다거나 하는 거 아닐까? 아니면, 자기가 공간이동을 조절하지 못한다면서. 결혼했다가 자기 나라로 갑자기 돌아가게 될까 봐, 그래서 거절한 거 아냐?"

이번엔 오이겐을 제외한 세 남자가 모두 오이겐을 보고 생각하는 얼굴을 했다. 루젤은 유나를 떠올렸다. 그녀를 생각하니 가슴이 몹시 아팠다.

그녀가 혹시 지금이라도 사라졌다면? ……최근에는 청혼 생각으로 머리가 차 있었다. 그는 저도 모르게 벌떡 일어날 뻔했다가, 양해를 구했다. 그녀가 그의 청혼을 거절했다고 하더라도, 그녀가 갑자기 사라지는 것은 여전히 싫다.

"일단 저는 집으로 돌아가겠습니다. 죄송합니다."

오이겐은 명백히 오해하는 얼굴로 허락했다.

"그래. 유나한테 가서 제대로 따져 보라고."

1층에는 식사 때를 빼고는 내려가지 않게 되었지만, 화장실을 갈 때도 여전히 눈치는 보였다. 유나는 여자들이 담소하는 목소리가 1층에서 들리는 것을 확인한 뒤 최대한 얌전히 방을 나섰다. 한국에서 입던 잠옷을 계속 입는 것도 복도가 너무 추워서 포기한 상태였다. 나는 이렇게 의지가 약하단 말인가, 하고 자기혐오에 빠져 있는 것도 반갑지 않은 일상이 되었다.

화장실에서 돌아오는 길에 1층에서 깔깔거리는 웃음소리가 들렸다. 그 웃음소리의 주인은 이 집에 오자마자 유나의 방에 와서 한참 루젤을 뭐라고 혼내더니 저 옆옆방을 차지한 여자였다. 루젤의 성에서 본 적이 있었기 때문에 그녀가 루젤과 가까운 사이인 누군가라는 것은 알았다. 루젤과 헤링어가 모두 흔치 않게 진심으로 난처해하는 것 같았는데도 아무렇지도 않게 쳐들어오고, 또 루젤의 여동생 같은 건 절대 아닌 것 같은 여자애—루젤의 태도로 봐선 생판 남—까지 데려온 걸로 보아 역시 그의 누나인 걸까. 남동생과 어찌나 안 닮았는지 놀랄 지경이다.

그 여자는 사람들에게 백작 부인 마님이라고 불렸고 유나도 백작 부인이 무엇인지는 알았다. 파티에서 자주 만난 아주 돈 많고 신분 높고 우아한 아주머니들의 지위가 그것이었다. 그러나 이 백작 부인은 시골 사람이라 그런지 원래 성격인지—유나는 원래 성격이라는 쪽이 더 신빙성이 있다고 믿었다. 루젤의 예의범절은 완벽했다—놀라울 정도로 무례했고 유나에게도 거만하게 굴었다. 루젤에게 무슨 소리를 듣는 것 같더니 그 뒤로는 앞에서는 레이디라고 불러오긴 하지만, 이쪽을 노골적으로 싫어하는 게 느껴진달까.

잘못한 것도 없는 것 같은데 왜 그럴까. 유나로서는 이해가 되지 않는 일이었다. 애초에 얼굴을 마주친 일부터가 거의 없다. 물론 백작 부인이 헤링어에게도 못되게 구는 걸 보고 나서부터는 그런 것에도 신경을 덜 쓰게 되긴 했다. 아무래도 그녀는 눈에 보이는 모든 사람을 자기 아랫사람처럼 부려먹는 게 익숙한 사람 같았다. 하녀에게 소리 지르는 걸 봤을 때는 깜짝 놀랐다. 아샬레아가 봤다면 잘 교육받은 아가씨에게 있을 수 없는 일이라고 평가했을 것이다.

집에 손님이 있는데 이쪽에게까지 신경 쓰게 할 수가 없어서, 유나는 이제 세 끼를 저 백작 부인과 그녀가 데려온 티티제라는 여자아이가 섞인 식탁에서 먹고 있었다. 다행히도 루젤은 백작 부인에게 시달리느라 유나와 대화를 하거나 하지는 못했다. 그를 어떻게 대해야 하나 무척 고민했던 것을 고려하면 좋은 일이었다. 유나는 덕분에 백작 부인에게 가끔 알아듣지 못할 소리를 들으면서도 그럭저럭 평범하게 식사하고 있었다.

대신 신경 쓰이는 것은 티티제의 정체였다. 왜 백작 부인과 같이 와서 당연한 것처럼 그의 집에 머물고 있을까. 동행인과 달리 그 여자아이는 얌전한 것 같았지만 붙임성은 없었고 백작 부인의 뒤꽁무니를 졸졸 따라다녔다. 신경이 쓰인다.

물론, 처음부터 이 집에 한 점 관련도 없으면서 식객으로 살았던 것은 이쪽이므로 신경을 쓰는 것도 이상한 일일 것이다. 그래서 유나는 누구에게 그들의 정체를 묻는 대신 얌전히 방 안에 콕 틀어박혀서 살고 있었다. 날씨가 추워 밖에 나갈 수도 없고 요사이는 아샬레아도 놀러 오지 않으니 어려운 일은 아니었다.

자칵. 1층 문 열리는 소리와 함께 하인들이 주인님, 하고 부르는 소리가 들렸다. 헤링어의 자신감 있는 목소리와 루젤의 조용한 목소리가 차례로 들려 유나는 복도를 걷다 말고 경직했다. 루젤의 발걸음은 그녀가 다른 생각을 할 틈도 없이 계단을 밟고 올라왔다.

마침 유나가 서 있는 곳도 계단 근처였다. 루젤은 계단의 중간에서부터 그녀와 눈을 마주쳤다. 그는 계단을 전부 오른 뒤 유나에게 인사했다.

"다녀왔습니다, 레이디 유나."

갑자기 왜 이렇게, 올라와서까지 인사를. 유나는 어벙벙하게 자신도 인사했다.

"어서 오세요, 바이언트 경."

1층의 웃음소리가 딱 끊겼다. 백작 부인과 티티제가 루젤이 왔다는 것을 알고 거실에서 나오는 모양이었다. 루젤은 유나를 보고 뭔가 말할 듯 입을 살짝 열었다가 다시 다물었다.

그녀는 고개를 숙이고 몸을 돌렸다. 그것이 방아쇠가 된 듯 루젤이 그녀를 불렀다.

"레이디 유나."

그 목소리는 부드러웠지만 명령처럼 강한 효력을 발휘했다. 유나는 저도 모르게 그 자리에 못 박힌 듯 섰다. 루젤은 그녀에게 다가와 얼굴을 보였다. 그의 얼굴은 이전과 다름없이 아름다웠지만 애처롭게 보였다.

"—."

가지 말라는 뜻이다.

말이 통하지 않아도 알 수 있었다. 유나는 심장이 그만 내려앉을 것 같아 어쩔 줄 몰라 했다. 미친 것 같다. 이대로 그를 보고 있다가는.

그를 끌어안아 버릴 것 같다.

"제가 가겠습니다."

……그런 뜻이었다. 불편하다면 제가 간다니, 당신이 집주인이

잖아. 유나는 서글픈 웃음을 터뜨리고 싶은 기분에 부풀어 올랐다. 루젤은 그녀에게 천천히 더 말했다.

"손님이 와 있습니다만, 신경 쓰지 마십시오. 당신답게 행동하시면 됩니다. 당신의 행동이 예의에 어긋나는 것은 없습니다."

이번의 말은 길었음에도 불구하고 귀에 박히는 것처럼 들어왔다. 아샬레아가 자주 쓰던 어휘들이기 때문이다. 유나는 갑자기 공포심을 느꼈다. 그와 저렇게 긴 말이 통할 거라고는 생각한 적이 없었다.

"당신과 계속 함께 있고 싶습니다."

루젤은 그녀의 얼굴을 보고 한쪽 무릎을 꿇었다. 그리고 유나의 오른손과 왼손을 모두 들어, 그녀의 눈을 천천히 올려다보며 두 검지의 사이에 입 맞추었다. 그 동작은 조심스럽고 친절해 마치 그녀가 싫어하지 않는지를 주의 깊게 알아보는 것 같았다.

"저는 라이헤르타 땅으로 내려가야 합니다."

그러고 보니 그가 계속 이 집에 있을 수는 없다. 그러나 이번에도 그는 유나와 함께 갈까.

"황도에는 오지 않습니다."

적어도 한동안, 어쩌면 오랫동안, 그는 이곳에 돌아오지 않는다.

"원하신다면 다른 후견인을……."

찾겠다.

그 말 외에 그가 할 말은 없을 것이다. '후견인'이 무엇인지는 알았다. 루젤이 유나에게 해준 것처럼, 집을 제공해 주고 그녀를 돌봐주는 것이다. 유나는 생판 남에게 그와 같이 해줄 사람이 또 있을 거라고는 생각하지 않았지만, 루젤은 그녀에게 필요할 경우 남에게 돈을 지불하고라도 그 역할을 기꺼이 맡게 부탁할 사람이라는 것 또한 알고 있었다. 루젤은 그녀의 손에서 입술을 떼고 진지하게 이었다.

"그러나, 괜찮으시다면."

저와 함께.

가자고.

정신을 차리고 보니 루젤은 다시 계단을 내려가고 있었다.

그가 내려가는 뒷모습이 어둡고 불 없는 복도에서도 눈에 선연했다. 유나는 아래층에서 떠들썩하게 루젤을 찾는 백작 부인의 목소리를 들으며 방으로 간신히 돌아갔다. 그리고 문을 닫고 침대에 누워서 한참 동안 이유 모를 울음을 울었다. 가슴이 끔찍하게 아팠다. 그는 너무 친절했다.

……그리고 너무, 그녀가 견딜 수 있는 정도 이상으로, 사랑스러웠다.

문을 두드리는 소리에 대답하기도 전에 벌컥 소리가 이어 들렸다. 루젤은 누가 들어왔는지 짐작했고 백작 부인은 아무렇지도 않게 방 안으로 밀고 들어왔다. 서류를 정리하던 헤링어는 고개를 숙여 인사했다.

"마님."

"할 얘기가 있어요, 도련님."

루젤은 무감각하고 정중하게 대답했다. 솔직히 바쁜 것은 아니었지만, 성가시다고 생각되는 것은 어쩔 수 없었다.

"예, 형수님. 말씀하시지요."

백작 부인은 루젤이 앉은 테이블에 자신도 스스로 앉았다. 그녀의 눈이 결의로 번뜩였다.

"2층의 아가씨에 대해 조사를 좀 해봤어요."

"형수님, 2층의 아가씨라니요."

누가 들으면 세 들어 사는 사람인 줄 알 것이다. 루젤은 벌써부터 한숨을 쉬었다. 백작 부인은 쌀쌀맞은 태도로 일관했다.

"신분도 출신도 알 수 없는데, 없는 자리에서까지 제가 레이디라고 불러야 하나요?"

"레이디 유나는 사교계에서도 고귀한 신분의 여성으로 인정받고 대접받고 있습니다. 태자 전하께서도 산맥 너머의 공주로 소개하고 계시니 그에 맞는 대접을 해주시지요."

'태자'라는 단어는 그나마 효과적이었다.

"그이라고 하지요, 그러면. 그이가 산맥 너머에서 왔다고 자신을 소개하고, 귀한 신분인 양하여 도련님과 함께 사교계에서 천한 신분의 여자와 어울리고 있다고 들었어요."

어떻게 하면 저런 정보를 정확히 저런 어휘로 얻고 표현할까. 루젤은 거의 신비함까지 느꼈고 헤링어는 소리 없이 아랫입술을 내밀었다. 루젤은 해명하기 위해 애썼다.

"레이디 유나는 귀한 신분입니다, 형수님."

"그걸 어떻게 아나요?"

"헤링어."

"손에 일한 흔적이 없고 발이 고우며, 교육을 잘 받은 아가씨입니다, 마님."

"그건 고귀한 신분의 아가씨들만의 특징은 아니에요. 오히려 황도에서는 남성을 상대하는 특정한 직종의 아가씨들의 특징이 그러하지 않던가요?"

이쯤 해서는 정말로 화가 났다. 루젤은 진지하게 항의했다.

"레이디 유나는 그런 분이 아닙니다."

"저는 현실적인 이야기를 하자는 거예요, 도련님. 솔직히 산맥 너머에 사람이 산다고 생각하세요? 저 달에서 왔다고 하면 차라리 믿겠어요."

"못 살 것은 없지요."

"말이 되어야지요. 산맥 너머에서 왔다고 하는 건 떳떳치 못한 출생을 숨길 때나 쓰는 뻔한 핑곗거리예요. 도련님 같은 분이 그런 연기에 속으시다니."

"연기도 아니고, 레이디 유나는 산맥 너머에서 오신 분임이 확실합니다."

루젤은 딱 잘랐다. 그녀의 모습이 어떻게 사라지려고 하는지 뻔히 보았는데. 형수는 쌍심지를 켰다.

"생각해 보세요, 도련님. 결혼은 서로 지위가 맞는 사람들끼리 해야 하는 거예요. 티티제처럼 완벽한 상대를 앞에 두고도 그이를 계속 눈으로 좇고 계시니 참. 우습지도 않더군요."

"그러면 안 웃으시면 됩니다."

"……뭐라고 하셨어요?"

백작 부인의 목소리가 날카로워졌다. 쇳소리에 헤링어는 얼른 구석으로 피신했다. 귀가 아프다고 의사에게 가면 받는 처방은 이상한 것밖에 없다.

"내 이래서 집안에 어른이 필요하다는 거예요. 그렇게 뻔한 여자한테 뻔하게 속으시고, 돈만 날리는 것도 아니고 결혼을 한다고 나서시다니요! 바이언트 가문의 남자가, 그게 말이 되는 소리인가요! 그건 결혼으로 인정받지도 못하는 귀천상혼이라고요!"

"뻔한 여자가 아닙니다!"

정말로 울컥해 루젤은 목소리를 높였다. 백작 부인은 약간 놀란 것 같았지만 지지 않고 눈을 부라렸다.

"어쨌든! 그 여자한테 지금 가져와 보일 수 있는 족보가 있나요, 영지 소유권 증명서가 있나요! 통치 가문의 따님이 저런 꼴로 낯모르는 남자의 집에 머물 거라고 생각하신 것 자체가 속고 계신 거라고요!"

"……속고 있는 게 아닙니다!"

루젤은 형수의 말이 길어지자 집중력이 깨지려고 했지만 일단 화가 난 채로 반박했다. 백작 부인은 자리에서 일어나 차갑게 그를 내려다보았다.

"제 말 잘 들으세요, 도련님. 여자가 마음먹고 속이려고 하면 남자는 속게 되어 있어요. 제가 이렇게 말씀을 드리는데도 믿지 않고 계속 부적절한 혼인을 밀어붙이려고 하시면, 저로서는 가문을 위한 선택을 할 수밖에 없어요."

백작 부인의 '바이언트'는 결혼을 해서 생긴 이름이지 혈통으로 생긴 이름이 아니다. 루젤은 차가운 얼굴로 그녀를 보았고 백작 부인은 분노로 얼굴을 붉혔다. 그러나 그녀의 노려봄은 가라앉지 않았고 오히려 더 날카로워졌다.

"아시지요? 통치 가문의 남자는 통치 가문의 딸과 결혼해야 하고, 그렇지 않은 결혼은 귀천상혼으로 누구에게도 인정받지 못하는 거. 그이와의 사이에서 아들이 열 명이 태어나더라도 그들은 라이헤르타 땅을 상속받을 수 없어요."

"받을 수 있습니다. 귀천상혼이 아니니까요. 제가 그이에게 줄 겁니다."

"과부 재산도 인정받지 못해요."

"인정받을 수 있습니다. 제가 줄 거니까요."

"세상에."

백작 부인은 고개를 저었다.

"아주 푹 빠지셨네. 왜 이렇게 제 말을 못 알아들으세요?"

"형수님, 제 결혼은 제가 결정할 수 있습니다. 부족하나마 저도 사람도 볼 줄 알고, 제 재산을 어떻게 간수할지도 압니다."

"그러신 분이 낯모르는 아가씨에게 황도 최고의 의상실에서 옷감을 있는 대로 사다 안겨주셨군요. 그런 걸 받는 그 아가씨도 그 아가씨지만 말이에요."

"다시 말씀드립니다만, 제 돈입니다."

"도련님, 자꾸 이런 식으로 나오시면 저도 수를 쓸 거라니까요. 못 들으셨어요?"

"형수님이야말로 제가 제 결혼을 결정할 수 있다는 것을 못 들으셨습니까?"

이렇게 말을 잘한 적은 태어나서 처음인 것 같다. 루젤은 아마도 그것은 분노에서 나오는 것 같다고 생각했다. 형수는 자신이 전장을 헤쳐 나온 최고의 기사의 앞에 서 있다는 것을 알아야 한다. 그녀는 잠시 말문이 막힌 듯 그를 믿게 쏘아보다가 말했다.

"……라이헤르타 땅은 백작의 것이 되겠군요. 마음대로 하세요."

"그렇게는 되지 않습니다."

"황도에는 훌륭한 재판장님이 많으시죠. 그 아가씨와 도련님이 결혼하면 귀천상혼이 된다는 유권해석을 받아내고 내려가겠어요."

잘도 말한다. 헤링어는 보이지 않게 입을 딱 벌렸고 루젤은 이마를 짚었다. 형수는 태어나서부터 계속 시골 영지의 성에서만 자라 이렇게 물정을 모를 때가 있다.

"마음대로 하십시오. 다만 저도 가만히는 있지 않을 겁니다."

"……마음대로 하세요."

백작 부인은 쌩하니 자리를 떴다.

그 뒷모습을 본 헤링어가 루젤에게 은근슬쩍 물었다.

"소금 뿌릴까요?"

루젤은 차마 나도 그러고 싶다고는 말하지 못했다.

엎드려 코를 묻은 베개에서는 루젤과 같은 냄새가 났다. 같은 비누로 빨기 때문일 것이다. 유나는 베개 아래 두 팔을 팔꿈치까지 넣고 마음껏 베개에 뺨을 문질렀다. 이 세계이니 분명 손으로 짜는 것일 텐데도 베개에 쓰인 천은 부드럽고 감촉이 좋았다. 오늘 낮에 흠뻑 젖은 베갯잇을 보고 하녀들이 새것으로 갈아줘서 그런지 햇빛 냄새도 좀 났다.

한밤의 집은 어둠처럼 고요했다. 이 집에 입주해 사는 사용인은 거의 없었고 집 앞 거리도 밤에는 다니는 사람이 없었다. 가로등이 없는 시대라서 그럴까. 화려한 파티는 아주 밤늦게까지 계속되는 것을 경험한 적이 있었지만 이 부근의 저택들은 밤에 조용히 잠드는 것을 선호했다. 덕분에 그녀는 지친 눈을 감고 생각을 정리할 수 있었다.

루젤이 떠난 황도에 혼자 남아 있는다는 생각은 끔찍했다. 비단 생활의 불편만이 아니다. 그녀는 그가 없이 이 세계에 있는다는 것 자체를 상상할 수가 없었다. 그와 끼니때마다 함께 식사하고, 그가 돌아올 때를 기다리며 그에게 뭘 해줄 수 있을지 궁리하고, 그가 돌아오면 오늘은 어떤 기분인가 살피며 인사하고.

그와 손을 잡고 마차에 타고, 그와 가까이 닿으며 춤추고, 그와 함께 정원을 걷고, 그의 눈빛에서 자기 확신을 얻고. 살아 있다는 기분을 느끼고. ……아, 어느새 그와 모든 것을 함께하는 것이 너무 당연했다.

그녀의 마음이 내는 목소리는 매번 달랐고 매번 각자 다른 합리성을 가지고 있었다. 그녀는 어느 것을 선택한다 해도 다음 순간에는 다른 목소리의 항의를 듣고 후회하리라는 것을 알았다.

왜.

이런 선택을 해야만 할까.

선택은커녕 생각도 하고 싶지 않았다. 그러나 집에 돌아가는 것은 어릴 때 TV 프로그램을 보며 하던 망상만큼이나 멀었다. 그녀는 엎드린 채 심호흡을 크게 했다. 몽롱했던 머리에 차가운 밤바람이 들어오며 정신이 훅 깨었다.

그녀는 일어나 앉았다. 매끄러운 잠옷이 다리를 감싸며 흘러내렸다. 동작이 급해졌다. 유나는 머리를 손가락으로 빗어 내리며 침대 아래의 실내화에 발을 집어넣었다. 그리고 어두운 방을 더듬어 움직였다. 이 방도 밤이 되면 외 창을 닫아 한 치 앞도 보이지 않았지만, 다행히 어둠에 익숙해진 눈으로는 문틈 사이로 비치는 아주 희미한 빛이 보였다.

다행히 문에 부딪치지 않고 그녀는 복도로 나갈 수 있었다. 복도의 바닥이 삐걱 하는 소리를 내는 것과 동시에 백작 부인의 방에서 흠 하고 숨 삼키는 소리가 들렸다. 유나는 그녀가 오늘 저녁에 루젤과 말다툼하는 소리를 들었다. ……아니, 아마 옆집까지도 들렸을 것이다. 싸움 중에는 분명 유나의 이름도 나왔었는데, 동생이 정체 모를 여자에게 청혼했다는 것이 마음에 안 들었다면 이해할 수 있는 일이었다.

잠시 그 자리에 서 있어도 누군가 깨는 소리는 들리지 않았다. 그녀는 천천히 계단을 찾아가서 그 난간을 잡고 천천히 한 단씩 내려갔다. 계단에서 나는 소리는 복도에서보다 익숙하게 죽일 수 있었다.

식사할 때를 제외하고 1층에 내려오는 것은 오랜만이었다. 유나는 우선 무사히 1층에 발을 딛자 한숨을 쉬었다. 그리고 주변을 막 둘러보려는데.

어머나.

저도 모르게 한국말이 나왔다. 유나는 등 뒤에 언제부터인가
서 있던 남자를 보고 어깨를 떨 만큼 놀랐다. 그 남자 또한 유나
가 놀라는 것을 보고 눈을 가늘게 떴다. 저 뒤에 촛불 빛이 비치
는 걸로 보아 그는 원래부터 잠들지 않고 있었던 모양이었다.

"……레이디 유나."

이 시간에 왜 안 자고 나와 있는 걸까.

루젤은 한 걸음 나서, 어디의 창에서인가 들어오는 달빛이 희미
하게 비치는 곳에 섰다. 유나는 그가 인상을 약하게 쓴 것을 보고
조금 놀랐다. 그는 그런 표정을 잘 짓지 않는다. 혹시 그녀와 둘이
마주친 것이 불편하기 때문일까. 그렇다면 그것 또한 이해할 수
있다.

"바이언트 경."

"왜……."

나와 계십니까. 그는 아마도 그렇게 물은 것 같았다. 유나는 마
치 알아들은 것처럼 자연스럽게 대답했다.

"당신을……."

찾고 싶었어요.

루젤의 얼굴이 약간 움직였다. 그녀는 그가 '의아한' 표정을 지
었다는 것을 알았다. 그는 유나에게 물었다.

"왜……."

저를.

"얘기를……."

하고 싶어서.

그녀의 눈이 뜨거워졌다. 그렇게 울었는데도 그를 보니 목이 멘

다. 뭔가 당장 쏟아져 나올 것 같다. 그에게 달려들어, 좋아한다고 말하고 끌어안고 싶다. 그렇게 해도 서로 상처가 깊어질 뿐임을 알고 있는데.

저 이마, 머리칼, 눈, 뺨, 콧등, 입술, 턱, 목, 어깨.

루젤은 시간을 재는 듯 주변의 어둠을 한 차례 보았다. 그는 그러나 잠시 후 결정하고 유나에게 자기 방 쪽을 가리켜 보였다.

"괜찮으시다면."

거실의 불을 지금 켜는 것도 우스운 일이고, 그렇게 하다가는 거실과 붙은 방에 있는 하인들을 깨워 버릴 것이다. 그렇다고 얼어붙을 것 같은 복도에서 계속 이야기할 수도 없다. 유나는 몸이 어느새 덜덜 떨리고 있는 것을 느끼고 고개를 끄덕였다.

루젤은 그녀가 추워하는 것을 안 듯 본인이 걸치고 있던 가죽 덧옷을 입혀주었다. 유나는 그 옷에서 느껴지는 체온에 이번에는 다른 이유로 몸을 떨었다. 그는 친절하게 그녀의 옆을 걸어 본인의 방문을 열었다.

처음으로 보는 그의 방은 넓었지만 벽에 걸린 검 몇 개와 그의 문양이 그려진 청동제 방패를 제외하고는 장식이 없었다. 벽난로의 불은 거의 숯만 남아 발갛고 어두웠다.

"여기……."

루젤은 둥글고 작은 테이블 앞의 의자를 빼주었다. 유나는 잠옷의 섶이 벌어지려는 것을 느끼고 가죽 덧옷을 오른손으로 여몄다. 루젤은 촛불 빛이 있는 곳에서 보니 끔찍하게 느껴질 정도로 잘생기고 약간 여위어 있었다.

자신은 정말로 그에게 폐를 많이 끼친다. 처음 만났던 그날도 몹시 놀라게 했었다.

"괜찮아요?"

루젤은 그녀를 위해 술을 꺼내주었다. 그녀는 그것을 받으며 걱정스럽게 물었다. 루젤은 그녀를 약간 놀란 듯 보고는 고개를 저었다.

"예."

거짓말이다. 그가 요즘 얼마나 힘든지 안다.

꿈과 같은 저 모습.

유나는 술을 두 모금 정도 마시고 훨씬 나아진 기분으로 한숨을 쉬었다. 속이 따뜻해졌다. 루젤이 테이블 앞으로 와 앉으며 물었다. 눈이 마주쳐 그녀는 저도 모르게 웃었다.

"왜……."

저를.

"이야기를……."

하고 싶다니까요.

"어떤……."

이야기를.

"당신과 나."

유나는 루젤과 자기를 한 번씩 가리키며 말했다. 루젤은 자신도 술을 마셨다.

"예."

"나는."

'세계'라는 말은 아직도 모른다. 이곳 사람들도 그녀가 다른 세계 사람이라고는 생각하고 있지 않은 것 같았고. 유나는 자신을 한 번 가리키며 말한 뒤 생각했다. 그리고 손짓했다.

저, 멀리.

이곳 사람들은 아마도 상상조차 해본 적이 없는 곳에서 왔다. 어디에 있냐고 물으면 할 말은 없지만, 이곳 지도를 보여주면서 방

위를 물어도 대답할 수 없는 곳이라는 것만은 분명했다.

달이 하나이고, 말 대신 자동차를 타고 다니는 곳. 왕 대신 총리나 대통령이 나라를 통치하는 곳. 귀족이 이름만 물려받는 곳. 그러나 이곳과 꼭 닮은 곳. 어쩌면 이곳이 몇 백 년쯤 지나면 비슷해지지 않을까, 하고 생각하고 있는 곳.

그러니 '저 멀리' 말고는 그에게 표현할 수 있는 것이 없었다. 루젤은 물었다.

"서울 땅을……."

말씀하십니까?

그녀의 세계 전체를 말한다. 유나는 고개를 끄덕였다.

"돌아가셔야……."

만 합니까?

그녀는 고개를 끄덕였다.

루젤은 그녀의 가슴이 찢어질 정도로 슬픈 표정을 했다. 질문은 한 박자 후에 나왔다.

"왜……."

돌아가야 합니까.

"우리 엄마가."

거기에 혼자 있어요.

그의 눈은 절망적이었다. 유나는 그것을 보자 자신도 숨을 쉬지 못할 만큼 답답하고 슬퍼져서 울고 싶었다. 그가 슬퍼하는 것은 싫었다. 가능하다면 자신이 그를 편안하게 해주고, 즐겁게 해주고 싶었는데.

……그녀는 잠시 후 그 슬픔이 술기운을 빌어 더 강해지고 충동적이 되어가고 있는 것을 느꼈다. 위험하다. 두근, 두근, 하고 가슴이 마구 뛰었다. 이대로 울어버릴 것 같다. 혹은 그에게…….

"갈래요."

유나는 자리에서 일어섰다. 뭔가 더 이야기를 하고 싶었지만 그의 얼굴을 보니 중요한 것은 모두 전달되었음을 알겠다. 다른 이야기는 나중에, 술기운이 사라지고 머릿속이 더 정리되면 해야 했다. 안 그러면 분명히 후회할 말을 하고 말 것이다.

의자 끌리는 소리가 났다. 루젤은 유나를 따라 일어섰다. 혹시 그에게 잡힐까 빠른 걸음으로 문을 향해도 그는 그녀보다 빨랐다. 루젤은 유나를 위해 문을 열어주려는 듯 손을 뻗다가 어정쩡하게 그녀의 앞을 팔로 막고 말았다. 그녀는 그를 저도 모르게 올려다보았다.

루젤의 얼굴은 약간 붉어져 있었다. 이곳 사람들이 술을 물처럼 마셔댄다는 걸 생각하면 취할 만큼 마신 것은 아닌데. 유나는 심장이 떨어지는 것 같은 기분으로 그를 호소하듯 올려다보았다. 그가 어서 보내주어야 했다. 이 방을 나가서 방으로 돌아가야.

하는데.

그들은 한 걸음 정도 떨어져 있을 뿐이었다. 루젤이 천천히 허리를 숙였다. 그녀는 눈을 뜨고도 피하지 않았다. 아니, 피할 수 없었다.

저 숯처럼 발갛고 뜨거운 입맞춤이 이어졌다.

솔직히 겁을 먹고 있었는데, 그녀는 입을 맞추어도 사라지지 않았다. 침대에 눕힐 때에도, 옷을 벗겨 침대 아래로 던질 때에도, 겨드랑이 아래의 튀어나온 갈비뼈에 키스할 때에도 사라지지 않았다. 잠들면서도 희미해지는 일은 없었다.

루젤은 몽롱하고 취한 기분으로 그녀가 잠든 얼굴을 보았다. 하녀의 말로는 많이 울었다던데, 정말로 그녀의 눈가는 붉고 부어 있었다. 눈에 키스할 때도 뜨거웠다. 이미 기력이 많이 떨어져 있었던 듯 잠드는 것이 순식간이었다. 그 또한 오랜만에 편안한 기분으로 잠들 수 있을 것이다.

그녀의 어머니는 딸의 결혼을 미루고 있는 걸까.

대부분의 경우 혼약은 열다섯 살도 되기 전에 이루어지고, 귀한 신분의 아가씨들은 어려서부터 시댁 식구들과 함께 자라다 어느 정도 자라자마자 식을 올려 버리곤 했다. 그러므로 유나와 같은 나이가 되기까지 약혼자도 없다는 것은 흔한 일은 아니었다. 하나 그것이 산맥 너머의 문화일 수도 있고……. 이 나라에도 그런 예가 없는 것은 아니다. 바로 저 태자 오이겐만 하더라도 이전의 약혼녀가 병으로 죽은 뒤로는 혼약도 하지 않고 있다. 황제와 황후가 그 문제로 자주 싸운다고 들었다.

그녀가 계속 옆에 이렇게 있어준다면 좋을 것이다.

유나의 숨소리는 최면을 거는 것처럼 조용하고 규칙적이었다. 그는 그 얼굴을 사랑스럽게 바라보고 머리칼을 쓰다듬었다. 이 까만 머리칼을 계속, 계속 이렇게 만지고 싶었다.

그녀가 돌아가야 하는 그 땅은 어떤 곳일까.

유나처럼 안정적인 사람이 정처 없이 여러 곳을 헤매왔다고는 생각하기 힘들었다. 그러니 그녀가 그의 앞에 나타난 것은 아마도 그녀에게 있어 익숙지 않은 경험이었을 것이다. 다시는 사라지지 않고 이곳에 계속 있을지도 모른다.

그러면 좋을 것이다.

그녀가 살던 땅에 대해서 더 알고 싶다. 그는 유나의 길고 검은 머리칼에 코를 묻었다. 그리고 그녀가 자란 곳에 대해 상상했다. 상상력이 부족하기 때문일까, 그림은 그려지지 않았다. 그러나 유나의 어린 시절이나 그녀의 어머니에 대해 생각해 보는 일은 편안했고 그는 금세 미끄러지듯 잠들었다.

그의 몸에는 세월에 바랜 흉터가 많이 있었다.

그 흉터 하나마다 입을 맞추고 쓰다듬으며, 그녀는 그가 살아온 삶을 생각했다. 닳은 맨가슴과, 목에서 뛰는 듯한 심장. 자꾸만 등과 허리를 쓰다듬는 팔. 붙잡은 어깨는 억셌고 처음 그를 보았던 날처럼 손은 두꺼웠다. ……그 어떤 것으로부터도 차단할 것처럼.

감싼 뺨. 목. 어깨.

아마도 울었고 기운이 없었기 때문에 그렇게 빨리 잠들었을 것이다. 유나는 놀란 사람처럼 한순간에 깨면서 전날 밤을 떠올렸다. 끝부분은 잘 생각나지 않았다. 아무튼 정신없이 잠에 빠져 있었다. 바로 이마 쪽으로 모를 수 없는 숨결이 느껴졌다.

그녀는 이불 안과 그의 가슴 안쪽으로 동시에 파고들며 눈을 떴다. 루젤의 숨소리가 잠시 작아지더니 그의 팔이 뻗어왔다. 그녀는 그의 가슴에 안겨 저도 모르게 웃었다. 머리통 쪽으로 부드러운 목소리가 들렸다.

"─?"

아침 인사다. 그녀는 그 말의 뜻을 아직 잘 몰랐으므로 용기를 내서 한국어로 말했다.

안녕.

뭔지도 모를 거면서, 그는 그 말을 따라 했다. 화냐. 그녀는 한국어로 속삭였다.

바보.

그는 이번에는 비교적 잘 따라 했다. 바포?

그녀는 쿡쿡 웃고 고개를 들었다. 그리고 루젤의 입술에 키스했다. 그는 그녀의 등을 꼭 끌어안았다. 기분이 좋다는 것을 알겠다. 이쪽도, 실은 이렇게 즐겁고 행복한 것은 오랜만이다.

계속 이렇게 있을 수만 있다면 얼마나 좋을까.

루젤은 그녀에게 오랫동안 입을 맞추고 뺨과 이마로 입술을 옮겨갔다. 간지럽고 부끄러운 느낌에 그녀는 얼굴을 붉히며 깔깔 웃었다. 그가 끌어안는 힘이 더 강해졌다. 정말이다. 이대로 있을 수만 있다면 뭘 내놓아도 좋겠다.

입술에 모양을 새기는 것처럼 그녀의 얼굴에 있는 대로 입 맞춘 그는 눈을 내려 그녀와 시선을 맞췄다. 그의 눈길은 매우 다정했다.

"-."

그의 아름다운 입술이 움직였다. 그녀는 그 의미를 이해했다.

말해주세요.

그녀는 고개를 끄덕였다. 뭐든, 그가 묻는 거라면 말해주고 싶다.

"-?"

당신의 땅에도 눈이 내립니까?

그녀는 고갯짓으로 대답했다.

내려요.

"-?"

당신의 땅에서도 밀이 자랍니까?

그녀는 이번에도 고갯짓으로 대답했다.

자라요.

"-?"

당신의 땅에서도 포도주를 마시고, 수확의 기쁨을 느낍니까?

직접 딴 포도로 포도주를 만드는 경우는 많지 않다고 생각하지

만, 그렇다. 유나는 우리는 막걸리를 만든다고 할까 하다가 그냥
웃으며 고개만 끄덕였다.

느껴요.

"—?"

당신의 땅에서도 말을 달리며 노을을 바라봅니까?

차를 달리며 노을을 바라본다. 그녀는 고개를 또 끄덕였다.

바라봐요.

"—?"

당신의 어머니는 어떤 분이십니까?

이번엔 고갯짓으로 대답할 수 없었다. 유나는 눈을 굴리다가 팔
을 꼼지락거려 그와 자신의 가슴 사이로 뺐다. 그리고 양손으로
하트 모양을 만든 다음 자신을 가리켰다.

엄마는 나를 많이 사랑해요.

루젤은 그 말에 더 다정한 얼굴을 했다. 그녀는 그의 얼굴에 울
것 같아, 그 가슴에 코를 다시 묻었다. 그는 그녀를 한 번 또 꼭
끌어안고 한참 동안 가만히 있었다. 밖에서 사람들이 움직이며 일
하는 소리가 들렸다. 집 밖으로 간밤에 생긴 쓰레기를 내버리는
소리에, 급한 아침 편지를 배달하러 달려가는 말발굽 소리들.

그들이 있는 곳으로 나가지 않고, 계속 이곳에 있을 수 있다면
얼마나 좋을까. 그녀는 꿈이 깨는 듯한 기분에 약간 서글퍼졌다.
그러나 그의 팔과 가슴과 다리는 진짜였고, 저 숨소리도 지금 이
곳에 있다. 아직은 이대로 있을 수 있다.

"레이디 유나."

그는 그렇게 그녀의 이름을 속삭였다. 유나는 그에게서 떨어지
며 그의 눈을 올려다보았다. 그리고 또박또박 말했다.

"유나."

그렇게 불러줬으면 좋겠다. 저 '레이디'라는 건 아마 뭐뭐씨 같은 걸 거라고 생각하는데, 루젤은 신분 높고 자기와 친척이 아닌 여자들을 그렇게 불렀다. 아샬레아의 말을 제대로 이해한 게 맞다면 아주 가까운 사이끼리는 그냥 이름을 불러도 예의에 어긋나는 것이 아니었다.

루젤은 그녀의 눈을 부끄러울 정도로 빤히 바라보며 말했다.

"유나."

또 웃음이 나왔다. 그녀는 미끄럼을 타듯이 미친 듯 상승했다가 갑자기 하강하곤 하는 기분 곡선에 약간 적응하기 힘들다고 생각하며 뺨을 붉혔다. 그리고 그의 입가에 있는 미소에 그에게 또 입을 맞추었다.

"―."

아직 질문이 있습니다.

끄덕끄덕. 말해요.

"―?"

당신의 생활은 어땠습니까?

그녀는 눈을 동그랗게 떠서 '어떤 의미로?'라고 되물었다. 그는 검은 속눈썹이 짙은 눈을 내리깔았다.

"―?"

당신에게는 형제자매가 있습니까?

도리도리. 없어요.

"―?"

당신의 친구들은 어땠습니까?

그녀는 엄지를 올려서 '좋았다'고 전달했다. 루젤은 빙긋 웃었다.

"―?"

당신이 좋아했던 음식은, 음악은, 옷은 어떤 것인지?

"음……. 많이?"

좋아하는 게 너무 많고, 이 나라에는 없는 것도 많다. 최근에는 군고구마 라테라던가 군밤 같은 것도 먹고 싶었고, 계란 넣은 라면은 먹고 싶을 때를 지났다. 옷은…… 세일할 때였지만 큰맘 먹고 장만해야 했던 몸에 잘 맞는 화이트 셔츠랑 입으면 다리가 날씬해 보이는 청바지. 음악은 아무래도 재즈 피아노를 많이 듣게 되었고. 피아니스트가 되려는 마음은 접었지만 여전히…….

그녀는 고민하다 덧붙였다.

"클라비어 좋아요."

사실은 그것보다 좀 더 발전한 단계인 악기가 좋지만 하프시코드나 오르간 같은 것도 특유의 예스러운 소리가 마음에 들었다. 루젤은 생각도 하지 않은 속도로 말했다.

"–."

라이헤르타 땅에 갈 때, 클라비어를 또 한 대 마련해 가지요.

그거 비쌀 것 같던데. 유나는 쓸쓸함을 섞어 깔깔 웃었다. 루젤은 약간 미간을 좁혔다.

"정말입니다."

"–."

그리고, 요리사도 한 명 데려가지요.

확실히 루젤의 성의 요리는 구운 정도가 나쁘지 않은 걸로 보아 아마 요리사의 솜씨 문제는 아니었지만, 레퍼토리가 심심했다. 황도에서 열리는 파티의 요리들을 보니 좋은 향신료가 없는 건 아닐 테고. 아마 배달 요리와 라면에 중독된 도시 소녀가 시골 할머니 집에서 나물과 국만 있는 식탁이 심심하게 느껴지는 것과 비슷한 게 아닐까. 유나는 고개를 끄덕였다. 그는 아직 제 가슴 앞에 있는 유나의 두 손을 잡아다 경의를 표하듯 키스했다. 그가 손에 키스하는 것은 처음이 아니었지만 이번은 마치 물속에 잠긴 것처럼 따뜻했다.

가슴이 고동쳤다. 유나는 루젤의 이름을 불렀다.

"루젤."

그는 매우 다정한 눈으로 그녀를 보고 대답했다.

"예?"

"루젤."

좋아요.

말하지는 않았다. 그녀는 그의 얼굴을 사랑스럽게 보다가 제 아직 잡힌 손등에 얼굴을 묻었다. 밖에서 계단 내려오는 소리가 시끄럽게 들렸다.

갑자기 기분이 나빠졌다. 저것은 틀림없이 백작 부인이다. 루젤은 유나의 목까지를 이불로 잘 덮었다. 언제부터 거기 와 있었는지 모를 헤링어가 문 바로 앞에서 말했다.

"주인님."

확실히, 사람들 움직이는 소리가 많아진 걸 보니 일어날 시간인 것 같긴 했다. 루젤은 문을 향해 크게 뭐라고 말했다. -. 백작 부인은 바로 식당으로 가지 않고 루젤의 문 앞에서 발걸음을 멈췄다. 헤링어와 백작 부인이 잠깐 얘기를 나누는 소리가 방 안까지 들렸다.

마님, -. -? -! -. -?! -.

"루젤."

유나는 그를 불렀다. 백작 부인은 헤링어에게 일을 시킬 때 말고는 말을 잘 걸지 않는 것 같았으므로, 아마 용건은 루젤에게 있을 것이다. 대체 아침부터 남동생 방에 쳐들어오는 누나는 뭐 하는 사람인지 모르겠으나.

루젤은 유나를 보았다. 그녀는 문 쪽을 눈짓했다. 당신을 찾는 것 같은데.

루젤은 침대에서 내려갔다. 그리고 유나가 시선을 돌린 동안 바지를 찾아 입고 가운을 걸쳤다. 백작 부인이 성화를 부리는 듯 시끄러운 소리가 들렸으나 헤링어가 잘 막고 있는 듯 문 두드리는 소리는 없었다. 문이 열렸다.

"헤링어, 무슨 일이냐?"

루젤은 조금 열린 문 너머로 엄격하게 물었다. 유나는 눈에 띄면 부끄러울 것 같아 이불 속에서 눈 위부터만 내밀고 그의 뒷모습을 보았다. 루젤 너머로 헤링어와 백작 부인이 차례로 서 있었다. 백작 부인은 그 너머로 루젤의 침대를 보고 유나와 눈이 딱 마주쳤다.

낯이 뜨거워졌다. 유나는 침대 속에 더 파고들어 갔지만 이미 늦은 상황이었다.

"도련님, 이게 어떻게 된 일이지요?"

루젤은 불쾌한 얼굴을 했고 헤링어는 인상을 썼다. 충실한 보좌관은 주인 대신 따졌다.

"그것은 백작 부인 마님께서 참견하실 사항이 아닙니다."

"너는 입 다물어! 감히 귀족이 대화하는데 끼어들다니!"

백작 부인은 맵게 으르렁거렸다. 루젤은 아예 밖으로 나서 등 뒤로 문을 닫았다.

"형수님. 아침부터 무슨 일이십니까?"

"저 아가씨의 방에서 하녀가 제 모실 주인이 없어졌다며 난처해하고 있길래 이럴 줄 알고 내려와 봤지요."

……이렇게 빨리 알려질 줄은 몰랐는데. 루젤은 잠시 난처해졌지만 곧 생각을 바꾸었다. 나쁜 짓을 한 적은 없다. 어차피 그가 청혼한 쪽은 유나다.

"형수님께서 여쭤실 일이 아닙니다."

"도련님!"

백작 부인은 눈을 번쩍였다. 그는 형수의 반응이 오히려 이상해서 인상을 계속 썼다.

"처음부터 말씀드렸지요. 저는 레이디 유나를 사랑하고, 그녀와 결혼하기로 했습니다. 제가 성인이 된 지도 한참이 흘렀고 다스리는 영지가 있는데, 어찌 결혼 문제까지 참견하려 하십니까?"

"결혼은 도련님 혼자만의 문제가 아니에요."

"적어도 형수님 문제는 아니지요."

그 말에 백작 부인은 찬물이라도 뒤집어쓴 듯 조용해졌다.

형수는 어려서부터 바이언트 가의 성에서 자라왔기 때문에, 사실 그는 형수의 손에서도 꽤 자랐다고 볼 수 있었다. 그러므로 그녀의 성격은 잘 알고 있다고 생각했는데. 저렇게까지 악에 받친 모습은 처음이다. 역시 이해가 안 가는 데다.

"……형수님?"

그는 확인하듯 백작 부인을 불렀다. 백작 부인은 갑자기 허리를 펴고 원망하듯 그를 보았다.

"역시 저와 적대하는 길로 가시는 건가요?"

"예?"

루젤은 화가 난 것을 약간 잊고 눈을 껌벅였다. 헤링어가 입을 벌렸다.

"백작 부인 마님, 그런 식으로는……."

"너는 닥치라고 했어!"

호통이 날아왔다. 헤링어는 찔끔해 입을 다물었고 루젤은 오른손을 들었다.

"형수님, 적대라니, 그게 무슨 말씀이신지. 제가 레이디 티티제와 결혼하지 않아도 게오르츠 백작의 삼촌이고 형수님께서 제 돌아가신 형님의 아내이심은 틀림없는 사실인데."

"이렇게까지 해서 저희 가문을 배척하시는 게 그럼 뭔가요! 저 아가씨는 정부로 들이면 되잖아요! 연고 하나 없는 정체 모를 아가씨를! 도련님처럼 현명한 분께서 정말로 한 사람이 마음에 들었다는 사실 하나 때문에 결혼을 결정하셨다고는 믿을 수 없어요!"

하지만 그것이 사실이다. 백작 부인의 눈에는 그렇게까지 비합리적으로 보이는 걸까.

루젤은 영문을 알 수가 없어 헤링어를 보았다. 헤링어는 주인에게 이따 설명하겠다는 의미의 익숙한 눈짓을 보냈고 루젤은 일단 형수를 진정시키는 게 좋겠다고 결정했다. 너무 흥분하고 있다.

"형수님, 저는 결코 형수님과 적대할 생각은 없습니다. 우선 진정하시고 다시 생각을."

"됐어요. 이러실 줄 몰랐던 것도 아니니까."

그건 또 뭔가. 백작 부인은 한순간 기운이 다 빠진 듯 울 것 같은 얼굴을 했다. 그러더니 다음으로는 루젤을 쏘아보며 당당하게 말했다.

"저는 티티제를 데리고 이 집을 나가겠어요. 도련님께서도 제가 그렇게 호락호락 모든 걸 넘겨줄 거라고는 생각하지 않으셨겠죠. ……각오하고 있을 테니, 도련님께서도 그래주세요."

오이겐은 팔로 눈을 덮은 채 색색거렸다. 아샬레아는 하녀가 귀걸이를 떼는 것을 거울 너머로 보며 무심하게 말했다.

"촛불을 꺼라."

오이겐은 바로 반대했다.

"끄지 마."

촛불 옆에 있던 하녀는 움직임을 멈췄다. 아샬레아는 거울 속의 자신을 점검하며 말했다.

"눈이 부시잖아요."

"촛불은 눈 안 부셔."

"그러면요?"

"네가 눈부셔. 눈이 멀 것 같아."

하녀는 큰 사파이어가 달린 귀걸이 두 개를 벨벳이 깔린 상자에 넣고 물러났다. 아샬레아는 검고 곱슬곱슬한 머리칼을 왼손 손가락으로 빗어 내리며 오른손으로는 부채를 들었다. 눈에서 팔을 치운 오이겐이 무뚝뚝하게 물었다.

"뭐 하려고?"

"우리 태자 전하께서 눈이 멀어버리시면 곤란하니."

다르륵. 오색 깃털을 장식으로 단 상아색 부채가 날개처럼 펼쳐졌다. 아샬레아가 그것으로 얼굴을 가리자 오이겐은 몸을 모로 돌리며 신경질을 냈다. 그의 얼굴은 술기운 때문에 아직 붉었다.

"당장 치워."

"눈이 부시다면서요."

"네 얼굴이 가려지는 걸 보느니 눈이 멀겠어."

아샬레아는 후후 웃으며 부채를 치웠다. 그 사랑스러운 얼굴에 오이겐은 누운 채 이를 갈았다. 그녀를 보면 머릿속이 온통 마비되는 것 같다.

"말을 함부로 못 해."

"어머, 모르셨어요? 말은 원래 함부로 하는 것이 아니에요."

아샬레아의 웃음소리가 방울처럼 맑게 퍼졌다. 오이겐은 침대에 배를 깔고 누웠다. 하녀가 다가와 그가 평소 좋아하는 음료를 내밀었다.

"고마워."

그는 인사하고 음료를 받아 마셨다. 속이 확 타오르는 기분이 들었다. 아샬레아는 목걸이를 풀고 가운을 벗었다. 그녀의 아랫 가슴부터 허리까지를 꽉 조이고 엉덩이 부분부터는 확 부푼 상아색 코르셋이 드러났다. 오이겐은 그녀의 가슴 쪽을 빤히 쳐다보았다.

고래 뼈로 만든 거대한 페티코트가 벗겨져 나갔다. 그녀의 엉덩이 뒤로는 깃털을 잔뜩 붙인 흰색 장식이 길게 드리워져 있었다. 명백하게 장식적인 모양에 오이겐은 한숨처럼 신음했다.

"공작 같군."

"암컷이지만요."

"수컷의 꼬리를 떼다 붙인 암컷 공작. 됐나?"

"됐어요."

틀린 말은 아니다. 아샬레아는 깔깔 웃고 페티코트 밖으로 걸음을 디뎠다. 하녀는 어수선하게 늘어진 여주인의 옷가지를 정돈하며 빠르게 움직였다. 오이겐은 하품하고 물었다.

"어딜 다녀왔길래 그런 걸 입고 있어?"

"카르가링겐 후작 부인의 살롱이지요."

아샬레아는 구겨지고 눌린 꼬리 장식을 손으로 살살 잡아당겨 폈다. 그러면서 거울 쪽으로 엉덩이를 돌렸다. 오이겐은 그 흰 허벅지를 뚫어지게 보며 이번에는 느리게 하품했다. 그리고 손짓했다.

"이리 와."

아샬레아는 빙긋 웃었다.

"왜 그렇게 화가 난 목소리지요?"

"카르가링겐 후작 부인의 살롱에는 남자가 많잖아."

"전하께서 마음에 들어 하시는 인사도 여럿 있는 걸로 아는데요."

"누구든 널 넘보는 녀석은 죽여 버릴 거야."

저렇게 말하는 그를, 그녀는 동정하지 않았다. 아샬레아는 꼬리가 흔들리도록 침대를 향해 걸었다. 그리고 침대 기둥 옆에 서서 교활하게 속삭였다.

"레이디 유나를 불러주신 것에 대한 감사 인사를 하러 간 것뿐이에요."

"이제 유나를 여기저기 데려갈 필요 없다고 했을 텐데."

"전하께서 내리신 상을 안 받으시려는 모양이니, 이 정도는 돌봐주어야지요."

"결국 그거, 루젤이 지불했더군."

아샬레아의 회색 눈은 촛불 빛과 검은 머리칼 아래 어두운 얼굴 속에서도 형형히 빛났다. 오이겐은 그 담담한 듯 요염한 눈을 보다가 그녀의 허리를 끌어당겼다. 그녀의 부드러운 살이 와 닿았다.

"약혼녀의 옷값을 다른 남자에게 지불하게 하는 남자는 실격이지요."

"벌써 그렇게 됐나?"

"다른 선택이 있나요?"

"유나가 루젤을 사랑하기 때문이라고 말하면 안 되나?"

"그 두 분 사이라면 그런 허망한 감정도 중요하겠지요."

"사랑이 허망해?"

"전하께서 더 잘 아시지요. 저는 사랑에 살다가 버림받는 위치일 뿐이랍니다."

오이겐은 아샬레아의 꼬리 장식을 뜯어 던져 버렸다. 값비싼 것이었지만 그녀는 불평하지 않았다. 어차피 이럴 것을 생각하고 만든 물건이다. 그는 그녀를 자신의 아래에 눕히고 의아한 듯 다시 물었다.

"사랑이 허망해?"

아샬레아는 눈에 떠오르려는 익숙한 절망을 숨겼다. 어쩌면 그가 지금처럼 취해 있지 않았다면 그 희미한 상념은 전해졌을지도 모른다.

그녀는 거부할 수 없는 눈웃음을 가만히 지었다.

"이상한 것을 재차 물으시네요."

오이겐은 그 말에 그녀의 목덜미에 자신의 코를 묻었다.

저와 닿은 뜨거운 것이 눈물일지 무엇일지는 모른다. 그녀는 생각하지 않고 천장을 보았다. 붉고 호화로운 휘장이 드리워진 침대 천장은 나무로 부조하고 값비싼 유약으로 칠한 것이었다. 그녀는 극장에 들어갈 때 이런 삶을 상상하지 못했다. 아마 극장주도 그가 주워온 꽃 파는 아이가 이렇게 성공할 줄은 몰랐을 것이다. 그러나 이것은 실제로 지금 그녀에게 주어진 무게였고 자존심까지도 팔지 않으면 도저히 감당할 수 없는 것이었다.

오이겐은 이 나라의 후계자이니 누구든 대단한 통치 가문의 여성을 아내로 맞이할 것이다. 그때도 그가 그녀를 찾을지, 그것은 아무도 모르는 일이었다. 아샬레아는 오이겐이 보지 못하는 틈을 타 눈물을 말렸다.

유나는 일꾼들이 옮겨 들어온 클라비어를 보고 감탄했다. 그녀가 손뼉이라도 칠 기세로 쳐다보고 있는 동안 일꾼들은 클라비어를 빛에 상하지 않으면서 잘 보이는 거실의 구석에 두었고, 헤링어는 만족스럽게 고개를 끄덕였다. 헤링어가 일꾼들에게 돈을 지불하자 루젤은 유나에게 물었다.

"괜찮으십니까?"

"좋아요."

유나는 신이 나서 고개를 끄덕였다. 그저께 아침의 일로 백작 부인과 티티제는 루젤의 집을 쌩하니 나가 버렸는데, 루젤이 누나와 싸운 것 때문에 풀 죽어 있으면 어쩌나 했더니 그는 의외로 아무렇지 않게 유나에게 집중했다. 그녀는 그러나 이해되지 않는 것이 있어 물었다. 그리고 보면 전에 물었어야 하는 것이기도 한데.

"성에 클라비어 있어요."

그런데 왜 새것을?

루젤은 고개를 끄덕였다.

"이젠 두 개입니다."

그러니까, 이제 두 개…… 아! 그녀는 그가 일부러 한 대 더 마련한 것임을 그제야 알아들었다. 한 대는 이 집에 두든가 성의 다른 곳에 두려는 모양이었다. 일꾼들이 거실을 나가자 헤링어가 아마도 그들을 배웅하려는 듯 따라나섰다. 유나는 잠시 루젤과 둘만 남은 그 방에서 기쁘게 그를 올려다보았다.

그가 그녀를 내려다보는 눈빛은 참으로 따뜻해, 믿기가 힘들 정도였다. 그녀는 그의 가슴을 끌어안았다. 루젤은 유나의 머리통에 입을 맞추고 다정하게 말했다.

"클라비어……."

쳐 보시겠습니까.

그렇잖아도 궁금했다. 유나는 루젤이 클라비어 앞에 놓아주는 의자에 앉았다. 그리고 추워서 약간 언 손을 입김으로 녹이고 건반을 만져 보았다. 자자자잔. 어릴 적 기억 같은 소리가 났다.

그녀는 미소를 지었다. 이곳의 음 체계는 21세기 클래식 음악에서 쓰는 것과 조금 다르긴 했지만 연주에 그럭저럭 무리가 없는 정도였다. 루젤의 성에 있던 클라비어는 조율이 너무 안 되어 있어서 몰랐는데, 아주 꼭 조인 새것을 만져 보니 확실히 알겠다. 황도의 다른 집에서 다른 아가씨들이 연주하는 걸 듣고 의심을 하고 있었지만.

혹시 다시는 집에 갈 수 없다면, 피아노 선생을 해도 되겠는데. 유나는 그런 생각이 자신이 루젤을 좋아하기 때문에 드는 것임을 알았다. 얼마 전까지만 해도 그런 생각이 든다면 끔찍하다고 생각하고 기겁했을 텐데. 이제는 어쩐지 그림이 그려지는 것 같다. 안 되는 일일까.

그래도 이곳에서 최선을 다할 수 있다면.

그래도 좋을 것 같다. 그녀는 어렴풋한 죄책감을 느끼며 손이 가는 대로 건반을 누르며 소리를 확인했다. 그리고 루젤이 덧옷을 걸쳐 주고 옆에 서자 인사했다.

"고마워요, 루젤."

그는 그 남자에게 가능하리라고는 상상하지 못했던 만큼 요 며칠간 잘 웃었다. 루젤은 그녀의 뒤에 섰다. 유나는 아무것이나 한국에서 어릴 때 치던 연습곡을 연주하기 시작했다.

자자자자자, 잣자아자.

역시 오랫동안 치지 않아서인지 매끄럽게 나오지는 않았다. 그래도 손이 가는 대로 내버려 두니 음악이 나온다는 것은 다행한 일이었다. 그녀는 루젤이 그녀의 서툰 손을 너무 보지 않기를 바라며 몸을 약간 좌우로 흔들었다. 백작 부인과 티티제가 없는 것이 더 다행으로 느껴졌다.

하인이 들어와 루젤에게 낯익은 은쟁반을 내밀었다. 루젤은 그 위에 올라온 여러 통의 편지를 받아 들었다. 그리고 나머지를 클라비어 몸체 위에 얹고 가장 두꺼운 것을 뒤집어 보았다. 유나는 그 편지에 흘깃 눈길을 주었다가 붉은 봉랍의 크기에 깜짝 놀랐다. 거의 편지 봉투의 절반을 뒤덮을 정도로 거대하고 복잡한 인장이 찍혀 있었다.

유나의 손이 잠깐 멎자 루젤은 신경 쓰지 말라고 손짓하고 편지를 뜯었다. 두꺼운 편지 봉투 안에서는 대단히 긴 편지가 여러 장 쏟아져 나왔다. 루젤은 그것을 들고 책상 앞으로 가 앉았다.

어디서 왔길래 저렇게 길까. 유나는 어차피 보고 있어봐야 무슨 일인지 이해할 수 없을 거라고 짐작했기 때문에 신경 쓰지 않고 계속 연주했다. 그 소리를 들은 듯 잠시 후 헤링어가 들어왔다.

"이야, 레이디 유나."

헤링어는 일꾼들을 다 잘 보낸 듯 시원한 얼굴이었다. 그는 거실에 들어서자마자 클라비어 앞에 앉은 유나를 보더니 다가와서 절했다.

"좋습니다."

'잘한다'고 칭찬해 주려는 것을 저렇게, 그녀가 아는 어휘로 말해주는 것이다. 유나는 기뻐서 빙긋 웃었다. 이곳에서 그녀가 잘하는 것은 역시 많지 않다. 계절이 바뀌었어도 마찬가지이니, 조금은 경각심을 갖고 뭐라도 배우려고 해야 하는 건지도 모른다. 아무튼 루젤과 계속 같이 있는다면.

아니, 아니. 아직 결혼한다고 결정한 건 아니다. 좋아하고 남고 싶어 한다고 해도 마음대로 되는 일도 아닐 것이고.

유나는 고맙다, 고 종알거리고 루젤 쪽을 눈짓으로 가리켰다. 헤링어는 루젤이 긴 편지를 읽고 있는 것을 보고 약간 인상을 썼다. 확실히 여기 사는 동안 저렇게 긴 편지는 처음 보았다. 혹시 심각한 일인 걸까.

"실례하겠습니다, 레이디 유나."

헤링어는 유나에게 다시 절하고 자기 주인에게 다가갔다. 루젤은 헤링어가 오는 것을 들었을 텐데도 우선 편지를 다 읽는 데에 집중했다. 그즈음 유나는 첫 곡을 마치고 다음에는 무슨 곡을 연주할지 고민했다. 가능하다면 나중에 아샬레아가 놀러 왔을 때 그녀가 노래하고 자신은 연주를 해도 즐거울 것이다. 그때 무슨 후작 부인인가의 동호회에서 아샬레아의 반주를 해준 아가씨의 솜씨는 솔직히 좋지 않았다. 그래도 한때는 꿈이었던 길이라고, 본인은 연습도 안 하는 주제에 남의 솜씨를 평가하는 것도 오만한 일일지도 모르나.

"주인님."

"헤링어."

루젤은 편지를 다 읽고 나서 본인의 옆에 선 헤링어를 올려다보았다. 유나는 각도상 클라비어 앞에서는 그의 얼굴을 볼 수 없어 답답해했다. 헤링어는 그 두꺼운 편지의 편지 봉투를 집어 들고 봉랍을 맞추어 보더니 한숨을 푹 쉬었다.

"ㅡ."

'백작 부인'이라는 단어가 들어가 있는 것은 알았다. 그녀는 걱정하며 그들을 보다가, 갑자기 들린 이명에 어깨를 움츠렸다.

ㅅㅇㅇㅇ이…… 찌ㅅㅣㅇㅣ……ㄱ.

유나는 방이 갑자기 어두워지고, 눈앞에 익숙한 다른 것이 희미하게 나타나기 시작하는 것을 보았다. 이럴 줄 알았다. 그러니까 조심하려고 했던 것인데.

이명은 지난번과 달리 작았고 환청처럼 금세 사라졌다. 그리고 다시 선명해진 방은 묘하게 생경했다. 유나는 루젤과 헤링어가 이쪽을 보지 않는 것을 확인하고 본인의 손을 잠시 확인했다. 이 세계는 여느 때처럼 분명했다. 본능이 먼저 예감했다.

어쩌면, 멀지 않았다.

이번에 마련한 클라비어는 정확히 말하면 새것은 아니었다. 어느 가문에서 영애의 교육을 위해 맞췄다가 갑자기 무역 수입이 줄었기 때문에 대금을 감당할 수 없어 바로 내다 판 것인데, 루젤은 그 소식을 듣자마자 바로 구입을 결정했다. 작은 돌무지 성에 있는 클라비어도 물론 그대로 둘 셈이지만, 조율할 사람을 게오르츠 백작령에서 불러오는 것은 이제 물 건너갔다. 이 김에 클라비어를 다룰 줄 아는 사람도 하나 고용해서 데리고 내려가는 것도 괜찮을 것이다. 그리고, 내려가기 전 이 집 거실에서 유나가 즐겁게 치는 모습도 보고 싶고.

다행히 도착한 클라비어를 본 유나는 즐거워하며 연주했다. 그 모습이 사랑스러워 루젤은 그녀의 옆에 가 섰다. 까만 머리칼이 그녀가 몸을 양옆으로 살살 흔드는 것에 따라 찰랑였다. 이대로.

계속 이대로.

있고 싶다. 눈을 뗄 수가 없다.

그는 어려서부터 무뚝뚝한 아이라는 소리를 들어왔는데, 이제 보니 자신은 그저 웃을 일이 없었을 뿐이라는 것을 알았다. 이렇게나 웃음이 나온다. 바보처럼 보일까 봐 가끔은 놀라서 일부러 침을 삼킬 정도로.

"주인님."

오늘 편지가 도착했는지 하인이 다가왔다. 루젤은 그 편지 사이에 눈에 확 띄게 두꺼운 봉투가 있는 것을 발견했다.

"고맙다."

편지를 깨끗이 집어가자 하인은 절하고 거실을 나갔다. 루젤은 다른 것을 클라비어 위에 대강 얹어두고 가장 두꺼운 편지를 뒤집어 보았다. 어디서 온 것인가 하고—사실 그 종이가 익숙한 것이었으므로, 반쯤은 짐작하며— 인장을 확인해 보니 그것은 법원에서 온 물건이었다. 저, 대를 이어 더해져 온 거대한 인장은 흔치 않은 크기다.

……빠르기도 하다. 진지하게 읽을 필요가 있을 것 같아 그는 거실 책상 앞으로 가 앉았다. 그리고 편지를 읽기 시작했다. 유나의 연주는 계속 듣기 좋았지만 편지를 읽을수록 귀에서 빠져나갔다. 일꾼들에게 품삯을 모두 지불하고 집에서 내보내는 것까지 다 마친 헤링어가 다가와 말을 걸었다.

"주인님."

루젤은 편지를 다 읽을 즈음 유나의 연주도 끝난 것을 알고 아깝다고 생각했다. 그러나 클라비어가 집에 있으니 언제든 청할 수 있을 것이다. 그는 헤링어를 보고 한숨처럼 말했다.

"헤링어."

헤링어는 편지 봉투의 인장을 보고 이미 짐작한 얼굴이었다. 그는 주인에게 시니컬하게 말했다.

"과연 백작 부인 마님은 빠르십니다. 준비해 두셨던 모양인데요."

"……소장을?"

법원에서 온 두꺼운 편지는 절반은 루젤을, 절반은 유나를 향한 내용이었다. 레이디 아이라지베 오이리디체 추 어쩌구, 전 게오르츠 백작 부인의 이름으로 이러이러한 상소가 들어왔으니 한쪽 당사자이자 또 다른 당사자의 후견인인 그에게 알린다는 것으로.

"이미 여러 해 생각하고 계셨을 겁니다."

루젤은 씁쓸함을 느꼈다. 헤링어는 주인이 건넨 편지를 눈으로 묵묵히 읽기 시작했다. 그가 읽는 시간은 루젤에 비하면 매우 짧았다.

"왜 이렇게까지 하셔야 하나."

헤링어가 다 읽고 편지를 갈무리하자 루젤은 한숨처럼 말했다. 유나는 다른 곡을 치기 시작했다. 그는 그 소리 사이로 제 한숨 소리가 감추어졌기를 바랐다. 헤링어는 약간 신랄하다고 느껴질 정도로 말했다.

"'이렇게까지'라고 하실 것은 아닙니다. 백작 부인 마님 입장에서는 합리적인 선택일지도 모릅니다."

"나는 형수님과 적대할 생각이 없었다."

"주인님의 마음과 상관없이 백작 부인 마님께 주인님이 위협적인 상대라는 것은 분명하지요. 바이언트 가의 가장 연장자이자 전쟁 영웅, 그리고 건강하고 젊은 나이시니까요. 태자 전하의 좋은 부하이기도 하시니 게오르츠 백작령을 노리고 있다고 생각하셔도 무리는 없습니다."

"형수님께서 나를 그렇게 모르신단 말인가."

"어려서부터 같이 자랐다 해서 반드시 상대를 잘 이해한다고 볼 수는 없지요. 주인님께서도 백작 부인 마님을 이해하지 못하시지 않습니까."

그렇다. 죽은 전 백작은 자신의 아내가 하는 말을 잘 알아듣는 것처럼도 보였으나 루젤은 영 형수를 이해할 수 없었다.

그는 한숨을 깊이 쉬었다. 이미 이렇게 되었으니 어쩔 수 없다. 가능한 평화적으로 해결되었으면 좋겠다고 생각해 왔으나.

헤링어는 눈살을 찌푸렸다.

"오히려 이것으로 끝났으면 좋겠습니다만."

"가족끼리 서로 소송하는 것으로 충분하지 않나. 뭐가 더 남았지?"

"백작 부인 마님 입장에서 이렇게까지 주인님을 경계하시는 건 결국, '만약' 주인님과 적이 될 경우 본인이 이길 수 없다고 판단하고 계시기 때문이지요. 세 살짜리 백작님은 아직 말도 제대로 못 하시구요."

"……그래서?"

"아예 주인님께서 안 계시다면 걱정하실 필요도 없지요."

"그러니까, 정리하자면. 첫째, 라이헤르타 남작령은 원래 게오르츠 백작이 대대로 상속해 오던 토지이지 분할할 수 있는 것이 아니었으므로 게오르츠 백작에게 돌려주어야 한다. 둘째, 자칭 유나 폰 서울은 자기 가문에 대한 근거 없는 과장으로 사교계의 고귀한 인사들을 속였고 마침내 통치 가문의 남자의 마음까지 사로잡은 요사스러운 사기꾼이므로 처벌해야 한다. 맞지?"

수많은 법적 용어와 미사여구 사이에서 요점은 그것이었다. 시릴은 두꺼운 소장의 끄트머리를 곱게 맞추며 고개를 끄덕였다.

"예, 전하."

"언젠가 이럴 거라고는 생각했지. 루젤도 난처하겠어."

"어린 백작이야 언제 갑자기 죽을지 모르니 백작 부인도 남편이 죽었을 때부터 초조해하고 있었겠지요. 그러니 자기 육촌 동생과의 혼사를 무리하게 밀어붙이려던 것일 테고요."

"루젤이 과부 재산을 뺏을 리도 없는데, 자기 도련님을 그렇게 모르나?"

"흔히 있는 일이잖습니까."

오이겐은 지루한 듯 인상을 썼다. 확실히 그렇다.

"그래, 어떻게 생각해?"

결론으로 넘어가는 쪽이 빠르다. 위협적인 대상을 '미리' 치워 두는 것은 비난받을 만한 일도 아니었고. 시릴은 가는 입술을 비틀었다.

"우선, 라이헤르타 남작령이 게오르츠 백작의 소유가 된 것은 칠 대 전의 일입니다. 관습법적으로 논란의 여지가 있습니다."

"그 여지가 어떤 방향의 여지인데?"

"칠 대 전에 병합된 땅이 분할 가능한 독립적 1필지인지 분할 불가능한 일부인지 판례가 갈린다는 의미입니다. 라이헤르타 남작령이 게오르츠 백작령의 일부로 취급되어 왔는지 아니면 별도의 토지로 취급되어 왔는지 사례를 더 조사할 필요가 있습니다."

"헤링어가 알아서 하겠지."

"저도 그렇게 생각합니다."

시릴은 안경을 오른손 중지로 고정하며 고개를 끄덕였다. 상속법이란 아무튼 늘 변하는 것이고 복잡한 것이다. 오이겐은 양손을 깍지 끼고 등을 소파에 기댔다.

"시릴."

"예?"

"노인네가 이 소식 모르게 해."

"이미 아실 겁니다. 대법원에 들어갔으니까요."

"아, 그렇지."

이럴 때만 쓸데없이 빠른 놈들이다.

……황제는 루젤을 괴롭힐 거리가 생겼으니 이제 어떻게 할까. 아들에 대한 보복을 쏟을까. 오이겐은 눈을 내리깔고 인상을 썼다. 시릴은 소장을 모두 칼처럼 정확한 각도로 정리하자 이제 그것을 처음 접혀 있던 모양 그대로 봉투에 집어넣었다.

태자의 집무실에 침묵이 흘렀다. 시릴은 하인들이 조금 떨어질 때까지 기다렸다가 오이겐에게 말을 걸었다.

"전하."

"왜."

대답은 한 박자 후에 나왔다. 오이겐은 시릴을 보지 않고 대답했다. 시릴은 신경 쓰지 않고 할 말을 했다.

"그 아가씨 말입니다만."

"유나?"

"예. 그 아가씨를 어떻게 생각하십니까?"

오이겐은 시릴을 그제야 보았다.

"루젤의 여자."

"사기꾼으로 고발되었습니다. 기소당한다면 반드시 그 아가씨와 바이언트 경의 혼인은 귀천상혼이 되겠지요."

처벌 여부와 상관이 없다. 애초에 유나가 자기 가문을 증명할 방도가 있을 리가 없는 것이다.

"기소당하게 두진 않아."

"왜 그렇게까지 돌보십니까? 태자 전하께서 원하신다면 그 아가씨를 조용히 정부로 들이실 수도 있습니다만."

오이겐은 시릴을 노려보았다. 좀 인간 같아졌나 싶었더니.

"그런 거 아니야. 옷을 받지 않았으니 이렇게 빚을 갚는 거야."

"사교계 파티에 몇 번 내보낸 것이 그렇게 전하께 큰 빚을 지우는 일이 됩니까?"

"……그리고."

오이겐은 입을 다물려던 듯 잠깐 눈을 굴렸다가 결국은 토하듯 말했다.

"아샬레아가 유나를 좋아해."

시릴은 고개를 끄덕였다.

"알겠습니다."

오이겐은 이를 갈았다.

"등 뒤를 조심해, 시릴. 언젠가 분명히 칼을 맞을 테니까."

"황송한 말씀을. 심려, 마음에 새겨두겠습니다."

시릴은 심드렁하게 절했다. 오이겐은 손을 휙휙 저어 보였다.

"됐고. ……등 뒤가 걱정되는 건 한 녀석 더 있지."

"법정 공방보다 쉬운 답이 있으니까요."

전 게오르츠 백작 부인이 자기 도련님에게 어떤 뒷배가 있는지 모를 리가 없다. 다니엘 황자를 쫓아낼 때 루젤이 여러 법관과도 잘 아는 사이가 되었다는 것 또한 사교계에서 약간만 물어보면 알 일이다. 그러니 이길지 아닐지도 알 수 없는 법정 공방보다도, 경쟁자를 제거하는 데에 더 전통적이고 효과적인 방법에 기댈 가능성은 언제나 있었다.

시릴은 안경 속의 눈을 반쯤 내리깔며 말했다.

"이용할 수는 많습니다."

"전쟁에 진 쪽도 자존심 치레는 해야지. 노인네도 슬쩍 눈감아 줄 수도 있고."

"바이언트 경이 이 나라에 꼭 필요한 사람인 건 아실 겁니다."

"어느 정도 혼이 나는 것까지는 봐줄 수도 있어. 노인네의 멍청함은 내가 잘 알아."

"최강의 기사이니 큰 염려는 안 됩니다만."

"그건 그런데."

오이겐은 고개를 끄덕였다. 정면 승부에서 루젤에게 이길 수 있는 사람이 이 나라에는 없다. 혹 다른 나라에는 있을까. 하지만 가장 뛰어난 기사라고 해도 언제나 방심할 때는 있는 것이다.

오이겐은 턱을 쓸었다.

"뭐, 헤링어가 알아서 하겠지만."

시릴은 약간 웃었다.

"전하, 그 아가씨가 정말로 산맥 너머의 공주라고 생각하십니까?"

"아니."

오이겐은 시릴의 생각보다 빠르게 고개를 저었다.

"잘 교육받은 아가씨인 건 맞아. 신체적 특징으로 봐서도, 아마 귀족인 건 맞을 거야. 하지만 큰 통치 가문의 후계자는 아무리 문화가 다른 지역 출신이라고 해도 우리끼리 알아볼 수 있는 특징이 있거든. 유나한텐 그런 건 없어."

"……그렇습니까?"

시릴은 묘한 표정을 지었다. 오이겐은 그를 보고 눈썹을 들었다.

"왜?"

"아뇨. ……전하께선 바이언트 경을 아끼시잖습니까."

"이 나라에 꼭 필요한 인재지."

"그런데 그를 뒷받침해 줄 수 있는 여자가 아니라도 괜찮으십니까?"

오이겐은 그 말에 창밖을 보았다. 오늘은 눈이 오지 않았다. 대신 투명한 햇살이 들어왔다.

"……결혼하고 싶은 사람끼리 결혼하는 것도, 가끔은 괜찮잖아."

시릴은 더 묻지 않고 고개를 숙였다.

Chap. 8
Die Party
파티

함박눈이 뜸해지고 어째 진눈깨비도 점점 축축해진다 싶더니, 요사이는 문밖에 나와도 코가 떨어질 것 같은 추위는 없었다. 오히려 센 바람이 멎고 맑은 하늘 아래 햇살이 쬐면 가끔은 무거운 외투를 벗어도 될 것 같은 기분마저 드는 날씨였다. 저 산들바람의 묘하게 짙어진 밀도 하며.

인터넷도 스마트폰도 없는 집에서 보내는 한겨울은 상당히 지루했고 그런 날씨의 변화는 반길 만한 것이었다. 유나는 자주 내리는 비 때문에 축축한 정원을 걸으며 푸르게 물이 오른 정원수를 구경했다. 한국에서 보내는 겨울이란 단지 날씨가 추울 뿐 다른 계절과 크게 다를 것이 없었지만 이 세계에서는 달랐다. '길고 지루한 겨울 밤'이란 확실히 이런 환경에선 나올 수밖에 없는 말이다. 아무튼 겨울 내내, 눈에 들어오는 색채라고는 차려입은 옷의 현란한 무늬밖에 없었던 것이다.

봄이 오면 이 정원에는 꽃이 피겠지.

이 집의 봄을 본 적은 없었지만 유나는 이곳에 여름에 얼마나 만화방창했는지 기억했다. 틀림없이 봄에도 멋진 꽃이 피게 해두었을 것이다. 여름에도 가을에도 꽃이 피지 않은 나무들이 있었으니까. 그 나무들이 봄에 화사하게 꽃망울을 터뜨리면.

"유나."

루젤은 유나가 마른 가지를 밟고 약간 기울어지자 걱정스럽게 불렀다. 휘청거린 것은 아니었지만 팔짱을 끼고 있었기 때문에 작은 움직임도 분명히 전달되었을 것이다. 유나는 그를 보고 수줍게 웃었다.

그는 아주 따뜻하고 조심스러운 눈으로 그녀를 보았다. 말이 통하지 않더라도, 저 눈만 보더라도 얼마나 그가 이쪽을 소중하게 생각하고 있는지 알 수 있다. 그리고 저 팔짱을 낀 다부진 손길은 마치…… 가지 말라고 붙잡는 듯, 아까워하고 있는 것 같다.

유나는 그의 눈에 숨이 막히지 않도록 조심하며 시선을 돌렸다. 그리고 일부러 명랑하게 말했다.

"괜찮아요."

"-?"

정말입니까?

"네. 루젤."

할 이야기가 있었다. 그녀는 잠시 망설이다, 그와 팔짱을 끼지 않은 쪽 손을 동원해서 자신을 가리켰다.

"만약."

내가.

루젤은 그녀를 계속 쳐다보았다. 유나는 자신이 영어로도 가정형을 잘 만들지 못한다는 것을 떠올리며 고개를 저었다. 표현법을 바꿔야 제대로 설명할 수 있을 것 같았다.

"아니, 다시."

"그러십시오."

그는 희미하게 웃었다. 유나는 자신을 먼저 한 번 가리키고.

"내가."

정원 담 너머의 어딜지도 모르는 곳을 우선 가리켰다.

"가요."

루젤은 이맛살을 약간 찌푸렸다.

"어딜……."

말씀이십니까.

"서울로."

그는 여전히 이맛살을 찌푸린 채였다. 유나는 그가 약간 놀란 것을 알고 팔짱을 끼지 않은 쪽 손을 이번에는 그를 진정시키는 데 썼다.

"지금 말고요."

"……예."

"내가 서울로 가요. 그러면 루젤은……."

어떻게 할 거예요?

그녀는 아주 궁금한 표정을 연극배우처럼 지어 보이며 루젤을 가리켰다. 그는 그녀의 말을 알아들은 듯 평소의 얼굴로 돌아와 고개를 끄덕였다.

"만약 서울로 돌아가신다면……."

어떻게 할 거냐고 물으신 겁니까?

잘 알아들은 것 같다. 유나는 빙긋 미소를 지었다. 그에게는 많은 책임이 있다는 것을 대충은 안다.

그는 잠시 그녀를 보다가 조심스럽게 보일 정도로 엷은 미소를 진지하게 지었다.

"저도."

그는 팔짱을 끼지 않은 손으로 제 자신을 한 번 가리키고.

"유나를."

유나를 가리켰다.

"–."

찾아가겠습니다.

그가 찾아올 수 있는 곳이었다면 얼마나 좋을까. 유나는 상상만 해도 즐거워서 활짝 웃었다. 말이 끝난 줄 알았는데, 그는 조금 더 밝은 표정으로 이었다.

"–."

아니면.

아니면? 유나는 눈을 동그랗게 떴다. 루젤은 팔짱을 끼지 않은 손으로 땅을 가리켰다.

"여기서."

기다릴까요?

언제까지 기다려 주시려고. 유나는 농담을 들은 사람처럼 깔깔 웃고 그의 뺨을 만졌다. 아주 부드러운 비둘기색 가죽으로 만든 그 장갑은 현대의 것 못지않게 따뜻했고 손목 쪽에 검은 털이 장식으로 달려 있는 물건이었다. 가죽 너머로 그의 뺨이 어렴풋이 느껴졌다.

루젤은 눈을 감고 그녀의 손에 자신의 뺨을 묻었다. 유나는 마음 한편으로 죄책감을 느끼면서도 그의 숨을 손목에 담았다. 생각이 바뀌었다. 봄이 오지 않아도 괜찮으니, 이대로 시간이 멈춘다면 좋겠다.

잠시 후 그는 눈을 뜨고 그녀에게 나직하게 물었다.

"어느 쪽이……."

좋으십니까?

대답할 수 없었다. 유나는 루젤의 용감함에 감탄하며 눈웃음을 지었다.

"그래, 내가 레이디 유나를 산맥 너머의 공주라고 소개했지."

태자의 투덜거리는 듯 명백한 선언에 주위를 둘러싸고 있던 사람들은 저마다의 표정을 지었다. 특히 하쉬겐스타트 백작에게 오이겐은 시선을 주었다. 백작은 존경의 의미로 고개를 숙였다.

"하시면 태자 전하."

자개를 붙여 오색으로 반짝이는 부채를 살랑살랑 부치며 하쉬겐스타트 백작 부인이 짐짓 의아한 듯 물었다. 그녀는 대법관과 사촌일 뿐만 아니라 황실 사무관에게 시집간 누이도 있었다.

"예의…… 레이디와 전부터 안면이 있으셨는지."

"그렇진 않아."

오이겐은 고양이처럼 눈을 휘며 능숙하게 웃어 보였다.

"산맥 너머 출신인 아가씨를 내가 어떻게 전부터 알았겠어? 하지만 여러 정황으로 보아 높은 신분인 것이 틀림없어 내 그리 말했지. 잘못되었나?"

사교계에 갑자기 나타났고 부신어는커녕 아룰라어 한마디도 못하는 수상한 아가씨에게 내심 반감을 가지고 있던 사람들은 그 감정을 수면 아래로 눌러 넣었다. 그들이 생각했던 것보다 오이겐 태자가 그녀를 보호하고, 소문을 책임지고자 하는 태도는 명확했다. 혹 예의 아가씨가 기소되려는 움직임을 보인다면 그것은 태자의 의견에 공공연히 거스르는 것으로 치부할 태세다. 몇몇 귀족들은 부채 아래로 눈길을 교환했다.

태자 전하께서 저렇게까지 하시면.

……그러게요.

그런데 전하께서 저렇게까지 말씀하실 필요가 있나요? 그냥 모른 척하셔도 되었을 일인데.

정말 무슨 근거가 있는 거 아녜요? 왜, 카르가링겐 후작 부인도 그녀를 마음에 들어 하시는데.

요즘 만드는 부채는 아주 얇은 레이스로 된 것이 많다. 그 색색의 레이스 아래로 오가는 눈짓들을 보며 오이겐은 계속 미소를 지었다. 하쉬겐스타트 백작 부인은 보다 붙임성 있게 말했다.

"어마, 제가 설마 그런 주제넘은 생각을 했을 리가 있나요. 그저, 전하께서 레이디 유나와 가까워 보이시기에 전부터 알고 계셨나 했지요."

오이겐의 눈길이 그녀에게 돌아갔다. 그는 느긋하게 설명했다. 이 파티는 무도회도 아니었고, 설령 무도회라 하더라도 이 정도로 규모가 크면 구석에서 편안히 쉴 수 있다. 그러므로 이런 '작업'을 하기에도 좋다. 대화의 주제가 되는 본인이 참석해 있다고 해도 상관이 없을 정도로.

"어려움을 겪는 사람을 못 본 척해서야 어디 기사라 하겠나. 내 친애하는 신하의 피후견인인데 그 신하가 여성 피후견인을 어찌 돌보면 좋을지 모르는 것 같기에 신경을 썼을 뿐이야. 지금은 좋은 친구지만."

"어머나."

하쉬겐스타트 백작 부인은 오이겐과 유나의 친분을 확인한 것으로 충분히 만족한 듯 바삐 시선을 돌렸다. 그녀의 눈길은 이 파티에 참석해 남편과 함께 있을 누이를 찾아 넓은 방을 헤집었다. 백작도 겸손하게 말했다.

"부족한 제 소견으로 보기에도 참 고귀한 혈통이 잘 드러나는 훌륭한 분으로 보였습니다. 상냥하고 얌전하시고, 부신어는 발음이 그야말로 상류층의 것이었지요."

'얌전하다'는 말에 남에게 보이지 않게 비웃는 심술궂은 이들도 있었지만 오이겐은 만족스럽게 고개를 끄덕였다.

"침묵의 소중함은 저 산맥 너머에서도 금처럼 다뤄지는 모양이지. 또 클라비어를 대단히 잘 연주한다며 라이헤르타 남작이 칭찬을 많이 해."

옆에서 듣고 있던 아샬레아는 그림처럼 웃었다. 옆 의자에서도 친근하게 몸을 이쪽으로 기울이고 있었던 왕족 아가씨는 손뼉을 쳤다.

"그러면 연주를 한번 부탁해 볼까요. 태자 전하께서는 직접 들어보신 적이 있으신가요?"

"나는 없지만, 여기 아샬레아는 알지."

무리의 시선이 아샬레아에게 집중되었다. 아샬레아는 아름다운 자세로 속눈썹을 내리깔았다.

"흔히 보지 못하는 훌륭한 솜씨랍니다."

"어머나."

아샬레아와 친하게 지내고자 하는 몇몇 귀부인이 맞춘 듯 거의 동시에 감탄했다. 오이겐은 마침 방 입구로 들어서던 루젤과 유나를 보고 손을 높이 들어 흔들었다.

"루젤!"

루젤과 유나는 오늘 밤의 파티를 위해 멋진 봄옷을 입고 있었다. 둘 모두의 얼굴이 좋은 것을 보니 대중을 피해 무슨 재미있는 이야기라도 나누다가 온 모양이었다. 그들은 오이겐과 그 옆에 모인 무리들을 보고 우선 우아하게 다가와 인사했다.

"태자 전하."

"루젤, 여기 늑대들이 자네 피후견인 아가씨의 클라비어 솜씨를 보고 싶다는데."

주변의 '늑대들'이 재미가 있든 없든 깔깔 웃었다. 루젤은 약간 난처한 얼굴로 유나에게 짧게 속삭였다. 유나는 방 안을 둘러보았다. 그 서슴없는 태도로 보아 루젤이 뭐라 했든 그 말이 잘 전달된 모양인데, 오이겐은 솔직히 그들 사이에 그런 커뮤니케이션이 될 것이라고 상상한 적이 없었으므로 대단한 일이었다.

이번 파티의 호스티스에 해당하는 빌 아데스 백작 부인이 일어서 명랑하게 말했다.

"클라비어는 옆방에 있답니다. 괜찮으시다면 이 밤의 여흥을."

루젤이 유나에게 다시 뭐라고 속삭였다. 오이겐은 아샬레아에게 슬쩍 속삭여 물었다.

"네가 없어도 이제 루젤이 통역을 하는 것 같은데, 섭섭하지 않아?"

"잘된 일이죠."

아샬레아는 품위 있게 말했다. 그들은 모두 결정된 것처럼 일어섰다. 유나는 루젤이 또 속삭인 말에 약간 놀라는 것 같았지만 쓴웃음을 지으면서도 빌 아데스 백작 부인을 따라갔다. 그녀는 사교계에 어느 정도 적응하고 나니 놀라울 정도로 배짱이 있었다. 하기야 그렇지 않았다면 아주 낯선 곳에서 저만큼 잘 해내는 것 자체가 처음부터 불가능했을 것이다.

이곳에 모인 사람들의 서열상 오이겐은 백작 부인의 뒤를 바로 따라가야 했다. 그는 아샬레아를 에스코트하며 방을 나섰다. 그리고 그 방 안에 고집스레 남아 저들끼리 이야기를 나누는 사람들을 곁눈질했다.

그 안에 있던 게오르츠 전 백작 부인은 그녀의 도련님과 그 약혼녀가 방금 방에 들어왔다 나갔다는 것을 아예 눈치채지 못한 사람처럼 도도하게 제 친척과 대화를 계속 나누었다. 시종 한 명이 그녀에게 다가갔다.

오이겐은 게오르츠 전 백작 부인이 금세 일어서 시종의 뒤를 따라가는 것을 놓치지 않고 보았다. 시종은 큰 방을 나서는 문 쪽이 아니라 태피스트리 뒤에 숨겨진 작은 문을 열어 백작 부인을 안내했다.

이 세계의 부잣집에 가면 거의 언제나, 작거나 큰 방 하나를 따로 떼어 온 벽을 그림으로 장식해 둔 장소가 있었다. 유나는 처음에는 그렇게 많은 그림을 벽에 걸어둔 것이 신기했지만 이제는 익숙해져 그런 그림의 절대 다수가 초상화라는 것을 알았고, 또 초상화의 주인공은 아마도 이런 집안의 선조들일 거라는 짐작까지 하게 되었다. 아마 21세기 한국으로 따지면 앨범이 아닐까. 친구들이 왔을 때 앨범을 펼쳐 보는 것처럼, 이곳의 부자들은 이런 '갤러리'에 친구들을 데려와서 저 사람은 누구고…… 하고 보여주는 걸지도 모른다.

오늘 초대받아 온 파티는 규모도 저택의 크기도 컸고 갤러리 또한 꽤 규모가 있었다. 루젤은 이 집의 주인과 원래 잘 알던 사이인 듯 빌 아데스 백작 부처에게 친근하게 인사했고 그들도 그를 친절하고 가까운 얼굴로 보았다. 그는 유나가 초대해 준 집주인 부부에게 인사를 마치자 그녀를 데리고 갤러리로 갔다.

오랜만에 사람들이 너무 많은 곳으로 와서 약간 지쳐 있었는데 갤러리 안은 어둡고 조용했다. 루젤은 하인들에게 촛불을 가져오도록 지시했고 곧 방 안이 밝아졌다. 유나는 그 방이 아마 너덧 평은 될 것 같다고 생각했다. 그리고 호화로운 벽난로 위, 방에서 가장 크고 아마 그려진 사람 본인보다도 더 크게 그려진 초상화는.

"빌 아데스 백작."

이 집 주인의 젊었을 적 얼굴인 것 같았다. 어두운 색과 거칠고 심플한 터치로 그려진 초상화는 눈동자가 저 먼 위에서 별처럼 빛났다. 루젤은 웃으며 고개를 끄덕였지만 덧붙였다.

"아버지."

"네?"

설마 루젤의 아버지라는 뜻은 아니겠지. 유나는 인상을 쓰며 그를 보았다. 루젤은 갤러리 바깥을 손가락으로 가리키고 먼저 명확하게 '빌 아데스 백작'이라고 말한 뒤 다시 초상화로 손가락 끝을 옮기며 말했다.

"아버지."

아, 저 바깥에 있는 아저씨의 아버지구나. 유나는 이해하고 감탄했다. 부자가 대단히 닮았다. 게다가 루젤이 이렇게 잘 알다니, 가족끼리 원래 알던 사이거나 하는 걸까.

루젤은 유나를 데리고 갤러리 안을 거닐었다. 그녀는 문과 벽 바깥에서 들리는 명랑한 웃음 소리와 사람들 오가는 소리에 괜히 마음이 들떴다. 아무것도 하지 않았는데 얼굴이 붉어진다. 그의 옆을 걷는 것은 어쩌면 이렇게.

"이겁니다."

루젤은 명확한 목적이 있었던 듯 갤러리 한쪽 구석에 서서 한 그림을 가리켰다.

갤러리의 네 벽은 모두 사각형의 크고 작은 프레임으로 테트리스 게임을 하는 것처럼 맞춰져 덮여 있었고 그중에는 주먹만 한 스케치부터 저 빌 아데스 백작의 아버지가 그려진 초상처럼 거대한 유화까지 온갖 종류가 있었다. 루젤이 가리킨 것은 그들의 눈 높이에 있는 A2지 정도 크기의 그림이었는데 가로로 길었고 두 명의 젊은 여자가 정면을 보고 앉아 있었다.

이 그림 또한 다른 대부분의 초상화처럼 색이 어두웠고 촛불 빛 아래서는 선을 모두 가늠하기 어려웠다. 그러나 초상화에 그려진 두 여자의 눈만큼은 보석만큼이나 형형하게 반짝였고 장밋빛 입 술이니 복숭앗빛 뺨이 따뜻해 보였다.

호감이 가는 그림이다. 유나는 루젤이 왜 그들을 자신에게 보여 준 것일까 궁금하게 생각하다가 자신이 그 초상화를 어디서 본 것 같다는 것을 떠올렸다. 이상한 일이었다. 한국에서 간 미술관에 서 비슷한 그림을 보았던 걸까?

아. 알았다.

저 초상화에 그려진 여자 중 왼쪽의 아가씨를, 루젤의 성에 있 던 그림에서 본 것 같다. 다른 화가가 그렸기 때문일지 그림체와 컬러 터치는 달랐지만 같은 인물이다 싶을 정도로 그 에센스는 비 슷했다. 유나는 깨닫고 활짝 웃었다. 그리고 루젤에게 그녀를 가 리키며 물었다.

"누나?"

실은 아까 보니 이 파티에 루젤의 누나 같은 백작 부인도 와 있 었는데, 유나는 그녀를 보자 괜히 소심해져서 그쪽의 눈에 띄지 않으려고 시선을 일부러 피했었다. 그녀는 아직도 왜 백작 부인이 집을 갑자기 나갔는지 알지 못했다. 루젤도 말을 안 해주고. 하지 만 이 초상화에 그려진 여자는 백작 부인과 하나도 닮지 않았는 데.

루젤은 다정하게 말했다.

"어머니."

그러니까, 이 아가씨는 루젤의 어머니인 것이다.

유나는 깜짝 놀라 초상화를 다시 보았다. 그리고 보니 저 눈 모양이 루젤과 닮은 것도 같다. 머리칼은 밝은 금갈색의 곱슬머리고 눈은 초록색인데, 그러면 루젤의 아버지가 검은 머리였을까. 일단 정말로 미인이다.

그에게 아직 이 질문은 하지 못했었지만 궁금해해 왔다. 유나는 루젤의 어머니의 젊은 시절을 가리키며 조심스럽게 물었다.

"루젤의 어머니. 어디?"

계세요?

루젤은 유나가 그 둘 중 누가 어머니인지 묻고 있다고 착각하지는 않았다. 하기야 착각을 피하려고 이렇게나 명확하게 가리키며 물은 것이다. 그는 부드럽게 웃으며 손으로 엑스 자를 만들었다.

돌아가셨습니다.

괜한 것을 물었다. 짐작이야 하고 있었다고 해도. 유나는 약간 풀이 죽어 사과했다.

"죄송해요."

"아닙니다."

안 그러셔도 됩니다.

루젤은 친절하게 말하고 어머니의 초상화를 다시 가리켰다. 이번에는 어머니 옆에 앉은 여자였다.

"빌 아데스 백작 부인입니다."

듣고 보니 그 젊고 명랑해 보이는 여자는 방금 본 집주인 아주머니를 닮았다. 유나는 백작 부인과 루젤의 어머니가 어떤 사이인지 궁금해졌다. 자매일까? 사촌? 아니면 그냥 친구?

그녀는 그림 속의 두 여자를 번갈아가며 가리켰다.

"누나?"

자매냐, 는 질문에 루젤은 고개를 저었다.

"-."

모르는 단어였지만 유나는 신기하게도 그것이 '사촌'이라는 뜻임을 알아들었다. 그래서 루젤이 저 백작 부부를 잘 알았던 모양이다. 그는 한숨처럼 이야기했다.

"-. -. -."

저렇게 긴 이야기는 반밖에 못 알아듣는다. 반씩이나 알아듣는 것도 솔직히 대단하다고 생각하고. 유나와 루젤은 갤러리 안을 산책하듯 천천히 돌기 시작했다. 루젤은 가끔 자신이 아는 인물의 초상화 앞에 서면 멈춰서 그에 대해 설명해 주기도 했다.

"-. -. -."

빌 아데스 백작 부인과 루젤의 어머니는 매우 친해서, 어려서부터 서로의 집을 자주 오갔다는 모양이다. 그리고 루젤의 어머니는 젊어서부터 미녀로 소문이 나 많은 사람들이 구애해 왔고. 빌 아데스 백작의 동생도 그녀에게 구혼했었는데 그렇게는 되지 않았다던가. 선수 쳐서 혼담을 넣은 것은 바이언트 가의 게오르츠 백작이었고……

어쩌면 잘못 이해한 건지도 모른다. 그리고 게오르츠라면 저 루젤의 누나 같은 백작 부인의 성이었던 것도 같으니, 그 둘의 관계가 어떻게 되는 건지도 궁금하다. '바이언트'와는 무슨 관계일까.

반만 이해해도 상관이 없다. 유나는 그의 나지막하고 진지하고 다정한 목소리를 듣는 것이 좋아서 눈을 반쯤 감았다. 초상화에 그려진 사람들은 촛불 빛 아래 눈을 반짝이고 있었지만 무섭지 않았고 오히려 동화 속의 사람들 같았다.

갤러리를 세 바퀴쯤 돌았을까, 루젤은 입을 다물었다. 하기야 그는 말을 길게 하지 못하는 사람이다. 지금쯤 입이 아프다고 생각하고 있을지도 모른다. 유나는 웃으며 그에게 물었다.

"괜찮아요?"

루젤은 그녀를 내려다보고 고개를 끄덕였다.

"예. 감사합니다."

어쩌면 목도 상당히 마를 것이다. 모처럼 예쁘게 차려입었는데 둘만 있을 수 있는 공간을 나가야 한다는 것은 아까웠으나, 데이트하러 온 것이 아니다. 아까 보니 태자와 아샬레아도 있었고, 여러 사람과 어울려야 할 터였다. 유나는 바깥을 가리키고 말했다.

"음료."

"예, 가져올까요."

그녀는 고개를 저었다.

"같이."

가요.

남의 집에 와서 안내받지도 않은 방에 혼자 있는 것은 좀 그렇다. 루젤은 원래 이 댁 가족과 잘 알고 지냈으니 괜찮다고 하더라도. 그는 알아듣고 고개를 끄덕였다.

"예. 마시러 갈까요."

"그리고 헤링어, 혼자."

헤링어는 마차가 제대로 들어가는지 확인한다고 뒤떨어졌는데, 눈치를 보면 요즘 자기 주인과 유나를 둘이 있게 해주려고 눈치 빠르게 마음 써주는 것 같았다. 고마운 일이었지만 역시 부끄럽고, 이런 곳에서는 셋이 있는 것도 좋다. 루젤도 헤링어를 혼자 두는 것은 미안하다고 생각한 듯 결연한 얼굴로 고개를 또 끄덕였다.

"예."

유나는 웃고 그와 함께 갤러리를 나섰다.

문을 열자마자 파티의 소음이 갑자기 귀에 확성기를 댄 것처럼 크게 들려왔다. 수군거리던 사람들은 유나와 루젤을 보자 각자 반응했다. 이미 안면이 있는 사람들 중 몇은 인사를 해왔으나 나머지는 그녀를 그냥 흘끔거렸다. 아마 그동안 그들의 초대를 받아들이지 않아서가 아닐까 하고 그녀는 짐작했다. 아무튼 아샬레아의 말에 따르면 받은 초대에는 다른 일이 있지 않은 이상 무조건 응하는 것이 예의라는데, 이쪽은 오히려 응한 경우가 훨씬 적었던 것이다. 그러니 무례하다고 생각되었다면 미안한 일이고. 앞으로는 조금 더 초대를 받아들여도 좋을 것 같다.

유나와 루젤이 사람들이 많이 모여 있는 큰 방을 골라 들어가자 그 방 한가운데서부터 태자가 손을 흔들었다.

"루젤!"

태자와 아샬레아는 오늘도 사이가 좋아 보였다. 아샬레아는 오늘도 예뻤고 태자는 오늘도 사람들에게 인기가 많아 멋졌다. 유나와 루젤은 함께 그에게 다가가 인사했다. 태자의 옆에 모여 있는 사람들 중에는 집주인인 빌 아데스 백작 부인도 있었지만 신분이 더 높은 것이 태자이니 그에게 먼저 인사해야 하는 것 같았다.

"태자 전하."

태자는 즐거운 얼굴로 유나를 가리켰다. 그녀가 화제가 되고 있었던 모양이다. 유나는 약간 흠칫했지만 빙긋 웃었다.

"‒."

루젤을 향한 말에는 유나가 잘못 들은 것이 아니라면 '클라비어'라는 단어가 섞여 있었다. 루젤은 유나에게 낮게 속삭였다.

"태자 전하께서, 당신이 클라비어를……."

쳐 주셨으면 하고.

겨울 내내 집에서 클라비어를 쳤으니 연습 부족은 아니었지만,

이렇게 많은 남들 앞에서 선보이는 건 정말로 오랜만이다. 유나는 방에 사람이 얼마나 있는지, 그리고 클라비어가 어디 있는지 보려고 무심코 방 안을 훑어보았다. 그 눈길을 본 빌 아데스 백작 부인이 일어나 저 밝은 청회색 벽 중 하나를 가리켰다.

"ㅡ."

"클라비어는……."

저쪽 방에 있답니다.

루젤이 또 속삭였다. 부끄럽지만 재미있을 것 같다. 유나는 창피함과 들뜬 마음이 섞여 입을 가리고 킥킥 웃었다. 루젤은 부드럽게 물었다.

"괜찮으시겠습니까?"

가끔은 뭔가 잘하는 것도 보이고 싶다. 유나는 고개를 끄덕이며 아샬레아에게 배운 대로 치마를 들었다.

"네."

빌 아데스 백작 부인은 친절하게 길을 안내해 주었다. 태자와 아샬레아의 옆에 있던 사람들이 친절하고 명랑한 얼굴로 뒤따라 일어났다. 유나는 루젤과 함께 옆의 조금 작은 방으로 들어가 그 방 한가운데에 잘 세팅되어 있던 클라비어 앞에 앉았다. 따라온 다른 사람들은 적당히 클라비어와 벽 사이에 서서 그녀를 예의 바르게 쳐다보았다.

루젤은 유나가 잘 앉을 수 있도록 의자를 움직여 준 뒤 클라비어 옆에 섰다. 빌 아데스 백작 부인이 하인에게 뭐라고 말하자 키 낮은 의자가 나왔고 그는 그 의자에 앉았다. 꼭 사이를 공인하는 것 같아 유나는 또다시 부끄러워졌다. 사실 루젤은 그녀가 했던 거절을 이제 취소된 것으로 받아들이고 있을지도 모른다. 그렇다 해도 합리적인 판단이다.

"어느 걸로?"

빌 아데스 백작 부인은 하녀가 가져온 종이책 여러 개를 보여주었다. 아마도 악보일 터였지만 오선지에 그려진 것은 당연히 아니었고 아는 곡이라곤 하나도 없었다. 유나는 최대한 예의 바르게 웃는 얼굴로 악보를 거절하고 말했다.

"서울의 노래."

사실은 프랑스랄까 폴란드인이 작곡한 것이지 서울과는 거리가 멀지만, 이곳 사람들은 이렇게 말해야 알아들을 것이다. 빌 아데스 백작 부인은 그야말로 우아하게 웃으며 물러났고 유나는 용기를 내서 건반에 손을 올렸다.

촛불 빛이 클라비어의 매끄러운 갈색 허리에 눈부시게 흘렀다.

"유나는 이제 충분히 궁정에 적응한 것 같군."

술잔을 적당한 가구 위에 내려놓으며 오이겐은 평했다. 루젤은 성실하게 동의했다.

"예, 전하."

예의 유나는 클라비어 앞에 앉아서 모 후작 영애의 노래에 반주를 해주고 있었다. 클라비어가 있는 방은 본디 공연을 위해 만들어둔 방으로, 아주 크지는 않았지만 고상한 장식물이 많았고 음악을 들으면서 낮은 목소리로 사교 활동을 하기 좋은 장소였다.

나의 사랑이 산에서 내려오네

별처럼 반짝이는 견장을 달고

손에는 아름다운 약속을 매고

다른 아가씨들의 연주도 두어 번 들은 차이지만 솜씨는 유나가 가장 뛰어나다. 분명 모르는 노래인 것 같은데 들으면서 바로 반주를 맞춰가는 것도 능숙하고. 오이겐은 감탄까지 했다.

"저렇게 클라비어를 잘 칠 줄 몰랐어. 산맥 너머에도 같은 게 있는 모양이지?"

"그런 모양입니다. 처음 볼 때부터 곧잘 쳤습니다."

루젤은 고개를 끄덕였다. 시릴이 다가왔다.

"전하."

루젤과 헤링어, 오이겐은 시릴을 반겼다. 시릴은 자기 집안과 연이 있는 모 법관과 방금까지 깊은 대화를 나누고 있었다. 오이겐이 결론부터 물었다.

"어때? 뭐래?"

굳이 비밀로 할 것은 아니었다. 시릴은 시큰둥하게 말했다.

"별문제 없겠답니다."

헤링어는 소리 없이 안도의 한숨을 쉬었다. 시릴이 그렇게 말한다면 그런 것이다.

오, 오…….

나는 그저 홀로 춤추는 여인

당신의 앞에 놓을 체면이 없네

루젤은 유나를 흘긋거렸다. 그녀는 음악을 연주하는 것이 즐거워 보였고 그도 그것으로 좋았다. 그녀가 본인이 기소당할 위기에 있었다는 것을 알 필요는 없다. 시릴의 표정으로 보아 그 고소는 아예 무고로 처리될 모양이니 더욱.

"잘됐네, 루젤."

오이겐은 만족했다.

"그리고 토지 문제는?"

"그건 논의에 들어가야 합니다. 하나 법관들의 의견이 바이언트 경에게 명백히 유리하니 운이 좋다면 1차로 끝날 수 있습니다."

그것 또한 만족스러운 일이었다.

나는 그저 무구한 십육 세
당신의 앞에 놓을 지혜가 없네

"항소는?"

"……그것 말입니다만."

시릴이 안경을 올렸다. 헤링어는 인상을 썼고 오이겐은 팔짱을 꼈다. 루젤은 유나에게 한눈을 팔다가 헤링어가 팔꿈치로 슬쩍 찌르자 다시 대화로 돌아왔다. 오이겐은 시릴의 비틀린 입술을 보고 뭔가를 직감했다.

"뭐야, 왜."

"게오르츠 전 백작 부인이 아까 마차를 타고 나가는 것 같다고 하인이 그러더군요."

루젤과 헤링어는 갑자기 정신이 번쩍 들어 노래가 귓전에서 멀어지는 것을 느꼈다. 가장 원치 않았던 사태가 벌어지는 것일지도 모른다.

오이겐은 한숨을 쉬고 확인하듯 말했다.

"항소해도 유리해지지 않을 거라면, 자기 땅은 자기가 지키는 게 합리적이지."

자기 땅을 방어하기 위한 전쟁은 황제의 터치도 받지 않는다. 루젤은 표정 없이 숨을 쉬었고 헤링어는 머릿속으로 상황을 정리했다. 고소한 것이 만족스러운 결과를 받지 못한다 해도 명문가에서 자기 방식을 고집하는 방법은 여러 가지가 있다. 그러나 오이겐이 '합리적'이라 평한 그 방법은.

"게오르츠 백작령의 부富에 적절한 도움이 있다면, 해볼 만도 하지요."

시릴이 동정심이라고는 느껴지지 않는 어조로 말했다. 오이겐은 턱짓했다.

"루젤, 일단은 유나를 데리고 들어가. 그리고 밤을 새서라도 짐을 싸서, 내일 아침 성문이 열리자마자 라이헤르타 땅으로 내려가."

빈 성을 점령당한 뒤로는 싸움이 되지 않는다. 루젤은 한숨을 약간 쉬었다. ……차라리 이렇게, 모든 것이 벌어진다는 가정을 하고 나니 침착해진다. 그는 전쟁에서는 무엇을 해야 하는지 잘 알고 있었다.

"알겠습니다."

그러니 내 사랑을 어떻게 보일까
나 초라하고 작으니 춤을 추겠소
나 어리고 가난하니 춤을 추겠소

유나는 마차에 앉자마자 꾸벅꾸벅 졸았다. 어젯밤 파티에서는 일찍 돌아왔어도, 저택 전체가 예고 없는 이동 준비를 위해 들썩거렸으니 제대로 수면을 취하지 못했을 것이다. 갈 길이 급하니 중간에 다른 성에서 오랫동안 쉴 수도 없을 텐데, 장거리 마차 여행을 좋아하지 않는 그녀가 괜찮을까.

루젤이 걱정스러운 눈으로 유나의 감긴 눈을 보는데 헤링어가 마차 문을 닫으며 짧게 평가했다.

"사고 치고 도망치는 것 같군요."

그 말대로였다. 루젤은 보좌관의 농담에 짧게 웃음을 지었다. 헤링어는 주인의 그 모습에 오히려 놀라 쓴웃음을 이어 지었다.

"웃음이 많아지셨습니다."

본인도 충분히 자각하고 있다. 루젤은 유나가 듣지 못하도록 나지막이 물었다.

"······이상한가?"

헤링어는 고개를 저었다. 마차가 천천히 움직이기 시작했다.

"아니요. 보기 좋습니다."

"바보같이 보인다는 것은 안다."

"아닙니다. ······정말로, 웃는 것은 좋은 일이지요."

헤링어는 유나의 잠든 얼굴을 흘깃 보았다. 주인은 헤링어의 그 말에 안심한 것 같았고 헤링어는 그것이 더 우스웠다.

유나를 처음 폰첼성에서 보았을 때, 지금 같은 상황을 누가 짐작이나 했을까. 그녀는 자신이 눈을 뜬 공간이 낯설어 이불을 꼭 뒤집어쓰고 있었고 고양이처럼 주변을 경계했다. 주인의 생김새에는 분명 경탄하는 눈빛이었으나 그를 노골적으로 두려워했는데, 그것은 그들의 첫 만남을 고려하면 당연한 일이었다. 그녀가 단순한 폰첼성 성주의 친척 아가씨였다면 그대로 끝났을 것이다.

그러나 그녀는 이제 황도에서도 크나큰 스캔들의 주인공이었고 제 의지와는 상관없이 적대와 호의의 대상이 되었다. 그것은 본인의 잘못이 아니었다. 헤링어는 그것을 인정했다. 그녀는 피해자이며, 게오르츠 전 백작 부인과 주인의 다툼은 언제나 예정된 일이었다. 그러므로 그녀가 계속해서 저렇게. 평온하기를 바란다. 그녀는 산맥 남부의 세계에 적응하는 과정만으로도 이미 대단한 인내심과 노력을 보여주었다.

"왜."

루젤은 헤링어의 시선을 보고 눈썹을 약간 올렸다. 헤링어는 핑계를 댔다.

"레이디 유나가 추우시지 않겠습니까? 계속 달려가시니 따뜻한 숙소나 뜨거운 수프를 드실 참도 없을 텐데, 담요를 더 가져올까요."

아직 하인들이 짐을 싣는 중이다. 루젤은 냉큼 고개를 끄덕였다.

"그렇게 해라."

아닌 게 아니라, 봄기운이 완연하다고는 해도 마차처럼 그늘진 공간에 계속 있으면 성인 남자라도 감기에 걸릴 것이다. 헤링어는 마차 문을 다시 열고 하인에게 1층 방의 담요를 가져오도록 했다. 한동안 비울 집이니 어차피 짐이란 짐은 다 싣고 있었고, 이 하인들도 지금 데려가는 인원 외에는 한동안 해고였다. 한두 달이라면 모르되 몇 년이나 주인 없는 집을 돌보도록 하는 것은 낭비이니.

그간 꽤 정이 들어 있었고 새벽에 퇴직금조로 상여금도 두둑이 챙겨 받은 하인들은 바쁘게 움직이며 일했다. 두꺼운 양털로 된 담요가 마차 문 안으로 욱여 들어오자 루젤은 그것을 받아 유나에게 덮어주었다. 그 때문인지 유나가 눈을 부스스 떴다.

"더 주무십시오."

루젤은 유나에게 미안한 듯 말했다. 그러나 이렇게 부산하다. 유나는 졸린 얼굴로도 주변을 둘러보다가 마차 바깥으로 한동안 멍하니 시선을 주었다. 그리고 루젤에게 물었다.

"저게…… 뭐예요?"

그녀는 당장 그들이 라이헤르타 땅으로 돌아간다는 것은 알고 있었지만 구체적인 사정은 알지 못했다. 무장한 하인들을 보고 하는 말에 루젤은 헤링어를 보았다. 헤링어가 솜씨 좋게 말했다.

"사용인들이지요, 레이디 유나."

"아니."

유나는 그 시점에서 잠이 약간 깬 것 같았다. 그녀는 잠시 생각하더니 담요 밖으로 팔을 빼고 본인의 두 집게손가락을 딱딱 세게 마주쳐 보였다. 그리고 조금 더 오랫동안 단어를 고르다가 물었다.

"결투?"

'싸움'이겠지. 헤링어는 그러나 편리하게 고개를 저었다. 라이헤르타 땅에 도착하기 전에 무슨 일이 일어날 가능성을 생각해 오이겐이 사람을 몇 붙여주었지만, 사실 큰 싸움이 벌어질 가능성은 그렇게 높지 않았다. 아무리 자존심이 상했다 해도 황제 본인이 나서지는 않을 것이다. 그러므로 만약 가는 길에 공격이 있다면 누군가 눈을 감아준 외국인, 이전 전쟁에서 패배한 자들인데.

"결투는 하지 않습니다."

그런 것을 결투라고 부르지는 않는 법이었다. 루젤은 납득이 안된다는 얼굴이었지만 보좌관의 일 처리를 방해하지는 않았다. 유나는 몽롱하게 루젤을 또 보다가 천진하게 빙긋 웃었다.

"루젤. 이쪽."

그녀는 자기 옆의 빈자리를 가리켰다. 아무리 약혼하고…… 실은 이미 결혼한 것이나 다름없는 사이라고 하더라도 혼인 서약을 하지 않은 남녀가 한자리에 앉아 있는 것은 예의 바르지 못한 일이었다. 그리고 오랜 여행에 그녀가 편안하기를 바라 마차의 양쪽 자리 중 유나가 앉은 자리는 그녀 혼자 있도록 배려했던 것인데. 루젤은 난처한 얼굴로 머뭇거리다 그녀가 말한 대로 했다.

그가 옆에 앉자 유나는 루젤의 어깨에 기대 다시 졸기 시작했다. 주인이 웃음기를 누르는 것을 보고 헤링어는 밝아진 기분으로 숨을 죽였다. 크게 웃어버린다면 두 사람 모두에게 실례일 것이다. 그는 아무튼 종자일 뿐이었던 것이다.

쑥스러운 듯 한참 밖을 보던 루젤은 문득 생각난 듯 말했다.

"헤링어, 성에 도착하면 결혼식 준비를 해라."

"전쟁 준비가 먼저가 아닙니까?"

루젤은 유나의 머리칼을 곁눈질했다.

"모든 일이 안정되기를 기다리면 늦을지도 모른다. 우선 레이디 유나의 지위를 확실한 것으로 만들어놓는다."

헤링어는 웃음을 거두었다.

"……그렇게까지 걱정하고 계십니까?"

"위베르타와 피츠콜이 연합하면 무시할 수 없다."

주인이 생각보다 현실을 분명히 인식하고 있다는 것을 깨닫고 헤링어는 존경하는 마음으로 고개를 숙였다.

"알겠습니다. 하시면……."

"우선은 신전의 인정이다."

하얀 꽃으로 만든 머리장식, 레이스로 만든 예복, 지참금의 전달 따위는 결혼의 성립 여부를 결정하지 않는다. 헤링어는 고개를 끄덕였다.

"알겠습니다, 주인님."

마차에 마부가 올랐다.

티티제는 커튼 아래로 흔들리며 들어오는 한 점의 햇살을 내려다보았다.

그녀의 외가는 제를리히겐 출신의 외스터라니히 가에 뿌리를 두고 있었고 친가는 위베르타 가문의 후손이었다. 가문만으로 따지면 상당한 명문 중 하나였지만 그녀 자신의 혈통은 직계가 아니었고, 때문에 티티제는 열셋이 될 때까지 확실한 혼처를 찾지 못하고 있었다.

그녀의 부모가 생각하는 훌륭한 여성이란 신전에서 교육받은 조신하고 얌전한 아가씨였고 덕분에 그녀는 신전에서 찬송가를 부르며 자랐다. 큰오빠가 아버지의 작위를 물려받고, 작은오빠가 저 미율리에로 가 기사가 되고, 큰언니가 병으로 죽을 때도 그녀의 세계는 그다지 변하지 않았다. 그러니까, 육촌 언니의 남편이 죽어 언니가 거대한 게오르츠 백작령의 실질적인 통치자가 될 때까지는 그랬다는 말이다.

큰할아버지는 자기 손자인 세 살짜리 게오르츠 백작이 언제 죽을지 모른다고 생각했다. 티티제는 이제까지 딱 한 번 그 아이를 본 적이 있었는데, 확실히 고집이 세 보이는 데다 이상하게 생겼다는 생각을 했었다. 건강했던 큰언니도 어느 날 찬바람을 쐬고 갑자기 죽었으니 그렇게 약하게 생긴 아이는 말할 것도 없을지도 모른다. 아무튼 백작은 아직 살아 있었고 육촌 언니는 아들의 후견인으로서 게오르츠 백작령을 손에 넣었다. 그것은 큰할아버지가 그 땅에 영향력을 행사할 수 있게 되었다는 의미였다.

게오르츠 백작이 그 후손 적은 가문의 유일한 사람이라면 큰할아버지의 입장에서는 호박이 넝쿨째 굴러온 것이었다. 백작이 죽었을 때 그곳의 소유권을 주장할 만한 사람이 적었기 때문이다. 그러나 백작에게는 건강하고 강하며 인망이 있는 삼촌이 있었다. 그 삼촌이 현재 명문 바이언트 가문의 혈계 후손으로서는 가장 연장자이니 방해가 될 만도 하다. 땅에 대한 권리를 주장하기 위해서, 보다 순위가 높은 후보자를 제거하거나 자기 편으로 끌어들이는 것은 당연한 일이었다. 티티제는 마침내 그녀의 쓸모를 찾아낸 큰할아버지에 의해 한참 연상인 라이헤르타 남작에게 시집갈 상황이 되었다.

상관은 없었다. 상관은 없다. 그 또한 통치 가문의 일원이었으니 불만 가질 이유가 없는 상대였다. 육촌 언니와 큰할아버지 또한 좋은 연이라고 만족했다.

……본인이 그렇게까지 완강하게 거절할 줄은 몰랐을 것이다.

한숨 소리가 나왔다. 티티제는 자신의 맞은편에 앉은 게오르츠 백작 부인을 보았다. 그녀는 몹시 어두운 얼굴로 연신 한숨을 쉬고 있었는데, 그러다가 발작적으로 '괜찮아, 괜찮아' 하고 여러 가문의 이름을 주워섬기곤 했다. 티티제는 그 이름들이 그녀의 가문과 연결된 다른 우호적인 가문들의 이름임을 알고 있었다. 하나는 사촌 오빠가 장가든 곳, 하나는 사촌 언니가 시집간 곳, 하나는 삼촌과 이번에 혼인하기로 한 곳…….

두 사람 사이에는 원래 큰 친분이 없었으므로 티티제는 그녀를 위로하지 않았다. 그녀가 티티제를 위로하지 않은 것과 마찬가지였다. 큰할아버지의 계획이 제대로 된다면 게오르츠 백작령에 대한 권리가 확정된 뒤 육촌 언니는 다른 유력자의 가문으로 가서 재혼할 것이다. 육촌 언니는 그것이 싫은 것 같았고 티티제는 그것을 이해할 수 없었다. 재혼 상대는 나이 차도 많이 나지 않고 잘생긴 사람이라고 들었던 것이다. 물론 누구라고 해도 라이헤르타 남작만큼 잘생기진 않았을 테지만.

죽은 전 게오르츠 백작도 남동생처럼 잘생겼었을까. 티티제는 육촌 언니가 가지고 다니는 그 부부의 작은 초상화를 본 적이 있는데, 화공의 솜씨가 어땠는지는 몰라도 전 게오르츠 백작은 그렇게 잘생긴 사람 같지는 않았다. 어릴 때 전 게오르츠 백작 본인을 만난 적은 있었지만 인상도 전혀 남아 있지 않았다. 그러므로 라이헤르타 남작의 집에 무작정 끌려갔을 때, 그가 생각보다 너무 예의 바르고 멋진 남자라 놀랐었다.

그래도 지나간 이야기다. 이것도 이제는 상관없는 이야기였다.

달빛 같은 동그란 햇살은 마차 바닥을 물고기처럼 이리저리 유영했다. 흔들리는 마차 때문에 허리가 아팠다. 새벽부터 성문을 빠져나와 미친 듯 달리고 있으니 도착할 즈음에는 몹시 앓을지도 모른다.

그것은 상관이 있었다. 티티제는 아픈 것은 싫었다.

눈을 무섭게 빛내던 백작 부인이 문득 말을 걸었다.

"바로 게오르츠 백작에게 갈 거야."

그것도 상관이 있었다. 전쟁에 말려들고 싶지는 않았지만, 티티제는 얼굴에 그것을 드러내지는 않고 유순하게 말했다.

"네."

"이렇게 되면 하는 수 없지. 도련님이 우리 땅의 창과 방패가 되어주길 바랐는데."

어릴 때부터 혼인이 확정되었던 육촌 언니는 어려서부터 게오르츠 백작령에서 자랐다고 알고 있다. 티티제와의 교류가 거의 없었던 것은 그 때문도 있었다. 그러니 라이헤르타 남작과도 돈독한 사이일 텐데.

"네."

그것은 다시 상관없는 문제였다. 백작 부인의 기분이 어떻든 알 바가 아니었던 것이다. 아무튼 백작 부인이 아침에 보낸 파발마는 지금 그녀 본인이 읊조리고 있는 여러 가문들의 본성을 향해 달리고 있을 것이다. 그리고 전쟁에 이쪽이 승리한다면, 라이헤르타 남작은 죽거나 쫓겨날 것이다.

티티제는 그것도 상관이 없는지 생각해 보았다.

"독주를 원한 건 도련님이야. 다른 사람도 아니고 도련님이 그렇게 비상식적인 선택을 하다니. 내가 옆에서 지켰어야 하는데."

"네."

"네 명예는 염려하지 마. 처음 얘기했던 대로, 도련님이 끝까지 거부했으니 너는 이제 게오르츠 백작과 결혼하면 되는 거야. 도착하는 대로 결혼식부터 올리자."

티티제는 햇빛이 구름에 가려 마차 바닥이 어두워지자 아쉬움을 느꼈다. 물론, 라이헤르타 남작 부인보다는 게오르츠 백작 부인이 훨씬 좋은 자리였다. 그러나 그것도 그녀에게 상관이 있는가 하면, 없는 것 같다. 빨리 미망인이 되는 것은 싫지 않았다.

마차가 다시 침묵에 싸였다. 티티제는 하던 생각을 도로 꺼냈다. 라이헤르타 남작이 죽었을 때 그녀는 어떤 기분일까. 한 번도 혼약한 적 없는 남자이지만, 그녀가 이번에 염치를 무릅쓰고 한동안 신세를 졌던 댁의 주인이다. 솔직히 괜찮은 남자라고 생각했다. 그의 죽음은……

상관이 있는 것 같다.

그의 죽음은 그녀의 자존심을 만족시킬 것 같았다. 티티제는 결론을 내리고 치마를 매만졌다.

Chap. 9
Gute Nacht
좋은 꿈을 꾸는 밤

　"너희가 기사로 명받을 때 맹세한 바에 따라 말한다. 요아힘, 레르너, 뷘트돌프, 도아하에게. 즉시 징병하여 집결하라. 새로운 달이 시작하는 날 밤 쌍무지개가 뜨는 협곡에서 너희를 볼 것이다. 위버라켄, 그뤼네발트, 타르타로제, 이하 현재 성채의 수비를 맡고 있는 모든 인력, 그 자리에서 움직이지 마라. 모든 이변을 전서구 및 봉화로 알리되 신중을 기하라. 원 바덴, 폰 보르크너, 요정의 계곡을 봉쇄하라. 푸른 굴뚝 위로 연기가 보이는 밤을 대비하라."

　쉬지 않고 나오는 선후배 종자—지금은 모두 어엿한 기사였으나—들의 이름에 헤링어의 펜이 춤추듯 움직였다. 그들은 모두 고된 종자 시절을 바이언트 경 루젤의 아래서 보낸 사람들이었고 주인에 대한 충성과 신뢰가 절대적이었다. 물론 그들을 직접 가르친 루젤 또한 그들이 제 몫을 충실히 해내며 명예를 다할 것이라 의심치 않았다.

문득 펜이 멎었다.

"모두 적었습니다, 주인님."

루젤은 생각하는 눈으로 말했다.

"봉해라."

하루를 꼬박 달려오는 동안 주인이 생각한 배치다. 군령이 늘 그렇듯 상태 이상은 용납될 수 없었다. 헤링어는 편지에 분필 가루를 뿌렸다. 흰 가루는 잉크를 금세 빨아들여 그대로 말렸다.

"읽어보시겠습니까?"

"그래."

오늘 그들이 머물게 된 아이체 성은 데이하르츠 가의 소유로, 이곳에서 태어난 하인들조차 그 비밀을 다 알지 못할 정도로 오래된 곳이었다. 루젤과 헤링어는 데이하르츠 가 사람들이 적대적이리라고 생각하지는 않았지만 만약을 위해 편지에 암호를 섞었다. 촛불 하나와 벽난로 불씨만으로 밝혀진 축축한 방에 잠시 침묵이 깔렸다.

일렁이는 촛불 너머로 루젤은 모든 사항이 정확하게 표기된 것을 확인했다. 헤링어가 밀랍을 천천히 초에 대고 녹였다. 루젤은 편지를 접고 헤링어가 편지 위에 떨어뜨린 밀랍을 반지로 봉했다. 헤링어는 편지를 가지고 일어섰다.

"지금 떠날까요, 주인님?"

"화급을 요하는 일이니 그리해라. 타이게르와 훈더를 데려가 만약의 사태에 대비해라."

헤링어의 얼굴에 그림자가 짙게 졌다. 그는 담담하게 물었다.

"구슬이 필요합니까?"

"타르타로제에게 여분이 있을 것이다. 너는 명을 전달한 뒤 바로 작은 돌무지 성으로 오되, 타이게르를 시켜 여분을 옮겨오도록 해라."

공성을 한다는 뜻이다. 게오르츠 백작령의 본성은 옛날에 지어진 것으로 대단히 두꺼운 벽과 험한 산세로 지켜지고 있었다. 옮기는 것만으로 큰일일 것이라, 헤링어는 속으로 혀를 찼다. 다른 도구는 바퀴 달린 것이 작은 돌무지 성에 있으나.

"하시면 성채의 수비는."

"성채에 필요한 만큼은 남겨두고, 여분만을 가져오도록 하라고 했다. 특히 위버라켄은 흥분하기 쉬운 성미이니 농민에게 필요 이상의 것을 요구하지 않도록 주의를 주어야 한다."

"그것으로 괜찮으시겠습니까?"

루젤은 화내지 않고 한 번 더 생각했다. 그리고 결론을 내렸다.

"괜찮다."

커프스의 단추나 식사 시간에 대한 것이라면 모르되, 전쟁에 관한 것이라면 헤링어는 주인의 말을 신뢰했다. 그는 편지의 봉랍이 다 마른 것을 손가락으로 한 번 확인하고 허리 숙여 절했다.

"작은 돌무지 성에서 뵙겠습니다."

루젤은 보좌관을 어두운 눈으로 보았다.

"보중하도록."

모두가 잠든 이 밤에 그를 보내는 것은, 전속력으로 달려가 내일 새벽 성문이 열리자마자 임무를 수행하라는 의미였다. 밤길의 위험은 낮길의 위험에 비할 바가 되지 않으나.

"괜찮습니다."

헤링어는 다시 한 번 절했다. 아무튼 그 또한 기사로서의 수련을 셀 수 없는 세월 동안 해왔다.

아이체 성 사람들이 루젤에게 내준 방의 문이 끼익 소리를 내며 닫혔다. 혼자 남아 루젤은 다시 깊이 생각했다. 굳게 닫힌 외창의 틈으로 마치 말발굽 소리가 들리는 것 같다는 착각이 들 즈음.

똑똑.

문 두드리는 소리가 들렸다. 이렇게 야심한 시각에 깨어 있는 사람이라면 이 성의 당번 정도일 터였다. 루젤은 우선 검이 가까이 있는 것을 확인하고 나직하게 말했다. 그가 받은 방은 옛날에 지어진 성이 보통 그렇듯 태피스트리 사이사이로 거친 돌 벽이 드러나 있고 살풍경했으며 천장이 낮았다.

"누구냐."

문이 살며시 열렸다. 루젤은 그런 식으로 문을 여는 사람을 세상에 한 명밖에 알지 못했다. 그는 문틈으로 촛불 빛과 고운 손이 보이자 긴장을 풀고 빙긋 웃었다.

유나는 머리칼을 다 풀어 내리고, 두꺼운 모로 된 가운을 입고 있었다. 그녀의 눈은 여전히 새까맣고 맑다.

"루젤."

그녀는 그의 방에 얼른 들어와 등 뒤로 문을 닫고, 아기 고양이처럼 그의 이름을 불렀다. 루젤은 일어나 그녀에게 다가갔다.

"유나."

낮에 마차 안에서 많이 잤기 때문일까. 유나는 피곤해 보였지만 활기차게 웃으며 그를 올려다보았다. 루젤은 그녀의 차가운 머리칼을 한 줌 들어 키스했다.

"춥습니다."

이 성은 아직도 한겨울 같다. 아마 작은 돌무지 성도 그럴 것이지만, 어차피 당장은 그것을 걱정할 때는 아니었다. 이 작은 전쟁은 오래 끌어 좋을 것이 없다.

바로 끝낼 것이다. 적의 어떤 원군도 도착하기 전. 그에게는 그

럴 자신이 있었다. 아무튼 어려서부터 자신이 자란 곳이고, 비밀
통로를 비롯한 모든 특징을 알고 있다. 잘 아는 곳에서는 지지 않
는다.

"헤링어, 어디 가요?"

헤링어가 가는 것을 본 모양이었다. 유나는 아무렇지 않게 물었
다. 루젤은 그녀의 머리칼에 여전히 입을 맞춘 채로 작게 말했다.

"일이 있습니다."

"어떤 일?"

그녀는 촛불을 서로의 몸에서 멀리 떨어뜨리고 그를 말갛게 올
려다보았다. 그녀에게는 설명하지 않았다. 설명할 필요가 없다기
보다…… 난처해서였다고 할까.

루젤은 고민했다. 그 고민은 오래가지 않았다.

"아무것도 아닙니다."

그녀를 불안하게 하고 싶지 않다. 저 까만 눈을 들여다보며 그
렇게 말하는 것은 가슴을 후벼 파는 듯 죄책감이 드는 일이었지만
그는 그렇게 해두었다. 유나는 눈을 가늘게 떴다.

그는 그녀가 속지 않았다는 것을 알았다.

"어떤 일?"

그는 꼼짝없이 포박당한 기분을 느꼈다. 그녀가 적이라면 난처
할 것이다. 뭐든 묻는 대로 다 말해 버릴 것 같으니.

유나는 금세 미소를 지었다.

"……어떤 일?"

목소리가 더 달콤해졌다. 그는 손을 들었다.

"편지를……."

전하러.

"편지? 누구?"

……한테?

"제 아래의 기사들……."

입니다.

라이헤르타 땅에서 살아가는 자들이기도 하다. 변방의 성채를 지키든, 농지를 경영하든. 평화시에 그들을 보여줄 수 있었다면 좋았겠지만, 시간이 맞는다면 그들 중 일부가 결혼식의 증인이 될 기회는 아직 있었다.

'아래'라는 말에 유나는 고개를 갸웃거렸다.

"보좌관? 헤링어처럼?"

"그들은 기사입니다."

헤링어도 돈만 있었다면 한참 전에 그들처럼 정식 기사였겠지만. 루젤은 약간의 죄책감을 다시 느꼈다. 이렇게나 고생을 시켰으니, 이번 싸움이 끝나면 헤링어에게도 어느 정도의 영토를 할양해 주고 정식 기사로 서임해 주는 것이 좋을 것 같았다. 서임식을 위한 돈을 그냥 줄 테니 정식으로 서임을 받으라는 권유를 헤링어 자신이 몇 년 전부터 거절해 오고는 있긴 하나, 그도 평생 남의 보좌관으로만 사는 것은 안타까운 일일 것이다.

"당신처럼?"

유나는 그렇게 물으며 또 웃었다. 그는 유나의 머리칼을 놓고, 그 뒤통수를 끌어당겨 이마에 입을 맞췄다. 그녀의 방에 무엇이 있었는지 향기로운 냄새가 났다.

"예, 저처럼 기사입니다."

후후. 그녀는 간지러운 듯 웃었다. 마음이 무거운 돌에 꾹 눌려으깨지는 듯 절망적인 기분에 그는 그녀의 촛불을 받아 들었다. 그리고 그녀를 경외하는 마음으로 테이블에 안내했다.

"앉으십시오."

촛불이 두 개가 되니 약간은 더 환해졌다. 유나는 루젤이 빼준 의자에 앉아서 아까까지 썼던 종이와 펜, 그리고 밀랍을 구경했다. 그는 그녀의 옆에 감히 앉지 못하고 물었다.

"늦었습니다. 무슨 일로……."

그녀의 목이 머리칼과 가운 사이로 희끗하게 보였다. 그는 침을 꿀꺽 삼키고 그녀의 앞에 무릎을 꿇었다. 양탄자가 그의 다리에 눌렸다.

"주무셔야 합니다."

입술이 그녀의 무릎에 닿았다. 그녀의 다리는 밤공기를 맞아 언 것처럼 찼다. 그는 그녀를 질책하듯 올려다보았다. 유나는 그를 천진하면서도 마법처럼 내려다보며 말했다.

"안 졸려요."

그는 목이 메는 미소를 지었다.

"마차에서 많이."

……주무셨으니까요.

"내일도 마차?"

……타나요?

"예."

한동안은. 작은 돌무지 성에 도착할 때까지는 그럴 것이다. 그러나 그 성에 도착한 다음에는 그녀를 어찌해야 할까. 루젤은 그녀의 무릎을 끌어안고 그 다리에 얼굴을 묻었다.

부드러운 허벅지에 뺨과 머리칼이 스러졌다. 유나는 그의 머리를 관대하게 쓰다듬었다. 그는 태어나서 처음으로 느껴보는, 마구 소리를 지르고 싶은 감정에 혼란스러워졌다. 그녀의 다리에서 나는 향기는, 아, 저 머리칼에서 나던 것과 같다. 꼭 새로 딴 새싹 같다.

"당신은……."

주무세요.

유나는 그렇게 속삭이며 그의 위로 배와 가슴을 내려 덮어주었다. 온통 암흑과 부드러운 향과 그녀의 몸으로 가득한 시계에 루젤은 토할 듯한 만족감을 느꼈다. 이대로 잠이 들어서 그대로 깨지 않으면 좋겠다. 이대로.

시간이 백 년 정도 흐른다 해도 개의치 않는다.

카펫 위로 차가운 바닥이 다리를 붙잡았지만 그래도 괜찮았다. 루젤은 유나의 허벅지 위로 숨을 쉬다가 마침내 크게 심호흡했다. 그리고 자리에서 일어나 그녀를 안아 들었다.

"당신도……."

주무셔야 합니다.

유나는 아직도 전혀 졸린 얼굴이 아니었다. 내내 전략에 대해 생각하며 온 그와는 다른 것이 당연하다. 그녀는 그에게 두 달이 모두 보름달이 되었을 때처럼 밝은 빛을 내며 요염하게 웃었다.

아샬레아가 저렇게 웃는 것을 본 적이 있다. 참 난처한 것을 배워 버리고 말았다. 루젤은 유나의 이마에 입을 맞추고 그녀를 자신의 침대로 데려가 내려놓았다. 그녀는 대단히 곧은 눈으로 그를 보고 두 팔을 뻗어 올렸다.

"이리……."

와요.

뻔히 알면서도 잡힐 수밖에 없는 속박이다. 그는 그녀가 원하는 대로 제 얼굴을 내어주고 몸을 숙였다. 유나는 루젤에게 부드러운 입술을 맞추고 어리광을 부리듯 키득거렸다.

유나는 루젤이 그녀를 사랑한다는 것을 알고 있었다. 이 나라

말로 사랑이 무엇인지는 아직 정확하게 알지 못했지만, 그를 보면 그런 지식은 필요가 없었다. 그가 그녀를 보는 눈빛과 닿는 숨결. 아주 귀하고 고결한 것을 만지듯 삼가면서도 그 자신을 쥐어짜듯 머무는 손길, 태도.

그녀는 그에게 절대로 말해서는 안 된다고 생각했지만, 자신의 마음속에서도 풍선 같은 것이 매번 부푸는 것을 또한 알았다. 처음에는 가벼운 비눗방울 같았던 그것은 어느새 가슴속에 빽빽이 쌓여 있던 다른 모든 것을 밀어내고 커다랗고 아슬아슬한 어떤 공간을 차지했다. 그것이 언젠가 터지면 어떻게 될지 그녀는 알고 싶지 않았다.

왜 루젤과 헤링어는 황도를 갑자기 떠나기로 했을까. 어젯밤이 시작될 때까지만 해도 그들은 그런 눈치는 전혀 보여주지 않았던 것이다.

분명 무슨 일이 있었다. 유나는 루젤의 잠든 얼굴에서 나온 숨결을 느끼며 미세한 두통을 견뎠다. 봄이 오고 있다고 생각했는데, 이 돌 성은 한겨울처럼 여전히 추웠다. 밤에는 잠시 이불과 몸 사이로 실바람이 뜨는 것만으로도 오한이 들 정도였다. 잠이 들어야 그나마 괜찮을 텐데, 낮에 마차에서 오래 잤기 때문인지 생각할 것이 많아서인지 몸은 나른해도 머리는 계속 명징하게 움직였다.

……딱.

문득 천장 쪽에서 낯선 소리가 들렸다. 그 소리는 아주 가볍고 작았지만 사방이 고요해서인지 유나에게는 귀에 대고 나는 소리만큼이나 선명하게 들렸다. 이런 성에 쥐가 있다는 것을 그녀는 이미 잘 알고 있었고 그 소리도 쥐가 돌아다니다 무언가에 부딪치거나 뭔가를 갉으면서 생기는 소리일 터였으나, 이상하게도 그 소리에 몸이 긴장되었다. 유나는 루젤의 평온한 숨소리를 확인하면서도 신경이 곤두서는 것을 느꼈다.

……다닥.

그 소리는 다시 들어보니 쥐가 움직이는 소리라기보다는 돌이나 나무 같은 단단한 것이 분명한 압력을 가지고 서로 부딪치는 소리 같았다. 성이 무너지는 걸까? 아마도 밤과 나른함의 힘을 빌려 그녀는 한순간 그렇게 생각했지만, 다음 순간 기이이…… 하고 소름 돋는 소리가 이 방의 바로 위에서 들리자 흠칫하며 숨을 죽였다.

탓, 탓. 그녀는 온몸을 한 번에 훑는 오한에 몸을 딱딱하게 굳혔다. 방에 누군가 들어왔다.

강도일까? 황도 밖에는 당장 천 한 장만 열면 털 수 있는 빈민가가 많았다―털 것은 없을 터였지만―. 그런데 이렇게 단단하게 생긴 성에 돈을 목적으로 한 강도가 들어온다고? 이 성은 본디부터 머무는 사람이 적은 것 같았고 성주도 부재한 모양이었지만 능숙해 보이는 하인들이 있었다. 게다가 황도에서 본 여러 저택에 비교해 보면 초라할 정도로 오래되고 빛바랜 집기밖에 눈에 띄지 않았는데. 심지어 이 방은 2층이고 3층이 분명히 있는데, 천장을 열고 소리 없이 들어온다면 그건 낯선 강도는 아닐 테고.

이 성 사람들?

루젤의 몸에는 가슴 아픈 흉터가 많았다. 그녀는 착한 그에게 누군가 상처를 입혔다는 사실이 미치도록 싫고 화가 났지만 루젤 또한 다른 사람에게 그런 상처를 입혔을지도 모른다는 것 또한 인정은 했다. '기사'라는 건 아무튼 싸우는 직업이 아닌가. 아샬레아가 보여준 낱말 카드에서도 기사들은 갑옷을 입고 서로에게 창을 휘두르거나, 아니면 혼자 검을 들고 괴물과 싸우거나 하고 있었지 햇빛을 받으며 책을 읽고 있지는 않았다. 그에게도 적이 있을 것이다. 혹시 이번에 갑자기 길을 떠난 것도 그의 적 때문일까. 처음 만났을 때처럼, 전쟁을 하러 가야 해서?

발소리는 두 개였다. 잠들어 있었다면 신경도 쓰지 못했을 만큼 작은 소리였으나 깨어 있는 유나에게는 분명히 구별이 되었다. 아주 가볍게 걷기는 했지만, 아마도 성인 남자 두 명이다. 입에 침이 고여서 참기가 힘들었다. 그녀는 최대한 숨소리를 고르게 내려고 노력하기 시작했다.

침입자들은 말을 나누지는 않았다. 바람 소리와 옷자락 소리가 나는 걸로 보아 뭔가 동작을 하며, 그들은 점점 침대 쪽으로 다가왔다. 유나는 반사적으로 침을 꿀꺽 삼켰다.

사방이 조용해졌다. 그녀는 자신의 옆에 있는 루젤의 숨결은 여전히 잔잔하다는 것을 알았다. 갑자기 보호 본능과 함께 분노가 치밀었다. 그녀는 숨소리를 다시 조절했다. 그리고 여차하면 루젤을 깨울 수 있도록 준비를 하고 있는데.

다시 침입자들이 움직였다. 그들은 아주 조심스럽게 행동했는데, 이 방에 두 명이 있다는 것도 처음에 알았건 몰랐건 지금은 알 터였다. 그들은 지금 잠든 사람들을 깨우고 싶지 않은 듯 얌전히 다가왔다. 그리고…… 침대에 달린 기둥이 잠시 흔들렸다.

유나는 두려워 가슴이 터질 것 같다고 생각했지만 숨소리는 계속 조절하려고 노력했다. 이게 악몽이라면 좋을 것이다. 침입자들은 그대로 잠시 뭔가를 하는 듯 옷자락 소리를 내더니.

도로 그들이 온 쪽으로 돌아갔다. 영원 같은 시간이 흐른 후에 천장 문이 도로 닫히는 소리가 기이…… 하고 희미하게 들렸다.

유나는 어둠 속에서 눈을 떴다. 입속에 고인 침을 삼켜도 다시 침은 홍수처럼 고였다. 그녀는 머리가 지끈거리고 속이 울렁거리는 것을 참으며 주변을 눈을 굴려 살폈다. 역시 사람은 없었다. 잠들기 전과 똑같았다.

그녀는 살며시 루젤의 몸과 떨어져 몸을 세웠다. 침대 기둥에 무슨 짓을 했는지 눈을 들자 그야말로 악몽 같은 날붙이가 그곳에 있었다.

나무로 대강 깎은 손잡이에 송곳처럼 길쭉하고 얇은 날이 붙은 그것은 문구는 분명 아니었다. 심지어 약간 얼룩이 져 있었는데 그녀는 그것이 무엇의 흔적인지 상상도 하고 싶지 않았다. 아마 침입자들이 저걸로 그녀를 찔렀다면 그대로 저항도 못하고 죽었을 것이다.

단검—아마도—은 침대 기둥에 짧은 쪽지 하나를 압정인 양 고정시키는 역할이었다. 유나는 덜덜 떨며 기둥에서 그것을 뺐다. 그리고 쪽지를 들어 쥐었다. 어차피 무엇이 쓰여 있어도 읽지 못하지만, 그래도 우선은 살펴보려는 생각이었다.

쪽지에는 가위표가 쳐져 있었다.

이 나라에서 그것이 무슨 의미인지는 이제 알고 있었다. 유나는 그 자리에서 구역질을 하려는 것을 간신히 내리누르며 한참 동안 생각했다.

아마도 새벽에 겨우 잠이 들었을 것이다.

유나는 루젤이 부드럽게 흔드는 손길에 심한 두통을 느끼면서도 태연한 체 깨어났다. 간밤의 기억은 일부러 불러오지 않아도 머릿속에 여전히 가득 차 있었다. 루젤은 침대에 앉아 그녀를 내려다보며 걱정스러운 얼굴을 했다.

"어디 안 좋은⋯⋯."

곳이라도.

입술이 다 말라 있는 것을 본인도 알겠다. 유나는 혹시나 해서 침대 기둥을 흘깃 보았다가 그곳에 아무것도 없어 괜히 놀랐다. 그녀는 루젤을 보고 빙긋 웃으며 고개를 저었다.

"괜찮아요."

"이제 시간입니다."

떠날 시간.

이 성을 방문하기 위해 길을 떠난 것이 아님을 알고 있었다. 유나는 문밖에 헤링어가 없다는 것을 알았고, 루젤에게 손짓해서 그가 먼저 일어나게 했다. 그리고 기지개를 켜는 체하며 베개 아래 손을 집어넣어 보니 지난밤의 송곳과 쪽지가 그대로 들어 있었다.

피가 약간 식는 기분이 들었다. 그녀는 속으로 투덜거리면서도 허리를 펴고, 침대에서 내려서서 루젤에게 활기차게 물었다.

"잘 잤어요?"

이 말도 이제 할 줄 안다. 루젤은 기분 좋은 듯 엷은 미소를 띠고 고개를 끄덕였다.

"예. 유나도?"

"네. 참 좋은 성이지요?"

유나는 입에 침도 안 바르고 오히려 그렇게 말했다. 루젤은 원래 이런 돌성이 자기 집이기 때문인지 아무렇지도 않게 수긍했다.

"예. 그렇군요."

"-."

뭔가 형용사가 몇 개 나왔다. 유나는 그것들이 고풍스럽다, 예스럽다, 회색이다, 낡았다 중 몇 가지를 고른 것이리라고 장담할 수 있었다. 라이헤르타 땅에 있는 그의 성도 이것보다는 마감이 잘 되어 있다. 그녀는 벌떡 일어나 가운을 걸쳐 입었다. 그리고 저 단검과 쪽지를 도대체 어떻게 하면 좋을지 고민했다.

똑똑.

마침 누군가 문을 두드렸다. 유나는 저도 모르게 움찔했지만 다행히 루젤은 문으로 바로 시선을 돌리는 바람에 그녀의 이상 반응을 못 본 것 같았다. 그녀는 이 기회를 놓치지 않고 단검과 쪽지를 옷섶에 숨겼다.

······아니, 수상하잖아! 단검의 모양도 그렇지만 쪽지는 이대로 움직이기만 해도 바스락거리면서 자기주장을 할 것임이 품 안에서도 여실히 느껴졌다. 그녀는 난처해하며 멍하니 침대에 앉아 문 열리는 것을 보았다. 루젤의 하인 중 한 명이 조심스레 들어왔다.

"주인님, 아가씨."

루젤은 하인에게 준비에 관해 이것저것 물었다. 유나는 루젤과 반대 방향으로 앉아서 움츠렸다가 포기하고 루젤을 불렀다.

"루젤."

하인과 뭔가 심각한 이야기 중이었던 그는 그녀가 부르자 금세 돌아보았다. 하인이 있었기 때문에 유나는 이불 안으로 하반신을 넣고 책상다리를 했다. 그리고 품에서 단검과 쪽지를 꺼내서 그에게 내밀었다. 사실 어느 모로 보나 이것이 정답일 것이다.

도저히 이해할 수 없는 물건이라서인지 루젤과 하인은 모두 인상을 썼다. 루젤은 단검을 우선 들어 보이며 물었다.

"이게······."

뭡니까?

나도 모르지요. 아마 칼? 다트는 아닐 것이다. 유나는 어깨를 으쓱하고 침대 기둥을 가리켜 보였다. 루젤은 진지하게 얼굴을 굳혔다. 하인이 침대 기둥으로 재빨리 다가가 칼이 꽂혔던 자국을 발견했다.

"주인님, 이쪽에······."

루젤과 하인은 그대로 현장을 검증하기 시작했다. 유나는 자신이 애초에 이 물건을 왜 숨겼는지 모르겠다고 생각하며 그들을 보았다. 루젤은 금방 그녀의 손에 있던 쪽지도 양해를 구하고 가져가더니 칼자국이 있는 부분을 칼과 맞추어보았다.

"유나."

그는 볼 만큼 기둥과 칼을 보고 나서, 말하자면 엄격한 목소리로 그녀를 불렀다. 유나는 입술을 불쑥 내밀고 그를 올려다보았다. 그가 무섭지는 않았지만, 아는 대로 설명해야 할 것을 생각하니 머리가 아팠다.

왜 이걸 갖고 있었습니까, 하는 질문에 그녀는 어젯밤에 그걸 침대 기둥에서 발견했다고 말했다.

여러 모로 머리가 아픈 일이었다. 초대받은 것도 아닌 성에서 순전히 그쪽의 호의로 숙박했으니 보안 문제로 성주에게 항의할 수는 없으나, 저 데이하르츠 가 소유의 건물에 수상한 자가 드나들었다는 시점에서 어이가 없기도 하거니와, 대체 유나는 그걸 왜 품에 넣고 있었단 말인가. 저 날에 있는 말라붙은 핏자국을 보고 우선 심장이 떨어지는 줄 알았다. 다행히 그녀 자신은 다친 곳은 하나도 없다고 말했지만. 게다가 저 쪽지의 가위표는 또 뭔가.

대충 유나의 묘사와 현장의 흔적으로 재현해 본 '경고'는 끔찍했다. 루젤은 당장 눈을 떴을 때 그의 옆에 단검이 꽂힌 그녀의 모습이 있었을 가능성에 기함했으며 죄책감에 시달렸다. 단검의 모양은 그도 잘 아는 것이었다. 바로 지난번 전쟁 때 적이 쓰던 것과 양식이 같다. 헤링어와 오이겐의 추측은 안타깝게도 꽤 음울하게 맞아떨어진 모양이었다. 그러니까 적은 루젤을 노린 것이었고, 유나는 아주 선량하고도 억울한 피해자가 될 수 있었던 것이다 아이체 성을 한 번 뒤집었지만 그곳에서 나온 흔적은 유나가 내놓은 것밖에 없었다. 아이체 성의 하인들은 루젤과 유나에게 사과했지만 그들을 처벌할 일도 아니다. 루젤은 말도 하기 싫었거니와 더 급한 일이 있다는 것을 상기하고 얼른 다시 마차를 출발시켰다. 하인들은 어제와 달리 마차를 엄정히 둘러싼 형태로 움직였다.

루젤은 마차 벽에 등을 대고 조는 유나를 보았다. 그녀는 루젤이 옆에 앉지 않는 것에 못내 섭섭해하다가도 꾸벅꾸벅 잠이 들었다. 마차가 흔들릴 때마다 그녀의 고개가 같이 흔들리는 것에 가슴이 아프지만, 어쩔 수 없었다. 그는 생각을 해야 했고 그녀의 얼굴이 그의 턱 바로 아래에 있으면 집중을 할 수가 없었다.

힘들여 침입해 놓고 왜 경고만을 두고 갔을까. 그를 죽이는 것이 그들의 목적이 아니라서? 물론 그렇게 생각하는 것이 가장 자연스럽다. 지난 전쟁은 주군끼리의 자존심 싸움이나 마찬가지였고 적도 아군도 충분히 남아 있었다. 그런 싸움의 설욕을 위해 그를 죽인다면 국가 간에 걷잡을 수 없는 갈등이 다시 생길 터였다. 황제는 몰라도 오이겐 태자만큼은 절대로 가만히 있지 않을 테니. 그렇다면 죽이는 것 외의 목적이라면……

도망치라고? 루젤은 약간 한숨을 쉬었다. 아마도 그것이다. 필경 저 가위표는 다음에는 죽이겠다는 의미일 테고, 쓴 이의 국적이나 신분이 드러나는 글 대신 간단한 표식을 이용했을 것이다. 겁먹게 해서, 이 싸움을 처음부터 일어나지 않게 하려고. 이런 야합으로 적이 얻는 것은 바이언트 경이 없는 부신이고 형수가 얻는 것은 싸움 없이 얻는 전통적 게오르츠 백작령 전체다.

유치하고 어설픈 일이었다. 그는 바로 눈앞에서 칼날이 번쩍이는 것을 셀 수 없을 만큼 보아왔다. 밤늦게 사람이 자는 곳에 침입해서, 해칠 배짱도 없어 쪽지 한 장 놓고 가는 녀석들을 두려워할 정도는 아니었다. 단지 걸리는 것은 시릴의 아버지인 데이하르츠 공이 적에게 일부러 틈을 내준 것이냐, 아니냐 정도인데 그것이야 이제 아이체 성을 떠났으니 나중에 따지면 되는 문제다. 정말로 무서운 것은 그들의 경고가 수위를 올릴 수도 있다는 점이었다.

루젤은 유나의 미간을 보고 씁쓸하게 인상을 썼다. 그녀가 그의 원한 때문에 조금이라도 다친다면…… 그는 그런 생각을 어떻게 받아들여야 하는지조차 알 수 없었다. 그것은 너무나도 정도에 어긋나는 일이었고 비겁한 일이었고.

끔찍하다. 그녀가 쪽지를 주지 않았다면 그는 오늘 밤도 멍청하게 잠만 자다가 그녀를 잃을 수도 있었다. 처음에 왜 단검과 쪽지 모두를 숨기려고 했는지는 몰라도, 유나가 결국은 그에게 사실을 알려주어서 다행이었다. ……그러므로 지금 그가 할 수 있는 일은 하나였다.

"주인님."

루젤이 창을 약간 열자 그 옆을 달리던 하인이 곧장 반응했다. 루젤은 건조하게 말했다.

"이동 속도를 높여라."

"예, 주인님."

닥. 루젤은 창문을 닫고 유나의 옆으로 자리를 옮겼다. 그녀는 숨을 약간 들이켜며 눈을 떴다.

지난밤의 일이 무서웠을 것이다. 그는 그녀의 어깨를 다독였다.

"괜찮습니다. 접니다."

유나는 눈을 몇 번이나 깜박이며 루젤을 보았다. 그녀의 얼굴은 창백해 안쓰러웠다. 이럴 것을, 뭐하러 그에게는 숨기려고 했는지.

그는 그녀에게 다정하게 말했다.

"더 빨리 움직일 겁니다. 너무 흔들리면 붙잡으세요."

그녀는 웃으며 고개를 끄덕였다. 아마 못 알아들은 모양이었지만, 그 즉시 마차가 확연히 속도를 올리며 흔들렸기 때문에 상관이 없었다. 유나는 자연스럽게 그를 붙잡고 질린 얼굴을 했다.

그조차도 인상을 쓸 정도의 진동이 계속 마차 바퀴에 전해졌다. 사실 이런 길은 말을 타고 달리는 것이 훨씬 나았을 것이다. 짐보다 훨씬 중요한 것이 있으니, 마차가 시간을 끌 것 같으면 아예 유나를 태우고 말로 달려가는 쪽도 고려해야 할 것 같았다.

"루, 젤?"

유나는 혀를 씹지 않으려는 듯 음절을 끊어서 말했다. 그는 그녀가 잘 붙잡을 수 있도록 본인의 중심을 지탱하며 대답했다.

"예?"

"그거."

유나는 몸을 그에게 딱 붙이고 손가락으로 가위표를 만들어 보였다. 루젤은 심장이 철렁하는 것을 느끼며 성실하게 되물었다.

"예?"

"뭐예요?"

가위표가 뭐냐고?

그것도 몰랐으면서 숨기고 있었던 건, 그것이 무서워서였을까. 그녀가 증거품을 일부러 은닉해서 얻을 것은 없었다. 루젤은 한숨도 쉬지 못할 진동에 인상을 쓰고, 고민하다가 고개를 저었다. 겁먹게 하고 싶지 않다.

"아무것도 아닙니다."

"그럼, 루, 젤."

질문은 끝나지 않았다. 루젤은 또다시 성실하게 대답했다.

"예, 유나."

"게올, 츠, 백작, 부인."

"어디 말씀입니까?"

루젤은 잠시 놀랐다가, 그녀가 말하는 의미를 늦게 깨달았다. 그는 유나에게 최대한 담담하게 다시 대답했다.

"형수님 말씀이십니까?"

"그 사람."

유나는 고개를 끄덕였다. 그녀는 눈을 동그랗게 뜨고 물었다.

"그 사람, 어디 있어요?"

"그것은 왜 물으십니까?"

루젤은, 일반적으로는 그렇게 행동한 적이 없었지만, 뭐라 대답해야 할지 몰라 되물었다. 그녀는 단호하게 반복했다.

"어디 있어요? 집에?"

그쪽도 열심히 이동하는 중일 것이다. 루젤은 고개를 저었다.

"집에는 안 계실 겁니다."

그리고 앞으로도 집에 올 일은 없을 것이다. 이 싸움에서 만약 그가 진다면 황도의 그 집의 소유권이 어떻게 될지는 모르지만. 루젤은 이번 싸움에 자신이 있었지만, 전장에서는 언제나 상정 외의 일도 일어나는 법이었다. 그러므로 최악의 상황을 가정해서 따져 볼 때…… 만약 루젤 바이언트가 결혼 전 죽는다면 그의 모든 부동산 및 동산의 소유권은 게오르츠 백작에게 넘어갈 테고, 그가 성인이 되기 전까지 그 재산의 관리를 전 게오르츠 백작 부인이 맡는다고 해도 이상한 일은 아니다.

그러나 역시 그런 일은 없게 해야 했다. 유나는 인상을 쓰며 아까 가위표를 만든 양손을 서로에게 부딪쳐 보였다.

"싸움?"

그녀가 어디까지 추론하고 있는지 알 수가 없었다. 게다가 왜 하필 지금 형수에 대해 묻는 것인지도. 그녀의 앞에서 무언가를 숨긴 적은 없었지만 제대로 상황 설명을 해준 적도 없으니, 이것은 그녀의 추리력일까. 만약 유나가 지금 상황에 대해 추리하고 있다면, 어떤 근거로?

"……나중에 말씀드리겠습니다."

그는 결국 어물거렸다.

유나는 다시 루젤을 붙잡았다. 그녀가 빤히 올려다보는 시선에 루젤은 결국 눈을 피해야 했다.

저 얼굴을 지키고 싶다.

누군가 루젤을 해치려 하고 있었다.

두렵고 낯설고 떨렸지만 사고력은 제대로 기능하고 있었고 유나는 그렇게 확신했다. 그 엑스 자는 물론 이 나라에서도 여러 의미가 있겠지만 그녀는 그 의미 중 '죽음'이 들어 있다는 것을 알고 있었고, 그 메시지를 전하기 위해 하필 밤중에 몰래 다가와 무기를 침대에 꽂아놓고 갔다는 것은 오해할 여지가 없었다.

그때 그를 죽이지 않은 것은 그녀가 옆에 있었기 때문일까. 한 명을 죽이면 다른 사람이 깨어나 비명을 지를 테니까? ……아니라 해도 상관없었다. 유나는 이제부터 최소한 헤링어가 다시 돌아올 때까지는 루젤의 옆에 계속 달라붙어 있을 생각이었고, 그가 잠들어 있는 동안에는 자신이 깨어 어떤 낌새든 놓치지 않을 요량이었다. 두려움은 시간이 지날수록 그녀를 터뜨릴 듯 죄어왔고 그것은 어느새 뜨거운 분노가 되어 그녀를 휩싸고 있었다.

남자 두 명과 싸워서 이길 자신은 당연히 없다. 그러나 이 남자를 해치려 하는 그 무엇도 최소한의 어려움 없이 멋대로 굴게 할 생각도 없다. 다만 그의 적이 누구인지 그녀는 알 도리가 없었는데, 혹시나 해서 가장 최근에 그와 싸운 사람 중 하나인 게오르츠 백작 부인의 이름을 꺼냈더니 루젤의 안색이 약간 변했다.

유나는 단지 '여자 문제로 싸웠다'는 이유로 누나가 남동생을 죽이려 할까 의문스럽게 생각했고 혹시 전날 밤의 침입자들이 노렸던 것은 그녀 자신이 아닐까 하는 가능성도 점검했다. 그러나 다시 생각해 보면 침입자들은 루젤의 방에 들어왔다.

마음에 안 드는 여자를 만나면 남동생을 죽이려고 하는 누나?

이상하다. 어떤 가치관을 가지고 살면 그렇게 되는지. 유나가 올케로 마음에 안 든다면 그녀가 묵은 방에만 조용히 협박을 남겨놓았어도 되었을 것이다. 원래 드라마를 보면 그런 것 아닌가. 못된 시어머니나 시누이들은 남동생이 만나는 여자를 몰래 불러내서 '내 아들에게 우리가 만난 걸 일러바치지는 않았겠지?' 하는 확인부터 한다. 게다가 사람을 보낸다고?

이곳이 21세기 서울과는 너무 다른 원리로 움직인다는 것은 아무튼 확실히 알겠다. 그녀는 한숨을 쉬었다.

오늘 묵게 된 곳은 어느 작지만 사람이 많이 오가고 높은 건물들이 있는 도시로, 이 도시에서 가장 높은 언덕 위에 있는 저택의 여주인은 손님들을 기쁜 얼굴로 맞이했다. 유나는 종일 탄 마차 때문에 몸살이 날 것 같은 기분으로 몇 번이나 방에서 토했으므로 그 붙임성 좋고 나이 많아 보이는 여주인에게는 미안한 일이었다. 그녀는 이곳에서도 어젯밤과 마찬가지로 '루젤의 약혼녀' 취급을 받았고 그것을 부정하지 않았다. 루젤은 내일 아침에도 또 오늘처럼 마차를 달린다고 했다.

뭐, 상관없다. 마차가 미친 듯이 흔들려도 어떻게든 중간에 잠들기는 했으며 오히려 그쪽이 견디기엔 더 좋았다. 유나는 깨끗한 손님용 침대에서 분연히 일어섰다.

똑똑.

안 그래도 루젤의 방으로 가려던 참인데. 유나는 갑자기 들린 정중한 노크 소리에 놀라며 목소리를 가다듬었다. 그리고 피로와 긴장 때문에 가늘어진 목소리를 한껏 크게 올렸다.

"네."

문이 열리고 황도에서 여기까지 같이 온 하인이 들어왔다. 그는 복장으로 보아 오늘 밤 잠들지 않고 경비라도 설 모양이었다. 그는 유나에게 계면쩍게 인사하고 말했다.

"아가씨, 주인님께서."

그는 그러고 손으로 한쪽을 가리켰다. 오히려 잘된 일이었다. 유나는 고개를 끄덕이고 일어섰다.

하인이 이끄는 대로 따라 루젤의 방으로 들어가니 그는 이상하게 생긴 셔츠와 바지를 입고 있어서, 이 늦은 시간에 잠들려는 사람으로는 보이지 않았다. 많이 피곤할 텐데. 유나는 저도 모르게 안쓰럽게 생각하면서 그에게 다가갔다.

"루젤."

루젤은 이 저택의 여주인이 내준 손님방의 의자에 앉아 있다가 유나가 들어오자 일어서 미소를 지었다. 그는 하인에게 손짓했다.

"고맙다. 이제 나가라."

하인은 절하고 나가며 문을 닫았다. 저 문 앞에 여러 명의 하인이 아직 서 있는 것을 안다. 유나는 루젤에게 감히 키스하지는 못하고 물었다.

"왜……."

불렀어요?

어차피 올 생각이긴 했지만, 루젤에게도 볼일이 있었다니 뜻밖이다. 그녀는 그의 차림도 훑어보았다. 저…… 이상한 셔츠라는 것은 그러니까, 셔츠라고 부를 만한 모양이기는 하지만 두껍고 안에 뭔가 잔뜩 붙어 있는 듯 우툴두툴한 무언가였다. 저걸 입고 자면 굉장히 불편할 것 같았다. 겨울에는 따뜻할지도 모르지만, 움직일 때마다 끼끽거리는 소리가 나는 게 아무래도 금속이 든 것 같은데.

루젤은 희미하게 또 웃고 그녀에게 자기 침대 위에 있는 것을 가리켰다. 유나는 그의 침대 위에도 그가 입은 것과 비슷한 두꺼운 셔츠가 놓여 있는 것을 보았다.

"저게 뭐예요?"

"-."

루젤은 부드럽게 유나가 알지 못하는 단어를 말했다. 그녀는 시험 삼아 그것을 들어보고, 짐작대로 엄청나게 무거워 인상을 썼다. 심지어 따뜻하지도 않다.

"이거……."

입어요?

본인의 몸에 대 보며 한 유나의 질문에 루젤은 고개를 단호하게 끄덕였다.

"예."

그러니까 호구 같은 건가? 유나는 셔츠 안을 만져 보고, 그 안에 있는 무수한 사슬 같은 것에 깜짝 놀랐다. 쇠 냄새도 나고, 남자 것인 듯 크기도 크다. 저 사슬 같은 것은 기억에 있었다. 맨 처음 루젤을 만났을 때 그의 부하들이 입고 있었던가. 그러니까…… 갑옷인가?

유나는 불평하지 않고 그 셔츠 갑옷에 몸을 끼웠다. 한겨울에 두꺼운 옷을 세 벌쯤 겹쳐 입고 그 위에 오리털 파카를 입은 것보다 더 무겁고 불편했다. 그녀가 팔을 이리저리 휘둘러 보며 신기해하자 루젤은 침대로 다가와 앉았다. 그리고 길어 그녀에게 원피스처럼 된 셔츠의 아랫자락을 펴서 정돈해 주며 부드럽게 말했다.

"벗으시면……."

안 됩니다.

그는 손으로 엑스 자까지 그려 보였다. 유나는 킥킥 웃고 고개를 끄덕였다. 지금은 잠옷으로 가운을 입고 있으니 이런 옷도 걸칠 만하지만, 내일 아침 드레스로 갈아입은 다음에 이걸 또 걸친다면 볼만할 것이다. 그러나 상당히 믿음직하다는 생각은 든다.

루젤은 유나가 그때까지 신경 쓰지 못했던 침대 위의 다른 물건도 집어 들어 그녀에게 보여주었다. 그것은 한국에서 겨울에 유행하던 넥 워머와 매우 비슷하게 생긴 것이었는데 그것 역시 가는 사슬 여러 줄로 이루어져 있었다. 일단 전부 금속이었으므로 이쪽은 넥 쿨러라면 모를까 워머로 쓸 수는 없을 것이다.

설마 했는데 그는 그것도 유나의 머리에 씌우려고 했다. 유나는 쓴웃음을 지으면서 그가 하는 대로 가만히 있었다. 사슬 형태이기 때문인지 의외로 꽤 늘어난 그 물건은 그녀의 머리를 문제없이 통과해 어깨에 얹혔다. 루젤은 워머 안에 들어간 머리칼을 빼주었고 유나는 사슬에 낀 머리칼 때문에 따끔거렸지만 그에게 티를 내지는 않았다.

"이것도, 벗으시면……."

안 됩니다.

그것 참 볼만하겠다. 유나는 자신이 오즈의 마법사의 양철 나무꾼처럼 보이지 않을까 하고 생각하며 또 팔을 이리저리 움직여 보았다. 곧 몸이 피곤해 더 움직일 수 없게 되었다.

그는 그녀를 침대에 앉히고 말했다.

"이곳에서 주무십시오."

원하던 바다.

이 차림에 로맨틱한 것이라고는 전혀 없었지만, 유나는 만족스럽게 고개를 끄덕였다. 그리고 밖에서 움직이는 하인들의 소리에 이번에는 신경 쓰지 않으려 애쓰며 루젤의 얼굴을 당겼다. 목이 말 그대로 조여왔다. 아마도 그녀 자신은 오늘 밤에 제대로 잠들 수 없을 텐데, 그는 그래도 잘 수 있다면 좋겠다.

그에게는 셔츠가 잘 맞고 그리 불편하지 않은 것 같았다. 루젤은 다가와 유나의 뒤통수를 따뜻하게 어루만졌다.

숨결.

먼 난롯불이 달처럼 비치는, 푸른.

……눈.

처음에는 갑옷을 입는 것이 불편해 보였던 유나는 며칠째 무장을 하자 그럭저럭 익숙해진 것 같았다.

사실 무장으로 인한 불편함보다 그녀는 마차의 흔들림에 고생을 하고 있었고, 잠도 아무래도 제대로 자지 못하는 듯 갈수록 얼굴이 핼쑥해졌다. 그는 보다 못해 안심하고 자라고 몇 번이나 말했지만 그렇게 말한다고 해서 무서운 경험을 빨리 잊을 수도 없는 모양이었다. 유나는 매일 마차에서 그에게 기대 쪽잠을 잤고 밤에는 숨소리를 고르게 내며 자는 척을 했다. 다행히도 며칠 동안이나 새로운 습격이 없자 그녀의 정서는 조금 호전되는 것 같기도 했다.

……다만 이런 애로사항은 가급적 늦게 찾아오길 바랐다. 루젤은 젖은 하늘을 우울하게 올려다보았다. 비를 피하려고 들어온

숲은 빗소리를 제외하고는 고요했다. 한 해 농사를 생각한다면 적절한 시기의 비이지만 이동하는 자에게는 반갑지 않다. 그리고 벌써 얼마 동안 여기서 기다리고 있는지 헤아려 보면, 결정해야 했다.

"마차는 두고 간다."

어차피 정도 이상으로 달려 상태가 심각했다. 하인들은 조용히 움직이며 짐을 정리했고 루젤은 마차의 문을 열었다. 창백해진 얼굴의 유나가 얼굴을 내밀었다. 그는 가슴이 쓰렸지만 담담하게 청했다. 이대로 마차를 타는 쪽이 그녀에게 오히려 좋지 않았다.

"마차 밖으로, 유나."

그녀는 루젤의 손을 잡고 휘청거리며 마차에서 내렸다. 그녀의 흰 얼굴에 빗물이 구슬처럼 흘렀다. 한낮이라 밝았지만 나무 그림자와 먹구름 때문에 시야가 칙칙하다. 그는 마차에서 망토를 꺼내 그녀의 머리에 씌워주었다. 유나는 이전의 다른 여행 때보다 가볍고 순순했다. 물론 이전의 다른 여행에서는 그녀를 이렇게 겁먹게 하지도, 이렇게 힘들어 할 정도로 마차를 달리지도 않았다.

"죄송하지만 말을 타고 가야겠습니다. 괜찮겠습니까?"

유나는 웃으며 고개를 끄덕였다. 루젤이 다시 말해야 하나 하는데 그녀는 빗줄기 사이로 맑게 덧붙였다.

"괜찮아요."

"감사합니다."

루젤은 유나의 오른손 손등에 키스하고 하인에게 손짓했다. 하인이 그의 말을 데리고 다가왔다.

"너희 셋은 데란츠 저택으로 돌아가라."

루젤은 하인 세 명을 지목해 명령했다. 어젯밤 묵은 그 저택에서 이 숲까지는 그리 멀지 않다. 세 명의 무장한 장정이면 그 저택까지 짐을 가지고 가는 정도는 할 수 있을 터였다.

남겨지는 역할을 맡은 하인들은 인사하고 물러났다. 루젤은 먼저 말에 올라타고 유나의 허리를 안아 올렸다. 그리고 그녀가 안정적으로 말 위에 앉은 것을 확인하고 나머지 사람들을 모았다. 빗줄기가 굵어졌다.

"이대로 숲을 나서 천천히 이동한다. 체온을 빼앗기지 않도록 최대한 몸을 감싸고, 천막이 젖지 않도록 주의해라. 오늘 저녁이면 비를 피할 곳에 도착할 수 있으니 너무 서두르다 말이 미끄러지지 않도록."

앞에 앉은 유나는 고개도 돌리지 않고 숨을 쉬었다. 루젤은 가슴 너머로 그녀의 체온이 희미하게 전해져 와 적이 안심했지만, 또한 그 체온이 병아리의 맥처럼 아슬아슬하게도 느껴져 약간 초조해졌다. 정상적으로 생각한다면야 당연히 젖은 갑옷 두 벌과 각자가 입은 겨울옷 너머이니 체온이 희미하겠지만……. 하인들이 움직이는 동안 그는 조심스럽게 그녀의 이름을 불러보았다.

"유나?"

그녀는 그를 소리 없이 돌아보았다. 그 매끄러운 동작과 확실하게 젖은 뺨, 그리고 파랗게 질린 입술에 그는 인상을 약간 썼다.

"죄송합니다. 추우십니까?"

"괜찮아요."

그녀는 고개를 젓고 확언했다. 그는 버릇처럼, 혹시 그녀가 희미해지지 않는지 그 등에 닿아 확인했다. 그녀는 분명히 그 자리에 있었다. 그러나 이것도 존재라면 '절반쯤만 존재한다'는 말을 새로 만들어야 할 터였다. 너무 약하다.

몹시 아픈 사람들에게서 이런 느낌을 받은 적이 있었다. 그는 그녀가 조금이라도 비를 덜 맞고 덜 추울 수 있도록 자신의 팔을 그녀의 허리에 꼭 붙였다. 그리고 말을 몰아 일행의 선두로 나섰다.

"준비가 끝나는 대로 출발한다."

이 숲은 마을 어귀의 작은 곳이라 대단히 키가 크거나 그늘이 넓게 드리운 나무가 없었다. 앙상하게 마른 가시를 내밀고 지난겨울의 썩은 낙엽을 발치에 덮은 고만고만한 것들뿐이다. 루젤은 땅이 그나마 덜 젖은 곳을 살피며 말을 앞뒤로 움직였다. 유나는 가끔씩 큰 심호흡을 하며 안개 같은 입김을 희게 뿜었다.

이 비는 봄비다. 어찌나 차가운지 중간에는 얼음이 섞여 치기까지 했었지만, 유나는 그렇게 확신했다. 저 숲과 길에 도는 푸른 기운은 잘못 볼 수가 없었다. 이제 조금씩 비는 따뜻해지고, 바람에는 볕이 섞여 흐르고, 잎보다 먼저 피는 꽃이 하나둘 움을 터뜨릴 것이다. 겨울이 되면 색이 없는 이 세상에 또다시 아름다운 풍경이 펼쳐질 것이다. 그러면 집집마다 꽃을 선물하고, 아가씨들이 든 향낭보다 더 향기로운 냄새가 정원의 찻잔을 스칠 것이다.

루젤이 왜 싸워야 하는지는 아직 이해할 수 없지만 그때까지는 그의 싸움이 해결되어 있기를 바란다. 무엇이든 오래 끄는 문제만큼 사람을 지치게 하는 것도 없으므로.

유나는 여전히 몸이 찬 비에 젖어 있는 것 같은 기분으로 몸을 떨었다. 해가 지기 전 지붕 있는 집을 찾아 그곳에서 마른 옷을 입고 침상에 누웠지만 몸은 덜덜 떨렸다. 대학에서 과제를 할 때도 이런 적이 있었다. 한창 일이 몰려 있을 때는 어떻게든 버티다가 그 일이 끝나면 긴장이 풀리면서 한꺼번에 아픈 것이다. 선배들은 그녀에게, '일이 끝나기 전에 아픈 것은 갈 때가 되었다는 소리'라고 웃으며 말했다.

어두운 창밖에서 빗소리가 우두둑 들려왔다. 천둥소리와 번개 빛도 섞여 있었다. 아마 오늘 밤은 내내 비가 내릴 것 같고, 내일은 어떨지 알 수 없었다.

기익 하고 문이 열렸다. 지금까지 온 길은 이미 루젤의 땅과 황도 사이를 두 번 오갔으므로 다 아는 곳이었지만 이 저택만큼은 낯설었다. 아마 비를 피하기 위해 원래 생각했던 일정을 비틀었을 것이다. 그래서인지 맞아준 주인은 루젤과 서먹한 사이인 것 같고 유나의 낯선 생김새를 이상하게 보았다. 루젤은 저택 주인의 도움을 감사하게 받았지만 유나의 시중을 누군가 그 집 사람이 들어주는 것은 거절했다.

김이 오르는 대야와 수건을 들고 루젤의 하인과 루젤이 들어왔다. 루젤은 대야를 유나가 누운 침대 옆의 테이블에 올려놓고 하인을 내보냈다. 하인은 유나를 걱정스러운 눈으로 보고 나갔다.

루젤이 침대에 가만히 앉았다. 그는 그녀를 따뜻하고 염려스러운 눈으로 내려다보고 물었다.

"괜찮……."

습니까?

괜찮다. 오히려 이전부터 이렇게 되었어야 했다고, 예감까지 하고 있다. 유나는 두통을 무시하고 미소를 지었다.

"괜찮아요."

그를 사랑한다는 말만큼은 해서는 안 된다고 생각했고, 그것은 잘 지켜왔다. 그는 여전히 용감하다. 그녀가 언제 사라질지 알고 이렇게까지 잘해주었는지, 다시 돌아보아도 신기하고 존경스러울 따름이었다.

루젤은 뜨거운 물수건을 꼭 짜서 유나의 목에 댔다. 그녀가 아는 한 열은 나지 않고 있었고 오히려 문제는 체온이 올라가지 않는다는 점이었다. 몸이 계속 떨렸기 때문에 수건의 열기는 나쁘지 않았다.

이 정도면 아직 감기몸살의 전초 정도라고 생각한다. 이보다 훨씬 아픈 적도 많았는데. 유나는 킥킥 웃었다.

"고마워요."

입술을 움직여 한 이 나라의 말은 사탕처럼 입안에서 이질적으로 굴러갔다. 루젤의 말이 아닌 것은 이만큼 피곤하면 아직 잘 들리지도 않았다. 루젤은 요사이 제대로 잠을 자지 못해 생긴 눈 아래의 다크서클에도 불구하고 조각처럼 멋있었다. 그는 이불을 걷고 그녀의 가운 안으로 따뜻한 수건을 문질러 주었다. 그가 절대 벗지 말라고 했던 갑옷도 이런 몸 상태로는 입고 있을 수가 없다.

따뜻한 찜질을 받아본 것은 처음인데, 생각보다 훨씬 효과가 좋다. 유나는 두통은 계속 심해진다고 생각했지만 기분이 좋아 계속 미소를 지었다. 방 안에는 난로의 불과 테이블 위의 촛불 위에도 불이 몇 개인가 켜져 있었는데 루젤은 유나의 허벅지를 마사지하고 나서는 테이블 위의 불을 훅 불어 껐다.

두통이 나아졌다. 유나는 그제야 자신이 인상을 쓰고 있었다는 것을 깨닫고 미간을 폈다. 루젤은 그녀의 가운을 갈무리해 주고 이불을 덮으며 말했다.

"주무십시오. -."

뒤의 말은 못 알아들었다. 유나가 빙긋빙긋 웃자 그는 잠깐 고민하는 것 같더니 유나의 누운 몸 위로 손을 움직여 마치 그녀가 무슨 상자에 덮여 있기라도 한 것 같은 마임을 해 보였다.

지켜준다고.

아마 그런 뜻일 것이다. 유나는 또 후후 웃고 그를 보았다. 잠들라고 한 것은 분명히 알아들었지만 그의 얼굴을 계속 보고 있고 싶어 눈을 감을 수가 없다. 이것도…… 예감이었다.

그녀는 입술을 오물거렸다.

"만약 내가……."

루젤은 진지하고 집중된 시선으로 그녀를 내려다보았다. 그녀는 눈을 잠깐 굴리고 알맞은 단어를 말했다.

가면.

"여기서."

……기다려요.

시간이 지나면 잊을 텐데, 괜히 그가 등산을 하다가 행방불명되었다는 소식은 듣고 싶지 않다. 이곳의 세계지도에서 본 예의 거대한 '산맥'은 아주 넓고 높다고 표시되어 있었던 것이다.

그녀는 뭔가를 예감하고 있는 걸까.

걱정했던 비는 이틀 동안 한껏 쏟아지고 나서 뚝 그쳤고, 맑은 하늘 아래 반쯤 언 대지는 새순으로 물들듯 뒤덮였다. 유나의 상태도 확연히 호전되었고 그녀의 뺨에도 색이 돌아왔다. 그러나 '아프기 때문'이라고 생각했던 그녀의 이상한 태도는 몸이 나아진 후로도 바뀌지 않았다.

그렇다. '이상'하다. 루젤은 그것을 확신했다. 유나는 지금까지 그가 봐온 그 어느 때보다도 거리낌이 없었고 가끔은 서툰 농담까지 던지면서도 평소에는 말이 없었다. 그녀의 얼굴이 묘할 정도로 평온해지는 것을 그는 계속 목격했다.

그것은 견디기 힘든 일이었다. 루젤은 유나에게 솔직하게 라이헤르타 땅에 도착하면 그녀와 결혼할 것이라고 설명했고 유나는 이번에는 거절하지 않았다. 본래대로라면 그녀가 드디어 청혼을 받아준 것이니 기뻐해야 하는데도 그는 불합리하기까지 한 불안감에 어쩔 줄 몰랐다. 좋지 않은 일이었다. 전투, 나아가서는 전쟁을 앞뒀으니 흔들림 없이 행동해야 하는데.

그나마 다행스러운 것은 필요한 지역에 일정 내에 도착할 것 같다는 사실이었다. 혹시나 해서 들르는 곳마다 소식을 들어보았지만 형수의 본가 쪽의 움직임은 아직 멀리 있었다. 이대로 빨리 먼저 라이헤르타 땅에 도착해 필요한 군을 모으고, 휘하의 기사들에게 약속한 장소로 가서 움직이면 상호 간에 큰 손실 없이 이야기를 끝낼 수 있었다. 아무리 아버지가 돌아가신 때 이후로 거의 가지 않았다고는 해도 게오르츠 백작령은 그가 소년기를 온전히 보낸 땅이었던 것이다. 지지자라면 충분히 있고, 지역적인 특징도 모두 알고 있다.

이제 다시 갑옷을 입게 된 유나는 머리칼을 가끔 쓸어 모으며 명랑하게 길가를 가리키곤 했다. 그녀가 지적하는 것은 하등 특별할 것 없는 양떼나 야생마 무리, 여우 따위였고 루젤은 그녀가 왜 그런 것에 주목하는지 이해할 수 없었지만 그 감탄에 동조했다. 사실 그녀가 예쁘다고 말하고 나서 다시 보면 그의 눈에도 그것들은 이전에는 왜 몰랐을까 싶게 아름답기는 했다.

"루젤, 저기……."

"예."

유나는 이번에도 토끼를 가리키며 눈을 천진하게 떴다. 루젤은 그녀의 목 부근에서 바람에 날리는 작은 사슬을 자신의 가슴으로 누르며 토끼에 눈길을 주었다. 저 먼 언덕 위에서 이쪽을 보던 토끼는 금세 언덕 저편으로 달려가 사라지고 말았다.

"갔어요."

유나는 약간 실망한 것 같았다. 루젤은 그녀가 실망한 것이 안타까워 설명했다.

"토끼는 겁이 많습니다."

유나는 그를 돌아보고 빙긋 웃었다. 루젤은 그녀의 눈빛을 보고 그녀가 알아듣지 못했다는 것을 알았다. 그는 탄식처럼 웃었다.

"성 아래 숲에도 많습니다. 다음에 한 마리 잡아드릴 테니 가까이서 보십시오."

흔한 토끼 정도야 성의 하인에게 한마디 말만 하면 그날 저녁에라도 데려올 수 있다. 그녀는 다시 앞을 보았다. 루젤은 말없이 한동안 말을 몰았다.

옅게 푸른 벌판이 펼쳐졌다. 지리상 오늘은 천막 안에서 잠을 자야 했는데, 그는 그것이 마음에 걸렸다.

안 그래도 여행하는 일은 체력을 잡아먹는데, 간병에 가까운 일까지 하게 되어서인지 루젤의 얼굴은 요사이 까칠했다. 유나는 자신이 아픈 것이 미안했지만 이쪽도 마음대로 나을 수만 있으면 처음부터 아프지도 않았을 것이다. 그나마 그녀의 기억이 옳다면 루젤의 성은 그리 멀지 않았다.

게다가 예의 쪽지를 두고 간 침입자들도 한동안 자취를 보이지 않았다. 루젤이 하인들을 잘 세워두어서 이제는 가까이 오지 못하는 건지도 몰랐다. 가능하다면 끝까지 그렇다면 좋을 것이다.

"춥지 않으십니까?"

루젤은 천막으로 들어오며 물었다. 이 나라는 고속도로가 발달한 것은커녕 애초에 사람 사는 곳이 서로 멀리 떨어져 있고 그 사이에 길이 있는 곳 자체가 적었다. 그렇다 보니 신분이야 어쨌든 여행 중간중간에 이렇게 노숙을 할 일이 있었는데, 그나마도 호화로운 천막의 지붕 아래서 자는 것은 운이 좋은 편이었다. 하인들은 지금 당번을 가려 일부는 언 땅 위에서 서로 딱 붙어 간신히 잠들고, 나머지는 손을 호호 불며 보초를 서고 있다.

안에 불까지 피워진 붉은 천막 안에서 불평하는 것은 사치였다. 전에 비 오는 숲에서 짐을 많이 버렸는데, 그것이 있었다면 하인들도 더 제대로 된 잠자리를 가질 수 있었을 것이다. 루젤은 그때 하인들 중 몇 명과 떨어지며 그들에게 짐 처리를 맡기는 것 같았는데, 그들은 지금 좀 따뜻하게 자고 있을까.

모닥불 옆에서 손을 쬐던 유나는 그에게 빙긋 웃었다. 그리고 고개를 가로저었다. 발갛게 녹은 양손을 보이자 루젤은 희미하게 웃으며 그녀를 천막 입구의 바람으로부터 가리며 앉았다.

아무래도 바닥이 찬 것은 하는 수 없었다. 유나는 그에게 불에 보다 가까운 자리를 가리켰다.

"저기."

아무리 강철 체력이라도 사람이 무리하면 어느 순간 훅 가는 법이다. 그러나 루젤은 고개를 젓고 천막 입구와 유나의 사이에 모포를 깔았다.

"……여기로."

좋습니다.

고집쟁이 같으니. 유나는 입술을 노골적으로 비죽였다. 다음에 헤링어를 보면 당신 주인을 한 번에 순순하게 만드는 좋은 방법이 없냐고 물어야 할 것 같았다. 언제쯤 돌아올까. 아니면 루젤의 성에서 합류하게 될까.

유나는 루젤을 보는 방향으로 몸을 길게 누였다. 그는 그녀의 목에 있는 사슬 워머를—그것은 할스베르겐인가 뭔가 하는 이 나라 이름이 있었지만 유나는 그 단어가 잘 캐치되지 않았고 외우기도 귀찮았기 때문에 그냥 사슴 워머라고 부르고 있었다— 불편하지 않게 다듬어주고 또 물었다.

"불편하진⋯⋯."

않으십니까?

만약 선택권이 있다면 다시는 캠핑을 하지 않겠다고 생각하는 차이긴 하다. 그러나 그가 앞에 있으니 또 아무래도 좋은 것 같기도 해, 유나는 눈을 휘며 킥킥 웃었다.

"괜찮아요. 루젤은?"

"저는 괜찮습니다."

루젤은 담담하고 빠르게 대답했다.

아무튼 빨리 목적지에 도착했으면 좋다. 유나는 루젤의 정강이를 보며 눈을 반쯤 내리깔았다. 오늘 밤 당번인 듯 손에 횃불을 든 하인이 들어와 인사했다.

"주인님, 아가씨."

하인은 천막 안의 불 중 몇 개를 껐다. 루젤은 그와 낮게 뭔가 대화를 나누었고 하인은 예, 예 하고 대답하더니 천막에서 다시 나갔다. 붉고 그림자가 많은 어둠 속에서 루젤이 유나와 얼굴을 마주 보며 누웠다.

저 천막 앞을 바로 하인들이 지키고 있으니, 더 따뜻하게 자도 좋을 텐데. 유나는 오랫동안 잠을 제대로 자지 못해 몽롱한 기분으로 또 웃었다. 그리고 본인의 베개 밑에 일부러 잠꼬대처럼 손을 넣었다. 그 아래에는 루젤이 얼마 전 준 단검이 있었다.

무슨 일이 있다면, 루젤을 지키고 싶다. 정말로 싸움이 일어난다면 자신이 할 수 있는 일이 없다는 것을 알고는 있었으나, 유나는 여전히 그렇게 소망했다. 루젤은 모닥불이 비친 눈으로 그녀를 여전히 상냥하게 보았다. 저 시선에 얼굴뿐 아니라 온몸이 간지러워지는 것 같다. 그를 보는 자신의 눈빛도 저럴까.

그녀는 깊게 심호흡하고 눈을 감았다. 그녀가 잠든 것처럼 보이지 않으면 루젤도 제대로 자지 못한다는 것을 알고 있었다. 다행히도 그는 그녀의 숨소리가 안정적이고 눈을 감고 있으면 그대로 속아 넘어가곤 했지만, 만약 그렇지 않았다면 매일 밤 서로가 밤을 꼴딱 새워야 했을 것이다.

곧 루젤이 잠든 듯 그의 숨소리가 달라졌다. 이대로 아침까지, 그를 괴롭게 하는 것이 없으면 좋겠다. 유나는 눈을 뜨고 가슴을 가만히 들썩였다. 종일 쇠붙이가 든 옷을 입고 말을 달렸기 때문에 루젤에게선 쇠 비린내와 가죽 냄새가 났다. 모포에서 나는 들판의 비린내와 황적색의 어둑어둑한 시야.

밤은 요즈음 계속 그래왔던 것처럼 느리게 머물렀다. 유나는 잠깐씩 저도 모르게 잠이 들었다가 깜짝 놀라 깨어나는 것을 반복했다. 그렇게 잠이 들어 있던 시간이 얼만큼인지는 알 수 없었지만 불의 상태를 보면 아주 짧다는 것은 분명했다. 천막 밖의 하인들은 거의 말이 없었지만 가끔 상태를 확인하기 위해서인지 소곤거렸고 유나는 그럴 때마다 안심하듯 어깨의 힘을 풀었다.

어느 순간인가 모닥불이 잦아들었다. 유나는 자신이 불을 만지려고 할 때마다 그 불이 모래라도 끼얹은 듯 사그라들었다는 것을 알고 있었으므로 감히 불씨를 키우려고 하지는 않았고 그럴 필요도 없었다. 문 앞을 지키던 하인 중 한 명은 두 주인이 얼어 죽지 않도록 시간에 맞춰 들어와 불을 살폈다. 이번에도 천막 문이 열렸고 유나는 재빨리 눈을 감고 잠든 척했다.

하인은 말없이 들어와 불을 쑤시고 장작을 더 넣었다. 유나는 이 하인과 황도에서부터 함께 지냈으므로 그에 대해 어느 정도 알고 있었지만 괜히 긴장이 되어 침이 고이는 것을 느꼈다.

탁.

천막 밖에서 둔탁하고 작은 소리가 들렸다. 작다고는 해도 밤벌레도 없는 계절의 고요에는 명확했다. 유나는 감은 눈을 움찔했다. 하인이 동작을 멈추고 천막 입구로 바삐 다가갔다.

……번.

모닥불을 다시 지핀 하인의 발소리가 있던 곳에서 또다시 둔탁하고 작은 소리가 들렸다. 찬바람이 들어왔다. 유나는 눈을 감고 숨을 죽였다.

두 남자는 간신히 온 기회를 놓치지 않았다.

바이언트 경 루젤의 솜씨라면 지난 전쟁에서 보았다. 그의 직속 부하들과 그 부관이 있었다면 그나마 이런 행운조차 없었을 것이다. ……잠시라지만 한눈을 팔다니, 저 하인들도 나중에 자기 자신을 원망할 수밖에 없다.

보초를 서던 이들을 차례로 소란 없이 넘어뜨리고 나자 불빛이 발갛게 나오는 천막이 활짝 열린 보물 상자처럼 보였다. 그들이 받은 명령은 저 괴물 같은 기사를 겁먹게 해 쫓아내거나 약간 다치게 하는 데까지였으나 이 계절에 목표물을 바라보며 그들도 쌓인 것이 있었다. '약간' 다친다는 것은 결국 전쟁에 나오지 못할 만큼의 상처를 의미했다. 그러니 그 범위가 얼마나 넓은지는 해석하기 나름이다.

경고를 보고 돌아갔으면 서로 좋았을 것이다. 두 남자는 주변을 확인하고 천막 안으로 조용히 들어갔다. 가장 바깥에서 보초를 서던 하인은 죽일 수밖에 없었지만 다른 자들은 생명에는 지장이 없이 재워둔 정도였다. 그러나 목표물의 옆에 있는 여자는 만약의 경우 인질로 쓸 수도 있을 것이다. 이 나라의 황제는 그 여자의 생사는 개의치 않는다는 뜻을 분명히 보였다.

비 오던 날 이동을 위해 짐을 많이 돌려보냈는데, 그래서인지 높은 신분의 남녀가 오른 길임에도 불구하고 천막 안은 간소했다. 모닥불 앞으로 나란히 누운 남녀가 보였다. 둘 다 약식 갑옷을 입고 있었다.

팔을 자르기로 했지. 그 정도 손실로는 이 나라의 황제도 크게 불평하지는 않을 것이다. 그리고 혹 이 날씨에 팔의 치료가 잘못되어 죽는다면 그것은 본인의 몸이 못 버틴 탓이다. 두 남자는 서로의 눈을 한 번씩 본 뒤 각자의 자리를 맡았다. 망을 보기로 한 남자가 천막의 입구 앞에 서고, 다른 한 명이 목표물에게 다가갔을 때.

"─."

나지막하고 분명한 목소리에 남자들은 긴장해서 무기를 들었다. 목표물의 앞에 섰던 남자는 그러나 금세 어느 정도 안심했다. 예의 여자가 눈을 뜨고 몸을 일으키고 있었다.

얀츠와 부신어는 상당히 흡사했고 남자들도 여자가 한 말이 부신어가 아닌 것은 알 수 있었다. 어쩌면 신분 높은 이들이 쓰는 아룰라어일지도 모른다. 이 여자는 외국인이라니 또 다른 나라의 말일지도 모르고.

상관은 없었다. 바이언트 경의 옆에 있던 남자는 여자의 목에 단검을 잽싸게 들이대고 얀츠로 말했다. 그녀도 알아들을 것이다.

「조용히 해.」

여자의 눈은 자다가 막 일어났다고 하기에는 너무 명징했다. 남자는 여자가 계속 잠들지 못하고 있었다는 사실을 알았다. 그는 이 여자가 일어난 것이 차라리 잘되었다고 생각했다. 인질로 데려간다면 잠들어 있는 것을 들고 가는 것보다 깨어 있는 것을 걷게 해 도망치는 것이 당연히 편하다. 여자의 모습은 여러 날 보았지만 그녀가 몸을 단련한 흔적을 그들은 본 적이 없었다.

여자는 하얗게 질렸고 떠들지 않았다. 망을 보기로 한 남자는 침착하게 동료에게 말했다.

「난 나가 있을 테니 처리해.」

여자의 목에 단검을 댄 남자는 알겠어, 하고 짧게 말했다. 여자는 숨을 약간 깊게 쉬었고 그 직후에 목에서 얇은 핏줄기를 흘리기 시작했다.

「얌전히 있어. 우리 목표는 네가 아니다.」

여자는 얌전하고 새까만 눈을 잠시 번뜩였다. 남자는 그렇게 까만 눈은 처음 보았기 때문에 낯설어서 잠깐 침을 삼켰다. 그는 여자가 목표물을 깨우지 않도록 그녀의 눈을 계속 보며 천천히 단검을 치웠다. 이제 갑옷으로 보호받는 부분을 걷어야 한다. 남자는 여자에게서 시선을 간신히 떼고.

챙.

갑자기 들린 소리에 깜짝 놀랐다.

목표물의 눈이 뜨였다. 목표물은 자기 품에 있던 단검을 번개처럼 빼 들고 남자의 목을 겨누었다. 남자는 턱을 쳐들고 부들부들 떨었다.

"……누구냐."

목표물은 으르렁거렸다.

저 여자, 자기 약혼자를 제 베개 아래 있던 스틸레토로 찔러서 한 번에 깨웠다. 남자는 어이가 없었지만 여자 쪽으로는 시선도 주지 못했다. 전장의 악몽이 떠올랐다. 당시 그가 있던 부대는 저 악마 같은 자에게 속수무책으로 당했다.

여자는 초점 없는 눈으로 스틸레토를 보더니 남자의 목에 또 겨누었다. 남자는 두려움 때문에 침을 약간 흘렸다. 밖에 있던 동료가 들어왔다.

「야, 무슨 일인데 이렇게 오래…….」

"아니, 말할 필요는 없어졌다. 벌레가 두 마리 있었군."

목표물은 담담하게 말했다. 남자는 목표물의 시선이 아무렇지도 않게 자신과 동료를 가늠하는 것을 보고 소름이 돋는 것을 느꼈다. 여자는 단검을 잡고 있긴 해도 아마 정말로 찌르지는 못할 것이므로 2대 1이다. 아니, 하지만 자기 약혼자를 칼로 찔러 깨우는 미친 여자다. 평민을 죽이지 못할 것이 있을까. 그는 어릴 적, 소작농인 아버지가 지주 부인의 치맛자락을 밟았다는 이유로 뼈가 부러지도록 맞는 것을 보았던 것이다.

동료는 남자의 목에 단검이 있는 것을 보고 잠시 당황하는 것 같았다. 목표물은 한밤중에 암살을 당하려던 사람이라고는 믿을 수 없을 만큼 침착하게 자기 단검을 고쳐 잡았다. 그리고 남자와 동료 모두에게 말했다.

"지금 당장 이 나라를 떠난다면 죽이지는 않겠다."

목줄기가 타는 것 같았다. 남자는 목표물의 말에 담긴 진심에 침을 더 흘렸다. 목표물은 여자에게 차분하게 말했다.

"유나, 당신이 그럴 필요는 없습니다. 무리하지 마시고 물러나 계세요."

목표물은 저 여자를 소중히 여기고 있었다. 차라리 여자를 먼저 확실히 잡은 뒤 목표물을 처리했어야 했다. 남자는 서투른 자신을 속으로 욕하며 터질 듯한 심장을 내리눌렀다. 동료의 눈이 번뜩였다.

「그 녀석을 놓으면 여자를 죽이진 않겠다.」

저 녀석, 이제 와서 무슨 허세인가. 남자는 결국 꾸르륵거리며 괴로워했지만 목표물은 남자의 목줄기를 더 밭게 잡을 뿐이었다. 동료는 남자에게 계속 말했다.

「네가 아무리 대단하다 해도 한 명이다.」

"……인질이 보이지 않는 건가. 아니면, 이 녀석은 필요 없다는 건가."

목표물은 미칠 정도로 또다시 담담하게 말했다. 그래! 하고 남자는 속으로 욕했다.

「보이니 놓으라는 거다. 이 거리에서 내가 여자에게 스틸레토를 던지면 너는 어차피 그 녀석을 놓아야 해.」

"지금 죽이면 되지."

목표물은 손에 힘을 주었다. 남자는 비명을 질렀다. 여자는 인상을 쓰고 물러서다가 문 쪽의 동료를 보았다. 문 쪽의 동료도 여자와 눈이 마주치자 잠깐 당황하는 것 같았지만 그 녀석은 강한 얼굴을 했다.

「우리가 하고 싶었던 것은 어차피 경고. 목숨에 해를 끼칠 생각은 없었어. 지금 놓아준다면 레이디의 앞에서 흉한 꼴을 보이는 일은 피할 수 있어.」

목표물의 손에서 힘이 빠졌다. 남자는 침을 삼키고 나서 자기 목에 생긴 오싹한 감각에 눈물을 흘렸다. 목표물의 시선이 잠시 여자를 향한 순간.

저그럭.

남자는 온 힘을 다해 목표물의 팔을 잡았다. 저 흉한 것을 잠깐만 저지하면 된다. 그 순간을 놓치지 않고 동료가 스틸레토를 던졌다. 온 힘을 다한 일격이었다.

루젤은 갑작스러운 통증에 눈을 떴다.

그의 생에 있었던 어느 전투에서도 본능의 발현을 미루어 좋았던 일은 없었다. 그는 몸의 감각이 시키는 대로 품속의 단검을 꺼내 눈앞의 침입자를 겨누었고, 침입자는 성공적으로 잡혔다.

왼팔이 뭔가에 찔린 것처럼 아프다. 그는 잠시 후에야 왼손에서 피가 약간 나고 있다는 것을 알았다. 욱신욱신거리는 것이 아무래도 송곳에라도 찔린 것 같다. 그는 이 상처를 침입자가 낸 것일까, 만약 그렇다면 영문을 알 수 없는 일이다 하고 잠시 후 나아가 판단했다. 아마 이 녀석들이 그 가위표 경고를 놓고 간 녀석들일 텐데, 그렇다면 힘들여 침입해서 왜 그를 깨운단 말인가. 죽일 테면 죽이고, 또다시 멍청한 경고를 할 거라면 또 경고를 하면 된다.

혹시, 하고 가슴이 조여들었다. 루젤은 유나가 일어나 움직이는 것을 곁눈질로 보고 겨우 약간 안심했다.

"……누구냐."

유나가 이전에 이 녀석들이 놓고 갔을 단검을 침입자의 목에 겨누었다. 그녀가 그런 날을 보기만 해도 싫어한다는 것을 안다. 오랫동안 악몽을 꾸고 있다는 것도 안다. 그는 안쓰럽고도 기가 막혀 잠깐 주변을 더 살폈다. 입구 쪽에 쓰러진 저 다리는…… 분명 그가 데려온 하인 중 하나였다. 죽었을까.

「야, 무슨 일인데 이렇게 오래…….」

얀츠다.

부신어와 얀츠는 매우 흡사하지만 분명히 다르기도 했다. 전쟁 중에 충분히 들었고, 근방 영지에서도 얀츠를 쓰는 가문에서 시집온 여자들을 많이 보았다. 루젤은 고개를 끄덕였다.

"아니, 말할 필요는 없어졌다. 벌레가 두 마리 있었군."

하기야 한 명이서 이 경계를 뚫고 들어오지는 못했을 것이다.

그리고 분명 농민병도 아닐 것이다. 특별히 훈련받은 전사다. 이전 전쟁에도 그런 부대가 분명히 있었다.

타국의 상비 군인이 부신에서 멋대로 행동하고 있다는 것은 말도 안 되는 일이었다. 좋지 않은 추측이 한 번 더 확인되었다. 루젤은 씁쓸하게 두 남자를 재보았다. 그는 솜씨로는 자신이 있었다. 그러나 유나가 놀라지 않게, 그녀에게 해가 가지 않게 하려면 우선 어떻게 하는 것이 좋을까.

"지금 당장 이 나라를 떠난다면 죽이지는 않겠다."

사실 그들을 꼭 죽일 필요도 없었다. 저쪽도 그를 꼭 죽이려고 하지는 않았을 것이다. 유나에게 끼칠 수 있었던 해를 생각한다면 당장 모두 죽이고 싶어지긴 했지만, 루젤은 현실적으로 생각했다. 일단 사태를 종료하고 얼른 헤링어와 합류한다면 앞으로는 이런 문제가 없을 것이다.

루젤이 단검을 고쳐 잡자 잡힌 녀석은 울음 같은 소리를 흘렸다. 그는 녀석의 목에 겨누어진 유나의 무기가 거슬렸다. 그것을 그녀에게 준 것은 자기 자신을 지키라는 의미였다.

"유나, 당신이 그럴 필요는 없습니다. 무리하지 마시고 물러나 계세요."

그녀가 기사로서의 훈련을 받았다면 물론 맡길 테지만, 평범한 사람은 남을 해치면 죽을 때까지 잊지 못한다. 물론 날까지 들어준 용기는 고맙게 생각하나.

유나는 손에서 힘을 천천히 빼며 깊은 한숨을 쉬었다. 그녀의 잠이 방해받았을 것 같아 그는 미안한 생각이 들었다. 이게 다 그가 보초를 부족하게 세웠기 때문에 일어난 일이 아닌가. 처음부터 겁먹지 않게 했어야 했다.

잡힌 녀석의 목을 더 확실하게 틀어쥐자 천막 문 쪽에 서 있던 녀석이 이를 갈며 말했다.

「그 녀석을 놓으면 여자를 죽이진 않겠다.」

웃기는 허세다. 목을 잡힌 녀석도 그렇게 생각하는 듯 계속 헐떡였지만 천막 문 쪽에 있던 녀석은 기를 썼다.

「네가 아무리 대단하다 해도 한 명이다.」

"……인질이 보이지 않는 건가. 아니면, 이 녀석은 필요 없다는 건가."

훈련을 아무리 잘 받았다고 해도, 동료가 잡혔을 때조차 상대를 협박하는 것은 어지간한 배짱과 좀 비뚤어진 감각이 있어야 가능하다. 루젤은 둘 모두를 잡을 자신은 분명히 있었지만 그렇게 하면서 유나를 놀라게 하지 않으려면 어떻게 해야 할지 아직 답을 내지 못했기 때문에 조금 초조해졌다. 한 명만이라도 지금 들어와 저 문가의 녀석을 잡아주면 좋을 텐데.

「보이니 놓으라는 거다. 이 거리에서 내가 여자에게 스틸레토를 던지면 너는 어차피 그 녀석을 놓아야 해.」

맞다. 저 녀석들이 쓰는 저 송곳 모양의 단검의 이름이 그거였다. 루젤은 그 협박이 마음에 들지 않았다. 물론 그는 유나에게 어떠한 종류의 무기도 향하는 것을 허락할 생각이 없었다. 그러니.

"지금 죽이면 되지."

루젤이 인질을 잡을 이유는 없었다. 그는 유나의 앞에서 그러고 싶지는 않았으나 어쩔 수 없다고 판단하고 손에 힘을 주었다. 우선 이 잡힌 녀석을 죽이면 아무 문제가 없다.

그의 손에 잡힌 녀석은 목을 그르륵거리고 울리며 침과 눈물을 모두 흘렸다. 이대로 목을 그어버리면 끝이다. 루젤이 사정없이 움직이기 전 천막 문가에 서 있던 녀석이 다급히 덧붙였다.

「우리가 하고 싶었던 것은 어차피 경고다. 목숨에 해를 끼칠 생각은 없었어. 지금 놓아준다면 레이디의 앞에서 흉한 꼴을 보이는 일은 피할 수 있어.」

흉한 꼴도 흉한 꼴이지만, 그녀가 다치는 가능성은 생각하고 싶지 않다…….

루젤은 잠시 생각했다.

저그럭.

팔에서 통증이 느껴졌다. 힘을 소진한 것 같았던 인질은 어느새 루젤의 팔을 온 힘을 다해 잡고 있었다. 그것이 무슨 의미가 있나 당황하기도 전 루젤은 본능적으로 몸을 날렸다. 그러나 이미 때는 늦어 있었다.

치…… ㅈㅈㅈㅈㅈ…… 즈이…… 익.

세상이 흔들렸다.

루젤은 삽시간에 그의 시계가 한 바퀴 돌아가는 것에 놀라며 몸에 힘을 주었다. 어그러진 세상에서 그가 무엇보다 두려워하던 소리가 들렸다.

비비…… 비…… 비…… 츠지잇.

그는 허우적거리며 유나를 보았다. 그녀의 얼굴을 향해 날아드는 스틸레토가 마치 기어가는 것처럼 느리게 보였다. 그녀는 마치 그가 뒤에서 다가갔을 때처럼 눈을 크게 떴을 뿐이었다. 그리고, 그녀의 뒤에 보이는, 저 흰…….

…… …… ……탁.

스틸레토는 모닥불에 꽂혀 천천히 붉어졌다.

유나는 눈을 떴다.

천장에 있는 것은 형광등이었지만 낯선 형광등이었다. 21세기의 가정집에서는 잘 쓰지 않는, 길고 솔직하고 은색 금속으로 테두리를 두른 흰색 형광등이다. 그녀는 방금 전까지 눈앞으로 달려들던 송곳 같은 무기를 떠올리며 눈을 굴렸다. 숨이 헐떡거리며 김을 만들었다.

덥다.

방금까지 한겨울이었다. 그녀는 천장의 무늬도 이상하게 관공서 같다고 생각하며 눈을 깜박였다. 온몸이 아프고, 무겁고, 감각이 없었다. 혹시 이게 꿈일까. 장자의 꿈처럼, 루젤과 같이 있었던 방금 그 천막에서, 그녀는 잠이 들어버렸던 것일까.

차라리 그렇다면 좋겠다. 그녀는 잠시 후 제 입에 투명하고 바람이 나오는 무언가가 달려 있다는 것을 알았다. 그녀는 그것을 사용해 본 적은 없지만 드라마에서 자주 보아 뭔지 알고 있었다. 대한민국에서 산소마스크를 모르는 사람은 없을 것이다.

꿈이라면 정말로 이상한 꿈이다. 눈을 떠봤더니 모르는 말을 쓰는 모르는 남자의 옆이더라 하는 꿈보다 더. 차라리 그것은 행복한 꿈이기라도 했는데.

그녀는 자신의 발 너머로 보이는 베이지색 침대 다리와 그 앞을 가린 물결무늬 커튼을 보고 더 복장이 터지는 기분을 느꼈다. 이곳은 분명히 병원이었다.

드르르.

다행히 오래 걸리지 않아 커튼이 열렸다. 유나는 커튼 너머로 보인 낯익은 얼굴에 표정 없이 놀라워했다. 어떤 표정을 만들기엔 너무 피곤했다. 아무튼 그녀는 지금 이게 무슨 상황인지 알 수가 없었던 것이다.

"유나야!"

어머니는 딸에게 달려왔다. 어머니의 얼굴은 잠을 오랫동안 자지 못한 루젤보다 훨씬 까칠했고 많이 슬퍼 보였다. 유나는 숨을 다시 헐떡이며 흐느꼈다.

Chap. 10
Alles hat sich geändert
모든 것이 변했다

교통사고였다는 모양이었다.

엄마, 난 내 방 침대에서 잔 거 같은데요, 하고 묻자 어머니는 그렇지 않다고 부정했다. 외출했다 돌아오는 길에 버스가 빗길에 미끄러져 대형 사고가 났는데, 유나는 겉보기엔 찰과상뿐이었지만 정신을 잃고 이틀을 깨어나지 못했다고 했다.

이틀. 이틀이라는 말에는 또 웃음이 나왔다. 그 반년이 모두 48시간의 꿈이 되어버렸다.

유나는 루젤의 집에서 길어졌던 자신의 머리와 손톱, 그리고 빠졌던 살이 모두 그녀가 루젤과 만나기 전과 같아졌다는 것을 하나하나 확인하며 일일이 감각의 혼란에 빠졌다. 그녀는 분명히 그것이 꿈이 아니라고 느꼈었다. 목을 졸린 것은 아팠고 앓는 것도 아팠고 추울 때는 정말로 추웠다.

"이렇게, 이렇게 속을 썩여."

어머니는 그래도 딸이 깨어난 것에 기쁜 듯, 사과를 깎으며 밝은 표정을 지었다. 유나는 그러나 어두운 얼굴로 몸을 모로 굴렸다. 그녀가 정신을 잃은 동안 잠시 원인 모르게 호흡이 정지한 적이 있어 산소마스크를 씌우고 중환자실에도 갔었는데, 이제는 별다른 문제가 없으니 검사나 조금 더 하면 퇴원하게 된다는 모양이었다. 오랜만에 먹는 조미료 들어간 반찬과 흰 쌀밥은 대단히 맛있었고 병문안 온 사람들이 사온 아이스크림도 좋았지만 병원이 집보다 불편한 것은 어쩔 수 없었으므로, 다행한 일이었다.

"왜, 머리 아파?"

어머니는 사과 깎던 손을 멈추고 걱정스럽게 물었다. 머리가 아픈 것이 문제가 아니다. 유나는 억지로 웃으며 물었다.

"엄마, 일 안 나가세요?"

"딸이 누워 있는데 일은 무슨."

엄마는 다시 사과를 깎기 시작했다. 유나는 엄마가 깎아서 제일 먼저 내민 사과를 받아 입에 물었다. 그녀의 몸은 처음엔 약간 몸살기가 있었으나 정말로 멀쩡했다. 입에 문 사과의 새콤달콤한 맛에도 그러나 그녀는 기분이 좋아지지 않아 멍하니 눈을 내리깔았다.

……루젤.

그 침입자들은 어떻게 되었을까.

꿈이 아니다. 만약 그것이 꿈이라면 가슴이 터져서 죽어버릴 테니까. 그녀는 한숨을 깊이 쉬었다. 그리고 저도 모르게 어머니의 눈치를 보았다.

딸이 깊은 한숨을 쉬는 것을 싫어하는 어머니는 그러나 환자의 한숨을 답답해서로 이해한 모양이었다. 이렇게 어머니의 눈치를 보는 것도 분명히 오랜만인 기분이라 유나는 또 픽 웃었다. 허탈한 미소에 사과가 뱉고 싶어졌다.

따당.

이것도 얼마나 오랜만에 듣는 휴대폰 소린지 모른다. 유나는 일반 병실에서 슬쩍 누릴 수 있는 스마트폰의 은혜를 자신이 그다지 기쁘게 생각하지 않게 되었다는 것에 담담했다. 아무튼 IT 중독은 충분히 치료될 만큼 자연에서 거의 정양하다시피 했다.

진동이 아닌 벨소리이니 물론 어머니에게 온 메시지였다. 어머니는 오른손을 휴지에 문질러 닦고 메시지를 확인했다. 그리고 유나에게 말했다.

"아빠 오신댄다."

"엄마."

그다지 반갑진 않았다. 유나는 한숨을 쉬며 말했다.

"저 병원 왔다고 엄마가 말씀하셨어요?"

"그건 말해야지."

엄마는 당연한 듯 말하고 사과 깎은 것을 침대 테이블에 얹었다. 유나는 일어나 베개를 등에 대고 앉았다. 병원은 환기를 잘해서 나쁜 냄새가 나지 않았지만 그래도 답답했다. 아마 도시의 냄새라 그럴 것이다.

본인을 보았으니 물어도 좋을 것이다.

"엄마."

유나는 무릎을 끌어안고 말을 걸었다. 어머니는 음식물 쓰레기를 모으며 대답했다.

"왜?"

"제가 없으면 엄마는 어떻게 할 거예요?"

탁.

어머니는 발끈한 듯 칼을 탁 내려놓았다.

"끔찍한 소리 하지 마!"

아니, 죽는다는 이야기가 아니다. 유나는 고개를 가로저었다.

"아니, 이런 거 말고, 제가 시집을 막 외국으로 가고 그러면요?"

"그러면 상관없지."

"진짜로요? 막 너무 멀어서 연락도 잘 안 되고 그래도요?"

"요새는 다 연락 돼. 야, 내 친구 중에 딸이 남아공으로 시집간 애가 있는데, 걔 딸하고 매일 인터넷으로 전화해."

"막 오지고 그러면요? 인터넷도 안 들어오면요?"

어머니는 발끈한 것이 가라앉은 듯 딸을 그저 희한하게 보았다.

"잘 살아 있으면 상관없지. 자식도 다 크면 별로 안 보고 싶거든. 엄마는 혼자 사는 게 좋아."

의외지만 다행이다. 유나는 빙긋 웃었. ……하지만 딸이 없으면 어머니는 여전히 혼자일 것이다.

"들어갔다!"

공성차 아래서 숨을 죽이던 병사들 사이로 탄성이 나왔다. 곧이어 공성차의 사다리를 타고 우후죽순처럼 병사들이 밀려들어 갔다. 루젤은 엄격한 얼굴을 하고 성문을 주시했다. 성벽을 지키는 자는 얼마 없었다.

성문 안에서 비명이 몇 번 들린 뒤 쇠사슬 철컹거리는 소리가 드르륵드르륵 났다. 오해할 수 없는 소리에 기사들을 선두로 전 병력이 쾌재를 불렀다.

"열렸습니다!"

"진입한다."

원래 게오르츠 백작에게 충성을 맹세했지만 이번에 루젤 쪽을 지지하기로 한 기사는 기세 좋게 휘하의 병력을 이끌고 돌진했다.

루젤은 담담하게 그 뒷모습을 보고 헤링어에게 명령했다.

"요아힘, 레르너, 성 안을 직선으로 돌파해 머리를 친다. 일반 농민은 저항하는 경우에만 대응하라. 성주는 생포다."

"예, 주인님."

헤링어는 후배이지만 먼저 기사가 된 이들을 찾아 말을 달렸다. 루젤은 잠시 인상을 썼다. ……명령을 잘못 내린 것 같지는 않은데. 이렇게 답답하고 기분이 이상하다.

유나.

조금만 집중을 놓치면 그녀가 옆에 서 있는 것 같은 기분이다. 그는 구역질이 나는 것을 억눌렀다. 요아힘과 레르너가 줄을 지어 성문으로 진입했다.

와아. 먼저 들어간 자들이 휘저어놓고 있는 듯 이곳저곳에서 환성이 울렸다. 아마 크게 시끄러워지지는 않을 것이다. 그들도 이번 전쟁은 전리품이 아니라 명분의 빠른 획득을 위한 것임을 알고 있었다.

"주인님."

헤링어는 돌아와 주인을 다시 불렀다. 루젤은 보좌관에게 물었다.

"뭐냐."

"전서구가 왔습니다. 요정의 계곡에서 적이 물러났다고 합니다."

"알았다."

좋은 소식이기도 했고, 충분히 기대했던 소식이기도 했다. 요정의 계곡은 피츠콜 일가가 통치하는 지역에서 게오르츠 백작령으로 오기 위해 반드시 거쳐야 하는 관문이었다. 그리고 이 근방에서 오래 산 사람에게도 결코 만만하게 돌파할 만한 곳은 아니다.

적어도, 막는 사람이 있을 경우에는 그러했다. 루젤은 고개를 끄덕였다.

어느새 봄바람이 불었다. 루젤의 왼팔에 있는 상처는 이미 다나았는데도 쑤셨다. 그날 잡은 침입자들의 말에 의하면 그 상처는 유나가 냈다고 하는데, 그는 그녀가 그런 흔적이라도 남기고 가주어 감사하게 생각했다. 그녀가 처음에 입고 왔던 짧은 속옷 같은 옷도 다 사라졌다. 그녀를 위해 마련한 물건들도 황도의 집에 거의 다 있으므로, 그녀의 흔적은 그의 기억 속에 있는 것 말고는 찾기 힘들었다.

하늘이 푸르다. 그는 한숨을 쉬었다.

헤링어는 주인을 안타깝게 보았다. 아마 주인은 모르고 있는 것 같지만, 저렇게 한숨을 쉬는 것이 하루에도 백 번이다. 산맥 너머에서 온 이상한 아가씨는 사라지면서 주인의 넋까지 가지고 가버린 모양이다.

루젤은 한숨을 쉰 뒤에도 보좌관이 계속 자신을 쳐다보고 있자 의아한 듯 물었다.

"보고할 것이 더 있나?"

"예, 주인님. 돌프 성주에게서 온 소식입니다만."

"말해라."

"레이디 티티제가 게오르츠 백작님과 이틀 전 정식으로 계약서를 교환하시고 부부가 되셨답니다."

"그러면 이제 게오르츠 백작 부인인가."

"그렇게 불릴 날도 그리 오래지는 않겠습니다만."

루젤은 고개를 끄덕였다. 그 아가씨는 정말로 안타깝게 생각하고 있다. 그러나 저쪽이 먼저 욕심을 부렸고, 이쪽이 가만히 있을 수 없게 했다.

"위베르타 가로 정중히 돌려보내면 저쪽에서도 불평은 못 하겠지요."

"무효로 할 수 있나?"

"신전과 이야기를 할 수 있을 것 같습니다."

"레이디 티티제에게 되도록 피해가 가지 않도록 처리해라."

헤링어는 빙긋 웃었다. 세 살짜리 아이와 결혼했다가 갑자기 그 결혼을 무효로 하는 것은 귀족 사회에선 흠도 아니다.

"알겠습니다, 주인님."

잠시 후 전령이 날듯이 달려왔다. 그가 들고 있는 높은 백기에 루젤은 조용히 기다렸다. 곧 기사 레르너가 이 성의 성주를 끌고 나왔다.

"주인님, 데려왔습니다!"

레르너는 자랑스러운 목소리로 성주를 루젤과 헤링어의 말 앞에 패대기쳤다. 성주는 전대 게오르츠 백작보다 나이든 사람이었고 루젤도 잘 알았다. 그는 이럴 줄 알았다는 얼굴이었고 기력이 없어 보였지만 노한 표정으로 말했다.

"라이헤르타 남작님, 삼촌이 어린 조카를 치는 일은 정의롭지 않습니다. 당신은 기사의 맹세를 할 때 약자를 지키고 정의를 구현하기로 하지 않았습니까?"

루젤은 헤링어를 보았다. 헤링어는 썩 나서 능글맞게 설명했다.

"경, 그건 잘못 이해하신 겁니다. 저희 주인님께서 어린 조카를 치시다니요. 주인님께선 단지 바이언트 가문의 연장자로서 어린 게오르츠 백작님의 후견인이 되어주시려고 하는 것뿐입니다."

"헤링어!"

성주는 이를 갈았다.

"루젤 도련님이 먼저 이런 생각을 하실 리가 없지. 네녀석이 꼬드렸지?! 그래서 너도 땅을 받아 기사가 되려고?"

헤링어의 표정은 달라지지 않았다.

"무슨 그런 섭섭한 말씀을. 저는 그저 종자일 뿐이니 주인님께서 명하시는 대로 행동하는 거지요."

"루젤 도련님께선 백작님과 백작 부인 마님을 공경하고 아끼시는데!"

"그러니 어린 백작님과, 전대 백작님을 잃으신 일로 가슴 아프신 백작 부인 마님을 돌보아 드리려고 이렇게 먼 길도 오는 것 아니겠습니까."

성주도 멀리서 오는 피츠콜의 군에 대해선 알고 있었다. 그는 끝내 고개를 팩 하고 돌렸다.

"유나야."

병실로 들어온 얼굴은 징글징글하도록 낯익었다. 그렇게 오랫동안 만나지 않았는데도 그랬다. 어머니를 포함한 주변 사람들이 늘 너는 아버지를 꼭 닮았다는 말을 해온 것이 결코 기분 나쁘라고 하는 거짓말이 아니라는 것을 재차 느끼며 유나는 담담하게 인사했다.

"아빠 오셨어요."

이른 오후인데. 양복에 향수 냄새를 풍기며 아버지는 쓴웃음을 지었다.

"안 반갑냐?"

"반가워요."

유나는 입에 발린 말을 했다. 쓰레기를 버리고 온 어머니가 힘빠진 목소리로 아버지에게 인사했다.

"당신 왔어?"

"어, 어."

아버지는 어머니에게 잘못한 것이 많았지만 그것보다는 단순한 성격 차이 때문에 어머니에게 늘 기가 죽었다. 유나는 상반신을 일으켜 앉았다. 아버지는 보호자 의자 쪽으로 들어서며 손을 저었다.

"누워 있어."

"계속 누워 있었어요."

아버지는 보호자 의자에 앉아 깊은 심호흡을 했다. 뭐라고 말할 줄 모르는 것이다.

유나는 먼저 말을 걸어주었다.

"회사는요?"

"어, 이따 다시 들어가야지."

"네."

그러면 좋겠다. 혹시 아버지가 오래 있지 않을까 걱정했던 그녀는 솔직히 안도했다. 어머니가 아버지에게 다가가 손짓했다.

"당신 잠깐 나와봐."

"왜?"

아버지는 경계하는 얼굴로 되물었다. 그리고 생각난 듯 유나에게 물었다.

"병원비는 어떻게 되냐?"

아버지는 따로 꾸리고 있는 가정이 있어 그쪽에 쓰는 돈이 많고, 그 핑계로 유나가 자라는 동안 양육비는 거의 주지 않았다. 유나는 코를 들었다.

"보험 나온대요."

"어, 그러냐? 버스 회사에서?"

"네."

어머니가 아버지에게 의논하려던 것은 그게 아닌 모양이었다. 어머니는 여전히 아버지에게 엄숙하게 말했다.

"당신, 나와서 얘기 좀 해."

아직 어머니와 아버지가 이혼하기 전, 유나가 제일 무서워하는 말은 저것이었다. 어머니가 저 말을 하는 것은 아버지가 무언가 큰 잘못을 했다는 의미였고 그러면 그날은 밤늦게까지 두 사람의 다툼이 이어지곤 했다.

그러나 그런 것은 이제 되었다. 유나는 침대에 도로 누워 본인의 팔을 벴다. 그리고 이불을 목까지 끌어 올려 눈을 감았다.

루젤.

루젤은 괜찮을까.

병원에서 여러 번 잠들었지만 부신으로는 갈 수 없었다. 이곳에서 꾼 꿈은 기껏해야 병원 냄새와 엄마와 아프리카가 섞인 용광로 같은 것이었다. 그녀는 그 용광로에서 매번 허우적거리며 그의 이름을 읊조리다 울면서 깨곤 했다. 딸이 가끔 이유 모르게 흐느끼는 것을 본 엄마는 PTSD를 의심했지만 의사는 그럴 가능성은 희박하다고 했다. ……정말이다. 오히려 그렇다면 이쪽이 곤란하다.

그가 꿈이 아니라는 증거가 있으면 좋겠다. 루젤 바이언트라는 사람이 그녀의 옆에 있었고, 그녀를 사랑했고, 그녀를 소중하게 대해주었다는 증거. 부신에서의 반년이 아직 이렇게, 서울에서 자라며 생긴 다른 모든 기억과 동등하게 떠오르는데. 그쪽으로 갈 때는 잠옷을 입고 갔으면서 왜 올 때는 갑옷을 입고 돌아오지 않은 걸까. 아, 잠옷을 입고 있었다는 것부터가 착각이라고 했던가.

사고를 당해 병원으로 실려왔다고 어머니와 의사가 모두 증언했으니 자신의 집 '방에서', '잠옷을 입고' 잠들었다는 것은 분명

환상이었다. 꾸며낸 것일 터였다. 하지만 그러면, 루젤의 침대에서 일어날 때 입고 있었던 그것은 무엇이고. 중간에 루젤의 성에서 돌아올 뻔했을 때 본 그것은 무엇이며.

어디부터 어디까지가 착각인지.

······그녀는 요즈음 몇 번이나 그랬듯 절망적으로 가슴을 부여잡았다. 걱정한 대로였다. 가슴속 부푼 풍선은 바늘로 찔린 것처럼 펑 터졌고 메울 수 없는 거대한 홀을 남겼다. 그리고 그것이 너무 아프고 공허해서 그녀는 숨을 쉬기도 힘들었다.

어머니는 걱정했던 것보다 빠르게 병실로 돌아왔다. 유나는 어머니의 발소리가 들리자 그저 옷을 가다듬고 있었던 것처럼 행동했다. 아버지의 모습은 보이지 않았다.

"아빠 먼저 가셨다."

어머니는 무심하게 말했다. 유나는 둘이 무슨 이야기를 했는지 묻지 않았다.

형수의 조용한 모습을 루젤은 거의 처음 보았다.

"재혼하십시오."

아무튼 서류상으로 게오르츠 백작령의 지분의 절반을 향유하는 사람이고, 현 게오르츠 백작의 어머니일뿐더러, 통치 가문의 따님이다. 그녀는 소박하지만 따뜻한 드레스를 입고 호화로운 저택의 방에서 지내고 있었다.

시동생의 말에 그녀는 사나운 눈길을 돌렸다. 루젤은 햇빛이 드는 이 방이 현실감이 없다고 생각하며 반복했다.

"좋은 사람이 있을 겁니다. 재혼하시고, 그곳에서 행복하게 사십시오."

흰색의 배경에 물색 잔꽃무늬를 넣은 이 저택의 벽은 대단히 화사했고 봄 같았다. 여름에도 추운 작은 돌무지 성은 물론이거니와 역사가 깊은 바이언트가 본성과도 무척 달랐다. 아마 전 게오르츠 백작 부부는 이곳에서 봄 같은 생활을 했을 것이다. 루젤이 어릴 적, 서로 간식을 주고받거나 숨바꼭질을 하던 그들이 꿈꾸던 그대로.

높은 천장에 매달린 샹들리에는 봄바람에 흔들리며 서로 부딪쳐 맑은 소리를 냈다. 매끄러운 나무 바닥에서 빛이 일렁였다. 형수는 조용히 상아로 된 테이블을 보았다. 그러다가 루젤을 보고 말했다.

"백작과 날 떼어놓으려는 건가요?"

"아닙니다."

루젤은 예의 바르게 형수의 두 걸음 뒤에 선 채로 말했다. 저택 외부는 그가 데려온 기사들의 경계가 삼엄했지만 이 방에선 정원의 물소리밖에 들리지 않았다.

"원하신다면 백작을 데려가십시오. 그러나 재혼하실 때 불편하실 겁니다. 두고 가신다면 제가 잘 기르겠습니다."

형수는 하, 하고 웃음과 흐느낌이 섞인 소리를 냈다.

그는 어려서 유모에게 혼날 때와 같은 불편함을 느꼈다. 유모는 형을 편애했지만 가끔 그에게도 다정할 때가 있었다. 그는 그래서, 유모가 그를 찢어진 소매나 깨진 무릎 따위로 혼낼 때면 무섭기보다 가슴이 아팠다.

형수가 여러 가지 억지를 부릴 때도 그런 기분이었기 때문에 그녀를 말릴 수 없었다. 아마 더 빠르게 그가 뭔가를 했다면 이런 일은 없었을지도 모른다.

한참 흐느끼던 형수는 담담한 목소리를 가장해 말했다.

"여기 두지요. 이곳은 그 아이의 가문의 땅이니."

"알겠습니다."

루젤이 오랜만에 본 조카는 그리 건강해 보이지는 않았다. 그러나 최선을 다할 생각이었다. 게오르츠 백작의 위는 빼앗긴 것이나 다름없다고 해도 부족함 없이 자랄 수 있도록. 그의 부하들은 그 아이가 건강하게 자라나지 않는 것이 좋다는 눈치를 노골적으로 보였으나, 그는 아이에게 그런 마음을 느끼고 싶지는 않았다.

형수의 흐느낌이 멎었다. 그녀는 고개를 숙이고 물었다.

"……티티제는 어떻게 할 건가요?"

"레이디 티티제는 가족의 품으로 모셔다드리기로 했습니다. 원하신다면 바로 따라가실 수 있도록 하겠습니다."

형수는 몰라도 티티제를 이곳에 오래 두는 것은 위험했다. 결혼을 무효로 선언한 것은 신전의 동의를 얻었기에 망정이지 억지에 가까웠고 어쩌면 다른 귀족들이 이 땅을 공격할 빌미가 될 수도 있었다. 형수는 한숨을 쉬었다.

"나는 천천히 갈 거예요."

"그러십시오."

"……아니, 나도 따라갈래요."

형수는 금세 마음을 바꾸었다. 루젤은 이번에도 동의했다.

"그러십시오."

"백작을 두고 간다고 해서 그 애가 내 아들이 아닌 건 아니에요. 아시지요?"

"물론입니다."

문장도 제대로 구사하지 못하는 아이다. 어떤 면에서는 유나보다 말을 못할 정도로 어린 아이니, 어머니의 품에서 떨어뜨려 놓는 것은 안타까운 일이었다. 여러 기사들은 아이의 유모도 바꿔야 한다고 주장했으며 루젤은 그들의 말에 동의했다.

형수는 다시 한 번 한숨을 쉬었다.

"아이를 죽이진 않으실 거라고, 도련님을 믿을게요."

루젤은 반복했다.

"물론입니다."

"……저녁에 출발하게 해주세요."

"알겠습니다."

형수는 몹시 지치고 가늘어진 목소리로 말했다.

"나가주세요."

"알겠습니다."

사람의 말을 따라 하는 새 같은 대화였다. 루젤은 형수에게 마지막으로 정중하게 인사하고 방을 나섰다. 여러 가지 부조를 하고 문고리엔 사자 얼굴을 새긴 방문은 튼튼한 새것이었다. 그 앞을 지키던 부하 기사가 루젤에게 경례했다.

"경."

루젤은 문을 잘 닫고 말했다.

"저녁에 출발하신다고 하니 헤링어에게 전해둬라. 가겠다고 하는 시녀들은 모두 함께 출발할 수 있도록 해라."

"알겠습니다!"

기사는 씩씩하게 대답했다. 루젤은 그대로 발소리를 내며 방 앞을 떠났다.

……아니다. 형수의 조용한 모습을, 그러고 보니 어릴 적에는 자주 본 것 같았다. 그는 형과 형수가 싸워서 서로 말을 하지 않을 적을 떠올리며 씁쓸한 눈을 했다. 그때 그 자신은 어떻게 했었더라.

지잉.

어차피 낮이고 밤이고 되는 대로 자고 있어서 졸리지는 않았지만, 유나는 밤에 오는 전화를 무척 싫어했다. 아무튼 예의에 어긋나는 것이다. 만약 아샬레아가 이 나라에 있었다면 밤에 연락해대는 사람들한테 '밤 8시부터 아침 9시 사이에 전화하는 것은 잘 배운 사람의 행동거지가 절대로 아니에요'라면서 부채로 때려줄 수 있었을 것이다. 아니, 아샬레아가 없으니까 직접 해볼까. 부채라면 집에 많다.

때문에 그녀는 머리맡에 두었던 휴대전화의 진동이 끊기지 않자 성질이 머리끝까지 났다. 심지어 모르는 번호다!

"여보세요."

휴대폰 번호가 아니라 무슨 070으로 시작하는 전화였다면 당장 끊었을 텐데 이 전화는 010으로 시작했다. 유나는 휴대폰을 충전기에서 뽑고 신속하게 이불을 뒤집어썼다. 그리고 같은 병실의 다른 환자들이 방해받지 않도록 최대한 목소리를 낮추어 전화를 받았다.

[어, 아빠야.]

세상에, 이럴 수가. 아빠 번호를 저장하지 않았더니 이런 불상사가 있다. 유나는 시간을 잠깐 확인했다. 중환자실 같은 곳을 제외한 모든 병실의 불이 꺼져 있고 복도의 간호사들도 발소리를 죽일 시간이다. 아무튼 생각이 있는 사람이면 절대로 남에게 전화를 해서는 안 되는 시간이었다. 그녀는 신경질을 내고 싶은 것을 참으며 고분고분하게 대답했다. 일단 상대방이 누군지 몰랐다는 티를 내면 아무리 아버지라도 상처를 받을 테고.

"네, 아빠."

[자고 있었냐?]

솔직히 말하자면 그렇다. 진동 한 번에 깰 정도로 옅은 잠이었지만 자려고 노력하고 있었다. 혹시나 하는 마음을 버릴 수가 없어서 자기도 모르게 깼다가, 그러다가도 또 혹시나 싶어서 잠들려고 노력하고 있었다. 유나는 그러나 아샬레아를 떠올리며 부정했다. 아샬레아는 상대방의 마음을 생각해서 행동하는 것이 진정한 예의범절이라고 했다.

"아뇨."

[왜 아직 안 잤어?]

아니, 그건 이 시간에 전화하신 분이 하실 말씀이 아닙니다. 이 병실의 다른 사람들도 지금 대부분 자고 있고요. 유나는 어이가 없어서 추측해 보았다.

"막 자려던 참이었어요. 아빠는 술 드셨어요?"

[어응, 좀 마셨어. 티 많이 나냐?]

아버지의 번호조차 저장을 안 한 딸이 알 정도라면 상당한 거라고 생각한다. 유나는 상대에게 보이지 않는다는 점을 이용해 인상을 썼다.

"……약간요. 왜 드셨어요?"

[속상해서어어.]

아버지는 늘어지는 목소리로 한숨처럼 말했다. 그래도 기분 좋은 것처럼 느껴지는 것은 역시 술기운일 것이다. 유나는 침을 삼켰다.

"왜요?"

[아니, 우리 딸이 아프니까…….]

이번에는 좀 특수한 경우지만, 평소 아버지가 보지 않는 곳에서 이미 여러 번 앓았다. 감기몸살이든 체한 것이든. 유나는 묘한 얼굴로 계속 목소리 연기를 했다. 나쁜 사이가 될 필요는 없다.

"그러셨어요?"

[그러어어엄. 아빠가 우리 딸을 얼마나 보고 싶어 하는데.]

이건 정말 뻔뻔하다. 유나는 지금보다 어릴 적 아버지와 생일이
니 크리스마스 따위의 특별한 날에 만나기로 약속한 일이 여러 번
있었고, 그럴 때마다 아버지가 거의 틀림없이 약속을 어겼다는 것
또한 생생하게 기억하고 있었다. 그것도 늘 약속 시간에 기다리다
가 안 와서 전화를 걸면 안 받다가 다음 날 즈음 뻔뻔하게 이 핑계
저 핑계 대며 '지금 갈까? 내가 가면 좋겠지?'라는 투로 또 전화를
걸어오는 식이었다. 그녀는 정말로 보고 싶은 사람의 약속에 사람
이 어떻게 행동하게 되는지 알고 있었다. 혹시 루젤이 시청 앞에
서 12시에 보자고 하면 그녀는 11시 반 이전에 도착하도록 주의
해서 나갈 것이다.

그래도 노골적으로 화를 내면 안 되겠지. 그럴 기운이 없기도
하고. 유나는 일단 받아주었다.

"진짜요?"

[당연하지이이. 근데 너네 엄마는 지힌짜 생각이 없어.]

유나는 그 시점에서 머리를 쥐었다. 여러 가지 의미로 머리가
아팠다. 대답할 말이 너무 없어 이쪽이 입을 다물자 아버지는 조
잘조잘 늘어놓기 시작했다.

[엄마가 아빠에 대해 맨날 나쁜 말만 하니까 니가 아빠를 싫어
하구, 응?]

아니, 본인이 보인 태도가 있으니까. 유나는 '엄마'의 말만 듣고
'아빠'를 무조건 싫어하는 대학생 딸이 과연 있을지 의심스러웠지
만 일단 지적하지 않았다. 그녀도 화가 많이 나면 말을 잘 못하는
편이었던 것이다.

[응? 딸을 안 사랑하는 아빠가 어디 있겠냐.]

확인사살인가. 유나는 이번엔 가슴을 쥐어뜯었다. 루젤의 누나

보다 열 받는다. 루젤의 누나가 하는 말은 그나마 알아듣지 못하기라도 했지.

[근데 너네 엄마는 가정주부가 정신 못 차리고 말이야.]

아니, 어머니는 주부도 하고 커리어우먼도 한 지 벌써 십 년은 훌쩍 넘었다. 누가 뜬금없이 이혼하자고 하고 애를 떠넘긴 뒤 양육비도 안 준 덕분에. 유나는 아버지가 어머니를 가정주부라고 부를 만한 건덕지가 대체 어디에 있는지 진심으로 궁금해져 고민하다가 다음 말을 들었다. 이제 화를 내는 것도 쓸데없게 느껴지니, 코미디를 라디오로 듣는 셈 치고 그냥 들어볼까.

[하나밖에 없는 딸이 아픈데 점잖지 못하게 말이야.]

"뭐가요."

아무래도 아버지가 하고 싶은 말이 있는 것 같았다. 유나는 왜 자신이 결혼을 싫어하는지 근 1분 만에 속성으로 복습한 것 같다고 생각하며 약간 무뚝뚝하게 물었다. 아버지는 약간 신난 것 같았다.

[너 모르냐?]

"네. 몰라요. 엄마 지금 집에 가서 주무시는데요."

[집에 가서 자겠지. 딸이 아픈데 병원에 있어주지도 않고 말이야.]

누가 들으면 아버지는 병원에서 삼 일쯤 밤샌 줄 알 것이다. 유나는 자신이 호흡곤란과 암 중 어느 쪽으로 먼저 죽을지 모르겠다고 어렴풋이 생각하며 끝내 짜증을 목소리에 드러냈다.

"왜요. 제가 멀쩡한데 병원에서 뭐하러 밤을 새요."

[그게 아냐. 정신이 딴 데 가 있어서 그래.]

정신이 딴 데 가 있는 부모의 대표 주자에게서 그런 말을 들으려니 그것도 새롭다. 유나는 설마 싶었지만 일단 목소리를 곱게 했다.

"어느 딴 데요?"

[응, 엄마도 창피하니까 얘기 안 했겠지.]

"저 모르는 얘기인 거 같은데요."

그녀는 심호흡을 했다. 아버지는 약간 승리감에 찬 목소리로 말했다.

[너네 엄마, 남자친구 생겼잖아.]

잠시 휴대폰의 저편과 이편 모두에 침묵이 흘렀다.

아버지는 유나의 반응을 기다리는 것 같았지만 유나는 적절한 반응을 할 정신이 없었다. 그녀는 아버지가 그런 것을 어떻게 알았을지도 궁금했지만 그보다는 가슴에 차오르는 것이 있었다. 어머니에게.

"……그래요?"

한참 후에야 목소리가 나왔다.

유나는 커튼 걷히는 소리에 눈을 떴다.

커튼 안으로 들어온 어머니는 일하러 가기 전에 들른 듯 멋진 옷을 입고 있었고 화장도 예뻤다. 어머니는 딸을 깨운 것에 미안한 듯 조심스럽게 물었다.

"엄마가 깨웠어?"

"아녜요. 일어나려고 했어요."

햇빛 들어오는 것이나 TV 소리, 다른 환자의 보호자들 드나드는 소리를 들어보니 충분히 늦은 시간이었다. 게다가 냄새를 맡아보니 밥이 오는 것 같다. 유나는 밥을 생각하니 갑자기 즐거워져 웃었다. 어머니는 보호자 의자에 앉아 덩달아 웃었다.

"왜, 우리 딸. 잘 잤어?"

"네."

"그런데 왜 눈이 부었어?"

그래도 어머니의 눈은 속일 수 없나 보다. 사실은 어젯밤 아버지의 전화를 끊고 나서 이런저런 생각을 하다가, 여러 가지가 북받쳐 올라서 한참 울다가 잤다. 아마 세 시간 정도는 계속 울었을 것이다.

"자다 깨다 해서 그래요. 낮잠을 안 자야 되는데."

"방학인데 뭐."

그래도 유나와 어머니는 언제나 일찍 자고 일찍 일어나곤 했다. 방학이라고 해서 늦잠을 자는 일 따위는 없었다. 어머니는 늘 그 것을 자랑스럽게 생각하기도 했다.

유나는 기운차게 일어나 앉았다. 어머니는 친절하게 말했다.

"이따 너희 선생님 만나볼 거야. 검사 결과 이상한 거 없으면 내일 퇴원한다는 거 들었지?"

유나는 고분고분하게 고개를 끄덕였다.

"네. 간호사 언니가 말해줬어요."

"그래. 집에 가서 좀 쉬자."

"여기서도 쉬고 있는데요 뭐. 매일 놀아서 참."

종일 말을 타며 추위에 떤 게 바로 엊그제 같은데 여기선 따뜻한 햇살 아래 에어컨 바람이나 조절하고 있다. ……하기야 그 후로 몇 밤을 잤는지를 생각한다면 정말 엊그제인 것 같기도 하다.

유나는 어머니에게 애정을 담아 웃었다. 그러고 보면 어머니에게도 사랑한다는 말을 한 번도 안 한 것 같은데, 앞으로도 못 하게 생겼다.

"TV에서 그러는데, 자는 건 치유하는 과정이래. 푹 자. 잠 올 때."

아무것도 모르는 어머니는 그렇게 진지하게 말했다.

이번에는 아예 모든 것이 이곳에서 사라져, 어머니가 슬퍼하지 않았으면. 도저히 작별 인사는 할 수 없었지만 유나는 그렇게 소망했다. 어째서인지는 몰라도, 그것이 이루어질 소망임을 그녀는 또한 알고 있었다.

게오르츠 백작령의 본성은 작은 돌무지 성과는 비교가 되지 않을 정도로 크고 역사가 깊었다. 앞으로는 해자, 뒤로는 낭떠러지로 보호받고 있는 성은 그 자체로 마을에 가까웠으며 정원의 과실은 충실했다. 사용인들은 물론 마을에서 부역을 담당하러 오가는 이가 대부분이었으나 가신이라 할 만큼 대대로 바이언트 가에 봉사해 온 사람도 적지 않았다. 아치형으로 된 정문의 쐐기돌은 옛 자스란으로 아름다운 글이 적혀 가문의 시초를 칭송했고, 창고에서는 먼지만 털면 어디서든 부르는 게 값일 보물이 얼마든 나왔다.

부모님은 그 성을 물려받을 사람이 누구인지 알고 있었고 루젤도 형의 상속에 불만이 없었다. 오히려 그는 그의 라이헤르타 남작령 상속을 형이 반대할 경우 다른 땅으로 가 남의 가신으로 살 각오도 충분히 하고 있었다. 그러나 상황은 이렇게 되었고 어린 조카는 어머니가 보고 싶다고 울 때 외에는 천진하게 뛰어다니기만 했다.

루젤은 영주의 방을 가만히 둘러보았다. 이제 완전히 봄이 되었지만 성의 벽에서는 몇백 년 전부터 변하지 않은 냉기가 변함없이 나왔다. 기사가 용을 물리치는 내용을 금실 은실로 수놓은 태피스트리는 그런 냉기를 빈틈없이 막도록 벽을 덮었고 벽난로와 촛불에서 나오는 빛은 태피스트리의 금속을 둔중하면서도 찬란하게 비추었다. 유리 없는 창은 채색한 나무로 여러 겹 덮여 지금은 어두웠다. 그녀가 있다면, 그러나, 저 창을 열고 밖에 얼마나 아름다운 꽃이 피었는지 보여주고 싶다.

유나가 사라지고 나서도 땅에는 꽃이 피었다. 그는 그것이 약간 불합리한 것 같다고 생각했지만 아무에게도 말하지는 않았다. 감상적이라는 것을 본인도 알고 있었다. 그러나 이왕이면, 저 정원에 가장 먼저 핀 꽃을 그녀에게 주고 싶었다. 아마 그녀는 늘 그랬던 것처럼 기뻐하며 꽃의 향기를 맡을 것이다. 그러면 저, 옮겨온 클라비어의 앞으로 데려가 주고 싶다. 그녀가 고개를 갸웃하며 즐겁게 연주할 수 있도록.

문 두드리는 소리가 들렸다.

"들어와라."

헤링어가 방으로 들어왔다. 그는 루젤에게 싹싹하고 밝은 표정을 짓고 인사했다.

"주인님."

"······헤링어."

루젤은 한숨을 쉬었다.

"네가 내 잠자리를 돌볼 필요는 없다. 특히 오늘은 네가 편히 잠들어야 하는 날이니."

"유종의 미를 거두어야 저도 내일 마음이 편하지요."

하지만 이런 것은 하인이 하는 일이다. 루젤은 보좌관의 고집을 알았기 때문에 테이블 앞 의자에 앉았다. 헤링어는 벽난로 앞으로 가서 그 안에 넣어두었던 인두를 꺼냈다. 그리고 벌겋게 달아오른 인두 머리를 가져다 루젤의 침대 시트를 솜씨 좋게 다렸다.

"탕파입니다. 뜨거우니 조심하십시오."

"고맙다."

루젤은 결국 희미하게 웃었다. 그리고 침대 앞으로 가며 헤링어의 어깨를 두드렸다.

"말을 했는지 모르겠는데, 축하한다."

헤링어는 눈썹을 우스꽝스럽게 올렸다.

"아직 안 하셨습니다. 감사합니다."

그는 드디어 내일이면 정식으로 기사로 서임될 것이다. 게오르츠 백작령에 소속된 기사로서 언젠가 자기 소유의 종자도 거느릴 것이고, 그들을 기사로 서임해 주는 영광도 누릴 것이다.

무엇보다 주인의 식사까지 걱정할 일이 없을 것이다. 루젤은 헤링어에게 진심으로 감사했다. 헤링어는 주인의 눈빛을 보더니 경고조로 씩 웃었다.

"제가 곁에 없어도 커프스단추는."

"잘 달고 다니고 있다."

루젤은 결국 묻기로 했다.

"내가 언제 단추를 떨어뜨리고 다닌 적이 있었나?"

"주인님이 모르셔서 그렇지, 자주 헐렁하게 달고 다니십니다. 다른 사람의 눈에 띄기 전에 제가 수선해 두지요."

루젤은 쓴웃음을 지었다. 그래도 여전히 모르겠다.

"알았다. 고마웠다."

"종자로서 당연히 할 일이지요. 주인님을 다음에 모실 종자에게도 각별히 말해두겠습니다."

바이언트 경의 종자가 되고 싶다는 명문가의 둘째, 셋째 아들들이야 많다. 한동안은 그들을 받지 않고 있었지만 이제 또 생각해야 할 것이다. 헤링어가 말하는 것 같은 용무는 하인에게 맡겨도 문제가 없다고 생각하지만.

루젤은 침대에 앉았다. 헤링어는 주인을 잠시 보다가 쓴웃음을 지었다.

"혹시 갑자기 등산 연습을 하시거나 하는 것은 아니겠지요?"

"……안 한다."

그는 헛기침을 하고 분명히 말했다.

"내가 맡은 일이 있으니, 그럴 시간은 없다."

"아, 너무 힘드시면 가까운 산 정도는 오르셔도 된다고 말씀드리려고 했습니다."

놀림을 받았다. 루젤은 바닥을 보며 헤링어와 닮은 쓴웃음을 지었다.

"나는 여기 있을 테니 걱정하지 마라. ……가서 자라. 내일 서임식 때 맹세의 말을 틀리면 서임은 취소다."

헤링어는 웃음을 터뜨렸다. 루젤은 그를 내보내기로 했다. 어쩐지 가슴이 마구 뛰고 초조한 것이, 아무래도 그녀를 또 떠올려서 그런 것 같았다. 헤링어가 자기 땅으로 떠나면 이제 그녀에 대해 이야기를 나눌 사람도 없다. 혼자 참는 법을 더 배워야 했다.

"그러면 주인님, 안녕히 주무십시오."

헤링어는 절하고 여러 촛불을 끈 후 훌쩍 나갔다. 루젤은 문이 닫히는 것을 보고 잘 채비를 했다.

웃옷을 벗고 침대에 들어가니 아직 인두의 열기가 남아 있어서 뜨거웠다. 그는 눈을 감았다. 벽난로에서 타닥, 타닥 하고 불티가 가끔 튀는 소리가 났다.

얼마나 시간이 지났을까.

그는 자신이 잠들었다가 다시 깼다는 것을 깨달았다. 어째서 깼는지를 깨닫는 데에는 조금 시간이 필요했다. 침상은 잠들기 전과 마찬가지로 매우 따뜻했던 것이다. 그리고 부드럽고, 좋은 냄새가…….

"아."

저 목소리를 꿈에서 들은 일이 많이 있었다. 루젤은 이것이 꿈이라도 좋다고 생각하며 눈을 떴다. 자다가 깨는 꿈은 많다. 그리고 그때 그녀를 보는 일도 많았다. 그렇게라도 볼 수 있다면 신의 축복인 것이다.

새카만 눈동자가 그를 가까이서 내려다보았다. 휘장이 드리워진 침대는 어두웠고 방의 광원은 벽난로의 많이 사그라든 불빛에 없었다. 루젤은 그녀가 입은 옷이 그녀가 처음 폰첼성에서 나타났을 때 입었던 것보다 낫다고 생각했다. 일단 팔다리는 길다.

유나, 하고 부르며 그는 가슴 아프게 웃었다. 그녀는 이불 속에서 그에게 파고들었다. 그는 그 부드러운 가슴과 가는 팔에 그녀를 그저 끌어안았다.

그리고 눈을 크게 떴다.

"……유나?"

그 어떤 꿈에서도 그녀는 이런 감촉을 가지고 있지 않았다. 그러니까, 이렇게 선명하고 사람 같은 느낌을 가지고 있지 않았다. 유나는 그가 꿈에서 봐왔던 것과 달리 울고 있기도 했다. 그는 그녀의 눈물을 핥았고, 혀끝이 뜨거워져 잠시 입술을 떨었다.

"유나."

부른 이름에 그녀는 웃으며 고개를 끄덕였다.

"루젤."

깨고 싶지 않은 꿈이다. 그는 그녀를 애타게 또 불렀다.

"유나."

그녀는 또 대답했다.

"루젤."

그는 유나의 눈을 보았다. 유나는 울면서도 웃고 있었다. 그녀는 심지어 그의 위로 올라타기까지 했다. 그 무게에 그는 그제야 깨달았다. 소름이 돋았다.

"……유나."

그녀의 얼굴에서 눈물이 흘러 떨어졌다.

가슴이 아파서 숨을 깊이 쉴 수가 없었다. 목이 메고 머리가 몽롱해져, 그는 그녀의 등을 더듬고 그녀의 머리를 당겨 입을 맞추었다. 몰아쉰 같은 숨결에.

그녀 또한 제대로 숨을 쉬지 못하고 있는 것을 알겠다. 그녀는 결국 소리 내어 울음을 터뜨렸다. 헐떡거리는 작은 가슴 위로 뜨거운 눈물이 번졌다. 그녀는 허리를 다시 든 뒤 정신없이 입을 열고 그를 까만 눈으로 보았다.

"사랑해. 사랑해. 사랑해……!"

그는 그녀를 도로 꼭 끌어안았다. 아, 정말로 죽을 것만 같다. 이런 아픔은 겪어본 적이 없었다. 어떻게 해야 아프지 않을까. 가슴을 열어서 안에 있는 것을 모두 꺼내면 이 통증이 멎을까. 그녀는 계속해서 말했다.

"사랑해. 이 말을, 하고 갔어야 한다고, 계속 생각했어."

당신이 계속 그리웠다고.

그는 그녀를 끌어안은 채 흐느끼듯 간신히 숨을 쉬었다. 그 말도, 그녀가 돌아오는 것도.

기다렸다.

에필로그

"그러니까, 제가 기사가 되고 맨 처음으로 맡는 임무는 결혼식의 증인인 거군요?"

루젤은 미안한 마음이 들었다. 사실 오늘의 주인공은 헤링어여야 했다. 유나는 루젤의 옆에서 고개를 갸웃거렸다.

"헤링어, 옷 좋아요."

헤링어는 가진 것 중 가장 좋은 제복을 입고 있었다. 아니, 오늘 이 성에 있는 모든 사람이 그렇다. 헤링어는 기사답게 레이디에게 경의를 표했다. 전통적인 기사의 예복에 있는 망토가 멋지게 바닥에 펼쳐졌다. 그 망토는 붉은 천으로 화려하게 장식된 홀에 잘 어울렸다.

"감사합니다, 레이디 유나."

마침 서임식을 기다렸다는 듯 날씨도 좋았다. 성의 홀을 지나다니는 기사들은 갑자기 나타난 모르는 여자를 흘끔거렸다. 종자로 지낼 때 헤링어와 사이가 좋았기 때문에 일부러 오늘 멀리까지 와

준 위버라켄이 특히 눈을 반짝였다.

"헤링어……."

보좌관이 이날을 얼마나 기다려 왔는지 모르는 것이 아니었다. 루젤이 약간 주저하며 그 이름을 부르자 헤링어는 픽 웃었다.

"무슨 생각 하시는지 압니다, 주인님. 신경 쓰지 마십시오. 주인님께서 그런 얼굴을 하고 계시는 걸 본 것만으로도 서임식 선물로는 충분합니다."

유나는 이번 이야기를 못 알아듣고 눈을 깜박였다. 황도에서 만들었던 그녀의 옷은 지금 작은 돌무지 성에 있었고 그녀가 입고 있는 옷은 루젤의 어머니가 옛날에 입던 옷이었다. 클라비어는 옮겨왔어도 그녀의 옷은 창고에 둔 채 건드리지 않았던 것이다. 사람은 보냈지만 그녀의 옷이 오려면 시간이 좀 걸릴 것이다.

루젤은 쓴웃음을 지었다.

"제대로 된 선물은 있다."

"그렇습니까?"

헤링어는 눈을 약간 크게 떴다. 루젤은 좀 뻐기고 싶은 기분이 들었다. 유능한 보좌관이 저런 표정을 짓는 일은 별로 없었다.

지나가던 부하 기사 중 하나인 율브리너가 결국 다가와 유나의 앞에서 헛기침을 했다. 위버라켄과 달리 율브리너는 대단한 명문가 출신이었고, 레이디의 앞에서 저 정도의 자기주장은 용서받을 수 있었다. 유나는 율브리너에게 웃어 보였고 율브리너는 호감 가는 미소를 지었다.

"안녕하세요."

유나는 아샬레아에게 배운 완벽한 동작으로 인사했다. 율브리너는 무릎 꿇고 그녀의 오른손 손등에 키스했다.

"안녕하십니까, 레이디. 레이디처럼 아름다우신 분을 제가 이

전에 뵈었다면 잊었을 것 같지는 않군요.”

루젤은 유나를 끌어당겼고 헤링어는 파, 하고 무례하게 웃었다. 율브리너는 적응이 되지 않는다는 얼굴이었다. 율브리너가 손을 거두고 일어서자 헤링어는 루젤에게 은근히 말했다.

“모두를 결혼식의 증인으로 초청하시려면 신부의 소개는 하셔야지요, 주인님. 주모님이 되실 테니까요.”

그것은 물론이었다. 그러나 주모를 레이디로 모시는 것 또한 기사들의 전통이다. 루젤은 혹 율브리너가 유나를 마음속의 레이디로 모신다고 할 경우 자신이 어떤 기분을 느낄지 벌써 아는 것 같은 기분이 들었다. 솔직히 저런 인사도 낯선 사이에는 부적절하다고 생각한다.

“유나, 제 수하의 기사인 율브리너입니다. 율브리너, 내 약혼녀인 유나 폰 서울…….”

“아, 루젤.”

유나는 율브리너를 소개할 때에는 우아하게 인사했지만 자기 이름이 나올 때는 제지했다. 루젤과 헤링어, 율브리너는 모두 유나를 보았다. 유나는 검지를 세우고 또박또박 말했다.

“소개, 제대로, 해야 해요.”

그녀가 저런 말을 할 줄 안다고는 생각한 적이 없었다. 아니, 솔직히 말하면 몇 달 못 보는 동안 그녀의 부신어가 오히려 늘었다. 헤링어조차 놀란 얼굴로 유나를 보았다.

그녀는 웃으며 자신을 소개했다.

“유나 정이에요. 잘 부탁해요, 율브리너 경.”

Stücke

소곡

1. 꽃 파는 소녀

그녀가 태어난 골목은 하나도 특별할 것이 없었다.

아무런 대책 없이 도시로 몰려든 사람들은 보통 그렇게 살았다. 창을 열고 손을 내밀면 바로 옆 건물의 벽에 닿을 만한 목조 건물에서, 죽지 않는 아이가 나올 때까지 그저 낳았다. 아이를 낳는 데에 목적이 있는 것은 아니었다. 단지 그 골목에 사는 사람들은 아이가 없는 것은 슬프다고 생각했고 아이가 있으면 슬프지 않냐는 질문은 아무도 하지 않았다. 아이들은 자라나 도둑이 되었고 창녀가 되었고 사기꾼이 되었다.

그곳에는 왜 사는지 의문을 제기하는 철학자가 없었다. 왜 살아야 하는지를 생각하면 그 순간 죽는다는 것을 누구나 알았다. 그곳에는 삶을 그대로 그려내겠다는 화가도 없었다. 삶을 그대로 그려낸 그림을 살 수 있는 사람은 그런 골목에는 없었다. 그곳에는 아이가 잘되는 것을 기대하는 부모도 없었다. 그들은 잘되는 사람을 본 적이 없었다.

그녀는 특별할 것 없는 그런 골목의 특별할 것 없는 가정에서 태어나, 다른 아이들처럼 어렸을 때부터 한 푼이라도 벌기 위해 거리로 내몰렸다. 아이가 할 수 있는 일 중 가장 흔한 것은 꽃 파는 일이었다. 남자아이들은 소매치기를 하거나 소소한 장물아비 역할을 했지만 여자아이들은 병사에게 들켰을 때의 위험이 너무 컸다. 꽃을 모아 장식 만드는 것을 배우자마자 그녀는 다른 거리 사람들이 다니는 다리로 나가 장사를 시작했다. 사실 집에 있을 이유도 없었다.

그런 그녀를 눈여겨본 사람이 있었다.

너, 이름이 뭐니?

처음 본 훌륭한 마차의 창문 너머로 그 사람은 그렇게 물었다. 그녀는 솔직하게 대답했고 그 사람은 마차 문을 열어주었다.

그건 네 아름다운 눈에 걸맞지 않으니 아샬레아라고 하자.

그것은 예쁜 꽃의 이름 같았다. 그녀는 그 이름이 마음에 들어 고개를 끄덕였다. 그 사람은 마차에 타고 있는 예쁜 언니를 보여주며 말했다.

이런 옷이 입고 싶고, 이런 마차에 타고 싶으면 우리와 함께 가자.

옷에 욕심이 나지는 않았다. 그러나 그녀는 그런 옷은 돈이 될 거라고 생각했고 집에 돈을 가져가면 그날은 덜 얻어맞았다. 그녀는 고개를 끄덕이고 망설임 없이 마차에 올랐다.

큰 흑진주에 다이아몬드를 붙여 만든 귀걸이는 먼 일그랑에서 수입해 온 물건이었다. 최근의 궁정은 그 부근에서 나는 것에 모두가 푹 빠져 있었고 어느 살롱에 가나 거대하고 화려한 색채의 꽃무늬가 있었다. 언제나 그렇듯 유행은 몇 년이 지나면 사그라들었지만 덧없다고는 할 수 없다.

다 네가 시작한 거니까.

그녀는 그 말이 옳다고 생각했다. 일그랑 쪽과의 무역이 커질 움직임을 보이자마자 그녀는 이 새로운 바람을 부신의 궁정에 가져왔다. 궁정에서 가장 아름다운 여자가 걸치고 있는 낯선 직물과 커다란 진주 장신구는 금세 동경의 대상이 되었다. 그녀를 노골적으로 험담하는 여자들이야말로 그런 조류에 가장 빠르게 합류한 이들 중 하나였다. 이것도 놀라울 것은 없다.

남의 시선에 관심이 많으니까 남 욕을 하고 다니는 거지.

그녀는 그 말도 옳다고 생각했다. 그는 투덜거리면서도 옳은 말을 많이 한다. 본인이 언제나 사람들의 시선에 둘러싸여 있기 때문이기도 할 것이다.

거울을 보며 귀걸이를 달고 있는 그녀에게 하인이 다가왔다. 하인은 다른 사용인들처럼 검은 옷을 입고 있었고 머리가 단정했다. 보통의 귀족 저택에서 일하는 이들보다 깔끔하고 일처리가 확실한 이들이었다.

"마님."

"왜?"

아샬레아는 거울에서 눈을 떼지 않고 무심하게 대답했다. 이따 저녁에 오이겐의 파트너로서 참석해야 하는 무도회가 있었고 그녀는 그곳에서도 누구보다 빛나야 했다. 하인은 머뭇거리다 털어놓았다.

"헤르만 나리가 오셨습니다."

아샬레아에게 귀걸이를 달아주던 하녀는 주인이 움직이자 기절할 뻔했다. 다행히 귀걸이는 주인의 귀를 다치게 하지 않고 제대로 들어갔다. 아샬레아는 하녀에게 미안, 하고 짧게 사과하고 하인을 보았다. 그녀의 밝은 회색 눈은 평소처럼 형형하게 반짝였다.

하인은 여주인이 이런 반응을 보이는 상대가 많지 않다는 것을 알았다. 사실 저택에서 일하는 모든 사용인들에게 있어서도 예의 남자는 골치였다. 그는 먼저 물었다.

"평소처럼 이 길다르를 내드릴까요?"

아샬레아의 얼굴이 쌀쌀맞아졌다. 그녀는 그러나 감정을 목소리로는 드러내지 않았다.

"그래."

'이러시면 안 됩니다, 나리!' 하고 바깥에서 소란이 들렸다. 아샬레아는 보다 차가워진 얼굴로 말했다.

"그리고 바로 쫓아내. 절대 안으로는 못 들어오게 하고."

야, 나와! 이 계집애야, 키워준 은혜를 이런 식으로 갚냐! 아버지한테 그 잘난 얼굴도 안 보이고! 이 새끼들아, 비켜! 내가 니들 주인의 아버지라고!

언제나와 같은 내용의 욕설과 고함이 중간에 끊기면서도 다 나왔다. 하인은 얼른 돌아서서 방을 달려 나갔다. 헤르만은 아무튼 하인들에게 흠씬 두들겨 맞지는 않았고 그것을 딸의 정으로 이해했다. 올 때마다 큰 액수의 돈을 받아가니 발걸음도 끊지 않았다.

목소리는 한참 동안 사라지지 않았다. 아샬레아는 거울 속의 자신을 보았다.

그림으로 그린 듯이 아름답다.

그것으로는 부족했다. 보는 것만으로도 혼이 나갈 만큼 아름다워야 한다. 그것이 그녀와 같은 방식으로 사는 사람들이 분수를 아는 것이었다. 아샬레아는 하녀가 가져다주는 검은 점을 입 아래 붙이고 미소를 지어 보였다.

바깥이 어느새 조용해지나 싶더니 문이 열렸다. 이번에 온 사람은 누구인지 알 수 있었다. 아샬레아는 문 앞에 선 오이겐에게 거울 너머로 방금과 꼭 같은 미소를 지었다.

"전하."

"그 녀석이 또 왔더군."

오이겐은 그의 눈과 같은 색의 보석을 목에 달고 멋지게 차려입은 모습이었다. 아샬레아는 열없이 물었다.

"마주치셨어요?"

"내게 와 인사하던데."

오이겐은 웃지도 않았다. 그는 그녀의 아버지를 매우 싫어했다. 아샬레아는 여전히 그를 돌아보지 않고 또 물었다.

"그래서 어떻게 하셨어요?"

"쫓아냈어."

오이겐은 소파에 앉았다. 하녀가 다가가 그에게 물었다.

"와인을 올릴까요?"

"얼마나 걸려?"

오이겐은 아샬레아에게 우선 물었다. 아샬레아는 본인의 엉덩이를 뒤로 빼 보였다. 입고 있던 흰 치마가 종 모양으로 출렁였다.

"다 됐어요."

"그럼 이리 와 앉아."

하녀는 알아서 와인을 가지러 갔다. 아샬레아는 머리 모양이 완벽한지 점검하며 거울 앞에서 한 바퀴 돌았다. 그리고 우아하게 걸어 오이겐의 옆에 가 앉았다.

"어때요?"

대답은 알고 있었지만, 그녀는 애인에게 물었다. 오이겐은 그녀를 뚫어지게 보다 대답했다.

"돌아버릴 정도로 예뻐."

그녀는 만족한 얼굴을 했다.

하녀는 오이겐이 좋아하는 와인을 가져와 잔에 따라 냈다. 오이겐은 아샬레아에게 먼저 한 잔을 주고 술을 마셨다. 그 동작이 평소보다 빨라 아샬레아는 그의 기분이 좋지 않다는 것을 알았다.

"그 사람은 신경 쓰지 마세요. 기분 나빠할 가치도 없으니까."

"계속 돈 주지 마. 그러니까 질리지도 않고 찾아오잖아."

오이겐은 몇 번이나 한 불평을 또 했다. 아샬레아는 은근한 눈짓으로 그의 생각을 흩뜨렸다. 와인에서 젖은 나무의 향이 났다.

"그런다고 안 찾아올 사람은 아니에요."

"돈을 안 주는데 왜 찾아와."

"정 싫으시면, 전하를 마주치지 않도록 주의를 주지요."

그런 것이 아니다.

오이겐은 아샬레아의 빛나는 회색 눈을 보았다. 저 눈은 한 번 보면 뇌리에서 사라지지 않는다. 상태가 심각하면 아침에도, 점심에도, 밤에도, 한순간도 사라지지 않고 유령처럼 따라다닌다. 그녀를 다시 보고 싶은 마음에 목이 말라 피를 토할 때까지.

그녀의 눈 너머에 있는 마음이 얼마나 고집스러운지 그는 알고 있었다. 오이겐은 자신이 헤르만을 싫어하는 것이 그가 방문해 돈을 가져갈 때마다 아샬레아의 상태가 이상해지기 때문이라고는 말하지 않았다. 그는 대신 고개를 돌리고 투덜거렸다.

"와인이나 마셔."

아샬레아는 눈을 휘며 미소를 지었다. 그녀의 우윳빛 살결은 몇 년이 지나도 변하지 않았다.

"오늘은 지르날의 대신도 오신다면서요? 어떤 분일까 하고 살롱 사람들도 궁금해하고 있었어요."

"궁금해할 것 없어."

오이겐은 탁 잘랐다. 그의 눈이 위험하게 번쩍였다.

"잘 보이셔야 하잖아요?"

아샬레아는 그의 반응에 후후 웃었다. 일부러 그 이름을 꺼낸 것이다.

"아무튼 미래 태자비가 될지도 모르는 분의 사자라시니."

"필요 없어. 잘 보이든 안 보이든, 얘기는 내가 아니라 어머니와 할 테니까."

그야말로 그렇다.

오이겐도 아무튼 이제는 결혼을 하고 아이를 낳아야 했다. 황제는 점점 더 노쇠해 사람들을 만나는 일이 줄었고 황후도 불안해한 지는 오래되었다.

와인잔이 깨졌다. 오이겐은 벌떡 일어섰다.

"……가자."

마차를 타고 가는 동안 오이겐은 계속 말없이 창밖을 보았다.

한창 여름이라 창은 열어두어도 좋았다. 기름을 잘 바른 마차 바퀴는 삐걱이는 소리를 거의 내지 않았고 흰 준마 네 마리는 금줄을 번쩍이며 위세 좋게 움직였다. 마차 문에 작게 붙은 황실의 문장에 지나가던 사람들은 얼른 비켜서며 절했다. 노을이 천천히 졌다.

"우리가 제일 먼저 도착하겠어요. 그렇게 빨리 가고 싶으셨어요?"

아샬레아는 오이겐의 뒤통수를 보며 놀렸다. 오이겐은 발끈해 그녀를 보았다.

그의 눈은 격정적으로 반짝일 때 가장 아름다웠다. 아샬레아는 그에게 절대 그렇게 말할 생각이 없었지만 어딘가 본인도 모를 곳을 만족하고 빙긋 웃었다. 마차가 다리에 올랐다.

강가에는 숲이 우거져 있었고 물고기를 잡는 아이들도 보였다. 아샬레아는 다리 끝에서 초라한 모양으로 서 있는 여자아이를 보았다. 그야 이렇게 상류층이 지나는 거리에는 늘 저런 아이들이 있다. 그러나 이곳은 통행이 많은 곳이 아니니 아마 장사가 잘 되지는 않았을 것이다. 아샬레아의 시선을 본 오이겐은 적당한 때에 마차를 세웠다. 왕실 시종이 마차에서 뛰어내려 주인에게 창 너머로 물었다.

"무슨 일이십니까, 전하?"

"꽃이 필요해."

오이겐은 아샬레아가 하인이든 누구든 남자와 말을 하는 것을 여전히 싫어했다. 하인은 마차 근처에서 옴짝달싹 못하고 있는 꽃 파는 아이를 보고 다가갔다. 아샬레아는 아이가 바구니에서 목련 두 송이를 꺼내 시종에게 건네자 오이겐에게 웃음기 어린 목소리로 인사했다.

"감사해요. 오늘은 향기로운 장식이 생겼네요."

오이겐은 대답하지 않았다. 시종은 꽃을 받아와 창 너머로 주인에게 건넸다. 시종이 마차에 다시 오르자 마부가 이랴, 하고 말을 몰았다.

움직이는 마차 너머로 꽃 파는 아이는 금세 노을에 젖어 시야에서 사라졌다. 아샬레아는 그 아이가 명백하게 동경하는 얼굴로 그녀를 보았음을 알고 있었다.

그것 역시 특별한 일이 아니었다.

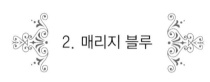

2. 매리지 블루

닐은 신전의 대문 앞에 어제까지는 보지 못했던 종이가 붙은 것을 보고 걸음을 멈추었다. 함께 있던 카롤라가 물었다.

"닐, 저게 뭐야?"

대부분의 다른 마을 사람들과 마찬가지로 카롤라는 글을 읽지 못했다. 평민이 교육을 받는 것은 대단히 희소한 일이니 당연했다. 그에 비해 닐은 운 좋게 어려서부터 신전을 드나들며 글공부를 해왔고 글쓰기에도 소질이 있었다. 신전의 부신관은 그의 장래성을 칭찬하며 필경사가 되는 것은 어떻겠냐는 말도 해왔다.

닐은 신전 문 앞으로 가 글을 또박또박 읽었다.

"공고. 이 땅의 영광되며 자격 있는 후계자이자 주인이신 루젤 바이언트 폰 게오르츠 백작님께서 오늘 아침 10시 아름답고 고귀하신 레이디 유나 정 폰 서울과 공식적으로 약혼하셨음을 알린다. 이 남녀의 결합에 이의가 있는 자는 약혼 기간인 40일 내에 신전으로 알릴 것."

옆으로 다가온 카롤라가 어머, 하고 감탄했다.

"우리 새 영주님 결혼하셔?"

"그런가 본데."

얼마 전에 있었던 짧은 싸움으로 넓은 게오르츠 땅의 주인은 바뀌었다. 그러나 새 주인은 낯선 사람이 아니라 전전 영주의 남동생이었으며 어려서는 저 영주의 성에서 곧잘 나와 놀았던 남자였다. 위화감을 느끼는 사람은 없었다. 다만 어린 전 영주의 신세가 어떻게 될지 걱정하는 목소리도 아주 없지는 않았다.

닐은 새 영주보다 열 살은 어렸고 새 영주가 어릴 때 이곳에 살았다는 것에 대해서는 말로만 들은 세대였다. 그러나 이전 영주인 세 살짜리 백작은 어차피 자기 어머니의 그림자 안에 있었고, 이왕이면 이 땅을 계속 지배해 온 바이언트 가문의 보다 강하고 건강한 구성원이 영주가 되는 편이 낫다고도 생각했다. 소문으로는 대단히 공정하고 멋진 기사라는데 그것도 자랑스러운 일이었다.

"새 영주 마님은 어떤 사람인지 들었어? 신전에서 얘기해?"

"글쎄, 외국의 공주님이라던가……?"

귀한 가문에서 결혼식이 있을 때 저렇게 신전에서 공고를 내는 것은 당연한 일이었지만 몇 달 전 있었던 전 영주의 결혼식은 번갯불에 콩 볶아 먹듯 내부에서 치러져 그런 절차가 없었다. 닐은 공고문의 필체가 아름답고 종이가 값비싸 보여 잠깐 감탄하다가 허리를 세웠다.

"마을이 바빠지겠네."

쿨럭, 쿨럭 하고 유나는 기침을 했다.

먼지를 털던 하녀가 다가와 주인의 안부를 물었다. 그 하녀는 유나가 이 성에 나타나고 나서 이틀 뒤 전속으로 붙은 사람으로,

마음이 편해질 만큼 나이가 든 중년 부인이었다.

"마님, 괜찮으셔요?"

문제는 유나는 그녀의 말을 알아듣기가 조금 힘들다는 점이었다. 아무래도 이 지방의 사투리를 섞어 쓰는 것 같다. 그녀는 이번엔 짧은 말이라 다행이라고 생각하고 고개를 끄덕였다. 먼지가 코로 들어가 눈물이 날 때까지 계속 찡했다.

"괜찮아요."

"아유, 그러니까 밖에 나가 계셔요. 이런 건 저희가 할 일이어요."

하지만 이렇게나 창고가 크고, 재미있는 물건이 많다. 유나는 고개를 젓고 다음 물건을 손에 들었다. 하녀는 안절부절못하며 창문을 더 활짝 열었다.

루젤과 유나가 앞으로 살기로 한 곳은, 왜인지는 알 수 없었지만, 이전 루젤과 함께 갔던 그 작은 성이 아니었다. 이 성은 그보다 훨씬 크고 장식적인 데가 많았으며 일하는 사람이 많았다. 한마디로 표현하자면 규모가 다르다고 하면 될 것이다. 덕분에 그 창고는 들어가는 곳마다 신기한 보물로 차 있었고 먼지 덩어리로 보이는 것도 털어내고 보면 금제 브로치거나 청동 향로거나 유리 접시였다.

그리고 그러한 창고들은 이번에 있을 성대한 결혼식을 위해 모두 활짝 열렸다. 유나는 대단히 많은 수의 식기가 창고 구석의 상자에서 나오는 것도 보았고 붉은 장식 천이 끝없이 나오는 것도 보았다. 이 성의 수석 하인쯤 되는 것 같은 프란츠는 자주 유나에게 와서 그녀의 의견을 물었고 그녀는 그것이 결혼식 준비라는 것을 눈치로 알았다.

……그녀의 얼굴이 잠깐 붉어졌다. 그러니까 그녀는 이제 루젤

과 약혼한 것이다. 그가 전에 읽어줬던 것 같은 그런 종이에 사인도 했다. 이 성에서 가장 크고 좋은 침실도 부부용으로 바뀌고 있다. 성 1층의 연회장에는 전에 마련한 클라비어가 와 놓였다.

창고의 먼지가 또다시 코로 들어왔다. 유나는 헤치, 헤치 하고 코 빠진 기침을 하며 손부채질을 했다. 여름이 시작될 즈음이라 창을 완전히 열 수 있어서 그나마 다행이었다.

결혼 자체에 대한 기대를 한 일이 별로 없긴 했지만 유나도 평범한 아가씨로서 본인이 원하는 결혼식의 청사진 정도는 있었다. 새하얀 웨딩드레스에 크림색 장미로 된 부케, 가는 새틴 리본에 엄청나게 긴 레이스 베일, 백합이 장식된 버진 로드, 아이보리색 테이블보가 깔린 하객 테이블 같은 것. 할 수 있으면 정말 친한 사람들만 초대해서 정말 작고 멋지게 하고 싶었다.

하지만 이 나라의 결혼식이 어떨지는 아직 모른다. 결혼 전에 반지가 아니라 무슨 계약서 같은 걸 주는 시점에서 뭔가 다를 것 같기는 하다.

그녀는 잠깐 고민한 뒤 또 먼지를 털었다. 그녀가 지금 보고 있는 것은 이 성에서 두 번째로 큰 창고로 옷과 천이 많이 모인 곳이었다. 이른 봄에 달아두었던 태피스트리를 다 치워서 넣은 것도 이 창고의 한쪽 구석이었다. 그곳에야 뭐가 있는지 다 알지만, 이쪽은 뒤져 봐야 한다. 그래서 새로 휘장을 달 곳에는 달고, 재미있는 것도 구경하고.

실은 뒤쪽이 진짜 목적이다. 성 사람들은 유나에게 일을 시킬 생각이 없었지만 그녀는 놀고 먹는 것에 대해 죄책감을 느끼는 것 반, 창고에서 재미있는 걸 발견했을 때의 즐거움 반으로 하녀들의 만류를 뒤로하고 '탐험' 중이었다.

이곳에는 나무 상자 하나도 그냥 만든 것이 없었다. 아마 공장에서 찍는 것이 아니라 수제라서 그렇기도 할 테지만 이런 성에서 쓰는 것이라 더 그런 것 같았다. 옷감을 넣어두는 상자일 뿐인데 각각의 상자는 내용물에 따라 크기가 달랐고 모서리마다 물결 모양의 금속이 붙어 있었으며 잠금쇠에는 바이언트 가의 문장이 주물로 만들어져 들어가 있었다.

유나는 본인이 이번에 먼지를 턴 상자를 열었다. 뚜껑이 넘어가며 쿵 소리가 났고 먼지가 또 날렸다. 그녀는 그 안에서 나온 찬란한 레이스를 보고 감탄했다.

"와."

이곳의 레이스는 모두 수제다 보니 섬세하기도 했거니와 부드러웠다. 그녀는 집에서는 나일론이나 종이 레이스 말고는 본 적도 없었기 때문에 처음에 부드러운 레이스를 만졌을 때 문화 충격을 느꼈었다.

"왜요, 아가씨?"

다가온 하녀가 레이스 옆에 주저앉았다. 그녀는 1미터 높이는 되는 상자 안에서 레이스 뭉치를 아무렇지도 않게 꺼냈다. 상자 바닥에 깔아두었던 마른 허브의 향이 강하게 났다. 박하 같은 느낌도 드는 그 허브는 이런 상자에 늘 들어 있었는데 유나는 그것이 아마 이 세계의 나프탈렌 같은 역할이 아닐까 하고 짐작하고 있었다.

레이스는 꺼내서 살짝 펼쳐 보니 최소한 폭이 4미터는 될 것 같았고 그물코도 촘촘했다. 저런 걸 짜려면 얼마나 걸릴지 유나는 상상도 하지 못했고 하녀도 감탄하는 눈치였다.

"호화롭네요, 마님."

"좋아요."

유나는 동의하며 레이스의 끄트머리를 만지작거렸다. 허브 향에 먼지 냄새가 좀 강하게 나긴 하지만 그런 거야 여기 있는 모든 것이 그렇다. 세탁해서 바람에 좀 말리면 금방 멋지게 될 것이다. 다만 끝이 약간 해져 있는 걸 보니 오래된 물건인 모양이었다.

"이거, 그거예요."

하녀는 유나가 레이스를 계속 보고 있자 그걸 살살 움켜쥐고 유나의 머리 위로 들어 올렸다. 유나도 하녀처럼 상자 앞에 쪼그리고 앉아 있었기 때문에 문제는 없었다. 레이스 바닥이 땅에 끌려 유나는 그것을 급히 집어 들면서도 자신 위에 생긴 레이스 모양 그림자에 입을 살짝 벌렸다.

베일인가? 이런 베일은 쓰고 싶다. 유나는 빙긋 웃었고 하녀는 레이스를 거둔 뒤 물었다.

"이거, 마님 땅의 말로는 뭐라고 하나요?"

유나는 레이스, 하고 한국식으로 발음해 주었다. 이 하녀는 이런 점에서도 마음에 들었다. 말이 알아듣기 힘들긴 해도, 이런 식이라면 분명히 잘해갈 수 있을 것이다.

하녀는 일어서서 레이스를 대강 둘둘 말았다. 그리고 그것을 가지고 창고 밖으로 나갔다. 쓸 만한 것이 있으면 다 그렇게 하는 것을 보았기 때문에 유나는 다음 상자로 나아갔다.

이번에 연 상자에는 옷이 몇 벌 들어 있었다. 유나는 드레스 구경하는 것이 좋았고 선뜻 맨 위의 것부터 꺼내보았다. 잘 개어져 들어 있는 맨 위 드레스는 밤색의 실크 드레스였고 옷깃에 아일릿이 들어가 우아했다. 일단 황도에서 이렇게 허리선이 많이 내려간 옷을 입는 사람은 못 보았고, 양식이 아예 다르다는 느낌이니 오래된 물건인 것 같았다.

아, 이제 보니 소매 끝도 상당히 해져 있다. 유나는 이곳의 다른 드레스 중 소매에 색이 다른 긴 리본이 붙은 것을 여러 벌 보았는데 그것은 아마 이렇게 해진 소매를 처리하는 방법의 일종일 터였다. 그녀는 밤색 드레스를 다시 적당히 개 빈 레이스 상자 쪽에 던져 넣었다. 그리고 옷상자를 다시 보고 눈을 휘둥그레 떴다.

이번에 눈에 들어온 것은 가을 하늘처럼 맑은 파란색의 드레스로 소매는 어깨에서 팔꿈치 윗부분까지만 부풀고 그 아래는 손목까지 꼭 맞게 되어 있었다. 유나는 드레스를 완전히 들어 자신의 몸에 대보았다.

잘 맞을 것 같다. 허리에서 한 번 조이고 치마가 종처럼 가볍게 부푼 그 드레스는 앞뒤로 볼수록 마음에 들었다. 우선 부자연스럽게 허리가 좁게 되어 있지도 않고 스커트가 부푼 것도 딱 좋은 정도였다. 다만 소매의 부푼 부분 중 일부와 스커트의 앞부분이 확실히 좀먹어 수선은 필요할 것 같았다.

"유나."

활짝 열린 창고 문 사이로 루젤이 얼굴을 들이밀었다. 그 역시 이런저런 일로 바쁜 것 같았고 그녀는 반갑게 그를 불렀다.

"루젤."

루젤은 성큼성큼 다가와 그녀의 이마에 입을 맞추었다. 유나는 약간 자랑스럽고 행복한 기분으로 드레스를 그에게 보여주었다.

"이거 좋아요."

"이것 말입니까?"

그는 기쁜 얼굴을 했다. 아는 옷인 것 같아 그녀는 눈을 동그랗게 떴다. 혹시 루젤의 어머니가 입으시던 건가?

"그럼 결혼식 땐 이걸 입지요."

아닌가?! 유나는 이런 새파란 드레스를 결혼식 때 입을 거라는 생각을 해본 적이 없었기 때문에 약간 놀랐다.

"이거 색, 파래요."

"예. 그러니 좋지요."

이 나라는 결혼식 때 파란 옷을 입나 보다. 이것도 나름대로 문화 충격이다. 아까 베일은 아이보리색이었는데. 루젤은 유나의 얼굴이 이상한 듯 잠시 후 미간을 약간 좁혔다.

"……왜 그러십니까?"

"아니, 이거 누구 거예요?"

오래된 것 같은데. 루젤은 드레스를 한 번 보고 그녀에게 가볍게 대답했다.

"제 할머니가 결혼식 때 입으셨던 겁니다."

아, 그러니 요즘 안 입는 디자인일 만도 하다.

루젤은 그녀에게 쓴웃음을 짓고 말을 고쳤다.

"예복은 새로 만들지요. 이건 오래되어 좀먹었군요."

이 나라 말로 '좀먹었다'는 말을 지금 새로 배웠다. 유나는 루젤의 할머니의 예복을 일단 끌어안고 고개를 갸웃했다. 그리고 심각하게 말했다.

"나중에."

결정할게요.

"주인님."

뛰어다니던 심부름꾼 소년이 창고로 들어와 루젤을 불렀다. 소년은 유나에게 먼저 마님, 하고 씩씩하게 인사한 뒤 안달복달하는 얼굴로 루젤에게 말했다.

"주인님, 저쪽에 손님이……."

"알겠다."

루젤은 고개를 끄덕였다. 유나는 그에게 웃고 또 말했다.

"이따 또."

봐요.

루젤은 유나의 입술에 가볍게 키스하고 창고를 나섰다. 유나는 그의 뒷모습을 보며 약간 한숨을 쉬었다. 저건 반칙이다. 이게 잘한 짓이 맞나 생각하다가도, 그가 저렇게 행동하면 또 잊어버린다.

레이스를 세탁장에 가져다주었는지 하녀가 돌아왔다. 하녀는 유나가 든 드레스를 보고 먼저 감탄했다.

"그거 굉장히 예쁘네요! 결혼 예복이지요?"

저렇게 보자마자 말하는 걸 보면 이 나라의 결혼식 예복은 파란색이 맞나 보다. 유나는 드레스를 하녀에게 보여주며 들뜬 목소리로 동의했다.

"역시 예쁘죠?"

결혼식 당일은 아침부터 신전에서 종소리가 울렸다.

종소리는 기대보다 맑았고 성 아래 마을을 둘러싼 산 전체를 울릴 정도로 컸다. 유나는 자신의 모습을 거울에 비추어 보았다. 청동을 반질반질하게 닦아 만든 이 세계의 거울은 색이 잘 보이지는 않았지만 익숙해지니 볼 만했다.

소매와 목덜미의 좁먹은 부분에 주름이 넓고 빛깔이 고운 프릴을 달고, 치마 중앙은 터서 속에 새파란 수가 놓인 흰 치마를 받친 파란 드레스는 생각보다 훨씬 본인에게 어울렸고 예뻤다. 그녀의 모습을 보고 하녀가 기뻐했다.

"참말로 아름다우셔요, 마님."

루젤의 할머니가 어떤 분이셨는지 이 성의 갤러리에서 보았다. 그 사람은 검은 머리와 멋진 콧날이 루젤과 닮아 있었고 키가 컸다. 어떤 사람이었는지는 루젤도 잘 기억나지 않는다고 했지만, 분명히 멋진 사람이었을 것 같다. 우선 초상화에 그려진 다른 어떤 사람에게도 지지 않는 강한 눈빛을 하고 있었다.

어릴 때 본 순정만화에 그런 게 있었지. 유나는 발에 신은 굽 높은 구두도 확인하며 생각했다. 분명히 서구에서는 결혼할 때 파란 것, 오래된 것, 빌린 것, 새것을 갖추면 행운이 있다고 생각한다…… 그런 구절이 있었다. 지금 이 드레스는 오래된 파란 드레스를 빌려 입은 것이고 소매와 목덜미의 프릴은 새것이니 그야말로 행운의 네잎 클로버 같은 상태인 게 아닐까.

그래서 한눈에 반한 모양이다. 흰 드레스에 대한 로망 같은 건 아무래도 상관없어질 정도로 아주 마음에 든다.

유나는 이번에는 머리 모양을 점검했다. 이곳은 놀랍게도 부케도 없는 모양이었지만 머리칼에는 희고 좋은 향이 나는 꽃을 줄기째 엮어 넣어 장식했다. 그 꽃은 한국에서 봄에 본 때죽나무 꽃과 비슷하게 생겼으면서 크기는 아이 주먹만 했다. 다섯 갈래, 여섯 갈래로 갈라진 뾰족한 꽃잎 끝은 종이 접은 것처럼 우아하게 살짝 처졌다.

똑똑.

유나가 머무는 방의 문을 두드리는 소리에 하녀가 나가 문을 열었다. 멋지게 반짝이는 은색 갑옷을 입고 옆구리가 없는 붉은색 겉옷을 입은 남자가 들어왔다. 오랜만에 보는 그 반가운 얼굴에 유나는 활짝 웃으며 그를 맞았다.

"헤링어."

"레이디 유나."

이 성의 다른 사람들은 유나를 마님이라고 불렀지만 헤링어는 그러지 않았다. 그쪽이 더 좋다. 유나는 헤링어에게 다가가 장난스럽게 그를 불렀다.

"처음 뵙겠습니다, 아버지."

이 세계는 프로포즈할 때 반지도 안 주고 신부에게 부케를 들게 하지도 않으면서, 아버지가 신부를 신랑에게 건네주는 것은 한국의 일반적인 풍습과 똑같았다. 다만 그녀의 후견인은 지금까지 루젤이었고 루젤이 그 자신에게 신부를 건넬 수는 없었다. 결국 헤링어는 유나의 아버지의 대리인 역할을 부탁받았고 선뜻 그것을 들어주었다.

헤링어는 등에도 멋진 붉은색 망토를 걸치고 있었다. 유나는 그의 차림에 감탄했고 헤링어는 웃음을 터뜨렸다.

"잘 부탁드리겠습니다, 따님."

진짜 아버지보다 헤링어가 낫다고 생각한다. 실은 어머니가 있었으면 정말로 좋았을 거라고 생각하지만.

그 생각을 하자마자 눈물이 났다. 전혀 예상하지 못한 일이었다. 유나는 자신이 눈물을 주룩 흘렸다는 것을 깨닫는 데까지 잠시 시간을 잡아먹었다. 헤링어는 그답지 않게 놀란 표정을 지었고 하녀들은 깜짝 놀라 동분서주했다.

"마님."

"왜 그러세요? 무슨 문제라도 있으세요?"

"괜찮으세요?"

저 종소리. 한국에서라면 조그만 예식 홀에서 빌린 드레스를 입고 앉아 친구들을 기다리다가, 사진을 몇 번 찍고 나서 검은 옷을 입은 신랑과 함께 버진 로드를 걸었을 것이다. 반지도 부케도 있었을 것이고 신혼여행을 고대하고 있었을지도 모른다. 그런 것을 원한 적은 없었고 아마 한국에 계속 있었다면 결혼 자체를 하지 않았을 확률이 더 높다고 생각하지만.

그래도 이왕 이렇게, 누군가를 선택하는 걸 보여줄 거라면, 엄마에게도 보여주고 싶었는데. 그리고 친구들에게도. 유나는 눈물

다음으로 가슴이 답답해져 흑흑 흐느꼈다. 헤링어는 정말로 당황한 듯 손수건을 얼른 꺼냈고 하녀들이 그 손수건으로 유나의 눈물을 닦아주었다. 애초에 화장품이 별로 없는 세계라서 신부 화장이 망가질 걱정 같은 것은 안 해도 되었지만, 결혼식 직전에 눈물이라니.

눈물은 나오기 시작할 때처럼 갑자기 그쳤다. 유나는 자기 자신조차 이해가 되지 않아 헤링어를 올려다보며 사과했다.

"미안해요."

"아닙니다. 왜 우신 겁니까?"

"나도 몰라요."

그녀는 고개를 살살 저었다. 하녀들이 꽃을 다시 제대로 고정시켜 주었다.

뭔가 저쪽도 생각하는 바가 있는 모양이었다. 헤링어는 그녀를 안심시키듯 빙긋 웃었다.

"……괜찮습니다. 가시지요."

주인님께서 기다리십니다.

루젤을 생각하니 또 마음은 마법처럼 가라앉았다. 유나는 눈물 자욱을 완전히 닦아낸 후 헤링어의 팔을 잡았다.

예복에 맞춰 제작한 구두는 잘 만들어져 있었지만 역시 인체공학적이진 않았다. 그녀는 몇 번이나 넘어질 뻔한 위기를 헤링어의 팔에 매달려 모면했다. 그리고 성의 복도를 걷고, 성의 홀로 내려가, 바깥으로 활짝 열린 문으로 나갔다.

눈이 뜨겁게 부셨다. 새하얗게 보일 정도로 환한 하늘은 이제거의 여름의 것이었다. 문 앞에 늘어선 루젤의 기사들은 모두 헤링어처럼 은빛 갑옷을 입고 옆구리가 없는 겉옷과 망토를 걸치고 있었다. 그들은 새신부가 나타나자 빙긋 웃으며 절도 있게 인사했다.

"고마워요."

유나는 아샬레아를 떠올리며 그들에게 인사했다. 아샬레아와 오이겐은 이번에 결혼 축하 선물이라며 여러 장신구니 옷감, 음식 따위를 보내왔다. 다음에 황도에 가면 그들에게 감사 인사를 해야 할 것이다.

종소리는 성 밖으로 나오니 더 크게 들렸다. 유나는 헤링어가 도와주는 대로 멋진 밤색 마차에 올라탔다. 말과 마부 모두 화사 하게 치장한 마차는 천천히 사람들 사이를 지나 성을 빠져나갔다.

성의 도개교 너머로 보인 마을에서도 사람들이 잔뜩 나와 있었 다. 유나는 그들 중 생각보다 상당수를 알아보았다. 이번에 결혼 을 기념하며 성에서는 음식과 돈 따위를 마을 사람들에게 선물로 주었는데, 그것을 받은 사람들은 그녀에게도 찾아와 꼭 인사하곤 했다. 이제 저들이 잘 살 수 있도록 그녀도 루젤과 같이 노력해야 할 것이다.

"괜찮으십니까?"

어리벙벙하게 사람들을 보는 유나에게 헤링어가 물었다. 그는 유나가 돌아온 다음 날 뭔가 멋진 의식을 치르고 정식 기사가 되 었다. 그러나 태도는 그리 바뀐 것이 없었다. 유나는 그에게 평소 보다 더 큰 친근감을 느끼며 수줍게 말했다.

"괜찮아요. 고마워요."

마차는 더 달렸다. 유나도 약혼식을 할 때 간 적이 있고 정기적 으로 들러 글공부를 하고 있는 신전이 금세 드러났다. 신전의 앞 에는 그 언제보다도 많은 사람들이 모여 마차를 환영했고 루젤과 신관이 그 문 앞에 서 있었다.

종소리는 신전 앞까지 오자 온 세계를 울릴 듯이 컸다. 유나는 신전 앞에서 하프를 연주하고 있는 여자가 그 종소리를 싫어할 것 같다고 생각했다. 루젤은 붉은색과 푸른색이 섞인 좋은 옷을 입고 마차를 보았다. 그의 위로 결혼하지 않은 젊은 남녀가 레이스를 천막처럼 들어 반투명한 그늘을 만들었다.

그와 눈이 마주쳤다.

마부가 열어준 문으로 헤링어가 먼저 내렸다. 유나는 헤링어가 내민 손을 잡고 따라 내리며 루젤을 보았다. 그의 파란 눈이, 유나를 담고, 저 하늘 아래서.

아.

······파란 것은 이제 충분히 있는 것 같다.

이제 슬프지 않으면, 그러면 좋겠다. 그리고 앞으로 다시는······ 하지 않은 일에 대한 후회 없이.

그와 함께 그렇게 살아 나가고 싶다.

눈물이 또 주책없이 나오려고 했지만 유나는 이번에는 그것을 열심히 참았다. 신전 앞에는 루젤이 이번에 황도에서 데려온 요리사가 만든 화려한 먹을거리가 꽃처럼 장식되어 있었다. 그는 그 약속도 지켰다.

"가시지요."

헤링어는 믿음직하게 말했다. 유나는 걷기 시작하며 밝게 웃었다.

3. 잠 많은 신혼

"도착했습니다."

마차의 움직임이 멎는 것과 동시에 창밖에서 소년의 쨍한 목소리가 들렸다. 창을 연 채로 왔으니 물론 알고 있었다. 루젤은 옆에 기대 잠든 유나에게 말을 걸었다.

"부인, 일어나세요. 다 왔습니다."

아주 힘든 마차 여행을 이전에 겪은 적이 있어서인지 유나는 이제 마차 안에서도 곤히 잠들곤 했다. 그녀는 복숭앗빛이 도는 눈꺼풀을 잠시 떨며 낮게 중얼거렸다.

"–?"

저것은 그녀의 나라에서 쓰는 말이었다. 유나의 설명에 따르면 '한국어'라고 부른다는 모양이었다. 루젤도 이제 몇 마디는 할 수 있었다. 그는 그녀에게 대답했다.

"네, 다 왔습니다. 방으로 가서서 편히 주무세요."

유나는 눈을 감은 채 크게 한 번 한숨을 쉬고, 느리게 눈을 떴다. 그녀는 옆에 있는 루젤의 얼굴을 보고 눈을 몇 번 깜박거린 뒤 빙긋 웃었다.

"정말 다 왔어요?"

"예."

루젤은 희미하게 웃었다. 그녀가 잠투정을 부리는 모습은 흔히 볼 수 없었다. 보통 그녀는 그와 비슷한 시간에 일어나 성 안에서 간밤에 일어난 일을 감독하고, 영지의 일을 살피고, 영지의 발전을 위해 골몰했던 것이다. 이런 식으로 일어나기 싫어 시간을 끄는 것은 정말로 피곤하기 때문일 것이다.

마차 문이 열렸다. 문을 연 소년은 레르너의 큰아들인 요른으로, 얼마 전부터 루젤의 종자로 들어와 봉사하고 있었다. 그는 이제 열세 살이었지만 다른 종자인 프란츠와 마찬가지로 매우 똑똑하고 깔끔했다.

"주인님, 마님. 들어가셔서 쉬시지요."

요른은 마차 안으로 크게 절하고 한 발짝 물러났다. 루젤은 마차에서 내려섰다. 황도의 집은 오랜만에 보는 것 같지 않고 친근했다. 유나도 다음으로 루젤의 손을 잡고 조심스레 마차에서 내렸다.

"집이네요."

유나는 땅을 밟고 서자 잠이 깬 듯 더 명확해진 목소리로 말했다. 그녀의 부신어는 놀라울 정도로 늘었다. 루젤은 그녀와 팔짱을 끼었다.

"예. 들어가지요. 더 주무세요."

"아네요."

유나는 고개를 젓고 미소를 또 지었다. 게오르츠 백작령의 성에서부터 데려온 하인들 중 며칠 전에 도착하도록 미리 보낸 일부가 일을 잘 하고 있었는지 집의 정원은 한창 정돈 중이었고 길도 깨끗했다. 아마 식사도 바로 할 수 있을 것이다.

그녀는 갑자기 눈을 반짝였다.

"아샬레아한테 편지를 보낼 거예요. 아룰라어로 편지를 써서 보낸 걸 보면 깜짝 놀라겠죠?!"

루젤은 그녀가 생기 있는 모습이 좋다고 생각하며 고개를 부드럽게 끄덕였다. 일 년 전 루젤과 유나가 결혼할 때 오이겐과 아샬레아가 보냈던 선물들은 대단한 값어치였다. 우선 찾아가 인사해야 할 것이다.

"물론입니다."

아샬레아는 여전히 그림처럼 아름다웠다. 그새 유행하는 머리 모양이 바뀌었는지 머리칼의 치장은 달라져 있었지만 그럼에도 불구하고 저 검은 머리칼은 그야말로 비단결 같다. 유나는 아샬레아를 끌어안으며 반갑게 인사했다.

"아샬레아!"

아샬레아는 후후 웃으며 유나의 뺨에 입을 맞추었다. 그러나 떨어진 다음에는 질책도 잊지 않았다.

"이런, 백작 부인. 백작 부인이 되셨으니 저 같은 사람에게 친근하게 인사하시는 것은 예법이 아니랍니다."

"친구잖아요."

유나는 그렇게 말하고 아샬레아에게 빤히 웃었다. 아샬레아는 흰 깃털로 만든 부채로 입을 가리며 기분 좋게 감탄했다.

"부신어가 많이 느셨네요. 대단하세요."

"다 아샬레아가 가르쳐 줬으니까 그렇죠."

"감당할 수 없는 말씀을. 이전에 뵈었을 때에 비하면 정말 대단히 느껴서, 감히 제가 권리를 주장할 수가 없겠는걸요."

아샬레아는 회색 눈을 아름답게 휘며 말했다. 유나는 눈을 잠깐 굴리고 나서 활짝 웃고 인사했다.

"아, 결혼 선물 받았어요. 정말 고마웠어요."

"별것 아니었는데요. 결혼 축하드려요."

아샬레아는 참으로 우아하게 그렇게 말했다. 유나는 또다시 동경심이 이는 것을 느끼며 시선을 돌렸다. 아샬레아의 옆에 서 있던 오이겐이 한쪽 눈썹을 장난스럽게 들었다.

"이제 보여?"

"태자 전하."

유나는 치마를 잡고 인사했다. 오이겐은 유나와 아샬레아가 서로 반가워하는 동안 루젤과 이야기를 나누고 있었지만 짐짓 섭섭하다는 얼굴을 했다.

"내가 어디 가서 투명인간으로 취급받는 경우가 없는데 말이야. 백작 부인은 나를 너무 홀대하는 것이 아닌가? 나도 결혼 선물에는 각별히 신경 썼다는 걸 알아줬으면 좋겠어. 결코 부담을 주려는 건 아닌데."

"죄송합니다, 전하. 친구가 너무 반가워서 그만."

유나는 애교스럽게 웃었다. 오이겐은 표정을 금세 싹 바꾸어 씩 웃었다.

"편지 쓴 것 봤어. 아룰라어로 편지도 쓸 수 있다니, 조금만 있으면 대학에도 들어가겠던데."

"과분한 말씀을."

"……부신어도 너무 늘었는데."

오이겐은 웃음을 터뜨렸다.

"잘 못 할 때가 재밌었는데."

"전하."

루젤이 약간 헛기침을 했다. 태자를 처음 보는 요른과 프란츠는 긴장한 얼굴로 시선을 바닥과 벽에 번갈아가며 두었다. 오이겐은 그들에게도 눈길을 두었다.

"자네 새 종자들이야?"

"예. 아시다시피 헤링어가 기사 서임을 받았으니, 새 종자를 들였습니다."

"헤링어도 참 오래 끌었지. 이제야 독립했으니 축하할 일이야."

오이겐은 고개를 끄덕였다. 루젤은 두 종자를 소개했다.

"레르너의 아들 요른과 타르타로제의 아들 프란츠입니다."

요른과 프란츠는 배운 대로 무릎 꿇고 황족에 대한 예의를 보였다.

"요른입니다, 태자 전하."

"프란츠입니다, 전하."

오이겐은 두 소년의 얼굴을 초록색 눈을 똑바로 뜨고 훑었다.

"영리해 보이니 기사의 자질이 보이는군. 훌륭한 기사가 되어 정의를 수호하고 약자를 지킬 재목이야."

"감사합니다, 전하."

"분에 넘치는 말씀."

아샬레아는 유나에게 눈짓하고 속삭였다.

"남자들은 저런 이야기를 시작하면 좀체 멈추질 않죠. 가요. 백작 부인을 뵙고 싶어 하는 사람들이 많아요."

카르가링겐 후작 부인의 저택은 처음 왔을 때와 벽지의 색과 꽃의 배치가 달랐지만 우아하고 지적인 분위기는 비슷했다. 유나는 솔직히 예전에 이 집의 살롱에서 소개받았던 사람들의 이름을 후작 부인을 제외하고는 모두 잊었지만 그래도 반가운 기분으로 고개를 끄덕였다. 이제는 완전히 이 세계의 사람이 되었으니 이 세계의 사람들과 더 가까워져야 했다.

"네, 가요."

오이겐은 잠시 종자들과 이야기를 해본 후 따라올 생각인 듯 루젤과 홀에 남았다. 아샬레아는 유나를 데리고 후작 부인의 살롱을 향했다. 그러나 그녀는 일단 살롱 안으로 들어가기 전 유나에게 귓속말로 물었다.

"한 가지 여쭤봐도 될까요, 백작 부인?"

"유나라고 부르세요. 뭔데요?"

아샬레아는 여전히 다이아몬드 같은 회색 눈으로 유나의 얼굴을 빤히 들여다보았다.

"싸움이 일어나기 전, 남작령으로 가시던 중에 사라지셨었다고 들었어요. 그게 정말인가요?"

유나는 그것이 루젤에게 얼마나 큰 상처를 남겼었는지 알고 있었기 때문에 한숨을 섞어 고개를 끄덕였다. 또, 직접 보지 않은 사람들에게는 얼마나 이상하게 들릴까.

"맞아요. 잠시 집에 돌아가 있었어요."

정확히 말하자면 집은 아니고 병원이었지만, 그렇게 설명하는 것이 가장 적당할 것이다. 아샬레아는 눈을 동그랗게 떴다.

"돌아가는 방법은 모르신다고……."

"의식적으로 그렇게 했던 건 아니에요."

유나는 아샬레아에게 낮게 대답했다.

어떻게 설명해야 할까. 루젤에게도 이것은 아직 제대로 설명하지 않았다. 그는 그녀가 다시 나타났을 때부터 지금까지 그것에 대해 묻지 않았던 것이다. 그녀 또한 루젤이 그동안 얼마나 여위었는지, 그가 그녀를 가끔 가다 확인하려는 것처럼 꼭 끌어안는 힘이 얼마나 강하고 안타까운지 알았기 때문에 차마 먼저 말을 꺼낼 수 없었다. 아샬레아는 유나를 침착하게 보았다.

유나는 설명할 표현을 떠올리기 위해 눈을 몇 번이나 굴렸다.

"이건 완전히 제 추측인데, 그래도 들어보실래요?"

"그럼요."

아샬레아의 대답은 유혹하는 것처럼 은근했다. 유나는 괜히 침을 한 번 삼켰다. 오이겐과 아샬레아의 관계가 뭔지 제대로 들었을 때는 솔직히 오이겐과 이 사화의 구조, 모두에게 화가 났었다. 저렇게 멋지고 영리한 사람이라면 유나 자신처럼 평범한 사람보다 훨씬 더 좋은 대우를 받아야 한다고 생각한다.

유나는 속삭였다.

"저는 저…… 산맥 너머에서 죽을 뻔했었어요."

아샬레아는 이 말이 본인의 질문과 어떤 관계가 있는지 이해하지 못했을 텐데도 계속 유나를 똑바로 바라보았다. 유나는 그것에 감사하며 이었다. 만일 아샬레아가 인상이라도 썼다면 다음 말을 할 용기를 내기 힘들었을 것이다.

"……그때, 산맥 너머에 몸이 반, 이곳에 몸이 반 있는 채로 날아와 남편의 옆에 나타나게 된 거예요."

아마도 처음 루젤의 옆에서 깨어났을 때 잠옷을 입고 있었던 것은 몸의 껍데기가 저쪽에 남아 있었기 때문이 아닐까. 마치 루시드 드림에서 가능하다고들 말하는 것처럼, 당연히 입고 있어야 한다고 생각했던 평소의 잠옷을 가져온 것이다. 실제로 돌아온 다음 부신에 남아 있던 그녀의 예전 짐을 아무리 뒤져 보아도 티셔츠와 핫팬츠는 보이지 않았다. 진짜 꿈은 아니었지만 반쯤은 꿈이었으니 그녀가 깨어나자 사라진 것이다.

이번에는 어쩔 수 없었다. 아샬레아는 이해하지 못한 기색이었다. 유나는 쓴웃음을 짓고 빠르게 속삭였다.

"그러니까…… 신전에서 말하는 영혼 같은 게 이쪽으로 넘어왔던 게 아닐까 하고 생각해요. 지금의 저는 이곳에 전부 다 넘어왔기 때문에…… 아, 설명하기 힘드네요. 아무튼 아마 제가 여기서 목숨의 위협을 느꼈기 때문에 생존 본능이 저를 집으로 불러갔다가, 제가 집에 남기를 완전히 포기하고 루젤을 선택했기 때문에 다시 돌아온 게 아닌가. 그렇게 생각해요."

그래도 여전히 이상한 점 투성이지만. 유나는 아샬레아에게 눈웃음 치고 물었다.

"제 말이 이상하지요? 미친 것 같다고 생각하지는 않으세요?"

아샬레아는 요염한 미소를 마주 지었다.

"……제가 레이디 유나의 말을 믿지 않은 적이 있었나요?"

저것이 대외용 멘트라고 해도 상관없었다. 솔직히 말이 길어질수록 입을 다물고 싶어졌었다. 유나는 감사하게 인사했다.

"고마워요, 아샬레아."

루젤은 유나가 클라비어를 치는 모습을 보았다.

카르가링겐 후작 부인의 살롱에는 내로라하는 음악가들도 모였다. 아직 그들에게 그녀의 진짜 솜씨를 보여줄 기회가 없었는데 이번에야말로 자랑할 수 있게 되었다. 유나는 클라비어 앞에 앉기 전까지는 부끄러워하는 모습이었지만 두 번째 곡으로 들어가자 곡에 빠져들어 기운이 넘쳤다. 그녀의 땋은 머리칼이 가녀린 어깨 위에서 흔들렸다.

"솜씨가 는 것 같은데."

오이겐이 옆에 앉은 루젤에게 슬쩍 속삭였다. 루젤은 유나를 황홀하게 보고 있는 어느 젊은 음악가가 몹시 신경 쓰였지만 주군의 말에 현실로 돌아와 인사했다.

"감사합니다, 전하."

"괜찮다면 황궁에서도 연주를 좀 부탁할까. 우리 쪽 인사들을 모아 가벼운 모임을 열 생각이야."

"그것은……."

황궁이라면 아샬레아가 없을 것이다. 루젤은 잠시 고민하다 대답했다.

"저희 부부의 영광입니다만."

"백작 부인에게 물어본다 이거지? 알았어. 나도 무조건 오라는 건 아니야. 그냥 초대하는 거지."

"감사합니다, 전하."

태자에게 하기에는 무례한 대답이었는데도 오이겐은 시원하게 넘어갔다. 오이겐의 다른 쪽 옆에 있던 아샬레아가 두 남자에게 면박을 주었다.

"두 분, 연주가 안 들리잖아요."

"죄송합니다."

오이겐은 그냥 입을 다물었고 루젤은 정중하게 사과했다. 유나의 두 번째 곡의 연주가 끝났다. 살롱 안에 있던 모든 사람이 열렬하게 박수를 쳤다.

"아름다운 연주였어요."

카르가링겐 후작 부인이 만족스러운 얼굴로 찬사를 보냈다. 유나는 자리에서 일어나 우아하게 인사했다.

"감사합니다."

"아니, 한 곡만 더 연주해 주시지요."

유나를 황홀하게 보고 있던 젊은 음악가가 열정적으로 말했다. 루젤은 그 말에 몹시 기분이 나빠지는 것을 느꼈다. 유나는 그 음악가를 보더니 잠깐 생각하는 것 같았다. 다행히 그녀는 다음 순간 쓴웃음을 지으며 치마를 잡아 인사했다.

"과분한 칭찬 감사합니다만, 좋다고 느끼실 때에 들어가야지, 너무 오래 한다고 생각하실 때까지 쳐서야 좋지 않겠지요."

루젤은 아샬레아가 그런 말을 하는 것을 들은 적이 있었다. 아샬레아는 대단하다! 젊은 음악가는 그러나 여전히 포기하지 못하고 졸랐다.

"열 곡을 더 치신다 해도 너무 오래 하신다는 생각은 들지 않을 겁니다. 그만큼 좋은 연주였습니다! 제발 영광된 연주를 한 곡만이라도 더."

루젤은 결국 약간 헛기침을 했다. 유나는 루젤을 보더니 빙긋 웃었다. 루젤은 민망해져 시선을 돌렸고. 유나는 부드럽게 사양했다.

"말씀 감사합니다. 다음에 제가 또 연주할 기회가 있을 때 즐겁게 들어주시라는 의미로 저는 그만 물러나고, 다른 분들의 솜씨를 감상할 기회를 그만 뺏기로 하지요."

오이겐은 루젤과 아샬레아에게만 들릴 정도로 픽 하고 웃음소리를 냈다. 아샬레아는 부채를 펼치고 빙긋 웃었다. 유나는 박수소리 속에서 가슴을 펴고 들어와 루젤의 옆에 앉았다.

그녀는 루젤에게 속삭였다.

"왜요, 내가 옆에 없으니까 쓸쓸했어요?"

저런 말은 또 어디서 배운 건가. 루젤은 저 말은 아샬레아가 쓰는 것조차 들은 적이 없다고 생각하며 한숨을 쉬었다. 가슴이 꽉 조이는 것 같다.

"……조금은 그렇습니다."

유나는 얼굴을 약간 붉히며 그녀의 새 부채로 얼굴을 가렸다.

그러나 눈가를 보니 웃고 있는 것 같았다.

그녀의 미소를 보니 속이 좀 풀렸다. 루젤은 요즘 유명하다는 음악가 한 명이 가수와 함께 나서자 앞을 보았다. 유나는 아름다운 자세로 앉아 음악을 감상하기 시작했다. 곁눈질해 보니 그녀의 시선은 그녀를 쳐다보던 아까의 젊은 음악가의 근처로도 가지 않았다. 그는 그 사실에 본인의 기분이 차츰 좋아지는 것이 간사한 마음일까 하고 고민했다. 신전에서는 어떻게 생각할까.

집에 도착할 즈음이 되니 노을이 뉘엿뉘엿 지고 있었다. 루젤은 어느새 그의 어깨에 기대 잠든 유나를 보고 나직하게 불렀다.

"부인."

아까 오면서도 계속 잤는데, 또 잔다. 밤잠은 잘 자는 것 같았는데. 유나는 그가 한참이나 불러서야 겨우 정신을 차렸다. 그녀의 피곤해하는 얼굴을 보고 루젤은 마음이 약해져 제안했다.

"저녁 식사는 넘기고 그냥 방으로 가서 주무세요. 제가 안아 옮기겠습니다."

유나는 그 말도 알아듣기 힘든 듯 잠시 또 길게 심호흡을 했다. 혹시 아픈 것은 아닌가 싶어 그는 갑자기 덜컥 겁을 먹었다. 그녀는 돌아오고 나서 단 한 번도 희미해진 적이 없다. 하지만 혹시 이곳에서 많이 아프거나 다치면 다시 가버리는 것이 아닌가.

그는 그녀의 어깨를 잡고, 창백해진 얼굴로, 간절히 말했다. 마차 문을 연 요른이 물러나 주인 부부에게 시간을 주었다.

"부인, 부인. 주무셔도 좋으니까 일단 마차에서는 내리세요."

유나는 다시 잠드는 것처럼 고개를 떨구었다. 루젤은 그녀의 어깨를 조금 더 잡고 흔들었다. 또다시 그런 지옥을 겪을 수는 없었다. 그녀가 말리더라도 찾으러 갈 것이다.

잠시 후, 그가 겁을 먹은 것이 바보 같을 정도로 평화로운 얼굴로, 유나는 눈을 떴다. 그녀는 그를 보고 무심결에 빙긋 웃었다가 걱정스럽게 그의 얼굴을 살폈다.

"……루젤."

"예, 유나. 괜찮으세요?"

"그냥…… 잔 건데. 집에 왔어요?"

유나는 마차 문밖을 흘긋 보고 나서야 루젤이 자신의 어깨를 잡고 있다는 것을 안 것 같았다. 그녀는 루젤의 얼굴이 창백한 것을 보고 가슴이 아픈 듯 인상을 썼다.

"루젤, 얼굴이 하얘졌어요. 왜 그래요?"

그는 가슴이 약간 무너지는 듯한 기분으로 그녀를 끌어안았다. 유나는 루젤의 가슴에 있는 브로치에 얼굴이 닿았는지 잠깐 그의 옷을 잡아당겼지만 곧 그에게 웅얼거리며 말했다.

"내려요. 들어가서 밥 먹어요. 얘기를 많이 해서 배고파요."

간식을 많이 먹기는 했지만, 그녀는 오늘 살롱에서 여러 사람들에게 산맥 너머의 영지 경영에 대해 열심히 이야기하느라 바빴다. 루젤은 그녀가 말하는 '보이지 않는 손'이 귀신인지 뭔지 여전히 이해할 수 없었지만 그 자리에 모인 사람 중에는 그녀의 말을 이해하는 사람도 있는 것 같았다. 그는 유나를 놓아주고 먼저 마차에서 내렸다.

어두운 마차에서 그의 손을 잡고 내리는 유나는 노을빛을 받아 한순간 오래된 그림처럼 보였다. 그는 가슴이 철렁해, 내린 유나를 다시 끌어안았다. 그녀가 아픈 것은 정말로 싫었다.

마차가 저택 뒤로 돌아갔다. 유나는 요른과 프란츠가 여는 대문 옆에 서서 루젤을 한 걸음 정도 밀어냈다. 그리고 그를 올려다보고 방긋 웃고 말했다.

"걱정하지 말아요."

그렇게 말한다고 해서 걱정하지 않을 수는 없다. 루젤은 희미하게 인상을 썼고 유나는 눈을 한 번 굴린 다음 평온하게 덧붙였다.

"……나는 이제 가지 않아요."

어떻게 알았을까.

루젤은 충격을 받았고, 그녀가 말이 통하지 않았을 때도 그를 보아주었던 것이, 어쩌면 그녀가 마법 같은 힘을 쓸 수 있기 때문이 아닐까 의심했다. 유나는 그에게 사랑스럽게 속삭였다.

"계속 여기 있을 거예요."

그는 유나를 보고 되물었다.

"……정말입니까?"

그의 여왕을 의심하는 것은 대역죄였으나, 그렇다고 해서 묻지 않을 수도 없었다. 유나는 그를 포로로 잡힌 왕처럼 보며, 그를 사로잡은 소녀처럼 가볍게 말했다.

"그럼요. 그러니까."

그렇게 걱정하고 슬퍼하지 말아요.

"좋은 일이 있을지도 모르니까."

그녀의 부신어가 너무 좋아져 가끔은 그녀의 말을 다 이해하는 것만으로도 시간이 모두 흘러갔다. 루젤은 잠시 후 궁금해져 물었다.

"좋은 일이라니, 그게 무슨 말입니까?"

유나는 그에게 손짓해 일단 대문 안으로 들어섰다. 그는 그녀의 팔을 잡고 함께 집 문을 향했다. 유나는 잠깐 생각하는 것처럼 하늘을 보다가 그에게 속삭였다.

"저번 달에 생리가 없었어요."

그는 결혼을 한 후에야 그것이 뭔지 알았다. 그렇기 때문에 이해하는 데에는 또다시 시간이 조금 걸렸다.

노을이 폭발하듯 집을 온통 불태웠다. 루젤은 유나를 보고 얼이 빠져 '예?' 하고 되물었다. 그녀는 그의 시선을 피해 또 곱게 웃고 그를 이끌어 집 안으로 들어갔다.

그는 그녀가 보인 하품에 잠시 벅차 저항도 하지 못했다.

The End

작가 후기

　기나긴 여정이었습니다.

　처음 〈사랑도 통역이 되나요?〉의 구상은 집에서 차기작을 슬슬 해
야 할 텐데, 하고 멍하니 눈을 감고 있는 사이 갑자기 이루어졌습니
다. 그리고 그 순간부터 며칠 지나지 않아 정신을 차리고 보니 저는
컴퓨터 앞에 앉아 이 글의 첫 열 페이지를 한 번에 써놓은 뒤였습니
다. 차원이동물을 쓰지 않은 지도 오래되었는데 괜찮을까, 솔직히 온
라인 연재를 시작하기 전에 고민했습니다. 이렇게 착한 주제에 경영
학적 지식은 없는 남자여도 되는지도 고민했습니다. 여주에게 더 재
주가 많아야 하는 것은 아닌지도 고민했습니다. 그 첫 열 페이지 단
계에서 유나가 의사가 될 수도 있었고 루젤에게 옛 여자가 생겼을 수
도 있었습니다. 오이겐은 엑스트라였을 수도 있고, 아샬레아는 황제
의 애인이었을 수도 있습니다.

　그러나 막상 2챕터의 중반 정도까지 쓰고 나자 모든 인물은 알아
서 자신의 과거를 저에게 보여주기 시작했습니다. 그들이 퍼즐을 맞

춰 결국 루젤과 유나는 오래오래 행복하게 살게 되었습니다. 여기까지 따뜻하게 보아주신 독자분들께 진심으로 감사드립니다. 심지어 독자분들께서 관대하게 보아주신 덕분에 종이책이 나오면서, 이렇게 메인 커플의 뒷이야기에 서브 커플의 한 장면까지 제가 더 엿볼 수 있었습니다. 무척 기쁩니다. 연재 끝날 즈음 시릴과 시릴의 그녀에 대해 더 알고 싶다고 말씀해 주신 분들도 계신데, 그쪽은 나중에 다른 작품으로 찾아 뵙고자 기획 중입니다. 〈사랑도 통역이 되나요?〉에서 시릴의 역할은 딱 여기까지입니다. 등장도 안 한 여자한테 차이고 끝나다니 비운의 천재네요.

글을 쓰는 과정이 쉽고 재미있기만 한 사람은 없겠지요. 저도 글을 생업으로 삼겠다고 나섰지만 한 글자 한 글자 부끄럽습니다(그러다 가끔 맛이 갔다 싶을 만큼 자신감이 갑자기 차오르면 그때 겨우 글을 공개합니다). 왜 저는 더 많은 경험과 지식이 없는 걸까 괴로워도 합니다. 그래서 제 부족한 재능으로 이만큼 긴 글을 쓰는 데에는 정말 독자분들께서 당근과 채찍을 주시는 것의 역할이 너무나도 크구나 하고 매번 통감합니다. 감사합니다. 책 집어주신 모든 분들께 감사합니다. 그리고 글쓰는 도중에 제가 '엉엉 나 너무 못 써!' 하면서 울면 괜찮다고 위로해 준 친구들에게도 이 기회를 빌어 언제나 고맙다는 말을 전하고 싶습니다.

지금은 이 후기를 쓰면서, 온라인 연재를 보시지 않고 종이책으로 바로 집어주신 분들께서는 이 이야기를 어떻게 생각하실지 두근두근합니다. 루젤과 유나가 드디어, 차원과 언어의 장벽(차원보다 높았던)을 넘어 부둥켜안았을 때 행복하셨다면 저는 더 바랄 나위가 없을 것입니다.

종이책 출간이 두 번째인데 아직 실감이 잘 안 납니다. 제 부족한 실력을 채워 주신 청어람 편집팀 여러분께도 진심으로 감사드립니다.

밤낮으로 고생하시는 것을 보며 '이 후기에 마침표 찍고 넘겨도 좋은 책이 나오겠구나' 하고 안이하게 좋아하고 있습니다.

아까 지금 연재 중인 글의 독자분께서 오늘이 동지라고 말씀해 주셔서 벌써 그렇게 되었구나 하고 놀랐습니다. 책이 나오는 것은 내년인데 그리 머지않았네요. 모쪼록 추운 날에도, 그리고 그 후에 따뜻해져 꽃이 필 날에도. 이 이야기가 계속해서 여러분께서 좋아하시는 무언가였으면 좋겠다고 감히 소망합니다.

다시 한 번 감사드립니다.

2016년 12월 21일, 전유림 드림

이랑비랑 한약국

화가야 vol. 2

이영희 장편소설

꽃의 나라 화(花)가야!
꽃으로 가득한 신비스러운 나라에서 펼쳐지는
화가야 시리즈 두 번째 이야기.

유월이 되니 온 산천에 비비추가 피어올랐습니다.
그리워서, 보고파서 견딜 수가 없었습니다.
참아보려 하였습니다.
잊어보려고도 하였습니다.
하지만 빈하는 참아지지도, 잊혀지지도 않았습니다.

그래서 돌아왔습니다.

세상의 모든 전자책을 위해 탄생된 곳
세상을 보는 또 하나의 창
이젠북!
www.ezenbook.co.kr